JN025268

青髪鬼

Seihatsuki

横溝正史少年小説コレクション④

横溝正史

Yokomizo Seishi

日下三蔵【編】

柏書房

目次

横溝正史少年小説コレクション4

青髪鬼

挿画

『青髪鬼』「片耳の男」「謎のルビー」　伊勢田邦彦
『真珠塔』　古賀亜十夫
『獣人魔島』　岩田浩昌
「ビーナスの星」「花びらの秘密」　深尾徹哉
「『蛍の光』事件」　田代　光
『皇帝の燭台』（未完作品）　梁川剛一
『黒衣の道化師』（未完作品）　川村秀治

青髪鬼（せいはつき）

謎の死亡広告

世の中にはときどき、みょうないたずらをするやつがあるものですが、ある日、東京の大新聞に、いっせいにかかげられた、三つの死亡広告などもそうでした。

死亡広告というのは、諸君も知っていられるとおり、人が死ぬと家族の人が知人に通知を出すかわりに、新聞に出す黒わくつきの広告のことです。

ですから、死亡広告に出される人は、死んだ人ときまっているのですが、そのとき、東京の大新聞に、死んだものとしてかかげられた三つの死亡広告の、三人が三人とも、まだぴんぴん元気でいるのですから、なんとみょうな話ではありませんか。

そのとき、死亡広告に出された三人というのは、つぎの人々でした。

古家万造氏。この人は日本の宝石王といわれるくらいの大金持ちで、そのとき、五十才でした。

神崎省吾氏。この人は有名な学者で、理学博士の肩書きを持っています。年は四十五才。

さて、さいごのひとりというのは月丘ひとみさんといって、まだ十三才の少女でしたが、この三人が死んだものとして、新聞に死亡広告を出されたのです。これを見ておどろいたのは、三人の友人や知人です。それぞれ、三つの家へおくやみに出かけましたが、行ってみると、死んだはずの三人が、ぴんぴんしているので、二度びっくり、あっけにとられてしまいました。

しかし、おどろいたり、あっけにとられたりしたのは、友人や知人ばかりではありません。いや、その人たちよりも、もっともっとおどろいたり、あっけにとられたりしたのは、死亡広告を出された三人です。

それはそうでしょう。生きながら、死人として広告を出されたのですから、こんなきみのわるい話はありません。そこで、三人の家から新聞社へ、げんじゅうな抗議を申しこみました。

新聞社でもびっくりして調べてみると、それらの広告はみんな、広告の文章と広告料をいっしょにして、各新聞社の広告部へ送ってきたのですが、さて、差出し人が、だれなのか、それがさっぱり、わからないのです。ただ、わかっていることは、広告文の文字からみて三つの死亡広告を申しこんだのが、おなじ人間らしいことでした。

それにしても、そいつはいったい、なんだって、こんなきみのわるいいたずらをしたのでしょうか。いやいや、それはただのいたずらでしょうか。この三つの死亡広告のうちには、なにかしら、もっともっと、おそろしい、かくれた意味があるのではないでしょうか。

気のどくなのは、死亡広告に出された三人です。古家万造翁や、神崎博士のようなおとなでさえ、あまりのきみわるさに、ふるえあがって、おどろきおそれたということですから、まだ十三才の少女ひとみが、恐怖のために二、三日、寝こんだというのも、まことにむりのない話ではありませんか。

警察でも、こういう話をきくと、ほうっておくわけにはまいりません。やっきとなって、このいたずらの犯人をさがしましたが、いまのところ、かいもく手がかりはありません。

死亡広告を出された万造翁や神崎博士は、だれかにうらまれているようなおぼえはないかと、警官からきびしくきかれました。ふたりとも、そんなおぼえはないといいきりましたが、警官たちは、それにたいしてふかいうたがいを持っているようすでした。きっと、ふたりはだれかに、うらまれているにちがいないのです。

ただ、ここにふしぎなのは、ひとみのことです。万造翁や神崎博士とちがって、まだ十三の少女ひとみが、どうしてこんなきみのわるい、いたずらの犠牲にされたのでしょうか。

ああ、ひょっとしたら、神のような少女ひとみのうえに、なにかおそろしい、魔の手がさしのべられようとしているのではありますまいか……。

　こうして謎の死亡広告が出されてから、はや二週間たちましたが、ここにひとつの事件がおこり、それをきっかけとして、世にも恐ろしい白蠟仮面事件の幕が切っておとされたのでした。

探偵小僧

「おお、小僧さん、三津木さんはいますか。三津木俊助さんは……」

　そこは東京一といわれる大新聞社、新日報社の三階編集室の入口です。

　だしぬけにこう声をかけられて、受付のデスクから顔をあげたのは、新日報社の人気者、探偵小僧とよばれる御子柴進君。

「三津木さんはいま会議中ですが……」

「なに会議中……？　いや、会議中でもなんでもいい。すぐここへ呼んでくれたまえ。重大な話があるんだから」

「いや、そういうわけにはいきません。幹部の人たちが集まって、なにか、たいせつな会議があるらしいんですから」

「おいおい、小僧さん、そんな、いじのわるいことをいわないで、ちょっと呼んできてくれよ。こっちこそ重大な事件なんだ。いく人もの命にかかわる重大事件だ」

「えっ？　いく人もの命にかかわる……？」

　御子柴君は、ぎょっとして、あいての顔を見なおしました。

　しかし、その人は、帽子をまぶかにかぶり、外とうのえりを立て、おまけに、首巻きで鼻の上までかくしているので、顔といってはほとんど見えません。ただ上から見おろすふたつの目が、みょうにギラギラひかっていて、まるで気ちがいのようなきみのわるさです。

「そうだ、いく人もの命にかかわる重大事件だ。何人も、何人もの人がころされるかもわからないんだ。だから、小僧さん、すぐ三津木さんを呼んでくれたまえよ」

　御子柴君はちょっとまよいました。男のことばの調子から、うそやでたらめをいっているとは、思えません。なにかしら、この人は、よういならぬ秘密をにぎっているのではあるまいか。

「こまりましたねえ。会議中はぜったいに、だれも近よってはならぬという、規則になっているものですから……だれか、ほかのかたではいけませんか」

「いや、ほかの人ではいけないんだ。三津木さんにかぎるんだ。そのことは、さっき三津木さんに、電話でいっておいたはずなんだが……」

「ああ、それでは、あなたは川崎さんというかたではありませんか」

「川崎……？　ああ、そうそう、川崎だ、川崎だ。その川崎があいたいといってるからと、すぐに三津木君を呼んできてくれたまえ」

御子柴君は、デスクから立ちあがりました。

「ああ、その川崎さんなら、お見えになったら応接室でお待ちくださるようにと、三津木さんのことづけでした。どうぞこちらへ」

編集室の入口と、ろうかひとつへだてて、応接室の入口がある。御子柴君は、そこへ客を案内しました。

「きみ、きみ。それじゃ、すぐに三津木さんを呼んできてくれるだろうね」

客はあくまでいそいでいます。御子柴君は、とほうにくれたように、

「いえ、そういうわけには……さっきもいいましたように、会議中はぜったいに、だれも近よれないものですから。……でも、もうすぐ会議もおわりましょう。しばらく、ここでお待ちください」

まるで、おりの中のけだもののように、応接室のなかをそわそわと歩きまわっている客をのこして、じぶんのデスクへかえってきた御子柴君が、腕時計を見ると九時半でした。今晩は夜勤の番で、御子柴君は十二時までのつとめです。

それにしても、あの客は、いったいどういう人だろう……。

御子柴君は、いすに腰をおろしながら考えました。いく人もの命にかかわる重大事件だなんて、ほんとのことだろうか。何人も、何人もの人間がころされるかもしれないなんて、ほんとうだろうか……。

御子柴君はしかし、だんだんそれをほんとうだろうと信じるようになりました。それというのが、客のそぶりや、ことばの調子が、とてもまじめだったからです。いやいや、まじめをとおりこして、ひど

くおびえているようすさえ見えるのです。

それにしても、三津木さんはえらいなあと、御子柴君は考えます。ああして、むこうから事件を持ちこんでくるんだもの。ぼくもはやく三津木さんのような、りっぱな新聞記者になりたい。

三津木俊助というのは、新日報社の宝といわれるくらいの腕きき記者で、御子柴君にとってはあこがれのまとでした。ことし中学を出た御子柴君が、新日報社を志望したのも、そこに三津木俊助という有名な記者がいるからでした。

三津木俊助は新聞記者というよりも、名探偵として有名です。かれはいままで、かぞえきれないほど多くの怪事件をみごとに解決してきました。小さいときから探偵小説がすきで、探偵小僧というあだ名があるほどの御子柴君が、あこがれるのもむりはありません。

編集室の柱時計が十時をうちました。と、とつぜん、応接室からさっきの客がとび出してきて、

「きみ、きみ、小僧さん。ぼくはもうこれ以上待てない。また、出なおしてくる。それまでこれをあずかっておいてくれたまえ」

と、ポケットから、四角な封筒を取出して、たたきつけるように御子柴君のデスクにおくと、ふらふらと、お酒によったような足どりで、階段をおりていきました。

御子柴君は、しばらくあっけにとられたような顔色で、ふしぎな客のうしろすがたを見送っていましたが急に気がついて立ちあがると、客のおいていった封筒をデスクのひきだしにしまいこみ、それから帽子と外とうをとって、ろうかへとび出しました。と、出あいがしらにぶつかったのは、花井という記者でした。

「よう、探偵小僧。顔色かえてどこへいくんだい」

「あっ、花井さん。いま川崎という人が、三津木さんにあいたいといってきましたが、会議があまり長びくので待ちきれなくなってかえっていきました。そのことを、三津木さんにいっておいてください」

それだけのことをいいのこすと、御子柴君は階段を二、三段ずつとびおりて、新日報社の正面玄関からとび出しました。

新日報社は数寄屋橋の近くにあります。銀座が近いのでまだおおぜいの人が、ぞろぞろ歩いていまし

たが、御子柴君は、その人ごみの中から、すぐ、さっきのふしぎな客を発見しました。

その人は、あいかわらず、よっぱらったような足どりで、ふらふらと日比谷の方へ歩いていきます。ときどき、立ちどまって、びっくりしたようにあたりを見まわしたり、首をつよくふったりしているのは、どこか気分でもわるいのでしょうか。

しかし、そのことは、あとをつけようとする御子柴君にとっては、もっけのさいわいでした。そうです。御子柴君は、あのふしぎな客を尾行しようとしているのです。

探偵小僧とあだ名されるほど探偵小説がすきで、そのために、三津木俊助にあこがれて新日報社へはいったものの、毎日、上役にお茶をくんだり、手紙や葉書の整理をしたり、お客の取りつぎをするだけでは、つまらなくてしかたがありません。

いつかじぶんも三津木さんのように、ふしぎな事件を手がけてみたいと、つね日ごろ、夢みるようにかんがえていたやさき、今夜やってきたふしぎな客……これをこのまま、見のがしてなるものかとばかりに、御子柴君はすっかりはりきっているのです。

ふしぎな客は、あいかわらず、ふらふらした足どりで日比谷交叉点までやってきました。御子柴君は、四十メートルほどあとからつけていましたが、そのうちに、ふと、みょうなことに気がついたのです。

ふしぎな客と御子柴君とのあいだに、もうひとりあやしい男がいるのです。はじめのうち、御子柴君も気がつきませんでしたが、ふしぎな客が立ちどまると、その男も二十メートルほどうしろで立ちどまります。そして、ふしぎな客が歩き出すと、その男も、のろのろとあとからついていくのです。ああ、もうまちがいない。あの男もふしぎな客をつけているのだ！

御子柴君の心臓は、急に、がんがん、おどり出しました。

これはいよいよただごとでない。あのふしぎな客は、なにか、よういならぬ秘密を知っているのかもしれない。そして、そしてそのために、わるものにつけねらわれているのではあるまいか……。

ふしぎな客は交叉点をつっきると、しばらく道ばたに立って、ぼんやり考えていましたが、やがて、ふらふらと日比谷公園のなかへはいっていきました。

なんだか足もとがいよいよみだれて、歩くのもやっとだというふうに見えます。

　ふしぎな客のあとにつづいて、あやしい男も公園のなかへはいっていきました。つばの広い帽子をかぶり、マントのようなものを着た、背のたかいうしろすがたが、なんだか魔物のようにきみがわるいのです。

　その男のすがたが、公園のなかへ消えるのを見とどけて、御子柴君もいそいで交叉点をつっきりました。そして、あやしい男を追うように、公園のなかへとびこみましたが、そのときには、ふしぎな客のすがたも、あやしい男のかげも、もう、どこにもみえません。

　なにしろ公園の入口からは、いくつもの道が、あみの目のように走っていますし、それに木がしげっているので、ふたりとも、どの道をいったのかわからないのです。御子柴君はしばらく、とほうにくれたように立ちどまっていましたが、しかし、いまさら、あきらめてかえる気にはなれません。それに、あやしい男にあとをつけられているふしぎな客のことも気にかかるのです。

　ええ、ままよとばかりに、御子柴君は、でたらめの道を歩いていきました。

公園のクモ

　公園のなかには、ところどころ、街灯がついています、だから、まっくらだというわけではありませんが、それでも街灯の光のとどかぬ木かげなど、うすぐらくてなんとなくきみがわるいのです。

　御子柴君はときどき、そういうくらやみのなかに立ちどまって、じっと耳をすましますが、どこからも足音はきこえません。ふしぎな客も、あやしい男も、公園のやみにすいこまれて、消えてしまったのではないかと思われるほどのしずけさです。

　御子柴君は、きみわるさに身ぶるいをしながら、それでもまだ、あきらめてかえる気にはなれないのです。あてもなく、公園のなかを歩きまわっていましたが、そのうちに、とつぜん、ギョッとして立ちどまりました。どこかで、悲鳴がきこえたからです。しかもそれは、男の声ではなく、たしかに、女の人の悲鳴のようでした。

御子柴君は一しゅん、棒をのんだように立ちすくみましたが、すぐ、勇をふるって、悲鳴のきこえた方角へ走っていきました。するとそのとき、むこうから、バタバタと足音をさせて走ってくるかげが見えました。

御子柴君とそのかげは、ちょうど街灯の下で出あいましたが、なんとおどろいたことには、それは、まだ十二か三の少女ではありませんか。

「きみ、きみ、どうしたの。いま、むこうで悲鳴をあげたのはきみだったの」

「ああ！　あたし、こわいの、こわいの」

少女は、むちゅうになって御子柴君にすがりついてきます。

「こわい？　こわいってなにがこわいの？」

「あの人が、きゅうに口から血をはいて、お池のほとりにたおれたんです。あたし、もう、びっくりしてしまって……」

「あの人ってだれのこと？」

「だれだか知らないの。今夜十時に、日比谷公園の噴水のそばへくれば、あの死亡広告の秘密を話してやると、だれか知らない人から手紙が来たんです。それでさっきから待ってると、あの人がやってきて、なにか話しかけたと思ったら、急に苦しみ出して、口から血をはいてたおれたんです」

「死亡広告の秘密……？」

御子柴君は、急に気がついたように、街灯の光で少女の顔を見なおしました。

「ああ、それじゃきみは、このあいだ、死亡広告を出された月丘ひとみという子だね」

「ええ、そうです。でも、あなたどうして知ってらっしゃるの」

「だって、あのとき、死亡広告を出された人の写真がみんな新聞に出たもの……それで、血をはいたって人どこにたおれているの」

「むこうのお池のそばよ。噴水のある……」

「行ってみよう。きみも来たまえ」

「いや、いや、あたし、いや。だって、だってこわいんですもの」

「そう、それじゃ、きみはここに待っていたまえ。いいかい、動いちゃいけないよ。この街灯の下で待っているんだよ」

「ええ、そのかわり、おにいさま、すぐかえってきてちょうだいね」

「うん、すぐかえってくる」

きょうだいのない御子柴君は、かわいらしい少女から、おにいさまとよばれて、急にうれしくなりました。

街灯の下に、ひとみをのこして、いまそのひとみが走ってきた道をいそいでいくと、むこうに噴水が見えてきました。その噴水を目あてに走っていくと、やがて池のほとりへ出ました。

それにしても、血をはいた男というのは……？

池のほとりにも街灯が、二つ三つ立っています。御子柴君はその街灯の光で、池のほとりを見まわしていましたが、ふと見ると、むこうのベンチの下に、たしかに人がたおれているようです。

御子柴君は、いそいで、そのほうへかけよりましたが、ベンチから五、六メートルほどてまえまで来たとき、とつぜん、かなしばりにあったように、全身が動かなくなってしまいました。

御子柴君は、そのとき、なんともいえぬほどおそろしいものを見たのです。

ベンチの下にたおれているのは、たしかにさっき、新日報社へたずねてきた人のようでしたが、そのからだの上を、世にもおそろしいものがうごめいているではありませんか。

それはクモでした。それも世の常のクモではなく、足をひろげた直径が一メートルほどもあろうと思われる、おばけのような大きなクモが、毛むくじゃらの足をひろげて、ふしぎな客のからだの上を、のそりのそりとうごめいているきみわるさ……。

青髪鬼(せいはつき)現る

そのとき、ベンチのそばの植えこみから、さっととび出してきたひとつのかげ。御子柴君は思わず、あっと息をのみました。そのかげに見おぼえがあったからです。

つばの広い帽子に、だぶだぶのマント。まぎれもなくそれは、さっきから、そこにたおれている男をつけていたかげではありませんか。

あやしい男は帽子の下から、ギロリと御子柴君の方をにらむと、つぎのしゅんかん、ステッキをあげて、さっと、クモの上へうちおろしました。

と、ああ、なんというふしぎなことでしょう。あのおそろしいクモのすがたが、けむりのように消えてしまったではありませんか。

「あっ！」

御子柴君は、思わず目をこすって見なおしました。しかし、クモのすがたはどこにも見えません。ああ、夢かまぼろしか。あのおそろしいクモは、空気のように消えたのです。

あやしい男は、またギョロリと御子柴君の方をにらむと、たおれている男のそばにひざまずいて、ポケットのなかをさぐっています。それを見ると御子柴君は、かっと怒りがこみあげました。つかつかとそばへかけよると、

「なにをするんです。ひとのポケットをさぐったりして……あなたは、どろぼうですか」

しかし、男はへいきな顔で、あいかわらずポケットのなかをさぐっています。

「よしなさい、このひとは病気なんです。はやくかいほうしてあげなければ……」

「こいつは病気じゃないよ」

男がひくい、いんきな声でこたえました。

「こいつはもう死んでいるんだ。毒をのまされて死んでいるんだ。かいほうしても、もうおそい」

御子柴君は、はっと心臓がつめたくなりました。

「だれが……だれが毒をのませたのです」

「それはいえない。おれにもまだ、はっきりわからないんだ。そんなことより、おい、小僧」

男は、あいかわらずうつむいたまま、

「きさまは新日報社の小僧だろう。こいつが、新日報社で、だれかに封筒のようなものをわたしゃしなかったかね」

御子柴君は、はっと、いきをのみました。さっきあずかったあの封筒。……あれなら、いま、じぶんのつくえのひきだしにあるのです。

「いいえ、知りません。そんなこと知りません。それより、これはどういう人です」

「これか、この男はな、佐伯恭助（さえききょうすけ）といって、宝石王、古家万造の秘書だよ」

御子柴君はまた、ギョッと、息をのみました。古家万造といえば、あのなぞの死亡広告を出された、犠牲者（ぎせいしゃ）のひとりではありませんか。

「そして……そして、そういうあなたは？」

「おれか。おれはな、あの死亡広告を出した広告ぬしだ」

「えっ！」

「おどろいたか。あっはっは、あの広告はな、三人にたいする死刑の宣告なのだ。おれはいまに、あの三人を死刑にしてやる。殺してやるんだ、まず古家万造、それから神崎博士、さいごには、かわいそうだが月丘ひとみだ。おれはあの三人に復讐してやるんだ。そして……そして、ぬすまれた大宝窟をとりかえすんだ」

　御子柴君は、全身が氷のようにひえていくのをおぼえました。男の声に、なんともいえぬ、おそろしい冷酷なひびきがあったからです。

「あなたは……あなたはいったい、だれだ」

「おれか、おれは復讐魔、青髪の鬼だ！」

　あやしい男は、とつぜんすっくと立ちあがり、街灯の下でさっと帽子をとりましたが、そのとたん、御子柴君はあまりのおそろしさに、おもわず二、三歩とびのきました。

　それはまるで西洋のサタンか、あの世からきた亡者のようにおそろしい顔！つりあがった目は鬼火のようにギラギラひかり、鼻がとがって、かっと大きくさけた口、ミイラのようにかさかさとして、しわのよった灰色のはだ。しかし、おそろしいのはそればかりではありません。ライオンのたてがみのようにふりみだした髪の毛は、秋の空よりも、もっとまっさおではありませんか。

　あとになって、そのときのことを考えると、御子柴君は夢を見ていたのではないかと、じぶんがうたがわれるくらいです。

　世の中には金髪のひと、銀髪のひと、赤毛のひと、またブルーネットといって、青みをおびた髪のひともあります。しかし、秋の空よりまっさおな髪の毛なんて、いままで見たことも聞いたこともありません。

　けむりのように消えてしまった、さっきのあのおそろしいクモといい、ひょっとすると、じぶんは気がへんになったのではないかと、御子柴君は心ぼそくなったくらいです。

　しかし御子柴君は、けっして気がへんになったのでも夢を見ていたのでもありません。そいつはたしかに、まっさおな髪の毛をしていたのです。その髪

の毛をふりたてながら、

「おい、小僧！」

と、そいつは、きみのわるい声でわめきました。

「きさまの社には、たしか三津木俊助という名探偵がいたな。そうだ、ここに死んでいる佐伯が、新日報社へいったのも、三津木俊助にあいにいったにちがいない。おい、小僧！」

青髪の鬼は、ギラギラするような目で、御子柴君をにらみながら、

「きさま、これから社へかえったら、俊助のやつによくいっておけ。佐伯のやつに、どんな話を聞いたにしろ、なにをあずかったにしろ、そんなことはなにもかも忘れてしまえとな。そして、あずかったものがあったとしたら、焼きすててしまえとな。そして、ぜったいに、この事件に手出しをしてはならんといえ。わかったか、わかったらいけ！」

あやしい男は、それだけいうと、くるりときびすをかえして、風のように、うす暗い、しげみのなかへかけこみました。

「待て！」

御子柴君はあとから声をかけようとしましたが、舌がこわばって声が出ません。追っかけようにも、足がいうことをきかないのです。

御子柴君は、しばらくぼうぜんとして、そこに立ちすくんでいましたが、ちょうどさいわい、そこへ音楽会のかえりらしい、五、六人の男女がとおりかかりました。

御子柴君は、はっと勇気をとりもどして、

「ああ、みなさん、お願いです。ここにひとが死んでるんです。おまわりさんを呼んできますから、それまで番をしていてください」

それだけいうと、御子柴君は、あっけにとられたひとびとを、そこに残して、あやしい男のあとを追いました。しかし、もうそのころには、あの青髪鬼(せいはつき)のすがたは、どこにも見えません。

御子柴君は、ひとみを待たせておいたところまでかえってきました、ひとみのすがたも見えません。きっとこわくなったので、さきへかえっていったのでしょう。

御子柴君は公園をとび出すと、おまわりさんに、ひとが死んでいることをつげ、それから、ちゅうをとぶようにしてかえってきたのは新日報社。ちょう

ど会議もおわったらしく、俊助は、いましも、かえりじたくをしているところでしたが、それを見ると御子柴君は、思わず大声でさけびました。

「あっ、三津木さん、たいへんです。さっきあなたに会いにきた、川崎というひとが、日比谷公園で死んでいます。毒をのまされて殺されたんです。そして、そのひとの名は、ほんとうは川崎ではなく、佐伯恭助といって宝石王、古家万造の秘書なんです」

　ひといきにしゃべる御子柴君の話をきいて、俊助はいうにおよばず、まだ残っていたひとびとが、さっといっせいに、立ちあがりました。

「探偵小僧、そ、それはほんとうか」

「ほんとうです、ほんとうです」

「よし！」

　俊助が行こうとするのを、御子柴君はあわててとめると、

「あっ、三津木さん、あなたは行っちゃいけません。あなたには、まだ、もっともっとだいじな話があるんです。ほかのひとに行ってもらってください」

　意味ありげな御子柴君の顔色を、俊助はじっと見ていましたが、やがて強くうなずくと、

「よし、樽井(たるい)君、それじゃ、きみ行ってくれたまえ。わかいのを二、三人、それから写真班をつれていくんだぜ。探偵小僧、きみはぼくといっしょに、山崎(やまざき)さんの部屋へいこう」

　山崎さんというのは編集局長です。御子柴君は、じぶんのつくえのひきだしから、あの封筒を取り出すと、胸をふるわせながら、三津木俊助のあとからついていきました。

　願いかなって御子柴君は、とうとう、世にもすばらしい事件にぶつかったのです。

三本の毛

　さいわい、山崎編集局長もまだいました。俊助は、いくらかこうふんのおももちで、

「山崎さん、ちょっとお耳をかしてください。どうやら探偵小僧がすばらしい特ダネをひろってきたらしいんです」

　特ダネというのは、ほかの新聞社の知らない事件のことで、新聞記者として、特ダネをひろってくるほど大きな手がらはありません。

「ほほう、それはそれは……まあ、かけたまえ」

山崎さんは五十二、三のたいへんおだやかな人がらですが、それに反して俊助は三十五、六、いかにも腕ききの新聞記者らしい、言語も動作もきびきびとした人物です。

「さあ、御子柴君、話してくれたまえ。ぼくに話したい、もっともっとだいじなことというのは、どういうことだね」

編集局長と腕きき記者をまえにして、御子柴君もちょっとかたくなりましたが、それでも問われるまに、さっきからのできごとを、のこらず話しました。

山崎さんと俊助は、はじめのうち、たいへん興味をもって聞いていましたが、話が、一メートルもあるクモが、けむりのように消えただの、髪の毛がまっさおだっただのという話になると、ふっと顔を見あわせました。

やがて、御子柴君の話がおわると、

「おい、探偵小僧、それ、ほんとの話かい。おまえ、あまり探偵小説を読みすぎて、へんな夢を見たのじゃないかい」

と、三津木俊助がいいました。

「ちがいます、ちがいます。そんなことはありません」

「しかし、南洋やアマゾンの奥ならともかく、この日本に一メートルもあるクモがいるなんて、信じられないじゃないか。ましてや、それがけむりのように消えたなんて……」

「それに、秋の空より青い髪の毛なんて話も、いままで聞いたことがないね」

編集局長も、おだやかにことばをそえました。

「だって、だって、ほんとうなんです。ぼくも夢を見ているんじゃないかと思ったんです。しかし、夢じゃなかったんです。それに……」

御子柴君がくやしそうにさけんでいるときでした。つくえのうえの電話のベルが鳴ったので、俊助がすぐに受話機をとりあげました。

「ああ、ぼく、三津木……ああ、樽井君だね。どう？　日比谷公園のほう……えっ、ほんとに死体がある？　毒をのまされて……？　古家万造の秘書の佐伯にちがいないって？　それ、ほんとかい？　きみはどうして佐伯を知ってるの？　ああ、あの死亡広告の事件のとき、古家邸をおとずれて、秘書の佐伯にもあったんだね。よし、それじゃもうまちがいはないね。ときに、警官は佐伯だってこと知ってるかい？　なに、知らない？　しめしめ、それじゃ、だれにもいうな。特ダネだ、すばらしい特ダネだ！　それじゃね、あとはわかい連中にまかせて、きみはすぐに古家邸へとんでくれたまえ。しかし、万造にあっても、佐伯の殺されたことはいうな。うん、それじゃ、連絡を待っている」

ガチャンと受話機をかけてふりかえった、三津木俊助のひとみは、こうふんのために、もえあがるようでした。

「おい、探偵小僧、おれの頭を三べんぶんなぐってくれ。うたがってすまなかった」

「三津木君、それじゃ、探偵小僧の話は事実なんだね」

山崎さんも、こうふんしています。

「事実も事実、山崎さん、探偵小僧をほめてやってください。こりゃあ、たいした手がらですぜ。ときに探偵小僧、佐伯からあずかった封筒というのは……？」

三津木俊助にほめられて、御子柴君はよろこびにふるえながら、ポケットから封筒をとり出しました。

俊助は取る手おそしと封を切ると、まず、なかからとり出したのは、うすい紙でつくった紙袋。すかして見ると、なかにはいっているのは、二、三本の髪の毛らしい。

俊助はふるえる指で、その紙袋の封をきると、なかから取り出したのは、長さ二十センチばかりの髪の毛三本。俊助は、それを電気の光ですかして見て、

「あっ、こ、これはいけない！」

「ど、どうした三津木君」

「あなたもぼくも、どうしたって、いやというほど、探偵小僧にぶんなぐってもらわなきゃいけませんぜ。ごらんなさい。この髪の毛は、秋の空よりまっさおです！」

山崎編集局長と三津木俊助は、しばらくぼうぜんとして、俊助の指さきにからんでいる、きみのわるい髪の毛を見つめていましたがやがて編集局長が、かるいせきをして、

「いや、これでいよいよ探偵小僧の話が、事実であることがはっきりした。ときに三津木君、ほかにま

だなにかあるようじゃないか」

　編集局長に注意されて、俊助は気がついたように、三本の髪の毛をていねいに、もとの紙袋へしまいこむと、あらためて封筒のなかから取りだしたのは三、四枚の写真でした。

　俊助はいちばん上にある写真を見るなり、

「あっ、探偵小僧、きみがさっきあった青髪鬼（せいはつき）というのは、これじゃないか」

　俊助からわたされた写真を見て、御子柴君はおもわずさけびました。

「あっ、これです、これです、この人です。この人にちがいありません」

　そこにうつっているのは、腰から上の半身像でしたが、たしかにさっきの青髪の鬼にちがいありません。

　つりあがった目にとがった鼻、かっと大きくさけた口、ミイラのようにかさかさとして、しわのよったはだ。……髪の毛は、つばの広い帽子のために見えませんが、亡者（もうじゃ）のようなきみわるさは、たしかにさっきの男です。

　編集局長も写真を手にとって見て、

「ふうむ、なるほど、きみのわるいやつだな。ときに三津木君、ほかのは……？」

「ちょっと待ってください、どうもみょうだな。ここにもう一枚、青髪鬼の写真があるんですが……ちょっと、その写真をかしてください」

　俊助はさっきの写真をとりあげると、しばらく二枚の写真を見くらべていましたが、

「山崎さん、ちょっと見てください。これは同じやつの写真のようでもあるが、どこか別人のような気もする。といって、こんなきみのわるいやつが、ふたりとあろうはずはないが……」

「どれどれ」

　御子柴君も山崎編集局長のそばからのぞきこみましたが、なるほど、俊助がまようのもむりはない。それはたいへんよく似た写真でありながら、そういえば、どこかちがうようなところもあるのです。

「どうもへんだな。ぼくにもはっきりいえんが、まあ同じ人物じゃないかね」

「探偵小僧、きみの見たやつはどっちに似ている」

　御子柴君はしばらく考えたのち、あとのほうを指さしました。

「山崎さん、これは同じやつかもしれませんが、ねんのために、いちおう区別しときましょう」

三津木俊助はそういって、さきのほうの写真のうらに、青髪鬼第一号、あとのほう、すなわち御子柴君が指さした写真のうらに、青髪鬼第二号と書きいれました。

さて、写真は、ほかにもう一枚ありましたが、それは、どこかの海岸らしく、うちよせる波のなかに烏帽子(えぼし)のような形をした岩が、にょっきりとそびえているのです。ほかにくらべるものがうつっていないので、ほんとの大きさはわかりませんが、かなり大きな岩のように思われます。

「はてな、この写真は、どういう意味だろう」

「三津木君、もう一枚紙きれがあるじゃないか。それに、なにか書いてないかね」

俊助はその紙きれをひらいてみて、思わず大きく目をみはりました。

なんと、そこに書いてあるのは、一(いっ)ぴきの大きなクモではありませんか。そして、そのクモの形の上の余白に、なにやら符号のようなものが、二、三行書いてありましたが、俊助がそれを調べようとしたときでした。

卓上電話が、またけたたましく鳴り出したので、俊助はいそいで受話機をとりあげました。

「もしもし、新日報社ですか。三津木俊助さんはいらっしゃいますか」

とおく、かすかに、しゃがれた声がきこえます。

「ぼく、三津木ですが、どなた……？」

「ああ、そう、こちらは古家万造です」

「えっ？」

「ほら、いつか死亡広告を出された古家万造です」

「ああ、わかりました。で、なにかご用ですか」

「そちらへきょう、うちの秘書の佐伯がいったはずですが、まだいますか」

「ああ、佐伯さんなら、お見えになったことはお見えになりましたが、ぼくが会議中だったので、待ちきれなくて、おかえりになりましたが……」

「それじゃ、お会いにならなかったんですね」

「ええ、会えませんでした」

「佐伯は、なにかあずけていきゃあしませんでしたか」

「いいえ、べつに……」

電話のぬしは、しばらくかんがえているふうでしたが、きゅうに声をふるわせて、

「じつはね、三津木さん。あんたに、ひとつお願いがあるんです。それで、きょう佐伯をさしむけたんですが……わたしは、ある男に命をねらわれているんです。そいつは、じつに、じつに、おそろしいやつなんです。そいつがちかごろ、わたしの身辺につきまとって……あっ！」

「ど、どうしました。古家さん、もしもし、もしもし……」

「た、たすけてくれぇ！　クモ……クモだ、クモだ！　おばけグモだ、……あっ、き、来た！　青髪鬼だ、……た、た、す、け、て……」

声が、しだいに細くなっていったかと思うと、なにか、ドサリとたおれる音がして、あとは墓場のようなしずけさ……。

怪盗出現

「もしもし、もしもし、どうかしましたか。古家さん、古家さん、もしもし……」

俊助は電話にしがみつき、やっきとなってさけんでいましたが、するとしばらくたって、

「新日報社の三津木俊助かい」

と、聞えてきたのはいままでとは、まるでちがったいんきな声。

「おれは青髪鬼だ。いま、復讐第一号をやってのけた。古家万造をころしたのだ」

「な、な、なんだって！」

俊助は全身の毛という毛が、いちどにさかだつ感じでした。

「なにもおどろくことはないさ。これがおれの復讐の手はじめだ。このつぎは神崎博士、それからさいごは月丘ひとみだ。あっはっは、よくおぼえておくがいい。あっはっは」

ほら穴から吹きぬけてくるような、きみのわるい声をあげて笑うと、ガチャリと受話機をかける音。

俊助は、はっとわれにかえると、てみじかにいまの電話のようすを、山崎さんや御子柴君に話をして、

「山崎さん、とにかくぼくは、これからすぐに古家邸へいってみます。探偵小僧、きみもぼくと、いっしょに来たまえ」

と、大いそぎで出かけようとしましたが、きゅうに気がついたように、御子柴君が佐伯秘書からあずかった封筒のなかから、取りだしたのは、クモの暗号をかいた紙きれです。

「この暗号はぼくがおあずかりしておきます。写真や青い髪の毛は、山崎さん、あなたがあずかっておいてください。さあ、いこう」

と、自動車をよんだ三津木俊助は、探偵小僧の御子柴君をつれて、新日報社をとび出しましたが、それからものの十分もたたぬうちに局長室のドアをたたく音。

「だれ……?」

と、山崎さんがたずねると、

「ぼくです。三津木俊助です」

「三津木君? なにか忘れものかい。おはいり」

「はあ、ちょっと……」

まぶしそうに光線をよけながらはいってきた、三津木俊助の顔を見て、

「忘れものってなんだい?」

と、山崎さんがたずねると、

「さっきの封筒、あれはやっぱり、ぼくが、持っていたほうがよいと思うのですが……」

「ああ、そう」

デスクのなかから取りだした封筒を、なにげなくわたそうとして、とつぜん、山崎編集局長は、大声でさけびました。

「あ、ち、ちがう。きみは三津木俊助じゃない。よくにているけれどちがっている!」

「あっはっは、見やぶられましたかな。とにかく、その封筒をわたしてもらいましょうか」

見ると、俊助ににたあやしい男は、しっかりピストルをにぎっているではありませんか。

「き、きさまはいったいだれだ。なにものだ」

「白蠟仮面(びゃくろうかめん)!」

「な、な、なんだって?」

山崎さんがびっくりして、とびあがったのもむりはない。

ああ、白蠟仮面! 白蠟仮面といえば、いま日本中でかくれもない怪盗ではありませんか。全国の警察では、血まなこになってこの怪盗を追っかけまわしているのですが、いまだにつかまえることができないのです。

神出鬼没（しんしゅつきぼつ）というのはこの怪盗のこと。白蠟仮面という名があっても、かくべつ仮面をつけているわけではなく、まるで蠟（ろう）でつくってあるように、自由自在に顔がかわるというところから、だれいうとなく白蠟仮面。つまり変装の名人なのです。

その白蠟仮面が、よりによって、三津木俊助にばけてやってきたのですから、山崎さんがおどろいたのもむりはありません。

山崎さんはあいてのゆだんを見すまして、そっとベルを押そうとしましたが、それを見るより、すばやくおどりかかった白蠟仮面。

「おっとっと、そんなことをしちゃいけない。あなたにはこのピストルが目にはいりませんか」

と、よこっ腹（ぱら）にピストルをおしつけると、山崎さんをいすにしばりつけ、さるぐつわまでかませてしまいました。

「あっはっは、しばらくのごしんぼうだ。すぐに人をよこしてあげますからね。それじゃ、この封筒は、もらっていきますぜ。わたしもこの事件には興味を持っているんだ。ひとつ新日報社と競争で、この事件を調査していこうじゃありませんか。あっはっは」

三津木俊助にばけた白蠟仮面は、封筒をポケットにおさめると、ペコリと山崎さんにおじぎをして、ゆうゆうとして局長室から出ていったのでした。

おそろしき影

さて、話はすこしまえにもどって、こちらは新日報社の樽井記者です。

日比谷公園で佐伯秘書の死体をしらべると、すぐそのことを、俊助に電話で報告しましたが、そのときの俊助のさしずによるとその足で古家邸（てい）へいけとのこと。そこで自動車をとばしてやってきたのが小日向台町（こひなただいまち）。万造翁（おう）のすまいは坂の上にあります。

樽井記者は坂の下で自動車をおりると、まっくらな夜道をのぼっていきましたが、すると、そのときだしぬけに、くらがりのなかから出てきたかげが、ふらふらと樽井記者のそばへよってくると、

「すみません、たばこの火をかしてください」

なんともいえぬ、いんきな声です。

樽井記者がマッチ箱を出してわたすと、あいては

無言のままマッチをすりましたが、そのとたん、樽井記者は全身につめたい水でもかけられたようなきみのわるさを感じました。

ああ、なんというおそろしい顔！　鬼火のようにギラギラひかる目、とがった鼻、かっと大きくさけた口、ミイラのようにかさかさとして、しわのよった灰色のはだ。……くらがりのこととて、髪の色まで見えませんでしたが、これこそさっき日比谷公園で、御子柴君をおどろかせた青髪鬼！

「いや、ありがとう」

青髪鬼はたばこに火をつけると、マッチを樽井記者にかえして、ふらりふらりと坂をのぼっていきます。

もしこのとき樽井記者が、探偵小僧の話をきいていたら、まさかそのまま、この男を、見のがすようなことはなかったでしょうが、なにも知らなかったのだからしかたがない。

「なんという、きみのわるいやつだろう」

樽井記者はしばらくうしろすがたを見おくっていましたが、やがて気をとりなおして、これもまた坂をのぼっていきます。しぜん樽井記者は、青髪鬼のあとをつけていくかっこうになりました。

やがて青髪鬼は坂をのぼって、一けんの洋館のまえまでくると、きゅうにそわそわと、あたりを見まわしはじめます。それを見ると樽井記者は、また、ギョッと息をのみました。

いま、あやしい男がようすをうかがっているその家こそ、万造翁のすまいなのです。

あやしい男はしばらくようすをうかがっていましたが、やがてヒラリと身をひるがえして、とびこんだのは門のなか、樽井記者がおどろいて、門のまえまでかけつけてきたときには、あやしい男は、もうかげもかたちも見えません。

それでは、あのきみのわるい男は、万造翁の知りあいだろうか。それにしても、がてんのいかぬあのそぶり……と、樽井記者が考えこんでいるところへ、やってきたのは警官です。

「どうかしましたか」

「ああ、警官。ぼくは新聞社のものですが、いまこの家へあやしい男がとびこんだんです」

と、てみじかに、いまの話をすると、

「ああ、そう、それじゃちょっと、家人に注意しておきましょう」

と、門をはいった警官が、げんかんのベルを押そうとしているところへ、聞(きこ)えてきたのは、電話をかけている声です。

「ああ、ご主人の声ですね」

警官は万造翁を知っているらしく、安心のいろをうかべましたが、そのとき、とつぜん聞えてきたのが、さっき三津木俊助が、電話で聞いたあの声です。

「た、たすけてくれえ！　クモだ、クモだ、おばけグモだ。あっ、き、来た！　青髪鬼だ……た、す、け、て……」

樽井記者と警官は、それを聞くと顔見あわせて、思わずゾッと身ぶるいしました。

「警官、庭の方へまわってみましょう」

げんかんのわきからくぐりをくぐって、庭へまわると洋間の窓に、あかあかとあかりがついているのが見えましたが、なにげなくその窓へ目をやったとたん、樽井記者も警官も、全身の血がこおるようなおそろしさをかんじて、その場に立ちすくんでしまいました。

カーテンのかかった窓のうらがわを、のそりのそりとはいまわっているのは、なんと、直径一メートルもあろうという、大きなおばけグモではありませんか。

あまりのことに、ぼうぜんと立ちすくんでいるふたりの耳に、そのとき、へやのなかから聞えてきたのは、ひくい、いんきな声でした。どうやら電話をかけているらしい。

やがてその声もとぎれて、ガチャンと受話機をかける音がしたかと思うと、くっきり庭にうつったのは、ライオンのたてがみのように、髪ふりみだした男のかげです。

「あっ、さっきの男だ！」

樽井記者が思わずそうさけんだとき、室内の電気が消えて、おばけグモのすがたも、ライオンのたてがみのように、髪ふりみだした男のかげも、やみにのまれてしまいました。

「警官、なにかあったのではないでしょうか」

「よし、なかへはいってみましょう」

樽井記者と警官は、窓のそばへかけよりましたが、窓はふつうの洋室よりずっと高くて、とても足場なしではのぼれません。

「警官、ぼくがだいてあげましょう」

「そうですか。すみません」

　樽井記者にだかれて、やっと窓のふちへのぼった警官は、ガラス戸をたたきながら、

「古家さん、古家さん、どうかしましたか」

　声をかけたが返事もなく、家のなかは墓場のように、しーんとしずまりかえっています。

「警官、窓はあきませんか」、

「ええ、かけ金がかけてあるようです。しかたがない。ガラスをこわしましょう」

　警官はガラスをこわして窓をひらくと、ヒラリとなかへとびこみます。それから、からだをのりだして、手をのばすと、

「さあ、きみも来たまえ」

「おねがいします」

　警官に手つだってもらって、やっと窓からとびこんだ樽井記者。もしや、さっきのあやしい男やおばけグモが、くらがりのなかからとびついて来はしないかと、用心ぶかく身がまえながら、懐中電灯でへやのなかを見まわします。

　しかし、まっくらなへやのなかには、もののけはいは、さらにないのです。

　警官も懐中電灯の光で、へやのなかをしらべていましたが、やっとスイッチのありかを見つけたらしく、カチッとそれをひねると、へやのなかが急に明かるくなりました。

　しかし、そこにはなにひとつ、かわったことも見あたらないのです。窓にうつったあやしい男も、あのおそろしいおばけグモも、かげもかたちも見えません。

　樽井記者はあいているドアに目をとめ、

「ああ、あそこからにげだしたのにちがいない。いってみましょう」

　ふたりはろうかへ出ると、家中しらべてまわりましたが、どこにも人かげはありません。

「へんですねえ。警官、この家には万造翁のほかにだれもいないのですか」

「いや、佐伯という秘書と、飯たきばあさんがいるんですが……そうそう、ばあさんのほうは今夜一晩、おひまが出たから、親類のうちへとまってくると、夕がた出かけていくのにあいました。しかし、佐伯秘書は……？」

その佐伯秘書なら、いま死体となって、日比谷公園によこたわっているのです。

「とにかく、もういちど、さっきのへやをしらべてみましょう」

と、もとのへやへとってかえして、あたりを見まわすと、すみのほうに大きなデスクがあり、その上には卓上電話、万造翁はたしかにさっき、この電話にむかっていたのです。

樽井記者はデスクのむこうにまわり、なにげなく、押入れのドアをひらきましたが、そのとたん、ワッとさけんでとびのきました。

樽井記者がドアをひらいたとたん、押入れのなかからクタクタところげ出してきたのは、パジャマを着た白髪の老人。しかもその首には、くいいるばかりに赤い絹のひもが巻きついているではありませんか。

「あっ、古家万造さんだ！」

警官にいわれるまでもなく、樽井記者も知っていました。それこそ日本一の宝石王、古家万造翁にちがいありません。

「し、死んでるんでしょうね、むろん……」

樽井記者が声をふるわせます。警官は、床にたおれている万造翁の胸に、だまって手をあてていましたが、急に目をかがやかせて、

「いや、心臓がかすかに動いている。これはひょっとするとたすかるかもしれない」

警官は大いそぎで医者に電話をかけると、ついでに警察へも報告しました。樽井記者もそのあとで、新日報社へ電話をかけようとしましたが、そこへげんかんのベルの音。

三津木俊助が探偵小僧の御子柴君とともにやっとかけつけてきたのです。

奇怪な博士

さあ、それからあとの大さわぎは、いまさらここに書きたてるまでもありますまい。

お医者さんがくる。警官がおおぜいかけつけてくる。古家邸は上を下への大さわぎ。

さいわい、医者の手あてがよかったのか、万造翁はまもなく息をふきかえしましたが、しかし生きかえったのは、からだだけのこと、たましいは死んだ

もおなじだったのです。というのは、恐怖のためか万造翁は、気がくるっていたのです。

「ああ、クモだ……クモだ。おそろしい、おばけグモだ。あっ、き、来た、青髪鬼！」

　白髪をふりみだし、口からあわをふきながらくるいまわるきみわるさ。探偵小僧の御子柴君は、身の毛のよだつようなおそろしさを感じました。

「これはいけない。佐伯秘書はころされ、万造翁の気がくるっては、いったい、この事件は、どこから手をつけていったらよいのか……」

　さすがの俊助も当惑したような顔色です。

　それはさておき、御子柴君は、警官たちがごったがえしているへやから、そっとろうかへぬけ出しました。警官たちの捜査のじゃまをしてはならぬと思ったからですが、もうひとつ、ほかに目的があったのです。

　樽井記者が、さっき俊助に報告しているのを聞くと、すこしへんだと思われました。

「ぼくはあの窓からとびこむと、すぐに警官とふたりで、家中しらべてまわったんです。そのとき、げんかんも勝手口も、また、どの窓という窓も、ぜんぶ、なかからげんじゅうにしまりがしてあったんです。それなのに、あやしい男もクモのすがたも、かげもかたちも見えませんでした。いったい、あいつは、どこからぬけだしたのでしょう」

　御子柴君はいまそのことを考えています。ひょっとすると青髪鬼は、まだこの家のどこかにかくれているのではあるまいか……。

　そこで探偵小僧の御子柴君は、右往左往する警官たちのあいだをぬけて、そっと二階へあがってみました。家族のすくない万造翁の家は、さほどひろくはありません。階下が五間に二階が三間、それから、その上の、屋根うら部屋が物置きになっています。

　階段をあがると二階のろうかには、さっき警官がつけていった電気があかあかとついていました。そして、そこから屋根うら部屋へあがっていく、せまい、きゅうな階段がついています。御子柴君は足音に気をつけながら、そっとその階段をのぼっていきました。

　階段をのぼると、そこはせまいろうかになっていて、ひくいてんじょうから、五燭光ぐらいのくらいはだか電球がぶらさがっています。そして、そのかたわらに物置きのドアがあるのです。

御子柴君はその物置きのドアに手をかけましたが、とつぜん、ギョッとしたように息をのみました。それから、あわててあたりを見まわすと、さいわい目についたのは、ろうかのすみに投げ出してある、やぶれソファです。

御子柴君はあわててそのうしろへ身をかくしましたが、そのときでした。物置きのドアが、そろそろなかからあいたかと思うと、そうっとのぞいた男の顔……。

御子柴君はその顔を見たとたん、心臓がとまってしまいそうなほどびっくりしました。

それもそのはず、ロイドめがねをかけたその顔に、御子柴君は見おぼえがあったのです。造翁や月丘ひとみといっしょに、なぞの死亡広告を出された理学博士、神崎省吾ではありませんか。

それにしても、神崎博士がどうしてこの家の、屋根うら部屋の物置きなどにかくれていたのでしょう。見ると髪はみだれ、ネクタイはゆがみ、洋服もほこりまみれです。

しかも、その顔つきのおそろしさ。階段の上に立って、じっと下のようすをうかがっているその顔は、異様にねじれて、なんともいえぬほどきみがわるいのです。

御子柴君は心臓がガンガンおどるのを感じました。全身から、ねっとりとつめたいあせが吹きだすのをおぼえました。

それというのも御子柴君は、もっともっとおそろしいことに気がついたからです。神崎博士の、上着のポケットからはみ出しているのは、なんと、ふさふさとした、まっさおな髪の毛ではありませんか。

わかった、わかった。それは青い髪のかつらなのです。そして、そういうかつらを持っているからには、神崎博士こそ青髪鬼ではありますまいか。

あまりのおそろしさに御子柴君が、ふるえあがったひょうしに、ガタリといすが鳴ったからたまりません。

さっとふりかえった神崎博士は、ねこのように足音もなくとんできたかと思うと、

「あっ、こんなところに人が……」

しゃがれ声でそういいながら、いきなり、御子柴

君の肩をつかんで、ずるずるとそとへ引きずり出しました。その形相（ぎょうそう）のおそろしさ……。

白蠟仮面

「小僧！」

神崎博士はかみつきそうな顔色で、御子柴君をにらみながら、

「あのさわぎはなんだ。下ではなにを、あのようにさわいでいるんだ」

「それをあなたは知らないんですか。あなたが知らぬはずはない」

「なに？　わたしが知らぬはずはないって？」

「そうです、そうです。古家万造さんを殺そうとしたのはあなたでしょう。そして、警官が来たからここにかくれていたんでしょう？」

「な、な、なんだって？　古家万造を殺そうとした？　そ、それじゃ万造は死んだのか」

神崎博士のおどろきが、あまり大きかったので、御子柴君も、ちょっとへんに思いました。

それではこの人はほんとうに、万造が殺されかけたのを知らなかったのか。それとも、じょうずに、しらばくれているのか……。

「いいえ、古家さんはたすかりました。しかし、死んだもおなじです。あのひとは、気がくるってしまったんです」

「なに、気がくるってしまったと……？」

神崎博士はものすごい顔をして、グイグイと御子柴君の肩をゆすりながら、

「しかし、小僧。おまえはなぜわたしを犯人だと思うんだ。こんなところにかくれていたからか」

「いえ、それればかりではありません。あなたのポケットから青髪鬼のかつらが……」

「なに、青髪鬼のかつら……？」

神崎博士はギョッとしたように、じぶんのポケットを見ましたが、すぐかつらをつかみだすと、悲鳴をあげて、床にたたきつけました。

「おれは知らん、おれは知らん、こんなかつらなど、見おぼえはない！」

神崎博士が、だだっ子みたいに、足ぶみをしているすきに、御子柴君はにげだそうとしましたが、すぐにとっつかまってしまいました。

「待て、小僧、にげることはならん。それから、声をたてると、しょうちせんぞ」

　神崎博士は、きゅうに声をひそめて、

「それじゃ、万造を殺そうとしたのは、青い髪をした男か」

「そうです、そうです。青い髪の男がこの家へ、はいるところを見たひとがあるんです。それから、古家さんの殺されかけたへやの窓に、そいつのかげがうつっていたんです」

「そして、いま下へ来ているのは警官だな」

「はい、おおぜい来ています」

　神崎博士は、しばらくだまって考えていましたが、きゅうに強く御子柴君の肩をゆすぶると、

「小僧、おれはなにも知らないんだ。だれかにわなにおとされたんだ。万造の代理だというやつから電話がかかって、すぐこの家へ来てくれということだった。そこでおれはやって来たんだ。晩の七時ごろだった。ところが……おい小僧、聞いているのか」

「は、はい、聞いています」

「ところが、ここへ来てみるとだれもいないんだ。へんに思って書斎へはいると、デスクのうえに万造のおき手紙がおいてあった。すぐかえるから待ってくれというんだ。手紙のそばには、ウィスキーと葉巻きがおいてあった。そこで、ウィスキーを飲み、葉巻きをすっているうちに、おれは気がとおくなってしまったんだ。小僧、聞いているだろうな」

「は、はい、よく聞いています」

「よし、さて、それから気がつくと、おれは、この物置きのボロくずかごのなかにおしこめられていた。そこで、いま、びっくりしてとびだして来たところなんだ。だから……だから、万造を殺そうとしたのはおれではないし、おれは、こんなかつらなど見たこともない」

「しかし、それならなぜ下へおりていって、警官にそのことをいわないんです」

「いやだ！　おれはいま警官にあいたくないんだ。おれはここからにげ出す。だから、小僧、あとで、いまのことを警官にいってくれ」

「に、にげ出すんですって？」

「そうだ。だから、小僧、しばらくきゅうくつな思いをさせるがしんぼうしろ！」

　そういったかと思うと神崎博士、いきなり御子柴

君の口にハンケチをおしこみ、声をたてさせないようにしておいて、ずるずると、首すじとって物置き部屋へひきずりこみました。

深夜の自動車

ちょうどそのころ、下の部屋では、俊助が探偵小僧のすがたが見えないことに気がつきました。警官にきいてみると、二階へあがっていったようだということです。

そこで俊助も二階へあがってみましたが、御子柴君のすがたはどこにも見えません。

「三階じゃないでしょうか。三階にも電気がついているようですから」

いっしょに来た樽井記者のことばです。

「よし、いってみよう」

三階へあがってきた俊助は、床に落ちている、ふさふさとしたものを見つけました。なにげなくそれをひろって見て、

「あっ、こ、こりゃ青い髪のかつらだ」

「三津木さん、それじゃさっきのやつは、かつらをかぶっていたんでしょうか」

「そうかもしれん。しかし、探偵小僧は……」

ふたりがあたりを見まわしているところへ、聞(きこ)えてきたのはうめき声。

「あっ、ありゃなんだ！」

「三津木さん、このドアのなかからです」

ドアのなかはまっくらでしたが、俊助が、かべをさぐってスイッチをひねったので、すぐ電灯がつきました。見ると部屋のなかには、がらくた道具がいっぱいつんでありましたが、うめき声は、そのがらくたの奥から聞えるのです。

「三津木さん、あっちだ、あっちだ」

がらくたをかきわけていくと、いちばん奥に、ボロをいっぱいつめた大きなかごがおいてあります。そのボロをとりのけると下からあらわれたのは、さるぐつわをはめられて、たかてこてにしばられた探偵小僧。

「あっ、探偵小僧だ。だれがこんなことをしたんだ！」

いそいでさるぐつわをといてやると、

「神崎博士です！　三津木さん、神崎博士がいまそ

の窓からにげ出したんです。すぐあとを追っかけてください」

「なに、神崎博士が……？」

その物置には小さな窓がひとつあります。それを開くとすぐ下に、二階の屋根が見えましたが、いましもその屋根を四つんばいになっていくのは、いうまでもなく神崎博士。

「待て！」

俊助もすぐに窓からとびおりると、

「樽井君、きみはこのことを下の警官たちに知らせてくれたまえ」

「三津木さん、ぼくもいきます」

いましめをとかれた探偵小僧も、ヒラリと窓からとびおりました。

さて、こちらは神崎博士、やっと屋根のはしまでにげてきましたが、下を見ると七、八メートルもある高さ、とても、とびおりることはできません。しかも、あとから俊助と探偵小僧が追っかけてくるのです。

進退（しんたい）きわまった神崎博士がむこうを見ると、へいごしに、となりの家の屋根が見えます。その間（かん）やく三メートル。しかし、となりの家は平家（ひらや）ですから、こちらよりだいぶ低いのです。

神崎博士は五、六歩あともどりをすると、ぱっと反動をつけてとびました。そして、しゅびよく、となりの屋根へとびうつると、そこから地面へとびおり、すばやく植えこみのなかへもぐりこみます。

「警官、あっちだ、あっちだ。となりの家へもぐりこみましたよ」

さけんでいるのは俊助です。それからドサッと音がしたのは、あっちの屋根へとびうつったのでしょう。

神崎博士はむちゅうになって、植えこみのなかをもぐっていましたが、とつぜん、くらやみのなかから手をつかんだものがあります。

「あっ！」

思わずさけぼうとする博士の口をおさえて、

「しっ、だまってぼくについてきたまえ。おもてはあぶない、警官がやってくる」

ふしぎな男は博士の手をとり、植えこみをぬけると、境（さかい）のへいをのりこえてとなりへはいる。博士もあとからついていきます。こうして博士は奇怪な男に手をとられ、へいをのりこえ、垣根をくぐって、むちゅうでにげていましたが、やがてせまい坂へ出ました。

「さあ、大いそぎだ。ぐずぐずしてると警官にとっつかまるぞ」

あいてにいわれるまでもない。あちこちにあわただしい警官の足音がきこえるのです。

博士はふしぎな男のあとについて、坂を走りおりましたが、見ると、坂の下には自動車が一台待っています。

「さあ、これに乗りたまえ」

「しかし、そういうあなたは……？」

見るとあいては帽子をまぶかにかぶり、オーバーのえりを立てているので、見えるものといっては、ふたつの目ばかりです。

「そんなことはどうでもいい。はやくこれに乗りたまえ。ほら、警官の足音がする」

しかたがないので、乗りこむ博士のうしろから、ふしぎな男も乗りこむと、すぐに自動車は走りだしました。

ふしぎな男は上きげんで、

「あっはっは、いったいだれが警官に追われているのかと思ったら、あんたは神崎博士ですね」

「そういうあなたは……」

「ぼくかい、ぼくは白蠟仮面……」

「な、な、なんですって！」

「しずかにしたまえ。警官にとっつかまるよりましだろう。あっはっは！」

そういいながらポケットのなかから、神崎博士のよこっ腹へ、ぴったりとおしつけたのはピストルらしいです。

まっさおになって、そのままだまりこんでしまった神崎博士と、怪盗白蠟仮面のふたりを乗せて、自動車は深夜の町をまっしぐらに……。

ふしぎな贈物

さあ、翌日の新日報はとぶような売ゆきです。それはそうでしょう。ほかの新聞は古家邸の怪事件を、ほんのちょっぴりしか書いていないのに、新日報は社会面ほとんど全部を、この怪事件でうずめているのです。

日比谷公園の殺人事件――一メートルもあるおばけグモ――なぞの青髪鬼――古家邸の怪事件――神崎博士の奇怪な行動――しかも、いま大ひょうばんの怪盗白蠟仮面が、この事件に首をつっこんでいるというのですから、これほどすばらしい事件はありません。

こうして、ほかの新聞社の知らない事件をさぐりだすのを、特ダネをつかむといいます。新聞記者として、すばらしい特ダネをつかむほど、大きな手がらはないのですが、こんどのばあい、それをさいしょにつかんだのは御子柴君ですから、さあ、探偵小僧は、いちやく社内の人気者、ヒーローになりました。

「やあ、探偵小僧、えらいぞ。すばらしい特ダネをつかんできたじゃないか」

「なあに、犬もあるけば棒にあたるですよ」

「あっはっは、けんそんするな。よしよし、いまにボーナスが出るからな、そしたら、おれたちにおごるんだぜ」

などと、ぬけ目のない人もいます。

それはさておき、警視庁はいうにおよばず、新日報社でもやっきとなって、青い髪の男と神崎博士のゆくえをさがしましたが、一週間たっても二週間たってもわかりません。

それですから、神崎博士が青髪鬼だったのか、それとも博士のいうとおり、だれかに罪をなすりつけられようとしているのか、それもさっぱりわかりません。

古家万造さえ正気でいたら、少しは事情がはっきりするのでしょうが、その万造は気がくるって、うちに閉じこめられているのですから、その口から聞くこともできません。

こうしていたずらに三週間がすぎました。

「ねえ、三津木さん、だいじょうぶですか」

ある日、探偵小僧が心配そうにいいました。

「なにが……？」

「ひとみさんはおばあさまと、ただふたりで住んでいるんでしょう。もしや青髪鬼が……」

月丘ひとみには両親がなく、秋子という祖母とただふたりで、中野に住んでいるということを、御子柴君はだれかに聞いていました。

「ああ、そのことならだいじょうぶ。あの晩からひとみさんの家は、げんじゅうに警官が見はっているから、青髪鬼にしろ神崎博士にしろ、指一本ささせやしないさ」

「それなら、安心ですけれど……」

とはいうものの御子柴君は、やはり心配でなりません。どういうわけで青髪鬼は、年はもいかぬ、かわいい少女をつけねらうのだろうと思うと、腹がたってくるくらいでした。

ところがそういう話をしているところへ、俊助のところへ、受付から電話がかかってきました。

「三津木さん、ご面会です」

「どういうひと……？」

「月丘秋子さんというかたです」

「なに、月丘秋子さん！」

俊助はびっくりしたようにさけびましたが、

「いや、ああそう。それじゃ応接室……いや、ちょっと待て。それより編集局長の部屋へ、ご案内してくれたまえ」

電話を切ると俊助は、御子柴君と顔見あわせて、

「おい、探偵小僧。うわさをすればかげとやらだ。きみもおれといっしょに来い！」

編集局長の山崎さんにわけを話して、待っているところへ、はいってきたのは、六十ばかりの上品なおばあさんです。俊助はいままでになんども会っているらしく、

「いらっしゃい、おばあさん。ひとみさんがどうかしましたか」

「いえ、あの、そういうわけではございませんが、ちょっと心配なことができまして……三津木先生、これをごらんください」

秋子が、ふところから取り出したのは一通の手紙です。月丘ひとみ様とあて名だけであって、差出し人の名まえは書いてありません。

なかを見ると、こんなことが書いてありました。

月丘ひとみ様

三月十五日はひとみさんの誕生日ですね。毎年のとおり、ことしもおくりものをしようと思うのだけれど、つごうがわるくておくれない。すまないけれど、きみのほうから取りにきてください。十五日の晩、七時きっかりに、銀座尾張町の三越のまえで待っていてくれれば、おじさんのほうから

出むきます。きっと、まちがえないように。
サンタのおじさんより。
なお、このことは、ぜったいにおまわりさんにいってはいけません。

それを読むと俊助は、思わず山崎さんや探偵小僧と顔を見あわせました。

「おばあさん、ひとみさんの誕生日には、毎年おくりものがくるのですか」

「はい」

「だれがおくってくれるんです」

「それが、だれだかわからないんです」

一同はまた顔を見あわせます。

「いつごろからですか、それ……」

「ひとみの父がなくなったつぎの年からですから、ひとみの六つのときからです」

「ひとみさんのおとうさんというのは、どういう人でした？」

「それがよくわかりませんの。ひとみの祖母といいましても、ひとみの母がわたしの娘でしたから、ひとみの父のことはよくぞんじません。名まえは月丘謙三(けんぞう)ともうしましたが」

「すると、ひとみさんのおとうさんがなくなられた翌年から、毎年ひとみさんの誕生日には、だれからともなく、おくりものがくるんですね」

「はい」

「そのおくりものとは、どんなものなんです」

「はい、あの、それが……いつもきまってダイヤモンドでした」

「ダ、ダ、ダイヤモンドですって！」

俊助はじめ一同は、思わずおどろきのさけびをあげます。

「おばあさん、そ、そして、そのダイヤモンドというのは、りっぱなものなんですか」

「そうだろうと思います。わたしはいつもそれを売って、一年の生活費にしていたのです。ひとみの父が、一文(いちもん)も財産をのこしてくれなかったものですから……」

俊助はまたおどろきの目を見はりました。

祖母と、まごのふたりきりとはいえ、ひとみの家には女中(じょちゅう)もおり、かなりよいくらしなのです。それをささえていくとすれば、よほど上等のダイヤモンドにちがいない。

　そのとき、俊助や御子柴君のあたまに、さっとひらめいたのは青髪鬼のもらした、大宝窟（だいほうくつ）ということばです。

　ひょっとすると、そのことと、なにか関係があるのではなかろうか。

「おばあさん、あなたは古家万造や神崎博士という人を、ほんとうに知らないんですか」

　それはいままで、なんども切りだした質問ですが、いま、俊助は、それをくりかえさずにはいられませんでした。

「いいえ、ほんとうにぞんじません」

「ひとみさんのおとうさんから、そういう名まえを聞いたおぼえはありませんか」

「いいえ、いちども。謙三さんという人はいつも旅行がちで、めったに家にいない人でした。ひとみの母がなくなってから、いつもわたしとひとみがおるすばんで、たまにかえってきても、うちとけて話すこともございませんでしたから、あの人のことについては、わたしはほとんど、なにも知りませんの」

「なくなられたのはお宅で……？」

「はい、急性肺炎でした。ほんとにきゅうで。……十二月もおしつまったころでした。まえにももうしましたとおり、謙三さんは、一文も財産をのこしてくれなかったので、幼いひとみをかかえて、わたしはとほうにくれていたのですが、そこへ翌年の三月十五日に、どなたかダイヤモンドを、おくりものにくださったので……」

　俊助はまた、山崎さんや探偵小僧と顔を見あわせました。秋子はしずかに涙をふき、

「ねえ、先生、どうしたものでございましょう。悪いこととは思いながら、わたし、いつのまにかおくりものをあてにするくせがついてしまいまして、今年ちょうだいできないと、こまってしまいますの。とはいえ、ひとみをひとりで出してやってよいものやらわるいものやら……」

　俊助はだまって考えていましたが、やがて、きっぱりと、

「いいでしょう。おばあさん、この手紙のとおりにしてごらんなさい。ひとみさんはぼくたちで、きっとお守りしてみせますから」

しかし、ああ、そんなことをしてよいのでしょうか。ひとみのゆくてには、恐ろしい、わながしかけてあるのではないでしょうか。

ふたり俊助

さて、十五日の晩のこと、三越のよこの暗いところに、人待ちがおに立っているひとりの少女は、いうまでもなく月丘ひとみ。新聞記者の三津木俊助にはげまされて、ふしぎな手紙のいうとおり、今夜ここへ来たのです。

銀座の通りには、ネオンがしだいにあかるさをまし、あたりは織るようなひとどおり。そのなかに、たったひとりで立っているひとみの胸は大きく不安にとざされていましたが、それでも俊助や探偵小僧の御子柴君が、どこかで見まもっていてくれるというので、勇気をだして約束の時間を待っているのです。

そのひとみからすこしはなれたところに、浮浪児(ふろうじ)みたいな少年が、ぼんやり地面にうずくまっています。ひとみは気がつきませんでしたが、その少年こそ探偵小僧の御子柴君。

さて、かどの服部(はっとり)の大時計が、約束の七時を報じましたが、と、このとき、東銀座の方角からやってきた自動車が、ピタリとひとみの前にとまると、

「やあ、ひとみちゃん、待たせたね」

と、運転台からなれなれしく声をかける男の顔を見て、ひとみはびっくりしたように目を見はりました。

「あら、三津木先生。どうしたんですの」

「あっはっは、なんでもいいから、この自動車にのりたまえ」

「あら、だって、それじゃ、あのお約束はどうするんですの」

「なあに、いいんだ、いいんだ。あとで話をするから、はやくこれに乗りたまえ」

と、運転台のドアをひらく男の顔を見て、あっと目をまるくしたのは御子柴君。それもそのはず、運転台から身を乗りだしているのは、たしかに三津木俊助ではありませんか。

御子柴君はあわてて、むこうのかどに目をやりましたが、そこにも一台の自動車がとまっていて、窓

からこちらをのぞいているのは、これまた三津木俊助です。

御子柴君は思わずいきをのみました。むこうにいるのも三津木俊助。いま目の前にいるのも三津木俊助。どちらがほんものにせものか、見わけがつかぬほどよく似たふたりに、御子柴君はあっけにとられていましたが、そのうちに、はっと思いだしたのは、いつか山崎編集長からきいた話です。俊助に化けて写真をうばってにげた白蠟仮面。

――いま目の前にいるのは、その怪盗ではあるまいか。

そう気がつくと御子柴君は、そっと自動車のうしろにまわりました。自動車のうしろには荷物をいれるところがあります。さりげなくそれをひらく、いいあんばいになかはからっぽ。御子柴君はいそいで、あたりを見まわしたが、さいわい、そこはうすくらがり。だれも見ているものはありません。御子柴君はすばやく、そこへもぐりこみましたが、ちょうどそのとき、ひとみも運転台にのりこんで、自動車はすぐに出発しました。

むこうのかどに自動車をとめて、ようすをうかがっていた俊助も、それを見るとすぐにあとを、追っかけます。

こうして二台の自動車は、ほどよい間隔をたもちながら、町から町へと走っていきました。やがて、人通りのない暗いさびしい道へさしかかったときでした。

うしろからやってきた一台のスクーターが、俊助の乗っている自動車のそばへ、するすると近よってきたかと思うと、
ズドン！　ズドン！

とつぜん、ピストルが火をふいて、俊助の乗っている自動車は、二、三度大きくよろめいたのち、ガクンととまってしまいました。スクーターに乗っている男が、かけぬけるときタイヤをめがけて、ピストルの弾丸を二、三発、ぶちこんでいったのです。

「なにをする！」

この思いがけない襲撃に、俊助はおどろいて窓から身をのりだしましたが、その鼻さきを、大きなちりよけめがねをかけた男が、スクーターに乗って、流星のようにすべっていったかと思うと、またたくうちに、そのすがたは闇のなかに消えてしまいまし

た。

　さて、こちらは探偵小僧の御子柴君。きゅうくつな荷物入れ場に身をひそめて、自動車にゆられることやく半時間。どこをどう走っているのか、けんとうもつきませんでしたが、そのうちにスピードがおちてきたかと思うと、まもなく自動車はとまりました。

　どうやら目的地へついたらしいのです。

　御子柴君がいきをこらしてようすをうかがっていると、自動車からおりた白蠟仮面とひとみさんが、なにかおし問答をしながら立ちさっていきます。

　その足音の消えていくのを聞いてから、御子柴君はその荷物入れ場のふたをひらきましたが、そのときまた、だれかしのび足でこちらへ近づいてくるようです。

　御子柴君がギョッとして、ふたのすきまからのぞいていると、近づいてきたのは大きなちりよけめがねをかけた男です。御子柴君は知りませんでしたが、この男こそ、さっき俊助の乗った自動車のタイヤに、ピストルの弾丸をぶちこんだスクーターの男なのです。

　ちりよけめがねをかけた男は、まさか、そんなところに、御子柴君がかくれていようとは気がつかず、自動車のかげに身をひそませて、じっとむこうを見ています。

　ちょうどそのとき、月が雲間をはなれたので、御子柴君ははっきりあいての顔を見ましたが、そのとたん頭からつめたい水をぶっかけられたような、おそろしさを感じたのです。

　なんと、それはいつか日比谷公園であった、青髪鬼ではありませんか。

　わかった、わかった、青髪鬼はあくまでひとみをねらっているのです。ひとみのあとを尾行して、ここまでやってきたのです。とちゅうで俊助の自動車をパンクさせたのも、俊助がいては、じゃまになったからでしょう。

　御子柴君はなんともいえぬおそろしさに、心臓がガンガンおどっていましたが、そんなことは夢にも知らぬ青髪鬼、しばらくあたりのようすをうかがったのち、ねこのように足音しのばせ、自動車のそばをはなれました。

その足音のきこえなくなるのを待って、御子柴君はそっと荷物入れ場からはいだすと、あたりを見まわしましたが、そこは工場の構内らしく、むこうに、れんがづくりの工場がみえ、こちらのほうには古ぼけた社屋が見えます。

しかし、どこにも人のけはいはなく、白蠟仮面やひとみさん、さては青髪鬼のすがたも見えません。あたりはしーんと、海の底のようにしずまりかえっているのです。

それにしても、いったい、ここはなにをつくる工場だろう……。

そう考えた御子柴君は、ものかげづたいに、そっと社屋の正面へまわってみましたが、見るとそこには、『東洋ガラス製造会社』と書いたかんばんがかかっています。

すると、ここはガラス工場らしいのですが、白蠟仮面はなんだって、こんなところへひとみさんをつれこんだのだろう……。

御子柴君がふしぎそうに、小首をかしげているところへひとの足音がきこえてきたので、あわててものかげへかくれていると、社屋のなかから出てきたのは、白蠟仮面とひとみさん、さらにそのあとにつづいた人物を見て、御子柴君は思わず目を見はりました。

なんと、それはこのあいだ古家邸から逃げだした、神崎博士ではありませんか。

白蠟仮面と神崎博士は、あたりのようすをうかがいながら、しばらく立ち話をしていましたが、やがて構内をつっきって、むこうに見えるれんがづくりの工場へはいっていきます。むろんひとみさんもいっしょでした。

御子柴君はなおしばらく、青髪鬼のすがたは見えないかと、ものかげに身をかくしたままようすをうかがっていましたが、青髪鬼はどこにいるのかすがたも見えません。

そこで御子柴君は三人のあとを追って、工場へはいろうとしましたが、なにを思ったのか、もういちど自動車のそばへひきかえすと、ポケットから取りだしたのは小さなビンです。ビンのなかにはなにやら黒い液体がはいっています。

御子柴君はその液体を、点々と地上にたらしながら、工場のなかへはいっていきました。

工場のなかはまっくらでしたが、どこかでゴーゴーとものすさまじい音が聞(きこ)えます。その物音をたよりに進んでいくと、まもなく鉄のドアにつきあたりました。ゴーゴーというあの音は、そのドアのむこうからきこえるのです。

　御子柴君は思いきって、小型の懐中電灯を取り出すと、あたりをしらべてみましたが、それでわかったことは、この工場は二重かべになっていることです。外部のかべのなかに、もうひとつ、がんじょうなれんがのかべがめぐらせてあり、そこに鉄のドアがついているのです。御子柴君は、そのドアをおしてみましたが、かぎがかかっているらしく、びくともしません。

　御子柴君があきらめて、かべにそって歩いていくと、ところどころ小さな窓があいていて、どの窓も紫(むらさき)色のガラスがはまっています。

　それは外から、ガラスのできるところを視察するための窓なのですが、灼熱(しゃくねつ)しているガラスを肉眼で見ると、目がつぶれるうれいがあるので、紫色のガラスがはめてあるのです。

　御子柴君はそんなこととは知りませんでしたが、これさいわいと窓からなかをのぞいてみて、思わずアッといきをのみました。

ダイヤの宝庫

　窓の内部は二、三十坪(つぼ)ほどの、長方形の広場になっており、四方もゆかもれんがでかためてあるなかに、十坪もあろうという、大きなプールがきってあります。

　そして、そのプールのなかでゴーゴーと、すさまじい音を立ててにえくりかえっているのは、まっかにやけただれたガラスです。

　ガラスはまるであめのように、ブツブツ、グラグラとたぎりたっているのです。そして、その表面からもえあがる、まっかなほのおとともに、強いガスのにおいがしました。

　はじめて、そういう光景を見る御子柴君にとっては、それはまるで地獄釜(じごくがま)のようなおそろしさでした。

　御子柴君はしばらくあっけにとられて、そのおそろしい地獄の釜を見ていましたが、やがて気をとりなおすと、それにしても三人は……と、あたりを見まわしているところに三人の姿がプールのふちにあらわれました。

　見ると三人とも紫色のめがねをかけ、俊助に化けた白蠟仮面と神崎博士はしきりになにか話をしています。そして、そのそばには、ひとみがおそろしそうにふるえているのです。

　それにしても白蠟仮面と神崎博士は、いったいなんの話をしているのでしょう。あついれんがのかべと、地獄の釜のたぎる音にさえぎられて、御子柴君にはなんにも聞こえませんでしたが、われわれはそっと、ふたりの話を聞いてみようではありませんか。

「さあ、神崎博士、きみの註文どおりにわれわれは、このおそろしい地獄の釜のふちまでやって来た。きみはまさかこのおれを釜のなかへつきおとして、殺そうというのじゃないだろうね」

　そういったのは白蠟仮面、紫色のめがねのおくから、用心ぶかい目をひからせています。

「と、とんでもない。ぼくはただ、だれにも話をきかれたくないからだ。ここならぜったいに、立ちぎきされる心配はないからね」

「よしよし、わかった。しかし、ひとみちゃん気をつけろよ。この釜のなかへおちたがさいご、一しゅんにして命はないぜ。からだがとけてガラスになっちまう。あっはっは、ガラスのお化けになっちゃつまらないからね」

　ひとみはあまりのおそろしさに、さっきから気がとおくなりそうな顔色をしています。白蠟仮面は神崎博士のほうにむきなおり、

「じょうだんはさておいて、それでは先生、話を聞こうじゃありませんか。あなたはこのあいだ、ひとみさんをつれてきてくれれば、いっさいの秘密をぶちまけるといいましたね。さあ、ひとみさんはここにいる。そして、あたりには立ちぎくものもない。約束どおり、なにもかもうちあけてもらおうじゃありませんか。神崎博士、大宝窟とはいったいなんだ。いったい、それはどこにあるんだ」

　神崎博士はなにかいおうとしましたが、いざとなると気おくれがするらしく、そのまま口ごもってしまいます。

　白蠟仮面はせせら笑って、

「あっはっは、よほどいいにくいと見えるな。よしよし、それではしゃべりやすいようにしてやろ

う。神崎博士、この男はだれだ。このミイラみたいな顔をした男はいったいだれだ」

白蠟仮面がとりだしたのは、いつか新日報社からうばってきた写真の一枚。あの青髪鬼の写真です。

神崎博士はそれを見ると、悲鳴をあげてうしろへよろめきました。

「そ、そ、それは鬼塚三平という男なんだ！」

「鬼塚三平……？　鬼塚三平とは何ものだ。どういうわけで、こいつが、きみたちをつけねらうんだ」

「そいつは……そいつは……昔、わたしたちのなかまだったんだ」

「わたしたちとはいったいだれだ。きみと古家万造のことか」

「そうだ、それにひとみさんのおとうさんの月丘謙三、この四人が昔のなかまだったんだ。われわれ四人は、富をもとめていろいろ冒険をともにしたが、そのうちに……そのうちに、ひとみさんのおとうさんが、すばらしい宝を発見したんだ」

「すばらしい宝とはいったいなんだ。いったいどんなものなんだ！」

紫色のめがねのおくで、白蠟仮面の目が鬼火のようにひかっています。

「それは……それは……」

と、神崎博士はぜいぜい肩でいきをしながら、

「世界中の富を一手ににぎるほどの、すばらしい宝なんだ。それは……それは……ダイヤモンドの大宝庫なんだ！」

「ダイヤモンドの大宝庫だって！」

さすがに白蠟仮面もびっくりしたようにさけびました。

「そして、そして、それはどこにあるんだ」

しかし、それには神崎博士も答えません。白蠟仮面ののどのおくが、かすれたような笑い声をあげると、

「よしよし、それはいずれあとで聞くことにしよう。それより、このミイラみたいな男、鬼塚三平はなんだって、きみたちをつけねらっているんだ」

「それは……それは……いや、それよりひとみさんのおとうさんが、なくなったときから話をしよう」

神崎博士はあやまるような目で、ひとみさんのほうを見ながら、

「ひとみさんのおとうさんは、すばらしい宝を発見

した直後に死んだんだ。しかもそのことを、だれにもいっておかなかったので、ひとみさんのおばあさんも、ひとみさんもそれを知らなかった。もし知っていて、その宝庫を手にいれたら、ひとみさんは世界一の大金持ちになるところだったんだ」

「それをきみたちが横どりしたのか」

「ああ、いや、そ、そういうわけではないが……」

と、神崎博士はひたいににじむ汗をぬぐいながら、

「わたしはそれを、ひとみさんにわたそうと思った。しかし、古家万造がどうしてもそれをきかなかったんだ。ひとみさんのような子どもにわたしたら、いずれきっと、わるものに、横どりされてしまうだろう。それよりひとみさんが大きくなるまで、じぶんたちが管理しようじゃないかと、わたしを説きふせたんだ。ところが、鬼塚三平だけがどうしてもそれをきかなかった。大宝庫をひとみさんにかえすのが、ほんとうだといいはったんだ」

「それでどうしたんだ。きみたちで鬼塚三平をどうかしたのか」

「わたしは……わたしはなにもしなかった。しかし、古家万造が三平をとらえて、コバルト鉱山へ送ってしまったんだ」

「コバルト鉱山だって……」

「そうだ。そのじぶんからわたしは、このガラス工場を経営していたが、ここではコバルト・ガラスを作っている。その原料にするために、われわれはコバルト鉱山を持っているんだ」

「そのコバルト鉱山というのはどこにあるんだ」

「マレー半島の奥地にある」

「マレー半島の奥地だって?」

白蠟仮面も目を見はります。

「そうだ。そこには一メートルもあるクモがうようよするほどいるんだ。鬼塚三平はその鉱山に送られて、どれいみたいにこきつかわれていたんだ」

「あっはっは!」

白蠟仮面はものすごい笑いをあげると、

「つまりそうしてきみたちは、じゃまものをかたづけておいて、大宝庫を横どりしたんだな」

「ちがう、ちがう、わたしはそのつもりじゃなかった。みんな古家万造のやったことなんだ。わたしは気がとがめてしかたがなかったので、毎年ひとみさんの誕生日には、ダイヤモンドを送っていたんだ」

「なるほど、ところが、そこへ鬼塚三平がかえってきたんだな」

「そうだ。あいつはとうとうコバルト鉱山を脱出した。そして、ひどいくろうと熱病のためにミイラみたいになってかえってきたんだ。しかも髪の毛はコバルトの気をすって、まっさおになっていた。あいつは鬼になったんだ。生きながら復讐の鬼となり、われわれのみならず、ひとみさんまで殺して、大宝庫をひとりじめにしようとしているんだ」

「その大宝庫はどこにあるんだ。おい神崎博士、その大宝庫というのは、もしやこの写真ではないか」

白蠟仮面がとり出したのは、青髪鬼の写真とともに、新日報社からうばってきた、烏帽子のような岩の写真です。

神崎博士はそれを見ると、思わずまっさおになりました。

「あっはっは、やっぱりこれが大宝窟だな。おい、神崎博士、この岩はどこにあるんだ。この海岸はいったいどこだ」

「それは……それは……」

口ごもっている神崎博士めがけて、白蠟仮面はヒョウのようにおどりかかりました。

「さあ、いえ、神崎博士、大宝窟はどこにあるんだ。すなおにそれを白状しないと……」

ぐいぐいのどをしめつけられて、神崎博士は苦しそうな声をあげました。

「いう。……いうからそこをはなしてくれ」

「よし！」

白蠟仮面が手をはなすと、神崎博士はよろよろしながら、のどのあたりをなでていましたが、そのときでした。

ガチャンとガラスのわれる音。それにつづいてズドンと一発、ピストルの音。

と、同時に神崎博士は、

「わっ！」

と、さけんで胸をおさえると、よろよろうしろによろめきましたが、つぎのしゅんかん、すべるように、たぎりたつ地獄の釜へおちていったのです

怪物対怪盗

「しまった！」

と、さけんだ白蠟仮面、あわてて、ひとみを床にたおすとパッとその上に身をふせて、あたりのようすをうかがいます。しかし、襲撃はただそれきりで、聞えてくるのは壁の外を、小きざみににげていく足音。

白蠟仮面は身をおこすと、ガラスのプールをのぞきましたが、そこにはもう、神崎博士のかげもかたちもなく、たぎりたつ液体ガラスが、ブツブツと青白いガスをあげているばかり。さすがの怪盗白蠟仮面も、思わず、ぞっと身ぶるいしました。

いま一歩というところで、大宝庫のありかを聞きもらしたくちおしさ！

「ちくしょう！」

「ひとみさん、来たまえ」

と、白蠟仮面は、いかりの形相ものすごく、ガラス工場をとび出しましたが、こちらは探偵小僧の御子柴君です。

たぎりたつガラスのプールへ転落する神崎博士のすがたを見たときは、全身の血もこおるばかりのおそろしさでしたが、はっと気をとりなおすと、いちもくさんに工場からとび出しました。

そして、まずやってきたのは、白蠟仮面の乗ってきた自動車のそば。なにをするのかと思っていると、ポケットから取りだしたナイフで、プスプス、タイヤをつきさします。

「これでよし。こんどは、もう一つのやつだ」

門をとび出すと、そこにははたして、青髪鬼の乗ってきたスクーターがおいてあります。御子柴君はそれを見ると、これまたタイヤを、めちゃくちゃに切りきざんでしまいました。

そうしておいて御子柴君、すばやくものかげにかくれると、ポケットから取りだしたのは、黒い液体のはいった小ビン。御子柴君は、その液体を、くつの底へいっぱいぬります。なんのまじないかわかりませんが、とても強いにおいのする液体です。

さて、そのあとで御子柴君が、ものかげからようすをうかがっているところへ、とび出してきたのは青髪鬼。見ると、まだ煙の立っているピストルをにぎっています。

青髪鬼は門から外へとび出すと、スクーターに乗ろうとしましたが、タイヤがずたずたに切りさかれているのを見ると、いかりにみちたさけびをあげ、身をひるがえしてかけよったのは、白蠟仮面の自動車のそば。しかし、その自動車もタイヤがパンクしているのを見ると、さすがの怪物青髪鬼も、思わず立ちすくんでしまいましたが、そこへとび出してきたのが、白蠟仮面とひとみさんです。月の光に青髪鬼のすがたを見つけると、さっとものかげに身をひそめて、

「待てっ」

とさけんで、ズドンと一発、青髪鬼もあわてて自動車のかげにかくれると、これまたピストルのおうしゅうです。

こうして、まひるのような月光のもと、青髪鬼対白蠟仮面、いずれおとらぬ怪物対怪盗の、ものすごいうちあいがしばらくつづいていましたが、そのうちにあっとさけんだ青髪鬼は、ポロリとピストルをおとしました。どうやら、右手に弾丸(たま)があたったらしいのです。

「ちくしょう!」

あわてて左手でピストルをとりあげた青髪鬼は、自動車のかげからとび出すと、ヘビのように工場の構内をよこぎって、とびこんだのは、倉庫とおぼしい小さな建物。

それを見ると白蠟仮面も、ひとみさんの手をひいて、建物のそばへかけよりましたが、そこへとび出してきたのが御子柴君です。

「あっ、御子柴さん!」

さっきからのおそろしいできごとに、生きたここちもなかったひとみは、御子柴君のすがたを見ると、地獄で仏にあったような気持(きもち)です。

「ああ、きさまは探偵小僧だな。そうか、タイヤをパンクさせたのはきさまだったのか。あっはっは、なかなか気(き)てんがきくやつだ。とにかくいっしょにこい!」

青髪鬼というおそろしい共同の敵をひかえて、白蠟仮面と探偵小僧、いちじ攻守同盟をむすんだかたちです。

三人は、ゆだんなく倉庫のなかへはいっていきましたが、これはしたり、倉庫のなかはもぬけのから、青髪鬼のすがたは見えないのです。

「そんなはずはない。あいつは、たしかにここへとびこんだんだ。どこかにかくれているにちがいない。探偵小僧、さがしてみろ」

　白蠟仮面はものすごいけんまくですが、どこにもかくれるような場所はありません。せまい倉庫は、ガランとして、なに一つなく、窓にもげんじゅうな鉄格子(てつごうし)がはまっています。それにもかかわらず、青髪鬼はかげもかたちも見えないのです。

「ちくしょう。それじゃこの倉庫には、きっと抜け穴があるにちがいない。しらべてみろ！」

　御子柴君は、いまさらにげだすわけにもいかず、懐中電灯で床をしらべていましたが、

「あっ、こんなところに血がたれている！」

「なに、血が……」

　見ると、なるほど床の上に、点々として血がたれています。その血をつたっていくと、倉庫のすみでふっと消えてしまいました。

　白蠟仮面は目をひからせて、

「よし、ここが抜け穴の入口にちがいない」

　白蠟仮面がゆか板を持ちあげると、はたしてまっくらな穴があいている。そして穴のなかには垂直に、鉄ばしごがついているのです。

「おい、探偵小僧。きさま、さきへはいれ」

「えっ、ぼ、ぼくが……」

「そうだ、おれもいっしょにいくから、なにもこわいことはない。将来はいざ知らず、いまのところは、おまえとおれとは仲間だからな。あっはっは」

　ピストルをつきつけられてはしかたがない。探偵小僧はしぶしぶと、ぬけあなのなかへもぐりこみました。白蠟仮面もそのあとから、ひとみの手をとってつづきました。

　鉄ばしごをおりると地下のトンネル。どうやらそれは倉庫のなかへ、荷物をはこびこむためにつくったものらしく、コンクリートづくりの、りっぱなものでしたが、そのトンネルの床にも、点々として血がつづいているのです。

「よし、これをつけていけばいい」

　こうしていくこと約五十メートル。トンネルはそこで、二(ふた)またにわかれていましたが、左の道がいままでどおりの広さに反して、右の道はせまくて、きゅうくつで、しかもだいぶひくくなっているらしく、十段ばかりの石段がついています。血のあとは、その石段をつたって、せまいトンネルへおりていました。

「よし、探偵小僧、この階段をおりていけ」

「ああ、御子柴さん、もうよして。……あたし、なんだかこわくって……」

ひとみはいまにも泣き出しそうでしたが、白蠟仮面がうしろから、ピストルをつきつけているのですから、どうすることもできません。御子柴君は、こわごわ石段をおりていきます。ひとみも白蠟仮面におどかされて、まっさおになってつづきました。

さて、石段をおりて、四、五メートルもいったかと思うと、コンクリートでかためた、せまい四角なへやへつきあたりましたが、三人が、なにげなくそのへやへふみこんだせつな、ガラガラガラ！　と、ものすごい音をたてて、天井から落下してきた鉄の扉が、ピタリと入口をふさいでしまったではありませんか。

「しまった！」

と、三人はあわててひきかえそうとしましたが、おせども引けども鉄の扉の動かばこそ。千鈞の重みをもって、三人の退路をたってしまったのです。

「しまった！　しまった！　あんちくしょう。まんまと、わなにおとしやがった！」

白蠟仮面が、やっきとなって、鉄の扉をたたいているときでした。どこからともなく、やみのそこから聞えてくるのは、きみのわるい笑い声。

「キャッ！」

と、ひとみは悲鳴をあげて、御子柴君にすがりつきます。御子柴君もギョッとして、懐中電灯であたりを見まわしましたが、だれのすがたも見えません。

しかもなお、

「うっふっふ、うっふっふ！」

と、きみのわるい笑い声はつづくのです。御子柴君は気がついて、懐中電灯を天井へむけましたが、そのとたん三人は、からだじゅうしびれるようなおそろしさを感じました。

天井の四角な穴から、じろじろとこちらをのぞいているのは、あのおそろしい青髪鬼ではありませんか。

「お、おのれ！」

白蠟仮面は、いかりにまかせてとびあがりましたが、床から天井まで五メートルあまり、むろん、とどくはずはありません。

「うっふっふ！　うっふっふ！」

青髪鬼は、きみのわるい声をあげると、

「とうとうわなに落ちやがった。やい、白蠟仮面、そこがなんのへやだか知ってるか。そこはな、いったん落ちこんだがさいご、二度と生きて出ることはできぬ死のへやじゃぞ。うっふっふ、あっはっは。かわいそうだが、ひとみも探偵小僧も、いまのうちに神や仏においのりでもしておくがいい」

　それだけいうと青髪鬼は、ピタリと天井の穴をふさいでしまいました。

死の部屋

　さすがの白蠟仮面も、しばし、ぼうぜんと天井をながめていましたが、はっと気をとりなおすと、またもや鉄の扉に突進しました。

「ちくしょう、ちくしょう。探偵小僧、なにをぼんやりしているんだ。きさまも手つだって、このドアをひらくんだ」

　しかし、おせどもつけども、鉄の扉はびくともしません。やっきとなって、たたいたり、からだをぶっつけたりしているうちに、ふたりともへとへとになってしまいました。

「ちくしょう、この扉がひらかぬとすれば、ほかから抜け出すよりほかはないが……」

　しかし、コンクリートでかためたこのへやは、四メートル四方ばかりの、箱のように殺風景なへやで、入口といっては、いま鉄の扉のしまっているところよりほかにありません。

　ただ一つ、天井の穴があることはありますが、五メートルあまりもあろうという天井へ、どうして手がとどきましょう。コンクリートの壁には、どこにも手がかり、足がかりとなるものはないのです。

「ああ、それじゃ、あたしたち、このへやから出ることはできないの」

　ひとみはしくしく泣きだします。御子柴君も、さっき青髪鬼のいったことばを思いだして、ぞっと身ぶるいをしました。

「いったん、そこへ落ちたがさいご、二度と生きては出られぬ死のへやだ……」

　青髪鬼はそういったではありませんか。

　それではあいつは、じぶんたちが、ここでうえ死にするのを待つつもりでしょうか。いやいや、それより、もっと手っとりばやく、殺す方法を考えているのではありますまいか。

「あっ、あの音はなんだ」

とつぜん白蠟仮面がさけびましたが、それと同時に、

「あっ、水よ、水よ、あんなところから水が……」

と、気ちがいのようにさけんだのはひとみです。見れば、なるほど床の穴から、ものすごいいきおいで、水がふきあげてくるのです。

「しまった！　しまった！　ちくしょう！」

白蠟仮面は、やっきとなって、その水をおさえようとしています。御子柴君もはっと気がつき、上着をぬいで、それでせんをしようとしましたが、ものすごい水勢におされて、とてもそれどころではありません。

死にものぐるいで、ふたりが奮闘しているうちにも、水かさはどんどんまして、へやのなかは、はやくも、くるぶしからひざのあたりまで、水びたしになってしまいました。

ああ、わかった、わかった。ここは水攻めのへやなのだ。青髪鬼は、ここで三人を水攻めにして殺すつもりなのです。

「ああ、それじゃあたしたち、ここで水におぼれて死ぬの？　いやだ、いやだ。どぶねずみみたいになって死ぬのいやだ」

ひとみは気ちがいのようにさけびながら、御子柴君にすがりつきます。

「だいじょうぶ、だいじょうぶ。ぼくたち死にゃしない。いまに三津木さんが助けに来てくれる。気をしっかり持っていなきゃだめだ」

「ああ、そうだったわ。三津木先生が、わたしを守ってくださるお約束だったのね。ごめんなさい、あたし、苦しくてもがまんするわ」

ふたりが、はげましあっているかたわらから、白蠟仮面が、どくどくしく笑いながら、

「あっはっは、俊助いかに神通力を持っていようとも、こうなったらもうだめだ。おまえたち、ここでおれといっしょに死ぬのだ。おたがいに道づれがあって、にぎやかでいいや」

白蠟仮面は、もうかくごをきめたのか、懐中電灯を水のなかへ投げすてたので、あたりはまっくらになりました。

そのくらやみのなかから聞えてくるのは、ただゴ

ウゴウと水のふきあげる音ばかり。ひとみも探偵小僧も、もう腹から胸のあたりまで水につかっています。

「み……御子柴さん！」

「ひとみさん、だいじょうぶ、だいじょうぶ。しっかりぼくにつかまっておいで。いまに、きっと三津木さんが……」

ああ、おそろしい死のへや、ゴウゴウとうずまく水にもまれて、ふたりは、しっかりくらやみのなかでだきあっていましたが、そのうちにも、水は情ようしゃもなく、どんどんふえて、もうひとみの首から口のへんまでやってきました。

「み……御子柴さん……あたし……もうだめだわ」

ひとみはすすり泣くような声をのこして、ぐったりと、御子柴君のうでのなかで、気をうしなってしまいました。

ネロの活躍

こうして、御子柴君とひとみのふたりが、おそろしい災難にあっているころ、三津木俊助は、どうしていたでしょうか。

それをお話しするためには、物語を、すこし前へもどさねばなりません。

青髪鬼にタイヤをうちつらぬかれた俊助は、もうそれ以上、前の自動車をつけていくことはできなくなりました。しかし、俊助はあわてもせず、自動車からとびおりると、

「樽井君、ネロを……」

と、自動車のなかへ声をかけると、

「オーケー」

と、とび出して来たのは樽井記者。見ると、たくましいシェパードをつれています。

「探偵小僧が、あの自動車のうしろへもぐりこんだから、きっとうまくやってくれると思うんだが……ネロ、ほら、これだ」

と、俊助がポケットから取りだしたのは、探偵小僧が持っていたのと同じような、黒い液体のはいった小ビンです。そのせんをとって、しばらくネロにかがせていましたが、

「よく、このにおいをおぼえておくんだぞ。ほら、ここらあたりに、これと同じにおいがしないか、ひ

とつかいでみてくれ」

　ネロはしばらく、クンクン、そのへんをかいでいましたが、やがて、四つ足をふんばって、樽井記者をひきずるように前進します。

「しめた！　三津木さん。探偵小僧め、どうやらうまくやったらしいですぜ」

「うん、あいつは、ぬけめのないやつだから」

　わかった、わかった。探偵小僧の持っていた小ビンのなかには、特殊なにおいのする液体がはいっていたのです。そして、それを自動車のなかから、みちみち、路上へたらしていったのです。

　こうしておけば、あとから追跡してくる俊助の自動車に、とちゅうで故障がおこっても、ネロの鼻が、いくさきを、かぎわけてくれるわけです。

　それはさておき、俊助と樽井記者が、ネロの案内でやっとたどりついたのは、隅田川をむこうへわたった、河岸っぷちに建っている工場の前。見ると工場の門柱には、『東洋ガラス製造会社』と、書いた札がかかっています。

「おやおや、へんなところへやって来たな。ネロ、まちがいじゃあるまいな」

　しかし、ネロはふりむきもせず、ぐんぐん工場のなかへはいっていきます。見ると工場のなかには、一台の自動車。

「あっ、樽井君、これはたしかにひとみさんを乗っけていった自動車だね」

「そうだ、それにちがいありません。しかし、探偵小僧やひとみさんはどこへいったのかな。あっ、三津木さん、この自動車のタイヤ、ずたずたに切りきざんでありますぜ」

　それを見ると俊助は、ふっと不安におそわれました。

「おい、ネロ、しっかりしてくれよ。探偵小僧はどこへいったんだ」

　ネロは、しばらくそのへんをかいでいましたが、やがてガラス工場のなかへはいっていきます。

　しかし、すぐまたそこから出てくると、ふたりを案内していったのは、ガランとした倉庫のなか。しきりに床板をひっかくのを見て、

「あっ、ここに抜け穴があるらしい。探偵小僧は抜け穴のなかへはいっていったんですぜ」

「よし！　われわれもはいってみよう」

俊助の胸には、いよいよ不安がたかまってきます。探偵小僧は、なんだって、抜け穴のなかへなどはいっていったのだろう。

トンネルのなかはまっ暗でしたが、俊助も樽井記者も、懐中電灯の用意はしていました。ネロを先頭に立てて、暗いトンネルを進んでいくと、やがてたどりついたのは、二またになっている、あのわかれ道の近くです。

そこまでくると、とつぜんネロが、

「う、う、う……」

と、するどいうなり声をあげました。

「どうした、ネロ。なにかあるのかい」

ネロは、そういうことばを耳にも入れず、いよいよ強く足をふんばって、前方のやみにむかって、いかりにみちた、うなりをあげています。

「樽井君、気をつけろ。なにかあるらしいぞ」

俊助のそのことばもおわらぬうちに、右がわのトンネルから、石段をかけのぼって、コウモリのようにとび出して来たひとつのかげ。

「だれか！」

俊助と樽井記者は、同時にさっと懐中電灯をむけましたが、そのとたん、ふたりとも、思わずあっと立ちすくんだのです。

懐中電灯の光のなかに、くっきりうきあがったのは、まぎれもなく青髪鬼！

だが、それもほんの一しゅんのこと。つぎのしゅんかん、青髪鬼は左手に持ったピストルを、やにわに二、三発ぶっぱなすと、身をひるがえして、左がわの道をにげていきます。

「待てっ！」

俊助と樽井記者は、前後のふんべつもなく、そのあとを追っかけていきました。

いま青髪鬼のとび出してきた、せまいトンネルのおくで、探偵小僧やひとみさんが、いまや、危険におちいっていることも知らずに。……

月下の追跡

トンネルのなかはまっくらです。俊助や樽井記者のふりかざす懐中電灯の光も、そうとおくまでとどきません。それにうっかり懐中電灯の光を見せると、それを目あてにうってくるので危険なのです。

「三津木さん、いけない。懐中電灯をけしましょう」

「うん、しかたがない」

　懐中電灯をけしてしまうと、それこそ、鼻をつままれてもわからぬようなくらがりです。そのくらがりのなかを青髪鬼は、風のように走っていくのです。よほど、この地下道の地理に、くわしいやつにちがいありません。

「ネロ、たのむぞ。こうなったらおまえの鼻だけがたよりだ」

　ネロはなんにもいいませんが、クンクン鼻をならしながら、くさりをひっぱって前進します。くさりをはなしてやれば、ネロのあしなら、青髪鬼に追っつけるかもしれませんが、そのかわり、あいてのピストルにうちころされるかもしれないのです。

　トンネルのなかには、いくつかわき道がありました。ネロはそういうわかれ道へくるたびに、クンクンそこらをかぎまわったのち、またくさりをひっぱって前進します。

「ネロ、だいじょうぶだろうな。まちがっちゃたいへんだぞ」

　まえを見てもうしろを見ても、うるしでぬりつぶしたようなまっくらがりのそのなかを、ネロの鼻だけをたよりにして、めくらめっぽう前進していくのですから、その心ぼそさといったらありません。いつのまにか青髪鬼の足音も聞えなくなっていました。

「三津木さん、もうだいじょうぶでしょう。懐中電灯をつけてみましょうか」

「あっ、ちょ、ちょっと待ちたまえ」

「えっ、ど、どうかしましたか」

「むこうに見えるの、あかりじゃない？」

　なるほど、うるしのやみのはるかかなたに、ぼやっとうすあかりが見えるのです。

「あっ、三津木さん、あかりです、あかりです。きっと出口へ来たんですよ」

「よし、いそごう」

　ふたりが足をはやめたときでした。うすあかりのなから、チラッと横切るかげが見えました。

「あっ、青髪鬼のやつだ！」

「三津木さん、いそぎましょう」

　むこうにあかりが見えてきたので、前進するのもよほど楽です。ネロをせんとうに立てて俊助と樽井記者が、大いそぎで走っていくと、むこうのほうから聞えてきたのは、ダ、ダ、ダ、ダというエンジンの音。

「しまった、ちくしょう。自動車でにげるつもりだな」

「三津木さん、ネロをはなしましょうか」

「よし、はなせ！」

樽井記者が手をはなすと、ネロはくさりをひきずって、矢のように飛んでいきましたが、やがて出口のところまでたどりつくと、どういうわけか、そこにぴったりと立ちどまって、ただ、いたずらにほえるばかり。

「おや、どうしたんだろう。どうしてあそこから進まないのだ」

「三津木さん、とにかくいってみましょう」

「よし」

まもなくふたりも、出口までたどりつきましたが、思わずそこで、あっとさけんで立ちすくんだのです。

ネロがそこから前進しないのもむりはありません。目のまえは、まんまんとふくれあがった水なのです。つまりそのトンネルは、隅田川にむかってひらいているのでした。

見ればその川のうえを、いましも下流にむかって走っていく一そうのモーター・ボート。ハンドルをにぎっているのは、いうまでもなく青髪鬼です。

「しまった、ちくしょう！」

俊助はじだんだふんでくやしがりましたが、天の助けか、そのとき、ダ、ダ、ダとエンジンの音をひびかせて、一そうのランチが近づいてきました。ネロの声をあやしんで、通りかかった水上署のランチがそばへよってきたのです。

「どうした、どうした。きみたちそんなところでなにをしているのだ」

「あっ、警官、ぼくたちを乗っけてください。むこうへ悪ものがにげていくのです」

俊助がいそいで事情を物語ると、

「なに、青髪鬼だと？　よし、乗りたまえ」

警官たちも青髪鬼のことは知っていました。そこで一同が乗りこむと、ランチはモーター・ボートのあとを追っかけていちもくさん。

見ると、青髪鬼を乗っけたモーター・ボートは、すでに百メートルほどむこうを走っています。

しかし、さいわい今夜は満月です。月の光に照らされて、隅田川のうえは昼のようなあかるさです。探照灯の光をかりるまでもなく、モーター・ボートのゆくえを見うしなうようなことはありません。

「おい、フルスピードだぞ!」

警部の命令に、エンジンはものすごいうなりをたてて、ランチは矢のように川のうえをすべっています。

両岸の家も、あかりも、うしろへうしろへふっとんで、へさきに立った俊助や樽井記者は、ランチのあげるしぶきをあびて、もう全身ずぶぬれです。

しかし、青髪鬼のほうも死にものぐるい。モーター・ボートとランチの距離は、いっこうちぢまるようすも見えません。

「ちくしょう、ちくしょう。警部さん、もっとスピード出ないんですか」

じだんだをふむ俊助のそばでは、ネロが気ちがいのようにほえています。

「じょうだんじゃない。これいじょうスピードを出したら、エンジンが、はれつしてしまうぜ」

そばをいく船があっけにとられて、この気ちがいじみた、モーター・ボートと、ランチの競走を見送っています。なかにはランチのあおりをくらって、ひっくりかえりそうになった船もありました。

だが、そのうちにモーター・ボートとランチの距離が、しだいにちぢまりました。エンジンに故障でもおこしたのか、モーター・ボートのスピードが、すこしずつ落ちてきたのです。

「しめた! もうひと息だ。運転手さん、たのみます」

「ようし」

二そうの船の距離はいよいよちぢまり、約五十メートルほどになりましたが、そのとき、樽井記者が俊助の腕をつかんで、

「あっ、三津木さん、あのモーター・ボートのなかには、青髪鬼のほかにだれか乗っていますぜ」

「えっ」

なるほど、見ればモーター・ボートのなかに、だれかねころんでいるようです。

「ひとみさんじゃないか」

「いや、ひとみさんにしちゃ大きいですよ」

「そうだな。それじゃ探偵小僧か。あっ、しまった、

ちくしょう！」

　ちょうどそのとき、下流からのぼってきたランチが、モーター・ボートと水上署のランチのあいだへ、ゆうゆうとわりこんできたのです。しかも、そのランチはうしろに三そう、山のように石炭をつんだ和船をつないでいるのですから、たまりません。

「ちくしょう、はやくどかんか」

　警部にどなりつけられて、ランチの主はびっくりしたらしく、あわててハンドルをにぎりなおしましたが、なにしろ重い船を三そうも、うしろにつないでいるのですから、思うようには走れません。

「ちくしょう、ちくしょう。もうすこしで、追っつくところだったのに……」

　ランチのうえで俊助が、じだんだふんでくやしがっています。それでもやっとその引き船をやりすごして、一同がむこうを見ると、どうしたことか、モーター・ボートは、二百メートルほどの下流に、ぴったりととまっているのです。

「しめた！　三津木さん、故障をおこしたんですぜ」

「ようし、運転手さん、たのみますよ」

　ランチはモーター・ボートめがけて進んでいきましたが、そのとき、モーター・ボートのなかから、ザンブと川へとびこむかげが見えました。

「やっ！　川のなかへとびこんだぞ！」

「おい、サーチライトを照らしてみろ！」

　探照灯を照らしながら、ランチはしだいにモーター・ボートのそばへ近づいていきましたが、よほどふかく水底へもぐったとみえ、青髪鬼のすがたはどこにも見えません。

「三津木さん、青髪鬼はあとでさがしましょう。それよりも、モーター・ボートのなかに、だれかいますぜ」

　見ればモーター・ボートのなかには、がんじがらめにしばられたうえ、さるぐつわまではめられて、だれやらうなっているのです。ランチがそばへ近よると、俊助はヒラリとモーター・ボートにとびうつり、いそいでその人をだきおこしましたが、そのとたん、

「あっ、こ、これは……」

　と、俊助がおどろいたのもむりはありません。なんとそれは、気のくるった宝石王、古家万造ではあ

りませんか。

死の鬼ごっこ

どうして古家万造が、こんなところにいるのでしょう。それからまた、川のなかへ飛びこんだ青髪鬼は、そののちどうなったでしょうか。

しかし、それらのことはしばらくおあずかりとしておいて、ここでは諸君が気をもんでいるにちがいない、ひとみさんや探偵小僧の御子柴君の、その後のなりゆきについてお話することにいたしましょう。

水はもう、御子柴君の肩のへんまできていました。その御子柴君の腕にだかれて、ひとみはぐったり気をうしなっているのです。

すこしはなれたところには、白蠟仮面（びゃくろうかめん）が壁にもたれて、ぐったりと目をとじています。さすがの怪盗も、こうなってはにげるみちもなく、すでに覚悟をきめているのです。

御子柴君はなんともいえぬ恐ろしさと、悲しさで、胸もふさがるようでした。

ああ、それではもう助かるみこみはないのか。じぶんはここでネズミのようにおぼれて死ぬのか。

「いやだ、いやだ。死ぬのはいやだ」

御子柴君が思わず口に出してさけぶと、白蠟仮面がぽっかり目をひらいて、

「あっはっは、小僧。きさま、まだ生きていたのか」

と、どくどくしい笑いごえです。

「いくら死ぬのはいやだといっても、もうこうなっては助かるみこみはない。見ろ、水はどんどんふえていく。いまに、おまえもおれもその女の子も、みんな水におぼれて死んでしまうのだ。あっはっは！」

ああ、なんということばでしょう。おなじ死ぬにしても、もうすこし、やさしいことばをかけられないものでしょうか。

「いやだ、いやだ、死ぬのはいやだ。おじさん、なんとかならないの。なんとか助かるくふうはないの」

「助かるくふうがあるくらいなら、もっとはやくに助かってらあ」

「おじさん、おじさん、なんとかしてください。なんとかして、ひとみちゃんだけでも、助かるようにしてください。おじさん、おじさん！」

「うるさい！」

白蠟仮面はすごい目で、御子柴君をにらみつけると、

「きさま、そんなにこわいのか、そんなに苦しいのか。よしよし、それじゃ、こわいめも、苦しい思いもわからぬようにしてやろう」

白蠟仮面は目をひからせて、ザブザブ水をかきわけながら、御子柴君のほうへ近よってきます。

「あっ、おじさん、ど、どうするの」

「ひと思いにしめころしてやるのよ。あっはっは、そうすればこわい思いも、苦しいめもわすれてしまうわ。あっはっは」

「あっ、おじさん！」

御子柴君はまっさおになって、ひとみをだいたまままとびのきました。

「おじさん、いやです、いやです。かんにんしてください。死ぬのはいやです」

「死ぬのはいやだといったところで、どうせ助かるみこみはないよ。ひと思いにころしてやろうというのは、いわばおれのお情（なさけ）だ。あっはっは、ありがたく思え」

ああ、なんという鬼のようなことばでしょう。なるほど、どうせ助かるみこみがないのなら、ひと思いに死んだほうがましかもしれません。しかし、それにしても、もうすこしやさしいことばのかけようがありそうなものを……。

「おじさん、おじさん、かんにんして！」

御子柴君はかなきりごえをあげながら、ひとみをだいたままにげまわります。そのうしろから白蠟仮面が、両手をのばして追っかけてくるのです。ああ、なんというおそろしい鬼ごっこでしょう。つかまったら命はないのです。それこそ死の鬼ごっこ、命がけの鬼ごっこです。

しかし、いくらにげてもせまいへや、しかも、不自由な水のなか。おまけにひとみをだいているのですから、そういつまでもにげるわけにはまいりません。

御子柴君はとうとう、白蠟仮面につかまってしまいました。

「あっはっは、つかまえたぞ、つかまえたぞ。こら、おとなしくしていないか。さあ、ころして、苦しいめをわすれさせてやるのだ」

御子柴君の首をつかんだ、白蠟仮面の両手には、しだいに力がはいってきます。

ああ、こうして御子柴君は、水におぼれるのを待たないで、白蠟仮面にしめころされてしまうのでしょうか。

だが、そのときでした。とつぜん、ふたりの頭のうえから、するどい声が降ってきたのです。

「こら、はなせ！　その少年から手をはなせ！」

だしぬけにこえをかけられ、白蠟仮面も御子柴君も、あっとさけんで天じょうをふりあおぎましたが、見ると、さっきの青髪鬼がのぞいていた四角な穴から、ふろしきで顔をかくした男がのぞいているのです。しかも、その男は手にピストルをにぎっています。

「おい、白蠟仮面、その少年からはなれろ。もし、その少年や少女に、指一本でもふれたらうちころすぞ」

「だ、だれだ、きさまは？　青髪鬼か？」

いえいえ、青髪鬼であるはずがありません。青髪鬼はちょうどそのころ、モーターボートでにげているさいちゅうでした。それに青髪鬼なら、顔をかくすはずがないのに、その男は帽子をまぶかにかぶり、黒いふろしきで目の下までかくしているのです。

「だれでもよい。さあ、その少年のそばをはなれろ。よしよし、そばへよっちゃならんぞ。そばへよったらこれだぞ」

ふしぎな男は片手でピストルをふりまわしながら、片手でとり出したのは太いつなです。するすると、それを天じょうから下へたらすと、

「これ、その少年。気をうしなっている少女のかたへ、このつなをゆわえつけろ」

「おっ、おじさん、ありがとう、ありがとう。おじさんはぼくたちを助けてくれるんですね」

「なんでもよい、はやくわたしのいうとおりにするんだ。こら、白蠟仮面、そばへよっちゃならん」

「おじさん、ありがとう、ありがとう。ひとみちゃん、助かったよ、助かったよ」

御子柴君はむちゅうになってさけびながら、ぐったりと気をうしなっているひとみのからだを、つなのはしにゆわえつけました。

「よし、少年、待っていろ。君もあとで助けてやる」

「おい、おれはどうなるんだ。おれはこのまま見ごろしにしてしまうのか」

「やかましい。だまってろ！」

ふしぎな人が、両手でつなをたぐりよせるにしたがって、ひとみのからだは宙（ちゅう）にういていきます。一メートル、二メートル、三メートル。とうとうひとみは、天じょうの穴へすいこまれてしまいました。

「さあ、少年、こんどはきみのばんだ。つなのはしに、しっかりからだを結びつけるんだぞ」

怪人はそういいながら、また、するするとつなをたらしました。

「はい、おじさん」

御子柴君は大いそぎで、いわれたとおり、しっかりつなのはしにからだを結びつけます。

「よし、それじゃ、わたしがひっぱってあげるから、君のほうからもつなをたぐって、すこしでも、上へあがってくるようにしろ」

「はい、おじさん」

宙につりあげられていく御子柴君のからだのしたから、白蠟仮面が、気ちがいのようにさけびました。

「おい、おれはどうなるんだ。おれをどうするつもりだ。おれをこのままほうっておくのか」

「やかましい。だまってろ。きさまもあとで助けてやる」

「ほんとうか」

「うそはいわぬ」

「ありがたい。しかし、いったいきさまはなにものだ。まさか警察のものじゃあるまいな」

「いや、警察のものではない」

「では、いったいだれだ！」

「おれか、おれは影の人……」

「なに、影の人……？」

「そうだ。そら、少年、もうひと息だ。がんばれ！」

「お、おじさん、あ、ありがとう……」

やっと四角な穴からうえにはいあがった御子柴君は、気がゆるんだのか、そうつぶやくと、そのままそこへ気をうしなってたおれました。

「ああ、かわいそうに……。むりもない」

影の人はそうつぶやくと、御子柴君のからだからつなをほどいて、また、天じょうの穴から下へたらしました。しかし、つなのはしが水面から、二メートルほどのところまでくると、そこでピタリとつな

をとめ、

「おい、白蠟仮面。いま、きさまをうえへあげると、きっとわれわれに害をくわえるにちがいない。だからつなはそこでとめておく。もう少したって水かさがませば、そのつなにとどくようになるだろう。つなのはしはここの柱に結びつけておいてやるから、そうしたらつなをたぐってあがってこい」

「おい、そ、そ、そんなせっしょうな」

白蠟仮面は気ちがいのようにさけびましたが、影の人は耳にもいれず、天じょう裏の太い柱につなのはしを結びつけると、まず、ひとみのからだをだきあげました。

ああ、それにしても、このふしぎな影の人とはいったい何者でしょうか。

地底の滝

さて、いっぽうこちらは三津木俊助。

隅田川をにげていく、青髪鬼（せいはつき）のモーターボートに追いついてみれば、そこにはすでに、青髪鬼のすがたはなく、そのかわり、がんじがらめにしばられて、船底によこたわっているのは、なんと気のくるった宝石王、古家万造ではありませんか。

一同はすぐに万造のいましめをとき、さるぐつわをはずしてやりましたが、なにしろ気ちがいのことですから、なにをたずねてもわかりません。ただ、ギャアギャアと、わけのわからぬことをわめくばかり。

このようすを見ると俊助は、樽井記者をふりかえり、

「樽井君、こりゃこうしてはいられない。ここにひとみさんや探偵小僧のすがたが見えないとすれば、ふたりともまだ、あの地下道にいるにちがいない。ぼくはこれから、ネロをつれてひきかえすから、きみはあとにのこって、警官たちといっしょに、青髪鬼のゆくえをさがしてくれたまえ」

「しょうちしました」

そこで三津木俊助は、あとのことを樽井記者や警官たちにまかせておいて、じぶんはネロとともに、青髪鬼の乗ってきたモーターボートで、もとの地下道の入口へもどってきました。

「ネロ、しっかりたのむぞ。こんどこそ、探偵小僧

のゆくえをかぎだしてくれよ」

ネロはそのことばがわかったのか、さっき出てきた地下道をこんどはぎゃくにすすんでいきます。俊助は懐中電灯をてらしながら、そのあとからついていきました。

やがて、ネロと俊助がやってきたのは、地下道が、ふたまたにわかれているところです。

そこまでくると、ネロは、クンクンそのへんをかいでいましたが、やがて、さっき青髪鬼がとび出してきた、せまいアーチがたのトンネルのなかへとびこみました。

「ああ、そうか。それじゃ探偵小僧やひとみさんは、こっちのほら穴へはいっていったのか」

トンネルの入口には石の階段が十段あまり、それをおりるとゆかの上には、二、三十センチばかりの深さで、水がはげしくうずまいているのです。

俊助はふっとあやしい胸さわぎをかんじました。さっきここから青髪鬼がとび出してきたことといい、いままたこの水といい、もしや探偵小僧やひとみさんは、この地下道のおくで、おそろしい災難にあっているのではあるまいか……。

ネロをせんとうに立てた俊助が、ジャブジャブ水のなかをすすんでいくと、やがてつきあたったのは、ぴったりしまった鉄のドア。しかも、そのドアのすきまから、滝のように水があふれているのです。

「あっ、しまった！　それじゃ探偵小僧とひとみちゃんは、このドアのなかで、水攻めになっているにちがいない！」

俊助は気ちがいのようにドアをたたきながら、御子柴君やひとみちゃんの名をよびましたが、なかからはなんの返事もきこえません。

俊助はなんとかして、ドアを開こうとしましたが、ドアとはいえ、それは鉄板もどうようで、どこにも、とってはついていないのです。

俊助はやっきとなって、ドアの上をなでまわしていましたが、そのうちに、ふと手にさわったのは、かたわらのかべの上についている小さなボタン。

俊助がなにげなくそれをおすと、鉄のドアがするすると、うえへあがっていったはよかったが、そのとたん、へやのなかから、どっとあふれてきた水に足をとられて、

「しまった！」

と、思わずさけんだ俊助の目に、そのときチラリとうつったのは、へやのなかの光景です。へやのなかには天じょうから、一本のつながぶらさがっていて、いましも、ひとりの男がそれをのぼっていくところでした。

　しかもそれは、なんと、じぶんと、すんぶんちがわぬ顔をした男ではありませんか。

「あっ、びゃ、白蠟仮面！」

　俊助は一声たかくさけびましたが、そのまま、地底の滝にのまれてしまったのです。

猛犬と怪盗

　こうして三津木俊助は、みすみす白蠟仮面を眼前に見ながら、水におしながされてしまいましたが、それよりちょっとまえのことです。

　俊助がやっきとなって、鉄のドアをたたいているうちに、なに思ったのか、ネロはひくくうなり声をあげながら、くらやみのなかを右のほうへ走っていきました。

　くらがりのなかのこととて、俊助もきがつかなかったのですが、へやにそって右のほうへ、せまいろうかがついており、そのろうかのつきあたりは、傾斜のきゅうな階段がついているのです。

　ネロはくさりをひきずりながら、まっしぐらにその階段をのぼっていきましたが、俊助があの鉄のドアをひらいて、地底の滝にまきこまれたのは、ちょうどそのころでした。

　しかし、ネロはそんなことには気がつきません。いなずまがたについている、せまい階段をのぼっていくと、ガランとした、広い倉庫のなかに出ました。

　見ると、その倉庫のすみには、床に四角なあながあって、いましも、そこからはい出してきたのは、びしょぬれになった白蠟仮面。それを見るなり猛犬ネロは、ものすごいうなりをあげてとびかかりました。

　さすがの怪盗、白蠟仮面も、あまりだしぬけだったので、ふせぐてだてもありません。

「わっ、な、なんだ、なんだ！」

とさけびながら、ネロととっ組みあいをしたまま、どうと床にころがりました。

　ネロはいかりにみちたさけびをあげながら、白蠟仮面ののどをめがけて、するどいきばを立てようとするのです。

「おのれ、この狂犬め、ど、どうするつもりだ」

白蠟仮面はあおむけにねころんだまま、必死となってふせぎます。しかし、なにしろ長いあいだ、水につかっていたのですから、からだはわたのようにつかれているのです。

ともすれば、ネロのするどいきばのさきに、のどをひきさかれそうになって、

「わっ、た、たすけてくれえ！」

と、さすがの怪盗、白蠟仮面も、思わず悲鳴をあげましたが、その声がきこえたのか、倉庫の外から足音がきこえてきたかと思うと、がらりと戸をあけて、とびこんできたのはふたりの男。

懐中電灯の光にこの場のようすを見ると、

「あっ、ネロじゃないか。ネロ、ネロ、どうしたんだ」

と、そばへかけよってきて、うえから白蠟仮面の顔を見ると、びっくりしたように、

「あっ、こ、これは三津木さんじゃありませんか、ネロ、どうしたんだ。気でもくるったのか。三津木さんにたいして、なんというまねをするんだ」

どうやらこのふたりづれは、新日報社の記者らしい。たけりくるうネロのくさりをひっぱって、やっとうしろへひきもどします。白蠟仮面はよろよろゆかから起きあがると、

「ああ、どうもありがとう。ネロめ、ひどいめにあわせおった」

白蠟仮面は三津木俊助になりすまし、のどのあたりをさすっています。

「三津木さん、いったい、これはどうしたんです」

「なに、ネロめ、気がくるったか、それともなにかかんちがいをしているんだ。それより、きみたちはどうしてここへ来たんだ」

「いえね、さっき影の人と名のるふしぎな人物から、新日報社へ電話がかかってきて、探偵小僧やひとみさんがここにいるから、すぐにつれにこいといってきたんです」

「ああ、そうかそうか。それでふたりはどうしたね」

にせ俊助の目がきらりと光ります。しかしふたりは気もつかず、

「ええ、いいぐあいに、むこうの建物のなかで気をうしなっているのを見つけて、さっき自動車で社のほうへ送らせました。ぼくたちもそろそろ引きあげようと思っているところへ、三津木さんの声がきこえたものですから……」

「ああ、そうか。それはよかった。ときに、ぼくはちょっとむこうのほうに用事があるから、きみたち、しっかりその犬をおさえていてくれたまえ。すぐもどってくるから、それまで、ネロをはなしちゃだめだよ」

「はい、しょうちしました」

こうしてまんまと俊助になりすまし、にげだす白蠟仮面のうしろから、ネロが気ちがいのようにほえたてましたが、ふたりの記者はそんなこととは夢にも気がつきません。

白蠟仮面の命令どおり、ひっしとなってネロのくさりをおさえていましたが、それからまもなく、ほんものの俊助が階段をあがってくるにおよんで、ふたりがどんなにきもをつぶしたか、いまさらここにいうまでもありますまい。

その晩、三津木俊助が、新日報社へかえってきたのは、もうかれこれ、ま夜中のこと。

探偵小僧の御子柴君と、月丘ひとみも、ひとあしさきにかえっていて、医者の手あてで、ようやく、正気にかえったところでした。

そこで、新日報社の局長室では、山崎編集局長を中心に、深夜の会議がひらかれました。

集まったのは山崎さんのほかに、三津木俊助と御子柴君、それからひとみの四人でした。みんなして、こんどの事件をはじめから考えてみようというのですが、それにはガラス工場で、ひとみが神崎博士から聞いてきたうちあけ話が、おおいに役にたったのです。

「なるほど、するとあのミイラのような青髪鬼は、鬼塚三平という男なんだね」

俊助の質問にたいして、ひとみはおびえたようにうなずきます。

「そして、その鬼塚三平と宝石王の古家万造、神崎博士、それからひとみさんのおとうさんの月丘謙三さんと、この四人が仲間になって、いろいろ冒険をしているうちに、ひとみさんのおとうさんが、ダイヤモンドの大宝庫を発見したというんだね」

ひとみはまたうなずきました。

「ところが、その大宝庫を発見したすぐあとで、ひとみさんのおとうさんがなくなられた。しかも、その秘密を知っているのは、仲間の三人だけだった。その仲間のうち鬼塚三平は、大宝庫をひとみさんにかえそうと主張したが、万造はそれをきかずに三平をとらえて、マレー半島のコバルト鉱山へ送ってどれいにしてしまったというんだね」

ひとみはまたかすかにうなずきます。

「ところが、その鬼塚三平が、コバルト鉱山を脱出して、ちかごろ日本へかえってきた。そして、じぶんを苦しめた古家万造や神崎博士、さてはひとみさんに復讐して、大宝庫をとりもどそうとしている。……と、そういうことになるんだね」

「はい。神崎博士はそうおっしゃいました」

「しかし、それじゃ、話がすこしおかしいじゃないか」

と、そばから口をだしたのは山崎さん。

「鬼塚三平が古家万造や神崎博士をうらむのは、むりもないが、ひとみさんに復讐しようというのはどういうわけだ。いま聞けば、鬼塚三平がコバルト鉱山へ送られたのも、もとはといえば、大宝庫をひとみさんにかえすべきだと主張したからだろう。それほど正義感のつよい男が、ひとみさんに復讐しようというのは、ちと、おかしいじゃないか」

いかにも、もっともな山崎さんの意見です。

「ええ、ですから、鬼塚三平というひとは、気がくるっているにちがいないと、神崎博士もいっていました」

「いかに、気がくるっているとはいえ……」

山崎さんはなおもことばをつづけようとしましたが、俊助がそれをさえぎって、

「いや、そのことについては、いずれ、あとで考えることにして、それより、ひとみさん」

「はい」

「その大宝庫だがね。それはあの写真にうつっていた、烏帽子のような岩がそうなのかね」

「はい、そうらしいです」

「そして、あの写真の岩はいったいどこにあるの」

「それがよくわかりません。それをいおうとしたとき、ピストルのたまがとんできて、神崎博士はガラスのプールに落ちてしまったのです」

俊助はしばらくだまって考えていましたが、

「いや、それでだいたい話のすじ道はわかった。ただ、わからないのは、あの水攻めのへやから、探偵小僧やひとみさんを、たすけてくれた男のことだ。御子柴君、それはいったいどんなひとだったの」

「さあ、それが……そのひとはふろしきで顔をかくしていましたし、それにたすけられると、ぼくは、そのまま気をうしなってしまったもんですから。……ただ、そのひと、じぶんのことを影の人とよんでいましたが……」

「影の人……その影の人とはなにものだろう」

しばらく一同は、ふしぎそうに顔を見あわせていましたが、やがて俊助が思いだしたように、ポケットから取り出したのは一枚の紙きれです……。

諸君もおぼえているでしょう。古家万造の秘書の佐伯が、三津木俊助にのこしていった封筒のなかに、ふしぎな紙きれが一枚はいっていたことを……。

あのとき、封筒にはいっていた、青髪鬼の二枚の写真と、烏帽子の写真は、白蠟仮面にうばわれましたが、さいわい、この紙きれだけは、俊助の手もとにのこったのです。


その紙きれの上には、一ぴきの大きなクモの絵がかいてあり、そして、そのクモのかたちの余白には、なにやら符号のようなものが書いてあります。

俊助は目をさらのようにして、その紙きれをにらみながら、

「山崎さん、いまこそ、この紙きれのいみがわかりましたよ。これはきっと暗号なのです。そして、この暗号をとくことによって、はじめて大宝庫、烏帽子岩のありかがわかるにちがいない。われわれは、大至急この暗号をとかねばなりません」

そういわれて一同は、いまさらのようにそのふしぎな紙きれに目をやりましたが、はたして三津木俊助に、その暗号がとけるでしょうか。

それから一週間ほどのちのこと。

舞台は東京からはるかにとんで、ここは三重県、志摩半島のとったんです。海岸線にそって走る乗合い自動車のなかに、三人づれの客が乗っていました。

ひとりは三十五、六の、いかにもきびきびとした青年ですが、あとのふたりは、まだ年若い少年少女。いうまでもなくこの三人づれは、三津木俊助に御子柴君、それから月丘ひとみでした。

御子柴君はまどの外をとんでいく、うつくしい海岸の景色をながめながら、

「三津木さん、それじゃ、あの暗号がとけたんですね。そして、あの大宝庫とは、この志摩半島にあるんですね」

と、好奇心に目をひからせています。

「しっ、あまり大きな声を出しちゃいかん」

と、俊助はあわてて乗合い自動車のなかを見まわしながら、

「そのことについては、あとでゆっくり説明してあげよう。とにかく、これからいくところに、烏帽子岩があるかないか、それをつきとめてからのことだ」

乗合い自動車はいま、海岸の絶壁（ぜっぺき）の上を走っています。ゆくてを見ると、びょうぶのような断崖（だんがい）がつらなって、その断崖のはるか下に、白い波がうちよせているのです。

そして、海の上を見ると、いたるところに、にょきにょきと、きみょうなかたちをした岩が、波のあいだからつき出しています。

御子柴君とひとみさんは、そういう岩を見るたびに、もしやあれが大宝庫ではあるまいかと、胸をどきどきさせました。

こうしていまや三人は、いよいよ目的の大宝庫に近づきつつあるのですが、そのまえに、あれからのち東京でおこったできごとを、ちょっとここに書きしるしておきましょう。

あの晩、あとにのこって隅田川の捜索にあたった樽井記者は、とうとう青髪鬼のすがたを発見することができませんでした。

そのかわり、捜索隊の一行は、なんともいえぬ、みょうなものを発見したのです。それは隅田川の下流にうかんでいた、大きな蠟人形（ろうにんぎょう）でした。その蠟人形はちょうど人間くらいの大きさがあり、しかも、ちゃんと洋服を着ているのです。

いったい、どうしてそんな蠟人形が、隅田川にうかんでいたのか、そのことと、青髪鬼の事件とかんけいがあるのか、ないのか、そのときはさっぱりわかりませんでしたが、あとから思うと、この蠟人形こそ、青髪鬼のゆくえに大きなかんけいがあったのです。

さて、神崎博士の落ちたガラスのプールは、その

翌日、げんじゅうに検査されました。

その結果わかったところによると、ガラスの液体のなかに、人間ひとりぶんくらいの、燐(りん)がとけていたのです。

たぎりたつガラスのプールへ落ちたせつな、神崎博士は肉も骨もとけて、ガスになってしまったが、骨のなかにふくまれている燐だけが、ガラスの液体のなかにのこったのであろう……と、そういうことになりました。

それから、気のくるった宝石王、古家万造ですが、その晩、ひとまずじぶんの家へ送りかえされたものの、それから三日ほどのちに、とつぜんすがたをくらましてしまったのです。

警察では、てっきり青髪鬼にかどわかされたものであろうと、やっきとなって、ゆくえをさがしましたが、いまもってそのありかはわかりません。

こうして、あの晩から一週間たちました。

三津木俊助はそのあいだに、さんざん頭をしぼったあげく、やっと暗号の一部をといて、いまこうして、志摩半島へやってきたのです。

乗合い自動車はいま、断崖のうえの道を大きくカーブしましたが、そのときでした。

「あっ、三津木さん、あそこに烏帽子岩が……」

そうさけんだのは御子柴君。その声に、はじかれたようにまどの外へ目をうつした俊助とひとみさんは、思わずあっといきをのみました。

ああ、むこうの海につき出している、烏帽子のようなかたちの岩、それこそ白蠟仮面(びゃくろうかめん)にぬすまれた、写真にそっくりではないか。

三人は思わずいきをつめて、それに見とれていましたが、そのとき、乗客のなかにもうひとり、その岩を見て、ぎょっといきをのんだものがあったのです。

あばれ馬車

三人がバスからおりると、古ぼけた馬車をつれた青年が、つかつかとそばへよってきて、

「ちょっとおたずねしますが、あなたはもしや、三津木俊助さんではありませんか」

「ああ、そう、それじゃきみが河野(こうの)君？」

「ええ、そうです。電報をいただいたので、馬車で

おむかえにまいりました」

　新日報社は、全国に支局をもっています。河野青年はこの地方の支局の記者なのです。

「ああ、そう、ありがとう。清水(しみず)というところまで、ここからだいぶあるの」

「一里(り)ぐらいあります。三津木さんだけだと、自転車でごあんないするんですが、小さいおじょうさんがいっしょだということでしたから……」

「いや、ありがとう。ときに、清水にとまれるようなところがあるかしら」

「太平寺(たいへいじ)という寺があるんですが、そこの和尚(おしょう)さんの了海(りょうかい)さんにたのんで、とめてもらうようにしておきました」

「ああ、それはよかった。それじゃ、そろそろ出かけることにしようじゃないか」

「ちょっと待ってください。馬車のぐあいを見ますから」

　河野青年が馬車のぐあいをしらべるあいだ、道ばたに立って待っている三人から、すこしはなれたところに、ひとりの男が、なにやら人待ちがおに立っていました。

　その男は鳥打帽子(とりうちぼうし)をまぶかにかぶり、レーン・コートのえりを立て、おまけに大きな黒めがねをかけているので、とんと顔はわかりませんが、さっき、バスのなかから烏帽子岩を見て、ギョッとしたのはこの男です。

　おまけにそいつはさっきから、俊助と河野青年の立ち話を、そっとぬすみ聞きしながら、しきりに目をひからせているのです。

　ああ、この黒めがねの男とはいったい何もの？　ひょっとするとこの男は、東京から俊助たちをつけてきたのではないでしょうか。

　やがて、馬車の用意ができました。

「さあ、どうぞ、おじょうさんから……」

　河野青年に手をとられて、ひとみが馬車に乗ったときでした。むこうから走って来たのは、一台のスクーター。乗り手は大きなちりよけめがねをかけた男でしたが、馬車のそばをかけぬけるとき、なにやら、馬の耳になげこんだからたまりません。

「ひ、ひ、ひ、ひいん！」

　と、馬ははげしくいないて、うしろ足で、ピーンとさお立ちになったかと思うと、つぎのしゅんかん、気ちがいのように走り出しました。おどろいたのは三津木俊助。

「なにをする！」

と、ふりかえったときはおそかった。スクーターはもうすでに、百メートルほどうしろを、流星のように走っているのです。

「しまった！　しまった！　ちくしょう！　青髪鬼のやつがさきまわりをしていたんだ」

俊助がじだんだふんでくやしがりながら、まえを見れば、ひとみを乗せた古馬車が、あらしにあった小船のように、はげしく、ガタガタゆれながら、さびしい、いなか道を走っていきます。

「ああ、三津木先生、助けてえ……」

馬車のうしろから両手を出して、ひとみが気ちがいのように助けをもとめています。

それを見ると俊助と河野青年、探偵小僧の御子柴君は、一生けんめい馬車のあとを追いかけましたが、馬と人間の競走では、とても勝負にはなりません。

気のくるったあばれ馬は、みるみるうちに三人をひきはなし、はるかかなたの森のむこうへ消えてしまいました。泣きさけぶ、ひとみをひとり乗っけたまま……。

三人が馬車のゆくえを発見したのは、それから半時間ほどのちのことでした。

ああ、なんというむごたらしいことでしょう。馬車は町はずれの高いがけから落ちて、あのあばれ馬は、首の骨を折って死んでいるのでした。

あとでわかったところによると、馬の耳には鉄砲玉ほどの鉛のかたまりが、ほうりこんであったのです。馬は走れば走るほど、耳のなかで鉛のかたまりがガラガラ鳴るので、気ちがいのようになって走っているうちに、とうとうがけから落ちて死んだのです。

しかし、それにしてもひとみさんはどうしたのか……。馬のそばには、めちゃめちゃにこわれた馬車が、ころがっていましたが、ひとみのすがたはどこにも見えません。

俊助は馬車のそばにあつまっている、村のひとたちに聞いてみましたが、だれもひとみを見たひとはないのです。

「わたしはこの馬車が、がけからころげ落ちるところを見ていたのですが、そのとき、だれも馬車に乗ってるようには見えませんでしたよ」

と、村の老人がいいました。

そのほかにも、馬車が走っていくのを見たひとがありましたが、だれもひとみのすがたを見たものはないのです。

するとひとみはとちゅうで馬車からとびおりるか、それともふり落されたのではないでしょうか。そして、そのときけがをして、どこかでたおれているのではあるまいか……。

そこで、みんなで手わけして、馬車の走ってきた道を、もういちどさがしてみましたが、ひとみのすがたはどこにも見えません。

しかし、そのうちに、つぎのようなことがわかりました。

それは清水からきた漁師の話なのですが、そのひとは、清水からこっちへくるとちゅう、自転車に乗った男にすれちがったが、その自転車のうしろには十三、四才のかわいい少女が、ぐったりとして乗っていたというのです。

俊助がおどろいて、自転車の男の人相を聞いてみると、その男はすれちがうとき、自転車のうえで、さっと頭をさげたので、顔はよく見えなかったが、このへんのものではなかったということです。

「三津木さん、ひょっとすると青髪鬼では……」

御子柴君は思わず声をふるわせます。

「いや、青髪鬼ならスクーターに乗っているはずだが……」

「しかし、それじゃだれでしょう。ひとみさんの敵か味方か……」

「それはぼくにもわからない。しかし、それが敵にしろ、ひとみさんが生きていれば、また助けるみちもある。河野君、とにかく、すぐに清水へいこう」

ひとみさんをさがすのにてまどったので、三人が清水へついたのは、もう、夜もだいぶふけてからのことでした。

清水というのは漁師村ですが、その村はずれに太平寺という古寺がありますが。一同がそのお寺へはいっていくと、出むかえたのは、六十ぐらいの、まゆのしろいお坊さんです。

「和尚さん。お客さんをつれて来ました」

「ああ、ようこそ。おや、お客さんはおふたりかな。

きのうの話では、三人じゃということじゃったが……」

「いや、それについては、あとでお話しいたします」

「ああ、そう、とにかくおあがり。なんにもないが食事の用意もしてあるで……」

「ごやっかいになります」

　三人は座敷へあがりましたが、河野青年はふしぎそうにあたりを見まわし、

「おや、了仙（りょうせん）君はどうしました」

「了仙か。了仙は、きゅうに用事ができまして、大阪へいった。二、三日、寺をあけることになったが、なに、お客さんのおもてなしぐらい、わしひとりでじゅうぶんじゃ。さあ、おつかれじゃろう、いっぱい、どうじゃな」

「これはおそれいります。それでは、せっかくですから、いただきましょうか」

　俊助と河野青年は、なにげなくさかずきをとりあげましたが、そのとき、和尚の目が、ギロリと、あやしくひかったのを、だれも気がついたものはなかったのです。

ああ、あやしいのは和尚の目つき……。

暗号をといて

それからまもなく、食事をおわった三人は、あてがわれたへやへしりぞきましたが、そこにはちゃんと、三つの寝床がしいてあります。

　河野青年はかえるはずだったのですが、あまりおそくなったのと、了海さんがすすめるので、とまることになったのです。

「ああ、ねむい、ねむい。どうしたんだろう。なんだかねむくてしかたがない」

　河野青年はそういいながら、寝床へもぐりこんだかと思うと、はや、もうたかいびきです。

「河野さん、よっぽどくたびれたんですね。それともお酒によったのかしら」

「なに、ようほども飲みはしない。まあ、いいさ。じゃまものが寝てくれてさいわいだ。御子柴君、これをごらん」

　と、ふたりもそれぞれ、寝床のうえに腹ばいになると、俊助がひろげて見せたのは一枚の紙きれ。御

子柴君はそこにかいてあるクモの絵を見て、思わず目をみはりました。

「あっ、三津木さん、これは大宝窟のありかをかいた暗号ですね」

「そうだよ、御子柴君。そして、ぼくがどうして、この暗号をといたかおしえてあげよう」

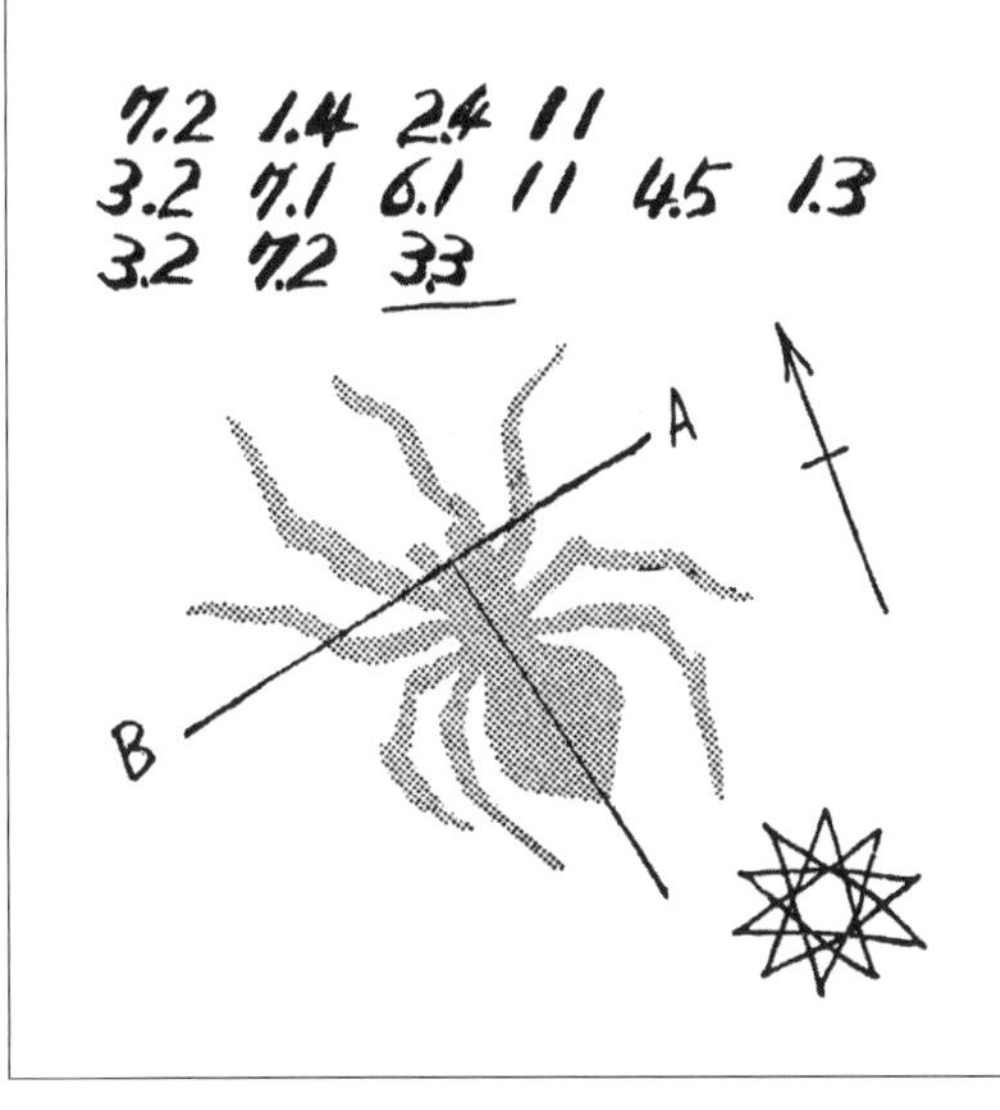

と、俊助はクモのうえに書かれた数字を指さしながら、

「ねえ、この数字はみんな、ふたつの数字の組合わせになっているだろう。十一という数字のほかは……」

「ええ」

「そればかりではない。組合わせになっている数字は、みんな十以下の数字ばかりだ。しかも、組合わせのまえにおかれた数字には、五以上のもあるが、あとにおかれた数字は、ぜんぶ五以下だろう。この組合わせになった数字の一組が、ひとつの字をあらわすとして、そのことから、なにか思いつきゃしないかね」

「さあ……」

御子柴君は首をかしげて考えていましたが、きゅうにさっと目をかがやかせると、

「あ、三津木さん、これ、五十音をしめしているのじゃありませんか」

「えらい。さすがは探偵小僧だ。それじゃ、ひとつ、この暗号をといてごらん」

「ええ」

10	9	8	7	6	5	4	3	2	1	
ワ	ラ	ヤ	マ	ハ	ナ	タ	サ	カ	ア	1
ヰ	リ	イ	ミ	ヒ	ニ	チ	シ	キ	イ	2
ウ	ル	ユ	ム	フ	ヌ	ツ	ス	ク	ウ	3
ヱ	レ	エ	メ	ヘ	ネ	テ	セ	ケ	エ	4
ヲ	ロ	ヨ	モ	ホ	ノ	ト	ソ	コ	オ	5

そこで御子柴君は、紙の上に五十音をかくと、それに数字を書きいれました。

「三津木さん、この横にならんだ数字とたての数字を組合せていけばいいんですね。たとえば、七と二はミというふうに……」

「そうだ、そうだ、ひとつやってみたまえ」

御子柴君は一生けんめい、そこにかかれた数字の組合わせと、五十音をてらしあわせていきましたが、やがて、できあがったのは、

ミエケ11
シマハ11トウ
シミス

「ああ、わかった、わかった。三津木さん、十一というのは、五十音からはみ出した、ンという字をしめしているんですね。それと、三と三との組合わせの下にアンダー・ラインが引いてあるのは、にごるということなんですね」

そういいながら、なにげなく俊助のほうをふりかえった御子柴君は、思わずギョッといきをのみました。

ああ、なんということでしょう。いまがいままで、げんきよく話をしていた俊助が、まくらに顔をおしつけて、白川夜船のたかいびき、正体もなくねむっているではありませんか。

「三津木さん、三津木さん、どうかしたんですか。どこか気ぶんでもわるいのですか」

俊助の肩に手をかけ、御子柴君は二、三度つよくゆすぶりましたが、そのときでした。音もなくふすまが開いたかと思うと、ニヤリとなかへはいってきたのは了海和尚です。

あやしい和尚

「おい、小僧」

と、了海和尚はあざけるように、

「いくら起してもだめよ。俊助もこっちの男も、とても朝までさめやせん」

「えっ！」

「さっき飲んだ酒のなかには、強いねむり薬がはいっていたんだからな。うっふっふ」

　きみのわるい笑い声に、御子柴君はゾッと、水をあびせられたような気もちです。

「あなたはだれです、どうしてそんな……」

「あっはっは、小僧、おれがだれだかわからんのか。いつかきさまといっしょに、水攻めになったことがあったな」

「あ、そ、それじゃ白蠟仮面……」

「あっはっは、やっとわかったかい。あれからおれは、ずっとおまえたちを見はっていたんだ。そして、こんども東京から、おまえたちのあとをつけてきたんだが、さっきバスからおりたところで、俊助とこの男の立ち話を聞いて、この寺へくることがわかったから、さきまわりをして、和尚にばけて待っていたんだ」

「そ、それじゃほんものの和尚さんは？」

「しんぱいするな。まさか殺しゃせん。和尚も了仙というわかい坊主も、ねむり薬をのまされて、本堂のほうで寝ているわ。あっはっは」

「あっ、三津木さん、起きてください、起きてください。だれか来てぇ！」

「やかましい！」

　白蠟仮面は、いきなり御子柴君にとびかかると、

「いくら声をたてても、人里はなれたこの古寺だ。だれも来る気づかいはないわ。それより、小僧、その紙きれをこっちへよこせ」

　あっとさけんで御子柴君は、あわてて、暗号の紙のうえに身をふせました。

「ばか。その暗号がほしいばかりに、おれはおまえたちをつけてきたのだ。さあ、どけ。どかぬとこれだぞ」

　と、ピタリとひたいにおしつけたのはピストルです。

　御子柴君、いかに勇敢なりといえども、ピストルにはかないません。思わずあとずさりするところを、白蠟仮面はすばやくしばりあげてしまいました。

「あっはっは、朝までそうしていろ。そのうちに俊助が目をさましたら、わけを話して、といてもらうがいい。あっはっは」

　白蠟仮面は、暗号の紙きれをとりあげると、ゆう

ゆうとして出ていきます。

　御子柴君はくやし涙を目にうかべて、白蠟仮面のうしろすがたを見おくっていましたが、そのとき、みょうなことが起ったのです。

　ふすまのそとへ出ようとしていた白蠟仮面は、とつぜん、アッとさけぶと、手にしたピストルをとりおとしました。

「だ、だれだ」

　とさけんで、白蠟仮面はあわてて、ピストルをひろおうとしましたが、その鼻さきへ、ヌッとつきつけられたのは、一ちょうのピストルです。さすがの白蠟仮面もおどろいて、あわてて二、三歩とびさがると、

「あ、き、きさまは青髪鬼！」

　いかにもそれは青髪鬼です。あの秋の空のようにまっさおな髪、ミイラのように、しわだらけのはだ……青髪鬼はギラギラとあやしく目をひからせながら、無言のまま白蠟仮面の手から、暗号の紙きれをとりあげると、そのままじりじりとあとずさり。

「お、おのれ！」

　白蠟仮面はじだんだふんでくやしがりましたが、ピストルの力にはかないません。

　青髪鬼はしだいにあとずさりをしていって、やがて縁がわでとまると、あいている雨戸のすきまから、さっと庭へとび出した。

「おのれ、青髪鬼、待て！」

　白蠟仮面もそのあとからじぶんの落したピストルをひろいあげると、これまたまっくらな庭へいちもくさん。さっきから、そのようすを見ていた御子柴君も、両手をしばられたまま、ふらふらと立ちあがりましたが、そのときでした。

「御子柴君、しずかにしたまえ」

　だしぬけに、うしろから声が聞えたので、ギョッとふりかえると、ああ、なんと、ねているはずの俊助が寝床の上におきなおり、ニコニコ笑っているではありませんか。

「あっ、三津木さん、あなたは起きていたんですか」

「しっ、白蠟仮面は……？」

「白蠟仮面は青髪鬼のあとを追っかけていきました。しかし、三津木さん、あなた、ねむり薬をのまされたんじゃなかったんですか」

「なあに、さっきの酒、ちょっとへんな味がしたから、のむようなふりをして、うまく捨てていたのさ。ところが、このへやへさがってくると、いきなり河野君がグウグウねむりこけてしまったから、ひょっとするとさっきの酒に、ねむり薬がはいっていたのではあるまいかと、ぼくも寝たふりをしていたのさ」

「しかし、それじゃ、あの暗号は……？」

「あっはっは、しんぱいするな、あれはにせものだよ」

「えっ、にせもの……？」

「そうだ。ぼくもまさか了海和尚が白蠟仮面とは気がつかなかったが、なににしてもあやしいそぶり。きっと暗号をねらっているのだろうと思ったから、わざとにせの暗号をとり出しておいたのさ。あっはっは」

俊助は笑いながら、河野青年を起したが、よほど薬がきいているとみえて、目をさますけはいもありません。

「しかたがない。それじゃ、このまま朝まで寝かしておこう。ときに、御子柴君」

「はい」

「さっき、白蠟仮面がいってたな。和尚も了仙というわかいお坊さんも、ねむり薬をのまされて本堂のほうで寝ていると。……ひとつ、いってみようじゃないか」

本堂までやってくると、なるほど、うすぐらいすみのほうに、了海和尚とわかい了仙君が、さるぐつわをはめられたうえ、がんじがらめにしばられてころがっていました。

ふたりとも、もう薬のききめがきれたとみえて、目をさましてもがいています。

俊助と御子柴君が、いそいでいましめをとき、さるぐつわをはずしてやると、

「あなたはいったいだれじゃ」

と、了海和尚があやしむようにたずねます。

「ぼくは三津木俊助というものです。河野君から、ここへとめていただくよう、おねがいしておいたものです」

「しかし、その河野君は……？」

「河野君はむこうに寝ています。ねむり薬をのまされているのです」

と、てみじかにわけを話し、寝室へつれてきて、ねむっている河野青年のすがたをみせると、和尚も了仙君もやっとなっとくしました。

「いや、うたがってすまなかった。なにしろ、さっきひどいめにあったものだから。……しかし……」

と、和尚は思い出したように、

「河野君の話によると、もうひとり、つれがあるという話だったが……十三、四の女の子がくるはずじゃなかったのかな」

「さあ、それです」

と、三津木俊助はひざをすすめて、

「それについては、たいへんなことができまして……」

と、さっきのあばれ馬車のいきさつから、ひとみらしい少女が自転車にのせられて、この村のほうへくるのをみたという漁師の話をうちあけたのち、

「だから、ひとみさんはひょっとすると、この村のどこかにいるんじゃないかと思うんです」

と、そういう俊助の話をきいて、わかい了仙君の顔色がさっとかわりました。

クモの巣の岩窟(がんくつ)

「おや、了仙さん、あなた、なにかごぞんじなんですか」

「はあ、そういえばきょうの夕がたのことでした。わたし、裏山へたきぎをとりにいったんですが、そのかえりのこと、自転車をひいて、下からのぼってくる、へんな男にあったんです」

「なるほど、それで……」

「みるとその自転車には、十三、四の女の子がぐったりとのっています。わたしがわけをたずねると、この子がきゅうに病気になったので、隣村(となりむら)の医者へつれていくというんです」

「なるほど、それから……?」

「いや、わたしはそれきりわかれたんですが、あとから考えると、徒歩なら山越えのほうがはやいが、自転車があるなら、ふつうの道をいったほうが、よっぽどはやいだろうにと、ふしぎに思っていたんです」

「いったい、どんな男でした」

「さあ、どんな男といって……」

　了仙君は首をかしげます。俊助は和尚のほうへむきなおって、

「和尚さん、この山のなかに、どこか、かくれていられるような場所がありませんか」

「それはある。いくらでもある」

と、和尚はことばをつよめて、

「この山には、ふかいふかい鐘乳洞がある。土地のものはクモの巣の岩屋とよんでいるが、まるでクモの巣のように、四方八方へひろがって、だれもそのおくを、つきとめたものはないのじゃ。なんでもその洞窟のなかには、海の底までつづいているものもあるという」

　俊助と、御子柴君は、思わず、顔を見あわせます。ひょっとすると、その洞窟が烏帽子岩まで、つづいているのではあるまいか。

「だから、そういう洞窟のなかへつれこまれたら、こんりんざい、ひとの目につくことはあるまい。なにしろ、なかは迷路のようになっているんだからな」

　それを聞くと御子柴君は、なんともいえぬきみわるさをかんじました。ああ、そういうおそろしい洞窟のなかへ、つれこまれたひとみさんは、いまごろどうしているでしょうか。

「ときに、了仙さん」

「はあ」

「あなたの出あった自転車の男ですがね。そいつはもしや、まっ青な髪の毛をしていやあしませんでしたか」

「な、な、なに、まっ青な髪だって？」

　和尚さんや了仙君のおどろきが、あまり大きかったので、かえって俊助がびっくりして、

「あなたがたは青い髪の男をごぞんじですか」

「ふむ、しらぬこともない。しかし、了仙、おまえのあったのはあの男だったのかい」

「いいえ、和尚さん、ちがいます。青い髪の男ではありません」

「しかし、和尚さん、青い髪の男というのは……？」

「さあ、それじゃ」

　と、和尚もふしぎそうに首をかしげて、

「わしも、あの男がどこに住んでいるのかしらん。ときどき、すがたを見ることがあるが、こっちのす

がたを見ると、こわいもののようににげてしまう。ひょっとすると、あの洞窟のなかに住んでいるのじゃないかと、村のひとたちはいっている。なにしろミイラのような顔に、まっ青な髪の毛だから、女子どもはこわがって、青い髪のゆうれいだというている。しかし、べつにわるいこともせんので、ほうってあるが、まあ、きちがいじゃろうな」

「そして、そいつ、いつごろから、ここにいるんですか」

「さあ、もうひと月ぐらいになろうかな。どこからともなく、ときどき、ひょいとすがたをあらわすのだが、わしがいちばんちかごろ見たのは、一週間ほどまえ、三月十五日の晩のことだったな」

「な、な、なんですって、三月十五日の晩ですって。和尚さん、まちがいはありませんか」

「了仙、まちがいはないな」

「はい、まちがいはありません。たしかに三月十五日の晩でした」

俊助と御子柴君は、ぼうぜんとして顔を見あわせました。

諸君もおぼえているでしょう。三月十五日といえば、ひとみさんの誕生日。その晩、ひとみさんと御子柴君は、ガラス工場の地下室で、青髪鬼のために水攻めにされたのです。

そのおなじ晩に、和尚さんや了仙君は、この村で青髪鬼を見たという。それでは、青髪鬼はふたりいるのでしょうか。

洞窟の怪人

ひとみはいったい、どれくらいながく気をうしなっていたのでしょうか。ふと気がつくと、まっ暗がりのなかにねているのでした。

「あら！」

と、びっくりして起きなおると、あわててあたりを見まわしましたが、うるしをぬりつぶしたようなやみのなか、なにひとつ見わけることもできません。ひとみはいそいで手さぐりで、あたりをさわってみましたが、手にふれるのはしめった土のようでした。

「まあ、それじゃあたし、地面のうえにねていたのかしら」

ひとみはふと、気をうしなうまえのことを思い出しました。

　あばれ馬車のうえで、気ちがいのようにすくいをもとめているうちに、俊助や御子柴君ともみるみるとおくはなれてしまって、やがてたんぼみちへさしかかったときでした。

　ふいに横からとびだしてきた、自転車にのった男が、

「とびなさい。思いきって、たんぼのなかへとびなさい！」

と、大声でさけびながら、馬車のあとから追ってきました。

　その声にはっと気がついたひとみは、いわれるままに、さっと馬車からたんぼをめがけてとびましたが、それきりふっと気をうしなって、あとのことはいっさいしらないのです。

「まあ、それじゃあたし、まだたんぼのなかにねているのかしら。そして、日がくれたのでこんなにまっくらなのかしら」

　しかし、それにしてもすこしへんです。いかに闇（やみ）夜（よ）とはいえ、いくらかはものかげが見えそうなものなのに、あたりはまるで、黒いビロードにつつまれたような暗やみなのです。おまけに、どんなに耳をすましても、なにひとつ、もの音はきこえません。

　ひとみはきゅうに、なんともいえぬほど心ぼそくなって、いまにも泣きだしそうになりましたが、そのとき、ふと、ポケットに万年筆がたの懐中電灯のあったことを思い出しました。いそいでポケットをさぐってみると、さいわい落（おと）しもせずに懐中電灯は、まだそこにありました。

　ひとみはそれであたりを照らしてみましたが、そのとたん、思わずアッといきをのみました。

　そこはなんと土（つち）ろうのような穴のなかでした。右も左も、上も下も、しめって、ジメジメとした土のかべで、しかもこの穴は、どこまでも、どこまでもつづいているらしいのです。

　ひとみはなんともいえぬおそろしさに、声も出ず、ただ、ガタガタとふるえていましたが、ふとみると、そばになにやらおいてあります。それは、小さなバスケットと水筒でした。

「まあ！」

　ひとみは目をみはりながら、こころみにバスケットをひらいてみると、なかにはおいしそうなサンド

ウィッチが、ぎっしりつまっているではありませんか。

「まあ！」

ひとみはまた目をみはりました。

このサンドウィッチや水筒は、じぶんのためにおいていってくれたのかしら。そういえばひとみのねていたところには、レーン・コートがしいてあります。

「ああ、だれかがあたしを、ここへつれてきてくれたのだわ。そして、土のうえにじかにねかせて病気になってはいけないと、レーン・コートをしいていってくれたのだわ。それからこのバスケットや水筒をおいていってくれたのだわ。そうすると、そのひとはきっとあたしのみかたにちがいない」

ひとみはやっと安心しました。安心するときゅうにおなかがすいてきました。

水筒のせんをぬくと、なかにはあまい紅茶がつまっていました。

ひとみはそれでのどをうるおし、サンドウィッチをたべはじめましたが、そのときでした。

だしぬけにやみのなかから、

「お嬢さん、わたしにもひとつ、サンドウィッチをわけてくださらんか」

と、かのなくような声がきこえたので、

「キャッ！」

とさけんで、ひとみはとびあがりました。

「だ、だれ？　そ、そこにいるのは……？」

ひとみはふるえる手で懐中電灯をむけましたが、そのとたん、全身の血がこおるようなおそろしさを感じました。なんと、二、三メートルむこうの土のうえに、しょんぼりすわっているのは青髪鬼ではありませんか。

「お嬢さん、わたし、腹がへってたまりません。サンドウィッチをわけてください」

青髪鬼はあわれっぽい声でいいながら、こちらへにじりよってきます。ひとみはあまりのおそろしさに、動くこともできません。青髪鬼は、ひとみのそばまでよってくると、サンドウィッチをひとつつまんで、むしゃむしゃとたべはじめました。

ひとみはガタガタふるえながら、あいてのようすを見ていましたが、しだいにみょうな気がしてきました。いつもとちがって、きょうの青髪鬼には、すこしも危険らしいところがないのです。

いえいえ、青い髪といい、ミイラのようなはだといい、見たところはきみがわるいのですが、いかにもおとなしそうなようすなのです。

青髪鬼はサンドウィッチをたべおわると、

「お嬢さん、あの、もうひとつたべてもいいですかな」

と、はずかしそうにまばたきをしましたが、その目つきにも、いかにも善良そうな色があらわれていて、いつもの青髪鬼とは、まるでちがっているのです。

ひとみはだんだんおちついて、

「ええ、どうぞ、いくらでもめしあがれ。あの、でも、おじさん、あなたはだれなの。どうしてこんなところにいるの」

ひとみが思いきってたずねると、青髪鬼は悲しそうに首をふりながら、

「わたしがだれ……？　ああ、わたしはいったいだれなのじゃ。お嬢さん、それがわたしにはわからないんじゃ。じぶんがどこのどういうものか、わたしはわすれてしもうたのじゃ」

「まあ！」

と、ひとみは目をみはって、

「あなたはもしや、鬼塚三平さんじゃありませんの」

「鬼塚……？　三平……？」

青髪鬼はふしぎそうにまゆをひそめて、

「鬼塚三平……？　鬼塚三平……？　ああ、なんだか聞いたような名まえだ。たしかに、どこかで聞いたことがある……しかし、お嬢さん、そういうあんたはだれじゃな」

「あたし、月丘ひとみですわ。月丘謙三の子どものひとみですわ」

「月丘謙三……月丘謙三……おお、たしかに聞いたことがある。そして、あんたはその謙三のお嬢さんのひとみというのかな」

「そうですわ。そして、いつかあなたは、あたしを殺そうとしたではありませんか」

「えっ！　わたしがあんたを！」

青髪鬼は目をまるくして、

「と、とんでもない。わたしは人殺しをするような悪人ではない」

「でも、あなたは古家万造さんを殺そうとしましたわ。そして、神崎博士を殺してしまいましたわ」

「えっ、古家万造……神崎博士……ああ、たしかにどこかで聞いたことがある……古家……神崎……月丘……そして、そして鬼塚三平……」

青髪鬼は両手で頭をかかえこんで、しきりになにやらつぶやいていましたが、そのときでした。

やみのなかから、するするとヘビのようにはいよったひとつのかげが、はっしとばかり青髪鬼のあたまに、なにやらふりおろしました。

もし、そのとき、青髪鬼が本能的に身をさけなかったら、おそらく頭をぶちわられて、たちどころに死んでいたことでしょう。

ひとみもはっと、二、三歩あとへとびのくと、とっさに懐中電灯をとりなおし、いま青髪鬼をおそったかげにむけましたが、こんどこそ、ひとみは全身の血が、こおってしまうようなおそろしさをかんじたのです。

なんと、暗やみのなかに仁王立ちになって、さか手ににぎったピストルを大上段にふりかぶっているのは、これまた青髪鬼ではありませんか。

しかも、あのおそろしい目つき、ねじれたくちびる……これこそ、いつかひとみを水攻めにして、殺そうとした青髪鬼なのでした。

きて、お話かわって、こちらは三津木俊助と探偵小僧の御子柴君。了海和尚と了仙君から、クモの巣の岩屋の話をきくと、すぐに出かけることにしました。

クモの巣の岩屋の入口というのは、太平寺のうら山の、たかい崖のしたにあるのです。その崖のうえに立って見ると、月の光にくっきりと海からそびえ立つ烏帽子岩のすがたが見えました。

そこまでは、わかい了仙君が案内してきたのですが、それからさきへはどうしても、進もうとはしません。

「あっはっは、いいですよ、いいですよ。きみは、はやくかえって、和尚さんのそばにいてあげたまえ。また、わるいやつがくるといけないからね」

「はい、それではこれで……」

と、にげるように山をくだっていく、了仙君のうしろすがたを見送って、俊助と御子柴君は崖をおりていきました。

　崖のしたには人間ひとり、やっとくぐれるくらいの穴があいていて、のぞいてみるとなかはまっくら。

「探偵小僧、きみはこのなかへはいっていく勇気があるか」

「三津木さん、いっしょにつれていってください」

「よし」

　それぞれ懐中電灯をふりかざし、ふたりは洞窟のなかへはいっていきます。はじめのうちは、やっと立ってあるけるくらいの高さしかありませんでしたが、ものの十メートルもいくと、洞窟はしだいにひろくなってきます。

　ふたりは全身の神経をきんちょうさせて、用心ぶかくすすんでいきましたが、やがて、はたとこまったように立ちどまりました。

　道がそこで三つまたになっていて、どちらへ進んでよいのかわかりません。

「探偵小僧、なにかめじるしになるようなものはないか、さがしてみよう」

「はい」

　ふたりは目をさらのようにして、洞窟のなかをさがしていましたが、とつぜん、御子柴君がうれしそうなさけび声をあげました。

「あっ、三津木さん、ここに自転車のあとがついています」

「なに、自転車のあと？」

　見ればなるほど、しめった土のうえに、タイヤのあとがついているのです。

「ああ、これはきっと、ひとみさんをのっけていった自転車のあとにちがいない」

「それじゃ、このタイヤのあとをつけていけばいいのですね」

「そうだ、そうだ。こんないい道しるべはない。これをつけていこう」

　こういうはっきりとした道しるべがみつかったので、ふたりはもうまよう心配はありません。クモの巣という名まえがついているだけあって、洞窟のなかには、いたるところに、わき道や、枝道がありましたが、ふたりはタイヤのあとをつたって、まようこともなく、おくへおくへと進んでいきます。

　その道は、おくへ進むにしたがって、しだいに下へさがっているのです。

「三津木さん、やっぱりこの洞窟の道の一つが、あの烏帽子岩までつづいているんですね」

「うん、きっとそうだ」。

それからまた、ふたりは無言で、洞窟のおくへと進んでいきましたが、やがて、とあるまがり角(かど)をまがったときでした。

「だれか！　そこにいるのは！」

とつぜん、俊助がさけんだかと思うと、さっと懐中電灯の光を、前方のやみにむかってさしむけました。

影の人の正体

俊助の声があまりだしぬけだったので、御子柴君もびっくりしてとびあがりましたが、と見れば、懐中電灯の光のなかに、くっきりとうかびあがったのは、自転車を持った男のすがたです。

自転車を持った男は、だしぬけにうしろから、懐中電灯の光をむけられ、

「しまった！」

とさけぶと、自転車をすてて、にげだしました。道がわるいので、とても自転車にのってはいけないのです。

「待て！」

とさけんで、追っかける俊助のあとから、御子柴君も走っていきます。

自転車の男は、よほど洞窟の地理にあかるいとみえ、くらがりのなかをネズミのように走っていきましたが、そのうちに、なにかにつまずいたとみえて、よろよろよろめいたあげく、ばったり土のうえに倒れました。

それを見ると、

「しめた！」

とさけんだ、三津木俊助、起きなおろうとするあいての背中に馬のりになると、すばやくピストルを取りだして、ピタリと後頭部におしつけました。

「抵抗するとこれだぞ」

「いや、もう抵抗はせん。三津木君、すまないがそこをどいてくれたまえ」

「えっ？」

あいてが意外におとなしいうえに、じぶんの名まで知っているので、俊助はびっくりしてとびのくと、

「きみはだれだ」

「いま話す」

あいてはよろよろ起きなおりましたが、見ると黒いふろしきで、目から下をかくしています。

それを見て、思わずさけんだのは御子柴君。

「あっ、あなたは影の人！」

それを聞いて、あいてはかすかにうなずきました。

ああ、そのひとこそは、いつか御子柴君とひとみさん、白蠟仮面が、青髪鬼のために水攻めにされ、あやうく殺されようとするところを、助けてくれたひとではありませんか。

「ああ、そ、それじゃあなたが影の人でしたか。これは失礼しました。しかし、いったいあなたはどなたです。顔を見せてください」

影の人はかすかにうなずき、無言のまま顔からふろしきをとりましたが、ああ、そのときの俊助と御子柴君のおどろき！

「あっ、あなたは神崎博士！」

とさけんだきり、ふたりとも、ぼうぜんとして、立ちすくんでしまいました。

なんと、いまそこに立っているのは、ガラス工場のガラスのプールに落ちて、死んだはずの神崎博士ではありませんか。

「三津木君も御子柴君もおどろかせてすまなかった」

神崎博士はにっこり笑って、

「ぼくはあのとき、プールへ落ちたのではなかったのだ。ピストルにうたれたようなまねをして、わざとプールのふちにある棚のうえへ落ちたんだ。そして、そこにこしらえてあったぬけ穴からぬけだしたんだ」

「しかし……」

と、俊助はまだおどろきのさめやらぬ顔色で、

「あとでプールの検査をしたら、ちょうど人間ひとりぶんの燐が出てきたというのは……」

「それはぼくが、病院から買ってきておいた骸骨を投げこんでおいたからだ」

「しかし、どうしてそんなことを……」

「三津木君、ぼくは死んだものになっていたかったんだ。死んだものになって、青髪鬼や白蠟仮面の手からのがれるとともに、ひとみさんを青髪鬼の魔の手から、守ろうと思っていたんだ」

「あっ、それじゃ、きのう、ひとみさんを助けたのも……」

「そうだ、ぼくだ。ひとみさんは安全に、この洞窟のおくにかくしてある。さあ、三津木君も御子柴君も来たまえ」

だが、そのときでした。とつぜん、洞窟のおくから聞えてきたのは、二、三発のピストルの音。それにつづいて、絹をさくような少女の悲鳴……。

「あっ、あれは……」

三人は思わずドキンとして顔を見あわせました。

「あの悲鳴はひとみさんにちがいない。三津木君も御子柴君も来てくれたまえ」

と、いっさんにかけだす神崎博士のうしろから、俊助と御子柴君も走っていきます。

洞窟のなかは、いよいよ広く、あみの目のように道がひろがっていますが、神崎博士はよほどこの洞窟の地理にあかるいとみえ、道にまようこともなく走っていきます。

そして、まもなくやってきたのは、ひとみさんをねかしておいた袋路の入口です。

そこまできたとき、せんとうに立った神崎博士が、なにかにつまずきよろめきました。

「あっ、こんなところにだれか倒れている！」

「ひとみさんじゃありませんか」

そういいながら俊助と神崎博士が、同時に懐中電灯の光をむけたせつな、御子柴君は、あっとさけんでとびのきました。

なんと、そこに倒れているのは青髪鬼。しかもその青髪鬼はからだに二、三発、ピストルの弾丸をうけて、血まみれになってうなっているのです。

「あっ、青髪鬼がうたれている！」

「あっ、ちょ、ちょっと待ってください」

と、神崎博士は、つらつらと青髪鬼の顔を見ていましたが、やがて、ギョッとしたように、御子柴君をふりかえると、

「御子柴君、青髪鬼の顔は、きみがいちばんよくしっているはずだが、きみたちを水攻めにした青髪鬼はこのひとだったかね」

そういわれて御子柴君は、ふしぎそうに、そこに倒れている男の顔を見ていましたが、にわかに息をはずませると、

「ちがいます、ちがいます。とてもよく似ています

けれど、ぼくたちを殺そうとした青髪鬼は、このひとではありません」

「探偵小僧、それじゃ日比谷公園であったという青髪鬼というのは……?」

「いいえ、日比谷であったのもこのひとではないようです。日比谷であった青髪鬼が、ぼくたちを殺そうとしたんです」

御子柴君の話を聞いているうちに、俊助の頭にさっとひらめいたのは、この事件のいちばんはじめに、古家万造の秘書、佐伯恭助からあずかった、封筒のなかにあった二枚の青髪鬼の写真のことです。

あの二枚の写真はたいへんよく似ていましたが、どこかちがっているようなところもありました。俊助はその写真を青髪鬼第一号、第二号と区別しましたが、いまそこに倒れているのは、たしかに青髪鬼第一号です。

「神崎先生、それじゃ青髪鬼はふたりいるんですか」

「いいえ、青い髪の男は、ここに倒れているこの人物ひとりです。三津木君、この男こそほんものの鬼塚三平なんですよ」

「それじゃ、もうひとりの男は……?」

「さあ、わたしにもだれだかわかりません」

と、神崎博士はちょっとことばをにごして、

「とにかく、わたしはふしぎでならなかったのです。鬼塚君はマレーのコバルト鉱山を脱出して、日本へかえってくると、わたしと古家万造氏にあいにきました。そのとき、わたしは鬼塚君にあやまったのです。そして、ひとみさんに毎年ダイヤを送っているという話をすると、鬼塚君もゆるしてくれました。ところが、それからまもなく、とつぜん、鬼塚君のゆくえがわからなくなりました。そして、あのへんてこな死亡広告が新聞に出たのです」

神崎博士はためいきをついて、

「そのとき、古家万造氏は、てっきりあれは鬼塚君のしわざにちがいない。鬼塚君がわれわれ三人の命をねらっているのだと、たいへんこわがっていました。それを聞いてわたしはへんな気がしたんです。鬼塚君はそんなひとではないし、だいいち、ひとみさんをねらうはずはないのです。だから、だれかが鬼塚君にばけて、われわれを殺そうとしているのではないか。……そう思ったものだから、わたしは死

んだものになって、すがたをかくし、かげながらひとみさんをまもるいっぽう、鬼塚君のゆくえをさがしていたんです」

神崎博士の話をきいて、俊助や御子柴君にも、ようやくことのいきさつがわかってきました。

「しかし、神崎先生、それじゃ、鬼塚君にばけている青髪鬼とはいったいだれなんです」

「さあ、それは……」

神崎博士がなぜかいいしぶっているときでした。とつぜん、洞窟のおくから聞えてきたのは、またしてもピストルの音。しかも、こんどははげしくうちあうピストルの音……。

クモ岩の怪

「やあ、あの音はなんだ！」

「神崎先生、いってみましょう」

「しかし、鬼塚君をどうしたものか」

神崎博士がためらっているところへ、

「そこにいるのは三津木さんじゃありませんか」

と、声をかけてちかづいてきたのは、通信員の河野記者。

「すみません。すっかりねこんじゃって。さっき目がさめたら、三津木さんはこっちだというんで、いそいで追っかけてきたんです」

河野青年は面目なさそうに頭をかいています。

「ああ、河野君、いいところへ来た。このひとを医者へつれていってくれたまえ」

「え？」

河野青年は足もとに倒れている、鬼塚三平のすがたを見ると、びっくりしてとびのきました。

「こ、こ、これは、ど、どうしたんです」

「なんでもいいから、大急ぎで医者へつれていくんだ。そうだ。ここへくるとちゅうに自転車があったろう。あれを借りていきたまえ」

「しょうちしました。しかしあなたは……？」

「ぼくはまだ、この洞窟のおくに用がある。それじゃあとはたのんだぞ。さあ、神崎先生、探偵小僧、いこう」

と、あとは河野青年にまかせておいて、三人はまた洞窟のおくへすすんでいきます。

ピストルの音はそれきりたえて、洞窟のなかには、

死のようなしずけさがただよっています。

おくへすすむにしたがって、洞窟は、いよいよ網の目のように、どこまでも広がっているのです。しかも進むにしたがって、道はしだいにさがっていきます。

やがて三人のゆくてにあたって、ほんのりとあかりが見えてきました。

「おや、神崎先生、あのあかりはなんですか」

「あれは、月の光です。月光が、さしこんでいるのです」

「え、それじゃ、洞窟の出口へきたんですか」

「いや、そうじゃありません。いまにわかりますよ」

やがて、一同がたどりついたのは、二十メートル四方もあろうという、天じょうのたかい、洞窟内の大広場。しかも、その洞窟の一部分に、小さい穴があいていて、そこから月の光がさしこんでいるのです。

「そこから外をのぞいてごらんなさい」

神崎博士のことばに、ふたりは外をのぞきましたが、そのとたん、思わずアッとさけびました。

その岩のすぐ外がわは海になっているらしく、打ちよせる波の音が、足もとにとどろいています。しかもその穴のむこうに、月光をあびて、くっきりと海上にうかびあがっているのは、なんと烏帽子岩ではありませんか。

「あっ、そ、それじゃやっぱり、これが烏帽子岩へわたる通路なんですね」

「そうです、そうです。このへんには昔、海賊がおおかったといいますから、海賊がこういう通路をつくったんですね。それをひとみさんのおとうさん、月丘謙三君が発見して、われわれの秘密の工場に利用したんです」

「秘密の工場って？」

「いまにわかります。それより、この岩をごらんなさい」

神崎博士にそういわれて、うしろをふりかえった俊助と御子柴君は思わず、アッと目をみはりました。

大広場いっぱいに、足をひろげてうずくまっているのは、クモそっくりの形をした、大きな岩ではありませんか。ああ、それでは暗号に書いてあったクモというのは、この岩をさしていたのでしょうか。

「この岩が、大宝窟へはいる扉になっているのです」

神崎博士のことばもおわらぬうちに、またもや、ズドン、ズドンと、ピストルをうちあう音。しかも、こんどは地の底からひびいてくるではありませんか。

そして、そのピストルの音にまじって聞える声は、たしかに白蠟仮面です。しかも白蠟仮面はなにやら大声でわめいています。その声にまじって聞えるのは、絹をさくようなひとみの悲鳴。

「神崎先生、神崎先生、あなたは、この扉の開きかたをごぞんじないのですか」

「いいえ、知っています。さっそく開いてみましょう。しかし、三津木君」

「はい」

「どうやらこのなかには白蠟仮面もいるらしい。ピストルの用意をしてください」

「しょうちしました」

三津木俊助は腰のピストルを手にやって、さっときんちょうした顔色です。

「御子柴君、きみも気をつけたまえ。青髪鬼にしろ、白蠟仮面にしろ、どちらもおそろしいやつだから」

と、そういうことばももどかしく、神崎博士は、大グモのかたちをした岩のまわりを、まわっていましたが、やがて、とある一本のクモの足の下に手をつっこむと、なにやら力まかせにおしていましたが、と、どうでしょう。

どこやらで、ギリギリギリと、くさりのきしるような音がきこえたかと思うと、クモの目玉にあたる岩のひとつが、一メートルほど横にずれて、そのあとにぽっかりあいたのは人ひとり、やっと通れるくらいのたて穴です。

「三津木君、御子柴君、大いそぎで穴のなかへとびこんでくれたまえ。この扉は、しぜんとしまるしかけになっているんです」

神崎博士のことばに、俊助がまずいちばんに、つづいて御子柴君がとびこみました。そして、さいごに神崎博士がとびこんだとたん、ギリギリ、ギリギリ……と、きみのわるい音をたてて、クモの目岩はしぜんとしまってしまいました。

「神崎先生、この岩はなかからも開くことができるんですか」

御子柴君が心配になってたずねると、

「は、は、は、それはだいじょうぶ。それでなければ、いったんここへはいったひとは、外へ出られなくなるもの」

「神崎先生、それではほかに出口はないのですか」

「いいや、三津木君、もうひとつ出口があるんだ。いまは潮(しお)がひいているから、それをぼくは心配しているんだ」

「潮がひくとどうなるんですか」

「烏帽子岩の根もとに、洞窟がひとつあいてるんだ。潮がみちるとその洞窟は、波の下にかくれるんだが、潮がひくとその入口があらわれる。このあいだ調べたところが、青髪鬼のやつ、その洞窟のおくに、モーター・ボートをかくしているんだ。だから……」

「あっ、それじゃいそぎましょう。ここまで追いつめて青髪鬼を取りにがしちゃたいへんだ」

「そうです、そうです。それに、ひとみさんのこともあるし」

もちろん、こういう話をしているあいだも三人は足をいそがせているのです。

そのたて穴にはすりへった岩の階段ができています。潮がみちると、この階段も波の下になるとみえ、階段には、いっぱい海草がこびりつき、どうかするとすべりそうになります。

三津木俊助は、懐中電灯の光をたよりに、このあぶなっかしい階段を、まず先頭に立っていきます。そのうしろから御子柴君と神崎博士が、一歩一歩に用心しながら、おっかなびっくりでおりていきます。

岩の階段は三十段ほどありましたが、それがつきるとよこ穴になります。

「神崎先生、神崎先生、それじゃ、ここは海の底なんですね」

「そうだよ、御子柴君、潮がみちるとこの洞窟も、海水でいっぱいになるんだ」

「なんだかきみがわるいなあ」

御子柴君はひざがしらが、ガクガクふるえるかんじです。

よく静かなことを、海の底のような静けさといいますが、いまこそ三人は海の底にいるのです。その静けさのきみわるさといったらありません。

三人は、はうようにしてその洞窟にすすみながら、

「それにしても神崎先生。あれきりピストルの音も、さけび声もきこえなくなりましたが、みんな、どう

したんでしょう」

「それをぼくも心配しているんだ。まさか、みんな死んでしまったのじゃあるまいね」

神崎博士は声をふるわせましたが、そのときでした。

またもや、ゆくてにあたって、ズドン、ズドンと、ピストルの音。とじこめられた洞窟内の空気にこだまして、耳の鼓膜もやぶれんばかりに、ひびいてきました。

青髪鬼はだれ？

「あっ、まだ、生きているぞ！」

御子柴君はそのときほど、ピストルの音をうれしくかんじたことはありません。白蠟仮面や青髪鬼が生きているなら、ひとみさんもまだ生きているかもしれないと思ったからです。

三人は、洞窟内を脱兎のごとく走っていくと、やがてまた岩の階段にぶつかりました。

「三津木君、気をつけたまえ、あまりあわてるとすべりますよ」

「しょうちしました」

ぬるぬるした海草におおわれた階段の、とちゅうまで来たときでした。ズドンと一発、ピストルの音がひびいたかと思うと、

「わっ！」

と、たまげるような男のさけび声。それにつづいて、ドサリとなにかが倒れる音。三人は、はっと顔を見あわせました。

「青髪鬼か白蠟仮面がやられたんですね」

「ひ、ひとみさんはどうしたんでしょう。ちっとも声がきこえませんが……」

「しっ、だれかが烏帽子岩のなかを歩きまわっている」

なるほど、耳をすますと上のほうから、いそがしく歩きまわる足音がきこえてきます。なにやらかきまわしているらしく、ときどき、ガタンとなにやら倒れる音がして、それにつづいて、パラパラと豆をばらまくような音がきこえました。

「あっ！　しまった。ダイヤモンドを持っていこうとしているんだ！」

神崎博士のことばにつづいて、

「だれか！　そこにいるのは！」
と、三津木俊助がきっとピストルを身がまえながら、するどい声をかけました。すると、きゅうに、上のもの音がぴったりやんだかと思うと、やがてなにやらガサゴソと、みょうな音をたててまっ暗な階段をおりてきます。

いいえ、人間の足音ではありません。ガサゴソ、ガサゴソ……うごめくような、はうような、なんともいえぬうすきみわるいもの音が、しだいにこちらへおりて来ます。

さすがの三津木俊助も、全身の毛という毛が、さか立つようなおそろしさをかんじながら、それでもきっと懐中電灯の光を、上のほうへさしむけていましたが、すると、どうでしょう。

暗やみのなかから、のっそのっそとはいおりてきたのは、なんと直径一メートルもあろうという、大グモではありませんか。そういう大グモが、いやらしい足をかわるがわる、ふるえるようにあげて、おりてくるきみわるさ。

一同はしばらくシーンとしびれたように、その場に立ちすくんでいましたが、だしぬけに、気がくるったようにさけんだのは御子柴君。

「あっ、クモだ！　クモだ！　大グモだ！　日比谷公園で、佐伯さんの顔のうえをはっていたクモだ！」

御子柴君がさけんだせつな、

「おのれ！」

と、ばかりに俊助が、ピストルを打ちはなせば、ねらいはあやまたずクモに命中しましたが、ああ、なんということでしょう。そのとたん、

「パン！」

と、みょうな音がしたかと思うと、クモのすがたが、いっぺんにちぢこまってしまったではありませんか。

「あっ、ゴム風船だ！」

一同が、あっけにとられて、たがいに顔を見あわせているところへ、上のほうからきこえてきたのは、どくどくしい白蠟仮面のわらい声。

「あっはっは！　三津木俊助、おどろいたか。青髪鬼のやつが用意していた、クモのおもちゃで、ちょっとおどかしてやったんだ。あっはっは！」

と、ふたたびどくどくしい笑い声をあげると、た、た、た、た、た……と、足音がとおざかっていきま

す。

こっぱみじん

「しまった！　烏帽子岩の根もとの入口から逃げていくんだ！」

神崎博士がいちばんに、階段をかけのぼっていきます。そのあとから御子柴君と三津木俊助。やっと階段をかけのぼると、そこは二十メートル平方ほどの、烏帽子岩の内部になっていて、ここにも岩のさけめから、かすかに月光がさしこんでいます。

その月光と懐中電灯の光で、あたりを見まわした三人は、思わずギョッといきをのみました。

岩でできた床の中央には、大きな機械がすえてあり、その機械のまわりには、血がいっぱいとんでいます。しかも、その血にまじって、星のように散らばっているのは、なんとおびただしいダイヤモンド。

「あっ、こ、このダイヤモンドは……」

びっくりして立ちすくんでいる三津木俊助と御子柴君には目もくれず、神崎博士は懐中電灯で、洞窟の内部をしらべていましたが、

「あっ、あそこにひとみさんが……」

見ればなるほど洞窟のすみの粗末なベッドに、少女がひとり、あおむけに寝かされているのです。

それを見ると三人は、イナゴのようにベッドのそばへとんでいきました。

「ひとみさん、ひとみさん」

神崎博士はいきなりひとみを抱きおこし、声をかぎりにさけびましたが、ひとみの返事はありません。

「し……死んでいるのですか」

御子柴君はガチガチと歯をならしてふるえています。こわいのではありません。ひとみのことが心配なのです。

「いいや、死んじゃいない。気をうしなっているんです。しかし、どこかにけがは……」

神崎博士はいそがしく、ひとみのからだをしらべていましたが、

「ありがたい。どこにもけがはしていない。ただ、あまりのおそろしさに気をうしなったんだ。三津木君、三津木君」

「はあ」

「白蠟仮面が逃げたとすると、そこらに青髪鬼がい

るはずだ。さがしてくれたまえ」

「あっ、そうだ」

あらためて、洞窟の内部を見まわす俊助と御子柴君の目に、ふと、うつったのは、機械のむこうから、にょっきりのぞいている二本の足。

「あっ、あそこに倒れている！」

ふたりがそのほうへかけよろうとしたときでした。下のほうからきこえてきたのは、ダ、ダ、ダ、ダ、ダという、エンジンのひびき。

「あっ、白蠟仮面がモーター・ボートで逃げていく」

「三津木君、こちらへ来たまえ！」

走っていく神崎博士のあとについていくと、さっき、のぼってきた階段と、べつの方角に、もう一つ岩の階段があります。三人がすべるようにその階段をおりていくと、やがて岩の扉にぶつかりました。

神崎博士はそれを開こうとしましたが、どういうものか開きません。

「しまった。白蠟仮面のやつがしかけをこわしていったんだ。三津木君、もういちど、うえへあがろう！」

三人はひきかえして、またもとの洞窟の内部へ来ましたが、そのとき、とおざかりいくモーター・ボートのエンジンの音がきこえてきました。

「ちくしょう、ちくしょう」

神崎博士はくやしそうにさけびながら、岩のさけめへかけよると、そこから外をのぞきます。三津木俊助と御子柴君も、同じように、岩のさけめを見つけて外をのぞきましたが、見れば全身に月光をあびながら、モーター・ボートに乗って逃げていく、白蠟仮面のうしろすがた。

白蠟仮面はハンドル片手にふりかえると、烏帽子岩にむかって、あざけるように手をふっていましたが、そのうちに、水中にかくれた岩に乗りあげたからたまりません。

ドカーン！

ものすごい音響とともに、モーター・ボートはこっぱみじんとくだけて、空中たかく吹きあげられました。

白蠟仮面も四、五メートル、もんどりうってはねとばされましたが、やがてしぶきをあげて、海中へおちてきたかと思うと、それきり浮きあがってきませんでした。

大団円

三人はしばらく海上を見つめていましたが、やがてほっと顔を見あわせると、

「因果おうほうとはこのことですね」

「そうです。これで白蠟仮面はかたづきました。あとは青髪鬼のしまつです」

三人はげんしゅくな顔をして、床のうえに倒れている、青髪鬼のそばへちかよりました。青髪鬼はみごとに心臓をうちぬかれて、もはや息はありません。

「御子柴君。日比谷公園で見た青髪鬼、それからきみたちを水攻めにして殺そうとした青髪鬼は、この男だったかね」

「はい、たしかにこのひとです」

「しかし、これはいったいだれ……？」

俊助がふしぎそうに目を見はっているときでした。床にたまっている海水で、ハンカチをしめした神崎博士が、青髪鬼をぬぐいながら、かみの毛に手をかけてぐいとかつらをひきぬいたとたん、

「あ、こ、これは古家万造……」

俊助と御子柴君がおどろいたのもむりはありません。それこそ、青髪鬼に命をねらわれていると信じられていた、宝石王、古家万造そのひとではありませんか。

「そうです。古家万造です。わたしはまえから、万造が青髪鬼にばけているのではないか、と思っていたのです。それですから、死んだものになって身をかくし、万造の挙動をうかがっていたのです」

「しかし、万造はなんだって……？」

「それはここにある、人造ダイヤの機械をひとりじめにするためです」

「じ、人造ダイヤですって？」

「そうです。ひとみさんのおとうさんが、この貴重な秘密を発明しました。その月丘謙三君がなくなると、万造は鬼塚君をあざむいて、マレーのコバルト鉱山へ送ったのです。あとにのこるのは、謙三君のわすれがたみ、ひとみさんとぼくと万造の三人です。万造はわれわれふたりを殺して、この秘密を独占しようとしていたのですが、そこへ鬼塚君がかえってきたので、毒をのませて、ここへ押しこめたのです」

「ああ、鬼塚君は毒のために、記憶をうしなったのですね」

「そうです。そして、その鬼塚君にばけてわれわれふたりを殺そうとしたのです」

「なるほど。しかし、それではじぶんに疑いがかかるおそれがあるので、じぶんも青髪鬼にねらわれているように芝居をしていたんですね」

「そうです、そうです。ところがその計画をどういうはずみか、秘書の佐伯君にかぎつけられたので、これをいちばんに殺したのです」

ああ、しかし、その万造も白蠟仮面の弾丸にあたって死んでしまいました。邪はついに正に勝たずとは、ほんとにこのことでしょう。

こうして、さしもの悪人古家万造もほろびました。そして鬼塚三平も、その後正気にかえったのです。ひとみは、いまは神崎博士や鬼塚三平の後見のもと、いままでとうってかわって、幸福な身のうえになりましたが、ここにひとつ気がかりなのは白蠟仮面のことです。

烏帽子岩の付近の海上は、くまなく捜索されましたが、白蠟仮面の死体はついに発見されなかったのです。

御子柴君はときどき、白蠟仮面が生きていて、じぶんを追っかけてくる夢をみます。御子柴君はそれをおそれながら、またいっぽうでは、もう一度、あのような冒険をやってみたいとも思うのでした。

真珠塔

悪魔の使者

　世の中が進歩するにしたがって、昔のようなばかばかしい、お化や幽霊の話は少なくなります。いまどきそんな話をしたら、子供にだってばかにされましょう。

　しかし、それでは、この世からふしぎなことや怪しい事件が、まったくなくなったかというと決してそうではありません。人間が好奇心だの、恐怖心だのをうしなわないかぎり、この世から怪しい話や、ふしぎなうわさの種は、つきるということはないものです。

　たとえば、深夜の空を、いずこからいずこへともなく飛んでいくという、あの奇怪な金色の蝙蝠のうわさなどがそれでした。

　それは、ある年の夏のおわりごろ、だれいうとなく、深夜の空に舞いくるう、金色の蝙蝠のうわさがもれはじめると、ものにおびえた口から口へとつたえられ、たちまちのうちに、東京じゅうの評判になりました。

　それを見たという人の話を聞きあつめてみると、なんでもその蝙蝠というのは、一ぴきや二ひきではないらしく、五ひき六ぴき、どうかすると、十ぴきちかくもむらがって、ひらひら、はたはた、深夜の空を舞いくるうというのですが、怪しいことには、そのつばさから、鬼火のような青白い光りをはなっているというのです。

　諸君、かんがえても見たまえ。

　鬼火のような光りをはなつ蝙蝠が、音もなく、声もなく、ひらひら、はたはた、深夜の空に舞いくるうその光景を……。なんとそれはきみのわるい話ではありませんか。

　しかも、ふしぎなのは、ただそればかりではありません。この奇怪な金色の蝙蝠がすがたをあらわすところ、かならずその近所で、血なまぐさい事件がおこるというのですから、つたえ聞いたひとびとが、いよいよ恐れたのはむりはないでしょう。

　げんに、こんなことがありました。

　それは八月の、ある霧のふかい夜でした。隅田川をのぼりくだりする舟の船頭さんが、水にういているわかい女のひとの死体を見つけました。

　水のうえを家としている船頭さんたちにとっては、こんなことは、あまり珍しいことではありません。

　こんなばあい船頭さんは、どんなにきみがわるかろうとも、死体をそのまま見のがすことは、ゆるされません。引きあげて、警察へとどけて来るのが、水のうえに住んでいるひとびとのおきてになっているのです。

　そこで、その夜の船頭さんも、なにげなく死体をひきあげようとしましたが、そのときでした。そばにいた船頭さんの小さい子供が、きゃっとさけんで船頭さんの腰にしがみつきました。おどろいたのは船頭さんです。

「ど、どうしたんだ。だしぬけに……びっくりするじゃないか」

　と、しかりつけると、子供はがたがたふるえながら、

「だって、だって、おとうさん、あの蝙蝠をごらんなさい」

　と、いわれて船頭さんがむこうを見ると、ああ、なんということでしょう。一ぴきの金色の蝙蝠が、まるでひとだまででもあるかのように、ふわりふわりと、水のうえをとんでいくではありませんか。

　さすがどきょうのよい船頭さんも、それを見るとぞっとして、おもわず死体を流してしまったということです。

　それですから、その死体がいずこのだれであったやら、いまもってわかっておりませんが、船頭さんの話によると、その死体の胸には、たしかに短刀のようなものが、突っ立っていたというのです。

　こういううわさは、とかく大げさにつたわるものですが、するとまもなく、こんなことをいいだしたものがありました。

そのひとは、いつかの夜、明治神宮の外苑で、金色の蝙蝠を見かけたが、そのとき、蝙蝠のすぐ下を、風のように走っていく、ひとりの男のすがたがあった。しかも、その男というのは、全身をうばだまのような黒装束でつつんだ背の高い大男で、胸にはっきり蝙蝠のしるしがぬいつけてあったというのです。

また、べつのひとの話によると、ある晩、隅田川のうえを流星のようにすべっていく、あやしのランチに出あったが、そのランチのなかには、やっぱり胸に金蝙蝠のしるしをつけた黒装束の男がのっていた。しかも、そのランチのうえには、数十ぴきの金色蝙蝠が、蛍のようにむらがり飛んでいたというのです。

こうして、怪しの人物の登場により、金色蝙蝠の怪談は、いよいよぶきみさをくわえていきましたが、いまではだれひとりとして、金蝙蝠の妖術をつかう、ふしぎな魔術師のうわさについてうたがいをいだくものはありません。ある学者の説によると、世の中に金色の光りをはなつ蝙蝠なんて、あるべきはずはないから、おそらくそれは、夜光塗料かなんかをぬってあるのだろうというのですが、それにしても、それが単純ないたずらなのか、それともなにか、恐ろしいもくろみでもあることなのか、だれひとりとして、知るものはないのでした。

少なくとも、それからまもなく、あの大事件が突発するまでは……。

二発の銃声

御子柴進君はこの春、新制中学を出て、新日報社へはいったばかりの給仕です。

給仕ですから、事件が起こっても外へとび出すようなことはありません。進君は、それがざんねんでたまらないのです。

御子柴進君は小さいときから、探偵小説が大すきでした。ふしぎな出来事や、怪しい事件のお話を、胸をわくわくさせて読みました。そして、名探偵がそれらの事件を、胸のすくような推理でといていくのを読むと、感心のあまり、息もつけないくらいでした。

進君が新聞社へはいったのも、新聞社ならいろいろふしぎな事件に、ぶつかることができると思ったからです。

それだのに、いまのところ、上役にお茶をくんで出したり、手紙のせいりをしたり、そんなことばかりやらされるのですから、進君は内心不平でたまりません。

なんとかして、じぶんもひとつ、すばらしい事件にぶつかりたいものだと、思いつづけておりましたが、その願いがとどいたとでもいうのでしょうか。ある晩、世にも恐ろしい事件にぶつかり、それをきっかけとして、血もこおるような、怪事件のうずの中にまきこまれることになったのです。

それは、どんより曇った晩でした。空には星もなければ月もなく、吹く風もなまあたたかく、なんとなくうすきみわるい夜ふけでした。

御子柴進君はそういう晩おそくなって、青山権田原から、信濃町のほうへ歩いていました。

左に見える神宮外苑のあたり、くろぐろと空にうきあがっている森の中から、ほうほうときこえるふくろうの声も、みょうに、いんきな気持をさそいます。

常日ごろ、怪しい出来事、ふしぎな事件にぶつかりたいと祈っている進君ですが、さて、こうしてさびしい夜道を、たったひとりで歩いていると、やっぱりいやな気持です。

そうだ、こういう晩にこそ、金蝙蝠があらわれるのではあるまいか。そういえば、いつか神宮外苑にも金蝙蝠があらわれたという。場所といい時刻といい、なんだか金蝙蝠があらわれそうな気がする……。

と、そんなことを考えながら、足をはやめて歩いているときでした。うしろからやってきた一台の自動車が、進君をはねとばしそうな勢いで、そばを通りぬけると、そのまま、ごめんともいわず、むこうの闇の中へ走っていきました。

あやうくとびのいた進君は、自動車のうしろを見送りながら、

「ちくしょう、ひどいやつだ！」

と、いまいましそうにつぶやきましたが、そのとき、またもやうしろからやってきた一台の自動車。

「あっ、またか！」

と、とびのく進君のそばを、まるで流星のように駆けぬけていったかと思うと、まえの自動車のあとを追って、またたくうちに、むこうの闇に消えまし

た。

御子柴進君はあっけにとられたように、しばらくそのあとを見送っていましたが、

「おかしいなあ。あの自動車、まるで追っかけっこをしてるみたいだ」

と、小首をかしげました。

二台とも、あっというまに進君のそばを通りすぎたので、くわしいことはわかりませんでしたが、まえの自動車にのっていたのは、まだわかい女のひとのようでした。

それに反して、あとからいった自動車のぬしは、つばの広い帽子に顔をかくして、マントのようなもので、ふわりとからだを包んだ黒装束の男のようでした。

「はてな、黒装束の男……黒装束の男……はてな」

ちかごろうわさのたかいふしぎな魔術師、あいつもやっぱり黒装束で身をつつんでいるとやら……。

それを思い出した進君が、なんとなくどきりとしているときでした。

とつぜん、闇をつらぬいてきこえて来たのは、パンパンという二発の銃声。

「しまった！」

なにがしまったのか、進君にもわかりません。しかし、なにかしら、容易ならぬことが起こったような気がするのです。

進君はいちもくさんに、いま自動車が走っていったほうへ走り出しましたが、ふと見ると、むこうのほうに自動車が一台、道ばたの溝に、片っぽうのタイヤをつっこんだままとなっています。

車体のかっこうから見ると、どうやらさきにいった自動車らしい。進君はすぐその自動車のそばへかけつけました。

「もしもし、どうかしましたか」

声をかけながら進君は、ひょいと運転台をのぞきましたが、そのとたん、思わずわっとうしろへたじろぎました。

運転台には運転手が、ハンドルを握ったままうなだれています。

みごとにこめかみをうちぬかれて絹糸のような赤い血の筋が、ほおからあご、あごから胸へと細い尾をひいてたれています。

進君はぞっと身ぶるいしながら、こんどは客席を

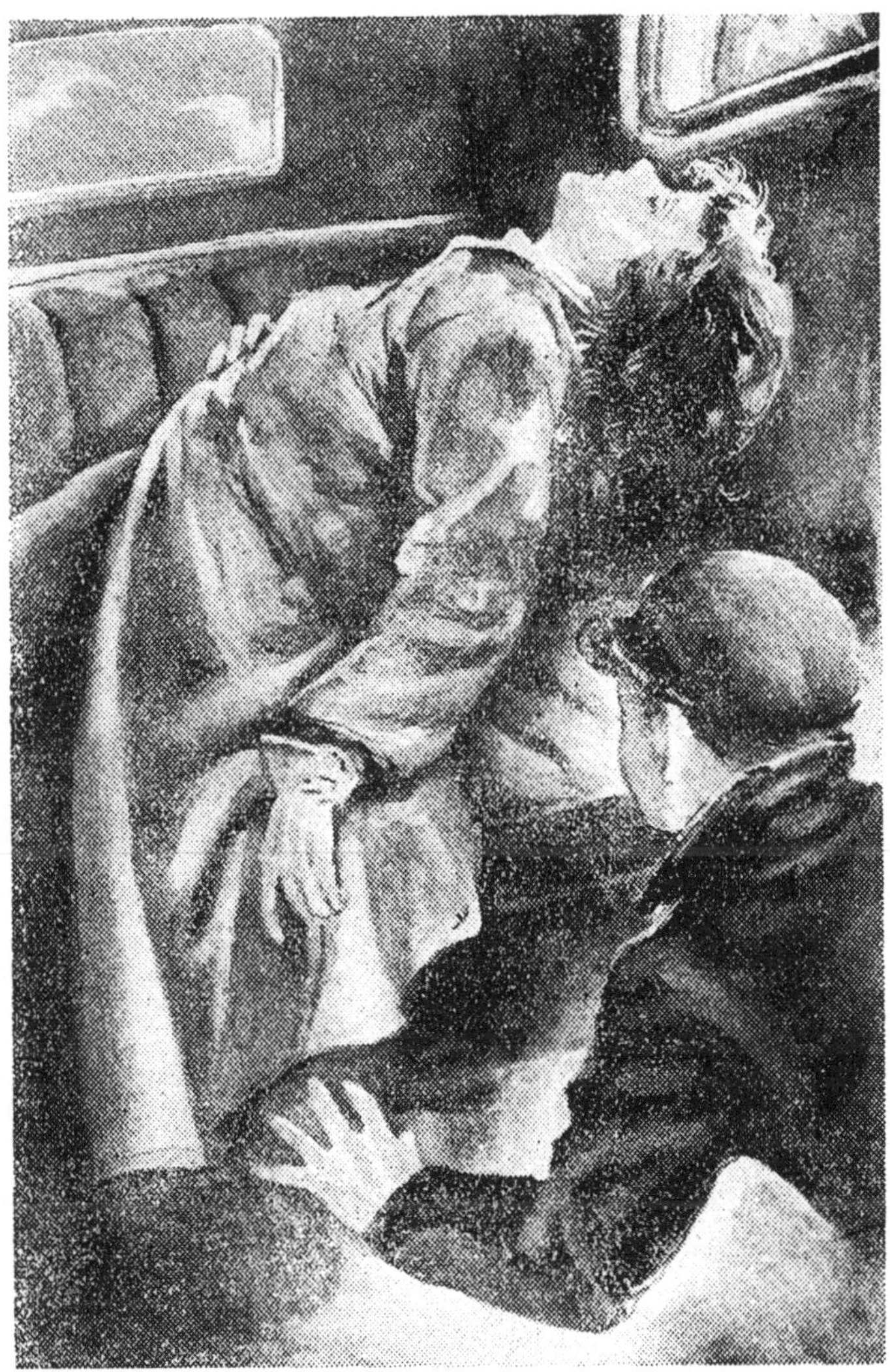

のぞきましたが、そこにも、女のひとが、いまにも腰かけからずり落ちそうなかっこうで、うつぶせになっているのです。

調べてみるまでもなく、そのひともすでに死んでいるらしいことが、そのかっこうからしてもわかります。おそらく、あとから追っていった自動車のぬしが、すれちがいざまに、車内から発砲したのでしょう。

それにしても、さっき進君が耳にした銃声は、パンパンという二発きりでした。二発でふたりをうち殺す。それも何十マイルというスピードで、はしっていく自動車のなかから、もうひとつの自動車のなかの人物を！

ああ、なんという手練！　なんという妙技！

あまり人間ばなれしたその腕まえ、と、いうよりはむしろ、一種妖怪じみたその神わざに、進君は、しばらくわれを忘れてぼうぜんとしていましたが、そのときでした。

なにやら、ふわりと首すじをなでるものがあるので、ぎょっとして振りかえった進君は、そのとたん、血もこおるような恐ろしさにうたれたのでした。

進君の首すじをなでたもの、それこそ、ちかごろ評判の金色の蝙蝠ではありませんか。

金色の蝙蝠は、鬼火のような怪しい光りをはなちながら、進君の首すじをなでてまいあがるとふわりふわりと、おりからのくもり空のかなたへ、高く、とおく消えていったのです。

踊る人形

進君はしばらく、棒をのんだように立ちすくんだまま、その蝙蝠のゆくえを見つめていましたが、きゅうに、はっと気がつきました。

ああ、もう、まちがいはない。

金蝙蝠だ、金蝙蝠の魔術師が、人ごろしをしたのだ……。

そう気がつくと進君はきゅうにぶるぶるふるえ出しました。こわかったからではありません。いや、こわかったこともこわかったのですが、それよりも武者ぶるいというやつです。

ああ、これこそ、待ちに待った絶好のチャンスではないか。進君はかねてから、こういう事件にぶつかることを祈っていたのです。

そこで、進君はいそいで車内にかけこむと、ぐったりとしている、女のひとを抱きおこしました。するとそのとたん、ぬらぬらと両手をぬらしたのは、生ぬるい血潮です。見るとそのひとはみごとに心臓をうちぬかれて、そこから、あぶくのような血が、ぶくぶくと吹き出しているのです。

進君はぞっとしながら、それでも、室内灯のあかりで、女のひとの顔を見なおしましたが、そのとたん、はっと息づまるようなおどろきにうたれたのです。

進君は、そのひとを知っていました。それは、丹羽百合子といって、いま東京中の人気を一身にあつめている、レヴュー女王なのです。

進君が、丹羽百合子を知っているのは、そのひとの出ているレヴューを見たからではありません。また、写真で知っているのでもありません。進君はきょう昼間、丹羽百合子にあったのです。

きょうの三時ごろでした。丹羽百合子は新日報社へやってきたのです。どんな用事があったのか、丹羽百合子が新日報社へやってきたのは、三津木俊助にあうためでした。

三津木俊助というのは、新日報社の宝といわれているくらいの、腕ききの花形記者です。ことに犯罪事件にかけては、他の社にもならぶものがないといわれるほどの腕ききで、いままでにどれだけおおくの怪事件の謎を、といてきたかわからないくらいです。

御子柴進君が新日報社へはいったのも、そのひとの名声を聞いたからです。じぶんもなんとかして、三津木俊助のような、腕ききの新聞記者になりたいものだと考えたからでした。

それはさておき、丹羽百合子がたずねてきたときあいにく俊助はるすでした。百合子は半時間ほど待っていましたが、それでも俊助がかえらないので、失望のおももちでかえっていきましたが、ひょっとすると、あのとき百合子は、金蝙蝠のことについて、なにか俊助に打ちあけようとしていたのではありますまいか。そして、それを金蝙蝠にさとられたがために、うち殺されたのではないでしょうか。

そう考えると進君は、心臓がどきどきするほど、強い好奇心をかんじました。

そこで、なにか手がかりになるものはあるまいかと、大いそぎで室内をしらべましたが、そのとき、ふと目についたのは、座席のしたにころがっている、はでなハンド・バッグでした。

取りあげてひらいてみると、コンパクトだの、がまぐちだの、いかにも女らしい品物のほかにただひとつ、血にぬられたようなまっ赤な封筒がまがまがしく……。

進君はなにげなく、その封筒をとりあげましたが、そこにはあて名もなければ、差出人の名もありません。

進君はいよいよ怪しみ、と見こう見、いろいろ封筒をあらためていましたが、そのうちに、ふと気がついたのは、隅のほうに、なにやらすかしがはいっております。電気の光りでそれをすかしてみて、進君は思わずぎょっと息をのみました。

金の蝙蝠――たしかにそれは、金の蝙蝠の紋章でした。

「よし、かまうものか。開いてみてやれ」進君は胸をどきどきさせながら、封を切ってさかさまにはたきましたが、すると、中から出てきたのは、なんともいえぬほど、へんてこなものでした。

それは大きさ二寸ばかりの、紙製のうち抜き人形なのです。

数は十五、六もあって、いずれもおかっぱ頭の、同じような顔をしておりますが、ただ、そのかっこうが少しずつかわっています。人形はみんな両手に、赤と白との旗をもっているのですがその旗のふりかたが、少しずつかわっているのでした。

参考のために、その人形のかたちというのを、かんたんに

ここにかいておきましょう。諸君はなにか、この人形のかっこうから、思いあたることはありませんか。進君は、なんともいえぬ、へんてこな気がしました。

　金蝙蝠のすかしがはいっているところから、てっきり血なまぐさい、しょうこの品と思っていたのに、これはまた、あまりにも意外な、まるで子供だましのような紙人形なのです。

　進君はしばらく、あっけにとられたような顔をしていましたが、しかし、いまはそんなことをとやかく考えているばあいではありません。

　進君は封筒のまま、その紙人形をポケットにつっこむと、ドアから外へとび出しましたが、そのときでした。

　またしてもきこえて来たのはけたたましいエンジンのひびき、見ると、さっき怪自動車のはしりさった方向から、流星のように走ってくる自動車が見えます。

「さっきの自動車だろうか。まさか……」

　と、うち消しながらも、なんとなく身に危険をかんじた進君は、はっと自動車のかげに身をすくめましたが、そのときでした。風のように走りすぎる自動車のなかから、

　パン！　パン！

　さっと青白い火花が散ったかと思うと、進君の耳のそばを、やけつくようにあつい鉄のかたまりがとびすぎました。

　あぶない！　あぶない！

　もう三センチ、いや、もう一センチ、ねらいが右へそれていたら、進君のいのちはなかったでしょう。

　進君は思わずあっと、土のうえに顔をふせましたが、そのせつな、ちらりと目の底にのこったのは、風のように走りざま自動車の中から、ピストル片手に、半身のり出した、黒装束の男です。

　しかも、ああ、なんという奇怪さでしょう。

　その男は顔にぞっとするようなどくろの仮面をつけているではありませんか。

三津木俊助

　さあ、翌朝の新聞はたいへんです。どの新聞もどの新聞も、でかでかとこの事件について書きたてました。

『レヴューの女王射殺さる』だの、『丹羽百合子の怪死』だのと、できるだけ大きな活字をつかって書きたてました。

こういう記事におどろいた人びとは、さて、そのあとで新日報をひらいて二度びっくり、あっとばかりにきもをつぶしたのです。

それはそうでしょう、ほかの新聞はみんな、丹羽百合子の殺されたことは書いていても、犯人についてはまだなんにも書いていないのです。

犯人については目下取調べちゅうだの、いまのところ、犯人不明としか書いてないのに、新日報だけはでかでかと、犯人のことが書いてあるのです。

しかも、その犯人というのが、いま評判の金蝙蝠の怪人だというのだから、それを読んだ人びとが、あっとばかりにふるえあがったのもむりはありません。

そこには御子柴君の、目撃したとおりのことが出ていました。

全速力で走っていく二台の自動車……二発の銃声……丹羽百合子の怪死……自動車のそばからまいあがった金蝙蝠……ひきかえしてきた自動車……御子柴少年あやうく狙撃さる……どくろ仮面の怪人……。

そんなことが、でかでかと書きたててあったからたまりません。その朝の新日報はひっぱりだこ、どこの新聞売場でも、新日報だけは、またたくまに売切れてしまいました。

新聞界では、ほかの新聞の知らないことをすっぱ抜くのを、特種といいます。そして、特種をおおくつかんでくる記者ほど、腕ききの新聞記者ということになっています。

御子柴君がゆうべ出あった事件は、特種も特種、大々的な特種ですから、さあ、社内の人気はたいへんなものでした。

「やあ、探偵小僧、えらい特種をつかんできたな。大手柄だぞ。出かした小僧というところだ、あっはっは……」

と、うれしそうにほめてくれる人があるかと思うと、また、なかには、

「おい、探偵小僧、社長からボーナスをもらったか。まだ……？　いまに出るからな、そしたらおれにおごるんだぜ」などと、抜けめのない人もいます。

しかし、探偵小僧の御子柴君は、ひとにどんなに

ほめられても、おだてられても、にこりともせず、かえってなにか心配そうな顔色で、朝からしきりに三津木俊助をさがしていました。

しかし、まえにもいったように、三津木俊助といえば、新日報社の宝といわれるくらいの腕きき記者、いつも外をとびまわっているので、めったに社にいることはありません。

御子柴君がやっとその俊助をつかまえたのは、夕方の六時すぎ、俊助はどこへ出かけるのかタキシードなんか着て、いつになくめかしこんでおりました。

「あっ、三津木さん、ちょっと……」

御子柴君が声をかけると、俊助はふりかえって見て、にこにこしながら、

「やあ、探偵小僧か、ゆうべはえらい手柄だったよ、おかけできょうのうちの新聞、どこへいっても大評判だぜ」

「それについて三津木さんに、ないしょでちょっと話があるんですが……」

「ぼくにないしょで話がある……？」

俊助は心配そうに御子柴君の顔色を、さぐるように見ながら、

「おい、探偵小僧、ゆうべの話、あれはうそじゃないだろうな。それだと、たいへんだぞ」

「やだなあ、三津木さん、ぼくをそんなインチキ小僧だと思ってるんですか」

御子柴君が、わざとむっとして見せると、俊助はいかにもうれしそうに笑いながら、

「あっはっは、そうか、そうか、ごめん、ごめん。あんな手柄を立てながら、君があんまり心配そうな顔をしているものだから、つい気をまわしたのだよ。じゃ、ぼくの部屋にきたまえ」

さすがは新日報社の宝といわれるだけあって、俊助はじぶんの部屋をもっています。そこで、さしむかいになると、

「御子柴君、ぼくにないしょの話とは？」

「三津木さん、これです。見てください」

御子柴君が取り出したのは、まっ赤な封筒、いうまでもなく、それこそは、ゆうべ丹羽百合子のハンド・バッグから見つけたものです。

「なに……？　これ」

「三津木さん、隅のほうをすかして見てください」

俊助はふしぎそうに、封筒をすかして見ていましたが、

きゅうにぎょっと息をのみ、

「あっ、こ、これは金蝙蝠……御子柴君、き、君はこれを、どこで手にいれたんだ」

「丹羽百合子のハンド・バッグの中にあったんです。それをぼく、そっとかくしておいたんですが、おまわりさんに叱られやしないかと、それが心配で心配で……朝から三津木さんをさがしていたんです」

俊助は目をまるくして御子柴君の顔を見ていましたが、やがて、あわてて封筒をさかさにふると中から出てきたのはまえにも書いておいた、あの奇妙な打ち抜き人形です。

「なんだい、これは……おもちゃかい?」

「いいえ、おもちゃじゃないと思います。ぼく、これ手旗信号じゃないかと思うんです。それで同じやつはいっしょにして。ゆうべ解いてみたんです。そしたら、こんなふうになったんですが……」

と、御子柴君がひらいてみせたノートには、つぎのようなことが書いてありました。

1	2	3	4	5	6	7	8	9	10	11	12	13	14	15	16
ノ	**ノ**	**ノ**	**イ**	**イ**	**イ**	**ア**	**ケ**	**ヘ**	**ヨ**	**ヤ**	**キ**	**カ**	**テ**	**ユ**	**ス**

悪魔の早業

俊助は眉をひそめて、

「しかし、これじゃなんの意味だか、さっぱりわからないねえ」

「ええ、これは、人形のあらわしている文字をじゅんじょもかまわず書きつけただけですから。……だから、この文字をならべかえていけば、きっとなにか意味のあることばになるにちがいないと、ゆうべいろいろやってみたんですが、どうしてもわからないんです。ただ、十一と十三と四番でこうなんじゃないかと思うんですが……」

と、御子柴君がひらいてみせた、ノートのつぎのページには、

ヤカイ（夜会）

と、書いてありました。

「な、な、なに、夜会だって……?」

なににおどろいたのか俊助は、目を皿のようにして、御子柴君の解いた片仮名文字を、見つめていましたが、やがて拾い出したのは、

ユノキテイ（柚木邸（ゆのき））

と、いうことば。それから、

「御子柴君、丹羽百合子はきのう、これを金蝙蝠からうけとったんだね」

と、いいながら、つぎに拾い出したのは、

アスノヨ（あすの夜）

これで十二文字までは意味がわかりましたが、あとに残ったのは、

ノイケヘ

と、いう四文字。しかし、こうなるともう、それほどむずかしいことはありません。

俊助はしばらく、さがし出した三つのことばと、あとに残った四文字を、あれかこれかと組合わせて（くみあ）いましたが、やがて出来あがったのは、つぎのようなことばです。

アスノ夜柚木邸ノ夜会ヘ行ケ

「あっ、そ、それじゃ今夜、柚木というひとのおうちで、夜会があるんでしょうか」

「あるんだよ、柚木真珠王（しんじゅおう）の邸宅（ていたく）で、仮装舞踏会があるんだ。そして、ぼくはこれからそこへ出かけるところなんだ」

御子柴君は思わずあっと、俊助のみなりを見なおしました。

「ああ、それじゃ金蝙蝠は丹羽百合子にその夜会へいけと命令したんですね」

「そうだ、それにちがいない。百合子はしかし、どうしようかと迷ったあげく、ぼくのところへ相談にきたのだろう。ところがあいにく、ぼくがいなかったものだから、失望してかえっていったが、それを金蝙蝠にかぎつけられ、裏切者（うらぎりもの）として殺されたんだ」

「それじゃ、丹羽百合子は金蝙蝠の部下だったんですね」

ああ、あの有名なレヴューの女王が、金蝙蝠の部下だったとは……。御子柴君の声がふるえていたのもむりはありません。

「うん、そうだ。きっとそれにちがいない。そして、百合子はそのことを、後悔していたにちがいない。しかし、おい、探偵小僧！」

俊助はやにわに御子柴君の肩を、いやというほどたたくと、いかにもうれしそうに、

「おまえはなんというすばしっこいやつだ。こんなすばらしい手がかりを手にいれるなんて……。おま

えは新日報社のマスコットだ。社長や編集局長にうんと吹きこんでおいてやる」

　日ごろ尊敬する俊助から、口をきわめてほめられたものだから、御子柴君は、うれしくてたまりません。赤くなって、どぎまぎしながら、

「しかし、あの、三津木さん、金蝙蝠は丹羽百合子を、柚木さんの夜会へやってどうしようとしたのでしょう」

「ああ、そのことか、それはこうだ」

と、三津木俊助が語るのは、

「じつは今夜の夜会で、柚木真珠王のつくりあげた、世にもすばらしい真珠の塔を、お客さんに見せることになっているんだ。ぼくが招かれたというのも、表面は客という事になっているが、じつはその真珠塔の番人をたのまれたんだよ。客のなかに、どんな悪者がまじっているかもわからないからね。しかし、ちくしょう、それじゃ金蝙蝠のやつが、あの真珠塔をねらっているのか。よし、御子柴君、君はちょっとここで待っていたまえ」

　俊助は飛鳥のように部屋からとび出していきましたが、しばらくすると帰ってきて、

「さあ、行こう」

「えっ、ど、どこへいくんですか」

「柚木邸へいっしょにいくんだ。編集局長にもそういってきた。おい、探偵小僧、おまえはきょうからぼくの助手になるんだよ」

「三津木さん！」

「さあ、いっしょに来い！」

　御子柴君は、うれしくてうれしくてたまりません。それはそうでしょう。あこがれの的の俊助ときょうから冒険をともにすることが出来るのですもの。

　表へ出ると自動車が待っていました。ふたりがそれにとびのると、自動車はすぐに出発しましたが、ああ、そのとき俊助が、もう少し運転手や助手のようすに、ふかい注意をはらっていたら……。

　自動車が三宅坂にさしかかったときでした。助手台にすわっていた男が、ふいにくるりとうしろをふりかえると、手にしたピストルのひき金を、俊助の鼻さきでひいたのです。

「あっ！」

　三津木俊助と御子柴君は、思わずさっと立ちあがろうとしましたが、そのときすでにおそかった。ひ

き金がひかれたせつな、シュ－ッと妙な音がしたかと思うと、なにやら甘ずっぱい匂(にお)いがふたりの鼻をついて、三津木俊助も御子柴君も、くらくらと気をうしなってしまったのです。

ああ、わかった、わかった！

悪者はますいピストルをぶっぱなしたのです。つまり、そのピストルの中には、弾丸(たま)のかわりにますい剤がはいっていたのです。

さすがの俊助も、薬のききめには勝てません。御子柴君とともに、昏(こん)こんとしてふかい眠りに落ちてしまいましたが、それを見ると、自動車は、しすましたりとばかりに、いずこともなく走り去ったのでした。

ああ、それにしてもなんという早業(はやわざ)！

まだ、戦闘も開始されていないのに、悪魔ははやくも先手をうって、三津木俊助と御子柴君をいずこともなくつれ去ったのでした。

ニコラ神父

さて、怪自動車につれさられた、三津木俊助や御子柴君はその後どうなったでしょうか。しかしそれらのことはしばらくおあずかりとしておいて、ここではその夜、柚木真珠王の邸宅(ていたく)でおこった、なんともいえぬふしぎな事件について、お話をすすめていくことにいたしましょう。

柚木真珠王のお屋敷は紀尾井町(きおいちょう)にあります。なにしろ有名なお屋敷だけあって、その屋敷のひろさ、りっぱさは近所でも評判です。

主人の柚木さんというのは、白髪(はくはつ)のきれいな老人で、ふつう柚木翁(おう)とよばれています。カトリック教のねっしんな信者で、たいへんな慈善家だということです。おくさんはだいぶんまえになくなりましたが、弥生(やよい)さんというお嬢さんがあって、このひとが柚木翁にとって、なによりの楽しみとも、なぐさめともなっているのです。

弥生さんはことし十五、まだ、ほんの子どもですが、なくなられたおかあさんに似て、その可愛(かわい)らしいことはお人形のようです。ことに今夜は、仮装舞踏会のこととて、あどけないフランス人形になっているのですが、その愛らしいこと、美しいことといったら、それこそ、だれでも抱きついて、ほおずりしたくなるほどです。

ただ、気になるのは、その美しい顔にやどった暗いかげ……。

それもそのはず、弥生さんは今夜の舞踏会が心配でたまらないのです。おとうさんのおことばによると、今夜、真珠塔をホールにかざって、お客さまにお見せするとのことですが、今夜のような仮装舞踏会では、どのような人間がまぎれこもうとも知れません。それがまず心配のひとつですが、もうひとつの心配というのは、金蝙蝠のこと。

じつは昨夜、弥生さんははからずも、お庭のおくに飛んでいる、あのきみ悪い金蝙蝠を見たのです。ああ、そのときの恐ろしかったこと。蝙蝠はそのまま、いずこともなく飛び去りましたが、ひょっとすると、あれがなにか、悪い前兆ではあるまいかと思うと、いっそう、今夜の夜会が不安でたまりません。

と、いって、すでにきまったものをいまさら取りやめにするわけにもいきません。そこで思いあまった弥生さんが、それとなく、おとうさんに胸の不安を打ちあけますと、

「弥生や、なにも心配することはないのだよ。念のために警視庁の等々力警部や、新日報社の三津木俊助さんにたのんであるから、けっして心配するにはおよばんよ」

と、おっしゃいましたが、弥生さんの心配は、それくらいのことではおさまりません。いまもいまとて、お居間のなかで、そろそろお客さまのお見えになる時刻だが、なにも変ったことがなければよいがと、ひとりくよくよ胸をいためているところへ、コツコツとドアをたたく音。

「どなた」

「わたし、です」

ドアの外からきこえてきたのは、どこかアクセントのちがった声。

「あら、神父さまでしたの。よくおいでくださいました」

弥生さんがとんでいってドアをあけると、はいってきたのは背のたかい外国人で、カトリックのお坊さんの服を着ていました。弥生さんがあいさつをすると、お坊さんはにこにこしながら、

「おお、素敵、ミス弥生、あなた、とてもきれいです。お人形のよう」

と、じょうずな日本語でほめました。

　弥生さんのおとうさんの柚木翁が、カトリック教の信者だということは、まえにもいいましたが、このひとはその教会の神父さまで、たいへん徳のたかいお坊さんです。名まえはニコラ。

「まあ、神父さま、よいところへ来てくださいました。わたし、心配で、心配で……」

「ミス弥生、なにがそんなに心配ですか」

「わたし、ゆうべ金蝙蝠がお庭のおくに飛んでいるのを見たのです。だから今夜ひょっとすると金蝙蝠の怪人が、やってくるのではないかと、わたし、それが心配でなりません」

　弥生さんが胸の不安を打ちあけると、ニコラ神父はにこにこわらって、

「おお、ミス弥生、わたし、金蝙蝠など信じません。あれはみんな迷信です。世の中に、金色の蝙蝠などありません。日本人、迷信ぶかくて困ります」

「でも……、でも、あたし、げんにゆうべこの目で見たんですもの。金蝙蝠がお庭を飛んでいるのを……あれ！」

　とつぜん、弥生さんが胸にしがみついてきたので、これには神父もおどろきました。

「ど、ど、どうしました。弥生さん」

「あそこに……あそこに金蝙蝠が……」

「えっ？　金蝙蝠が……？」

　窓のほうをふりかえったニコラ神父は、思わずぎょっと、棒立ちになってしまいました。

　おお、なんということでしょう。窓の外のくらがりを、ひとだまのようにふらふらと、飛んでいるのは、まぎれもなく金蝙蝠。

「あっ！」

　さすがのニコラ神父もしばらくは、弥生さんを抱きしめたまま、息をのんで、そのきみの悪いけだものを見つめていましたが、やがて勇気をとりもどしたのか、弥生さんのからだをつきはなし、つかつかと窓の傍（そば）にあゆみよると、がらりとガラス戸をひらきましたが、そのとたん、金蝙蝠はふわりと窓のそばをはなれると、植（うえ）こみの枝から枝へとつたわって、ふわりふわりと、屋根のむこうに消えてしまいました。

「ああ、ミス弥生、もうだいじょうぶ。金蝙蝠は消えてしまいましたよ」

「いいえ、いいえ、神父さま。金蝙蝠は消えても、金蝙蝠の怪人は、きっと今夜やって来ます。そして……そして……金蝙蝠があらわれると、きっと人殺しがあるということです。神父さま、神父さま、わたし、どうしたらよいのでしょう。ああ、こわい、わたし、こわい……」

「これこれ、ミス弥生、落ちつかなくてはいけません。だいじょうぶ、だいじ……」

　ニコラ神父のことばが、とちゅうでとぎれたかと思うと、弥生さんを抱いていたからだが、きゅうにはげしくふるえたので、なにごとが起こったかと、ふと顔をあげた弥生さんは、そのとたんまっさおになってしまいました。

　おお、なんということだ！

　ドアのまえに、金蝙蝠の怪人が立っているではありませんか。

　つばの広い帽子に、だぶだぶのマント。マントの胸には、金色の蝙蝠がぬいつけてあります。

　しかも、おお、なんというきみ悪さ、どくろの仮面のしたから、じろじろふたりを見つめながら、金蝙蝠の怪人は、ペコリと頭をさげるではありませんか。

三人の金蝙蝠

「あなたはだれです。どうしてこんなところへ来たのです」

　やっと勇気をとりもどしたニコラ神父が、とがめるようにそういうと、

「いやあ、これは失礼。びっくりさせてすみません。弥生、わしだよ、ほらね」

　と、どくろの仮面をとった顔を見て、弥生さんもニコラ神父も、思わず目を見はりました。なんと、それは柚木翁ではありませんか。

「まあ。おとうさまでしたの、びっくりしたわ。それがおとうさまの今夜の仮装なの」

「そうだよ、弥生、金蝙蝠のやつが真珠塔をねらっているという噂があるので、ひとつ、からかってやろうと思ってね。あっはっは、神父さま、よくいらっしゃいました」

「ああ、おとうさま、金蝙蝠といえば、さっきもこの窓のそとを飛んでおりましたのよ」

「えっ、そ、それはほんとかい」

「ほんとうです。神父さまもごらんになりましたのよ。ねえ、神父さま」

「はい、見ました。わたし、いままで金蝙蝠など信じませんでしたが、今夜という今夜はたしかに見ました。ふしぎです」

　柚木翁もそれを聞くと、心配そうに窓から外をながめていましたが、もとよりもうそのじぶんには、怪しい蝙蝠のすがたなど、かげもかたちも見えませんでした。

「あっはっは、弥生や、なにも心配することはないのだよ。今夜は警視庁から等々力警部も来てくださるし、それに新日報社の三津木さんも、まもなくお見えになるはずだからな」

　しかし、その三津木俊助はそのころすでに、探偵小僧の御子柴君とともに、金蝙蝠の手先のために、いずこともなくつれさられていたのでした。

　それはさておき、こうした不安につつまれながらも、それからまもなく開かれたのが、あの有名な柚木邸の仮装舞踏会です。

　虹と見まごう五色のテープに、色美しくかざられた大ホールの一隅に、ガラスのケースにおさまって、陳列されているのが今夜のよびものの真珠塔。なるほど柚木真珠王が精魂をかたむけてつくりあげたというだけあって、その真珠塔のみごとなこと。

　塔の高さやく一メートル、五重の塔になっていて、上から下まですきまもなく、上等の真珠をちりばめた美しさ。なんでも柚木翁はその真珠塔をつくるのに、全財産を投げだしたとやらで、いまのねだんにすると、何十億のねうちがあるかわからぬということ。その夜のお客で、そのみごとさをほめないひとはありませんでしたが、しかし、それにもまして、強くひとびとの目をひいたのは弥生さんです。じっさい、ニコラ神父に手をひかれて、しずしずとホールのなかへはいってきた弥生の美しさといったら、それこそ照りかがやくばかりでした。

「まあ、なんてかわいいんでしょう」

「ああ、これはみごとだ。このお嬢さんのほうが、真珠塔より、よっぽどみごとだ」

　と、くちぐちにほめそやされ、弥生さんはほおをそめながら、

「神父さま、おとうさまはどこにいらっしゃるのでしょう」

と、あたりを見まわしましたが、なにしろホールにあふれるお客さま、しかも、みんな仮装しているのですから、だれがだれだかわかりません。そのうちに、

「ああ、あそこにいらっしゃるわ」

と、金蝙蝠に仮装しているひとを見つけて、そばへかけより、

「おとうさま」

と、あまえるように声をかけると、

「ああ、これは失礼、お嬢さま、おとうさまならむこうにいらっしゃいますよ」

と、そういわれてびっくりした弥生が、むこうを見ると、なるほどそこにも同じ仮装の金蝙蝠がお客さまにとりかこまれて、愛想をふりまいているのです。

「あら、失礼、ごめんなさい」

きみわるそうに何者とも知れぬ金蝙蝠のそばをはなれて、もうひとりの金蝙蝠のほうへいこうとした弥生さんは、そこで、はっと立ちどまりました。そのときホールの入口から、ふらりふらりとはいってきたのは、なんと、また金蝙蝠の仮装ではありませんか。

怪獣乱舞

ああ、よりによって、いまわしい金蝙蝠の仮装が、ひとりならず二人三人、一堂にあつまるというのは、なんということでしょう。しかも、いまはいってきた第三の金蝙蝠のきみわるさ、体はほかのふたりよりよほど小さく、顔はどくろの仮面でかくしていますが、その仮面の下からのぞいている目のきみわるさ。

それは、まるでくさった魚の目のように、どろんとにごって生気がなく、しかも、その足どりというのが、雲をふむようにふわりふわりと、まるで幽霊があるいているようです。

弥生さんはそれを見ると、ゾーッと鳥肌が立つような気がしましたが、ほかの人もそれに気がつき、

「おや、また、あそこへ金蝙蝠がきましたよ」

「まあ、いやねえ、柚木さんもいたずらがすぎますわ」

「いや、これはいたずらではないかも知れん。なにか、ほんとに起こるのかも知れんぞ」

お客さまたちもなんとなく、きみが悪くなったのでしょう。じりじりとホールの隅へしりぞきます。弥生さんもそれを聞くと、気が気でなく、三人の金蝙蝠を見つめています。

やがてお客さまたちは、すっかり壁ぎわにしりぞいて、真珠塔をかざってあるテーブルのまわりは、がらあきになってしまいました。そして、そのテーブルの左右に立っているのは、ふたりの金蝙蝠です。

と、そこへあいかわらず、雲をふむような足どりで、ふわりふわりとちかづいてきたのは、いま入口からはいってきた第三の金蝙蝠。

しばらく三人は、たがいに仮面をのぞきあっていましたが、やがてひとりが、

「あなたはだれです！」

と、さけびましたがするともうひとりが、

「あなたこそ、だれです！」

と、おうむがえしにさけびます。すると、第三の金蝙蝠も、

「そういうあなたがたこそ、だれです！」

と、これまた、負けずにやりかえしましたが、ああ、その声のきみわるさ。ひくくしゃがれてそれでいて、みょうにきいきいした声なのです。

「仮面をおとりなさい！」

と、最初のひとりがいいますと、それにつづいて、第二の金蝙蝠が、これまた、

「仮面をおとりなさい！」

「仮面をおとりなさい！」

第三の金蝙蝠も、あいかわらず、ひくい、きいきい声でいいました。

「ちくしょう！」

「ちくしょう！」

「ちくしょう！」

ああ、なんということでしょう。

ひとりがものをいうたびに、ほかのふたりも順ぐりに、同じことをいうのです。

もし、これが舞台かなにかで演じられるお芝居なら、これほどおもしろい場面はないでしょう。見ているひとびとも、きっと腹をかかえて、笑いころげたことでしょう。

しかし、いまはだれひとり口をきくものさえありません。なにかへんです。なにかしら、きみがわるいのです。

弥生さんをはじめとして、お客さまたち一同も、手に汗をにぎって、この場のなりゆきを見ていました。

「おのれ！」

「おのれ！」

「おのれ！」

三人の金蝙蝠が、またもややまびこのようにさけびます。と、いまはもうたまりかねたのか、第一の金蝙蝠が声をあらげ、

「おい、仮面をとれ。仮面をとって顔を見せろ」

と、さけびながら、第三の金蝙蝠に、おどりかかろうとしましたが、そのとたん、さっと身をひいた第三の金蝙蝠が、右手をあげたのがあいずでもあったのか、いままで、さんぜんとかがやいていたホールの、電気という電気が、いちじに消えて、あたりはうるしにぬりつぶされたような闇。

そうでなくてもさっきから、おびえきっていたひとびとは、思わず、きゃーっとくらがりで、なだれをうってかえしましたが、そのときでした。もっと恐ろしいことが起こったのです。

どこから舞いこんだのか、怪しの蝙蝠が一ぴき、二ひき、三びき、きらきらと鬼火のような光りをはなちながら、まっくらな天井のあたりを、ふわりふわりと飛んでいるではありませんか。

それを見るとお客さまたちは、またもや、きゃーっと、大きくなだれをうってかえしました。

恐ろしき罠

こうして、ひとびとがくらやみのなかで、悲鳴をあげて押しあいへしあい、大混雑をしているころ、ひらりとホールを抜け出したひとつの影があります。

ホールの外も、うるしのような闇ですから、すがたかたちは知るよしもありませんが、胸にぬいこんだ金蝙蝠の刺繍だけが、鬼火のようにぼうっと光っているきみ悪さ。ああ、ひょっとするとこの影こそ、ほんものの金蝙蝠ではありますまいか。

怪しの金蝙蝠は、長いろうかをいくどか曲って、やがてやって来たのは、柚木翁の書斎です。幸か不幸か、ホールのさわぎにとりまぎれて、そのとき書斎のちかくには、だれひとりひとはいませんでした。

しあわせよしと思ったのか。金蝙蝠は合鍵を出し

てドアをひらくと、なんなく書斎のなかへしのびこみました。そして、手にした懐中電気で、へやの中をしらべていましたが、すぐ目についたのは、人間の高さほどあろうという大金庫です。

金蝙蝠はそれを見ると、満足そうな吐息をもらしながら、金庫のまえにしゃがみこみ、ぐるぐるダイアルをまわしはじめます。

それにしても、ふしぎなのは金蝙蝠の行動です。金蝙蝠のねらっているのは、真珠塔ではなかったのでしょうか。真珠塔ならホールにかざってありますのに、なんだって書斎へしのびこみ、金庫など開こうとするのでしょう。

ひょっとすると金庫の中には、真珠塔よりもっとねうちのあるものが、しまってあるのではありますまいか。

いいえ、そんなことは考えられません。柚木翁は真珠塔をつくるのに、全財産を投げ出したというではありませんか。してみれば、真珠塔よりねうちのあるものが、金庫の中にのこっているはずがありません。とすれば、金蝙蝠はいったい、なにをねらっているのでしょうか。

それはさておき、金蝙蝠がぐるぐるダイアルをまわしているうちに、やがてガタンと音がして金庫の鍵がはずれました。

金蝙蝠はふるえる手で、重い金庫のドアをひらくと、さっと懐中電気の光りで、金庫のなかを照らしましたが、そのとたん、

「あっ！」

と、いうさけびが唇からもれました。思いがけなくも金庫の中はもぬけのから、金めのものはいうにおよばず、紙くず一枚ないのです。

「しまった！　しまった！　ちきしょう、いっぱいくわされた！」

金蝙蝠の怪人は、いかにもくやしそうに、じだんだふんでくやしがりましたが、それでもまた気を取りなおして、もう一度懐中電気の光りで、金庫の中をしらべてみると、おくのほうになにやら紙が貼ってあります。

「しめたっ、ひょっとすると、あれがなにかの手がかりになるかも知れない」

そうつぶやいた金蝙蝠は、左腕をのばしてその貼紙に手をかけましたが、そのとたん、

「きゃっ！」

と、たまぎるような、さけびをあげました。ああ、なんということでしょう。金蝙蝠が貼紙をむしりとったせつな、金庫の中からとび出した、するどい二本の鋼鉄の歯が、がっきとばかり、手首をはさんだではありませんか。

「あっ、いたッ、いたッ、ちきしょう！　ちきしょう！」

金蝙蝠はもがきました。うめきました。まるでわなに落ちた猛獣のように、ものすごいうなり声をあげてあばれまわりました。

しかし、もがけばもがくほど、あばれれば、あばれるほど、するどい鋼鉄の歯は、いよいよますます、強く手首にくいいるばかり。

わかった、わかった。これこそ柚木真珠王が、どろぼうの用心のために、仕組んでおいたわなだったのだ。そして、金蝙蝠の怪人は、まんまとそのわなに落ちたのです。

こうして、わなに落ちた金蝙蝠の怪人が、死にものぐるいでもがいているころ、ホールでも、また、大さわぎがつづいていました。

あの怪しい金色蝙蝠が、一ぴき、二ひき、三びき、まだふわりふわりと、暗い天井をとんでいるのです。その蝙蝠が頭上にくるたびに、ひとびとは悲鳴をあげて、逃げまどいます。

「電気！　電気！　電気をつけろ！」

だれかが、気ちがいのようにさけびましたが、そのとたん、ホールの一隅からズドンと一発ピストルの音。それが命中したのか、しなかったのか、夜光蝙蝠のすがたが、かき消すように消えたかと思うと、どこかで、

「きゃっ、うむむ……」

と、たまぎるような悲鳴とうめき声、それにつづいて、ドスンとなにか倒れる音。

「あっ、だれかがここに倒れている！」

「血！　血だ！　血が流れている……」

くらやみの中で、くちぐちにさけぶ声がきこえましたが、それからまもなく、やっとのことで電気がついてみると、あの真珠塔をかざったテーブルの下に、ぐったり倒れているのは金蝙蝠の仮装の人物。見ると、胸からどくどくと、おそろしい血が吹き出して……。

そして、そのそばにしゃがんでいるのは、ニコラ神父ともうひとりの金蝙蝠。見ると、その金蝙蝠のにぎったピストルからは、まだぶすぶすと煙が吹き出しているのです。

8・4・1

遠くのほうからそれを見ていた弥生さんは、はっと、あるおそろしい予感にうたれました。

ぼうぜんとしているお客さまたちをかきわけて、そのほうへかけつけていくと、ちょうどそのとき、ニコラ神父が、倒れている金蝙蝠の顔から、仮面をはずすところでしたが、ああ、弥生の予感はあたっていました。

「お、お、おとうさま!」

弥生はゆかに倒れている金蝙蝠に、ひしと、すがりつきましたが、まさしくその金蝙蝠こそ、弥生の父、柚木真珠王だったのです。真珠王は短刀で胸をえぐられて、はや、息もたえだえでした。

「だれです、こんなことをしたのは……。ああ、あなたがそのピストルでうったのですね」

弥生はいかりに声をふるわせて、そばにいるもうひとりの金蝙蝠をきめつけました。

「いいえ、わたしじゃありません、お嬢さん、わたしはあの怪しい蝙蝠めがけてぶっぱなしたのです」

そういいながらその金蝙蝠は、いまさらのように、あかるくなったホールを見まわします。しかし、あの怪しい蝙蝠のすがたは、かげもかたちも見えません。

「それにしても、あなたはだれです。なぜ、そんないやな仮装をしているのです」

弥生のはげしいことばを聞いて、あいてはしずかに仮面をとると、

「お嬢さん、わたしですよ。等々力警部です」

「あっ!」

弥生も、ふたりを取りまいているひとびとも思わずさけび声をあげました。

「ああ、それではもうひとりの金蝙蝠が、おとうさまを殺したのね。警部さん、あなたはなぜ、おとうさまを助けてはくださらなかったんです」

「お嬢さん、すみません。わたしはこの真珠塔に気をとられていたものですから、……それにまさか、

金蝙蝠のやつが、こんなおそろしいことをしようとは思わなかったから……」

等々力警部がしょうぜんと、頭をたれたときでした。

「おお、警部……等々力警部……」

うめくようにそうつぶやいたのは真珠王、それを聞くと弥生は、気がくるったように父のからだにとりすがって、

「ああ、おとうさま、気がおつきになりましたか。しっかりしてください。傷は浅いのでございますから……」

「おお、弥生、わしはもうだめだ。……警部、等々力警部……」

「はい、ご老人、なにかご用でございますか」

「もうひとりの金蝙蝠は……さっきの、もうひとりの金蝙蝠は……？」

「はあ、あいつのすがたはさっきから、このホールには見えませんが……」

「それじゃきっと、わしの書斎だ。わしの書斎へいってみてくれ。……あいつはきっと、書斎のなかでとらえられているにちがいない……」

「えっ、金蝙蝠がとらえられているんですって」

「そうじゃ、わしは金庫にしかけをしておいた。……それにしても、おそろしいのは金蝙蝠……わしの秘密をなにもかにも知っているのじゃ……ああ、三津木君、三津木俊助君……」

「三津木君は、まだ来ておりませんが、なにかおことづけでも……」

「おお、三津木君にあったらいっておいてくれ。弥生をたのむと。……わしの書斎……金庫……はやくいってみて……神父さま、あなたもいっしょに。……ああ、8、4、1……」

謎のような柚木翁のことばに、等々力警部もいってよいやら、悪いやら、ちょっととまどいを感じましたが、その肩に手をかけたのがニコラ神父。

「いってみましょう、警部さん、せっかく柚木翁のおたのみですから」

ニコラ神父のことばに心をきめた等々力警部、あとは弥生さんや、いあわせた医者にまかせて神父とともにやって来たのは書斎です。

見ると、書斎のドアは開いており、中へはいると、金庫のドアもあけっぱなしになっていましたが、金

蝙蝠のすがたはどこにも見えないのです。

「どうしたんでしょう。柚木翁のことばによると、金蝙蝠はこのへやにとらえられているということでしたが……」

「あれはやっぱり柚木翁の、幻想だったんですね」

等々力警部はうなずきながら、何気なく金庫のなかをのぞきましたが、そのとたん、

「わっ、こ、これは……」

と、悲鳴をあげてとびのきました。それもそのはず、金庫の中には、二本の鋼鉄の歯にはさまれて、血まみれの手首がひとつ、ぶらさがってあるではありませんか。

ああ、なんというおそろしさ。金蝙蝠の怪人は、逃げるすべのないことをさとると、みずから手首をきりおとしていったのです。

等々力警部は身ぶるいしながら、その手首を見ていましたが、きゅうにぎょっと息をのみました。なんとそれは、女の手首ではないか。

そうすると、いま世間をさわがしている、金蝙蝠の怪人とは、女なのであろうか……。

さすがの等々力警部もあまりのことに、しばらくは口をきくこともできませんでしたが、そのうちにふと、女の手首がなにやら紙ぎれのようなものを、にぎっていることに気がつきました。

手にとってみると、紙ぎれのうえにはただ三文字、

8・4・1。

俊助の行方

それにしても、手首のにぎっている紙に書かれた8・4・1とはどういう意味か？

柚木翁の秘密とはなにか？　さてはまた、金蝙蝠につれさられた三津木俊助や探偵小僧の御子柴君は、その後、どうなったのでしょうか。

こうして事件はますます、怪奇さと恐ろしさをましていくのでしたが、ここでは柚木家のそのごのなりゆきは、しばらくおあずかりとしておいて、探偵小僧御子柴進君のことから、筆をすすめていくことにいたしましょう。

麻酔ピストルの射撃をうけて、自動車のなかで気をうしなった御子柴君は、それから、どのくらい眠っていたのでしょうか。ふと気がつくと、いつのま

にやら、あかるい広場の、芝生(しばふ)のうえに寝かされているのです。

空には暖かい日がかがやいて、小鳥の声もにぎやかです。

御子柴君はしばらくきょとんとした顔で、青く晴れあがった空をながめていましたが、ふっとゆうべのことを思い出すと、きゅうにさっと芝生のうえから起きなおりました。そして、あわてて、きょろきょろあたりを見まわしたのです。

はじめのうち御子柴君にも、そこがどこだかわかりませんでした。しかし、しばらくあたりを見まわしているうちに、見おぼえのある野球場のスタンドや、記念館の建物から、そこが神宮外苑であることに気がつきました。

探偵小僧の御子柴君は、寝ているあいだに、外苑の芝生のうえにほうり出されていたのです。しかし、三津木さんは……？

御子柴君は、またあわててあたりを見まわしましたが、俊助の姿はどこにも見えません。

ああ、それでは金蝙蝠の一味のものは、じぶんをここへほうり出しておいて、三津木さんだけどこかへ連れていってしまったのか……？

そう気がつくと御子柴君の胸には、にわかに不安がこみあげてまいります。まるで小(こ)うさぎのように、ぴょこんと芝生からとびあがると、いちもくさんに外苑をとび出し、ちょうど通りかかった自動車を呼びとめると、大いそぎで新日報社へもどって来ましたが、そのときの社内のさわぎといったらありませんでした。

それはそうでしょう。新日報社の宝といわれる花形記者、三津木俊助のゆくえが、ゆうべからわからないのです。悪者に誘拐(ゆうかい)されたのではないかという、疑いさえもあるのです。

そこで、社内はかなえのわくような騒ぎを演じていましたが、そこへ御子柴君だけが、ひょっこりかえって来たのだからたまりません。

「あっ、探偵小僧、きさまはいったいどこにいたんだ。三津木さんといっしょじゃなかったのか」

「ええ、いっしょだったんです。たいへんです、たいへんです。三津木さんは悪者にさらわれました。局長さんにあわせてください」

「よし、こっちへ来い」

御子柴君は編集局長の山崎さんのまえへつれていかれると、ゆうべの出来事をのこらず話しましたが、それを聞いたひとびとのおどろきといったらありません。

「えっ、それじゃ三津木君は金蝙蝠の一味のものに、つれていかれたのか」

「そうです、そうです。金蝙蝠のやつ、三津木さんが夜会へ来るとじゃまになるので、さきまわりをしてつれていったんです」

さあ、それを聞いた新日報社のさわぎはいよいよ大きくなりました。

山崎さんはすぐに警視庁へ電話をかけ、三津木俊助の捜索願いをするとともに、社内の記者を総動員して、ゆくえをさがすことになりました。

また、このことはその日の夕刊にも大きく出され、ラジオのニュースでも報道されて一般市民の協力がもとめられましたがそれにもかかわらず、五日たっても、十日たっても、俊助のゆくえはわかりません。

こうして、俊助が誘拐されてからはや半月。いまだにゆくえがわからないところを見ると、俊助はすでに殺され、死体のしまつをされてしまったのではないか……。

と、そういう疑いが、しだいに濃くなって、新日報社はふかく憂色につつまれていました。

黒河内晶子

こうして、三津木俊助のゆくえが、いつまでたってもわからないにつけ、探偵小僧の御子柴君の気もちは、どんなだったでしょう。

三津木俊助は御子柴君にとって、もっとも尊敬する人でした。御子柴君が新日報社へはいったのも、そのひとを慕ったからなのです。

その俊助のゆくえがいまわからない。殺されているかも知れないというのです。しかも、俊助が誘拐されるとき、じぶんもいっしょだったのに、じぶんだけは助かって、三津木さんだけ災難にあわれたのだ……。

そうかんがえると御子柴君は、胸も張りさけるような気もちでした。

しかし、御子柴君がいかに悲しみに沈んでいるとはいえ、新聞社につとめていれば、いろいろいそがしい用事があります。

　きょうもきょうとて上役の命令で、銀座のほうへ出かけましたが、そのかえりがけ、銀座通りの歩道を、思いにしずんで歩いていると、ふいに耳もとで、あっというような、ひくいさけび声がきこえました。

　探偵小僧の御子柴君は、その声にふっとふかい思いをやぶられて、あたりを見まわすと、そこは銀座でも有名な百貨店、鶴屋のショーウィンドーのまえでした。

　そして、そのショーウィンドーのまえに、女のひとがひとり立って、なにやら熱心にのぞいているのですが、そのようすがふっと御子柴君の好奇心をあおりました。

　いま、あっとひくいさけびをあげたのは、このひとだろうか。そうだ、あたりにだれもいないところを見ると、このひとにちがいない。しかし、このひとは、なぜあんなさけび声をあげたのだろう。そして、なにをあのように、熱心にのぞいているのであろう。

　御子柴君もそのひとの左がわに立って、ショーウィンドーの中をのぞきました。しかし、かくべつかわったところも見あたりません。

　それにもかかわらず、そのひとは大きく息をはずませながら、なにやら熱心に見ているのです。顔色を見ると、まっさおです。

　御子柴君もショーウィンドーのまえの手すりに手をかけて、もういちど、ショーウィンドーのなかをのぞこうとしましたがそのまえに、はっとみょうなことに気がつきました。

　女のひともてすりのうえに両手をおいているのですが、御子柴君はそのひとの左手になにげなくふれたのです。ところが、その手ざわりというのが、なんともいえぬほどへんてこなのです。

　女のひとは絹の手袋をはめていましたが、その手袋をとおして感じられる手ざわりというのが血のかよっている人間の手とは思えないのです。

　御子柴君は、にわかに胸がどきどきしました。それはこのあいだの柚木邸の夜会で、金蝙蝠がじぶんの左の手首からさきを、斬り落として逃げたということを聞いていたからです。しかも斬り落とされた手首は女だったのだ……。

　世のなかに手首からさきのない女が、そんなにたくさんあるとは思われません。それでは、ひょっとするとこのひとが……。

御子柴君は思いきって、ぎゅっと女の左手をおさえてみました。しかし、あいてはまだ気がつきません。しかも、なんだかごつごつとしたその手ざわり……。

ああ、もうまちがいはない。このひとは左の手首からさきがないのだ。そして、ゴムかなんかで作った義手(ぎしゅ)をはめているのだ……。

御子柴君は胸をどきどきさせながら、そっと女のひとの横顔をながめました。

それは、とてもきれいなひとでしたが、御子柴君にはなんだかその顔に、見おぼえがあるような気がしてきました。

だれだろう、どこでこの顔を見たのかしら。

そう考えているうちに、御子柴君ははっと思い出しました。

「あっ、黒河内晶子(くろこうちあきこ)さんだ！」

思わず声に出してさけんだので、女のひとはぎょっとしたように、御子柴君の顔をふりかえりましたが、そのまま、逃げるようにふらふらと、ショーウィンドーのまえをはなれていきました。

御子柴君はぼうぜんとして、そのうしろ姿を見送っています。

黒河内晶子というのは、有名な映画スターなのです。そのひとが金蝙蝠だなどとは、思いもよりません。しかし、あの手首は……？

どちらにしても、もう少しようすを見てやろうと、御子柴君は晶子のあとをつけていきかけましたが、そのまえに、いったい晶子はなにをあのように、熱心にのぞいていたのかと、もういちど、ショーウィンドーのほうをふりかえったとたん、御子柴君はそれこそ気が遠くなるようなショックをかんじたのです。

真珠塔の秘密

ショーウィンドーのなかは、洋家具セットの陳列でした。いすやテーブルや洋だんすのほかに大きなベッドがおいてあり、ベッドのうえにだれか寝ています。

はじめ見たとき御子柴君は、それをマネキンの人形だと思っていたのです。ところが、いまあらためて見なおすと、それは人形ではなく人間なのです。しかも、なんと、三津木俊助ではありませんか。

「あっ、三津木さんだ、三津木さんだ。三津木俊助さんが、あんなとこに寝かされている」

御子柴君が、気ちがいのようにわめき立てたから、さあ、たいへん、鶴屋のまえは大さわぎになりました。

「そうだ、そうだ、あのひとだ。ぼくも新聞で写真をみたのでおぼえている。あれがゆくえ不明になっている三津木俊助さんだ」

「まあ、でも、どうしてあんなところに寝ているんでしょう。ひょっとすると殺されて……」

御子柴君も、はじめはてっきりそうだと思っていたのです。毛布にかくれて見えないけれど、どこかに、大きなきずをうけているのではあるまいか。

しかし、そうではなかったのです。

騒ぎに気がついた店員が、ショーウィンドーの中にとびこみ、毛布をとってみたところ、俊助はどこもけがはなかったのです。いや死んでいるのではなく、生きていたのです。ただ眠っているだけだったのです。

さあ、それからの騒ぎは、いまさらくだくだしく書き立てるまでもありますまい。

俊助のからだは、すぐに事務所へかつぎこまれると、まもなく医者がやってきました。その医者が手当をしているあいだに、御子柴君が電話をしたので、社から山崎さんはじめ、おおぜいのひとがかけつけてきました。

さいわい、医者の手当がよかったのか、俊助はそれからまもなく目をさましましたが、じぶんが百貨店の店頭に、かざりものにされていたということを知ると、烈火のごとくいきどおりました。それはそうでしょう。男として、これほど大きなはずかしめはありません。

「まあまあ、いいさ。命にまちがいがなかったのだから、これにこしたことはない」

と、山崎さんはなぐさめ顔に、

「とにかく、いろいろ話があるから、すぐに社へかえろう」

と、それからまもなくつれだって、新日報社へひきあげると、山崎さんはまず、あの夜、柚木邸で起

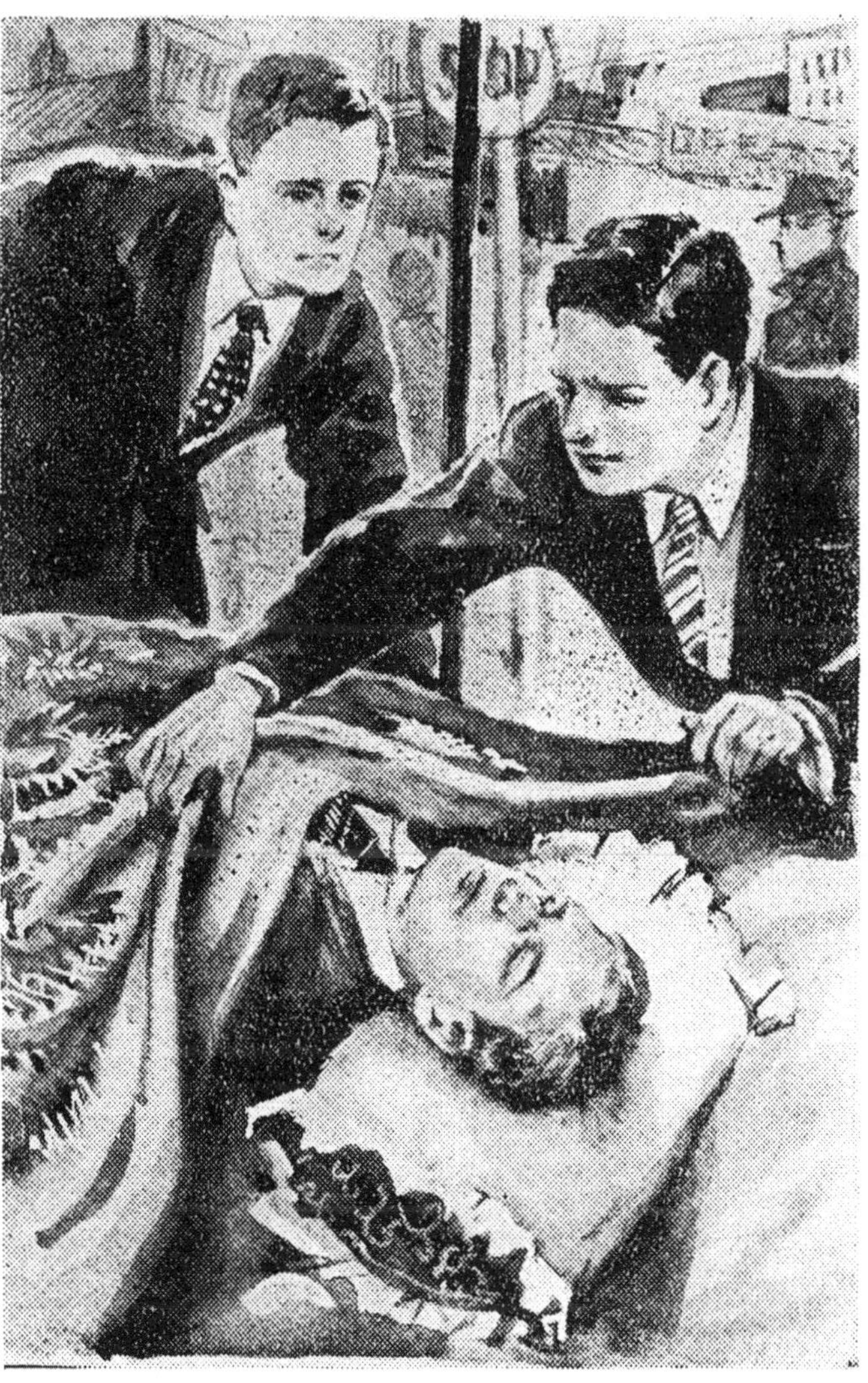

こった出来事を語ってきかせました。俊助はそれを聞くと、おどろきのあまり、ただもう目をまるくするばかりでしたが、

「いや、そのほかにも、もっとみょうなことがあるんだよ。君は、柚木翁の真珠塔を知っているだろう」

「もちろん。ぼくはそれを見張るために、招待されていたんですから」

「ところが、おかしなことには、あの真珠塔は、にせものだったんだよ」

「な、な、なんですって。そ、そ、そんなばかな……だって柚木翁はあの真珠塔をつくるために全財産を投げ出したというじゃありませんか」

「だから、おかしいんだ。柚木翁が殺されたあとで、等々力警部が監督して、真珠塔を大金庫にしまおうとしたが、どうも少しおかしいので、専門家をよんで調べてもらったところが、あれは一万円もしないにせものだということがわかったんだ」

「じゃ、だれかがすりかえたんですか」

「いや、そんなひまはない。柚木翁はあの晩、お客さんにじまんするために、なんども真珠塔のそばへより、なでたり、さすったりしていたというんだ。真珠にかけてはあんなに目のこえたひとだから、にせものだったらすぐ気がつくはずだ。といって、柚木翁が殺されたあとで、すりかえられたなんてことは絶対にない。あれは一メートル以上もある大きなものだし、それに等々力警部がたえず見張っていたのだから……」

「と、いうと……？　どういうことになるんですか」

「つまりだね、これは等々力警部の意見もおなじだが、あの真珠塔ははじめから、にせものだったんだ。柚木翁は悪者にねらわれることをおそれてはじめからにせものをつくっておいた。そして本物は、どこかべつのところにかくしてあるんだ」

俊助は、思わず大きく目を見張りました。

「べつのところって……」

「それが、どこだかわからない。わからないから困っているんだ。君も知ってのとおり、柚木翁はあの真珠塔に全財産をかけられた。それがどこにあるかわからないということになると弥生さんは乞食も同様、一文なしのからだになるんだ」

俊助はまた大きく目を見張ります。そばで聞いている御子柴君も、思わず手に汗をにぎりました。

晶子の左手

「柚木翁はいつかそのことを、弥生さんに話すつもりだったんだろう。ところがきゅうに死なれたものだから、そのひまがなかったんだ。柚木翁は死ぬまえに、弥生さんのことを、三津木俊助さんにたのんでほしいと、等々力警部にことづけたそうだ。三津木君、弥生さんのために、ぜひとも本物の真珠塔のありかを、さがしてあげてくれたまえ」

　山崎さんの話をだまって聞いていた俊助は、きゅうにきっと眉をあげると、

「すると金蝙蝠のやつも、あの晩の真珠塔がにせものだということを知っていて、本物のありかをさがしているんですね」

「そうなんだ。そしてね、その本物のありかを知る、ただひとつの手がかりというのが、8・4・1という数字ではないかと思うんだ」

「8・4・1ですって？」

「そう、柚木翁は死ぬまえに、そういう数字をつぶやいたというし、また、金蝙蝠が斬り落としていった手首も、同じ数字を書いた紙をにぎっていたんだ」

「8・4・1……8・4・1……しかし、それだけじゃなんのことだかわからない」

　俊助は、首うなだれて考えこみます。山崎さんはその肩をかるくたたいて、

「いや、それはあとでゆっくり考えるとして、それより三津木君、こんどは君の話をきこうじゃないか。君はきょうまで、どこにいたんだ」

　しかし、それに対する俊助のこたえは、いたってかんたんでした。

　目がさめたとき俊助は、どことも知れぬ穴ぐらのようなところに寝かされていたのです。その穴ぐらには、あついドアがついていましたが、そのドアには小さい四角なのぞき穴があって、そこからマスクで顔をかくした人物が、三度の食事を入れてくれたのです。

「ところが、ゆうべ食った食事の味が、少しへんだと思ったら、きゅうに眠くなって……きっとあのな

かに、ねむり薬がはいっていたんですね。そして眠っているあいだに、鶴屋のショーウィンドーへ、運びこまれたんですね」

俊助は、いかにもくやしそうに歯ぎしりしましたが、きゅうに思い出したように、

「そうそう、ぼくを最初に発見してくれたのは、探偵小僧、君だったそうだね。いや、ありがとう」

俊助に礼をいわれて、御子柴君はあかくなりながら、

「いえ、あの、ほんとをいうとぼくじゃないんです。ぼくよりさきに、気がついたひとがいるんです。ところが、それが、とてもへんなんです」

「へんだって、なにがへんなんだ」

「ぼくよりさきに、三津木さんに気がついたのはほら、三津木さんも知ってるでしょう。あの有名な映画スターの、黒河内晶子なんです。ところがその晶子は左の手首からさきがないんです。義手をはめているんです。だから、ひょっとすると、金蝙蝠というのは黒河内晶子……あっ！」

御子柴君が、きゅうにいすからとびあがったので、山崎さんと俊助が、びっくりしてドアのほうをふりかえると、なんと、そこへ幽霊のような顔をして、よろよろとはいってきたのは、黒河内晶子ではありませんか。

「あっ、君は黒河内君、ど、どうしてここへやって来たんだ」

「先生！　三津木先生！」

晶子はまっさおな顔をして、ふらふらしながら、

「先生、あたしを助けてください。あたしは……、あたしは金蝙蝠の怪人なんでしょうか」

「な、な、なんだって？」

「あたしはあの恐ろしい、金蝙蝠の怪人なのでしょうか。あたしが金蝙蝠になって、柚木さんを殺したのでしょうか」

晶子はうめくようにいって、はげしく体をふるわせながら、

「あたしはなんにも知りません。しかし、やっぱりそうにちがいございません。あたしこそ、金蝙蝠なんだわ。そして、この手で柚木さんを殺したんだわ」

「黒河内君！」

俊助は、するどい目で晶子の顔を見つめながら、

「君はなんだって、そんなばかげたことを考えるんだ。君が金蝙蝠だなんて、そんな……そんなばかなことが……」

「でも、先生、これを見てください。しかも、あたしがこうなったのは、柚木さんのお宅で、仮装舞踏会があった晩からなんです」

そういいながら晶子は右手で手袋をはめた左の指をにぎりしめると、力をこめてそれを引きましたが、するとああ、なんということでしょう。

晶子の左手が手首のところから、スポンと音を立てて抜けたではありませんか。

地獄からの声

それにしても晶子の手首が、スポンと音を立てて抜けたときの、三津木俊助や御子柴君のおどろきは、どんなだったでしょうか。

「あっ、黒河内君、こ、これはどうしたんだ。君はいつ左の手首をなくしたんだ」

俊助のことばに晶子は涙ぐみながら、

「先生、それがあたしにもわかりませんの。いつどうして片腕を斬りおとされたのか、あたしには少しもおぼえがございませんの」

「な、なんだって、君自身にもおぼえがないって、それはどういう意味だ」

晶子は涙にぬれた目をあげて、

「先生、こんなことをいっても信用していただけるかどうかわかりませんが、でも、ほんとうなんです。あたしには、あの晩の記憶がぜんぜんございませんの」

「あの晩って、いつのこと?」

「はい、あの、柚木さんの殺された晩」

と、晶子は三津木俊助や山崎編集局長、さては御子柴君を見ながら、さも、恐ろしそうに肩をすくめて、

「あの晩、あたしはおうちで本を読んでいました。ところが八時ごろになって、なんともいえぬみょうな気持ちになって……だれかが耳もとで、なにかささやいている感じなのです。あたし、一生けんめいに、その声とたたかっていましたが、そのうちに、ふうっと気が遠くなって、それからあとのことはなにひとつ、おぼえていないのです。ところが、その

うちに、はげしい痛みに気がつくと……」

晶子は恐ろしそうに身ぶるいをすると、

「母がまるで幽霊のような顔をして、そばに立っております。そして、晶子さん、その手首はどうしたのとききます。あたし、はっとして左の手に目をやりましたが、そのとたん、きゃっとさけんで、また気をうしなってしまったのです。いつのまにやらこの手首が斬り落とされて……」

と、晶子は涙をながしながら、

「それからまもなく、二度めに正気にかえったとき、あたしは母から恐ろしい話をききました。その晩、あたしは柚木さんの仮装舞踊会へ出席するといって、八時すぎに家を出たそうです。そして十一時すぎ、左の手首を斬り落とされて、息もたえだえになって、おうちへかえって来たというんです」

「しかも、君にはそういう記憶がないんだね」

「はい、ぜんぜん。ああ、先生、あたし気が狂ったのでしょうか。それとも夢遊病とやらで、柚木さんのところへいって……」

晶子はわっと泣きふしましたが、それにしても、なんというふしぎな話でしょう。

世に夢遊病者の話はままありますが、いまの晶子の話のような、恐ろしい例がほかにあるでしょうか。三人はぞっとしたように、晶子のようすを見まもっていましたが、そのうちに、俊助が思い出したように、

「黒河内君、君はこのあいだ、自動車の中で殺された、丹羽百合子を知らないかね」

「はい、あの、ぞんじております。友だちではありませんが、あるところで、ちょくちょくお目にかかりました」

「あるところって、どこ……？」

「はい……あの……それは……」

晶子はなにかいおうとしましたが、きゅうにはげしく体をふるわせると、見る見るうちにその顔色が、なんともいえぬほど、きみ悪くかわってきたのです。

「黒河内君、どうした、どうした」

俊助がおどろいて声をかけましたが、晶子はすこしも聞こえぬらしく、ぼんやり前方を見ていましたが、やがて口を開いたかと思うと、

「おい、俊助、おれがだれだかわかるかい」

と、そういう声は、まるで地獄から聞こえて来る

ような、きみの悪いしゃがれ声です。一同がびっくりして、晶子の顔を見ていると、

「おい、俊助、おれは魔術師なんだ。人間を自由じざいにあやつる魔術使いだ」

「あっ、催眠術だ！」

御子柴君が思わずさけぶのを、

「しっ、黙っていたまえ」

と、一同がかたずをのんで聞いていると、晶子は世にも恐ろしいことをささやきます。

「おれははじめ丹羽百合子を、手先につかっていたが、あいつだんだん催眠術がきかなくなったので、思いきって殺してしまった。そして、かわりに黒河内晶子をつかうことにきめたんだ。うっふっふ、わかったかい」

　そこまでいうと晶子はまるで、泥人形がくずれるように、机のうえにつっ伏しました。

　ああ、おそろしい催眠術。それでは金蝙蝠の怪人は、催眠術で晶子をあやつり、人殺しまでさせたのか。三人はぞくりと体をふるわせましたが、そのときでした。きゃっと悲鳴をあげたのは探偵小僧の御子柴君、

「あっ、あんなところに金蝙蝠が……」

名射撃手

　その声にぎょっとふりかえった三津木俊助と山崎さんは、体中がしびれるようなおどろきにうたれました。

　ああ、なんということだ。窓の外から金蝙蝠の怪人が、のぞいているではありませんか。つばびろ帽子にどくろの仮面、胸にぬいつけた金色の蝙蝠、たしかにそれは金蝙蝠の怪人ですが、それにしても怪人は、どうしてあんなところにいるのでしょう。

　そこは、新日報社の五階です。窓の外には空気のほかにはなにもありません。それだのに、金蝙蝠の怪人は、窓から一メートルほどはなれたところに、まるで雲をふむようなかっこうで、ふらふら立っているのです。それでは、金蝙蝠の怪人は、魔法使いのように、自由に空をあるくことが出来るのでしょうか。

　さすがの三津木俊助も、全身の毛がさか立つばかりの恐ろしさを感じましたが、すぐ気をとりなおし

て、窓のそばへかけよると、そのとたん、怪人はふわりと窓から遠くはなれて、ふらふら上へあがっていきます。

「待て！」

俊助が窓をひらいたとたん、

「あっ、だれかアド・バルンの綱にぶらさがっている！」

と、地上からさけぶひとの声。俊助もそれではじめて、怪人のやりかたがわかりました。

新日報社の屋上には、アド・バルンがつないでありましたが、怪人はその綱を切り、綱のさきにぶらさがって、五階の窓からのぞいていたのです。そして、いまやアド・バルンの浮力にひかれて、ふわりふわりと空へまいあがっていくのです。

そう気がつくと一同は、いちもくさんに屋上へかけのぼりましたが、ちょうどそのとき金蝙蝠の怪人は、屋上から数メートルはなれたうえを、ふわりふわりととんでいきます。

道いくひとがそれを見つけたからさあたいへん。有楽町（ゆうらくちょう）へんはいっぱいの人だかり。

「わっ、金蝙蝠の怪人だ。金蝙蝠がアド・バルンにぶらさがって逃げていくぞ」

俊助はじだんだふんでくやしがりながら、

「だれかあのアド・バルンをぶっこわせ。アド・バルンをこわして、怪人をつかまえろ！」

と、夢中でさけんでいましたが、しかし、アド・バルンは手のとどかぬ、はるかな空にういているので、どうすることも出来ません。

ところが、ちょうどそのころ新日報社のとなりにある、日本（にほん）劇場には、ハリー・ダンカンというアメリカの有名な西部劇スターが来ていて、射撃の妙技を見せていました。

そのダンカンもさわぎを聞いて、日本劇場の屋上に出ていましたが、いまの俊助のさけびがわかったのか、手に持っていた拳銃（けんじゅう）を取りなおすと、ねらいをさだめてズドンと一発。

さすがは射撃の名手です。ねらいたがわずアド・バルンに命中したからたまりません。どかんと大きな音を立てて、アド・バルンが爆発したかと思うと、金蝙蝠の怪人は数寄屋橋（すきやばし）めがけて、礫（つぶて）のように落ちて来ました。

「わっ！」

数寄屋橋のうえに立っていたひとびとは、それを見ると、くもの子のようにとび散ります。それと見るより俊助と御子柴君は、屋上からかけおり、新日報社をとび出すと、数寄屋橋めがけてかけつけました。

見ると数寄屋橋のうえには、金蝙蝠の怪人が、長くなって倒れています。そのまわりにはやじうまが、黒山のようにむらがっていましたが、だれもきみ悪がって、そばへ近よろうとするものはありません。

三津木俊助と御子柴君は、やじうまをかきわけ、怪人のそばへかけよると、いきなり体を抱き起こしましたが、そのとたん、

「ちきしょう、いっぱいくわされた」

と、いかりにふるえる俊助の声。それもむりではなかったのです。

なんと、それは綿と布でつくった人形に、どくろの仮面と、つばびろ帽子、それにだぶだぶのマントが着せてあったのです。

「三津木さん、しかし、金蝙蝠の怪人は、なんだってこんないたずらをしたんでしょう」

探偵小僧にそういわれて、はっと気がついた三津木俊助、

「しまった、探偵小僧、来い！」

と、大いそぎで局長室へかえってきたときには、晶子のすがたはすでになく、そこにはこんなことを書いた手紙がのこっていました。

晶子はおれがもらっていく。そのかわりよいことを教えてやろう。弥生はいま、恐ろしい危難におちいっているぞ。はやくいって、助けてやれ。

金蝙蝠より

三津木俊助どの

柚木博士

こうして金蝙蝠の怪人は、まんまと晶子をさらっていきましたが、いっぽう弥生の身には、どのような災難がふりかかっているのでしょう。それをお話するためには、話を少しまえへもどさねばなりません。

柚木真珠王がなくなってから、弥生のうちには、おじさんの柚木博士というひとがはいりこんでいま

した。柚木博士は真珠王の弟ですが、真珠王はこのひとをきらって、なるべくおうちへよせつけないようにしていたのです。ところが、真珠王がなくなると、博士はそれをよいことにして、弥生のうちへはいりこんできました。弥生も、このひとを好かないのですが、いまではただひとりのおじですから、追い出すわけにもまいりません。

そこで弥生はこのおじと、なるべく顔をあわせないように、いつもお部屋に閉じこもっていましたが、すると、きょうしもやってきたのがふしぎな手紙。


お嬢さま、あなたのおとうさまがおつくりになった、ほんものの真珠塔のありかを知りたかったら、今日、二時かっきりに、渋谷のセント・ニコラス教会までおいでください。表の石段のまえに、黒衣の老婆がすわっていますから、その老婆に金をやれば、ありかを知らせてくれます。しかし、このことはだれにもいってはなりません。


「まあ！」

弥生はしばらく息をつめて、このふしぎな手紙を見つめていましたが、そこへはいってきたのが柚木博士。博士は年ごろ四十くらい、鼻めがねをかけ、口ひげをぴんとはねあげ、いかにももっともらしい顔をしていますが、どこかゆだんのならぬ目つきです。

「弥生や、どうかしたのかい。顔色が悪いよ」

「あら、おじさま、なんでもありませんの」

弥生は、あわてて手紙をかくしました。

「なにもかくさなくてもよいではないか。いまの手紙にかわったことでも……」

「いいえ、べつに……それよりおじさま、いま、何時ごろかしら」

「ちょうど一時だよ」

「あらあら、たいへん。あたし、ちょっと出かけなければなりませんのよ」

「出かけるって？　わたしもいっしょに……」

「いいえ、いいんですの。おじさまはむこうへいってらして……」

柚木博士を押し出すように、部屋から出すと弥生は手ばやくふしぎな手紙を、本のあいだにはさみました。それから大いそぎで身じたくすると、うちからとび出していきましたが、するとあとから弥生の部屋へ、はいってきたのは柚木博士。

「はてな、いまの手紙をどこへかくしたかな」

と、しばらくそこらをさがしていましたが、本のあいだとは気がつきません。

「まあ、いいや、どうせ行先はわかっているんだから」

と、みょうなことをつぶやくと、弥生のあとからとび出しましたが、それにしても、がてんのいかぬのは、いまのことば。行先はわかっているというところを見ると、博士は手紙のなかみを知っているのでしょうか。なににしても、怪しいのは博士のそぶりです。

それはさておき、差出人もわからぬ手紙にさそわれて、家をとび出した弥生の行動は、無分別といえば無分別でしたが、それにはわけがあるのです。

柚木真珠王がカトリックの信者だったことは、まえにもお話ししましたが、その真珠王がいつもおまいりするのがセント・ニコラス教会で、そこの司祭がニコラ神父でした。

しかも、去年教会の大修理をしたときなど、真珠王がひとりで費用を受持ったくらいですからひょっとするとこの教会の、どこかに真珠塔がかくしてあるのかも知れないと、弥生がかんがえたのもむりではないのです。

さて、弥生が教会のまえまでくると、老婆がひとりすわっていました。黒いマントと黒いずきんで、顔はよく見えませんが、たしかに手紙にあった老婆にちがいありません。

弥生は胸をおどらせながら、老婆のそばに近よると、紙幣を一枚老婆のまえに落としました。すると老婆が無言のまま、取り出したのは一枚の紙きれです。それを弥生に手わたすと、老婆はのっそり立ちあがって、びっこをひきひき立ちさります。

弥生がその紙きれに目を落とすと、

十三番目の聖母——胸の文字盤——八時、四時、一時——

と、ただそれだけ。

十三番目の聖母

それはまるで、おまじないみたいな文句でしたが、弥生は思わずはっとしました。ほかのひとにはわからぬ文句も、弥生には思いあたるところがあったのです。

柚木真珠王は死ぬ少しまえに、この教会へ十三体の聖母像を寄進したことがあります。その聖母像はいまも祭壇のまわりに、安置されているはずなのです。ひょっとすると、その聖母像のなかに、ほんもののの真珠塔が、かくされているのではあるまいか。

弥生はいそいで、教会のなかへはいっていきました。広い礼拝堂にはひとけもなく、なんとなく肌寒いかんじです。見ると祭壇のまわりには、十三体の聖母像が立っています。

弥生はその像を右からかぞえて、十三番目の聖母の前に立って、胸のところを調べましたが、と、ありました、ありました。それはよほど気をつけなければわからぬような、小さな文字盤でしたが、時計とおなじ目盛りになって、二本の針までついています。

弥生ははっと胸をとどろかせながら、もういちどさっきの文句を見なおしました。

八時、四時、一時――8・4・1。

わかった、わかった。これこそ金庫のなかの怪文字、8・4・1の秘密なのです。

弥生は胸をどきどきさせながら、八時のところへ針をやります。それから四時、ついで一時と針をまわしたせつな、どこかでギリギリと、鎖のふれあうような音がしました、

弥生がはっと目を見張っていると、ガタンとひくい音を立てながら、聖母の像がうしろへすべり出したではありませんか。

弥生は思わず二、三歩うしろへとびのきましたが、聖母の像は約三フィートばかりうしろにさがると、そこにぴったりとまりました。

そして、そのあとにぽっかりあいているのは、まっくらな地下道の入口です。

「まあ!」

弥生は思わず息をはずませます。ああやっぱりそうだったのだ。この地下道のどこかに、真珠塔がか

くしてあるのだ！

弥生はちょっとためらいながら、あたりを見まわしていましたが、見ると祭壇のまえに、ろうそくが立っています。弥生はそれを取りあげると、マッチで火をつけ、地下道のなかへもぐりこみました。

地下道にははじめ、十五段くらいのかたい石段があり、それをおりると、こんどは横にせまいトンネルがついています。トンネルのなかはむろんまっくらです。弥生はろうそくを片手に、そろそろと、そのトンネルを歩いていきます。

あたりは墓場のようなしずけさです。そして、海の底にでもいるような、ひえびえとした空気が肌をさすのです。弥生はまるで、夢のなかの人物になったような気持で、トンネルのなかを進んでいきましたが、しばらくいくと、ふいにぎょっと立ちどまりました。

ああ、なんと、まっくらなトンネルのはるかむこうに、糸のように細い光りのひと筋が、もれているではありませんか。

どうやら、ドアのすきまをもれる光りらしいのです。ドアがあるとするとこのトンネルには、部屋があるのでしょうか。

地下のトンネルに部屋がある――

弥生は、なんともいえぬきみ悪さをかんじましたが、思いきってろうそくをかき消すと、足音しのばせ、光りを目あてに暗いトンネルを進んでいきます。

やがて、光りのちかくまでくると、それはやっぱり、部屋があって、ドアのすきまからもれるあかりでした。

それでは、だれかこの部屋にいるのだろうか。

弥生はドアのまえに近よると、全身の神経を耳にあつめて、部屋のなかのようすをうかがいます。しかし、ドアのむこうはしいんとして、ひとのけはいはありません。

弥生は思いきって、ドアのとってに手をかけると、そろそろそれを開きました。二寸、三寸、五寸。

……とつぜん、弥生はあれっとさけんでとびのくと、ひしと両手で顔をおおいました。

ドアのすきまから、ふわりと飛び出したのは、ああ、なんと、あのきみ悪い金色の蝙蝠ではありませんか。

「あっはっは、弥生さん、なにもおどろくことはない。さあさあ、こっちへはいりなさい」

そういう声にぎょっとして、部屋のなかに目をやった弥生は、とつぜん、体中がしびれるような恐ろしさをかんじたのです。

部屋の中に立っているのは、なんと、金蝙蝠の怪人ではありませんか。

恐ろしき樽

「あれっ！」

と、さけんで、弥生は逃げようとしましたが、そのうしろからおどりかかった金蝙蝠。

「あっはっは、逃げなくてもよいではないか。さあ、おはいり、おまえにすこし話があるんだ」

「いやです、いやです。かんにんしてください。それでは、さっきの手紙はうそだったのですね。あなたがあたしをだましたのですね」

「あっはっは。だましたといえばだましたようなもんだが、しかし、だまされたのはおまえばかりじゃないよ。こういうわたしも、おまえのおとうさんにだまされたんだ」

「えッ、おとうさんに……？」

弥生はおそろしさもうち忘れ、あいての顔を見なおしました。

いつものとおり、きみのわるいどくろの仮面をかぶっているので、いったいだれだかわかりませんでしたが、なんだかその声に聞きおぼえがあるような気がしたのです。

はて、いったい、だれだろう？

「そうだ、おまえのおやじにだまされたんだ。ほら、おまえも知ってるだろう、金庫のなかから出てきた記号、あれはたしか8・4・1という数字だったね。8・4・1すなわちヤヨイ……つまり、おまえの名まえなんだ」

弥生は、ぎょっと息をのみました。

それではあの数字は、じぶんの名をあらわしていたのか。しかし、それはなぜだろう……？

金蝙蝠はことばをついで、

「ところで、三つの数字を合計すると、十三という数になる。それでおれはおまえのおやじと、十三という数とかんけいはないかと考えた。すると、はっと思い出したのが、この教会にある十三体の聖母像。

これは、おまえのおやじが寄進したものだから、もしやと思って調べたところがあのとおり、時計の文字盤みたいなものがある。それを見つけたときのおれのよろこび。てっきり真珠塔のありかを、つきとめたと思ったのだが……」

と、そこで金蝙蝠は歯ぎしりすると、

「いまから思えば、それがわなだったのだ。ほんとうの真珠塔のありかから、目をくらますためにおまえのおやじが、わざとあんなものを作っておいたんだ。真珠塔はここにはない。もっと、ほかの場所にかくしてあるんだ」

「もっと、ほかの場所って……？」

「弥生さん、それをおまえに聞きたいんだ」

「えっ、あたしに……？」

「そうだ。秘密の記号がヤヨイと読めるからには、きっとおまえにかんけいしたことにちがいない。おまえじしんは気がつかずとも、おまえの身のまわりに、ヤヨイという記号にかんけいしたものが、あるにちがいない」

金蝙蝠のことばをきいて、弥生ははっと顔色をかえました。

「あっはっは、思い出したね。いったい、なんだ、ヤヨイという記号がしめしているのは」

「いいえ、知りません、知りません」

「知らない？　そんなことがあるもんか。おまえの顔にちゃんと書いてある、しっていると……。さあ、いえ。どこにかくしてあるんだ」

「いいえ、知りません、知りません。たとえ知っていたとしても、なぜあなたみたいなひとに、教えてあげなければならないの」

「なぜ、おれに教えなければならないかって？　よし、そのわけを教えてやろう」

金蝙蝠は、そこにある小さな樽のうえにろうそくを立てて、それに火をともしました。

「おい、弥生、この樽のなかになにがはいっているか知っているか。これはダイナマイトだぞ」

「あれっ！」

弥生はまっさおになって、逃げようとしましたが、うしろからおどりかかった金蝙蝠のためにがんじがらめにしばりあげられてしまいました。

「おい、弥生、このろうそくが根もとまでもえつくせば、ダイナマイトに火がうつって、おまえの体は木っ葉みじんとなってふっとぶのだぞ。つまり、これが秘密をおれに教えてくれなければならぬというわけさ。あっはっは」

ゆかのうえにおしころがされた、弥生の顔をのぞきこみながら、あざけるように笑う金蝙蝠の声のおそろしさ！

地下室の泣き声

さて、こちらは三津木俊助と、探偵小僧の御子柴君。

金蝙蝠に教えられて、取るものも取りあえずやって来たのは柚木邸。ばあやに聞くと、お嬢さんはついさきほど、お出かけになったとばかりで、いくさきはわかりません。

「しまった。おそかったか。しかし、ともかく部屋を見せてください。なにか手がかりがあるかも知れない」

と、弥生の部屋を調べた俊助と探偵小僧、そこは職業だけあって、まもなく本のあいだにはさんである、無名の手紙を発見しました。

「三津木さん、それじゃ弥生さんは、この手紙におびき出されて……」

「セント・ニコラス教会へいったんだな。よし、いってみよう」

ふたりはすぐにとび出しましたが、それにしてもふしぎなのは、金蝙蝠の怪人です。いっぽうで弥生をとらえながら、いっぽうで俊助に弥生を助けてやれというのは、どういうわけでしょう。

それはさておき、ふたりが教会のまえへたどりついたのは、弥生におくれること約半時間。

「あっ、三津木さん、ここに小さな靴あとがついています。もしや弥生さんでは……」

「よし、この靴のあとをつけていこう」

俊助は懐中電気を取り出すと、うすぐらい教会のなかへはいっていきます。靴あとは祭壇のうえまでつづいていましたが、そこでふっつり消えているのです。

「おや、足あとはここで消えている」

「おい、探偵小僧、そのへんに秘密のおとし戸はないか、しらべてみろ」

ふたりがむちゅうでそのへんを調べているところ

へ、靴の音がきこえて来ました。俊助がぎくっとして懐中電気の光りをむけると、そのなかにうかびあがったのは、黒い僧服に身をつつんだ外国人、いうまでもなく、この教会の司祭、ニコラ神父です。

「あなたはだれ？　なにをしているのですか」

　さすがは長年日本に住みなれて、おおくの信者を持っているだけあって、日本語はじょうずです。

　身のたけは六尺あまり、鬼をもひしぐたくましさですが、おだやかな顔つきには、子どももなつく徳がそなわっています。年は六十前後でしょうか。銀のようにひかる白髪が、うつくしいのです。

「いや、これは失礼しました。じつはこの教会にたずねるひとがありまして……」

「いったい、だれ？」

「柚木真珠王の令嬢、弥生さんというひとですが……」

「ミス弥生が……ど、どうかしましたか？」

「じつはこの教会のなかから、ゆくえがわからなくなったらしいのです」

　ニコラ神父は目をまるくしていましたが、ふいに両手をあげて、ふたりをおさえつけると、

「おききなさい。ゆかに耳をあてておききなさい」

「えっ、な、なんですって？」

「わたし、さっき聞きました。地の底でだれかが泣いているような声……わたし、ふしぎに思ってここまで来ました」

　それを聞くと俊助と探偵小僧、ゆかのうえに腹ばいになり、耳をすましていましたが、ああ、聞こえる、聞こえる。とおく、かすかに聞こえるのは、たしかに女の泣きごえです。

「神父さま、この教会には地下室があるのですか」

「いいえ、わたし、知りません。しかし、昨年、柚木真珠王がこの教会を修理しましたから……。あっ、そこにあるのはなんですか」

　見ると、十三番目の聖母のしたから、ひらひらとのぞいているのは、桃色の洋服のきれではありませんか。

「あっ、こ、これは女の洋服のきれはしだ。そ、それじゃ、ここに抜け穴が……」

　俊助と探偵小僧が、聖母像をのけようとしましたが、そんなことではびくともしません。

「探偵小僧、ちょっと待て。なにかしかけがあるにちがいないよ」

俊助は注意ぶかく、聖母像をしらべていましたが、すぐにあの文字盤の秘密を発見しました。

「あっ、わかった、わかった、この時計だ。これが8・4・1の秘密なのだ。そうだ、ひとつやってみよう」

　俊助が一度、二度、三度、文字盤の針をうごかすと、とつぜん、ガタンと音をたてて、聖母像がうしろにさがりましたが、そのとたん、女の泣き声がさっきより、よほどちかくに聞こえてきました。

金蝙蝠の正体

「どうだ、弥生、これでもヤヨイの秘密を白状しないか」

　がらんとしたあなぐらのなかの一室に、金蝙蝠の声がきみわるくひびきます。ろうそくはもうあますところ二センチばかり。ろうそくのしずくがぽたぽたと、樽のうえに流れるたびに、弥生は身がすくむばかりのおそろしさです。これこそ命をきざむ、悪魔の時計なのです。

「いやです、いやです。あたしこのまま死んでもいいわ。だれが……だれが、おまえなんかに話してやるもんか」

「それじゃ、このままダイナマイトが爆発してもいいというのか」

「いいわ、しかたがないわ。そのかわりおまえもいっしょに死んでおしまい」

「あっはっは、ばかなことをいっちゃいけない。おれが死んでたまるもんか。いよいよおまえが白状せぬとあれば、おれはこのまま出ていくまでだ。そして、真珠塔のありかは、きっとじぶんでさがして見せる」

　金蝙蝠はやおら立ちあがると、

「おい、弥生、これがさいごだ。もう一度きくが、ヤヨイの秘密とはなんのことだ」

　きみのわるいどくろ仮面のうしろから、おそろしい目が光っています。しかし、弥生はもうかくごをきめていました。

「知りません、知りません。だれがおまえなんかに話すもんですか」

「ようし、よくもいったな、見ろ、このろうそくを。……もう、あと三分とは持つまいよ。しかし、それだけの時間があれば、おれがこの教会から出ていくにはじゅうぶんだ。弥生、せいぜい神様においのりでもしておけ。あっはっは！」

いじのわるい笑い声をあとにのこして、金蝙蝠の怪人は、ドアをひらいて一歩外へふみ出しましたが、そのとたん、

「わっ！」

と、おどろきの声をあげると、もんどりうって床のうえに、たたきつけられました。

おどろいたのは弥生です。何事が起こったのかと頭をあげると、そのとき、どやどやとはいってきたのは三津木俊助と御子柴君、ニコラ神父もいっしょです。

俊助は起きあがろうとする金蝙蝠のうえに、すばやく馬乗りになると、

「ああ、君は弥生さんだね。ぼくは三津木俊助だ。われわれがやってきたからにはもう心配はない。おい、探偵小僧、はやく弥生さんのいましめを解いてあげなさい」

「いいえ、いいえ、あたしよりろうそくを吹き消して。はやく、はやく！」

気がくるったような弥生のことばに、御子柴君はあわててろうそくを消しましたが、それはじつにあぶないせとぎわでした。

もう一しゅん、ろうそくを消すのがおくれたら、ダイナマイトに火がうつり、一同は木っ葉みじんになってふっとんだでしょう。

そのあいだに、ニコラ神父が、すばやく弥生のいましめを解きました。

俊助はぐったりしている金蝙蝠の怪人をひっぱり起こすと、

「あっはっは、とうとうつかまえたぞ、金蝙蝠の怪人を。……どんな顔をしているのか、ひとつ見てやろう」

と、どくろの仮面をはぎとりましたが、弥生はひとめその顔を見て、

「あっ、あなたはおじさま！」

と、まっさおになったのもむりはない。なんとそれは、柚木博士ではありませんか。

「な、な、なんだって？　そ、それじゃこれは君のおじさんなの」

「そうです。このひとはおじの柚木博士です。それ

じゃ、金蝙蝠の怪人はおじさまだったの」

三津木俊助にぶんなぐられて、さっきの元気はどこへやら、柚木博士はすっかりしょげていましたが、弥生のことばをきくと、あわてて首を左右にふりました。

「ちがう、ちがう！　わしはそんな恐ろしいものじゃない。弥生をおどかしてやろうと、ちょっと金蝙蝠のまねをしていたのじゃ」

「そして、あたしをダイナマイトで殺そうとしたのね、ああ、わかったわ。おじさまは金蝙蝠ではないかも知れないけれど、金蝙蝠とおなじように、真珠塔をねらっているのね」

金蝙蝠の怪人が、あまりやすやすつかまったので、ちょっとへんだと思っていたら、やっぱりこれは金蝙蝠ではないらしいので、俊助はちょっとがっかりしました。それと同時に、いくらかゆだんもあったのです。

「柚木博士、とにかくいっしょに来たまえ」

かるく手をとろうとしたときです。があんとばかり柚木博士の一撃が、俊助のあごへとんだかと思うと、

「あっ、な、なにをする！」

よろめきながら俊助が、さけんだときはおそかったのです。身をひるがえした柚木博士が、駈けよったのはいっぽうの壁、ぴたりとそこに吸いついたかと思うと、あっというまもありません。壁の一部分がくるりと廻転したかと思うと、博士のすがたは消えてしまったのです。

8・4・1の秘密

「しまった！」

俊助はあわてて後を追いかけましたが、どういうしかけになっているのか、壁はびくとも動きません。

「あっはっは、ざまあ見ろ。おまえたち、この地下道でくたばってしまえ！」

あざけるような一言をのこして、柚木博士の足音は、しだいに遠くなっていきます。

「ちくしょう、ちくしょう、待て！」

俊助はじだんだふんでくやしがりましたが、そばからニコラ神父がなぐさめるように、

「三津木さん、ここにこうしていてもしかたがない。

とにかくはやく外へ出ましょう」

「そうだ。そして一刻もはやくあいつをつかまえなきゃ……」

　そこで一同はつれだって、トンネルをとおって、出口の石段のところまできましたが、先頭に立ってその石段をのぼっていったニコラ神父が、とつぜんびっくりしたように、

「あっ、しまった！　出口がしまっている！」

「なに、出口がしまっている……？」

　俊助が懐中電気でしらべてみると、なるほどあつい鉄板が、ぴたりと出口の天井をふさいでいるではありませんか。

　おどろいた俊助と御子柴君は、それを押したりたたいたり、なんとか開こうとしましたが、あつい鉄板はびくともしません。

「まあ、どうしましょう。それじゃ、あたしたちここから出られないの」

　弥生はまっさおになりましたが、ニコラ神父がそれをなぐさめるように、

「なに、心配することはありません。朝になったら掃除婦が、うえの祭壇を掃除にきます。そのときここから声をかけて、聖母像のうごかしかたをおしえてやり、なんとかして、この鉄板をひらいてもらえばよろしい」

「神父さま、それじゃ朝までこんなところで、しんぼうしなければなりませんの」

　弥生は、いかにも心細そうです。

「この鉄板が開かないとすれば、神父さまのおっしゃるとおり、朝まで待つよりしかたがないが……御子柴君、もう一度やってみよう。神父さまも手をかしてください」

　そこで、三人力をあわせてもう一度、頭のうえの鉄板を、押したりたたいたりしましたが、やっぱりびくともしないのです。

　俊助はあきらめて石段に腰をおろすと、

「さあ、みんなもここへ腰をおろしなさい。朝まで待つとすると、立ってはいられないよ。それに懐中電気も朝までもたないからね」

　俊助が懐中電気を消したので、あたりはまっくらになりました。弥生はいまさらのように心細さが身にしみて、しくしく泣いています。俊助はなぐさめて、

「弥生さん、泣くのはおやめ、それより柚木博士はさっき、弥生さんをどうしようとしたの」

「ああ、あのこと！　三津木先生、８・４・１の秘密がとけましたのよ」

「なに、８・４・１の秘密がとけたって？」

「そうなんです。８・４・１というのは、ヤヨイという意味にちがいないというんです。だからあたしの名にちなんだなにかが、どこかにあるだろう、それをいえというんです」

「あっ、そ、それで弥生さんはなにか心当りがあるの？」

「ええ、あるんです。おじさまにはいいませんでしたけれど、じつは……」

　と、いいかけて弥生はためらいます。俊助は、それをはげますように、

「なに、だいじょうぶ。ここにいるのは味方ばかりだから。それで、ヤヨイというのは……？」

「おとうさまはこの春、向島に一軒の別荘をたてましたの。そして、それを弥生荘と名づけたんです。このことはだれにもないしょにしていたんですが、ひょっとすると、真珠塔はそこにかくしてあるんじゃないでしょうか。その別荘には、大きな時計塔がありますの」

「そ、それだ！　それこそほんものの８・４・１の秘密にちがいない！」

　ああ、こうして８・４・１の秘密はとけました。俊助はこおどりしてよろこびましたがそのとき、とつぜん御子柴君が、

「あっ、三津木さん、あの音はなんでしょう」

「な、なに、なんの音……？」

「ほら、あのごうごうという音！」

「ええっ？」

　一同がくらやみのなかで、はっと耳をすましていると、なるほど地下道の空気をふるわして、ごうごうというひびきが、しだいにこちらへちかづいてくるではありませんか。

　俊助は石段を五、六段かけおりると、懐中電気の光りをトンネルにさしむけましたが、そのとたん、髪の毛がまっしろになるようなおそろしさをかんじたのです。

　なんとトンネルのむこうから、にごった水が、つなみのように泡立ちながら、こちらへおしよせてく

るではありませんか。

悪魔の水

「あっ、しまった。水だ！　水だ！　ちくしょう。柚木博士のやつ、われわれをここへとじこめて、水攻めにしようというのだ！」

　俊助はいまさらのように、柚木博士のおそろしい計略に気がつきましたが、しかし、いまとなってはもうおそい。まっくろに濁った水が、ごうごうと泡を立てながら、トンネルのむこうから押しよせてくる。そして、またたくまに階段の下のほうから、水びたしにしていくのです。

「あっ、三津木先生、それじゃ、あたしたちここで、水攻めになって死んでしまうの。いやよ、いやよ、あたし死ぬのいや！」

　弥生は恐怖におののきながら、死にものぐるいの声をあげます。

「だいじょうぶ。死にゃしない。きっと助かる。ちくしょう、きっとどこかに助かるみちがあるにちがいないんだ」

　俊助は階段のとちゅうに立って、血走った眼でトンネルのなかを見ていましたが、悪魔の水はおそろしい勢いでふえていくばかり。俊助はもう階段に立っていられなくなって、一同のところへあがってきました。そして、

「御子柴君、ニコラ先生、力をかしてください。もう一度、天井のおとし戸を……」

　そういって、三人は死にものぐるいで天井の、おとし戸を開こうとしましたが、なんどやっても同じこと、押せどもつけども、厚い鉄のおとし戸はびくともしません。

　しかも濁流はこっこくとして、階段をはいのぼってきます。もう五、六段も水位がたかまればいま一同の立っている土間まで、水がやってくるでしょう。そして、それからさらに水位がたかまれば、一同は逃げるみちもなく、濁流にのまれて死んでしまうのです。

「ああ、先生、三津木先生……」

　弥生はもう気がとおくなりそうです。そのとき、なに思ったのかニコラ神父が、

「みなさん、ここにいてください。わたしがちょっ

と水のようすを見てきましょう」

と、階段をおりかけたから、おどろいたのは三津木俊助と探偵小僧の御子柴君、

「神父さま、およしなさい。あぶないから」

と、あわててとめましたが、ニコラ神父はやさしくわらって、

「いいえ、だいじょうぶ。わたしには神様がついていてくださいます。心配はいりません」

と、二、三段おりていきましたが、どうしたはずみか、足をすべらしたからたまらない。

「あっ！　神父さま！」

と、三津木俊助と御子柴君が、あわててかけよったときにはニコラ神父はもんどりうって、濁流のなかへころげ落ちていきました。

「あっ、いけない、神父さま！」

俊助があわてて照らす懐中電気の光り（ひか）のなかに、一（いっ）しゅん神父のすがたが見えましたが、つぎのしゅんかん水にのまれて……どうやら、トンネルのなかへひきこまれていくらしい。

「三津木さん、ぼく、さがして来ます」

勇敢なのは御子柴君です。すばやく上衣（うわぎ）をぬぎ捨てると、ざんぶと水にとびこみました。

そして、たくみに抜手（ぬきて）をきりながら、まっくらなトンネルのなかへ泳いでいくと、

「神父さま、神父さま」

と、声をかけましたが、どこからも返事はなく、ごうごうと渦巻（うずま）く水の音にまじって、じぶんの声がただいたずらに、こだまとなってかえってくるばかり。

「神父さま……神父さ……」

御子柴君はもう一度、声をかけようとしましたが、何思ったのか、きゅうにぎょっと息をのみました。

ああ、なんということだ。水面からトンネルの天井までは、もう一メートルもないのですが、そのあいだを怪しの金蝙蝠（きんこうもり）が、一（いっ）ぴき、二ひき、三びき、鬼火（おにび）のような光りをはなって、ひらひら飛んでいるではありませんか。

ニコラ神父の行方（ゆくえ）

「御子柴君、どうした。ニコラ神父は……？」

「神父さまのすがたは見えません。そのかわり、三

津木さん、金蝙蝠がとんでいるんです。トンネルのなかを金蝙蝠が……」

「な、なに、トンネルのなかを金蝙蝠が……？」

俊助は思わずいきをのみました。

それではいまじぶんたちを、このようなおそろしい罠におとしいれた柚木博士が、やっぱりほんものの金蝙蝠の怪人だろうか。

「そうだわ、そうだわ。おじさまが金蝙蝠の怪人なんだわ。そして、おとうさまのお作りになった真珠塔をねらっているんだわ」

「ちくしょう、ちくしょう。このおとし戸め」

俊助はまたやっきとなって、天井のおとし戸をたたきます。そのおとし戸さえ開いてくれればたちどころに、金蝙蝠の怪人を、つかまえることができるのに……。

「三津木さん、神父さまはどうしましょう」

「どうするって、御子柴君、これを見たまえ」

そういいながら俊助は、懐中電気の光りを階段のほうへむけましたが、そのとたん、弥生はまっさおになってしまいました。

ああ、なんということでしょう。階段はもうすっかり水にのまれて、おそろしい悪魔の水は、いまや三人の足もとまで押しよせているのです。

「もうこうなったら神父さまを、さがしにいくこともできないよ。お気のどくだが神父さまはトンネルのなかで……」

おぼれて死んでしまわれたろうといいかけて、さすがに俊助は口をつぐみました。しかし、弥生はそれを察して、

「そして、そのつぎにはあたしたちが死ぬのね。ねずみのように水におぼれて……」

弥生はすすり泣きをしています。

俊助はなんとかいって、なぐさめようとしましたが、なぐさめることばも見つかりません。

おそろしい悪魔の水はどんどんふえて、みるみるうちに一同の、くるぶしから膝、膝から腰へはいのぼってくるのです。

「弥生さん、御子柴君」

「はい」

「三人しっかりつかまっていよう。死なばもろともだ。あっはっは、しかし、さいごまで希望をうしなっちゃいけないぜ。勇気を出して……」

しかし、希望をうしなってはならぬといわれても、どうして希望が持てるでしょうか。水ははや胸から肩のへんまでのぼってきて、いちばん小さい弥生は、どうかするとふらふらと、水にのまれてしまいそうです。

「弥生さん、しっかりして！」

「三津木先生……御子柴さん……あたし、もう、だめだわ……」

すすり泣くような声をのこして、弥生は俊助の胸に抱かれたまま、ぐったりと気をうしなってしまいました。

「かわいそうに。しかし、気をうしなっていたほうがいいかも知れん。御子柴君、御子柴君！」

「は、はい、ぼくはここにいます」

「そうか。よし、さあ、しっかり手をにぎっていよう。なあに、負けるもんか。金蝙蝠なんかに負けるもんか。きっと助かる。きっと助かるから、気をたしかに持っているんだぞ」

「はい、ぼくはだいじょうぶです」

こうして三人はずいぶんながいあいだ、おそろしい悪魔の水のなかに立っていました。

俊助が懐中電気をぬらさぬように、帽子のなかへいれてしまったので、あたりはうるしでぬりつぶしたようにまっくらです。さっきまで聞こえていた、あのごうごうという水の音もまったく消えて、いまはもう墓場のような静けさ！

御子柴君は肩のへんまで水びたしになり、あやうく気をうしないそうになっていましたが、するとつぜん、耳のそばで俊助が、大声にさけぶのがきこえました。

「御子柴君、御子柴君、ちょっと弥生さんを抱いてくれたまえ」

「三津木さん、ど、どうかしましたか」

「さっきからずいぶんたつのに、水はちっともふえてこない。ぎゃくに引いていくような気がするんだ。ちょっとしらべてみよう」

俊助は帽子のなかから懐中電気をとり出すと、いそいであたりを見まわしましたが、うれしやあのおそろしい悪魔の水は、すこしずつ引いていくではありませんか。

救いの神

「ああ、水が引いていく。水が引いていく！」

御子柴君はあまりのうれしさに、気ちがいのようにさけびましたが、それもむりではありません。

さっき胸のへんまできていた水が、いまでは腰まで引いて、しかもなお、みるみるうちに、どんどんへっていくではありませんか。

「ああ、助かった、助かった。三津木さん、ぼくたち助かったんですね。弥生さん、弥生さん、助かったよ。しっかりしたまえ」

しかし、弥生は気をうしなったまま、まだぐったりと俊助の胸にもたれています。

「まあ、いい、もうすこしこのままにしていよう。助かることがはっきりするまではね」

しかし、助かるらしいことは、いよいよはっきりして来ました。

いちど引きはじめた水は、しだいに速度をまして、胸から腰、腰から膝へと、小きみよいほどどんどんへっていきます。そして、やがて土間の床が見えはじめたかと思うと、滝のように音をたてて、水が階段を流れおちていきました。

「ああ、もうだいじょうぶだ。そのうちにトンネルの水も引くにちがいない」

俊助のことばのとおり、水は一尺、二尺とへっていって、いったん水中に没していた階段が、しだいに水面にあらわれて来ました。

「三津木さん、ひょっとするとニコラ神父が、どこからか抜け出して、ぼくたちを助けてくれたのではないでしょうか」

「そうかも知れない。とにかく、もうすこし水のひくのを待って、トンネルのなかをしらべてみることにしよう」

しばらく待っているうちに、トンネルのうえのほうから見えはじめたかと思うと、またたくうちに地面から、二、三尺のところまで減水しました。

「よし、御子柴君、いってみよう。階段がぬれてるから気をつけたまえ」

「はい」

御子柴君が用心ぶかく、階段をおりていくうしろから、俊助も弥生を抱いてついていきます。

階段をおりると、水はもう膝のところまでしかありません。しかもなお、渦をまいてどんどん引いていくのです。

三津木俊助と御子柴君は、用心ぶかく、この水のなかを歩いていきましたが、とつぜん、さきに立った御子柴君がぎょっとしたように立ちどまりました。

「あっ、三津木さん、だれかやってくる！」

「なに、だれか来る？……」

俊助もぎょっとしたように立ちどまると、あわてて懐中電気を消しましたが、なるほど、暗やみのなかから聞こえてくるのは、ばちゃばちゃと水をはねる音。しかも、その水音はしだいにこちらへ近づいて来ます。

「だれか！」

俊助がたまりかねて声をかけると、水の音はぴったりやんであいてもこちらのようすをうかがっているらしい。

「だれだ、そこにいるのは……？」

俊助がもういちど声をかけると、

「おお、そういう声は三津木君ではないか」

意外にもあいては、俊助の名をよびました。

「そうだ。ぼくはいかにも三津木俊助だが、そういう君は……？」

「ぼくだよ。ほら、君をたすけにきたのだ」

そういいながらばちゃばちゃと、水を鳴らして走ってきたのは、なんと等々力警部ではありませんか。

「あっ、警部さん、どうしてここへ……」

「その話はあとでしよう。とにかくここから出よう。おお、探偵小僧や弥生さんもいっしょだな。さあ、こっちへ来たまえ」

等々力警部はいまきたほうへひきかえします。俊助と御子柴君がそのあとからついていくと、トンネルのいきどまりに、鉄ばしごが垂直についていました。

「さあ、このはしごをのぼるのだ」

鉄ばしごのてっぺんには、まるい穴があいていました。その穴から外へはい出して、あたりを見まわした三津木俊助と御子柴君は、思わず目をまるくしました。

なんとそこはセント・ニコラス教会の裏庭にある、大きな池のなかではありませんか。

セント・ニコラス教会の裏庭には、コンクリートでかためた、まるい大きな池があり、池の中央には、女神の像が立っていますが、三人がはい出したのは、その女神の像の足もとにある、まるい穴でした。

あたりを見ると、日はもうとっぷりと暮れて、空には星がきらきらかがやいています。

「ああ、それじゃさっきの水は、この池から流れこんだのか」

なるほど、大きな池はすっかり水がひあがって、からっぽになっているのです。

「そうなんだ。ぼくは弥生さんをたずねていったんだが、君たちがここへ来ているというので、あとを追っかけて来たんだ。ところが君たちのすがたはどこにも見えないで、この水がどんどんへっている」

そこで警部がふしぎに思って、池をのぞいているところへ、だしぬけに女神の足もとから、とび出してきたのが黒い影。

「だれだ?」

警部はおどろいてとがめましたが、そのとたんあいては飛鳥（ひちょう）のようにおどりかかって、があんと一発、警部のあごにくらわせました。

ふいをくらってはたまりません。警部があっとよろめくすきに、あいては身をひるがえして、闇（やみ）のなかに消えてしまいました。

警部もあとを追おうとしましたが、それよりも気になるのは俊助たちのこと。ひょっとするとこの穴のなかにとらえられて、水攻めになっているのではあるまいか……。

そこで、警部はなんとかして、水を抜く方法はないものかと、女神の像をしらべているうちに気がついたのは両腕が動くことです。

そこで警部はまず右腕を動かしてみましたが、すると水はいよいよはげしく、穴のなかへ落ちていきます。警部はあわてて右手をとめると、こんどは左手を動かしましたが、すると穴のなかにたまっている水が、しだいに引いていったのです。

「そこでぼくは、なかへはいっていったんだが、すると、はたして君たちがいたというわけだ」

「ありがとうございました。おかげでぼくたち助かりました。しかし、警部さん、この穴からとび出したのはどんなやつでしたか」

「さあ、それがね。なにしろこのとおりの暗がりだろう。それにとっさのことだったし……。しかし、そいつも君たちと同じように、全身ずぶぬれになっていたようだよ」

等々力警部の話をきいて、俊助はふしぎそうに御子柴君と顔を見合わせましたが、それにしてもいったいこれは、だれだったでしょう。


それはさておき、こちらは向島、隅田川のほとりにふしぎな家が建っています。

それは二階建ての洋館でしたが、その洋館の屋上には、直径五メートルもあろうという、大きな時計をはめこんだ時計塔が立っているのです。

しかも、この時計はたいへんおもしろいしかけになっていて、一時間ごとに、文字ばんのうえにある観音びらきの扉が、さっと左右にひらくと、なかからお姫さまのようなすがたをした、西洋人形があらわれて、時間のかずだけ鐘をたたくのです。

「ずいぶんかわった時計だが、あれはよほどうまく出来ているにちがいないぜ。いままでいちども狂ったことがないからね」

近所のひとは感心していましたが、その時計が今夜にかぎって狂いました。

時刻はもうかれこれ十時だというのに、だしぬけに時計の針がぎりぎりと、動き出したかと思うと、八時を示しました。そして、例によって西洋人形が、カンカンカンと八つ鐘をうつのです。

ところが、その鐘の音もおわらぬうちに、時計の針はまたもやぎりぎりと動き出し、四時と一時を示しました。

「おやおや、これはどうしたんだろう。だれかがいたずらしているのかしら」

隅田川をいく船頭が、びっくりしたように時計塔を見ていると、だれやら西洋人形の後から、のそのそとはい出してきたではありませんか。船頭はびっくりしたようにその姿を見ていましたが、とつぜん、

「わっ、金蝙蝠だ！」

と、さけんで、まっさおになりました。

時計塔の蜘蛛

ちょうどそのころ、隅田川の下流から一そうのランチがのぼってきました。乗っているのはいうまでもなく、三津木俊助に等々力警部、それから探偵小僧の御子柴君です。

三人はひとまず弥生さんを、もよりの交番へあずけて、取るものも取りあえず、弥生荘をたずねてやってきたのです。

「あ、警部さん、あそこに時計塔が見えます。あれが弥生荘にちがいない!」

「よし、大いそぎだ。運転手君、たのむぞ」

ランチは速力をはやめて、しだいに弥生荘に近づいてきます。御子柴君はわきめもふらず、時計塔をにらんでいましたが、とつぜん、ぎょっとしたようにさけびました。

「あっ、三津木さん、あの時計塔の人形のそばに立っているのは、金蝙蝠の怪人ではありませんか」

「な、なに、金蝙蝠の怪人……だって」

俊助と等々力警部がおどろいて、時計塔を見直せば、なるほど、あの西洋のお姫様人形のそばに立っているのは、まぎれもなく金蝙蝠の怪人です。

「ちくしょう。それではさっき地下道で、弥生さんが話をするのを、どこかにかくれて、聞いていたのにちがいない」

一同がひとみをこらしてみていると、金蝙蝠の怪人は、じりじりと西洋人形のそばへはいより、やがてそのふところをさぐりはじめました。

「あっ、それじゃあの人形のふところに、真珠塔の秘密がかくされているのにちがいない。ちくしょう、それをとられてたまるもんか」

俊助はデッキのうえで、じだんだふんでくやしがりましたが、ちょうどそのとき、ランチは弥生荘の下につきました。

俊助はそれを待ちかね、ひらりと陸へとびあがると、

「警部さん、あなたはそこから金蝙蝠の怪人を見はっていてください。ぼくはあいつをつかまえてきます」

と、大いそぎでへいをのりこえ、時計塔の下までかけよると、うまいぐあいに、そこにはいちめんに

蔦がしげって、そのつるが網の目のように、時計塔にからみついているのです。

俊助はぐいぐいそのつるをひっぱって、強さをためしていましたが、だいじょうぶと見ると、それに手をかけ、するすると猿のようにのぼっていきました。

これを見ておどろいたのは、塔上の金蝙蝠です。大あわてにあわてて、人形のふところをさぐっていましたが、やがて、

「あった、あった！」

と、さけびながら取り出したのは、高さ五センチばかりの黄金の女神像。

「ああ、この黄金像のなかに、真珠塔の秘密がかくされているのにちがいない」

と、大よろこびでそれをポケットにねじこむと、いそいでもとの観音びらきの扉のおくへ、かけこもうとしましたか、そのとき、どうしたはずみか、足をすべらせたからたまりません。

せまい金属板のうえで、ばったり倒れたかと思うと、つぎのしゅんかん、もんどりうって川の中へ……。

「あっ！」

ランチから見ていた等々力警部と御子柴君は、てっきり落ちたと思いました。

ところが、そのしゅんかん、むちゅうでのばした金蝙蝠の片腕が、一時をさしている時計の短針につかまったのです。

「あっ！」

等々力警部と御子柴君は二度びっくり、いまや金蝙蝠の怪人は、直径五メートルもあろうという、大時計の文字盤のうえに、くものようにぶらさがったのです。

ふたり金蝙蝠

金蝙蝠の怪人も、あっときもをひやしました。あやうく川のなかへ落ちることはまぬかれたものの、ただ一本の時計の針にぶらさがって、宙ぶらりんの大曲芸、千番に一番のかねあいとは、まさにこのことでしょう。

しかも、時計塔の下からは、俊助が蔦をつたって、しだいにのぼってくるのです。

金蝙蝠の怪人は、必死となってもういちど時計の上へはいあがろうとします。しかし、なにしろ、鏡のようにすべすべとした文字盤のこと、どこにも足がかりになるようなものはありません。ただばたばたと両足をもがくばかり。しかも、あまりもがくと、やっと身をささえている時計の針がめりめりと、いまにももげ取れそうな音を立てるのです。

ああ、その針がもげ落ちたら、金蝙蝠の怪人も、もんどりうって、時計塔から落ちてしまわなければなりません。

さすがの金蝙蝠の怪人も、いまやぜったいぜつめいです。あのきみのわるいどくろ仮面の下から、滝のような汗がながれます。時計の針をにぎった両手が、ぬるぬると汗ですべって、ともすればずり落ちそうになります。

しかも、下を見ると俊助が、いまや塔をのぼって、時計の文字盤にとりつきました。

時計の針は、いま一時二十五分をしめしています。俊助は二十五分をさしている、長針のさきにとりつきました。

金蝙蝠の怪人は、それに気がつくと、必死となってもがいています。両手でしっかり針をにぎりえびのように体をおりまげて、足をうえへもっていくのです。

三十センチ、二十センチ、十センチ、……もうあとすこしで靴のさきが、針の根もとにとどきそうになりました。だが、そのとたん、すべすべとした文字盤のうえで、つるりと靴がすべったからたまりません。金蝙蝠の怪人は、ふたたび、ぶらんとぶらさがりました。

いっぽう三津木俊助は、長針のうえに馬乗りになると、しだいに針の根もとのほうへすすんでいきます。

それを見て、手に汗にぎったのはランチのうえの等々力警部と御子柴君。川のうえにはいっぱい舟がむらがって、このすばらしい大曲芸を見ています。

「三津木君、よしたまえ。そいつはほうっておいても、いまに下へおちてくる。あぶないから、それ以上ちかよるのはよしたまえ」

等々力警部が声をからしてさけびます。俊助もそれを聞くと、長針のとちゅうで進むのをやめました。

「おい、金蝙蝠、いま、人形のふところから取り出したものをこちらへわたせ。そうすれば、おまえの命はたすけてやる」

　さすがの金蝙蝠の怪人も、いまやぜったいぜつめいです。腕はしだいにしびれてきます。

　このすべすべとした文字盤から、はいあがる術はありません。さすがの怪人もあきらめたのかポケットから黄金の女神像をとりだしました。

「よし、それをこちらへわたせ」

　金蝙蝠の怪人は無言のまま、俊助のほうへ黄金の女神像をさしだしましたが、そのときです。

　さっきから、心配そうに川のあちこちをながめていた御子柴君が、あっとさけんで、等々力警部の腕をつかみました。

「御子柴君、どうした、どうした」

「警部さん、あ、あれ！」

　と、御子柴君のことばもおわらぬうちに、ダ、ダ、ダ、ダ、ダ、ダと、すさまじいエンジンの音をひびかせて、上手からくだってきた一そうのモーター・ボート。

　全速力で時計塔のしたを走りすぎると見たしゅんかん、ポートのなかから、すっくと頭をもちあげたのは、なんと、これまた金蝙蝠の怪人ではありませんか。

「あっ！」

　等々力警部が思わずいきをのんだとき、ボートのなかなる金蝙蝠の怪人が取り出したのは一ちょうの拳銃。時計塔めがけて、きっとねらいさだめたから、おどろいたのは等々力警部と御子柴君。

「あぶない！　三津木君、気をつけろ！」

　等々力警部がさけんだときは、おそかったのです。時計塔めがけてズドンと一発。そのままモーター・ボートは、流星のように、下流の闇へすべっていきました。

「しまった！」

　と、さけんだ等々力警部が時計塔のほうへ目をやると、

「あーあッ」

　と、夜空をつらぬく悲鳴をあげて、金蝙蝠の怪人が、まっさかさまに川のなかへ落ちてきましたが、そのとき手にしていた黄金の女神像が、闇のなかへ弧をえがいて、遠くのほうへとんだのを、だれひとりとして気がついたものはなかったのです。

それにしても、なんというみごとな腕まえでしょう。全速力でかけぬけるモーター・ボートのなかから、ズドンと一発、金蝙蝠のはなった一弾は、みごと時計塔の金蝙蝠に命中したのです。

「あーあッ！」

と、悲鳴をのこして水に落ちこむ金蝙蝠のすがたを見て、等々力警部も御子柴君も、しばらくぼうぜんとしていました。

時計塔のも金蝙蝠、モーター・ボートにも金蝙蝠、いまうたれて、川のなかへ落ちたのが、ほんものの金蝙蝠か、それとも時計塔の金蝙蝠をうちおとして、全速力で逃げ出した、モーター・ボートの金蝙蝠がほんものか……。

あまりのことに等々力警部が、ぼうぜんとしているところへ、時計塔から俊助の声がきこえてきました。

「警部さん、なにをぐずぐずしているんです。はやくさっきのモーター・ボートを追っかけてください」

その声に、はっとわれにかえった等々力警部。

「おお、それじゃ、三津木君、あとのことはたのんだぞ。それ、運転手、さっきのモーター・ボートを追っかけるんだ」

命令いっ下、ランチはすさまじいうなりを立てて下流へむかってばくしんします。

夜はもうすっかりふけて、川のうえはまっくらです。そのなかを、等々力警部と御子柴君をのせたランチが、サーチ・ライトを照らしながら、気ちがいのように走っていきます。

両岸の灯が流星のようにうしろにとんで、ランチのへさきのあげるしぶきが、滝のように左右に散ります。

やがて、千メートルもくだったところで、とつぜん、御子柴君がけたたましいさけび声をあげました。

「あっ、警部さん、あそこへモーター・ボートが走っていきます」

なるほど。見ればサーチ・ライトに照らしだされた川のうえに、一そうのモーター・ボートが矢のように走っていくのです。しかもハンドルをにぎって

いるうしろすがたは、まぎれもなく金蝙蝠の怪人です。

「しめた！」

と、等々力警部はきっと前方をにらみながら、

「おい、運転手、もっとスピードが出ないのか」

「警部さん、それはむりですよ。これ以上スピードを出したら、エンジンがばくはつしてしまいます」

「ばくはつしてもかまわん。もっとスピードを出してみろ！」

「そ、そんなむちゃな！」

ランチとモーター・ボートでは、それだけスピードがちがいます。いったん、サーチ・ライトの光りでつかまえたものの、ともすれば、モーター・ボートは闇のなかへすべり出ようとするのです。

等々力警部はじだんだふんでくやしがりましたが、ちょうどそのとき、警部にとって、たいへんつごうのよいことが起こりました。

下流のほうからのぼってきた砂利舟が、モーター・ボートのいくてをさえぎったのです。しかも、その砂利舟は一そうではなく、五、六そう綱でつながれていて、右に左にと稲妻がたに、ゆっくり川をのぼってくるのですから、いやでもモーター・ボートは、スピードをおとさなければなりません。

それを見てよろこんだのは等々力警部。

「しめた！　うまいぐあいにじゃまものがあらわれたぞ。いまのうちだ。運転手、たのんだぞ」

ランチはしだいにモーター・ボートに接近します。やがて、そのあいだ数十メートル。

と、このときでした。モーター・ボートのうえでくるりとこちらをふりかえった金蝙蝠が、きっと銃をかまえたかと思うと、ズドンと一発。

「あっ、あぶない、警部さん！」

御子柴君と等々力警部が、はっとデッキに身をふせたとき、たまは等々力警部の耳もとをかすめて水のなかへ落ちました。

はさみ討ち

「わっ、これはいけない、警部さん、これじゃうっかりそばへちかよれませんぜ」

運転手はおじけづいたか、ぴたりとランチをとめてしまいました。

「おい、とめちゃいかん。前進しろ！」

「だって、警部さん、そばへよったらズドンですもの。くわばら、くわばら！」

警部がどんなにおどしてもすかしても、運転手は前進しようとしないのです。それもむりはありません。むこうを見れば金蝙蝠の怪人が、モーター・ボートのなかにすっくと立って、よらばうたんという身がまえです。

「ちくしょう、ちくしょう！」

等々力警部はじだんだふんでくやしがりましたが、そのとき、やっと砂利舟が、モーター・ボートのそばをすりぬけました。

それと見るや金蝙蝠の怪人は、また矢のように走っていきます。

等々力警部をのせたランチも、よたよたとそのあとを追っていきました。

こうして二そうの舟が、隅田川のさいごの橋をくぐりぬけて、佃島（つくだじま）のへんまできたときです。またしても、警部にとってつごうのよいことがおこりました。

モーター・ボートのいくてから、ふいにサーチ・ライトの光りがひらめいたかと思うと、一そうのランチがとび出してきたのです。

「あら、水上署（すいじょうしょ）のランチだ」

「警部さん、きっと三津木さんが電話をかけてくれたんですよ」

「うん、そうかもしれん。こうなったらはさみうちだ」

水上署のランチは、わざと稲妻がたにうねりながら、しだいにこちらへ近づきます。モーター・ボートをのがさぬ用心です。うしろからは等々力警部をのせたランチが、これまた稲妻がたに川をぬって近づいていく。

いまやモーター・ボートはふくろのなかのねずみもおなじ、さすがの金蝙蝠もかんねんしたのかだんだん速力をゆるめました。

「しめた！　こうなったらこっちのものだ」

等々力警部は小（こ）おどりせんばかりによろこんでいます。

やがて、水上署のランチが照らすサーチ・ライトに、くっきりうかびあがったところを見ると金蝙蝠の怪人は、すでにかくごをきめたのか、ハンドルのうえに背中をまるくして、かがみこんでいるのです。

　やがて、そのそばへぴたりと水上署のランチがとまると、ひらりと警官がモーター・ボートにとびうつりました。

「あっ！　あぶない、気をつけろ、そいつは飛道具（とびどうぐ）を持っているぞ！」

　警部は大声でさけびましたが川風のためにきこえなかったのか、警官は金蝙蝠の肩に手をかけぐいとそれを抱きおこしましたが、そのとたん、

「あ、こ、これは……」

　と、さけぶと、金蝙蝠のからだをさしあげ、かるがるとふりまわしたから、おどろいたのは等々力警部、

「ど、どうしたんだ？」

　と、さけびながら水を切って近よると、

「警部さん、やられました。まんまといっぱい金蝙蝠にくわされました」

　と、そういいながら、どさりとこちらへ投げてよこしたものを見て、等々力警部も御子柴君も思わずあっと目をまるくしたのです。

　なんと、それは金蝙蝠のすがたこそしているものの、綿でつくった人形ではありませんか。

「しまった！　それじゃさっき砂利舟が、あいだへわりこんできたすきに、金蝙蝠のやつ、川のなかへとびこんだんだ」

　と、いまさら気がついてもあとの祭り。警部はじだんだふんでくやしがっていましたが、そこへ上手（かみて）のほうから、モーター・ボートを走らせて、かけつけてきたのは俊助です。

「警部さん、金蝙蝠の怪人は……」

「ああ、三津木君、残念ながら取りにがした。ときに、あっちのほうの金蝙蝠は……？」

「警部さん、ごらんください。みごとに心臓をつらぬかれているのです」

「そ、そして、そいつはいったいだれだ」

「柚木博士ですよ。しかし、警部さん、これはほんものの、金蝙蝠じゃないのです。金蝙蝠に化（ば）けて、真珠塔（しんじゅとう）を横どりしようとしていたんです。金蝙蝠の怪人はほかにおります。いま柚木博士を殺して逃げたやつがそうなんです」

　三津木俊助はそういいながら、残念そうに暗い川のうえを見まわしました。

怪しい三人

柚木博士は殺されました。しかし、その柚木博士はほんものの金蝙蝠ではなかったのです。金蝙蝠の仮面にかくれて、真珠塔の秘密を、横どりしようとしていたのです。

それでは、ほんものの金蝙蝠とはいったい何者でしょうか。そしてまた、追跡する等々力警部の目をくらまし、川へとびこんでから、いったいどこへ逃げたのでしょうか。

しかし、それらの話はしばらくおあずかりとしておいて、ここでは隅田川で、あの大追跡があった翌日の夜のできごとから、お話をすすめていくことにいたしましょう。

等々力警部や俊助が、金蝙蝠をとりにがして、じだんだふんでくやしがった、つぎの晩のま夜中ごろのこと、川向こうの本所のほうから漕ぎだした一そうの小舟があります。

乗っているのは三人ですが、いずれもあまり人相のよくない男たちです。

三人はあたりのようすをうかがいながら、しだいに川の中央へ、舟を漕ぎだしていくのです。

「そうそう、山本」

やがて、舟が川の中央まできたときです。舟のなかにすわっている、片目のつぶれた大男が、まえにいるやぶにらみの男に話しかけました。

「なんですか。親方」

と、やぶにらみの山本がこたえたところをみると、この片目の大男が、三人のなかでも、かしらぶんとみえるのです。顔じゅうひげだらけの、いかにも人相のわるい男です。

「ゆうべは、おもしろかったじゃないか。ほら、モーター・ボートとランチの追っかけっこよ。まるで映画をみているようだったな」

片目の親方がそういうと、

「そうそう親方」

と、そばから口をだしたのは、舟を漕いでいる男です。その男は、左腕が根もとからないのですが、それでいて、右手でじょうずに舟を漕ぐのです。

「なんだい、川口」

「きょうの新聞でみると、あのとき、モーター・ボートで逃げていたのは、ほんものの金蝙蝠だというじゃありませんか」

「そうよ、その金蝙蝠のやつが、砂利舟のかげにかくれて、こっそりモーター・ボートから、川へとびこんだのも知らず、警部のやつ、あくまでモーター・ボートを追っかけていきやがった。ばかなやつらってありゃしない。あっはっは」

片目の親方がわらっているところをみると、かれらはどうやら金蝙蝠が、川へとびこむところを見ていたらしいのです。

「それにしてもおどろきましたね」

と、そういったのはやぶにらみの山本です。

「なにが……」

「なにがって、金蝙蝠のやつがわれわれの舟のはなさきへ、ぽっかり浮かびあがってきたときです。水のなかでどくろ仮面を落としたと見え、顔がまる見えだったじゃありませんか」

「あっはっは、あのときは金蝙蝠のやつもおどろきやがったな。思いがけないところにわれわれがいたもんだから、あわてて水へもぐりこみやがった。あっはっは」

片目の親方は、腹をゆすって笑っています。しかし、やぶにらみの山本は心配そうに、

「でもねえ、親方、わたしは心配でたまりません」

「なにが……」

「なにがって、われわれは金蝙蝠の顔を見たでしょう。あいつがどこのどういうやつだか、そこまではわれわれも知りません。しかし、だいたい、どういうやつだかということは見当がついたでしょう。だから……」

「だから……どうしたというんだ」

「だから、金蝙蝠のやつがわれわれにたいして、なにか悪いことをしやしないかと、それが心配でならないのです」

「あっはっは」

片目の親方はまた腹をゆすって笑うと、

「山本、あいかわらずおまえは気が小さいな。金蝙蝠だって、われわれをどこのだれと知るもんか。くよくよするな。それより川口、はやく舟をやれ」

「はい」

片腕の川口は力をこめて舟を漕ぎます。

ああ、それにしてもいまの話を聞けば、この三人

は金蝙蝠の顔を見たのです。そして、だいたい、どういう人物だかということを知っているのです。

それだのに、どうしてそれを警察へしらせないのでしょう。怪しいのは、この三人です。

河底の怪

さて、それからまもなく三人が、舟を漕いでやってきたのは、なんと弥生荘のすぐまえではありませんか。

そこまでくると片目の親方は舟をとめさせ、

「さあ、ここだ。ゆうべおれはちゃんと見ておいたのだ。にせものの金蝙蝠が、ほんものの金蝙蝠にうたれて、あの時計塔から落ちるとき、なにやら手に持っていたものが、宙をとんで川のなかへ落ちたんだ。だれもそれに気がついたものはなかったが、おれはこの目で見ておいたんだ」

「そして、親方、それはいったいなんなんです」

「それはおれにもわからない。しかし、ああして、みんなが命がけでねらっているところをみると、きっとだいじなものにちがいない。ちょっと見たところでは、金色をした仏様みたいなものだった。なんでもいいから、山本、そろそろしたくをしろ」

「はい」

と、答えたものの、やぶにらみの山本は、なんだか心配そうにあたりを見まわし、

「親方、だいじょうぶでしょうねえ。だれも見ていないでしょうねえ」

「だいじょうぶだ。だれがいまごろ起きているものか。見ろ、あの時計を。……もうかれこれ二時じゃないか」

見ればなるほど、時計台の時計は二時ちょっとまえを示しています。両岸の家はもうみんな寝しずまって、まっ暗な隅田川には、いきかう舟もありません。

「親方、それじゃしたくをしますから、手つだってください」

「よし、川口、なるべくひとめにつかぬところへ、舟を漕いでいけ」

片目の親方とやぶにらみの山本は、舟のなかから立ちあがると、取りだしたのは、なんと潜水服ではありませんか。

わかった、わかった。

かれらはこれから水にもぐって、川の底にしずんでいるあの黄金の女神像を手にいれようとしているのです。したくは、すぐにできました。

やぶにらみの山本は、潜水服に身をかため、潜水帽をすっぽりかぶると、

「それじゃ、親方、川口君、ポンプを押すのをわすれちゃいやだぜ。空気を送ってくれなきゃ、息がつまって死んでしまうからね」

「だいじょうぶだ。心配するな」

「それじゃ、おねがいします。金色の仏様が手にはいったらつなを引きますから、そのときにはすぐひきあげてください」

潜水服の山本は、ふなべりを乗りこえると、そろそろ水のなかへもぐっていきます。

舟のうえでは片目の親方と片腕の川口が、ぎっこぎっことポンプを漕いで、水中の山本に空気を送っています。

最新式の潜水服だと、せなかにあっさく空気の鑵がついているから、うえから空気を送る必要はないのですが、かれらの持っている潜水服は、ひとむかしまえの旧式なのです。

さて、やぶにらみの山本は、まもなく川の底につきました。

手にした水中カンテラであたりを見ると、川の底はまるでくず鉄屋の店さきのようです。さまざまな、古いこわれた金物類がころがっているなかに、さびついた、モーター・ボートが一そう沈んでいます。

やぶにらみの山本は、それらのがらくた類を、ひとつひとつ起こしてみて、目的のものをさがすのです。

かれらはこうして、川や海に沈んでいる、金めのものを拾いあげては、それを売るのをしょうばいにしているのです。

山本はしばらく川の底をさがしていましたが、やがて潜水帽のおくから、きらりとやぶにらみの目を光らせました。

ああ、こわれたモーター・ボートのそばにころがっているのはまぎれもなく金色の女神像ではありませんか。

山本はいそいでそれを取りあげましたが、そのとたん、ぎくりと体をふるわせて、その場に立ちすく

んでしまったのです。

なんとそのとき、モーター・ボートのむこうから、むくむくと、起きあがってきたものがあるではありませんか。

河上の金蝙蝠

それはやっぱり、潜水服と潜水かぶとに身をかためた人物でした。

しかも、あいての着ている潜水服は、山本のような旧式ではなく、あっさく空気のついた最新式のやつで、潜水かぶとのうえには、目をいるような照明灯さえついています。その照明灯に目をくらまされて、山本はしばらく、あたりが見えなかったくらいです。

潜水服の山本と、潜水服の怪人は、モーター・ボートをなかにはさんで、しばらくにらみあいをつづけていましたが、やがて潜水服の怪人は、右手を出して、ふらふらこちらへ近づいてきました。わかった、わかった。潜水服の怪人も、やっぱり黄金の女神像をさがしているのです。

これをやってたまるもんかと、潜水服の山本は、あわててうしろへとびのきます。潜水服の怪人は、いよいよ右手をまえへつき出し、ふわりふわりと近づきます。

ふたりはまた、しばらくにらみあいをつづけていましたが、そのうちに、山本はみょうなことに気がついたのです。

潜水かぶとのおくからのぞいているその顔は、なんと女ではありませんか。しかも、その女の目は、夢でも見ているように、とろんとにごっているのです。

山本はきゅうに、なんともいえぬほど、きみがわるくなりました。

そこで、いそいでつなを引っぱりましたが、そのとたん、潜水服の女は、ふわりと体をうかせると、からみつくように、山本の腕にすがりついたのです。

「あっ、なにをする。はなせ、はなせ、はなさぬとそのままじゃおかないぞ」

山本はやっきになってさけびます。

しかし、おたがいに重い潜水かぶとをかぶっているのですから、そんなことばが、あいての耳にはいろうはずはありません。

女はまるで蔓草のように、山本の体にからみつくと、手にした黄金の女神像を、取りあげようとするのです。

「ちくしょう、ちくしょう。女のくせになまいきな。はなさぬとただじゃおかぬぞ」

ふたりはしばらく、組んずほぐれつ、川の底でもみあっていましたが、そのうちに山本はまたみょうなことに気がつきました。

あいての女には左手がないのです。潜水服にはむろん、腕も手もついているのですが、その左手をつかんだところが、手首からさきが、ふにゃふにゃとして、いっこう手ごたえがないのです。

左の手首のない女……。しかも、あのきみのわるい目つき……。

山本はきゅうに、なんともいえぬ恐ろしさをかんじました。

「わっ、こいつ、ばけものだ！」

さけぶとともに、潜水服のポケットから取り出したのは、大きなジャックナイフです。

山本はもうはんぶん気ちがいです。むちゅうになってずたずたと、そのナイフで、あいての潜水服をつきさしましたが、すると、どうやら女は山本からはなれました。

山本はいそいでつなを引きましたが、ちょうどそのとき、舟のうえでもみょうなことが起こっていました。

「あっ、親方、山本がつなを引いてますぜ」

片腕の川口にいわれて、

「おお、なるほど、それじゃ、川口、おまえひとりでポンプをこいでいてくれ。おれは山本を引きあげてやる」

「へえ」

片手の川口は一生けんめい、ポンプをこいでいましたが、なに思ったか、とつぜん、

「わっ！」

と、さけんでポンプから、手をはなしたから、おどろいたのは親方です。

「川口、ど、どうした。ポンプをこがぬと、山本が死んでしまうぞ」

「だって、だって、親方、あれ……」

川口がふるえる指でゆびさすほうを見て、片目の

親方も思わずぎょっと息をのみました。

ああ、なんということでしょう。
五、六メートルはなれた水のうえを、金蝙蝠が十ぴきあまり、ひらひらばたばた、飛んでいるではありませんか。
「わ、き、き、金蝙蝠だ！」

親方もあまりの恐ろしさに、舟底にしがみついて、しばらくぶるぶるふるえていましたが、やがて、やっと気を取りなおし、いそいでつなをたぐりあげたときには、山本はもうすでに、息がつまって死んでいるのでした。

右手に女神の像をにぎったままで……。

あわれ晶子

「三津木くん、たいへんなことができた」

その翌日、新日報社の編集局へ、顔色かえてやってきたのは等々力警部。

「あっ、警部さん、ど、どうかしましたか」

「黒河内晶子が見つかったんだ」

「えっ、黒河内晶子が……？　いったい、どこにいたんです」

「ふむ、それについてこれからでかけるところだが、君もいっしょに来ないか」

「いきましょう」

俊助はすぐに帽子をとりあげます。警部は編集局のなかを見まわし、

「ときに、探偵小僧は……？」

「あれは、弥生さんにつきそわせています。金蝙蝠のやつが手をだすといけないから……」

「ああ、そうか。それじゃふたりでいこう」

表へでると、警視庁の自動車が待っていました。ふたりがそれにとびのると、自動車はすぐに出発しました。

「警部さん、それにしても、黒河内晶子はいったいどこにいるんです」

「いや、いまにわかる」

警部はむずかしい顔をして、それきりだまりこんでしまいました。

諸君も黒河内晶子のことはおぼえているでしょう。

金蝙蝠の怪人に催眠術をかけられて、しらずしらずのうちにその手さきになっていた映画スターの黒

河内晶子。

柚木真珠王の夜会の晩に、金蝙蝠になってしのびこみ、金庫のしかけに手首をはさまれ、それを切りおとして逃げた黒河内晶子。

そして、新日報社の編集局から、金蝙蝠のためにつれさられた、あのかわいそうな黒河内晶子……。

その晶子のいどころがわかったというのです。

やがて、自動車は隅田川の川口の岸につきました。見ると、そこには一そうの小舟が待っています。

等々力警部と俊助は、すぐにその小舟に乗りました。

「警部さん、黒河内晶子はいったいどこにいるんです。川のなかにいるんですか」

「まあ、なんでもいいから、だまってついて来たまえ」

隅田川の川口には、ところどころ、葭の浮洲があります。それらの浮洲は汐がみちてくると、水の下へかくれますが、汐がひくと、水中からでてくるのです。

見ると、そういう浮洲のひとつに、五、六人の警官が立って、なにやら地面を見ていました。警部と俊助をのせた小舟は、その浮洲のそばへ横づけになりました。

すばやく舟からあがった等々力警部は、警官たちをおしのけると、葭のあいだを指さしましたが、そのとたん、さすがの三津木俊助も、思わずぎょっと息をのんだのです。

ああ、そこに倒れているのは、まぎれもなく、黒河内晶子ではありませんか。しかし、それにしても、なんというかわった姿でしょう。

黒河内晶子は潜水服を着たまま死んでいるのです。潜水かぶとはとってありましたが、見るとその潜水服はずたずたに切りさかれ、背におうた、あっさく空気の罐にも、大きな穴があいているのです。

「けさ、漁師がこの死体を発見したんだよ。しかし、三津木くん、君はこれをどう思う？」

「どう思うって？」

「いや、晶子はね、金蝙蝠の命令で川の底へもぐらされたんだよ。たぶん、黄金の女神像をとりにいったにちがいない。ところが、どういうはずみか、あっさく空気の罐がやぶれたので、息がつまって死んだあげく、ここへ流れよったんだ。かわいそうな晶子。そして、そして、憎むべき金蝙蝠！」

等々力警部は、きっとこぶしを握りしめましたが、ちょうどそのとき、弥生の身にも、恐ろしい災難がせまっていたのです。

たおれるよろい

おとといの晩、セント・ニコラス教会の地下道で、水攻めにされて、あやうくころされるところを、九死に一生をえてたすかった弥生さんは、きのう一日、恐怖と疲労のために寝ていましたが、きょうはすっかり元気をかいふくして、寝床からおきだしました。

「弥生さん、だいじょうぶ？　もっと寝ていたほうがよくないの。まだ顔色が悪いよ」

三津木俊助の命令で、きのうから弥生さんにつきそっている探偵小僧の御子柴くんは、そういって心配そうに顔をのぞきこみます。

そこは柚木邸の食堂です。弥生さんと御子柴くんは、今おひるごはんをたべているのですが、ひろい食堂にただふたり、むかいあっているところを見ると、なんだか寒けをさそうようです。

食堂のすみには、なくなった真珠王がじまんしていた西洋のよろいが立っていましたが、そのよろいの、つめたい鋼鉄のいろが、がらんとした部屋の寒さを、いっそうひきたてているのです。

「あら、もういいんですの。ご心配かけてすみませんでした。ときに三津木先生は？」

「さっき社へ電話をかけてみたんですが、警部さんがむかえにきて、いっしょにどこかへ出かけたそうです」

「まあ、また、なにかあったのでしょうか」

「さあ」

御子柴くんも黒河内晶子がころされたことは、まだしらないのです。

「それはそうと、御子柴さん」

「なあに、弥生さん」

「ニコラ神父はどうなすったのでしょうね。なにかわかりましたかしら」

「ああ、神父さんのこと？」

御子柴くんは、ちょっとテーブルからのりだして、

「それがふしぎなんですよ。きのう、水がすっかりひあがったところで、警察のひとたちがおおぜいで、あの地下道をしらべたんです。ところが神父さんの

すがたはどこにも見えなかったんです」

「まあ」

「神父さんがもし、水におぼれて死んだとしたら、地下道のどこかに、死体がのこっていなければならないはずです。水のはけくちは、そんなに大きな穴じゃないのだから死体が流れてしまうはずはないのです。だから、神父さんはきっとどこかに生きているにちがいないと、三津木さんはいっているんです」

「でも、生きていらっしゃれば、どこからか、たよりがあるはずじゃありませんか」

「ええ、だからふしぎだと、三津木さんも警部さんも、首をかしげているんです」

「まあ……」

ふたりが顔を見あわせて、だまりこんでいるときでした。とつぜん、部屋のどこからか、がちゃりという音がきこえました。

「あれ！」

弥生さんはとびあがって、

「御子柴さん、御子柴さん、いまの音、なんの音？」

御子柴くんは、す早く部屋を見まわすと、

「あっはっは。なんでもありませんよ。あのよろいが動いたんです。きっと風かなにかのせいですよ」

「まあ、そうだったの。それならいいけど」

弥生さんがほっと胸をなでおろしたときでした。召使いのじいやが、一通の手紙を持ってはいってきました。

「お嬢さま、いま使いのものが、この手紙をお嬢さまにと、持ってきましたが……」

「まあ、使いのひとってどんなひと？」

「片腕しかない人相のよくない男でした」

「そして、そのひと、まだいるの」

「いいえ、手紙をおいてすぐかえっていきました」

弥生さんはきみわるそうに封を切って、なかを読んでいましたが、みるみるうちに顔色がかわって、

「まあ！」

と、つぶやくと、思わずよろよろよろめきましたが、そのときでした。みょうなことがおこったのです。

だしぬけに、がらがらとすさまじい音をたてて、西洋のよろいが、ゆかにたおれたのですが、なんと、そのよろいのなかにはだれやらひとが……。

うそつき神父

「あれえ！」

弥生さんは、かなきり声をあげてとびのきましたが、そのとたん、手に持っていたあの手紙がひらひらとゆかにまい落ちたのも気がつきません。御子柴くんもびっくりして。眼をまるくしてよろいを見ていましたが、はっと気がつくと、よろいのそばへかけよって、ぱっと鋼鉄のマスクをあげましたが、そのとたん、弥生さんの唇から、思わずおどろきの声がもれました。

「まあ、ニコラ神父さま！」

いかにもそれはニコラ神父でした。ニコラ神父はねむり薬でものまされているのか、こんこんと眠っているのです。

「あっ、じいやさん、すぐにお医者さんを呼んできてください。弥生さん、ぼくちょっと社へ電話をかけてきます」

召使いのじいやさんと御子柴くんが出ていったあと、弥生さんはさも恐ろしそうに、神父さまの顔を見ていましたが、きゅうに心細くなって食堂からかけ出しました。

ゆかのうえに、手紙が落ちているのも忘れて……。

お医者さんはすぐやってきました。ニコラ神父はやっぱりつよいねむり薬をのまされているのだそうで、お医者さんが二、三本注射をうつと、かすかに身動きをするようになりました。

弥生さんはほっと安心すると同時に、さっきの手紙のことを思い出し、あわててあたりを見まわすと、さいわい、まだゆかのうえに落ちていましたので、いそいでひろって、ポケットのなかへねじこみました。

御子柴君は神父さんが、へんなところから出てきたので、おどろきのあまり、手紙のことはすっかり忘れてしまいました。

神父さんは一時間ほどして、やっと正気にもどりましたが、弥生さんや御子柴君のすがたを見ると、

「おお！」

と、両手をあげて、

「弥生さん、弥生さん、あなた、ぶじでしたか」

「ええ、神父さま、あたしたちはぶじに助かりましたが、神父さまはどうして、こんなよろいのなかな

どにはいっていられたのです。あたしたち、どんなに神父さまのことを心配したかしれませんわ」

「よろい？　わたし、よろいのなかにいたのですか。しりません。わたし、しりません」

「しかし、神父さま、あなたどうしてあの地下道からのがれたのですか。そして、ここへ来られたのですか」

これは御子柴くんの質問です。

「ああ、それ、それはこうです」

神父の話によると、こうでした。

水に落ちたニコラ神父は、地下道のいちばんおくまで流されましたが、さいわい、そのうちに水がひきはじめたので、やっと命がたすかりました。

たすかったニコラ神父は、地下道のすみからすみまでさがしました。弥生さんや三津木俊助、それから御子柴くんのゆくえをさがしもとめたのです。

しかし、どこにも三人のすがたが見えないうえに、あの噴水へ抜ける穴を発見したので、さてはみんなもここから抜けだしたのであろうと、じぶんもそこから抜けだすと、すぐにこの家へかけつけました。

しかし、そのときには、弥生さんもまだかえっておらず、召使いのじいやさんのすがたも見えなかったので、かってにこの食堂へはいってきて、弥生さんのかえるのを待っていたのです。

「わたし、そのいすに、腰、おろしていました。すると、ふいにうしろから、だれかが抱きついてきました。そして、わたしの鼻に、しめったガーゼ、おしあてました。ガーゼ、つよい薬のにおいしました。わたし、もがきました。抵抗しました。しかしそのうちに気がとおくなって……それからあとのこと、なにもしりません」

ニコラ神父の話をきいているうちに、御子柴くんの顔色が、しだいに土色になってきました。

それでは神父さんはおとといの晩から、あのよろいのなかに、押しこめられていたのでしょうか。いいえ、そんなはずはありません。

御子柴くんはゆうべの八時ごろ、なにげなくよろいのなかを見たのですが、そのときには、そこにだれもいなかったのです。

それでは神父さんは、なぜ、そんなうそをつくのでしょうか。

びっこの使者

　ニコラ神父はそれからまもなく、かえっていきましたが、その晩、御子柴くんはなかなか眠りにつくことができませんでした。

　ニコラ神父はなんだって、あんなうそをつくんだろう……そうかんがえると、御子柴くんの胸はあやしくみだれて、なかなかねむりにつくことができないのです。

　御子柴くんはあれからなんども、新日報社へ電話をかけてみました。しかし、運のわるいときは、しかたがないもので、三津木俊助はまだ社へかえっていないのです。警視庁へも電話をかけましたが、等々力警部のいどころもわかりません。

　御子柴くんはなんともいえぬ不安におそわれながら、さて、とるべき手段がわからないままに九時ごろまで弥生さんのおあいてをしたのち、じぶんの寝室へさがりましたが、なかなかねむることができません。ベッドの中で、寝がえりばかりうっていましたが、すると十時ごろのこと、だれかがドアの外へきて、そっとなかのようすをうかがっているけはいです。

　御子柴くんはぎょっとして、ベッドのなかでいきをころしていましたが、するとまもなく、ドアのそばをはなれた足音が、しのびやかに立ち去っていくのです。

　御子柴くんはがばとベッドからはねおきると、いそいでドアをひらいて、外をのぞきましたがああ、なんと、いましもろうかの角（かど）をまがっていくうしろすがたは、弥生さんではありませんか。しかも、弥生さんは、ちゃんと外出のしたくをしているのです。

御子柴くんは、はっと、持ってきたという、手紙のことを思いだしました。ニコラ神父のことに心をうばわれ、御子柴くんは、いままであの手紙のことをすっかり忘れていたのです。

　ひょっとすると弥生さんは、あの手紙におびき出されていくのではあるまいか。

「しまった！」

　舌うちをした御子柴くんが、大いそぎで身じたくをととのえ、表（おもて）へとびだすと、弥生さんはむこうの角で、とおりかかった自動車をよびとめて、乗るところでした。御子柴くんは、声をかけようとしましたが、そのまえにもう自動車は走り去ってしまいました。

「しまった、しまった。弥生さんにもしものことがあっては、三津木さんにもうしわけがない」

　御子柴くんが、じだんだふんでくやしがっているところへ、おりよくとおりかかったのは、空自動車。御子柴くんはそれにとびのると、

「運転手さん、むこうにいくあの自動車を追跡してください」

と、むちゅうになってさけびました。

　こうして、二台の自動車は、糸でつないだように夜の町をはしっていましたが、しだいに下町へやってくると、やがて隅田川をわたり、やってきたのは小名木川のかたほとり。

　そこまでくると、弥生さんの自動車がとまったので、御子柴くんもあわてて、半町ほど手まえで、自動車をとめました。

　見ると、自動車からおりた弥生さんは、あたりを見まわしながら、さびしい道をこつこつと歩いていきます。御子柴くんも自動車をかえして、こっそりとあとからつけていきました。

　そこはかたがわには、小名木川のくろい流れが流れており、かたがわには、どこかの工場のへいがながながとつづいているという、まことにさびしい場所でした。

　弥生さんは、しきりに川のほうを気にしながら、歩いていきます。川のなかには、いろんな船がとまっていましたが、弥生さんはそのたびに立ちどまって、船のなかをのぞいています。

　それでは弥生さんの用があるのは、船のなかだろうか。

　やがて、弥生さんは橋のたもとへさしかかりましたが、すると、そのときくらやみから、するすると出てきたひとつの影が、弥生さんとふたこと三こと話をしていましたが、やがて肩をならべて歩いていきます。

　御子柴くんは、あやしく胸をおどらせながら、ふたりのあとをつけていきましたが、なんと、弥生さんを待っていたのは、松葉杖をついたびっこの少女ではありませんか。

「お嬢さま、あなたはここへいらっしゃることを、だれにもおっしゃりはしなかったでしょうねえ」

松葉杖の少女は心配そうに、あとさきを見まわしながらたずねます。

「いいえ、だれにも、この手紙に、だれにもいっちゃいけないと書いてあるんですもの」

「そうですか、ありがとうございました」

「あなた、この手紙を書いた川口というひとと、どういうごかんけい？」

「あたし、川口の妹ですの。鈴江といいます」

してみると、この少女は、昨夜、隅田川の川底から、黄金の女神像をひろいあげた、三人の仲間のひとり、片腕の川口の妹と見えます。年ごろは弥生さんとおっつかっつでした。

「おにいさまはなにをなさるかたなの？……」

「なにって、べつに……」

と、びっこの鈴江はためらいがちに、

「悪いことばかりしているんですわ。悪い親方がついているもんですから。わたし、あの親方とわかれてくれと、なんども兄にいうんですけれど……」

「まあ！」

弥生さんは、きみわるそうに肩をすぼめましたが、

「でも、この手紙に書いてあることはほんとうでしょうねえ。あたしのおじの柚木博士が時計台からとり出した黄金の女神像を、川の底からひろったというのは……」

「はい、それはほんとうです」

「そして、十万円出せば、その女神像をあたしにかえしてくださるのね」

「はい、そうもうしております」

「それから、もうひとつ、あの金蝙蝠の怪人が、だれだかしってると書いてありますけれど、それもほんとうなの？」

「ええ、怪人の顔をはっきり見たといっておりました」

「それじゃ、なぜ、警察へとどけないの」

「それは……じぶんが悪いことばかりしているものですから、警察へいくのがこわいのです。でも、お嬢さま、あなたにはけっして、指一本ささせるよう

なことはいたしません。そのかわり、十万円だけやってください。あたし、それを親方にやって、兄とわかれさせるつもりでおります」

弥生さんはきゅうに、このみすぼらしいすがたをした少女が、いじらしくなってきました。

「ええ、いいわ、わかったわ。あなたはいいかたね。あなたのような妹さんがついていれば、おにいさまもきっと、改心なさいますわ」

「ありがとうございます。お嬢さま、あ、この船でございます」

鈴江が足をとめた川ぶちには、小さなランチがつないであります。

ランチから岸にむかって、みじかいはしごがかけてありましたが、鈴江はそれをつたっておりていきます。弥生さんもきみわるそうに、そのあとからつづきました。

「にいさん、にいさん、親方さん、お嬢さまをおつれしましたよ」

小さな船室のまえに立って、鈴江が声をかけましたが、なかから返事はきこえません。

「あら、どうしたのかしら」

鈴江がふしぎそうにドアをひらくと、猫のひたいほどのせまい船室のなかには、ふたりの男がテーブルのうえにうつぶせになっていました。テーブルのうえには、お酒のびんとコップがころがっています。

「まあ、よっぱらって寝てしまったのかしら。にいさん、にいさん、親方さん」

鈴江はふたりの男をゆり起こそうとしましたが、そのとたん、きゃっとさけんでとびのきました。なんと片目の親方も片腕の川口も、口から血をはいて死んでいるではありませんか。

「毒……そうだわ、だれかがこのお酒のなかに、毒をほうりこんだにちがいないわ。だれが……だれが……」

鈴江がきちがいのようになってさけんでいるとき、だしぬけに弥生さんが、きゃっとさけんで鈴江にすがりつきました。

にわかにランチが走り出したからです。

「だれ……？　運転台にいるのは、だれ……」

鈴江がさけびましたが返事はなく、ランチはいよいよスピードをまして、とうとう隅田川へ出てしまいました。

「だれ……？　だれなのさ、そこにいるのは」

鈴江がもういちど、ふるえ声でたずねたとき、ランチがぴたりと川の中央にとまったかと思うと、船室の外からぬっと顔を出したのは、ああ、あのきみのわるいどくろ仮面の男、金蝙蝠の怪人ではありませんか。

仮面落つ

金蝙蝠の怪人は、きみの悪いどくろ仮面の下から、怪しく眼をひからせながらピストル片手に船室のなかへはいってきます。弥生はなにかいおうとしましたが、あまりのおそろしさに、舌がもつれて声が出ません。鈴江はしかし、弥生よりも勇かんでした。きっと弥生をうしろにかばいながら、

「ああ、おまえなのね。おにいさんや親方に、毒をのませて殺したのは……？」

と、ののしるようにさけびましたが、金蝙蝠の怪人は、それにへんじをしようともせず、じりじりとそばへよってきます。さすがの鈴江もまっさおになり、

「おまえ、あたしたちをどうしようというの。おにいさんや親方を殺しただけではたりないで、あたしたちまで殺そうというの」

「黄金の女神像はどこにある？」

金蝙蝠の怪人は、はじめて口をひらきましたが、その声を聞いたせつな、弥生ははっと、どくろ仮面を見なおしました。

ひくい、不明瞭な声でしたが、弥生はどこか聞きおぼえがあるような気がしたのです。

「黄金の女神像……？　いいえ、あたしはしりません。あたし、そんなものしりません」

鈴江は必死となってさけびましたが、しかし、そのことばにどこかあいまいなひびきがあるのは、しっている証拠なのです。金蝙蝠の怪人もそれに気がついたのか、仮面のおくでにやりと笑いながら、

「おまえがしらぬはずはない。いえ、黄金の女神像はどこにある。いわぬと……」

「いわぬと、どうするというの？」

「このピストルが眼にはいらぬか」

そういいながら金蝙蝠の怪人は、鈴江の胸にぴたりとピストルをおしつけました。どくろ仮面のした

からのぞいている眼が、おそろしい殺気をおびて光っています。それを見ると弥生はおもわずさけびました。

「ああ、鈴江さん、そのひとに黄金の女神像をわたしてあげて……」

「だって、お嬢さま、こんな悪者に……」

「いいの、いいの。真珠塔さえ手にいれたら、このひとだって、悪いことはやめるでしょう。あたしはもうなにもいらないのよ」

「それ、お嬢さんもああいっている。はやく黄金の女神像をわたせ」

「しかたがないわ。お嬢さまがそうおっしゃるなら……。そのピストルをどけてください」

　金蝙蝠の怪人がピストルをおろすと、鈴江はびっこをひきながら、入口のほうへあるいていきます。

「おい、どこへいくんだ」

「だまっておいで。女神像はここにかくしてあるのだから」

　鈴江はそういいながら、入口のよこの腰板をなでていましたが、すると、だしぬけに一尺四方ばかりの小さなドアが、ぴいんとはねかえるようにひらきました。そしてそのあとには、小さなかくし金庫があるのです。

　鈴江はその金庫に両手をつっこみ、しばらくなかをさぐっていましたが、やがて左手で取りだしたのは黄金の女神像。

「さあ、女神像はここにあるよ」

「おお」

　と、よろこびの声をあげ、金蝙蝠の怪人が一歩まえへふみだしたときでした。とつぜん鈴江の右手から、ズドンと一ぱつ、ピストルが火をふきました。

　ふいをつかれた金蝙蝠の怪人は、左のてのひらをうちぬかれて、おもわずあっとよろめきましたが、ああ、そのときでした。

　怪人の顔からどくろ仮面がぱらりとおちて、その下からあらわれたのは!!

「ああ、あなたは……」

　弥生はひとめその顔を見るなり、あまりのことに気をうしなってしまいましたが、そのとたん正体をあらわした怪人がいかりの形相ものすごく、鈴江をめがけてズドンと一発。それが命中したのか、鈴江はよろよろドアのそとへよろめき出ると黄金の女神

像をもったまま、まっさかさまに川のなかへ……。

「しまった！」

と、さけんだ怪人は、あわてて仮面をつけなおすと、血のしたたる左のてのひらをおさえながら、甲板へ出てみましたが、くらい川のおもてには、鈴江のすがたは見えません。

それからまもなく怪しの船は、気をうしなった弥生をのせて、いずこともなくはしり去っていきましたが、それよりすこしまえのこと。

さっきから船室の屋根に、やもりのようにへばりついていたひとつの影が、鈴江のあとを追って、音もなく、川のなかへすべりおりていったのを、さすがの怪人も気がつかなかったのでした。

やもりのような影……いうまでもなく、それは探偵小僧の御子柴くん。

大慈善市

金蝙蝠の怪人につれさられた弥生は、そののちどうなったでしょうか。それからまた、怪船のデッキから隅田川へおちた鈴江や、その鈴江のあとを追って、川のなかへもぐりこんだ御子柴くんはどうしたでしょうか。

しかし、それらのことはしばらくおあずかりとしておいて、ここにはそれから一週間ほどのちにひらかれた、セント・ニコラス教会の大バザーのことから、お話をすすめていくことにいたしましょう。

バザーとはふつう慈善市と書くとおり、情あるひとびとが、じぶんの品を持ちよって、それを売った金を慈善のために使うのです。その日、セント・ニコラス教会でひらかれたバザーは、戦災孤児たちのために、基金をつのるのが、もくてきでした。

なにがさて、高徳のほまれたかいニコラ神父が、主催者となってひらいたこんどのバザーですから、そのさかんなことといったらありません。教会のなかはいうにおよばず、ひろい庭にもいちめんに売店がひらかれて、さまざまなめずらしい品を売っています。

いうまでもなく、それらの品は、セント・ニコラス教会の信者たちが持ちよったもので、売店の売子も、みんな信者のおくさんやお嬢さんたちです。そして、それを買いにあつまったひとびとも、みんな信者のお嬢さんやおくさんがた。

　それですから、この慈善市のにぎやかなことといったらありません。

　教会の庭には売店ばかりではなく、余興場や食物店もできています。そして、会場いちめんにくもの巣のように張りめぐらされたのは万国旗。おまけに教会のとがった塔のてっぺんから、軽気球がひとつ綱につながれて、ふわりと宙にういているのです。

　おひるすぎからどんどん花火はあがるし、余興場では楽隊の音もうきうきと、いかにも、きょうのバザーの成功を祝っているよう。

　しかし、それにもかかわらず、きょうのバザーの主人役、ニコラ神父の顔色が、なんとなくすぐれないのはどういうわけでしょう。

　神父は朝から、教会のまわりをまわってあるき、売店のおくさんやお嬢さんがた、さてはおきゃくさんたちに、いちいちあいさつをしていましたが、いつものようにげんきがなく、それに、だいぶんやつれているようです。

　見ると左手に白いほうたいをしていますが、ひょっとすると怪我でもしていて、そのきずがいたむのではありますまいか。

　さて、夕がたの四時ごろのこと、バザーもようやくおわりにちかづき、きゃくもだいぶんすくなくなったころ、自動車でかけつけたのは、新日報社の三津木俊助と等々力警部。

「やあ、神父さん、きょうは盛会でけっこうでしたね」

　俊助が、にこにこしながら声をかけると、神父はきょとんとした顔をして、

「はあ、ありがと。しかし、あなたはだれでしたか」

　と、ふしぎそうにたずねます。

「あっはっは、神父さん、おわすれになっちゃいやですよ。ぼくです。三津木俊助です」

「三津木俊助さん……？　ああ、おもいだしました。新日報社の名探偵。お名まえはきいております。そして、こちらのかたは？」

「おやおや、こちらもおわすれになったのですか。いつか柚木翁の夜会でいっしょになった警視庁の等々力警部ではありませんか」

「警視庁の……？　ああ、そう、そうでした」

ニコラ神父の顔色には、苦しそうな色がうかんでいます。等々力警部はおこったように眼を光らせて、神父の顔色を見ています。

「ところで、神父さん、きょうきたのはほかでもありませんが、神父さんはもしや、丹羽百合子や黒河内晶子という女性をごぞんじじゃありませんか」

そういうと三津木俊助、へんじいかにと、きっとばかりに、神父の顔色をみつめました。

神父の左手

「丹羽百合子と黒河内晶子……ええ、しっています。それが、どうかしましたか」

ニコラ神父は、ふしぎそうな顔色です。

「神父さん、あなたはふたりが死んだ、いや、殺されたことはごぞんじでしょうね」

「えっ、ミス丹羽とミス黒河内が殺された……？そ、それは、ほんとうですか」

神父の顔にうかんだおどろきの色に、うそがあろうとはおもわれぬ。神父はほんとうにびっくりして、眼をまるくしているのです。

「ほんとうです。しかも、ふたりとも、いまひょうばんの、金蝙蝠の怪人の手先になって、そのために殺されることになったのです」

「金蝙蝠の怪人ですって？」

神父はいよいよおどろいています。

「そうです。神父さんは金蝙蝠の怪人について、なにかごぞんじですか」

「いや、しりません。ひょうばんをきいているだけです。しかし、あのふたりが金蝙蝠の怪人の手先だったというのは、ほんとうですか」

「ほんとうです。黒河内晶子が殺されてから、晶子の日記が発見されたのです。それによると、晶子はこの教会の信者だったそうですね」

「ええ、そう、たいへん熱心な信者でした」

「しかも、晶子はこの教会で、たびたび丹羽百合子に会ったと書いています。丹羽百合子も熱心な信者だったそうですね」

「ええ、そう、しかし、それがなにか……」

「ところが晶子の日記には、みょうなことが書いてあるのです。ニコラ神父、つまりあなたですね、あなたとふたりきりでお説教をきいていると、いつか夢にさそわれたような気になる。つまり催眠術をかけられたような気もちになるというんです」

「さ、さ、催眠術……？」

ニコラ神父は、なにかおもいあたるところがあるらしく、まっさおになりました。

「ええ、そう、しかも黒河内晶子も丹羽百合子も、金蝙蝠の怪人に、催眠術をかけられて、しらずしらずのうちに、手先にされていたらしい形跡があるのです」

三津木俊助はそこで、きっとニコラ神父の顔をみながら、

「そのことからかんがえると、すなわち、金蝙蝠の怪人ということになるのですが、神父さん、いかがですか」

「わたし、しりません。そんなおそろしいこと、わたし、しりません」

ニコラ神父は、ことばをつよめて打ちけしましたが、しかし、ひたいから滝のような汗がながれています。

と、そのときでした。

「うそつき、この大うそつき、おまえこそ金蝙蝠の怪人なんだ。わたしはちゃんとおまえの顔をみたのだ」

と、とつぜん聞こえてきたするどいさけび声に、一同がぎょっとしてふりかえるとそこに立っているのは、身のたけ三メートルもあろうかという、大きなフランス人形です。

そのフランス人形は、きょうのバザーの売物ではなく、会場のかざりとしてそこにおいてあるのですが、一同がふりかえったとたん、人形のすそからでてきたのは、びっこの鈴江ではありませんか。

「おお、鈴江君、それでは隅田川のランチでみた、金蝙蝠の怪人とは、たしかにこのひとにちがいないかね」

「そうです、そうです。このひとにちがいありません。金蝙蝠の怪人は、ちょっとのま、仮面をおとしたのです。そのとき、わたしは顔をみましたが、たしかにこのひとにちがいありません。そのしょうこには左手のほうたいです。わたしのうった弾丸は、金蝙蝠の怪人の、左のてのひらをつらぬいたのです。警部さん、そいつの左手をしらべてください」

「ニコラ神父。この少女があいってますから、ひ

とつ左手のほうたいをといてください」

　等々力警部につめよられて、ニコラ神父はしかたなく、左手のほうたいをときましたが、その手に眼をやったとたん、一同はおもねず、あっと眼をみはりました。

　ニコラ神父は左の手の甲に、大きなやけどこそしていましたが、ピストルでうたれたようなきずあとは、どこにものこっていないのです。

ふたごのカポン

「どうです。これでうたがい、はれましたか」

「しかし、神父さん、このやけどは……？」

「ゆうべ、バザーのしたくしているとき、煮え湯をひっくりかえしてやけどしました。それにはたくさん、証人あります」

　警部はまだ迷いの晴れやらぬおももちで、

「鈴江君、金蝙蝠(きんこうもり)の怪人の左手をうったというの、ほんとうだろうね。まさか、気の迷いじゃなかろうねえ」

「ほんとうです。弾丸(たま)があたって、たくさん血が流れたのです。しかし、どうしたのでしょう。あたしは、たしかにこのひとだとおもうのだけれど……」

　鈴江は、狐(きつね)にでもつままれたような顔いろです。

「神父さん、失礼しました。とんでもないうたがいをかけてすみません。しかし、神父さん」

　と、俊助はことばをつよめて、

「あなたはなにか、金蝙蝠の怪人についてごぞんじではありませんか。鈴江さんの話によると、怪人はあなたにたいへんよく似ているというし、それに黒河内晶子や丹羽百合子のこともありますから……」

　ニコラ神父の顔色には、またしても苦しげな色がうかんできます。

「神父さん、もしあなたがなにかごぞんじならば、正直にいってください。金蝙蝠の怪人を、いっときもはやくつかまえないと、あるひとの命にかかわるかもしれないのです」

「あるひととは……？」

「柚木翁(おう)の令嬢、弥生さんです。弥生さんはあなたによく似た、金蝙蝠の怪人にどこかへつれていかれたのです」

「や、弥生さんだって？　そ、そ、そして、弥生さんのおとうさんはどうしたのですか。ミスター柚木は？」

「神父さん、あなたはそれをごぞんじないのですか。柚木さんは殺されました。それも金蝙蝠の怪人のために……」

「な、な、なんだって、ミスター柚木は殺されたんですって。わしによく似た男に……」

「そうです、そうです。それですから神父さん、ごぞんじのことがあったら、なにもかも正(しょう)じきにいってください」

「あの悪者め、悪党め！　わしはすっかりだまされていた。警部さん、三津木さんもきてください」

　ニコラ神父は白いあごひげをふるわせながら、気ちがいのようにはしっていきます。一同がそれについて走っていくと、神父はらせん型の階段をぐるぐるのぼって、やがて、やってきたのは尖塔(せんとう)のすぐ下です。

「カポン、出て来い、悪党カポン！」

　神父が大声でさけんだときです。とつぜん、ズドンと一(いっ)ぱつ、ピストルの音がとどろいたかとおもうと、ヒューッと風を切って、弾丸(たま)がしたのほうへととびました。

　一同は思わずらせん階段のとちゅうで立ちどまり、はっと、うえをあおぎましたが、と、みれば、階段のうえに仁王立(におうだ)ちになって、きっとピストルをかまえているのは、なんとニコラ神父と瓜(うり)ふたつの男ではありませんか。

「カポン」

　と、神父は金切(かなき)り声(ごえ)をあげて、

「よくもよくも、おまえはわしをだましたな。弥生さんはどこにいる。弥生さんをここへだしなさい」

「あっはっは、ふたごのにいさん。まあ、そうおこんなさんな。弥生さんなら天にいるよ」

「なに、天にいる。それでは殺してしまったのか」

「なあに、天といっても天国ではない。ほら、空にうかんでいる軽気球のなかにいるんだ」

「な、な、なに、け、軽気球のなかに……？」

「そうだ。そして、いまに天国へとんでいくんだ。ふたごのにいさん、おれもひとりで死ぬのはさびしいから、あの子もいっしょにつれていくよ。あっはっは、三津木俊助、等々力警部、さようなら！」

　ニコラ神父と瓜ふたつの男は、そういってうやう

やしく一礼すると、さっと身をひるがえしてすがたを消します。

「あっ、しまった！　待て！」

一同が大急ぎで尖塔のてっぺんまでのぼってくると、ああ、なんということでしょう。そこにつないであった軽気球の綱が切られて、いましも丸い軽気球は、ふわりふわりと空にとんでいくではありませんか。しかも、そのつなのはしには、ニコラ神父のふたごの弟、悪党のカポンがぶらさがって、片手をふって……！

死の道づれ

「おのれ、おのれ、悪党カポン！」

等々力警部はやっきとなって、腰のピストルをぶっ放しましたが、しかし、カポンのからだはすでにピストルの射程距離より遠くはなれて、弾丸はいたずらに空中に、線をえがくばかりです。と、このとき、とつぜん、軽気球のかごのなかから、むっくりと顔を出したのは、ああ、なんと、探偵小僧の御子柴くんではありませんか。

「あっ、探偵小僧！」

三津木俊助はおもわず手に汗をにぎりました。ほかのひとたちも、ぎょっといきをのんでいます。

探偵小僧は口に手をあて、必死となってなにやらさけんでいます。しかし、もうかなり距離があるので、なにをいってるのかわかりません。探偵小僧もそれに気がついたのか、指で空中に大きく字を書きはじめました。

「あっ！　ヘリコプターと書いているんだ」

「そうだ、そうだ。こんなことをしている場合ではない。すぐに軽気球を追跡しなければ……」

「警部さん、あなたはぼくの社に電話をかけて、いつでもヘリコプターが飛びだせるよう、用意をしておくようにつたえておいてくださいませんか。ぼくはこれからすぐに、自動車で社へかえります」

「ようし！」

そういう話ももどかしく、ふたりはいっさんに階段をかけおりると、三津木俊助はそのまま表に待たせてあった自動車へ、等々力警部は電話室へととびこみました。

ニコラ神父はすっかりびっくりぎょうてんして、

びっこの鈴江といっしょに、よたよたと階段をかけおります。

さて、それから間もなく、俊助が社へかえるとヘリコプターはすでに、用意ばんたんできていました。そこで大いそぎで飛行服に身をかためた俊助は、ただちに新日報社の屋上から飛び立ちました。

さあ、このことが早くもラジオのニュースとなって、東京じゅうにひろがったので、軽気球の飛んでいく道筋にあたった町では、わきかえるようなさわぎです。

「ああ、あの軽気球にぶらさがっているのが、金蝙蝠(きんこうもり)の怪人なんだ！」

「そして、あのかごのなかにはかわいそうに、少年少女が乗っているんだ」

「あっ、ヘリコプターが追っかけていく！」

「ヘリコプター、しっかり！」

「しかし、ヘリコプターが追っかけたところでどうなるんだ。空中でどうして少年少女を救うことが出来るんだ」

ほんとうにそのとおりです。三津木俊助はどうして、弥生さんと探偵小僧を救いだすつもりなのでしょう。

軽気球はおりからの風にのって、しだいに東京湾のほうへ流れていきます。それと見るや、警視庁からの電話によって、あらかじめ待機していた海上保安隊のランチがばらばらと、くもの子を散らすように追っていきます。

なにしろ、あいてはただ風にのって流れていく軽気球のことですから、ヘリコプターもランチも、すぐ追いつくことができました。

ヘリコプターは軽気球のまうえまでくると、ゆるく輪をえがいていましたが、やがてぱらりと投げおろされたのは一条のつなです。探偵小僧の御子柴くんは、軽気球から身をのり出して、そのつなをつかもうとしますが、なかなかうまくいきません。

金蝙蝠の怪人はそれに気がつくと、下からピストルをぶっぱなします。

怪人は御子柴くんをねらっているのでしょうか。いいえ、そうではありません。怪人のねらっているのは軽気球です。

ああ、なんという悪いやつでしょう。なんという悪人でしょう。怪人は軽気球をばくはつさせて、弥生さんや御子柴くんを、死のみちづれにしようというのです。

東京湾にうかんでいる船という船から、ひとびとがこのようすを見て、手に汗にぎってはらはらしています。

あのつなが御子柴くんの手ににぎられるのが早いか、それとも、怪人のねらいがきまって、軽気球のばくはつするのが早いか。それによって、弥生さんと御子柴くんの運命はきまるのです。

危機一髪

しかし、金蝙蝠の怪人も、左手にけがをしているだけ弱味がありました。もし、左手にけがをしていなかったら、もっと早くつなをのぼって、軽気球のかごにたどりつき、おそらく、弥生さんや御子柴くんは、いままで生きていなかったでしょう。

それに、怪人は右手でつなにぶらさがっているので、不自由な左手を使わねばなりません。しかも、その左手にはけがをしているのですから、どうしてもうまくピストルのねらいがさだまらないのです。

ズドン！

ズドン！

と、音がするたびに、船のうえから見ているひとびとは、手に汗にぎっていきをのみます。ましてや、ヘリコプターに乗っている三津木俊助は、いったいどんな思いだったでしょう。それこそ、命がちぢまるような気もちだったにちがいありません。

だが、ああ、天の助けか、やっとつなのさきが御子柴くんの手ににぎられました。御子柴くんはつなをたぐると、軽気球のかごのなかに身をかがめます。

ヘリコプターは軽気球と、適当な間隔をたもちながら、ゆるく空中に輪をえがいています。

一しゅん、二しゅん……。

さっき、御子柴くんの手につなのはしがにぎられたとき、万雷のような拍手を送ったひとびとも、御子柴くんのすがたがあまり長く、かごのなかから現われないので、いったいどうしたのだろうと、不安な思いでいきをのんで、軽気球を見守っています。

だが……。

とうとう御子柴くんのすがたが、軽気球のかごから現われました。御子柴くんは手をふって、ヘリコプターにあいずをしています。

と、いままでゆるくたるんでいたつなが、ヘリコプターの機上からたぐりよせられ、しだいにぴいんと緊張したかと思うとやがて、つなに両手をかけた御子柴くんのからだが、まず、軽気球のかごからはなれました。

しかし、つなのはしはまだ軽気球のなかにのこっています。御子柴くんはさるのような身軽さで、どんどん、つなをのぼっていきます。

ヘリコプターはぐらりと横にかたむきましたが、それでもたくみに平こうをたもって、あいかわらず、ゆるく輪をえがいています。

御子柴くんはとうとうヘリコプターにたどりつきました。三津木俊助が機上から手をのばして御子柴くんをうえにひきあげました。むろん、俊助のからだはつなで機上にむすびつけてあるのです。

「あっ、三津木さん、ぼくのからだもはやく機上につないでください」

「よし！」

と、さけんで俊助がすばやく御子柴くんのからだを機体にむすびつけると、こんどはふたりで、全身の力をこめてつなをたぐりはじめます。

ふたりがつなをたぐっていくにしたがって、軽気球のかごのなかからあらわれたのは、つなのさきにがんじょうに、ゆわえつけられた弥生さんのからだです。弥生さんは気をうしなっているのか、ぐったりしています。

弥生さんが軽気球のかごをはなれると同時に、ヘリコプターは、ややスピードをまし、軽気球からとおくはなれましたが、じつにそのしゅんかんでした。

金蝙蝠の怪人のはなった一弾が、みごと軽気球に命中したからたまりません。

ぱっと青白いほのおをあげて、軽気球の袋がばくはつしたかと思うと、軽気球は金蝙蝠の怪人とともに、つぶてのように海上へ落ちていきました。

ああ、あぶない、あぶない。もうすこし弥生さんを引きあげるのがおくれたら、ガスのばくはつのために、弥生さんはどんな大けがをしたかわからないのです。

その夜のラジオで、弥生さんと御子柴くんが、ぶじに救われたことを聞いたひとびとは、どんなによろこび、安心したことでしょう。そして、何人も御子柴くんの勇敢な働きを、ほめたたえないものはありませんでした。

又（また）もや金蝙蝠

こうして、さしも世間をさわがせた、金蝙蝠の怪人もほろびました。不幸にも怪人の死体は発見されませんでしたけれど、ふかにかみ切られたらしい片足が見つかって、それが怪人の足らしいということになったので、金蝙蝠の怪人が死んだということは、たぶんまちがいのないことでしょう。

さて、うちつづく恐ろしい出来事に、弥生さんはからだをいためて、しばらく静養していましたが、それもすっかりよくなったので、きょうはこの事件に関係したひとびとが、セント・ニコラス教会に集まって、事件について語りあうことになりました。

集まったのはニコラ神父をはじめとして、三津木俊助に探偵小僧の御子柴くん、等々力警部に弥生さん、ほかにびっこの鈴江も席につらなっています。

「さて、神父さん」

と、一同が集まったところで、まず第一に口を切ったのは三津木俊助。

「さいしょにおうかがいしたいのは、あなたとふたごのきょうだいのカポンのことですが、どうしてあなたは、カポンという男と入れかわっていたのですか」

ニコラ神父は心苦しそうに、

「それについては、じゅうじゅう、みなさんに、おわびしなければなりません。じつはこの春ごろから、とかく、わたくし、健康が思わしくありません。ドクトルに見てもらうと、二、三カ月静養したほうがよろしいといいます。しかし、せっかく信者もふえ、教会もさかんになっているおりから、わたくし、休む、たいへん打撃になります。そこへ、とつぜん、ふたごの弟カポンきました」

ニコラ神父はいよいよ心苦しそうに、

「カポンいうのに、そんなわけなら、だれにもいわずに遠いところで、静養したほうよろしい。るすちゅうはじぶん、身代（みが）わりになってあげる、と、こういいます。カポンも昔、神父でした。しかし、悪事をはたらいて教会から破門（はもん）されました。カポン、たいへん悔（く）い改めてるふうみせました。わたくし、きょうだいですから、カポンのこと心配していました。もし、じぶんの身代り正直につとめてくれるなら、ローマ法皇にとりなしして、破門、許してもらうよう、考えました」

ニコラ神父はひたいの汗をふきながら、

「わたくし、あとのこと、カポンにまかせて、別府へいきました。新聞、ほとんど読みません。カポン、ときどき手紙くれました。たいへん正直らしい手紙でした。わたくし、安心していました。病気なおって、このあいだ東京へかえってきました。カポン、左手、けがしていました。あやまって、ドアにかまれたといいました。わたくし、るすちゅうのこと調べました。カポン、正直にやっていました。わたくしローマ法皇に、取りなしの手紙、書いて、ちかくイタリヤへやるつもりでした。わたくし、だまされました。残念です」

ニコラ神父の両眼から、滝のように涙が流れます。

「しかし、ニコラ神父」

と、等々力警部がことばを強めて、

「カポンはどうして、柚木真珠王の真珠塔のこと、知ってたのですか」

「ああ、そのこと、それ、わたくし日記に書いておきました。本物の真珠塔、どこか、この教会にかくしてある。そのありかは金庫のなかに書いて貼ってある、柚木さんそんなことといいました。わたくし、それを日記に書いておきました。カポン、日記読んだにちがいありません」

「なるほど、それでわかりました。ときに神父さん」

と、俊助は身を乗り出して、

「カポンは催眠術をやるのですか」

「ええ、そう、カポン、昔もそれで悪事、働きました。カポン、催眠術の名人、おおぜいのひとに、同時に、同じまぼろし、みせること出来ます」

「集団催眠術というやつですね」

「しかし、ニコラ神父」

等々力警部は、まだ疑いの晴れやらぬ顔色で、

「いつかわたしの見た金蝙蝠は、とても催眠術とは思えませんでしたよ」

「ぼくが見たときも、ぼくの肩をさわっていきましたよ」

と、探偵小僧の御子柴くんも、ふに落ちぬ顔色で

したが、と、このとき、とつぜん電気が消えて、部屋のなかがまっくらになったかと思うと、おお、なんということでしょう。ひとつ、二つ三つ……またしてもひらひらと、金色の蝙蝠がまいあがったではありませんか。

8・4・1の秘密

「あっ、金蝙蝠だ！」

暗闇のなかから等々力警部がさけんだかと思うと、ズドン、ズドンとピストルの音。その一発が命中したのか、金蝙蝠はパンとみょうな音を立て、いっぺんに小さくちぢまったかと思うと、床のほうへ落ちてきます。そのとたん電気がパッとついたので等々力警部がいそいでひろいあげてみると、なんと床のうえに落ちているのはゴム風船ではありませんか。ゴム風船のうえに、金色の夜光塗料がぬってあるのです。

天井をみると、蝙蝠のかたちをしたゴム風船がふわりふわりと飛んでいます。等々力警部はきっとニコラ神父の顔をみて、

「ニコラ神父、こ、これはいったいどうしたんですか。これはあなたのやったことなんですか」

ニコラ神父はびっくりしたように眼をまるくしていましたが、そのとき、そばから、からからと笑ったのは三津木俊助。

「あっはっは、警部さん、ごめんなさい。それはぼくが、ちょっといたずらをしてみたんです」

「き、君が……」

「そうです、そうです。カポンは集団催眠術で、群集に金蝙蝠の暗示をあたえたこともあるのでしょう。しかし、それがいつも成功するとはかぎらないので、こういうゴム風船を使ったのでしょう。あるいは本物の蝙蝠に夜光塗料をぬって、驚かせたばあいもあるのかもわかりません。とにかく、その時、そのばあいによって、いろんな手を使ったのですね。その目的はいうまでもなく、ひとびとを恐怖と混乱におとしいれ、そのすきに悪事を働こうというのでしょう。カポンは真珠塔の事件でこそ失敗しましたが、きっと、どこかで、もっとほかの悪事を働いているにちがいありません」

それを聞くとニコラ神父は、また涙を流して一同

にあやまりました。

「まあ、しかし、神父さんはなにもごぞんじなかったのだから……。それよりも、本物の真珠塔のありかですが……」

と、俊助がポケットから取り出したのは金蝙蝠の怪人に、あやうくうち殺されそうになった鈴江が、隅田川へとびこんだとき、手にしていたあの黄金の女神像です。

「ごらんなさい。この女神像の台座のうらにも8・4・1という数字がほってあります。それについてぼくには考えることがあるんですが、ちょっとみなさん、来てください」

と、三津木俊助がやってきたのは、いつぞやの十三番目の聖母像のまえでした。その聖母の胸に、時計の文字盤のようなものがとりつけてあることはまえにもいいましたね。

「あのとき、われわれは時計の針を、八時、四時、一時とまわしたのでしたね。そうすると、この聖母像の下に抜穴（ぬけあな）の入口があることがわかったのです。しかし、あれはまちがいじゃなかったのでしょうか。この女神像にほってある数字は、女神像をさかさにしなければ見えません。と、いうことは秘密の暗号は、8・4・1ではなく、1・4・8ではないでしょうか。ひとつ、やってみましょう」

三津木俊助はふるえる指で、時計の針（はり）をまず一時に、それから四時に、そして、さいごに八時にあわせましたが、ああ、そのときでした。

女神像の内部で、ギリギリという音がしたかと思うと、目にみえぬ着物のひだから、像の下半身が左右にわれていって、そこにさんぜんと光っているのは、ああ、まぎれもなく本物の真珠塔ではありませんか。

「ばんざあい！」

探偵小僧の御子柴くんが、思わず手をたたいてさけびました。弥生さんの瞳（ひとみ）からは滝のように涙が流れました。むろん、うれし涙です。

こうして金蝙蝠の怪人はほろび、真珠塔がめでたく弥生さんの手にもどったので、この物語もおしまいですが、さいごにちょっとつけ加えておきたいのは、びっこの鈴江も、弥生さんにひきとられてたいへん幸福になったということです。

獣人魔島
じゅう じん ま とう

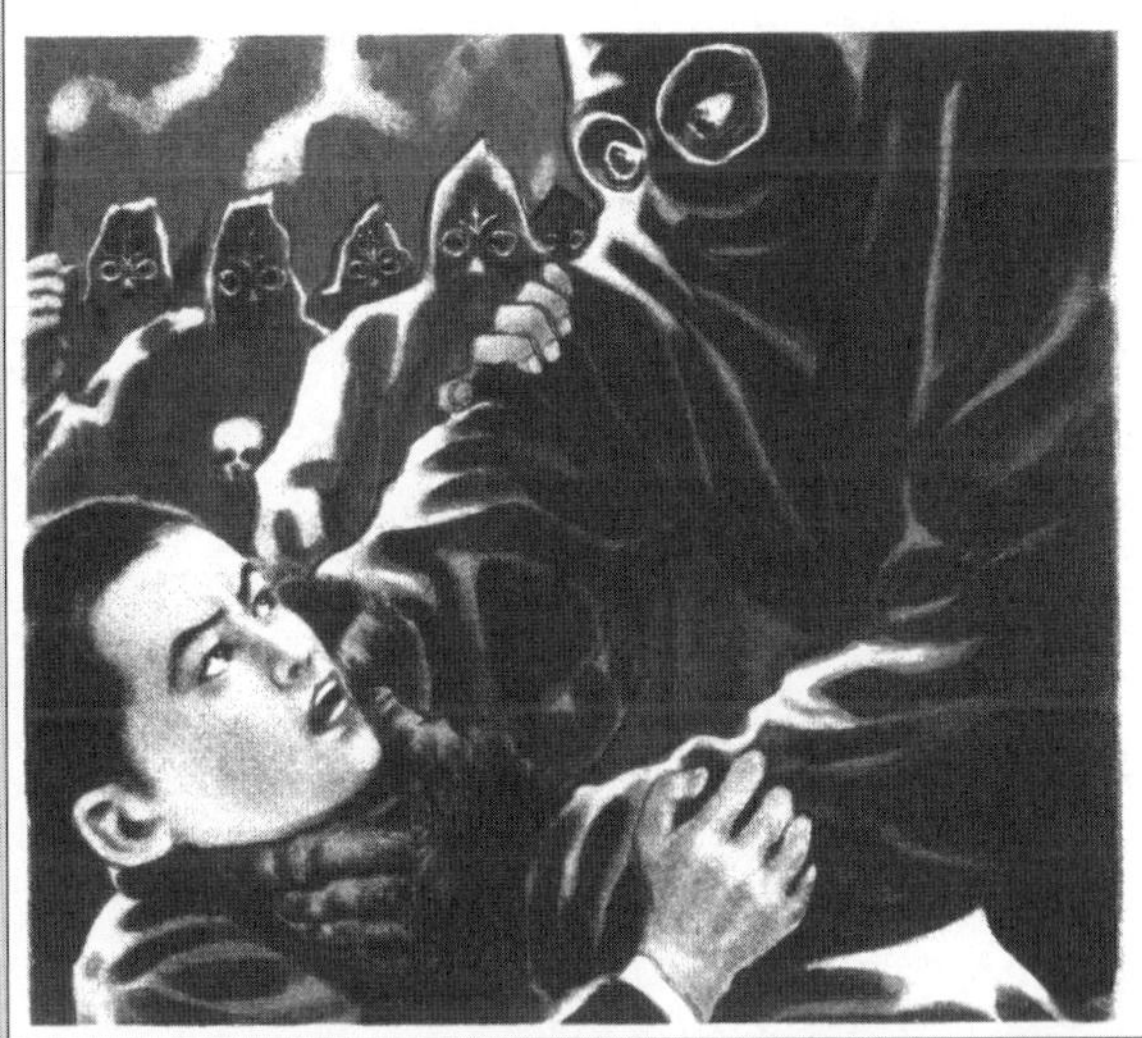

死刑囚脱獄

昭年××年八月一日の朝のこと。

なにげなく新聞の社会面をひらいた人びとは、みな、いちようにあっとばかりに息をのんだ。

どの新聞の社会面にも、大きな活字で、でかでかと『死刑囚脱走す』だの、『野にはなたれた虎』だの、または、『危険にさらされた三芳判事一家』だのという見出しが、読む人をおびやかすように出ていたのであった。

その記事の内容というのはこうである。

死刑をいいわたされて、小菅刑務所にとらえられていた、梶原一彦という青年が、ゆうべ、看守のすきをうかがい、刑務所を脱走したきり、まだ、ゆくえがわからないというのである。梶原一彦はことし二十五才であった。

ある私立大学を卒業した秀才だったが、うまれつき悪知恵にたけていて、人しれず悪事に悪事をかさねていたが、しまいには、じぶんの恩人ともいうべきおばを毒殺して、財産をよこどりしようとしたのがばれて、とうとうとらえられたのである。

梶原一彦の罪状には、すこしも同情できるところがなかった。

おば殺しだけでも、大罪人だのに、そのほかいろいろ悪いことがわかったので、この裁判をうけもった三芳判事は、世にもにくむべき大悪人として、なんのためらいもなく死刑をいいわたした。

ところが、ぬすっとたけだけしいというかさかうらみから、死刑をいいわたされたとたん、梶原一彦は猛獣のようにたけりくるって、

「おのれ三芳判事め！　このうらみはきっとはらす

ぞ。おれは死なない。死刑になんかなるものか。いつかきっと脱走して、きさまはいうにおよばず、きさまの一家をみな殺しにしてくれる」

と、気ちがいのように叫びつづけたというのである。

　このことは、そのころ、新聞に報道されて、この大悪人のしゅうねんぶかさに、人びとは舌をまいておどろいたものである。

　その大悪人の梶原一彦が、とうとう刑務所から脱走したというのだ。人びとが、ふるえあがって、おそれおののいたのもむりはない。

　どうせ、とらえられれば死刑になる梶原一彦だ。これよりおもい刑罰はないのだから、やけになって、どんなことをやらかさないともかぎらない。じゃまになるとわかったら、かたっぱしから人殺しをしてまわるかもしれないではないか。

　こうして東京じゅう、いや、日本じゅうがせんせん、きょうきょうとしておそれおののいている。なかでも、もっとも大きな不安につつまれているのは、いうまでもなく三芳判事の一家である。

　三芳判事の家は芝公園のそばにあり、家族は、判事の三芳隆吉氏と、おくさんの文江さん、そのあいだに由紀子さんという、ことし十三になるお嬢さんがあり、そのほかに、おあきという主人おもいの女中……と、以上四人ぐらしだが、梶原一彦が脱走したときいて、さっと不安の思いにつつまれたというのもむりはない。

　警察でも、むろんすててはおかなかった。

　梶原脱走ときくと、すぐに数名の警官を、三芳邸によこして、その内外をげんじゅうに警戒させることになった。

　しかし、どんなげんじゅうな警戒でも、人間のことだもの、いつかすきができるのではないか。そしてそのすきを狙って、あのしゅうねんぶかい梶原が、しのびこんでくるのではあるまいか。

　こうして、三芳判事の一家は、いまや風前のともしびともいうべき、危険にさらされているのである。

　今夜も今夜とて、三芳判事のうちのまわりには、警官が五、六名、厳重に見はりをつづけている。

　三芳判事はきのうから、地方へ出張旅行をしているので、今夜、うちにいるのは、おくさんの文江さんと、由紀子さん、それに女中のおあきの三人だけだが、そのほかに、るすばんとしてとまりにきているのが、探偵小僧の御子柴進くん。

　御子柴進くんというのは、新日報社の給仕だが、ふしぎに探偵の才能があるところから、探偵小僧のあだ名がある。新日報社の花形記者、三津木俊助の片腕となって、怪事件を解決したこともたびたびある。

　御子柴くんはもとこのちかくに住んでいて、三芳判事にもかわいがられ、由紀子さんともおさななじみなので、こんどのことがおこると心配して、毎日、見舞いにきていたのだが、判事さんがるすになるので、きのうからここにとまっているのである。

「おばさんも、由紀子さんも、心配することはありませんよ。おまわりさんが、ああして、げんじゅうに見張りをしていてくれるのだし、およばずながら、ぼくもここにいるのだから、気を大きく持っていてください」

　御子柴くんになぐさめられおくさんの文江さんは、ほっとため息をつき、

「ほんとにありがとうよ進さん。わたしねえ、このうちのことは心配しないのよ。みなさんが気をつけてくださいますからね。ただ、旅行中の主人のことが心配で、心配で……」

「ほんとうに、おとうさんの身に、もしものことがあったら……」

　と、由紀子さんもなみだぐむ。

　御子柴くんは、わざと元気よく笑って、

「由紀子さん、それこそ、とりこし苦労というものですよ。おじさんには刑事さんが三人、見えがくれに護衛についているはずです。梶原のやつがちかづいたら、それこそさいわいすぐふんづかまえて、こんどこそ逃がさないように、牢屋へぶちこんでしまいますからね」

「ほんとに、それだといいんですけれど……。いつまでもみなさんに、ご迷惑をおかけするのが心ぐるしくて……」

「しかし、警察では、それがつとめですもの。ぼくだって、新聞社につとめているんですから、ここにいるのも仕事のうちなんですよ」

「ねえ、進さん」

　と、由紀子さんが不安そうにたずねる。

「きょうはもう八月の十五日でしょう。あれから二

週間もたつのに、ちっとも行方がわからないなんて、あの人、どうしたんでしょうねえ」

「ああ、それですがねえ。ぼく、ひょっとすると、あいつ、どこかで人知れず、自殺したんじゃないかと思うんです。つかまったら、どうせ死刑ですからねえ」

「それだと、どんなにいいでしょうねえ。本人のためにもね」

おばさんはまた、ほっとため息をつく。

「まあ、そういうわけですから、そんなに心配することはありませんよ。もうねようじゃありませんか。おや、もう十時ですよ」

「あら、すみません。いつもおそくまで起こしていて……」

と、おばさんは女中のおあきといっしょに、もういちど戸じまりをしらべなおしてから、それぞれ、へやへかえってねどこへはいったが、それから二時間ほどのちのこと。

一同がしいんとねしずまったころ、家のなかから、ふいに、カタリとかすかなもの音がしたかとおもうと、つづいて、かたことと、ものをこじあけるような音がきこえた。

どうやら、台所のほうかららしい。ねずみだろうか。

いや、いや、そうではなかった。

台所のあげ板をあげて、ぬうっと顔をだしたのは、ひげだらけの男。……いうまでもなく脱走死刑囚の梶原一彦。どこで手にいれたのか、ふるびた洋服にとりうち帽子をまぶかにかぶり、かた手にピストル、かた手に懐中電灯をふりかざし、すごい目つきで、きっと、あたりを見まわした。

ああ、大悪人の梶原は外から地下道をほり、いま、この台所へぬけてきたのだ。

探偵小僧の機転

探偵小僧の御子柴くんにはひとつの秘密がある。それは、おばさんや由紀子さん、女中のおあきがねるのをまって、そっとおきだし、家のなかにいろんなしかけをしておくのだ。

その例のひとつをのべると、台所から茶の間へはいるドアをひらくと、上から水をいれたバケツがおちてきて、はいってきた人間が、いやでも水をかぶるばかりか、大きな音をたてるというしかけである。

　そのほかにも、家のなかの要所要所に、いろんなしかけをしておいて、何事もおこらずにすむと、それさいわいと、つぎの朝いちばん早くおきだして、そっとしかけをかたづけておくのだ。

　それは、おばさんや由紀子さんに、いらない心配をさせないためだ。

　さて、その晩のこと。

　ようやく、ねむりにおちかけていた御子柴くんは、だしぬけに、けたたましいもの音に目をさました。

　ガラガラガッチャンとバケツのひっくりかえる音にまじって、ザーッと水の流れる音。

（そら、きた！）

　と、さっとねどこの上におきなおった御子柴くんは、まくらもとにつけっぱなしのままおいてある、懐中電灯をひっつかむと、

「おばさん、由紀子さん！」

　と、小声でさけびながら、となりの座敷へとびこんだ。となりの座敷でも、おばさんと由紀子さんがおきなおって、まっ青になってがたがたふるえている。

「す、す、進さん、あのもの音、なあに？」

「きたんです、きたんです。誰かがしのびこんできたんです。さ、さ、はやく、まえから話しておいたとおりに……」

「進さん、進さん」

　由紀子さんはひしとばかりに御子柴くんにとりすがる。その手は氷のようにつめたかった。

「だいじょうぶ、だいじょうぶ。すぐにはこちらへ、こられやしない。さ、さ、はやく、はやく！」

　押入れのふすまを開くと、てんじょうの板がずらしてある。御子柴くんはふたりのからだを押入れの上の段へおしあげると、すぐにぴたりとふすまをしめる。

「おばさん、だいじょうぶ？　由紀子さんだいじょうぶ？」

「ええ、もう、だいじょうぶ。進さん、あなたもはやく逃げて……」

　ふたりとも、てんじょう裏へはいあがったらしく、がたごとと押入れのなかのてんじょう板をしめる音がする。

それをききすましておいて、御子柴くんは、雨戸をひらいて庭へとびだし、パジャマのボタンにぶらさげてある、よびこの笛をふきながら、庭をぬけて、まっしぐらに裏木戸へ走った。見はりの警官をよびいれるためである。

だが、そのあいだ大悪人の梶原は、いったい、何をしていたのだろうか。

茶の間へはいるドアをひらいたとたん、頭の上からおちてきた、バケツの水をいやというほどあびせかけられた梶原は、ふいをつかれて、手にした懐中電灯をおとした。

「ちくしょう！」

ズブぬれになった梶原は、あわてて懐中電灯をひろおうとしたが、あいにく床におちたとたん、灯が消えたのでどこにあるかわからない。

梶原はぐずぐずしてはおれなかった。さっきのもの音は、家の外まできこえたにちがいない。家の外には警官が、ピストルかた手に、見張りをしていることをしっている。

梶原はくらがりのなかを手さぐりで、茶の間にぬけだしろうかへ出たが、そのとたん、ねっとりとしたものに靴を吸われて、おもわずまえにつんのめった。

御子柴くんはろうかのあちこちに、とりもちをいっぱいいれた、浅い、ひらたいブリキのいれものをおいといたのだ。梶原はいま、くらがりのなかで、そのとりもちのなかへ、かた足をつっこんだのである。

「ちくしょう、ちくしょう！　誰がこんなしかけをしやあがった！」

梶原はバリバリ歯をかみならしながら、足をぬこうとするのだが、あせればあせるほど靴は吸いつく。もうこうなったら、靴をぬぐよりしかたがない。

ところが、梶原にとって運の悪いことには、かれのはいているのは、あみあげの靴である。短靴のようにかんたんにぬげない。

やっとのことで靴をぬぎ、二、三歩走りだしたところで、またもや、ずんでんどうと大きな音をたててひっくりかえった。

ろうかに張りわたしてある綱に、足をひっかけたのである。

「ち、ち、ちくしょう！」

梶原はいよいよくやしそうに歯をかみながら、やっとのことでおきなおったが、そのときききこえてきたのは、よびこの音。それにつづいて、どやどやと警官たちのいりみだれた足音がちかづいてきた。

「しまった、しまった、ちくしょうめ！」

　梶原はしかし、それほど警官たちをおそれなかった。かれは死ぬかくごでいるのである。ただ、そのまえに三芳判事が、目のなかへいれてもいたくないほどかわいがっている、由紀子さんを殺してやろうと思っているのだ。

　それも、ひとおもいに殺すのではあきたらなかった。できれば、いじめて、いじめて、いじめぬいたあげく殺してやらなければ、あきたらなかった。大悪人の梶原は、ヘビのように執念（しゅうねん）ぶかい男である。

　それはさておき、梶原はやっと由紀子さんたちのねていたへやをさぐりあてると、壁のスイッチをひねったが、ふたつのねどこは、もとよりも抜（ぬ）けのからである。見れば雨戸もあいている。

　まさか天井裏（てんじょう）に由紀子さんとおかあさんが、息をころしてかくれているとは知らないから、てっきり、庭へ逃げたとおもいこみ、

「ちくしょう！　これでもくらえ！」

と、ふたつのねどこに一発ずつ、ピストルの弾丸（たま）をぶちこむと、身をひるがえしてろうかへでた。

　見ると座敷の横手に階段があり、階段のそばにスイッチがある。大悪人の梶原は、階段の電気をつけると、そのまま二階へかけあがる。そのとき、庭から警官たちが、座敷のなかへなだれこんできた。

「梶原、しんみょうにしろ」

「おとなしく刑務所へかえれ！」

　梶原はそんなことばを耳にもかけない。二階へあがって雨戸をひらくと、うまいぐあいに外はものほし台である。梶原はその柱をつたわって大屋根へでる。

「あっ、大屋根へあがったぞ。梶原、しんみょうにしろ！」

　外を警戒していた警官が、おりからの月の光（ひか）りに梶原のすがたを見つけて大声にさけぶ。

「なにを！　これでもくらえ！」

　梶原は上からズドンと一発、警官めがけてぶっぱなす。

「おのれ、手向（てむか）いするか！」

手向いすれば、うち殺してもいいという命令をうけている警官は、下からこれまたピストルをぶっぱなす。

梶原はその弾丸(たま)をよけながら、大屋根をはっていったが、そのとき、うしろから警官がふたり、これまた、ものほし台の柱をつたわって、大屋根へあがってきた。

「梶原、しんみょうにしろ！　おとなしく刑務所へかえれ！」

梶原はやがて大屋根のはしへきた。うしろからは警官がピストルを身がまえたまま、じりじりとはいよってくる。大屋根から地上までは数メートル。うまくとびおりたところで、そこには警官がまっている。

絶体絶命(ぜったいぜつめい)の梶原は、血ばしった目であたりを見まわしていたが、ふとその目についたのは、三メートルほどはなれたところに、からかさのように枝をひろげている、ヒマラヤ杉の大木である。それを見ると梶原は身をしずめて、ぱっとその枝へとびついた。

地上の血痕

「おのれ、梶原、逃げるか！」

やねの上から警官が、ズドンズドンとピストルをぶっぱなす。

それをしりめに梶原は、ヒマラヤ杉の枝の上で、すばやく、姿勢をととのえたかと思うと、またもや身をおどらせて、つぎの木へ……。

まえにもいったように、三芳判事の家は芝公園のすぐそばにあり、へいの外には公園の木がそびえている。だから、塀(へい)をはさんで三芳家の木と、公園の木が枝をまじえて、しげっているのだ。

大悪人の梶原は、サルのように枝から枝へとつたわって逃げているうちに、いつしか、三芳家のへいをのりこえ、公園の中へはいりこんでいた。それと気づいたやねの上の警官が、

「しまった！　逃げるぞ！」

と、さけびながらぶっぱなした一発が、梶原のどこかに命中したのにちがいない。

「あっ！」

と、ひと声、悲鳴をのこして梶原は、かしの木のてっぺんから、二、三ど枝にひっかかったのち、公園の中へ落ちていった。

「ああ、梶原が公園の中へ落ちたぞ!」

やねの上からさけぶ警官の声に庭を見はっていた三人の警官が、バラバラとうら木戸からとびだしていく。いまの乱闘のあいだに、すばやく洋服にきかえた御子柴くんも、警官のあとから走っていく。

ところが、こまったことには、その裏木戸は、いま梶原がおちていったへいの外とは、ぜんぜんはんたいの方角についているのだ。だから、そこから梶原が落ちていった公園へはいっていくには、ぐるりと町をひとまわりしなければならない。

三分ののち、三人の警官と御子柴くんは、梶原の落ちたところへかけつけたが、そこにはもう梶原のすがたは見えなかった。

梶原をやねの上までおいつめた警官たちも、いそいでやねからおりると、三芳家の塀をのりこえてやってきた。

「どうした、どうした。梶原はどこへいった」

「どこへいったか、すがたが見えないんです」

「すがたが見えないって、そんなばかなことがあるもんか。あいつはピストルに射たれているんだ。それに、あの高い木のてっぺんから落ちたんだもの、きっとけがをしているのにちがいない。遠くへは行かないだろう。みんなでさがしてみろ!」

巡査部長の命令で、みんなが手わけをしてさがしているところへ、ピストルの音をききつけて、近所の人が多勢おきてきた。その人たちにも手伝ってもらって、公園のすみからすみまでさがしてみたが、梶原のすがたはどこにも見えない。

探偵小僧の御子柴くんは、リスのようにちょこちょこと、木の下や石のかげをかけずりまわって、梶原のゆくえをさがしていたが、ふいにぎょっと立ちどまった。

そこは三芳家から三百メートルほどはなれたところである。公園のすぐそばに、古ぼけた一けんの洋館がたっているが、その洋館の裏木戸の外に、ひとかたまりの血が落ちている。懐中電灯でしらべてみると、その血はてんてんと、木戸の中までつづいているのだ。

「あっ、おまわりさん、きてください。ここに血のあとがついています」

　御子柴くんのさけび声に、ドヤドヤとおまわりさんがかけつけてくる。巡査部長は血のあとを見て、

「おお、それじゃ、梶原はこの家の中へ逃げこんだんだな。いったい、これはどういう人のおうちですか」

「ああ、それは鬼頭博士のおうちです」

　おまわりさんといっしょにかけつけてきた、近所の人がこたえた。

「鬼頭博士というと……？」

「有名な医学博士ですよ。なんでも、世界的な大学者だという評判です」

「ああ、あの鬼頭博士……」

　巡査部長も鬼頭博士の名まえを知っているらしく、しんぱいそうにそういったが、そのときまたもや御子柴くんが大声でさけんだ。

「あっ、部長さん。木戸の中で、うめき声がきこえます！」

「なに、うめき声……？」

　みんなが、ぎょっとして耳をすますと、なるほど、木戸の中からきれぎれに、かすかなうめき声がきこえてくる。

「よし！　その木戸をひらいてみろ！」

　巡査部長の命令に、おまわりさんのひとりが、こわごわおしてみると、木戸はかんたんにむこうへあいた。

　おまわりさんはさっと一歩とびのいて、懐中電灯の光をむけたが、見れば木戸のすぐうらがわに、男がひとりたおれている。

「あっ、あれは鬼頭博士の助手で、里見一郎という人です」

　近所の人が木戸の外からさけんだ。

　里見助手はパジャマの上にガウンをはおって、足にサンダルをひっかけている。そして右のこめかみあたりから、血がタラタラとながれているのだ。きっと、さわぎをきいて裏木戸から外へでようとしたところを、とびこんできた梶原に、がんと一撃くらったのだろう。

「里見くん、しっかりしたまえ。梶原は……悪ものはどこへいった？」

　里見助手をだきおこして、巡査部長がたずねると。

「あっち……あっち……先生が……先生があぶない

「……」

それだけいうと、里見助手は気がゆるんだのか、そのままがっくり気をうしなった。

「先生があぶない……？　それじゃ、梶原が鬼頭博士を……？」

巡査部長ははっとして、あたりを見まわしていたが、ふと、台所があけっぱなしになっているのをみつけた。

梶原は、あの台所へ逃げこんだのか？

「よし、木村くんと山口くんは、ここで見はっていろ。ほかのものは、おれといっしょにこい」

探偵小僧の御子柴くんは、気絶している里見助手のうしろから、こめかみの傷をしらべていたが、やがて、ふしぎそうな顔をして巡査部長についていく。

台所から中へはいると、広いろうかがつづいており、そのろうかの右のほうから、かすかなあかりがもれている。巡査部長をはじめ、みんなはしっかりとピストルを構えながら、あかりのもれているドアの前までいったが、すると、またもや中から、かすかなうめき声がきこえてくるではないか。

巡査部長は足でドアをけってあけると、一歩さがって、きっとピストルを構えたが、そのとたん、みんなは思わずあっと目を見はった。

そこは鬼頭博士の実験室なのだろう。壁にはがいこつがぶらさがっており、棚の上にも二つ三つ、きみのわるい、しゃれこうべがならんでいる。

そして、フラスコや試験管などが、いちめんにひっくりかえった床の上に、白髪のパジャマすがたの、年をとった紳士が、麻なわで手足をしばられ、手ぬぐいで、さるぐつわをはめられてたおれているのだ。

「あっ、あれが鬼頭先生です」

巡査部長といっしょにはいってきた、近所の人がまたさけんだ。よいことに、鬼頭博士は気をうしなってはいなかった。巡査部長の命令で、おまわりさんがいそいでさるぐつわをとり、なわをとくと、博士はよろよろとおきあがって、

「くせものが……わしをしばって……あの窓から……」

それだけいうと、ぐったりと博士はよこのいすに腰をおとした。見れば実験室の窓があいており、そこから外へとびだすと、すぐむこうが表門だが、その門の戸はあけっぱなしになっていた。

そして梶原のすがたはもちろん、もうそのへんには見えなかったのである。

西へ行く三人

つぎの日の新聞でこのことが発表されると、東京じゅうの人びとは、ふるえあがっておどろいた。

さいわい、三芳判事の夫人もお嬢さんの由紀子さんも、ひどいめにはあわなかったけれども、大悪人の梶原は、まんまと逃げてしまったのだ。いつまた、どんなことをしでかすかもしれないと思うと、人びとは生きたそらもなかった。

それにしても、梶原はなんという執念ぶかい男だろう。かれは芝公園のすみにある、横穴式の防空壕のあとから三芳家の台所まで、地下道をほってしのびこんだのだ。それと知ったときには、人びとはまた、ふるえあがっておそれた。

だが、こんどのことで、いちばん手柄をたてたのは、なんといっても御子柴くんだ。

もし御子柴くんが、あんなしかけをしておかなかったら、大悪人の梶原は台所から寝室までしのびこみ、三芳判事の夫人や由紀子さんをころしたにちがいない。

そこで御子柴くんは、警視総監や新日報社の社長さんからたいそうほめられ、また、旅行からかえってきた三芳判事にも、たいへん感謝されたのだが、どういうものか、御子柴くんはなんとなくうかぬ顔いろだった。

「ねえ、由紀子さん。この横町に鬼頭博士という人がすんでるでしょう」

ある晩、御子柴くんは由紀子さんにそんなことをたずねた。

御子柴くんはあれからのちも、三芳家にねとまりをして、そこから新日報社へかよっているのだ。

「ええ、このあいだ、あの人が逃げこんだお家でしょう」

「ああ、そう。あの鬼頭博士という人はどういう人なの」

「どういう人って？」

「ううん、こちらのおじさんと、なにか関係がある人なの？」

「あら、どうして？　べつにうちのおとうさんと、なんの関係もないわ。ただ、おうちが近いというだけのことよ」

「とってもえらい学者なんだってね」

「ええ、そう、世界的な大学者だって、いつかおとうさんもいってらしたわ」

「あのおうちには、先生と里見という助手の人と、ふたりきりしかいないの」

「いいえ、ばあやさんがひとりいるわ。でも、あのばんは、親類の人が病気だとかで、ひとばん、おひまをもらって、とまりにいったんですって。もし、お家にいたら、どんなにこわかったろうって、うちのおあきにいってたそうよ」

おあきというのは三芳家の女中(じょちゅう)である。

「でも、進さん、どうしてそんなことおたずねになるの？　鬼頭博士がどうかなすって？」

「ううん、べつになんでもないけど……」

御子柴くんは、いいかげんに、ことばをにごしていたけれど、心の中には深いうたがいをいだいているのだ。

里見助手のこめかみの傷は、そんなに深いものではなかった。二メートルちかい、がんじょうな体をした里見助手が、あれだけのきずで、気絶するというのはふしぎであった。

また梶原はなんだって、鬼頭博士をしばりあげたり、さるぐつわをはめたり、そんな手数のかかることをやったのだろう。これまた、がんとピストルの一撃で気絶させたほうが、よっぽどかんたんではないか。

それに大悪人の梶原が、鬼頭博士の家から、ぜんぜんゆくえがわからなくなったのも気がかりだった。ひょっとすると、梶原はまだあの家にいるのではあるまいか。そして鬼頭博士や里見助手は、わざと梶原にぶんなぐられたり、しばりあげられたようなまねをしていたのではあるまいか。

御子柴くんには、そんな気がしてならないのだが、ではなぜ、世界的大学者といわれる鬼頭博士が、大悪人の梶原をかくまうのか……。

御子柴くんには、そこまではわからなかった。

大悪人の梶原が、三芳家から逃げだしてから、きょうまで、もう七日になる。

そののちも、ひきつづいて三芳家にねとまりをしている探偵小僧の御子柴くんは、新日報社からのかえりがけに、鬼頭博士の家のまえを通りかかって、思わずぎょっとした。

鬼頭博士の門のまえに、自動車が一台とまっていて、いまその自動車にふたりの男が、大きなトランクをはこびこむところだった。

ひとりは運転手らしいが、もうひとりは、助手の里見一郎で、洋服のうえにレイン・コートをきている。

「おっとあぶない。運転手くん、気をつけてくれたまえ。だいじなものが入っているんだから」

「旦那、何がはいっているのかしりませんが、ずいぶん重うございますね」

「先生のだいじな実験材料がはいっているんだ」

そんなことをいいながらふたりが自動車の中へ、大トランクをつみこんだところへ、門の中から鬼頭博士がでてきた。

「里見くん、トランクはだいじょうぶかね」

と、鬼頭博士はそっとあたりを見まわしながら、ひくい声で助手にたずねた。

鬼頭博士はふさふさとした白髪を、肩のあたりまでたらして、口ひげとあごひげをはやしている。口ひげもあごひげもまっ白だ。そして黒い洋服の上には、黒いインバネスをきている。

「ええ、先生、だいじょうぶですよ。では、僕はひと足さきにいって、きっぷを買っておきますから」

「列車は〝瀬戸〟だったね」

「ええ、宇野まで、まっすぐにいったほうがよろしいでしょう」

「じゃ、よろしくたのむ。わたしは列車がでるまでには行くから」

「では、東京駅の改札口でおまちしておりますから……」

「うん、里見くん。くれぐれもトランクに気をつけてな。だいじな実験材料だから」

「ええ、もうそれはだいじょうぶです。じゃ、おさきに……」

里見助手が運転台にのりこむと、すぐ自動車は走りだした。

鬼頭博士はまたそわそわと、あたりを見まわしていたが、やがて門の中へきえていった。

さっきから郵便ポストのかげにかくれて、そのようすを見ていた御子柴くんの胸は、どきどきしている。

鬼頭博士と里見助手は、こんや、旅行にでかけるらしい。列車は〝瀬戸〟で、ゆくさきは宇野である。宇野というのは岡山県の南のほうにある。瀬戸内海に面した町で、そこから四国の高松まで、連絡船がでることを、御子柴くんもしっている。

鬼頭博士はなんだって、そんなところへいくのだろう。いや、いや、それよりも、あの大トランクには、いったい何がはいっているのか……。

博士はひどく気にしていたが、ひょっとすると、あのトランクのなかに、脱走死刑囚の梶原がはいっているのではあるまいか。

探偵小僧の御子柴くんは、なに思ったのか、三芳家へはかえらずに、そこから東京駅へかけつけた。

そして、宇野までのきっぷと急行券をかうと、〝瀬戸〟の発車時刻をまっている。時計を見ると、いま八時だ。〝瀬戸〟のでるのは十時すぎだから、まだ二時間以上もあいだがある。

御子柴くんはそのあいだにハガキを二枚かいた。一通は由紀子さんに、一通は新日報社の腕きき記者、三津木俊助あてである。どちらにも、ちょっと旅行をするが、しんぱいはいらないと書いた。

やがて十時。改札がはじまると、鬼頭博士と里見助手が改札口へあらわれた。トランクはチッキにしたとみえて、里見助手はなにももっていない。

鬼頭博士と里見助手は二等車にのったが、探偵小僧の御子柴くんは、すぐそのとなりの三等にのりこんだ。

やがて十時二十分。〝瀬戸〟は夜のやみをついて、ゴトン、ゴトンと西へむかって走りだす。

ああ、それにしても、鬼頭博士と里見助手のあとをおって、列車〝瀬戸〟にのりこんだ御子柴くんのゆくてには、いったいどのような事件がまちかまえているのであろうか。

大男の船長

列車〝瀬戸〟が、終着駅の宇野へついたのは、あくる日の午後一時。

鬼頭博士と里見助手は、チッキにしたあの大トランクをうけとると、赤帽にてつだわせて駅まえの休憩所へはいっていく。

　探偵小僧の御子柴くんも、そのあとをつけていくと、誰かをまつようなかおをして、休憩所の軒下にたたずんだ。

　ポケットに手をつっこみ、休憩所にせなかをむけて、口笛をふいているが、そのじつ、全身の神経を、休憩所のなかにむけているのだ。

　いがいにも、休憩所では博士をしっているらしく、

「ああ、いらっしゃいまし。しばらくでしたね」

と、あいさつをしているのは番頭らしい。

「ああ、しばらく、またやってきたよ」

　と、これは博士の声である。

「大きなトランクですね。こんどは長くおいでですか」

「ああ、先生はね、あの島でたいせつな研究をなさるので、こんどはそうとうながくかかるかもしれない」

　そういう声は里見助手だ。

　島……？　研究……？

　御子柴くんは、おやと小首をかたむける。

　それでは博士はなにかの研究のために、こんなところへやってきたのか。どんな研究かしらないけれど、なぜ東京でやれないのか。どうしてこんな不便なところをえらんだのか。そして島とはどこにあるのだろう。

　御子柴くんの胸はたかなった。

「ああ、さようで……それは、それは……」

　番頭はいいかげんなへんじをしているが、気のせいか御子柴くんにはなんとなくきみわるそうなひびきがこもっているように思われた。

「番頭、船長はやってこなかったかね」

「いいえ。先生、船長さんにおしらせになっておいたんですか」

「ああ、電報をうっておいたんだが……」

「もうそろそろくるでしょう。誰かきてくれなきゃ、あのトランクに困ってしまう」

　里見助手がつぶやいているところへ、むこうの町角から船乗りらしいかっこうの男が、のっしのっしとやってきた。

　顔じゅうひげにうずまった、仁王さまのような大男で、マドロス帽にくろい毛糸のジャケツ、そのうえに油にそまった上着をひっかけ、口にはマドロ

ス・パイプをくわえている。

この男のうしろから、せむしのような小男が、ちょこちょこ走りでついてくる。これもやっぱり船乗りらしいが、よわよわしい体で、黒ビロードのベレー帽に、黒ビロードの洋服を、まるで肉にくいいるようにぴったり着ている。

ふたりともあまり人相がよろしくない。ことに小男のせむしのほうが、女のようにやさしい顔をしていながら、口のはしにうすら笑いをうかべているのが、いかにもきみわるく見える。

ふたりは休憩所の横までくるとなかをのぞいて、

「やあ、先生、おそくなってすみません」

と、大男のほうがぺこぺこ頭をさげる。

「船長、またせるじゃないか」

博士はきげんが悪いらしい。

「申しわけございません。とちゅうでエンジンに故障ができたもんですから、お小姓、おまえからもあやまってくれ」

「まあ、いい、なんでもいいからはいれ」

「へえ」

と、大男の船長はもういちど頭をさげると、

「小僧、じゃまだ、どけ!」

と、どんとひとつき、御子柴くんの肩をついたがなんとその力のつよいこと。

御子柴くんはうしろむけに、休憩所のなかへすっとんで、いすにぶつかり、あおむけざまにひっくりかえった。体のしたでベシャッと、いすのこわれる音がして、御子柴くんはそれきりうごかない。

「あっ、あぶない!」

と、かけよったのは番頭と里見助手。

「船長、ひどいことをするじゃないか。坊や、しっかりしろ、おや、この坊や、気絶しているらしいぞ」

里見助手がしんぱいそうにつぶやいたが、御子柴くんは、ほんとうに気を失ったのだろうか。

いや、いや、そうではない。

御子柴くんはわざと気を失ったようなふうをしているのだ。

大男の船長につきとばされたのをこれさいわいと、気を失ったようなふうをして、もうすこしようすをさぐろうと思っているのだ。そんなこととは気がつかず、

「番頭くん、これはいけない。すぐ医者を……」

と、里見助手があわてるのを、

「いいですよ、いいですよ、里見さん」

と、そばからなだめるのは小男のせむし。お小姓というのがこの男のあだ名らしい。

「ほっときなさいよ。ただちょっと、うちどころが悪かっただけですよ。ほっといたら、いずれそのうちに気がつきますよ。先生、しばらく」

女のようにやさしい声だが、その声のそこには、ヘビのような冷たさがこもっている。

「アッハッハ、お小姓。おまえはあいかわらず、冷酷じゃのう」

鬼頭博士はかえってきげんがよい。博士も、そうとう冷酷な人らしい。

「番頭、医者をよぶにもおよぶまいが、その長いすにでもねかせてやれ。なあに水でもぶっかければすぐ気がつくさ」

世界的学者といわれる鬼頭博士の、つめたいことばにおどろきながら、しかし、御子柴くんはこれさいわいと、番頭と里見助手のなすがままにまかせていた。

「ときに船長、お客さんはおとなしくしているかね」

「へえ、それはもう……あばれたところで檻のなかに……」

「しっ!」

と、博士は叱りつけると、あわててあたりを見まわしたが、さいわい番頭はおくへ水をとりにいっていなかった。

「めったなことをいうもんじゃない。さいわい、あの小僧は気絶してるからいいようなもの……、里見そろそろ出かけようじゃないか。船長のやつは口がかるくていけない。船長」

「はい」

「おまえ、そのリヤカーをかりて、トランクを波止場まではこんでくれ」

おくからコップに水をくんできた番頭は、みんなの出発の用意ができているのをみると、

「おや、もうお出かけですか」

「ふむ、そのリヤカーをかりていく。あとから誰かにかえしによこすから。これはリヤカーのかり賃だ。船長気をつけてくれよ。そのトランクには、だいじ

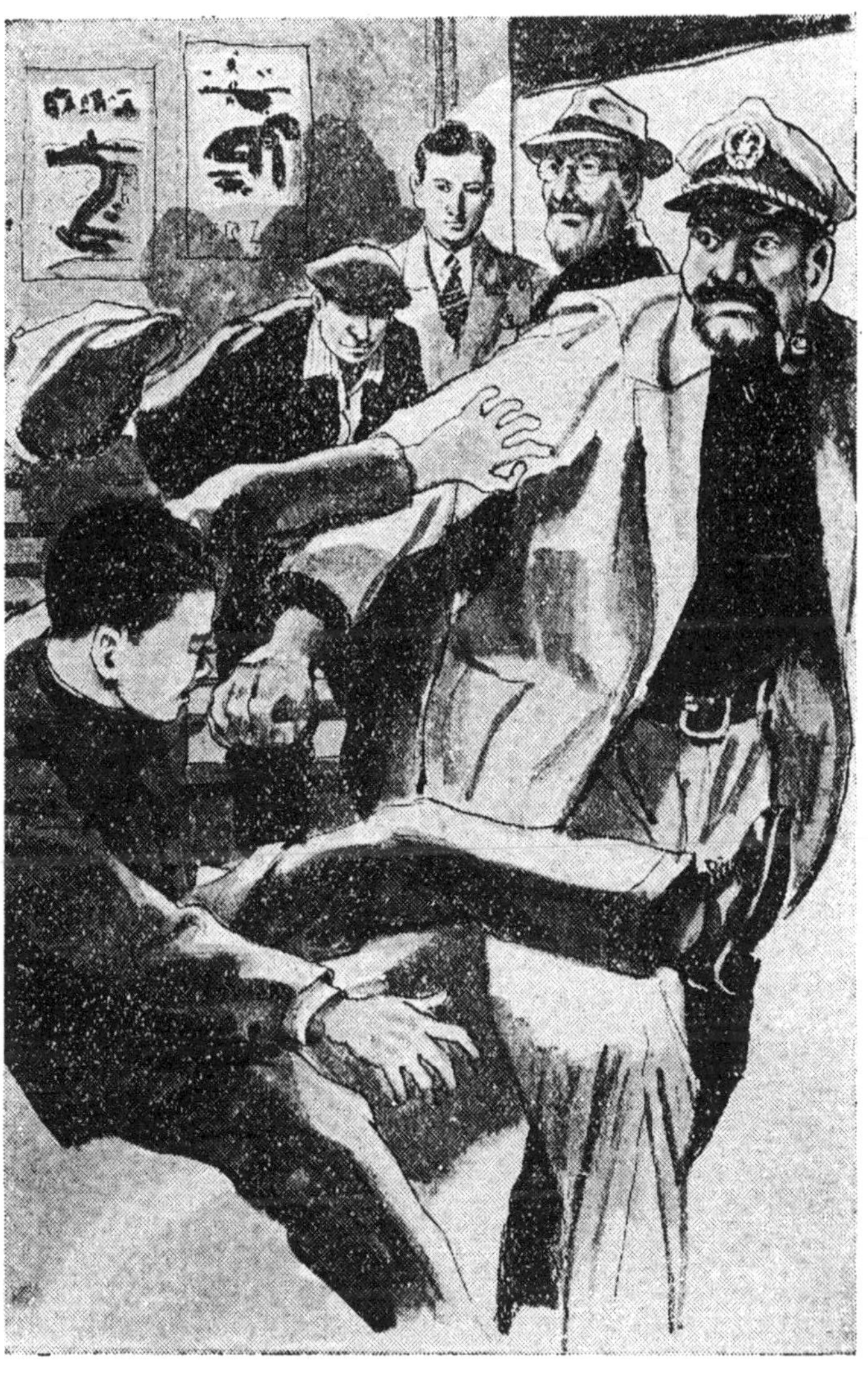

なものが入っているんだから」

リヤカーにトランクをつんで、みんなが出ていくのを見送って、

「ああ、きみの悪い人たちだ」

と、つぶやきながらふりかえった番頭は、

「おや、坊や、おまえ気がついたのかい」

と、びっくりしたように目をみはる。

御子柴くんは長いすの上におきなおって、いたそうに腰をなでながら、

「ああ、こわかった。おじさん、あれ、どういう人なの」

「なんだ、おまえ、気を失ってたんじゃないのか」

「うん、ちょっと気がとおくなってたんだけど。……おじさん、あのなかでいちばんいばってたの、どういう人?」

「ああ、あの人はえらい学者だというんだが、ここから四十キロほど西にある、骸骨島(がいこつとう)という無人島をかいとって、そこへ研究所をたてて、時どき東京からやってくるんだが、なんの研究をしているのか、みんな気味わるがってねえ」

「どうして? 何がきみわるいの」

「そ、そ、そんなことはいえない。それより坊や、おまえこのへんで見かけない子だが、どこからやってきたんだ」

「ううん、ぼくこれから四国(しこく)へわたるんだ。番頭さんすみませんでした。ごしんぱいをおかけして……」

御子柴くんはペコリと番頭に頭をさげると、風のように休憩所をとび出した。

トランクの中

御子柴くんは休憩所をとびだすと、駅の売店へいって瀬戸内海の地図をかった。

その地図でしらべてみると、骸骨島というのは、宇野の西方四十キロ、水島灘(みずしまなだ)の沖合(おきあい)はるか、ちょうど本州と四国のあいだにうかぶ、まわり六キロばかりの小さな島で、その島から四キロほどはなれたところに、白木島(しろきじま)という、これはかなり大きな島がある。

骸骨島――。

その名をきくさえきみわるい。瀬戸内海の無人島

をかいとって、鬼頭博士はいったいなんの研究をしているのだろう。

さっき、鬼頭博士が船長に、

「お客さんはおとなしくしているか」

と、たずねたとき、船長はなんと答えたか。

「それはもう……。暴れたところで檻のなかに……」

と、いいかけて、博士にしっと叱られたではないか。

それでは博士の客というのは、檻のなかにとじこめられているのであろうか。

船長が口をすべらしたことばといい、番頭のあのきみわるそうなそぶりといい、さてはまた、気にかかるあの大トランクといい、なにかある、なにか大きな秘密があるにちがいない……。

そう考えると御子柴くんは、胸がおどらずにはいられない。

よし、その秘密をどこまでもつきとめてやろうと、それからまもなく、御子柴くんがやってきたのは船着場だ。

むろん、そのころには博士の一行は、どこにもすがたが見えなかったが、そのかわり、御子柴くんの目にうつったのは、

白木島ゆき連絡船発着場

と書いた立札である。

「しめた！」

と、御子柴くんは心のうちでさけんだ。

さっき地図でしらべたところによると、白木島と骸骨島とは、四キロぐらいしかはなれていない。ひとまずそこへわたったら、なんとかして骸骨島へわたれるかもしれない。

しかも、白木島ゆき連絡船、白竜丸というのが、いままさに出発しようとするところであった。

御子柴くんは大いそぎで、切符をかうと、白竜丸にとびこんだ。

白竜丸というのは五十トンたらずの小さなランチで、御子柴くんが乗りこんだときには、ぎっちり客がつまっていた。

やがて出発のあいずとともに、白竜丸はポッポッポッと、白いじょうきをあげながら、波をけって出発する。

御子柴くんはベンチに腰をおろして、丸窓からぼんやり外をながめていたが、となりにすわっているふたりのひそひそ話が、ふと耳にはいった。

「また、あの気味のわるい博士がやってきましたね」

「そうそう、わたしもさっき波止場で見かけましたよ。何か大きなトランクを持っていたじゃありませんか」

「ほんとうに。あのトランクにゃ、いったい何が入っているんでしょう」

「それがね。みょうなんですよ。わたしがそばをとおると、なかから、うめき声のようなものがきこえて……」

「しっ！」

ふたりの話し声はいっそうひくくなったので、御子柴くんはもうそれより、聞くことはできなかったが、トランクのなかからうめき声ときいて、思わずはっと胸をおどらせた。

ああ、それじゃ、やっぱりあのトランクに大悪人の梶原がはいっているのではあるまいか。白竜丸が白木島へついたのは、そろそろ日の暮れかげんのことだった。

新聞記者というものは、いつどんなことがおこるかわからないので、誰でも、ふだんからそうとうお金をもっている。

御子柴くんは給仕だけれど、先輩のおしえをまもって、いつもかなりのお金を身につけている。

だから、白木島へついてもお金にはこまらなかったが、困ったことには白木島には宿屋がないのだ。

そこで、島の人におしえられて、千光寺というお寺でとめてもらうことになった。

千光寺のおしょうさんは了然さんといって、六十ぐらいの人のよさそうな老人だった。

瀬戸内海のけしきを見るために、島から島へと旅行するのだという御子柴くんの話をほんきにして、了然さんはいろいろと、めずらしい話をきかせてくれたが、

「ねえ、おしょうさん。このとなりにある島は、骸骨島というんですってね。どうしてそんなきみのわるい名まえがついたんですか」

と御子柴くんにたずねられると、

「うん、あれか」

と、おしょうさんはちょっと眉をひそめて、

「あれはな、むかし、あの島から骸骨がぞくぞくとほりだされたことがあるので、それでそういう名がついたのじゃ。たぶん、むかしあの島は、このへんいったいに住む人たちの、墓場になっていたんだろうというんだがな」

「ながく無人島になっていたんですって」

「ふむ。そりゃ、そんなきみのわるい骸骨がほりだされるような島だから、誰もこわがって住まなんだのじゃ」

「でも、ちかごろ東京から、えらい学者がきて、住んでいるというじゃありませんか」

「おまえ、誰からそんなこと聞いた」

「連絡船のなかで聞いたんです。そして、いろいろあの島には、きみのわるいことがあるというじゃありませんか」

「いや、いや、そんなことといっちゃいけない。いいかな、坊や、あの島のことはわすれておしまい。あの島には、わしにも、わけのわからぬ、えたいの知れぬことがある。おまえ、けっしてあの島へいってみたいなどと思うんじゃないぞ」


しかし、これではことばとは反対に、御子柴くんの好奇心をあおっているようなものである。


そのあくる日、御子柴くんは浜べへ出て、なんとかして、むこうに見える骸骨島へわたるくふうはないものかと、海の上をにらんでいたが、するとポンと肩をたたいたのは、釣道具をもった、漁師らしいおじいさんである。おじいさんはニコニコしながら、

「東京からきた坊っちゃんとは、あんたのことかな。何をそんなに考えてるんじゃね」

「ああ、おじいさん。ぼく、たいくつだから、海のうえへ出てみたいと思ってたんですよ。おじいさん、釣りにいくなら、つれてってください」

「アッハッハ。そうか、そうか、それじゃいっしょに行こう。わしもつれがあったほうが楽しみじゃ」

おじいさんはじぶんの舟に、御子柴くんをのせてこぎ出したが、骸骨島がだんだんちかくなってくるにつれて、御子柴くんの胸はたかなった。

骸骨島……。

ああ、それはなんといういやな島だろう。島には、一本の木もはえてなく、ゴツゴツとしたはげ山が、まるでしかばねのような白い地肌をさらしている。

「おじいさん、あれが骸骨島なの？」

と、御子柴くんがたずねると、

「しっ、そんなことをいっちゃいけない。な、お願いだからあの島のことはいうてくれるな。わしは名まえを聞いてもぞっとする」

おじいさんは一生けんめい、骸骨島のそばをこぎぬけようとしていたが、そのときだ。

「ウォーッ！」

と、いうものすごいさけび声がきこえてきたので、御子柴くんはぎょっとして、そのほうへふりかえったが、そのとたん、全身の血もこおるばかりのおそろしさをかんじたのである。

すぐ目のまえに横たわる、骸骨島の絶壁に、きみょうな動物がつっ立って、こちらをにらんでさけんでいるのだ。

人か、獣か……。

それはまるでゴリラのような動物だった。

筏にのって

「あっ、おじいさん、おじいさん。あれは、なんなの？　ゴリラみたいなやつが、岩のうえに立ってるよ」

「見ちゃいけない、見るとたたりがあるよ」

「たたりがあるってどういうの？」

「なにか悪いことがおこるということだ。さあ、なんでもいいから、はやくここをこぎぬけよう」

おじいさんは、やっきになって舟をこぐ。

舟はみるみるうちに絶壁からとおくはなれていったが、御子柴くんがふりかえると、人か魔か、ゴリラのような怪物は、まるで舟のあとをおうように絶壁から絶壁へとつたわっていたが、やがてすがたは見えなくなった。

「ああ、こわかったおじいさん、あれ、いったいなんなの。猿なの？　人間なの？」

「わしにもなんだかわからん。しかし坊や、あの島のことはあんまりいうんじゃないよ。あの島には悪いやつが住んでいるんだからな」

「悪いやつって、おじいさん。あの島にはえらい学者がすんでいるっていうじゃないの」

「学者でもなんでも、わるいやつはわるいやつだ。船長だのお小姓だのと、わるいやつばかり部下にしている人間に、ろくなやつがあるはずがない」

「おじいさん、船長だの、お小姓だのって、そんなわるいやつなの？」

「ああ、悪いやつだとも、まえに海賊みたいなことをしていたやつだ」

　世界的大学者ともあろう鬼頭博士が、なんだってそんなわるい人間を部下にしているのだろう。そんな人なら大悪人の梶原をやっぱりかくまっているのではなかろうかと、御子柴くんはいよいよ胸をおどらせた。

「だから、舟や、あの島のことは、あんまりかまわないほうがいいよ。いまにきっと、あの島には何かよくないことが起るにちがいないと、みんないってるんだからな」

「うん、うん。おじいさん、あんなきみのわるい怪物のいる島だもの、ぼく、なんにもかまやあしないよ」

　口でははっきりそういったものの、御子柴くんは心のなかで、どうしても、骸骨島へわたっていって、鬼頭博士の秘密をさぐってやろうと考えた。

　その日は一日、おじいさんが釣りをするのを見てすごしたが、日ぐれごろ白木島へかえってくると、子どもが大勢波うちぎわで、いかだをうかべてあそんでいる。

「あっ、おじいさん。あの子たち、あんなにいかだをこさえてどうするんですか」

「ああ、あれか。あれはちかく竜神さまのおまつりがあるんでな。そのときには島の子どもらが、みんないかだにのって、沖のほうまで竜神さまのおみこしのおともをするんだ。だから、いまからああして、けいこをしているんだよ」

「あんないかだで、沖のほうまで、でられるんですか」

「でられるとも。一里や二里なら、わけはないさ」

　それを聞くと、御子柴くんは心のなかでしめたとさけんだ。

　島の子どもにのれるものなら、じぶんにだってのれないはずはない。

　その晩、千光寺へかえった御子柴くんは、つかれたから早くねますと、おしょうの了然さんにことわって、晩ご飯がすむとすぐに、じぶんのへやにひきさがった。

そして、ねどこへ入ってねたふりをしていたが、十時ごろ、了然さんがねるのを待って、こっそりねどこをぬけだした。

すばやく身じたくをととのえると、台所へいって、大きなにぎりめしを五つ六つこしらえた。いざというときの用意である。

それから寺をぬけだして、浜べへきてみると、夕方見たいかだがたくさんつないである。

そのなかから、一番じょうぶそうなのをえらんでとびのると、つないであった綱をときはなし、そなえつけのかいをとりあげる。いかだはすぐに岸をはなれて、ゆらりゆらりと波にのってながれだした。

さいわいその夜は月夜だったので、あかりの心配はいらなかった。海のうえはギラギラと、銀をちりばめたようにかがやいている。その海のむこうにくっきりと、骸骨島がうかんでいるのだ。

御子柴くんはなれない手つきで、かいをあやつっていたが、そのうちに、潮のながれが、白木島から骸骨島のほうへむかっていることに気がついた。そうわかれば、なにもあせってかいをこぐことはない。潮のながれにまかせておけば、いかだはしぜんに骸骨島へながれるのだ。

御子柴くんはかいをひきあげると、いかだの上に、ごろりとあおむけにねそべった。そして、しばらく月をながめていたが、ああなんという大胆さ、いつのまにか、うつらうつらとねむってしまった。

それからどれくらいたったのか、いかだがドシンとなにかにのりあげたので、御子柴くんははっと目をさました。見ると、そこは小さな入江で、むこうに見えるさん橋に、ランチが一そうつないである。

いったい、ここはどこだろう。しゅびよく骸骨島へながれついたのだろうかと、御子柴くんが目をこすって、キョロキョロあたりを見まわしているとき、入江のおくのはるかかなたから、ひと声たかく聞こえてきたのは、

「ウォーッ」

と、いうおそろしいさけび声だ。それを聞くと御子柴くんは、おもわずはっとした。

そのさけび声こそは、きょうひるま聞いた、あの怪獣のさけびではないか。してみると、ここはやっぱり、骸骨島なのだ。そしてむこうに見えるランチは、鬼頭博士と里見助手が、船長やお小姓といっし

ょにのってきた船にちがいない。

　腕時計をみると十二時半、白木島から骸骨島まで、潮にのってながれるのに、二時間あまりかかったらしい。月はもうよほどかたむいていた。

　御子柴くんはいかだから、波うちぎわへとびうつると、人目につかぬ岩かげまで、いかだをひっぱっていって、そこにつないだ。

　それから地上をはうようにして、桟橋のところまできてみると、そこから砂浜をこえて、そのむこうに坂道がつづいている。御子柴くんがその坂道へさしかかると、またしても、二声、三声、つづけさまに、

「ウォーッ！　ウォーッ！」

　と、ものすごいさけび声が聞こえてきた。

　まるで、腹の底までしみとおるようなさけび声で、島ぜんたいが、そのさけびにおそれおののいているようだった。

　御子柴くんは心をおどらせて、坂道をかけのぼって、岡の上までやってきたが、そのとたん、思わずあっとさけんで立ちすくんだ。

　御子柴くんが立っている岡から、浅い谷一つへだてた山の中腹に、まるで西洋のお城のような家がたっている。物見台のようなたかい塔。あつい石のへい。まるいやねや、三角のやねがかさなりあって、まるで、おとぎ話の絵のようだ。

　思いがけないところで、思いがけないたてものにぶつかったので、御子柴くんはしばらく、あっけにとられて立ちすくんでいたが、そのとき、またもや聞こえてきたのは、

「ウォーッ！　ウォーッ」

　と、たけりくるう怪獣の声。しかも、その声はまぎれもなく、あのきみょうなお城のなかから聞こえてくるのだ。御子柴くんはそれを聞くと、ぐずぐずしてはいなかった。

　人目につかないように、ものかげから、ものかげへとつたわりながら、谷をこえ、坂をのぼると、うまくお城のへいの外までしのびよった。

黒衣の人びと

　あやしいさけび声は、ますますものすごく聞こえてくる。

それはどうやら、塀のなかにそびえている、右手の塔のてっぺんから聞こえてくるらしいのだが、そのさけび声のものすごさから考えると、怪獣はよほど、なにかにいかりくるっているらしい。

御子柴くんはなんとかして、なかへしのびこむくふうはないものかと、塀のぐるりをまわってみたが、アーチ型の大きな門には、どっしりとした木のとびらがしまっている。

がっかりしながら、なおも塀をつたわっていくと、やがて、ひとところ、つたのつるが、塀一面に、網の目のようにはっているのを発見した。

「しめた！」

御子柴くんが、ためしに、つるをひっぱってみると、そのじょうぶなことといったら、はりがねのようである。つるに手をかけると、スルスルスルと、まるで猿のように塀をのぼりはじめた。身のかるい御子柴くんは、こういうことが、なによりもとくいなのだ。

やがて、塀のてっぺんまできて、ひょいとなかを見おろした御子柴くんは、思わずぎょっとして息をのんだ。

怪獣のさけびはいつのまにやらやんでいたが、そのさけびがきこえていた右手の塔のふもとから、いましも、たいまつをともした、黒いかげがゆっくりでてきた。

そいつは、頭からすっぽりと、三角形の黒い頭巾をかぶっていて、からだにも、だぶだぶの黒い服をきている。頭巾には目のところだけ、二つの穴があいていて、だぶだぶ服の胸に、なにやらマークがついているが、とおくのこととて、そのもようまでは見えなかった。

さて、たいまつをともした男のうしろから、おなじような服をきた四人の男がでてきたが、見るとかれらは、みこしのように、横に細長い檻をかついでいて、檻のなかには誰かが、あおむけにねているらしい。

この四人のうしろから、また、おなじような服をきた男が、たいまつをかかげて出てきたが、その男のからだのかっこうから、せむしであることがはっきりわかった。

そうだ。その男こそ、ヘビのように冷酷な、お小姓という男にちがいない。そうすると、せんとうに立っているたいまつの男は、船長ではあるまいか。

さて、右手の塔からでてきた一行は、しずしずとして中庭を横ぎると、正面に見える大きな建物のなかへ入っていった。

御子柴くんは、このふしぎな光景に、まるで夢でも見ているような気持ちだったが、一行のすがたが見えなくなると、すぐ、塀の内がわへおりていった。塀の内がわにも、つたが一面に生えているのだった。

御子柴くんは庭へおり立つと、すばやくそれをつっきって、いま六人の男が入っていった、建物の入口までしのびよったが、うまいぐあいに、ドアはまだあいたままだった。

御子柴くんはあたりに気をくばりながら、ひらりとドアのなかへすべりこんだ。

ドアのなかはまっ暗だが、耳をすますと、とおくのほうから、ガヤガヤ話し声が聞こえてくる。その声のようすからして、そうとう大勢の人がいるらしい。

無人島とまでいわれるこの島に、これほど大勢の人間がいるというのはどういうわけか。いよいよもってあやしいのは鬼頭博士だ。博士はこんな島で、いったい何をしているのだろう。

それはさておき、声をたよりにまっ暗なろうかをつたわって行くと、まもなく、むこうのほうにあかりがもれている。御子柴くんは猫のように、足音もたてず、あかりのもれているところまでしのんでくると、そっと中をのぞいたが、そのとたん心臓の鼓動がとまるほどおどろいた。

そこは十メートル四方もあるかと思われる大広間で、天井には五つ六つのランプが、あかあかとつるしてある。その下で、三十人ほどの男が、あるものは立ち、あるものは椅子に腰をおろして、ガヤガヤと話をしている。どの男も、みんなさっき見た、六人とおなじように黒い頭巾に黒いだぶだぶ服をすっぽりきている。

しかも、さっきはよく見えなかった胸のもようは、しゃれこうべのしたに骨を十文字にくんだマークではないか。

御子柴くんは、この気味わるい光景にしばらくわれをわすれて見とれていたが、やがてはっと気をとりなおすと、見つけられては一大事と、ドアの外の暗やみにうずくまって、きっと聞き耳をたてていた

が、そのとき、なかから聞こえてきたのは、

「なあ、諸君。われわれにはたしかに統率者がいるんだ。われわれの親分、われわれにさしずができる、偉大な統率者をもとめている。それでなければ、われわれがめいめいかってに、どんなに悪事をはたらいたところで、とても大きな仕事はできないからな」

「そうだ、そうだ。そのとおりだ。小さい悪事なら、このおれだって、誰にもひけをとらないが、世間をあっといわせるような大仕事となると、とてもひとりずつの力ではいけない。われわれの力をあつめて、ひきずってくれる、えらい首領が必要なんだ。ところで、その首領をこんや鬼頭先生が、われわれのためにつくってくださろうというんだ。とにかく、待ちどおしいじゃないか」

御子柴くんはそれを聞くと、ぞっとした。

ここにいる三十人ばかりの男は、みんなそれぞれ悪人なのだ。しかし、ひとりずつでは大きな仕事ができないから、じぶんたちを統率してくれる人物をもとめている。しかも、その人物を鬼頭博士が作ろうというのだが、いったい、人間を作ろうというのは、どういうことか……。

「しかし、そんなことがうまくいくかな」

と、そのとき、へやのなかから、また、べつの声が聞こえてきた。

「人間の脳をえぐりとって、類人猿の頭のなかにうえつける。……そんなことが、ほんとうにできるだろうか」

御子柴くんは、またおどろいた。人間の脳を、類人猿の頭にうえつける……？　それはいったいどういうことか。

「そこが先生のえらいところだ。先生ときたら、世界でも有名なえらい学者だからな。その学者がながいことかかって研究した結果だもの、うまくいくんじゃないかと思うよ」

「もし、それがうまくいくと、すばらしいわれわれの首領ができるわけだな」

「そうとも。その人は類人猿のつよい力と、それから悪事の天才ともいうべき、すぐれた頭をもった人になるんだからね」

「ところで、類人猿の頭にうえつける脳の持ちぬしだが、それは、いったいどういう人だね」

「なんだ、きみはまだそれを知らないのか。その人は梶原一彦といって、悪事にかけては、このうえもない大天才だよ」

梶原一彦と聞いて、御子柴くんはまたはっとした。

「その人は、いまのままでも、われわれの首領になるには十分なほど、わる知恵にたけた人だそうだが、ただすこしからだがよわいのでね。それで、その人の脳をとって、ゴリラの頭にうつすんだ。これが、うまく成功すると、頭脳もからだもすばらしい、悪事の天才ができあがるというわけだ」

あまりに奇怪な話に御子柴くんは、悪い夢にうなされるような気持ちだったが、そのとき、またしても、階上から、

「ウォーッ！　ウォーッ！」

と、たけりくるう怪獣の声が聞こえてきた。それを聞いて、へやのなかから五、六人がどやどやと、ろうかへとびだしてきた。

人間の橋

「しまった！」

と、口のなかでさけんだ御子柴くん、ここでつかまっては一大事と、身をひるがえして暗いろうかを、あてもなく逃げだしたが、そのとき、行くてからいそぎ足に、近づいてきたのはたいまつの光である。

「しまった！」

と、ふたたび口のなかでさけんだ御子柴くん。

うしろからはドヤドヤと、入りみだれた足音が追っかけてくる。前からはたいまつの光が近づいてくる。しかも、かくれる場所はどこにもない。

御子柴くんは、進退きわまってしまった。

御子柴くんは、暗がりのなかで、追いつめられたけだもののように、キョロキョロあたりを見まわしていたが、何を思ったのかいきなりからだをななめに倒した。

さいわい、そのろうかは、はばがせまく、約一メートル半ばかり御子柴くんが両手と両足をのばしてふんばるとろうかに橋をかけるように、たっぷり身長がとどくのだ。

御子柴くんはかたほうの壁に足をふんばり、全身をうつむけに倒し、反対がわの壁に両手をつっぱると、小きざみに、すこしずつ上へのぼっていく。

御子柴くんは身がかるく、こういうことにかけては、軽業師みたいなのだ。

一メートル、二メートル、三メートル……およそ四メートルちかくも、御子柴くんが、壁をつたわってのぼったところへ、前からきたたいまつと、あとから追っかけてきた覆面の男たちが、御子柴くんの橋の下でばったり出あった。

「どうした、どうした、お小姓さん。あのさけび声はどうしたんだ」

どうやらうしろから追っかけてきた覆面の男たちも、前からやってきたたいまつの男も、御子柴くんがそこにいるとは気がつかなかったらしい。

「ああ、きみたち、はやく来てくれたまえ。ゴリラがあばれ出したんだ」

そういう声はたしかにお小姓、たいまつを持っているすがたもせむしである。

「なに、ゴリラがあばれだした。それじゃ麻睡がきかなかったのか」

「ふむ、ふつうの二倍も注射しておいたんだが……、とにかく、はやく来てくれたまえ」

「よし！」

お小姓のあとについて、覆面の男が五、六人ひとかたまりになって走っていく。

御子柴くんはまだあとから、誰か来るかとようすを見ていたが、さいわい誰も来るようすもないので、すばやく壁をすべりおりると、たいまつの光を追っていく。

そのあいだも、怒りにくるった怪獣のものすごいさけび声が、たえまなくきこえ、そのあいまには、物をぶつける音、倒す音、うろたえさわぐひとびとの、悲鳴やさけび声がいりまじって、お城のなかはたいへんなさわぎだ。

たいまつの光は城内の、後部にある階段をのぼっていく。御子柴くんは気づかれぬよう、適当の距離をおいてつけていく。さいわい、どこもかしこもまっ暗なので、すがたを見られる心配はなかった。

たいまつの一行は階段をのぼると、正面に見える観音びらきのドアのなかへ、ドヤドヤとなだれこんだが、すると、さわぎはいよいよ大きくなった。

「それ、はやく鎖でしばってしまえ！」

「組みつかれると、首根っ子をへし折られるぞ！」

そんなさけび声にまじって、

「ウォーッ！　ウォーッ」

と、怒りにくるった怪獣の声と、ドスンバタンと、屋鳴り震動するような物音が、ドアのなかからもれてくる。

そのうちに、ドスンと誰かが倒れたような物音がしたかと思うと、

「しめた！　はやく鎖でぐるぐる巻きにしてしまえ！」

と、そういう声は鬼頭博士だ。

つづいて、ガチャガチャと鎖の音、ひとびとの駆けずりまわる足音が、ひとしきりつづいたかと思うと、あとはきゅうにしずかになった。

暗がりのなかにうずくまった御子柴くんの心臓は、早鐘をつくようにおどっている。

さっき階下で聞いたふしぎなことば……。

大悪人梶原一彦の脳をとって、ゴリラの頭に植えつける……。

そして、頭脳もからだもすばらしい、悪事の天才をつくりあげる……？　そんなことがはたしてできることだろうか？

御子柴くんはこっそりと、暗がりのなかからはいだして、ドアのそばへはいよった。そして鍵穴に目をあてると、そっとなかをのぞきこんだが、とたんに、あっと息をのんだ。

まるで大嵐に見まわれたように、取りちらかしたへやの中央、ちょうど鍵穴の正面の柱に、太い鉄のくさりでがんじがらめに、しばりつけられているのは巨大な怪獣、ゴリラである。ゴリラは目をいからせきばを鳴らし、フーフーと、あらい息使いをしながらも、おりおり、まだ、

「ウォーッ！　ウォーッ！」

と、怒りにみちたさけび声をあげている。

ゴリラのまわりには黒装束覆面の男が、十人ばかり立っているが、そのほかに、白い手術着に手術帽をかぶった男がふたりまじっていた。いうまでもなく鬼頭博士と里見助手だ。

そして、そのむこうには、大きな手術台が二台ならんでいるが、そのうちの一台のうえに寝ころんでいるのは、たしかに大悪人の梶原だ。梶原は死んでいるのか、ねむっているのかあのさわぎにもかかわらず、人形のように身動きもしない。

「ああ、骨を折らせやがった」

と、そうつぶやいたのは、世界的大学者といわれる鬼頭博士だ。せむしのほうをふりかえって、

「これというのもお小姓、おまえがいけないんだぞ。おれがあんなにいっておいたのに、注射の量をかげんするからだ。おかげで十六号は、ゴリラに首根っ子を折られて死んだじゃないか」

どうやら黒装束覆面の男たちは、番号で呼ばれることになっているらしい。そして、そのひとりがいまのさわぎで、死んだらしいのだ。そういえば、手術台のしたから、二本の足がのぞいている。

「すみません。これからは気をつけます」

せむしはペコペコ頭をさげている。

「これから気をつけたってはじまるもんか。十六号は生きかえりゃしないぞ」

そうどなりつけたのは大男の船長だ。

「まあいい、まあいい。出来たことはしかたがない。十六号はひそかに葬ってやれ。それより、このゴリラをねむらせることがだいいちだ。おい、里見くん」

「は、はい。……」

「なんだ、里見くん。きみはふるえているのかい、アッハッハ。そんな気の弱いことでどうするんだ。これから、世界的な大実験をしようというのに。さあ、はやく、このゴリラに注射をしたまえ」

「は、はい。しょ、しょうちしました」

そろいもそろった悪人たちのなかで、この里見助手だけは、やさしい心を持っているらしい。

かすかに体をふるわせながら、太い注射器をとりだすと、ゴリラの腕に注射をする。

ゴリラはまた、ものすごくたけりくるったが、太い鎖でがんじがらめにしばられているので、身うごきもできないのだ。

ゴリラはしばらく歯をむき出し、身をもみにもんで怒っていたが、しだいにその勢いがよわまっていくと、やがてぐったり首をうなだれた。どうやら眠りにおちたらしい。

御子柴くんは手に汗にぎり、かたずをのんでこのようすを見ていたが、そのときだ。だしぬけに頭のうえから、

「この小僧！」

と、われがねのような声が降ってきたかと思うと、うしろからむんずと首根っ子をつかまれた。

博士の訊問

「しまった！」

と、さけんだがもうおそい。気がつくと御子柴くんのうしろには、いつのまにやってきたのか、黒装束に三角頭巾の男がふたり、頭巾の穴から目をひからせて立っているのだ。

「この小僧、どこからやってきやがった」

「先生、先生。へんな小僧がしのびこんでおりますぜ」

ふたりの男のさけび声に、なかからドアをひらいたのは、大男の船長である。頭巾の穴から、御子柴くんの顔を見ると、

「やあ、こいつは宇野の休憩所にいた小僧じゃないか。さてはこいつ、おれたちの後をつけてきやがったな。おのれ、こうしてくれる」

と、ばかりに、船長はグローブのような大きな手で、御子柴くんの首をしめようとする。御子柴くんの背すじには、さっと恐怖の戦慄がはしったが、いいぐあいに、鬼頭博士がそれをおしとめた。

「船長、船長、殺すのはよせ。それより、その小僧にきいてみなければならんことがある。小僧、こっちへ来い」

「は、は、はい……」

御子柴くんはもうだめだとかんねんした。この連中、人殺しなんかなんとも思っていないのだ。じぶんはきっとここで殺されてしまうのだろう。

鬼頭博士はすごい目で、ギロリと御子柴くんの顔をにらむと、

「おお、なるほど、こいつはたしかに宇野の休憩所へとびこんできた小僧だな。しかし、待てよ。それよりまえにおれはどっかでこの小僧を見たことがある。里見くん、きみは思い出さないかね」

「は、は、はい」

里見助手はふしぎそうに御子柴くんの顔を見ていたが、きゅうにはっとしたように、

「あっ、き、きみは東京の新聞社の小僧……？　あ、そうだ、そうだ。そこにいる梶原が、おれんところへとびこんできたとき、警官といっしょにやってきた小僧だな」

鬼頭博士はあきれたように、御子柴くんの顔を見

ていたが、きゅうにさっと怒りの色をあらわすと、

「やい、小僧。きさま、新聞社の命令で、おれたちを尾行したのか」

ああ、これが世界的大学者といわれるひとの、つかうことばであろうか。

「い、い、いいえ。そ、そうじゃありません。ぼくが勝手に、じぶんの考えで尾行したんです」

「じぶんの考えで……？　それじゃ、おまえは梶原が、おれのところにかくれているのを知っていたのか」

「いいえ、はっきり知っていたわけじゃありませんが、そうじゃないかと思ったんです」

「それで、おまえそのことを、新聞社に報告したのか」

「いいえ、まだ。……だって、たったいままで梶原がいっしょかどうかはっきりわからなかったんですもの」

「ふうん、それで、おまえどうしてこの島へやってきた」

「ぼく、宇野から連絡船で、となりの島までわたったんです。それから今夜、いかだでこの島へながれついたんです」

「ふうん。それじゃ誰もおまえがこの島に、きていることは知らないんだな」

「はい」

そう答えてから御子柴くんは、思わずしまったと心の中でさけんだ。そのとたん、鬼頭博士の目のなかに、おそろしい殺気がほとばしるのを見たからだ。

「先生、先生。それだけきけばもう用はないでしょう。ひと思いに殺してしまいましょうか」

大男の船長は、またグローブのような手で、御子柴くんの首をひっつかむ。

「まあ、待て。しめ殺すのはかわいそうだ。それより穴ぐらへほうりこんで、生きるか死ぬか、運を天にまかせてやれ」

「そう、そう、それがいいですよ。ただしあの穴ぐらへほうりこまれちゃ、万にひとつも助かる見込みはありませんがね。イッヒッヒヒ」

気味のわるい声でわらったのは、あのヘビのように残忍な、せむしのお小姓である。

「お小姓。きさま、よけいなことをいうな」

「へえへえ。やい、小僧、こっちへ来い」

「ああ、先生、かんにんしてください。ぼく誰にもこんなこと、しゃべりません。命だけは助けてください」

　御子柴くんは必死となって抵抗する。しかし、せむしのお小姓と、大男の船長に抱きすくめられては、それこそ、鷲につかまれたスズメもおなじこと。お小姓と船長は泣きさけぶ御子柴くんを、へやの片すみまでひきずっていくと、床のあげぶたをひきあげた。

　と、見れば、そのあげぶたの下には、まっ暗なたて穴があいていて、底のほうからつめたい風がふきあげてくる。

「あっ、助けてぇ！　人殺し――――！」

　御子柴くんは、必死になってもがいている。見るに見かねてうしろから、かけよったのは里見助手だ。

「あっ、ちょ、ちょっと待ってください。そんなひどいことをしなくても……先生、先生、おねがいです。どうかこの少年をたすけてやってください」

「里見くん」

　鬼頭博士は怒りのために、まっ赤な顔をしている。

「きさまはこのおれを裏切る気か。小さいときから育ててやった、このおれの恩をわすれて裏切る気か」

「先生、すみません。しかし、なんぼなんでも、このような小さい子どもを……」

「船長、お小姓、いいからその小僧を、穴ぐらのなかへたたきこめ！」

　ああ、なんという残酷なことばだろう。なんという、鬼のような博士だろう。この人には、血も涙もないらしい。

「へえ、ようがす。やい、小僧、覚悟をしろ！」

　大男の船長に、力まかせに背中をつかれ、

「あああ！」

　と、おそろしい悲鳴をのこして、御子柴くんはまっ暗な穴ぐらのなかへ落ちこんだ。

　ああ、御子柴くんはそのまま穴ぐらの底へおちこんで、木っ葉みじんとくだけたろうか。いいや、諸君、安心したまえ。そうではなかったのだ。

　その穴ぐらのなかには、ななめにすべり台のようなものがついていて、そのうえを、御子柴くんはどこまでもどこまでも、すべり落ちていくのである。ああ落ちてしまった。この穴ぐらへおちこんでは、どうせ命はたすからぬ。

　里見助手は身ぶるいしながら、穴ぐらのなかをのぞいていたが、そのときだ。うしろから、やにわにお小姓が背中をついたからたまらない。

「あっ！」

　と、さけんで里見助手も穴ぐらのなかへおちこんでいく。

　これには鬼頭博士もおどろいて、いそいでそばへかけよった。

「先生いいですよ。あんななさけ心をもったやつをのこしておいちゃ、いつか先生の身の破滅になりますさあ。手術の助手なら、わたしと船長でつとまりますからね。イッヒッヒッヒ」

　ああ、なんという冷酷さ。ヘビのような男とは、このお小姓のことをいうのだろう。

骸骨の穴ぐら

　まっ暗なやみのすべり台を、どこまでもどこまでもすべり落ちていくうちに、探偵小僧の御子柴くんは、ふうっと気がとおくなって、それきり、何がなにやらわからなくなってしまった。

　それからどのくらいたったのか……。

　まっ暗やみのなかに身をよこたえて、夢うつつのさかいをさまよっていた御子柴くんは、だしぬけに、

「きみ、きみ、しっかりしたまえ。気をたしかにもちたまえ」

　と、やさしい声でゆすぶられて、はっとわれにたちかえった。

　御子柴くんはいそいで床の上におきなおると、キョロキョロあたりを見まわしたが、なにもわからぬやみのなか、むろん、あいての顔もかたちもわからない。

「だ、だ、誰ですか。あなたは……？」

　御子柴くんの声はふるえている。

「ぼくだよ。鬼頭博士の助手の里見というものだ」

　御子柴くんはそれをきくと、ぎょっとうしろへそりかえる。さっきのあの恐ろしい光景がまざまざと頭のなかによみがえってきたからだ。

　その気配をさっしたのか、里見助手は早口で、

「きみ、きみ、なにもこわがることはない。ぼくもきみとおなじように、悪人たちの手にかかって、こ

の穴ぐらへたたきこまれたのだ」

と、そういいながら、やみのなかを、御子柴くんのほうへにじりよってくる。

御子柴くんは半信半疑で、なおもうしろへ身をひきながら、

「そ、それはほんとうですか」

「うむ。きみをかばおうとしたのが、悪人たちの気にいらなかったんだ」

「すみません。それじゃぼくのために……」

「いや、きみのためばかりじゃない。前からぼくは先生に、あんな悪人たちといっしょに仕事をするのはよしなさいと忠告していたんだ。それがあいつらの気にさわっていたんだね」

「鬼頭先生のようなえらい学者が、なんだって、あんな悪者の仲間になったんです」

「ああ、それをいま話してあげよう。だけどそのまえに、きみの名まえはなんというの」

「ぼく、御子柴進というんです」

「新聞社は、どこの新聞社？」

「新日報社です」

「ああ、そう。ときに御子柴くん、きみ、マッチなんか持ってやあしないだろうね」

「ぼく、いつも懐中電灯をもっているんですけれど」

御子柴くんは、いついかなるばあいでも、うわぎのポケットから、万年筆がたの懐中電灯をはなさない。

御子柴くんがいそいでポケットに手をやると、天のたすけか、懐中電灯はクリップでポケットのふちにひっかかっていた。こころみにボタンをおすと、ぱっとあかるい円光のなかに、里見助手の顔がうきあがる。

「ああ、ありがたい。あかりがあるのとないのとでは、気持ちのうえでずいぶんちがう。ちょっとその懐中電灯をこっちへかしたまえ」

御子柴くんの手から懐中電灯をうけとった里見助手は、ぐるりとあたりを照らしたが、そのとたん、御子柴くんはおもわず、

「きゃっ！」

と、さけんで里見助手にしがみついた。

御子柴くんは決して、臆病者ではない。しかし、どのように勇敢な少年にしろ、そのとき、御子柴く

んが見たような光景をだしぬけに見せつけられたら、きっときもをつぶすにちがいない。御子柴くんと里見助手のまわりには、きみの悪い骸骨が、山のようにつんであるのだ。

いや、いや、御子柴くんと里見助手のふたりは、おりかさなって倒れている、たくさんの骸骨のまえにすわって話していたのだ。

「里見さん、里見さん。こ、これはいったいどうしたんですか。ここにある骸骨は、いったいどういう人たちですか」

里見助手もあまりものすごいあたりの光景に、しばらく息をのんで目を見はっていたが、やがてひたいに吹きだした汗をふくと、

「いや、いや、御子柴くん。これはなにも心配なことはないんだ。この島はむかし、まわりの島々の墓場になっていたということだ。この島には水もすくなく、土地もわるくて住めないので、まわりの島で人が死ぬと、この島へもってきてうずめたんだね。だから、ここにある骸骨はみんな遠い昔に死んだ人たちなんだ」

「し、しかし、里見さん」

と、御子柴くんはまだふるえ声で、

「こ、ここにあるこの骸骨には、頭をぶちわられたあとがありますよ」

里見助手も、その骸骨に目をとめると、

「ああ、それはきっとうえにいる、悪者どもに殺された人たちにちがいない。あいつらは人を殺して金をうばうと、死体をはだかにしてこの穴ぐらへほうりこむのだ。そうすると、いつか死体がくさって骨になり、ほかの骸骨と見わけがつかなくなってしまうんだ」

御子柴くんはそれを聞くと、あまりの恐ろしさにふるえあがった。ああ、それではじぶんたちもここでうえ死にして、いつかあのようにあさましい骸骨になってしまうのか……。

御子柴くんがそういうと、里見助手もうなずいて、

「そうだ、それがあいつらの狙いなんだ。われわれがうえ死にしたころを見はからい上からおりてきて、着物をはぎとっていくのだろう。骸骨になってしまえば、誰がだれやら、わからないからね」

「いやです、いやです。ぼく、こんなところで死ぬのはいやです」

御子柴くんは思わずさけんだ。

「それはぼくだって同じことだ。だからわれわれは力をあわせ、なんとかしてここを抜け出すくふうをしよう。ときに、御子柴くんきみの腕時計は何時だね」

「いま十時です」

「ぼくの時計もおんなじだ。われわれがここへつき落(おと)されたのは、ま夜(よ)なかの一時すぎのことだったから、われわれは九時間ほど気をうしなっていたことになる。それじゃもう、上では手術もすんだろう」

里見助手はそうつぶやくと、さも恐ろしそうに身ぶるいする。

「里見さん、里見さん。その手術とはどういうことですか。さっき聞いたところでは、梶原の脳をとって、ゴリラの頭にいれかえるとか……」

「そうなんだ。先生は動物実験で、しゅびよくそれに成功されたんだ。だからこんどは人間で、実験しようとしていられるんだ。これが成功されると、すばらしい頭脳をもちながら、肺病やガンにおかされて、いまにも死にそうになっている人たちの脳をぬきとり、強い、たくましい体をもった人間にうえかえる。そうすれば、すばらしい頭脳をもった人たちは、いつまでも元気でいられるとおっしゃるんだ」

「しかし、それでは強い体をもった人間はどうなるんです」

「だから、先生もおこまりになった。そこで人間のかわりにゴリラをつかうことになったんだが、さて、そのゴリラの頭にうえつける脳だ。むやみに人の脳を抜きとるわけにはいかんから、弱ってるところへとびこんだのが、大悪人の梶原だ。梶原はつかまったら死刑になる男だ。だから、それを実験の材料につかおうと、ねむり薬でねむらせて、はるばるこの島までつれてきたんだ」

「し、し、しかし、里見さん。そ、そんなことができるのですか」

「できるんじゃないかと思う。げんに、動物実験では成功したんだ。ある二匹の動物の脳を抜きとり、それをいれかえたところが、どちらもりっぱに生きていたんだ。だから、ぼくは恐れるんだ。梶原のあの悪の天才ともいうべき脳が、ゴリラの体内でよみがえったら……」

御子柴くんはそれを聞くと、全身の血がこおりつくような恐ろしさを、感じずにはいられなかった。ああ、そうなったら梶原にねらわれている由紀子さんの一家はどうなるのか……。

大悪人の再生

それはさておき、御子柴くんや里見助手にとっては、まずこの穴ぐらを抜けだすことがなによりもたいせつな仕事だった。

ふたりは懐中電灯で、くわしくあたりをしらべてみたが、地下ふかく掘りさげられたその穴ぐらは、四方をかたい岩にとりかこまれて、どこにも抜け出す口はない。

ただひとつ、出入りのできる抜け道は、あのすべり台しかないのだが、それは約十メートルほどもあり、しかも傾斜がきゅうなので、それをはいのぼろうなどとは思いもよらぬ。ふたりは四つんばいになり、いくどかのぼろうとこころみたが、ものの五メートルものぼらぬうちに、つるつる下へすべり落ちてしまうのだ。ふたりはまもなくへとへとにつかれて、べったりそこへすわってしまった。

「御子柴くん、懐中電灯は消しておこう。こうなったらあかりがなによりたいせつだ」

「はい」

懐中電灯を消して、くらがりのなかにすわっていると、心細さと同時に、空腹をかんじはじめた。御子柴くんは思い出したように腰に手をやったが、さいわい、べんとうをつつんだふろしきは、まだそこにぶらさがっていた。

「ああ、里見さん。ここににぎり飯があるんですけど、食べませんか」

「えっ、にぎり飯? きみが持ってきたの」

「ええ、ぼく用意してきたんです。里見さん、懐中電灯をつけてください」

懐中電灯の光のなかで、御子柴くんが竹の皮のつつみをひらくと、大きいにぎり飯が六つある。

「ここに水も用意してきました。ひとつ食べてください」

「それはありがとう。しかし、御子柴くん」

「はい」

「われわれは、いつまでもここにいなければならぬかもしれないから、水も食物もできるだけ倹約しよう。このにぎり飯を半分ずつ食おうじゃないか」

「はい、では、そうしましょう」

一つのにぎり飯をふたつにわって、半分ずつたべてしまうと、ふたりともいくらか元気が出てきた。そこでまたすべり台をのぼろうとするのだが、なんべんやっても同じこと、まるでアリ地獄におちたアリのように、もがいても、あせっても、ズルズル下へすべり落ちてしまうのだ。

そうして、その日はすぎた。いや、その日ばかりではなく、そのつぎの日もつぎの日も、すべり台をのぼろうとしては失敗し、がっかりしては暗やみの中にすわっていた。

さいわい水は岩のあいだからしみ出しているのを発見したので、のどがかわくようなことはなかったが、にぎり飯はもうすっかり食べつくしたので、ふたりとも、おなかがぺこぺこにすいていた。

「御子柴くん、こんなことをしてちゃいけない。なんとかして、ここを抜け出さなきゃならないが、それにはひとつの方法を思いついた」

「方法って、ど、どんなことですか」

「ここにある骸骨をすべり台にそってつんでいくのだ。そして、それを階段にして、すこしでも上へのぼってみよう」

ああ、それはなんという恐ろしい、気味のわるいことだろうか。

しかし、いまはそんなことをいっている場合ではない。ふたりはせっせとすべり台にそって骸骨をつみはじめたが、そのときだ。

だしぬけに上のへんから、すさまじいさけび声がきこえてきたかと思うと、すべり台のうえのあげぶたがあき、そこから誰か、すべり台のうえを矢のようにすべってきた。

「あっ、あぶない」

ふたりがさっと左右にとびのいたせつなガラガラと、つみかさねた骸骨のうえへすべり落ちてきたのは、なんと白い手術着をきた鬼頭博士ではないか。

「あっ、先生」

里見助手はおどろいて、鬼頭博士をだきおこしたが、そのとたん、なんともいえぬ恐ろしさに、里見助手も御子柴くんも思わず悲鳴をあげてとびのいた。

鬼頭博士はもののみごとに、首ねっこをおられて死んでいるのだ。しかし、恐ろしいのはただそればかりではない。誰かが怒りにまかせてかきむしったように、鬼頭博士のその顔は、人相のみわけもつかぬほど、くちゃくちゃにくずれているのだ。御子柴くんは全身の毛が、ぞっとさかだつのをおぼえた。

「ああ、いけない！」

　里見助手は目をつぶると、

「先生の手術は成功したにちがいない。大悪人梶原の脳は、ゴリラの頭のなかで生きかえったのだ。梶原は気がついてみると、じぶんがゴリラにされているので、怒りにまかせて先生をころしてしまったのだ」

　それを聞くと、御子柴くんは、この世のできごととも思われぬ、あまりの恐ろしさに歯の根ががたがたあわなかった。

「里見さん、里見さん。それでゴリラになった梶原が、このちどうするでしょうか」

「それはいうまでもない。まずだいいちに、三芳判事に復讐しようとするにちがいない。それから、こんごこの島にあつまっている、日本じゅうの悪人という悪人を手下につけ、悪事のかぎりをつくすだろう」

　ああ、そんなことになったら、由紀子さんはどうなるだろう。いやいや、危険なのは由紀子さんばかりではない。ゴリラにされた大悪人の梶原が、やけくそになってあばれまわったら、なにをしでかすかしれたものではない。危険といえば、誰もかれも危険なのだ。

「とにかく御子柴くん。もういちど骸骨をつみなおして、このすべり台をのぼってみよう」

　それはとてもやっかいで、むずかしい仕事であった。生きている人間とちがって、こわれやすい骸骨だから、うっかり力をいれてふんばると、すぐがらがらとくずれてしまう。

　しかし、それをやっとひとつずつ、うまくつみかさねていって、八、九メートルほどはいのぼると、

「しめた！　御子柴くん、ぼくに肩車をして、あげぶたを下から押してくれたまえ」

「はい」

　いわれるとおりに御子柴くんが、里見助手の肩にのって、あげぶたをそっと押してみると、さいわい、なんなく外へひらいた。

　こうなるとしめたものだ。身のかるい御子柴くん

は、ひらりと上へとびあがると、すぐ手をのばして里見助手をひっぱりあげる。そして、あらためてへやのなかを見まわしたが、そのとたん、ふたりとも、ぎょっと目を見はってあとずさりした。

ああ、なんということだ。手術台のうえには、脳をぬかれた大悪人、梶原の死体がよこたわっているではないか。

いや、いや、梶原の体は死んだけれど、あの悪の天才ともいわれる脳は、ゴリラの頭のなかに生きているのではあるまいか。

そのしょうこには、ちょうどそのころ、骸骨島をはなれていく、百トンあまりの小さな汽船のデッキのうえに、怪しい影がつっ立って、まじろぎもせずに島のほうをながめていた。その影は、まっ黒な頭巾(ずきん)にだぶだぶの黒いガウンを着ていたが、ガウンの袖(そで)や裾(すそ)からのぞいている、その手や足はたしかに人間ではなかった。いやらしい、毛むくじゃらのゴリラの手や足なのだ。ゴリラになった梶原は、島にのこしたじぶんの体に、こうして名残(なごり)をおしんでいるのではあるまいか。

その左右には大男の船長と、せむしのお小姓(こしょう)がうやうやしくすわっている。

ああ、こうして大悪人の梶原は、ゴリラとなって再生したのだ。あやういかな三芳判事とその一家！ 由紀子さんの身のうえにはどのような災難がせまってくることだろうか。

犬の遠ぼえ

御子柴くんがすがたを消してから、きょうでもう二十日あまりになる。

御子柴くんのつとめている、東京の新日報社ではしんぱいして、八方ゆくえをさがしたが、どこへいったかさっぱりわからぬ。

御子柴くんが東京駅から、三津木俊助と由紀子さんにだしたハガキは、それぞれ手もとへとどいたがそれにも、ちょっと旅行をするとだけしか、書いてないから見当(けんとう)もつかない。

なにしろ日に何万人、いや、何十万人という人が、乗ったり降りたりする東京駅だ。そのなかから、ひとりの少年のたよりを聞きだそうとするのはまったくむりである。

この御子柴くんのゆくえについて、いちばん心をいためているのは、由紀子さんはじめ、三芳判事とおくさんの文江さんだが、ほかにもうひとり、御子柴くんのことを、たいそうしんぱいしている人がある。

　いうまでもなくそれは、新日報社の三津木俊助。三津木俊助というのは、新日報社きっての腕きき記者で、いままでに、警視庁でも持てあましているような怪事件、難事件を、みごと解決したことが、なんどあるかしれないが、そんなとき、いつも俊助の片腕となってはたらくのが、探偵小僧の御子柴くん。

　その御子柴くんが、とつぜんゆくえ不明になったのだから、俊助のしんぱいは、ひととおりや、ふたとおりではない。

　前後の事情からおして、御子柴くんがゆくえ不明になったのは、大悪人の梶原が、あれきりすがたをかくしたのと、なにか関係がありそうに思われる。

　そういえば、御子柴くんも御子柴くんだが大悪人の梶原は、そののちいったいどうしたのだろう。警視庁では全国に手くばりをして、やっきとなってさがしているのだがいまもって、ぜんぜんゆくえがわからない。

　わからないのもどうりである。大悪人の梶原は、もうそのじぶん、鬼頭博士の手によって、ゴリラにされていたのだから。

　しかし三津木俊助は、そんなこととは夢にもしらない。三芳判事のところへいけば、なにかたよりが聞けるかもしれないと、こんやもこんやとて、芝公園のそばにある、判事のうちをおとずれたが判事もおくさんの文江さんも、また、梶原にねらわれている由紀子さんも、ただおろおろと気をもむばかりで、いっこうとりとめた便りも聞けない。

　がっかりした俊助が、三芳判事のうちを出たのは、もうかれこれ一時ごろ、こんやは空がくもっているので、外はまっ暗である。

　俊助は三芳判事のうちをでると、公園のなかを抜けていくことにした。そのほうが、ところどころに街灯がついているので、かえってあかるいのである。

　夜更(よふ)けのこととて、公園のなかにはむろん人かげもない。とおくのほうでときどき電車のきしる音がきこえるのが、そのほかには物音とてもなく、あたりは海の底のように、しいんとしずまりかえっている。

　俊助は足をはやめて、公園のなかほどまでやってきたが、そのときだ。

　とつぜん、公園の出口のほうで、けたたましく犬のほえる声がきこえた。

　しかも、それが一匹ではない。二匹、三匹、四匹、五匹……すくなくとも五匹の犬が、気がくるったようにほえているのだ。

　俊助は思わずはっと、暗がりのなかに立ちすくむ。あの犬のほえかたはただごとではない。ひょっとしたら梶原が、公園をぬけてやってくるのではあるまいか。

　はたして犬のほえ声は、だんだんこちらへちかづいてくる。それにまじって、

「ちくしょう！」

　だの、

「あっちへいけ！」

　だのと、にくしみにみちた、男のふとい声がちかづいてくる。

　俊助はすばやく木かげに身をかくしたが、そのとたん、五匹の犬にとりかこまれた、あやしいすがたが街灯のあかりのしたにあらわれた。

　それは頭からすっぽりと、まっ黒なとんがり頭巾(ずきん)をかぶり、からだには、これまたまっ黒なガウンをきた人物だが、そのあるきかたというのがふつうではない。

　まるで地をはうようにとんできたそのかっこうが、ゴリラにそっくりだ。しかも、街灯のしたまできて、すっくと立ちあがり、じだんだふみながら、大手をひろげたその手さきをみて、さすがの三津木俊助も、おもわずゾーッと全身に、あわだつのを感じずにはいられなかった。

　なんと、ガウンのさきからのぞいている、あのきみのわるい毛むくじゃらの手……それはあきらかに人間の手ではない、指ではない、猿(さる)の手なのだ。ゴリラの指なのだ。

　おまけに頭巾にあいているふたつの穴からのぞいている、あの両眼(りょうがん)のものすごさ。これまた人間の目ではなく、あきらかに野獣の目つきである。

　それでは、ゴリラが頭巾をかぶり、ガウンで毛むくじゃらのからだをつつんでいるのであろうか。しかし、それにしては、さっき犬どもにむかって、あ

っちへいけだのちくしょうだのとさけんでいたのは、いったい誰だったのだろう。

怪物は五匹の犬にとりかこまれ、ものすごい目をひからせながら、両手をさしあげ、じだんだふみ、怒りにみちたうなり声をあげている。それをとりまき五匹の犬が、いよいよますます、まるで気がくるったようにほえたてる。

俊助は手に汗にぎって、この異様な光景をみつめていたが、そのときだ。とつぜん、五匹の犬の一匹が、怪物の、のどめがけてとびかかった。

と、そのとたん、

「おのれ！　このやろう！」

ああ、なんと、ゴリラが口をきいたではないか。

さすがごうたんな俊助も、びっしょり全身に汗をかき、なにかしら、わるい夢にでもうなされているような気持ちだった。

いっぽう、怪物は、とびかかってきた犬の、しっぽをわしづかみにしたかと思うと、きりきりきりと宙にふりまわす。

「キャーン……キャーン……」

犬はふた声ばかり、悲しそうな声をたてたが、それきり声もでなくなったのは、目をまわして、気がとおくなったのだろう。怪物はその犬を、いやというほど大地にたたきつけると、犬はそれきりうごかなくなってしまった。

このいきおいにのこりの四匹は、さすがにおそれをなしたのか、すこしばかりあとずさりして、しかし、それでもまだ気がくるったようにほえている。

怪物は頭巾のおくから、ものすごい目で四匹の犬をにらみながら、

「おのれら、しょうこりもなくまだくる気か。くるならこい。かたっぱしから八つざきにしてくれる！」

怪物が両手をひろげたとたん、四匹の犬が同時にさっととびかかったが、

「おのれ！」

と、ゴリラがさけぶのと、

「キャーン」

と、一匹の犬が悲鳴をあげるのと、ほとんど同じしゅんかんだった。なんと、怪物は犬の上あごと下あごに両手をかけ、バリバリとひきさいて、大地にたたきつけたのだ。

これには三津木俊助も、ゾーッと総毛立つような

恐ろしさをかんじたが、犬たちもおそれをなしたか、しっぽをまいて逃げだした。

と、それといれちがいに、

「首領、首領、どうしました」

と、声をかけながら小走りに、怪物のそばへちかよってきたものがある。

袋づめ

「おお、お小姓か」

と、さすがに怪物も息をはずましている。

三津木俊助はしらなかったけれど、それこそ探偵小僧の御子柴くんを、死の穴ぐらへつきおとした、あのせむしのお小姓なのである。

「ああ、首領……」

と、さすがのお小姓も、そこによこたわっている、むごたらしい二匹の犬の死体に目をとめると、ゾッとしたようにうしろにとびのき、

「犬をやっつけたんですね」

「ふむ、あまりうるさくほえつきやがるので……」

「それにしても、大した力ですね。ところで首領、どこもけがは……？」

「ふむ、腕をすこしかみさかれた」

みればなるほど、だぶだぶのガウンの腕がかみさかれて、その下から、毛むくじゃらの腕がのぞいている。それをみると俊助は、またゾーッとした。

ああ、ゴリラが口をきく。いったい、これは夢ではないのか。

「首領、こんやはあきらめてかえりましょう。犬の声をききつけて、ひとがくるといけませんから。復讐はいつでもできます」

復讐――と、聞いて俊助はおもわずドキリと息をのむ。

「だって、お小姓、せっかくここまできたものを……」

「いけません、いけません。こんやはなんだかえんぎがわるい。首領の身に、もしまちがいがあったら、骸骨クラブの連中が、どんなにがっかりするかしれません。さあ、きずの手あては自動車のなかでしましょう。はやく、はやく……」

「まあ、待て。それじゃ、犬の死体のしまつをしていこう。ひとに怪しまれるといけないから」

それを聞くと俊助は、そっと木かげをはなれて、暗がりのなかを足音もなく、公園の出口まできてみると、はたしてそこに自動車がとまっている。

さいわい誰も乗っていない。自動車のうしろについている、トランクのふたをひらくと、これまたさいわい、からっぽだった。俊助はあたりを見まわし、すばやくトランクのなかへしのびこんだ。

ああ、大胆不敵な三津木俊助。かれはこうして、はからずも怪物の、あとをつけてみようとしているのだ。

それはさておき、犬の死体もかたづいたのか、それからまもなく怪物とお小姓が、公園のなかからでてくるとすぐ自動車にのって出発する。

トランクのなかの俊助は、いったい、どこをどう走っているのかけんとうもつかない。

こうして半時間、自動車はどうやら目的の場所へついたらしい。

俊助も怪物とお小姓が、自動車をでて、なにやら小声ではなしながら、立ちさるけはいを聞きさだめてから、そっとトランクのふたをひらいた。

それから、あたりのようすに気をくばりながら、トランクからはいだそうとしたが、そのとたん、やわらかい布のようなものが、頭の上からかぶさってきて、あたりがまっ暗になったと思うと、

「イッヒッヒ、飛んで火にいる夏の虫とはこいつのことだ。とうとうわなにかかりゃあがった」

あざけるようなお小姓の声。

しまった！　と、心のなかでさけんだ俊助が、必死となってもがいたが、もうそのときはおそかったのだ。頭からすっぽり袋をかぶせられた俊助は、つよい力でずるずると、トランクのなかからひっぱりだされた。

「きさまはいったい何者だ」

頭のてっぺんから足のさきまで、すっぽり袋につつまれた俊助は、いま米俵のようにゆかにころがされている。

そこは三十じょうもしけるかと思われる、コンクリートでかためた広いへやである。そのへやの正面は、一段たかくなっていて、そこに、さきほどの怪物が、ゆうぜんといすに腰をおろしている。そして、その左右にひかえたのは、大男の船長とせむしのお小姓である。

袋づめの俊助は、そのだんの下にころがされているのだが、そのまわりには、怪物とおなじ服装をした連中が、三十人あまりも、いすに腰をおろしたり、あるいは立ってぶらぶらしている。

胸についたどくろのマーク。それにいちいちナンバーがうってあるところからみれば、いつか探偵小僧の御子柴くんが、骸骨島でみた連中にちがいない。

「いったい、きさまは何者だ」

袋づめの俊助にむかって、そう声をかけたのは、あのヘビのように、いんけんなお小姓だ。

俊助はそれに対して、答えようか、答えまいかと考えている。お小姓はニヤリとざんにんな笑いをうかべると、

「おい、七号、そいつに答えられるようにしてやれ」

と、俊助のそばに立っている男にあいずをする。

「はっ」

と、答えた七号は、ポケットから、万能ナイフをとりだすと、なかからきりをひきだして、それを袋の上からつきさした。きりはちょうど俊助の、のどのまえにつきだした。

「おい、首領がおたずねだ。しんみょうに返事をしろ、返事をしないと……」

きりのさきが、チクリと俊助ののどをさす。

「あっ、ま、待ってくれ」

「答えるか」

「答える……」

「ふむ、よし」

せむしのお小姓は、にやりと笑って、

「いったいきさまは何者だ」

と、さっきとおなじことを聞く。

「新聞記者だ」

「なに、新聞記者だと……?」

怪物とお小姓、それから大男の船長の三人は、ぎょっとしたように顔を見あわせて、

「いったい、なに新聞の記者だ」

と、お小姓がせわしそうにきく。

「新日報社だ」

「なに、新日報だと……?」

うめくようにつぶやいて、怪しの首領が身をのりだした。

「それじゃ、きさま御子柴進という小僧をしってる

か」

　そうたずねたのはお小姓だ。

「な、な、なに御子柴進だと……？　それじゃきみたちは、探偵小僧をどうかしたのか」

「おお、あいつは探偵小僧というあだ名があるのか。その探偵小僧はな」

「おお、その探偵小僧は……？」

「ここから遠い、遠いところにある、人もすまぬ無人島の骸骨のいっぱいつまった穴ぐらで、いまごろはもううえ死にしているじぶんだ」

「なに、探偵小僧がうえ死に……？」

「おお、そうだ。ところで、きさまはなんという名だ」

「三津木俊助……」

「よし」

　と、お小姓は一同を見まわして、

「しょくん。この三津木俊助という新聞記者が、こんやわれわれを尾行してきたのだ。われわれの秘密をすこしでも、知ったものをすててはおけぬ。この男にいったい、どのような刑罰をくわえたものだろう」

　お小姓のことばもおわらぬうちに、黒装束の覆面の部下たちが、

「死刑だ、死刑だ」

　と、いっせいにさけんだ。

水葬礼

　隅田川の下流、小田原町から佃島へかかっている橋を、かちどき橋という。

　深夜の二時すぎ。

　むろん橋のうえには人かげもなく、隅田川の両岸や、東京湾のあちこちに、いかりをおろしている大小さまざまな汽船から、まっ暗な水のうえに落ちるともしびの色が、淋しい。

　空には星も月もなく、波の音がしだいに高くなってくるところをみると、嵐がちかづいたのかもしれない。

　ボーボー……。

　と、東京湾の沖から、ひと声、ふた声、汽笛の音がきこえたが、それがまっ暗な空にきえていくと、あとはまたもとのしずけさ。きこえるものといって

は、橋げたにうちよせる波の音ばかり。

と、このしずけさを破って、とつぜん一台の自動車が、佃島のほうからすべるように、かちどき橋のうえにやってきた。

橋のらんかんのところには、あかるい街灯がとりつけてある。自動車はできるだけその街灯の光をさけるようにして、橋のなかほどにぴたりととまった。

と、思うと、客席のドアをひらいて、そっと顔をだしたのは、つばのひろい帽子をかぶり、マスクで目をかくした男だ。

男は自動車のなかから、そっと橋のあとさきを見まわすと、

「七号、だいじょうぶのようだな」

と、ひくい声でささやいた。

「ふむ、だいじょうぶだとも、この時刻だもの」

そう答えたのは運転台でハンドルをにぎった男。この男も黒いマスクでまゆから鼻のうえまでかくしており、マスクにあいた二つの穴から、ゆだんなくあたりのようすをうかがっている。

「よしそれじゃ、はやいことやっつけよう。七号、手つだってくれ」

「よし、十八号、はやくその荷物を車のなかからひきずりだせ。おれがあたりを見張っていてやる」

そういいながら七号は、すばやく運転台からとびおりると、あたりのようすに気をくばっている。かれらはたがいに名まえをいわず、番号で呼びあうことにしているらしい。

「よし」

と答えて十八号も、自動車からとびおりると、これまたあたりのようすに気をくばりながら、ずるずるとひきずりだしたのは、人間のかたちをした麻袋(あさぶくろ)。いうまでもなく、袋のなかの人間とは新日報社の三津木俊助。

「七号、いいな」

「だいじょうぶ、だいじょうぶ。人のこぬうちに早く、はやく」

「よし、それじゃ頭のほうをもってくれ、おれが足のほうをもつ」

「ふむ、よし」

十八号と七号は、袋づめになった俊助の頭と足をかかえると、自動車のそばをはなれて、橋のらんかんに走りよる。

俊助は気でもうしなっているのか、口もきかねば身うごきもしない。

「やい、俊助、これがさいごだ。念仏でもとなえていろ」

「悪者を追っかけるのは、地獄へいってからにしろ、アッハッハ」

「さあ、十八号」

「よし、それじゃおれがあいずをしよう。一、二イの三」

十八号がさけんだかと思うと、ふたりの悪者は袋づめの俊助を、頭上たかくさしあげて、さっと川のなかへ投げおとした。

「ああ、ああ」

麻袋が橋のらんかんをはなれたとたん、袋のなかから、俊助のさけびがもれたが、それもつかのま、大きな水音をたてて水面へおちると、袋はぶくぶくと、川ぞこふかくしずんでいく。

「これでしゅびよくかたづけたわけだな」

「そうだ、そうだ。三津木俊助といえば、新聞記者というより、名探偵としてゆうめいな男、つまり、われわれにとっては目のうえのたんこぶだ。それがこんなにかんたんに片づいたのは、首領の運がつよいからだ」

「そうだ、そのとおりだ。それじゃひとめにつかぬうちに早くかえって、このことを首領に報告しよう」

七号と十八号のふたりの悪者は、あたりを見まわし誰も見ているもののないことをたしかめると、そそくさと自動車にとびのり、橋をわたって、小田原町の暗やみへすがたを消した。

ところが、その自動車が見えなくなるとすぐうしろから、またもや、やってきたのは一台の自動車。さっき三津木俊助が投げこまれた、らんかんのそばまでくると、ぴたりと自動車をとめ、運転台からとびおりたのは、とりうち帽子をまぶかにかぶり、黒メガネをかけた青年だ。

らんかんによじのぼって、暗い川のおもてをのぞきながら、

「御子柴くん、御子柴くん。さっき、あいつらが川のなかへ、何か投げこんでいったのは、たしかにこのへんだったね」

「そうです、そうです。里見さん」

と、そう声をかけながら、自動車のなかから出てきたのは、なんと探偵小僧の御子柴くんではないか。

御子柴くんもらんかんによじのぼって、川のなかをのぞきながら、

「なんだか大きな袋のようなものでしたね」

「うん、それに袋がらんかんをはなれたとき、ああっ、というような声がきこえたぜ」

「里見さん、里見さん。ひょっとすると、あの袋のなかには、三津木さんがはいっていたのじゃありませんか」

御子柴くんの声はふるえている。

「ようし」

と、そうさけんで、らんかんから橋のうえへとびおりたのは、鬼頭博士の助手の里見青年だ。

里見助手が大いそぎで、オーバーや服をぬぎはじめたから、探偵小僧はおどろいた。

「あっ、里見さん、どうするんですか」

「どうもこうもない。あれが誰であったにしろ人間を見殺しにはできぬ。御子柴くん、洋服の番をしていてくれたまえ」

と、たくましいパンツひとつのはだかになった里見青年。海軍ナイフを口にくわえると、ふたたびらんかんの上によじのぼり、大きく深呼吸をしたのち、ざんぶとばかりに川のなかへとびこんだ。

御子柴くんは里見青年のオーバーや洋服をかかえたまま、らんかんに息をこらしてまっ暗な橋の下をのぞいている。橋の下には、橋げたにあたってくだける波の音しかきこえなかったが、まもなく、ボチャボチャと水をかきまわす音がきこえてきた。

「あっ、里見さん、見つかりましたか」

「いや、まだ」

里見助手はただひと声こたえると、一呼吸二呼吸と、大きく深呼吸をしておいて、またもや川底へもぐっていく。

こんどもだめだった。ポッカリうきあがった里見助手は、みたび大きく深呼吸をすると、こんどはすこし方角をかえてもぐりこんだ。

橋のうえでは御子柴くんが、手に汗にぎって待ちうけている。里見助手はずいぶんながいあいだもぐっていた。

もしや里見さんの身にまちがいが……と、御子柴くんが気をもみはじめたころ、やっと水をかく音と、

くじらが汐を吹くような息づかいがきこえてきた。

「あっ、里見さん、どうでした」

「ああ、見つかったよ。やっと袋をきりひらいて助けだした。御子柴くん、自動車を小田原町のほうへもっていってくれたまえ」

と、いいながら、ぐったりと気をうしなった俊助のからだをだいて、里見青年は暗い川のおもてを横ぎっていく。

もぬけのから

　こうして俊助はすくわれた。

　じぶんをすくってくれたのが、探偵小僧の御子柴くんと、そのお友だちであると知ったとき、三津木俊助がどんなにおどろいたか、また、よろこんだかというようなことは、あまりくだくだしくなるから、これははぶくがふたりがどうして俊助の、水葬死の場にいきあわせたかということだけは、ごくかんたんに述べておこう。

　骸骨島からようやくのことで、東京へかえってきた探偵小僧の御子柴くんと里見助手は、獣人魔の一味にゆだんをさせるため、わざと姿をかくして、ひそかに由紀子さんの家を見張っていたのだ。いつか獣人魔梶原が、復讐のためにやってくるだろうと思ったからだ。

　ところが、はたせるかな、夕べそれらしい姿を見つけたので、おまわりさんにそれを知らせようと思っているとき、とびだしたのが三津木俊助、梶原ののってきた自動車のうしろのトランクへかくれるところを見たから、もしものことがあってはならぬと、ひそかに自動車で後をつけたのだ。

　そうして、獣人魔のかくれ家をつきとめ、しばらくそこを見張っているうちに、覆面をしたふたりの男が、人間のようなかたちをした、麻袋を自動車に積んでいくのを見て、もしやと思ってあとをつけたのだった。

　三津木俊助はその話からひきつづいて、骸骨島における、おそろしい鬼頭博士の実験をきかされたとき、それこそ大地がゆれるような大きなおどろきにうたれた。

　もし、じぶんじしん、口をきくゴリラのような怪物を見ていなかったら、俊助はきっとふたりを、気ちがいだと思ったことだろう。しかし、ゴリラはじっさいに口をきいたのだ。と、すれば鬼頭博士の実験は成功し、大悪人梶原のたましいが、頭脳が、ゴリラの体で再生したものとしか思われない。

三津木俊助の気力体力がかいふくするのを待って、このことはただちに警視庁へ報告された。

ちょうどそのとき、警視庁にはおなじみの等々力(とどろき)警部がいなかった。そして、この報告をうけたのは、糟谷(かすや)というわかい警部だったが、糟谷警部はばかにして、三人の話をほんとうにしなかった。

それでも、三人があまり熱心に話をするので、それではともかくいってみようと、五、六人の警官をよびあつめ、探偵小僧や里見助手を案内として、獣人魔が根城(ねじろ)としていた、佃島にある古ぼけた倉庫にでかけていった。

しかし、そのときにはすでに、倉庫のなかはもぬけのからで、かくべつ怪しいふしも見あたらない。

「アッハッハ、やっぱりわたしの思ったとおりだ。人間の頭脳をゴリラの頭にうえつけるなんて、そんなばかげたことができるはずがない。三津木さん、あんたもそんな話を信用するなんて、よほどどうかしていますね」

「しかし、警部さん。ぼくじしん、その怪物を見たんですよ」

「ゴリラが口をきいたんですか、アッハッハ。三津木さん、あんた酔っぱらってたんじゃないんですか。それとも夢でも見たかな。アッハッハ、三津木俊助もやきがまわったかな」

なんとあざけられてもしかたがない。がらんとした倉庫のなかには、どこにもそんな怪物がいたというしょうこはないのだから。

「やれやれ、朝っぱらからとんだむだ足をふまされた。さあ、みんなひきあげだ」

こうして、警視庁ではぜんぜん三人のいうことをとりあげないので、こうなったらしかたがない。じぶんたちの手で三芳判事の一家をまもろうと、まい晩のように三人で、こっそり判事の家をまもっているうちに、まったく思いもかけぬ方面で世にも奇怪な事件がもちあがり、それをきっかけとして、東京都民は、恐怖のどん底にたたきこまれるはめになったのだった。

東京の一角、目黒(めぐろ)のほとりに、志賀恭三翁(しがきょうぞうおう)のひろい大きな屋敷がある。

志賀恭三翁といえば、すぐ誰でも、ああ、あの人かとうなずくほど、ゆうめいな日本の、いや、世界の真珠王である。

さて、三津木俊助があやうく水葬死をまぬがれてから、ひと月ほどのちのこと、目黒にある志賀恭三翁のお屋敷はたいへんなにぎわいだった。

その日は恭三翁の七十回めの誕生日にあたっていた。七十回めの誕生日は古稀の祝いといって、さかんにお祝いすることになっている。なにがさて、ゆうめいなお金持ちの恭三翁のこととて、そのお祝いのさかんなことといったら、お祝いは正午ごろからはじまりひろいひろい庭には、あちこちにテントが張られ、すしでも、おしるこでも、コーヒーでも、なんでも自由に食べたり飲んだりすることができるようになっている。

それからまた、大きな舞台がつくられて、そこでは手品だの奇術だの、かわいい少女のダンスだのと、ひっきりなしに余興がおこなわれている。

庭の一角には高だかとアドバルーンがあげられて、そのひかえ綱にひるがえるのぼりには、お祝いのことばが染めぬいてある。空には万国旗がクモの巣のように張りめぐらされ音楽の音もうきうきと、何百人とあつまった客の心をうきたたせる。

この恭三翁のお祝いはひと月もまえから評判になって、なんども新聞にでたくらいだが、それにはひとつわけがある。

恭三翁には、子どもやお孫さんが大ぜいあるが、その人たちが集まって、おじいさまへのお祝いとして、おくりものにしたのが真珠の宝舟。

それは長さ一メートルほどの、昔の西洋の帆船のかたちをしているが、その船、ぜんたいにちりばめられた真珠のねだんがなんと五百万円もするという。

その真珠の宝舟を見せるというので、前まえから評判にもなり、また、こうして、大ぜいのお客さまが集まったわけだ。

その真珠の宝舟は、階下の大広間にかざってあり、そのまわりには、絶えず人の波がうずまいていたが、夕方の四時ごろともなれば、汐がひくように人影もまばらとなり、やがて、お客はひとりもいなくなり、のこっているのは、この宝舟の見張りのために警視庁からよこされた、糟谷警部とふたりの部下だけ。

糟谷警部の部下は、ほかにも、大ぜいきているのだが、それらの人たちはふつうの服で、お客さまのなかにまじっている。

なにがさて、何千万円もするという宝物が大ぜいの人の目にさらされるのだから、どのような悪者がまぎれこまないともかぎらぬと、警視庁であらかじめ、げんじゅうにけいかいしたのだ。

さて、夕方の四時半ごろのこと。糟谷警部とふたりの部下が、ゆだんなく宝舟を見張っていると、とつぜん、へやのなかでカチャリと、金属のふれあうような音がした。

はっとした糟谷警部は、あわててあたりを見まわしたが、べつにかわったところもなく、ただ、ホールのすみにたてかけてある、西洋のよろいが銀色に、かがやいているばかり。

糟谷警部がほっとして、ひたいの汗をぬぐおうとしたとき、またしてもカチャリと金属製の物音。

糟谷警部はぎょっとして、物音のするほうへふりかえったが、そのとたん体じゅうの毛という毛がさかだつような恐ろしさにうたれた。

なんと、あの銀色にかがやくよろいが、カチャリ、カチャリときみのわるい音を立てながら、生きもののごとく、真珠の宝舟めがけてあるいてくるではないか。

銀色の怪物

「あっ！」

と、さけんだ糟谷警部とふたりの部下は、あまり思いがけないできごとに、あっけにとられたままだ。奇怪な西洋のよろいはその三人をしりめに、カチャリ、カチャリと真珠の宝舟めがけてあるいてくる。

「だ、だ、だれだ！」

糟谷警部のくちびるから、やっとそれだけの声がでた。

しかし、奇怪なよろいはそれに答えず、カチャリ、カチャリとかざり台のそばまでくると、むんずとばかり腕をのばして、真珠の宝舟に手をかける。

「お、おのれ！」

と、さけんだ糟谷警部、腰のピストルをひきぬくと、ズドンと一発ぶっぱなしたが、なにしろあいては鋼鉄製のがんじょうなよろいだ。たまはカチッと音をたててはねかえる。

そのとたん、鋼鉄製のマスクの下から、

「ウォーッ！」

と、世にもおそろしいさけび声。それを聞くと糟谷警部とふたりの部下はぎくっとして、思わず二、三歩あとずさりする。奇怪なよろいはそれをじろりとしりめにかけると、真珠の宝舟を小わきにかかえて行きかかる。

それを見ると糟谷警部とふたりの部下は、

「おのれ、待て！」

と、さけぶとともに、ズドン、ズドンとめちゃくちゃに、ピストルの弾丸をぶっぱなす。しかし、むねん、うちだすたまはことごとく、よろいにあたってはねかえるのだ。

それをみると部下のひとりは、たまりかねたかピストルをすて、むんずとよろいに組みついていく。鋼鉄のよろいは右手に宝舟をかかえたまま、左の腕で刑事の首っ玉をだきしめたが、とたんに刑事は、

「わっ、あ、あ、あ……」

と、世にも情ない悲鳴をあげ、しばらく手足をばたばたさせていたが、やがて、ぐったり動かなくなってしまった。

ああ、なんという怪力！　鋼鉄のよろいの左腕に首をしめられて、刑事は息がつまってしまったのだ。

目のまえのこのおそろしい光景に、糟谷警部と部下のひとりは、ぼうぜんとして目を見はっていたが、鋼鉄のよろいが刑事のからだを投げすて、ゆうゆうとしてバルコニーから出ていこうとするのを見て、はじめてはっとわれにかえった。

警部は、はっと思いついたように、ポケットから呼子をとりだし、

「ピリピリピリ……」

と、気が狂ったように吹き鳴らす。

一方邸内では、あの鋼鉄のよろいのものすごいさけび声が邸内のすみずみまでひびきわたったとき、まるでそれが合図でもあったかのように、庭のあちこちからぱっと煙がまいあがった。

余興場、お茶のみ場、りんじにこしらえた仮便所……と、あとで数えてみると合計七カ所から、メラメラと赤いほのおと紫色の煙がもえあがったから、

「あっ、火事だ、火事だ！」

「誰かが、邸内に火をつけたぞ！」

と、お客は右往左往とにげまどい、ひろい庭のなかも、芋をあらうような混雑になったが、そこへきこえてきたのが、ズドン、ズドンというピストルの音。

　これがいよいよひとびとの恐怖にわをかけて、志賀恭三翁のおやしきは、上を下への大そうどうになったが、そこへとびだしてきたのがよろいのおばけ。

　志賀恭三翁のやしきに、みちあふれていた人びとは、バルコニーからとびだしてきた、銀色のよろいのすがたを見ると、

「わっ！」

　と、さけんで左右にゆれる。

「そいつをつかまえろ！　その曲者をつかまえてくれ！」

　バルコニーから糟谷警部がやっきとなってさけんでいる。糟谷警部もさっきの曲者の怪力をみれば、とてもとびかかっていく勇気はないのだ。

　そのさけび声におうじて三人の刑事が、バラバラと、よろいの前に、立ちはだかった。だが、つぎのしゅんかん、三人とも地面にたおれて、息もたえだえになっていた。

　真正面からきた刑事は、身をしずめて突進してくるよろいに頭突きをくらわされてあおむけざまにひっくりかえり、あとふたりは西洋のよろいがふりまわす、左の腕にぶんなぐられて、三、四メートルもけしとんでいた。

　このおそろしい腕力に、見ている人たちはきもをつぶして、もう誰も手出しをしようとするものはない。

　真珠の宝舟を左の腕にもちかえた西洋のよろいは、ゴールへ突進するラグビー選手のように、むらがる人びとをつきのけ、かきわけ、庭の一角へ走っていく。

　そのうしろから私服の刑事や警官が、ズドン、ズドンとピストルをぶっぱなすのだけれど、たとえ弾丸はあたっても、みなはねかえされるばかり。

　志賀恭三翁の邸内はいよいよ上を下への大さわぎだ。

　七カ所からもえあがった火は、すぐにひとびとが消しにかかったので、それほど大きく燃えひろがらなかったが、がんらい火事というものは、人の心をさわがせ、うろたえさせるものである。その火事で

大混雑をしているまっただなかへ、銀色の怪物がとびだしてきたのだから、あたりはいよいよ大さわぎ。

　それにしても、西洋のよろいをきた曲者は、いったい、どうして逃げだすつもりだろう。たとえ、いかに怪力にしろ、また、いかにピストルの弾丸をうけつけぬよろいをきていようとも、こうして大ぜいの警官にとりかこまれたら、いずれはつかまるよりほかにしかたがないのではないか。

　ところが、その怪物にはちゃんと逃げみちが用意してあったのだ。

　その日、志賀恭三翁の庭のいっかくには軽気球あげ場がこしらえられてあった。お客は希望によってその軽気球にのって空たかくまいあがり、東京じゅうをひとめで見物することができるのである。

　恭三翁の庭であの火事さわぎや、怪物さわぎがおこったとき、空たかく舞いあがっていた軽気球には、恭三翁が目のなかにいれてもいたくないほどかわいがっている、お孫さんの百合子さんと、百合子さんのおにいさんの三千男くんとが乗っていた。

　百合子さんはことし十二、三千男くんは三つうえの十五才、百合子さんは小学校だが、三千男くんは中学生である。

　ふたりは空に高く舞いあがった軽気球のうえから、東京見物をしながらたのしんでいたが、そのうちに百合子さんがふと下のさわぎに気がついて、

「あら、おにいさま、お家が火事よ。お家がもえているわ」

　百合子さんのさけび声に、ふと下を見おろした三千男くんも、

「しまった」

と、おもわず軽気球のかごのなかから身をのりだした。

　この軽気球は、一本のつなで地上へ、つなぎとめられていて、地上には滑車がそなえつけてあり、それを捲くことによって、つなをたぐって軽気球を引きおろすのだ。

獣人魔の逃走

「ああ、百合子、だいじょうぶだ。ほら軽気球番のおじさんが、一生けんめい滑車をまいている。ぼくたちはまもなく地面へおりることができるよ」

なるほど地上では軽気球番の老人が、だいじなお孫さんにまちがいがあってはならぬと、汗をたらして滑車をまき、軽気球は目に見えて、ぐんぐん高度をさげていく。

「おにいさん。でも、何ごとがおこったんでしょう。みんな大さわぎをしているわ」

「誰かが、タバコのすいがらでもすてたんだろう。でも、あんなに大ぜいひとがいるんだもの、きっとすぐ消えるよ」

だがそのときだ。ズドン、ズドンとピストルの音がきこえて、あの銀色の怪物が、バルコニーからとびだしてきたのは……。

「あっ、おにいさま。あれ、なんでしょう。なんだか、ぎらぎら銀色にひかっているわ」

「あっ、百合子、たいへんだ。あいつ、真珠の宝舟をかかえている！」

「おにいさま、どろぼうなの？」

百合子はさっと青ざめて、兄の三千男くんにすがりつく。

「そうかもしれない。それで警官がピストルをうっているのだ」

軽気球はいまや、地上三十メートルぐらいのところまでさがっているので、地面のようすが手にとるように見えるのだ。

銀色の怪物は、いつのまにやら真珠の宝舟を背にむすびつけ、軽気球あげ場の滑車のそばまでかけよると、いきなり軽気球番のおじさんをけたおした。

おじさんの手をはなれた滑車は、またくるくると逆転して、せっかく高度のさがった軽気球が、またずんずんと上昇していく。

「あっ、おにいさま！」

「百合子！」

軽気球のうえでは三千男くんと百合子さんとが、ひしとばかりにだきあったが、こちらは西洋のよろいをきた怪物だ。軽気球のひかえづなにとびつくと、腰の短剣をぬきはなち、じぶんの足もとからプッツリたちきったからたまらない。

軽気球は糸のきれた風船のように、ふわりふわりと空たかくのぼっていく。おどろいたのは志賀恭三翁をはじめとして、うちのひとたち。

「あっ、軽気球がとんでいく！」

「あの軽気球にのっているのは三千男さんと百合子

さんじゃない？」

「あっ、そうだ、そうだ、三千男と百合子だ。おお、神さま！」

　恭三翁はあまりのおどろきと、悲しみに大ぜいの人たちに取りかこまれて、とうとう気をうしなってたおれてしまった。

　さて、こちらは軽気球の三千男くんと、百合子さんだ。

「ああ、おにいさま。あの悪者がだんだんこちらへのぼってきてよ」

「ああ、百合子。しっかりぼくにだきついておいで」

　ふたりがひしとだきあっているうちにも、あのおそるべき怪物は、しだいに綱をのぼって、軽気球にちかづいてくる。やがて軽気球のかごまでたどりつくと、たくみにかごにかかっているあみの目をつたって、ひらりとなかへとびこんだ。

「あれえ！　おにいさま！」

　百合子さんは、いまにも気絶しそうな声をあげて、三千男くんにむしゃぶりついたが、それもそのはず、綱をのぼってくるうちに、かぶとと面（めん）あてがどこかへとんで、その下からあらわれたのは、なんとゴリラの顔ではないか。

×

「三津木さん、三津木さんたいへんです！」

　と、新日報社の編集室へとびこんできたのは、探偵小僧の御子柴くん。

「いま、目黒にある真珠王志賀恭三翁のところへ、わけのわからぬ怪物があらわれて、真珠の宝舟をうばったうえ、軽気球にのって逃げたそうです」

「なに、軽気球にのって逃げたあ？」

　三津木俊助は、びっくりして目をまるくする。

「ええ、そうです。だから三津木さんとぼくにヘリコプター新日報号にのって、軽気球を追跡するようにと編集局長の命令です」

「ようし、探偵小僧来い！」

　ふたりが屋上へとびだすと、すぐ飛行服に身をかため待っているヘリコプター、新日報号にとびのった。新日報号は、爆音もいさましく、ただちに新日報社の屋上からとびたった。

　さて、一方こちらは目黒の上空だ。軽気球はフワリフワリと空たかくのぼっていったが、そのとき、どこからとんできたのか、一台の怪ヘリコプター。

軽気球からぶらさがっている、綱の下をゆるく輪をえがいて飛んでいたが、やがて機上から出た腕が、あやうく綱の先をとらえた。そして、それをヘリコプターの一部にむすびつけると、そのまま、東の空へとんでいく。

おお、志賀恭三翁のやしきから、真珠の宝舟をうばいとったのは、獣人魔となった梶原なのだ。獣人魔梶原には、大ぜいの部下のいることは、みなさんもごしょうちのとおりだが、かれらはヘリコプターさえも持っているのだ。

その怪ヘリコプターを操縦しているのは、たしかにせむしのお小姓ではないか。

一方、こちらは三津木俊助と、探偵小僧の御子柴くんをのせた新日報号だ。目黒の上空までやってくると、

「あっ、三津木さん、あそこに軽気球がとんでいる!」

さっきから双眼鏡を目におしあてていた御子柴くんが、東の空をゆびさしながらさけんだ。

軽気球は、いまやゴム風船ぐらいの大きさで、しだいに暗くなっていく空にうかんでいるのだ。いや、ただうかんでいるのではない。怪ヘリコプターにみちびかれて、ゆらりゆらりとゆれながら、東の空へとんでいくのだ。

三津木俊助の合図によって、新日報号は、スピードをあげ、怪ヘリコプターにせまっていく。

むこうはなにしろ、軽気球をむすびつけているので、あまりスピードを出すことができない。これさいわいと、ぐんぐんあいだをちぢめていった新日報号の機上より、熱心に双眼鏡をのぞいていた探偵小僧の御子柴くんは、とつぜん、あっとさけんで三津木俊助の腕をつかんだ。

「わかっている、わかっている!」

三津木俊助も双眼鏡をのぞきながらうなずいた。

「獣人魔、梶原一彦ですね」

「ふむ、いよいよあいつが悪事にのりだしたんだ」

「しかし、それにしても、あのかごの中にいる少年少女は誰でしょう」

「さあ、誰だかわからないが、かわいそうに」

三津木俊助と探偵小僧の双眼鏡には、西洋のよろ

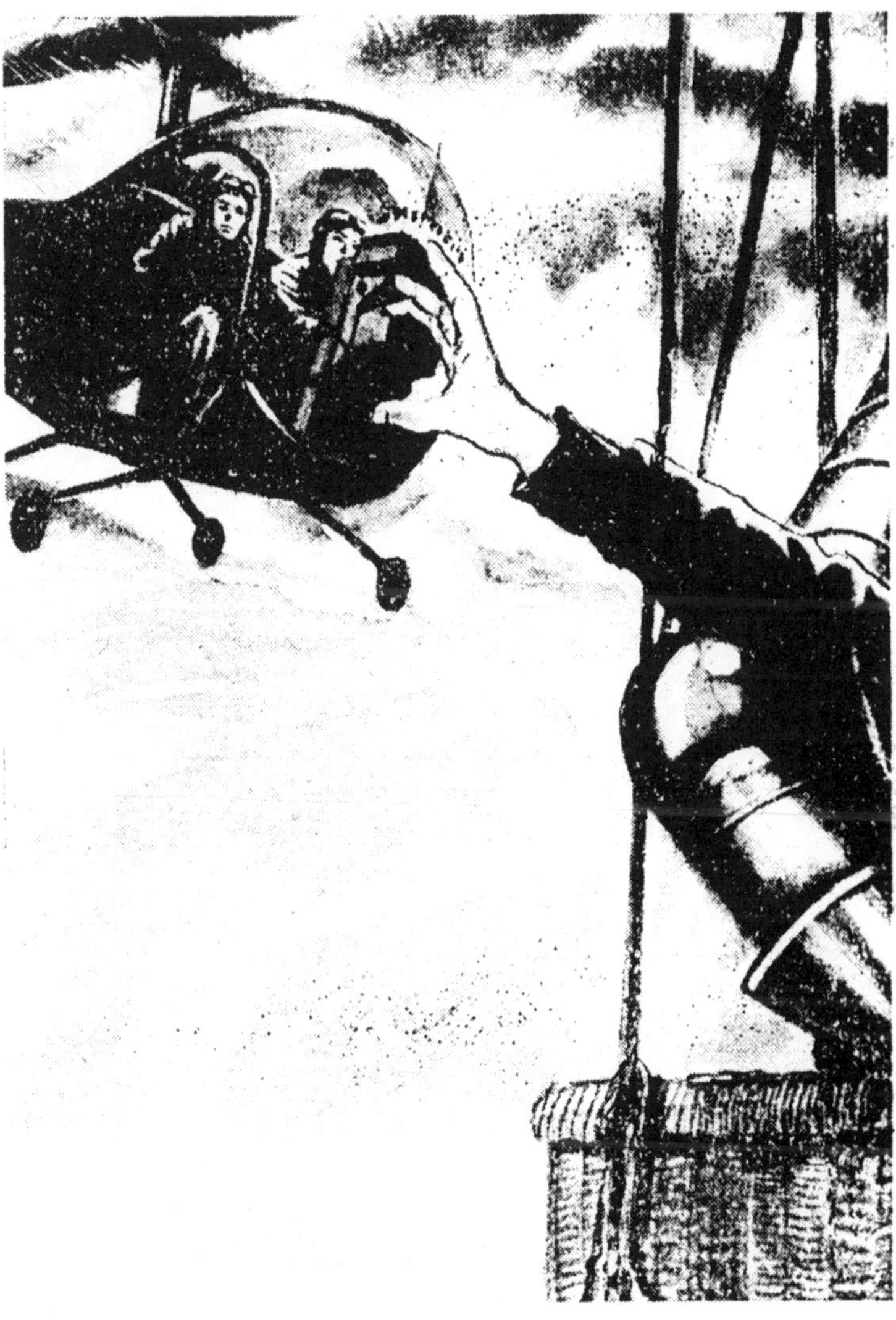

いをきた獣人魔梶原にだきすくめられ、小鳥のようにふるえている、哀れな三千男くんと百合子さんのすがた……。

　ヘリコプター新日報号は、いよいよスピードをあげて、怪ヘリコプターに接近していったが、そのとき、はるか南の空からとんできた、もう一台のヘリコプターが、二台のヘリコプターのあいだにわりこむと、とつぜん、新日報号にむかって、
　タ、タ、タ、タ、タッ！
と、機関銃をうってきた。

空中戦

「しまった！」

と、双眼鏡をにぎったまま、青くなってさけんだのは探偵小僧の御子柴くん。

「獣人魔の味方のやつが、獣人魔の逃走をたすけるためにやってきたんですね」

「ちくしょう！」

　三津木俊助も顔色かえて、くやしそうにくちびるをかむ。

　なるほど、こういう手があるからこそ、獣人魔梶原一彦は、軽気球にのってゆうゆうと、味方のヘリコプターにみちびかれて行くのだ。

　怪ヘリコプターは、いよいよ新日報号にせっきんしてきて、
　ダ、ダ、ダ、ダ、ダ、
と、機関銃をうってくる。

　夕やみせまる大空のうすくらがりに、機関銃のはく火花が、線香花火のように青じろく明滅する。

「いけない、いけない。操縦士くん」

と、さすがの三津木俊助もあおくなった。

「退却だ、退却だ！　うっかりしてると、あのヘリコプターに撃墜されてしまうぞ」

　せっかくここまで獣人魔をおいつめながら、みすみす見のがすざんねんさ……。しかし、いまはそんなことをいっているばあいではない。武器をもたぬかなしさ、逃げだすよりほかにみちはないのだ。

　舵機をにぎった操縦士は、すでに進路をかえていた。

　ところが、おどろいたことに、よこあいからあらわれた怪ヘリコプターは、新日報号をおっぱらうだ

けでは満足せず、しつこくあとから追ってくるのだ。そしてヘリコプターの距離が、機関銃の射程内へはいったとみるや、ダ、ダ、ダ、ダ、ダとうってくる。どうやら相手はあくまで、新日報号をうちおとすつもりらしいのだ。

それに気がつくと三津木俊助と御子柴くん、それから舵機をにぎった操縦士も、青くなってふるえあがった。

「おい、探偵小僧これはいけない。万一のばあいにそなえて、パラシュートを身につけておけ。操縦士くん、きみも……」

「は、は、はい、三津木さん」

「だいじょうぶだ。パラシュートさえ身につけておれば新日報号に故障があっても、命だけはたすかるだろう」

「三津木さん、こうなりゃあ、死なばもろともでさあ」

さすがは新日報社の社員だけあって、操縦士はごうたんに笑っている。御子柴くんも、じぶんのふるえたのが恥かしくなってきた。

あたりを見まわすと、もうすっかり暗くなっていて、むろん、あの軽気球をつないだヘリコプターは、東京湾の上空はるか、いずこともなく逃げていった。

そして、いま三人ののっている新日報号のうしろからは、あのおそろしい怪ヘリコプターが、執念ぶかくつけてくるのだ。

三津木俊助と御子柴くん、それから操縦士の三人は、手ばやくパラシュートを身につけると、いつでもヘリコプターからとびだせる態勢をとっている。

さっきから、執念ぶかくあとを追っていた怪ヘリコプターが、きゅうにスピードをましたかと思うと、見るみるうちにふたつのヘリコプターの距離はちぢまっていく。

「ちくしょう。あいつ、あくまでわれわれを、ほうむってしまう気でいるんだな」

三津木俊助はまなじりをけっして、くやしそうに歯ぎしりしたが、そのとき、むこうのヘリコプターから、

ダ、ダ、ダー、

と、すさまじい音をたてて、機関銃をうってきた。

その一弾が命中したのか、新日報号の機関部から、ぱっと青じろいほのおがあがって、機体がぐらりと

ななめにかたむく。

「ああ、もういけない。それ、探偵小僧、操縦士くん」

「三津木さん！」

探偵小僧の御子柴くんは、三津木俊助のあとから目をつむって、ぱっと機上からとびおりた。

それからどれくらいたったのか。

御子柴くんは、そのあいだが、ずいぶんながかったように思われる。

さいわいパラシュートはしゅびよくひらいて、ふわりふわりと落ちていく。その感じはなんともいいようのないほどいやなものだった。

あたりはもうすっかり暗くなって、そのなかを新日報号が、火の玉となって落ちていくのを目にしたが、それきり、御子柴くんはふうっと気がとおくなってしまったのだ。そのうちに、

「御子柴くーん！」

「探偵小僧やあい！」

と、口ぐちにさけぶ三津木俊助と、操縦士の声にふと気がつくと、御子柴くんはまっ暗な、海の上に浮いているじぶんに気がついた。

さいわい、あのパラシュートが救命具のかわりとなって、水におぼれもしないで浮いていたのだ。

「探偵小僧、やあい！」

「御子柴くーん」

闇のなかからきこえてくる三津木俊助と操縦士の声に、御子柴くんはいよいよはっきり気がついて、

「あっ、三津木さあん。ぼく、ここです、ここです」

御子柴くんも泳ぎは、かなりたっしゃなのだが、パラシュートの綱がじゃまになって、泳げない。

「ああ、御子柴くん、生きていたか。いまいくぞう！」

闇のなかからなつかしい声がきこえてきたかと思うと、やがて水を切る音がして、三津木俊助がちかづいてきた。

「三津木さん」

「ああ、探偵小僧、ぶじでいてくれたか。いくら呼んでもへんじがないので、どんなに心配したかしれやしない。さあ、身がるにしてやろう」

と、俊助は口にくわえたナイフをとって、プツリ、プツリと綱をきる。見ると俊助は服をぬいで、ほと

んどはだかになっていた。

御子柴くんも俊助に手つだってもらって洋服をぬぐと、

「三津木さん、操縦士さんは？」

「ああ、村田くんか。村田くんもぶじだ。村田くーん、こっちだ、こっちだ！」

「オーライ、いま行くぞう！」

やがて近づいてきた村田操縦士をみると、これまたさるまたひとつのはだかになって、舟のようなものを押している。

「新日報号のもえのこりだ。こいつにつかまってりゃあ、おぼれる心配だけはない。そのうちに誰かやってくるだろう。たかが東京湾だ。心配することはないよ」

ごうたんな三津木俊助は、へいぜんとしてうそぶいていたが、そのとき、いったんとおざかっていた怪ヘリコプターが、東の空からまた舞いもどってきた。

「おや、あいつ、まだなにか用があるのかな」

空をあおいで村田操縦士がつぶやいたが、そのことばもおわらぬうちに機上から、

ダ、ダ、ダ、ダ、ダー、

と、機関銃を掃射してきた。

「あっ、いけない。もぐれ！」

俊助の声に一同は、海中ふかくもぐりこむ。

悪魔のような怪ヘリコプターは、しばらくそのへんを掃射していたが、べつに三人のすがたを見つけたわけではないらしく、見当ちがいの海面を、機関銃でうっていくと、そのまま、また東の空へとびさった。

「ちくしょう、執念ぶかいやつだ」

しばらくして海面へうかびあがった俊助は、いまいましそうにつぶやいたが、しかし、何がさいわいになるかわからない。

このヘリコプターの行動をあやしんで、それからまもなく近づいてきた、海上自衛隊の船に、三人はぶじにすくわれたのである。

小さな箱

志賀恭三翁の屋敷でおこった事件、それから、そのあと東京湾の上空で演じられたヘリコプター撃墜

事件は、その夜のうちにラジオで放送されたから、さあ、東京じゅうは大さわぎ。

まだ、だれも、志賀恭三翁の屋敷をおそった怪物が、獣人となって再生した、大悪人の梶原一彦とは知らなかったが、かわいい少年少女が軽気球でつれさられたときいて、同情のために胸をいためぬものはなかった。

志賀恭三翁もいちどにふたりの孫をうばわれて、その悲しみはたいへんなもので、もし、百合子さんと三千男くんを、無事にたすけてくれる人があったら、百万円の賞金を出そうともうし出たから、せけんの人はいよいよさわいだ。

警視庁では怪ヘリコプターが、東京湾の上空を、東へとんだところから、悪人の根拠地は洋上にあるのではないかと、海上自衛隊とれんらくして、関東いったいの海上をしらべることになったが、夜のことでこの捜索もはかどらない。

そして、夜があけたころには、怪ヘリコプターのすがたはどこにも見えず、また、怪しい船も見あたらなかった。こうして、獣人魔梶原は、まんまと真珠の宝舟と、ふたりの少年少女をさらって逃走したのだ。

それはさておき、こちらは三津木俊助と探偵小僧の御子柴くんだ。

志賀恭三翁の屋敷をおそった怪物を、獣人魔梶原だと、はっきり知っているふたりは、三芳判事の一家のために、このうえもなく胸をいためていた。

ああして、梶原が活躍をはじめた以上、いつかきっと、三芳判事にたいして復讐をくわだてるにちがいない。三芳判事にたいする復讐……それはとりもなおさず、由紀子さんをいじめることだ。

志賀恭三翁の孫のふたりを、誘拐していったように、いつか獣人魔梶原は、由紀子さんをうばいにくるのではあるまいか。

糟谷警部も、梶原が獣人となって再生したことは信じなかったが、ひょっとすると三芳判事の一家に危害をくわえにくるのではないかということは考えられるので、みずから三芳一家の護衛の役をかって出た。

しかし、探偵小僧の御子柴くんは、それでもまだ心もとないので、

「ねえ、由紀子さん。いつかぼくと約束したこと、

忘れやあしないだろうねえ」

と、由紀子さんにあうたびに念をおす。

「ええ、進さん、けっして忘れやあしないわ。ほら、このとおり肌身はなさず持ってるのよ」

と、由紀子さんが出してみせたのは、帽子箱くらいのスーツケースである。

「ああ、そう、ありがとう。けっしてそれを忘れちゃいけないよ。いつかきっと役に立つことがあるからね」

「え？」

と、由紀子さんはちょっと青くなって、

「それじゃ、近いうちにあたしの身に、なにかまちがいがおこるというの」

「いや、いや、そういうわけじゃないけれど、梶原がつかまらないうちは、用心に用心をしたほうがいいからね」

「ええ、ありがとう、あたし、かたときもこれをはなさないから」

と、由紀子さんはだいじそうに、帽子箱ほどのスーツケースを胸にだいたが、それにしてもその箱のなかには、いったい何がはいっているのだろう。なかでコトコト音がして、スーツケースのあちこちに、小さな穴があいているところをみると、ひょっとすればいきものでも入っているのではあるまいか。

由紀子さんは出るにも入るにも、用心に用心をかさねていたが、しかし、いつまでも学校をやすむわけにはいかない。

そこで行きもかえりも、糟谷警部が自動車で送りむかえすることになっていた。

きょうもきょうとて勉強がすんで、先生におくられて学校の門のところまでくると、糟谷警部が待っていた。

「警部さん、それではお願いしますよ」

先生があいさつをされると、

「はあ、しょうちしました」

「警部さん、自動車は……？」

由紀子がたずねると、

「ああ、むこうの横丁(よこちょう)に待たせてある。ちょっとパンクをしたんでね」

横丁までくると、はたして自動車が待っている。それにのると糟谷警部は、由紀子がだいじそうに抱いている、ひざのうえのスーツケースに目をとめて、

「由紀子ちゃん、その箱のなかには、いったい何が入っているんだね。いつもだいじそうに抱いてるけど」

「お人形が入ってるの。あたしのかわいいお人形」

「あっはっは、そうかい。やはり女の子だねえ」

糟谷警部は笑っていたがふと、運転台の鏡にうつっている運転手の顔をみると、

「あっ、き、きさまは誰だ！」

と、身をのりだしたが、そのとたん、くるりとうしろをふりかえった怪運転手が、

「これでもくらえ！」

と、ぶっぱなしたのは、いつか三津木俊助もやられたことのある麻睡ピストル。

「あっ、お、おのれ！」

糟谷警部は両手ではらいのけようとしたが、やつぎばやに発射される甘ずっぱいにおいの霧におそわれて、

「あ、あ、あああ……」

と、とうとうその場にねむってしまった。

そばでこのようすをながめている由紀子は、あまりのおそろしさに声も出ない。あの小さなスーツケースをかかえて、ただわなわなとふるえるばかり。

怪運転手はにやりとそのほうをみて、

「アッハッハ、お嬢さん。こわいかい？　それじゃこわくないように、おまえさんもねむらせてあげようねえ」

と、麻睡ピストルを由紀子の鼻さきにつきつけると、やつぎばやに発射する。あわれな由紀子はたちまち麻睡薬がきいてきて、そのまま、ふうっと気がとおくなってしまった。あの小さな箱を、しっかと胸に抱いたまま……。

由紀子がふっと目をさますと、うす暗がりのなかに、誰やらすわっている。

由紀子がぎょっとしてからだをおこすと、

「ああ、目がさめたんだね」

と、そういう声は思いがけなく、やさしい少年の声だった。

「あら！」

と、由紀子がはじかれたようにあたりを見ると、そこは四じょう半ばかりの、穴ぐらのようにせまい、殺風景なへやで、うす暗いゆかのうえには、ひとりの少年とひとりの少女がしっかと肩を抱きあってい

る。

「まあ……あなた方はいったいどなた？　ここはいったいどこなんですの」

「ここがどこだかぼくもしらない。だけどぼくの名は志賀三千男、この子はぼくの妹で百合子というんだ」

　ああ、このふたりこそ軽気球でつれさられた志賀恭三翁のふたりの孫だった。

「まあ、それじゃ、あなたがたが……」

　由紀子もはっとおどろいたが、そこできゅうに思いだしたようにあたりを見まわすと、

「ああ、あたしの箱は……？　あたしの小さいスーツケースは……？　ああ、あった、あった。これさえあれば……」

　と、由紀子は気がくるったように、小さい箱をだきしめたが、いったい、その箱のなかには何が入っているのだろうか。

骸骨団と里見助手

「由紀子を連れてきたかあ？」

　と、わめくようにさけんだのは、黒い頭巾に黒いガウンの獣人魔だ。そのガウンの袖口やすそから、毛むくじゃらの手足がはみだしている。左右には、あの船長と、せむしのお小姓がひかえている。

　そこは殺風景な西洋ふうの大広間で、正面のいちだんたかいところに三人がひかえており、そのしたには、これまた黒い頭巾に、黒いガウンをきた男が三十人ばかり、ずらりといならんでいる。胸につけたどくろのマークからみても、これこそ瀬戸内海の一孤島、骸骨島にあつまっていた、悪者どもにちがいない。

「はっ、由紀子は塔のてっぺんのへやへ押しこめておきました」

　と、そうこたえたのは骸骨団のなかまでも、かしらだったものらしく、せなかに1という数字がぬいつけてある。

「おお、ナンバー・ワンだな。それで、塔のてっぺんのへやといえば、志賀恭三のふたりの孫、三千男や百合子といっしょか」

　獣人魔は、またわめくようにききかえす。

「はっ。同じへやへ、ほうりこんでおきましたが、

いけなかったでしょうか。あいにく、ほかに鍵のかかるへやがなかったものですから……」

ナンバー・ワンはおそるおそる、直立不動のしせいでこたえる。獣人魔はかたわらにひかえている、せむしのお小姓をふりかえり、

「お小姓、鍵のかかるへやは、ひとつしかないのか」

「はっ、首領。なにしろこのとおり、あれはてた古塔ですから、どのへやもドアが、がたびししておりまして、ろくに鍵もかかりません」

と、ことばだけはしんみょうだが、お小姓のようすには、どこか相手をこばかにしたようなところがある。

首領の獣人魔はうなずいて、

「それではしかたがない。ときに、真珠王の志賀恭三から、なんとかへんじをいってきたか」

「ところが、それがなんともいってまいりません」

「なに？　いまだになんのへんじもないというのか」

と、獣人魔にかわって、いかりに声をふるわせたのは大男の船長である。まるで、われがねのような声である。

骸骨団の一味のものは、真珠王志賀恭三翁にたいして、三千男と百合子のいのちがおしければ、一千万円よこせと要求しているのだ。一千万円よこせば、ふたりのいのちを助けてやるが、さもなければ、三千男も百合子もころしてしまうとおどしているのだが、いまもって志賀恭三翁からなんのへんじもないのである。

「あのじじいめ、ひとをばかにしおる。首領、この腹いせにふたりをここへつれてきて、うんといじめてやろうじゃありませんか」

大男の船長がわめきたてると、

「おもしろい、おもしろい。首領、ついでに由紀子もここへつれてきて、三人をなぶりものにしてやりましょう」

と、手をうってさけんだのは、あのざんにんなお小姓である。

それにたいして覆面の獣人魔はなぜかためらうようすだったが、そんなことにはおかまいなしに、お小姓が、

「さあ、誰でもよいから、三千男と百合子、それか

ら由紀子の三人を、てっぺんのへやからここへつれてこい！」

と、大声でわめきたてたときである。とつぜん、ガラガラとものすごい音をたて、天井からおちてきたものがある。ふいのこととて一同は、あっとばかりに総立ちになったが、天井からおちたひょうしに足でもくじいたのか、ゆかの上でもがいているのは、なんと鬼頭博士の助手だった、あの里見青年ではないか。

「あっ、お、おまえは里見……」

と、覆面の獣人魔がびっくりぎょうてん、いちだんたかい壇の上から、身をのりだそうとするのへ、あわてておそばから抱きとめたのは、大男の船長とせむしのお小姓だ。

「しゅ、しゅ、首領、あなたはだまっていらっしゃい」

と、なぜかひどくあわてたようすで、首領の獣人魔をなだめると、せむしのお小姓は里見助手のほうをふりかえった。

「アッハッハ、里見さん。あんた生きていたのかね。骸骨島のあなぐらで、とっくのむかしに死んでいると思ったのに、命みょうがなお方だな。うっふっふ」

と、ヘビのようにつめたい男の笑い声である。それに反して大男の船長はいきりたち、

「やい、お小姓、こりゃあ笑いごとじゃないぞ。こいつが生きていたのはいいとしても、どうしてここへしのびこんだか、いや、どうしてこの隠家をつきとめたか。……おい、ナンバー3と、ナンバー4、そいつをせめてきいてみろ」

船長の命令一下、ナンバー3とナンバー4が、左右から里見青年におどりかかると、腰からとりだしたのは皮のむち。ふたりはそれをふりあげると、

「やい、里見、白状しろ。きさまはどうしてこの隠家をつきとめたのだ。いえ、いえ、いえ、正直にいわぬとこのとおりだぞ」

と、足をくじいて身うごきもできぬ里見助手の頭上から、ぴしり、ぴしりと、おそろしいむちが降ってくる。里見助手は苦しそうにうめき声をあげながら、

「いう、いう、いうからそのむちはやめてくれ……」

「よし、ふたりともむちはやめろ！」

と、大男の船長は命令すると、

「さあ、いえ、里見。きさまはどうしてここをつきとめたのだ」

「ぼくは……ぼくは由紀子さんをひそかに見まもっていたんです。いつか梶原一彦が、由紀子さんをさらいにくるだろうと思って、いっときも目をはなせなかったんです」

「ああ、そうか。それで由紀子をさらってきた、自動車のあとをつけてきたんだな」

「そうです、そうです。そして天井にしのんでいたところが、志賀恭三翁の孫たちも、ここにいると知って、びっくりしたひょうしに足ふみはずして……」

と、里見青年はくやしそうに唇(くちびる)をかむ。

「アッハッハ、それこそ自業自得(じごうじとく)というものだ。ときに、里見、きさまはこの隠家を誰かにつげたか」

「いいや、ざんねんながらそのひまはなかった。ぼくはいま、ここへしのびこんだばかりだから」

里見助手は、またくやしそうに歯ぎしりしたが、それをきくと船長とお小姓は安心したように、ニタリと顔を見あわせて、

「首領、どうしましょう。こいつ、ひと思いにころしてしまいましょうか」

「いや、まあ、待て」

と、覆面の首領はあわててふたりをおさえると、

「殺すのはいつでもころせる。ひとまず塔のてっぺんへとじこめておけ」

と、そういう首領の声をきくと、里見助手はなぜかはっとしたように、あいてのすがたを見なおしたが、そのとき、前後左右からおどりかかったのは五、六名の骸骨団。

「こいつめ、命みょうりなやつだ。さあ、われわれといっしょにこい！」

と、手とり足とり里見青年をかつぎあげると、ながいながい階段をのぼって、やってきたのは三人の少年少女がとらわれているへやのまえ。ガチャリとドアをあけると、

「さあ、ここでおとなしく、死刑の宣告があるまでまっていろ！」

と、へやのなかへほうりこむと、外からぴんと鍵をかけていったが、それから三十分ほどのちのこと。そのへやの小さな窓から、ふしぎなものがとびだしたのを、骸骨団の一味のものは、誰ひとりとして気

がつかなかった。

ああ、それこそは由紀子が命よりもたいせつにかかえていた、あの小さな箱にはいっていたもの。……すなわち伝書鳩なのだ。

伝書鳩はしばし古塔のうえを、ゆるく輪をえがいて飛んでいたが、やがて矢のように東の空へ。

漂ういかだ

三浦半島のとっぱな、城ガ島のほどちかくに、海に面してふしぎな塔がたっている。

この塔はそのむかし、灯台としてたてられたものだが、設計にあやまりがあったとやらで、灯台として役にたたず、おまけにその近所にあたらしく、最新式の灯台ができたので、いまではまったく無用のものとなり、あれるにまかされているのである。

ところが近ごろその塔に、ふしぎな火がもえるだの、幽霊がでるだのとうわさがたって、附近のものもおそれをなして、誰ひとり、近づくものはなくなった。

さて、この塔のてっぺんから、伝書鳩がとびさってから二日目の夕方のこと、塔のてっぺんの物見台から、望遠鏡でひそかにあたりの海上を見まわしていた、骸骨団のひとりが、なにを見つけたのか、ちょうどそこへあがってきた、大男の船長に、

「あっ、船長、あれはなんでしょう。いかだのようなものの上に、大きなトランクみたいなものがのっかって浮かんでいるんですが……」

「なに、いかだのようなものの上にトランクが……どれどれ」

大男の船長がかわって望遠鏡をのぞいたが、見ればなるほど、岸から三百メートルほどの沖合に、丸太をくんでこしらえたいかだが、波のまにまに浮かんでいる。しかも、そのいかだの上にのっかっているのは、がんじょうな鉄の帯でしめつけた、大きなトランクである。

大男の船長は、慾のふかそうな目をギロリと光らせ、

「一週間ほどまえに、南方海上を大きな台風がとおりすぎたというじゃないか」

「ああそうそう、ラジオがそんなことをいってましたね」

「ひょっとするとあのいかだは、そのとき難船した船の、乗組員がつくったものじゃないか」

「あっ、船長。そうです、そうです。きっとそれにちがいありません。そして、あのいかだにのっていた乗組員は、ここまでくるとちゅう、みんな波にさらわれて死んでしまって、あのトランクだけのこったんですね」

「うん、もし、そうだとすると、あのトランクには、きっと金目のものが入っているにちがいないぜ」

「船長。それじゃ人をやって、あのトランクをこの塔のなかへはこびこませましょうか」

「ああ、そうしてくれ。そのあいだ、おれがここで見張っている。いいか、気をつけろ。人に気づかれるな」

「しょうちしました」

　骸骨団の手下は大いそぎで物見台からおりていく。大男の船長が望遠鏡でのぞいていると、やがて岩影から漕ぎだしたボートが、いかだのほうへちかづいていった。

「船長、このトランクはふしぎですぜ。どうしてもあけかたがわからないんです」

　古塔の大広間では、いましもふしぎなトランクをとりかこみ、骸骨団の一味のものが、あれかこれかと首をひねっていた。覆面の獣人魔は見えなかったけれど、ヘビのようにざんにんなお小姓もまじっている。

「あけかたがわからないって、そんなばかなことがあるもんか。どれ、おれにまかせろ。いっぺんに開けてみせるわ」

「ウッフッフ、船長。あんたの知恵でひらくものならひらいてごらん。これは魔法のトランクだよ。とても開きゃあしない」

　せむしのお小姓は、せせら笑うような声である。

「何をいいやがる。こんなもの、なんのぞうさもあるもんか」

　と、口では大きなことをいってみたものの、なるほどこれは魔法のトランクである。鍵穴はどこにもなく、だいいちどこがふただか、それすらわからない。

「ええい、めんどうくさい。誰か、おのを持ってこい。ぶっこわしてしまおう！」

　と、船長がかんしゃくをおこしていきりたつのを、

そばからお小姓がせせら笑って、

「船長、そんな短気をおこしちゃいけない。これほどげんじゅうなトランクだもの。なにかよほどだいじなものが入っているにちがいない。あしたゆっくりしらべてみて、それでも開けかたがわからなかったら、気ながに解体していこう。おい、このトランクを倉庫へほうりこんでおけ」

せむしのお小姓の命令で、骸骨団の四、五人が、えっちらおっちら、重いトランクをはこびこんだのは、大広間のうしろにある物置きだ。そこへトランクを投げだすと、一同は、大広間へとってかえす。

それから約六時間ののちのこと、夜も十二時をすぎて、骸骨団の一味のものが、寝しずまったころである。

物置きに投げだされたトランクのなかから、ふいにギーッという音がしたかとおもうと、まるで箱根細工をひらくように、トランクのあちこちがうごいて、やがてなかからはいだしたのは、なんと探偵小僧の御子柴くんではないか。見ると御子柴くんはせなかに圧搾空気の管をせおっている。

ああ、わかった、わかった。あの伝書鳩の通信で、古塔のありかをしった探偵小僧は、みずから魔法のトランクに身をひそませ、わざとこの古塔へはこびこまれたのだ。それはさておき探偵小僧は、圧搾空気の管をせなかからおろすと、あたりのようすをうかがいながら、そっと物置きからはいだした。

さいわい、骸骨団の一味のものは、みんなよく眠っているらしく、あたりはしいんとして物音もない。

探偵小僧の御子柴くんは、ポケットから万年筆がたの懐中電灯をとりだすと、それで足もとを照しながら、古塔の階段をのぼっていく。その階段は古塔の壁のうちがわにそうて、渦巻のようにぐるぐる上へのぼっていくのだ。

探偵小僧にとって、この古塔ははじめてだけれど、伝書鳩の足につけてよこした里見助手の通信で、塔のようすはかなりくわしくわかっているのだ。

探偵小僧はまもなく、里見助手と三人の少年少女がおしこめられている、あのへやのまえまでやってきた。探偵小僧はしばらくへやのなかのようすをうかがったのち、やがてコツコツ、ドアをたたく。

「だれ……？」

なかからきこえてきたのは、まぎれもなく里見助手の声である。

「ああ、里見さん、ぼくです。探偵小僧です。いま、ドアをひらきますから、しずかにしていてください。由紀子さんはじめ、みんなぶじですね」

「ああ、ありがとう。みんなぶじだよ。そして、三津木さんやなんかは……?」

「おもてで待っているはずです。これ以上、だれも口をきかないように……」

　と、ドアの外からささやいた探偵小僧は、ポケットから鍵束をとりだすと、ひとつひとつ合わせてみる。へやのなかでは里見助手をはじめとして、三人の少年少女が抱きあって、かたずをのんで待っている。

　やがて、うれしや、鍵のひとつがぴったり合って、ガチャリと錠のはずれる音。しめたとばかりに探偵小僧は、そっとドアをひらいたが、そのとたん、百雷のとどろくごとく、古塔のなかにひびきわたったのは、けたたましい非常ベルの音。

「しまった!」

　と、探偵小僧はさけんだが、そのときにはもうあちこちから、

「それ、くせものがしのびこんだぞ」

「誰か塔のてっぺんのへやをひらいたやつがあるぞ!」

　と、くちぐちにわめきながら、てんでに懐中電灯ふりかざし、あの渦巻階段を、おしあい、へしあい、のぼってくるのは髑髏団の一味のもの。

「あっ、里見さん、由紀子さん!」

「御子柴さあん!」

　逃げるといっても塔のてっぺん。進退ここにきわまった五人は、ひしとばかりに抱きあった。

　ああ賊もまもなく、ここへやってくるにちがいない。

ほのおの襲撃

「あっ、里見さん、由紀子さん。それから三千男くんも百合子さんも、はやくそこから出ていらっしゃい。とにかく、屋上の物見台へでてみましょう」

　探偵小僧のさけび声に、四人のものは、ばらばらと、おしこめられていたへやからとびだしてくる。

　見ればうずまき階段を、黒装束にずきんをかぶった、髑髏団の一味のものが、てんでに懐中電灯をふ

りかざし、おしあい、へしあい、ひしめきながらのぼってくるのだ。

「み、御子柴くん、だ、だいじょうぶ……？」

さすがに、ごうたんな里見助手の声もふるえている。

里見助手はこわがっているのではないのだ。ここでつかまったがさいご、由紀子はいうにおよばず、三千男くんや百合子さんの命があぶないと、それを心配しているのである。

「だいじょうぶです。ほら、あの爆音……」

なるほど、耳をすますと塔の上空のあたりで、ヘリコプターの爆音がきこえる。ああ、警察ではヘリコプターで、三人の少年少女をすくおうとしているのだ。

「さあ、そこに階段があるでしょう。里見さん、あなた三人を案内してください。ぼくはいちばんあとからのぼります。ああ、そうそう里見さん、この懐中電灯をふって、ヘリコプターにあいずをしてください」

「よし、わかった。みんなきたまえ」

いままで四人がとじこめられていたへやのすぐ横に、せまい階段がついている。探偵小僧からいまうけとった、大きな懐中電灯をふりかざしながら、里見助手がせんとうにたって、その階段をのぼっていく。あとにつづくのは由紀子に百合子、それから三千男少年の三人である。

さいごにのこった探偵小僧の御子柴くんが下をみると、骸骨団のいちみのものは、もう数メートルの下にせまっている。せんとうにたったのは大男の船長、それにつづくはせむしのお小姓、そしてそのうしろには三十人ばかりの、骸骨団のものがつづいている。

ただ、さいわいなことには、階段が壁にそってぐるぐると、うずまきのようについていることだ。だから、すぐそこにたがいのすがたをみながらも、なかなかそばへはちかよれないのだ。

いまや、探偵小僧の足もと、三メートルほどのところまでせまった大男の船長は、そこにたっているのが、誰だかはじめて気がつくと、

「や、や、おまえは探偵小僧だな！」

と、さけびながら腰のピストルに手をやろうとするまえに、

「こうしてやる！」

と、さけんだ御子柴くんは、右手をふって、梅の実ほどのまるい玉を、はっしとばかり、大男の船長の足もとにたたきつけた。ドカーンとものすごい音がしたかとおもうと、パッとほのおが燃えあがった。

「あっ、ち、ち、ち！」

意外なことにあわをくってとびのく船長。しめたとばかり探偵小僧がやつぎばやに、油煙玉を五、六発、うずまき階段のあちこちに、たたきつけたからたまらない。

めらめらと青白いほのおが、うずまき階段のほうぼうにもえあがったから、浮足だった骸骨団は、上を下への大混乱。

「おのれ！　探偵小僧め！」

大男の船長は歯ぎしりしながら、ズドンズドンとピストルをぶっぱなしたが、なにしろ、ほのおと煙で目がみえないのだから、そんなたまがあたるはずがない。

じぶんはよしと探偵小僧の御子柴くん、身をひるがえしていっさんに、物見台へとかけのぼった。

いっぽう、こちらは塔のてっぺんの物見台である。

里見助手がひっしとなってふりまわす懐中電灯の光をみとめて、上空のヘリコプターから、バラリと投げおろされたのは、三本のつなのさきにむすびつけられた三つのかごである。ヘリコプターは三つのかごを投げおろすと、ゆうゆうと塔の上空をまわっている。

「しめた！　それ、三千男くん百合子さんも、それから由紀子さんも早くそのかごにのりたまえ」

「でも、里見さん、あなたやさっきの御子柴くんは……？」

「ぼくたちはあとでなんとかする。さあ、早くのりたまえ。はやく、はやく……」

それでも三人がためらっているところへ、下からあがってきたのは御子柴くん。

「あっ、なにをぐずぐずしてるんです。三人とも早くそのかごにのりたまえ」

「でも、進さん、あなたはどうするの」

「ぼくたちのことはかまっていなくてもいいんだ。どうやら警官隊が乱入してきたもようだ。けががあっちゃいけないから、さあ、三千男くん、きみからさきにのりたまえ」

せきたてられて三千男くんは、

「すみません、それでは、ぼくのります。由紀子ちゃんも百合子ものりなさい。じゃまになっちゃいけないから」

と、三人がヘリコプターから、目のまえにおろされたかごに手をかけたときである。

「おのれ！」

と、いう声がきこえたかと思うと、階段に船長の顔があらわれた。船長は油煙玉にやられたとみえ、顔に大きなやけどをしている。

「なにを！」

と、さけんで御子柴くんが、船長の鼻さきへ油煙玉を投げつけた。

と同時に、船長のもっているピストルが、火をふいた。

ぱっともえあがる油煙玉のほのおに顔をふかれて、

「わっ！」

と、さけんで船長が、階段からあおむけざまにころげおちるのと、

「あっ！」

と、里見助手が身をかがめて、足をおさえたのといっしょだった。

「あっ、里見さん、やられましたか」

「だいじょうぶ、だいじょうぶ、足をかすっただけだ。それより、三人はのりこんだかい？」

「ええ、いまのるところ……」

三千男くんと百合子さんはすでにのりこんで、いま由紀子がさいごにのるところだった。探偵小僧の御子柴くんが手つだって、その由紀子をかごにのせると、

「里見さん、懐中電灯をかしてください」

と、探偵小僧は懐中電灯をうけとると、それを空にむかってふってみせる。用意ができたというあいずだ。

ヘリコプターの操縦士（そうじゅうし）も、そのあいずをみてとったのか、高度をあげていく。

「里見さん、御子柴さん、それじゃ、ぼくたちさきにいきます」

「進さん、気をつけてね」

宙（ちゅう）にゆれる三つのかごのなかから、三千男くんと百合子さん、それに由紀子の三人が、なごりをおしむように手をふっている。

「ああ、だいじょうぶだ、ぼくたちもすぐかえるからね」

「あっ、里見さん、御子柴さん、悪者がそこに……」

と、三千男くんにいわれて、里見助手と御子柴くんが、はっとふりかえったときはおそかった。

階段のあがりぐちにせむしのお小姓が、にやにや笑いながらたっている。しかも、その手ににぎられたピストルが、ぴたりと探偵小僧の胸をねらっているのだ。

「手をあげろ！　あげぬとうつぞ！」

と、さけぶお小姓の声に、里見助手も御子柴くんも、手をあげぬわけにいかなかった。

「やい、探偵小僧！」

と、ヘビのようにざんにんなお小姓は、これまた油煙玉にふかれてやけどをした顔に、ものすごい微笑をうかべて、

「きさまのために何もかもめちゃめちゃにされてしまったわ。ほら、あの物音をきけ」

お小姓に注意されるまでもなく、里見助手も御子柴くんも気がついていた。塔をとりまいていた警官隊が、いっせいに乱入してきたにちがいない。

ズドン、ズドンとピストルをうちあう音。さけび声、ののしる声、ドスン、ドスンとものをぶっこわすひびき。いまや骸骨団のそうくつは大混乱となっているのだ。

「これで骸骨団もおしまいだ。しかし、われわれはじぶんたちだけほろびやしない。おまえたちも道づれにしていくのだ。さあ、探偵小僧も里見もかくごしろ」

ああ、こうなったらさいごだ。里見青年も御子柴くんも、かんねんした。

意外なたすけ舟

「フッフッフ！　いいかくごだ。探偵小僧、おまえからさきに命をもらうぞ！」

と、ヘビのようなお小姓が、いままさにピストルのひきがねをひこうとしたときだ。思いがけなく探偵小僧と里見青年のうしろから、ズドンとピストルの音がしたかと思うと、

「あ、ち、ち、ち！」

と、さけんでお小姓がピストルをとりおとした。

この思いがけないできごとに、探偵小僧と里見青年が、まだ手をあげたままぼうぜんとしているところへ、

「お小姓、手をあげろ。手をあげぬとうつぞ」

ピストルをひろいにかかったお小姓は、その声にぎょっとしたように手をあげる。思いがけない味方の出現に、地獄で仏にあったような気持ちの探偵小僧と里見青年は、思わずうしろをふりかえったが、そのとたん、またさっとまっ青になった。

なんと、そこにたっているのは、黒装束に黒いずきん、胸にどくろのマークのついた、骸骨団のいちみのもの。しかも袖口やすそからのぞいている、あの毛むくじゃらの手足をみれば、それこそ獣人魔となった梶原一彦ではないか。

ふたりがおどろいてあとずさりをするのを、獣人魔はなだめるように手をふって、

「さあ、ふたりともこっちへきたまえ。悪者たちはやけくそになっているんだ。はやくここをぬけださぬと命があぶない。さあ、ぼくといっしょにきたまえ」

そういう声には里見青年も御子柴くんも、たしかにききおぼえがあった。

「そういうあなたは……？」

「だれでもいい。はやく……はやく……」

その物見台にはもうひとつ、秘密の階段があって、その階段はいなずまがたに、まっすぐに地上におりているのだ。

ふしぎな獣人魔のたいどを、里見青年も探偵小僧も、いぶかったが、お小姓のうしろから、また誰かがあがってくるようすに、

「御子柴くん、いこう！」

と、里見青年が探偵小僧をうながして、階段へ足をかけたときである。

「おのれ、この裏切者！」

と、お小姓がピストルをひろうよりはやく、一発うったのと、獣人魔の手にしたピストルがこれまたズドンと火をふいたのと、ほとんど同じしゅんかんだった。

「あっ！」

「わっ」

と、さけんで獣人魔とお小姓は、ふたりいっしょに骨をぬかれたように、くたくたとその場にたおれ

ていった。

「あっ」

と、さけんで里見助手と探偵小僧が、獣人魔のそばへかけよると、獣人魔は手をふって、

「おれのことはいい。それよりもきみたち、早くここを逃げたまえ」

「しかし、しかし、そういうあなたは？」

「おれだ、鬼頭だ」

と、ゴリラの頭をすっぽりぬぐと、なんとそれは鬼頭博士ではないか。ああ、鬼頭博士なら、骸骨島でころされて、あなぐらのなかへ投げこまれたはずなのに……。

探偵小僧と里見青年がぼうぜんとして顔を見あわせていると、鬼頭博士はむねをおさえて、

「里見くん、面目ないがおれの実験は失敗したのだ。梶原一彦のからだから、脳をとりだすとき梶原も殺してしまったし、何もやくにたたなかったのだ。おれは人殺しの罪人になった……」

鬼頭博士は、くるしそうに息をつきながら、

「そのとき、おれは警察へ名のって出ようとしたのだが、船長とお小姓におどかされて、みずから獣人魔になりすますようになったのだ。ふたりはゴリラをころして皮をはぎ、それをおれにかぶせた。そして、あのとき、ゴリラに首の骨をおられて死んだ十六号を、おれの身がわりにしたのだ。しかし、そのことがわかると、骸骨団の悪者が、首領を信用しないことになるから、実験は成功して、梶原の脳がゴリラの体のなかで、生きかえったものだと思いこませていたのだ」

あまり意外な博士の話に、探偵小僧と里見青年は、あきれはてて、ただ顔を見あわせるばかり。

「おれはただ、骸骨団のいちみのものに、すがたをみせる必要のあるときだけ、ゴリラの皮をかぶって獣人魔の役目をつとめた。そして、じっさいに悪事をはたらくときは、大男の船長が、ゴリラの皮をかぶって、獣人魔になっていたのだ……」

博士がそこまでかたったとき、たおれているお小姓のうしろの階段から、あがってきたのは大男の船長だ。それをみるより鬼頭博士が、

「おのれ！」

と、さけぶと一発。

大男の船長がお小姓のうえへおりかさなってばっ

たりたおれるのを見とどけて、鬼頭博士もがっくりそこへつっぷした。

「先生、先生！」

と、里見助手と御子柴くんが、あわててそのからだをだきおこしたときには、鬼頭博士の息はすでにたえていた……。

こうして、さしも世間をさわがせた骸骨団のいちみはほろび、あのきみわるい獣人魔も、もうこの世にいなくなった。

しかし、里見青年と御子柴くんは、鬼頭博士の名誉のために、かたくこのことを秘密にして、誰にも話さないことにした。

幸か、不幸か、鬼頭博士と船長と、せむしのお小姓の死体をそこにのこして、里見青年と探偵小僧が秘密の階段からやっと塔の外へぬけだしたとき、塔のなかにたくわえてあった火薬に火がうつったのか、とつぜん、万雷（ばんらい）のとどろきにも似た音をたてて、あのいまわしい塔はこっぱみじんになり、空中たかく吹きあげられてしまったのである。

ビーナスの星

三人の乗客

阿佐ガ谷で、どやどやと人がおりてゆくと、いままで混雑していた電車のなかは、きゅうにしずかになった。

K大学生三津木俊助は、ほっとしたように読みかけの本をひざのうえにおくと、なにげなく車内を見まわしたが、広い車内には、自分のほかに、たったふたりしか乗客がいないことに気がついた。

ひとりは十四、五のかわいい少女である。俊助はなんとなくこの少女に見おぼえがあるような気がしたが、どこで見た少女なのか思いだせなかった。もうひとりは年ごろ四十ぐらいの小男で、格子じまのオーバーの襟に顔をうずめるようにして、さっきからしきりにいねむりをしている。がらんとした電車のなかに、天井の電灯ばかりがいやに明かるい。俊助は思わずオーバーの襟をたてると、窓ガラスに額をくっつけるようにして外をながめた。

時刻は夜の十一時すぎ。電車はいま阿佐ガ谷と荻窪のあいだの闇をついて、まっしぐらに走っている。

秋もすでになかばをすぎて、電車の外にはさむざむとした武蔵野の風景が、闇のなかにひろがっていた。

このとき、ふと人のけはいがしたので、俊助はなにげなくふりかえって見ると、今までむかいがわにいた少女が、いつのまにか俊助のすぐうしろにきて、重いガラス窓をあけようと、一生けんめいになっているところだった。

「窓をあけるのですか」

「ええ」

「あけてあげましょう」

俊助が腕をのばして、重いガラス戸をあけたときである。ふいに、少女のあらい息づかいが、俊助の耳のそばであえぐようにはずんだ。

「おねがいです。助けてください」

「え?」

俊助はおどろいてふりかえると、

「きみ、いまなにかいいましたか」

「あら！　いいえ。あの、あたし……」

少女はどぎまぎして、なにか口ごもりしながら、窓からくらい外をのぞいている。

じみなサージの事務服のうえに、まっかな毛糸のマフラーをかけているのが目についた。目のぱっちりしたりこうそうな感じのする少女で、二つにあんで肩にたらした髪の毛が、ひらひらと風におどっている。

――みょうだなア。たしか助けてくれといったようだったがなア。そら耳だったのかしら?

俊助はふしんそうに、少女の横顔をながめていたが、やがて思いあきらめたように、読みかけの本を取りあげた。すると、そのとたん、美しい彼の眉根(まゆね)にそっとふかいしわがきざまれた。見おぼえのない紙きれが一枚、いつのまにやら本のあいだにはさんであるのだ。

俊助はなにげなく、その紙きれの上に目をはしらせた。

オネガイデス。吉祥寺(きちじょうじ)マデオリナイデクダサイ。悪者ガワタシヲネラッテイマス。助ケテクダサイ！

あわただしいエンピツのはしり書きなのである。

俊助は思わずドキリとして息をのんだ。考えるまでもない、手紙の主は少女にきまっていた。さっき俊助が窓をひらいているあいだに、手早く本のあいだにはさんだのであろう。

それにしても『悪者がわたしをねらっています』というのはおだやかでない。いったい、どこに悪者がいるのだろう。

俊助はふと気がついたように、むこうのほうにいる男のほうへ、そっと目をやった。するとどうだろう、今までいねむりをしているとばかり思っていたあの男が、帽子の下からするどい目をひからせて、じっとこちらのほうを見ているのに気がついたのである。男は俊助の視線に気がつくと、あわてて目をそらしたが、ああ、その眼光のものすごさ。

俊助は思わずゾーッとしたが、しかしそれと同時に、ふしぎなくらい心の余裕ができてきた。彼はしずかに紙きれをポケットにしまうと、真正面をむいたまま、ひくい声で、

「しょうちしました。ぼくがいるから心配しないで」

と、ささやいた。

電車はまもなく荻窪についた。彼は、そこで下車するはずだったが、彼はおりなかった。

少女は寒そうにマフラーをかきあわせながら、ときどき哀願（あいがん）するように目をあげて、俊助の顔を見るそのかわいらしい顔を見ているうちに、俊助はふっとこの少女を思いだした。

彼女は新宿堂（しんじゅくどう）という大きなパン屋の売り子としてはたらいている、けなげな少女だった。

「きみの名、なんていうの？」

「あたし、瀬川由美子（せがわゆみこ）といいますの」

「由美子さん、いい名だね」

ふたりがこんな話をしているうちに、電車は吉祥寺へついた。すると、今までいねむりしているようなふうをしていた例の小男が、すっくと立ちあがると、ジロリとものすごい一（いち）べつをふたりのほうにくれて、スタスタと電車から出ていった。

なんともいえないほどきみわるい目つきだった。俊助と由美子は、思わずゾーッとして顔を見あわせたのである。

発明家兄妹

「きみはあの男知っているの？」

ふたりがプラットホームへ出て見ると、もうさっきの男の姿はかげも形も見えなかった。

「いいえ。まるっきり知らない人ですの」

由美子は寒そうに肩をすぼめながら、

「それが、どういうわけか、このあいだからしじゅうああして、あたしのあとをつけていますのよ。あたしもきみがわるくて、きみがわるくて……。ほんとうにありがとうございました。あの人とふたりきりになったらどうしようかと思いました」

「とにかく、そこまで送っていってあげよう」

乗越料金をはらってふたりが改札口を出ると、ゴーッとすさまじい音をたてて、つめたい夜風が吹きおろしてきた。時刻が時刻だから、どの家も戸をとざして、しーんと寝しずまっている。

「きみのうちはどのへん？　駅のちかくなの？」

「井ノ頭公園のむこうですの」

「それじゃたいへんだ。そんなさびしい道を、きみは毎晩ひとりで帰っていくの。だれもむかえに来てくれる人はないのですか」

「ええ、兄さんが、このあいだから、かぜをひいて寝ているものですから」

「兄さんのほかにだれもいないの？」

「ええ」

由美子は悲しげにためいきをついた。

「それは気のどくだ。じゃ、とにかく途中までおくってあげよう」

「あら、だって、そんなことをなすっちゃ、荻窪へお帰りになる電車がなくなりますわ」

「なあに、そうすれば歩いてかえりますよ。さっきのやつがどこにかくれているかわからないし……さあ、いっしょにいってあげよう」

「ええ、すみません」

そこでふたりはならんで歩きだした。

みちみち由美子が問われるままに語ったところによると、彼女はたいへんかわいそうな身のうえであった。三年ほどまえまでは、彼女の家庭は人にうらやまれるくらい裕福であったが、父と母とがあいついで亡くなってからというもの、バタバタと家運がかたむいてしまって、今では兄とふたりきり、貧乏のどんぞこに、とりのこされてしまったのである。

「それで、兄さんはなにをしているのですか」

「兄さんはたいへんかわった人ですの」

由美子はちょっとためらいながら、

「親戚や知りあいのかたは、みんな兄さんをきちがいだといいますけれど、あたしはあくまでも兄さんを信じてます。兄さんはただしくて強い人です。いま、ある発明に熱中しておりますの」

「発明？」

「ええ、親類の人たちは、てんで相手になってくれませんけれど、あたしには兄さんに力があることがわかっています。ただ残念なことには、あたしたちは貧乏なものですから、ろくに研究材料も買えなくて、あたし、それでいつでも兄さんを気のどくだと思っています」

「なるほど、よくわかりました。それできみは、そうしてはたらいて、兄さんの研究を助けているのですね」

「ええ、……おばさまさえ生きていらっしゃれば、こんなことせずともよかったのですけれど……」

「おばさまというと……」

「ごぞんじありません？　去年ウィーンで亡くなった声楽家の鮎川里子というひとですの」

俊助はびっくりして由美子の顔を見た。

日本人で鮎川里子の名を知らぬ者があるだろうか。日本のほこりというよりも、世界の宝玉とまでたたえられた、偉大な芸術家である。

その鮎川里子が、このまずしいパン屋の売り子のおばであろうとは！

「おばはやさしいかたでした。あたしたち一家に、つぎつぎと不幸がおこったときには、あのかたは遠い外国にいられたのですが、あのかただけがほんとうに、あたしたち兄妹のために泣いてくださいました。

そして、兄さんがあの発明に熱中しだしてからというもの、お金持の親戚たちが、つぎつぎとはなれていったなかに、おばだけはいつも外国からやさしい激励の手紙をくださいました。

研究の費用にといって、莫大なお金をおくってくだすったことも一どや二どではありません。しかし、そのおばも今はもういない人です」

「しかし、おばさまは死なれるとき、きみたちには、なにものこしていかなかったの」

「おばは、お金のことにはいたって淡白なかたでしたの。だからお亡くなりになったあと、ごくわずかの財産しかのこっていなかったという話です。それもみんな、親戚の人たちがわけてしまって、あたしたちには、なにひとつゆずられませんでした。なにしろおばさまも、そんなにきゅうに死ぬとはお思いにならなかったので、あたしたちのために、用意をしておいてくださるひまがなかったのですわ」

由美子は、ほっとかるいため息をもらした。

道はいつしか町をはずれて、暗い森のなかにさしかかっていた。このあたりの森は、武蔵野でも有名なのだ。
すくすくとのびた杉の大木が、昼でも、うっそうとして日の光をさえぎっている。ましてやこの夜ふけ、通りすがりの人などあろうはずがなかった。ゴーッと梢をゆすぶる風のものすごさ！　あやめもわかぬ暗闇のきみわるさ！

「あら、ごめんなさい。つまらない話に気をとられてこんな遠くまで送っていただいたりして、もうよろしいんですの。ほら、むこうに灯のついた家が見えるでしょう。あれが、あたしの家ですの。どうぞお帰りになって」

「ついでだから、家の前までおくりましょう」

「いいえ、もう、どうぞどうぞ。ここからもうひと走りですわ。電車がなくなるといけません。ほんとうにもう、お帰りなすって」

由美子があんまりいうものだから、しいてというのもかえって悪いかと思った。そこで俊助は帽子に手をあてると、

「そうですか。じゃこれでしつれいしましょう」

「ありがとうございました」

俊助がくるりときびすをかえしたとき、風がゴーッと渦をまいて、ふたりの周囲を通りすぎていった。

闇のピエロ

あとから考えると、このとき俊助は、やっぱり家の前まで由美子を送っていってやったほうがよかったのである。というのは、それからまもなく、つぎのようなおそろしい事件が、由美子の身にふりかかってきたからだ。

俊助に別れた地点から由美子の家まで、近いように見えて、そのじつかなりの距離があった。由美子はマフラーのまえをかきあわせて、うつむきかげんに一心に足をはこばせた。

由美子はやっとくらい森をつきぬけて、川ぞいの土手のうえにさしかかった。そのへんは、星あかりでいくらか明かるんで見えるのだ。由美子の家はつい、目と鼻のさきにせまってきた。

と、このときである。とつぜん、路ばたの杉の大木の根もとから、ゆうゆうとおどりだしてきた、まっ白な大入道、由美子はハッとしてそこに立ちすくむ。

暗いのでよくわからないが、白い着物をきた、とても背の高い人間である。

　そいつがヒョイヒョイとおどるような腰つきで、由美子の前に立ちふさがると、いきなり大きな手が由美子の肩をつかんだ。

「オ嬢サン、オ嬢サン。アナタ、瀬川サンノオ嬢サン、デショ」

　みょうな声だ。鼻にかかった、とても不明瞭(ふめいりょう)なことばつきなのである。由美子はおそろしさのために、全身の血がジーンと一時にこおってしまうような気がした。

　見るとその大入道は、ちょうどサーカスなどによく出てくる、ピエロのような服装をしているのである。さきにふさのついた三角型のトンガリ帽に、白地に赤い丸をところどころそめだしたダブダブの洋服。おまけに、このピエロ、面をかぶっている。

　表情のない、まっ白(しろ)なその仮面のきみわるさ！

「オ嬢サン、オ嬢サン、ワタシ、アナタニ話アリマス。コワイコトアリマセン」

　由美子はおそろしさに、ブルブルふるえていたが、きゅうに勇気をふるって、男のからだをつきのけると、

「はなしてください。はなしてください。はなさないと、あたし声をたてますよ」

「コレ、シズカニ。逃ゲヨウトイッテモ、ワタシ逃ガシマセン」

「あれッ！　だれか来てぇ！」

　声におどろいて、奇怪なピエロはいきなり大きな手で由美子の口をふさごうとする。そうされまいとする。そうしているうちに、ピエロの手がふと由美子のマフラーにかかった。するとなに思ったか、ピエロはいきなりマフラーのはしをわしづかみにした。そのマフラーでさるぐつわでもはめようと思ったのかもしれない。ずるずるとおそろしい力でマフラーを引くのだ。

　由美子はそれをとられまいとして一生(いっしょう)けんめいだ。マフラーは由美子の肩をはずれて、ふたりのあいだに棒のようにピンとはりきった。そうしているうちに、由美子は足をふみすべらしたからたまらない。マフラーのはしをにぎったまま、ずるずると土手のうえから川のほうへ落ちていった。

　土手のうえにピエロが、マフラーのもういっぽう

のはしを持ったまま大入道のようにつっ立っている。

「ハナシナサイ。ソノ手ヲハナシナサイ」

「いいえ、いやです。だれかきてください」

由美子がむちゅうになって叫んだときである。むこうのほうからいそぎ足でかけつけてくる人の足音がきこえた。それを聞くと、ピエロはチェッと舌うちをすると、いきなりポケットから大きなジャック・ナイフを取りだして、さっとそいつをふりおろした。

「あっ！」

由美子が叫んだときにはすでにおそかった。まっ赤な毛糸のマフラーが、まんなかからビリビリとたち切られたかと思うと、はしをにぎった由美子のからだは、もんどりうって土手から転落していったのである。

ピエロはしばらく腹ばいになり、じっと下のほうをうかがっていたが、ふいにからだをおこすと、例のおどるようなあるきかたで、ヒョイヒョイと闇のなかに消えていった。と、ほとんど同時にこの場へかけつけて来たひとりの男。

「おかしいな。たしかこのへんで人の声がしたようだったがな」

と、懐中電灯をとりだしてあたりを照らしていた。見るとまぎれもなくこの男は、さっき電車のなかで由美子をおびやかした、あの格子じまのオーバーの小男なのである。

男はしばらく懐中電灯で地面のうえをしらべていたが、そのうち、ふとみょうなものを見つけた。それは人の足あとなのである。しかし足あとにしてはみょうなところがあった。というのは、その足あとというのはただ一つ、右の靴あとしかないのだ。そして、とうぜん左の靴あとの見えなければならぬところには、ステッキのあとみたいな小さなあなだけがボコボコとついているのだ。つまり、そいつは左の足に、棒のような義足をはめた怪物の足あとなのだ。

これを見ると、くだんの男は、すぐ懐中電灯を消して、

「しまった。おそかったか！」

と叫ぶと、いっさんに闇のなかをかけだした。そのあとから、由美子がおそるおそる顔を出した。からだじゅう泥だらけになって、ところどころかすり

傷ができて、そこから血がにじんでいる。それでも彼女はまだむちゅうになって、マフラーの切れはしをにぎっていた。

由美子はしばらく闇のなかに目をすえて、じっとあたりをうかがっていたが、やがてソロソロと土手のうえにはいあがると、ころげるようにして帰ってきたのはわが家の表口、

「兄さん、兄さん」

と、息せききって玄関の小格子をひらいた由美子は、そこでまた、ハッとして立ちすくんでしまったのである。

座敷のなかには兄の健一がさるぐつわをはめられ、たか手こ手にしばられて、たおれていたではないか。

マフラーの切端

その翌日の夕がた、きのうとおなじ省線電車のなかで、今買ったばかりの夕刊をひらいて読んでいた俊助は、ふいにハッとしたように顔色をかえた。

「発明家兄妹、怪漢におそわる」

というような見出しのもとに、昨夜、吉祥寺でおこった怪事件がデカデカとのっているのだ。それによるとくせものはさいしょ、瀬川健一をその住居におそい、これをたか手こ手にしばりあげて家じゅうかきまわしていったのち、こんどは妹の由美子の帰りを待ちうけて、これを襲撃したというのである。

俊助は、それを読むとまっさおになった。

――ああ、どうしてあのとき、自分はむりにでも、由美子を家の前まで送ってやらなかったのだろう。自分さえついていれば、こんなおそろしいことはおこりはしなかったのだ。

新聞には、あまりくわしいことは出ていないが、由美子はひどいけがでもしたのではなかろうか。

そう考えると、すべて責任が自分にあるような気がして心配でたまらない。そこで俊助は、すぐその足で由美子兄妹を見舞ってやることに決心した。

吉祥寺まで電車をのりこして、昨夜の森のなかをぬけてゆくと、小川の土手にさしかかった。

と、そのとき、ふとみょうなものが俊助の目にとまった。土手のうえ一面に咲きみだれた秋草のあいだに、なにやら赤いものがちらついている。

「おや、なんだろう」

俊助は思わず身をかがめ、その赤いものをすくいあげたが、そのとたん彼はハッとしたように顔色をうごかした。それは見おぼえのある由美子のマフラーであった。しかもまんなかから、もののみごとにプツリとたち切られ、土足でふみにじったようにいっぱい泥がついているのである。

俊助がその泥をはらいおとしているとき、うしろのほうで、草をふむ足音がきこえたので、ハッとしてふりかえると、ひとりの男が、木立のあいだに立って、じっとこちらをながめている。

俊助はその男のようすを見ると、思わず身がまえた。

昨夜の男だ。昨夜省線のなかで、由美子をおびやかしたあの男なのである。

男のほうでも、俊助の顔を見るとちょっとおどろいたようであったが、すぐつかつかと木立のあいだから出てきた。

「きみ、きみ！　きみが今ひろったものはなんだね」

わりあいにおだやかな声音なのである。

俊助は答えないで、無言のまま、じっと相手の顔を見つめている。四十ぐらいの小男で、するどい目つきをしていたが、しかし人相は思ったほど兇悪ではなかった。

せいかんな眉宇のあいだにも、どこかゆったりしたところが見えるのだ。

「きみ、ちょっとそいつを見せたまえ」

男は格子じまのオーバーのあいだから、右手を出した。

「いやだ」

俊助はマフラーをうしろにかくしながら、一歩うしろにしりぞく。

「いいから、こちらへ出したまえ」

「いやだ。きみはなんの権利があってそんなことをいうのだ。きみはいったい何者だ」

「なんでもいい。出せといったら出さないか」

男はしだいに俊助のほうへつめよってくる。俊助は一歩一歩しりぞいてゆく。ふたりはぐるりと道のうえで円をえがいて、こんどは俊助のほうが木立のそばへ追いつめられていった。

そこにはがんじょうな鉄条網がはりつめられてあるので、しりぞこうにも、もうそれ以上しりぞくことができないのだ。

「きみ、きみ、出せといったらおとなしく出したまえ」

「いやだ！」

そう叫ぶと同時に、俊助はネコのように身をすくめると、いきなり相手の男におどりかかっていった。ふいをくった相手の男はもろくもあおむけざまに、ズデンと道のうえにころがったが、それを見るや俊助は、すばやく馬のりになって、つづけさまに二つ三つポカポカとなぐった。

「このやろう、ひどいやつだ。昨夜瀬川兄妹をおそったのはきさまだろう」

「ちがう。はなせ！　苦しい」

小男は苦しそうに目をむいて、

「ちがう、ちがう。きみはなにを誤解しているんだ。こら、やめんか。警察の者にてむかいすると、そのぶんにはしておかんぞ！」

「警察の者？」

俊助はそうききかえしながら、思わずちょっとひるんだ。そのすきに男はすばやく、俊助のからだをはねのけてとびあがった。しかし、べつに俊助のほうへとびかかってこようとするのでもない。

「わけもいわずにいきなり声をかけたのは、こちらが悪かった。きみ、そのマフラーを持って、瀬川の家までやって来たまえ。なにもかも話してやるから」

そういうと、このふしぎな男は、俊助のほうには見むきもせずに、さきにたって歩きだした。

石狩の虎

「いやわけもいわずに由美子さんのあとをつけまわしていたのは、わしが悪かった。しかし、これも警視庁の命令だからかんべんしてもらいたい。わしは木下（きのした）という刑事なんだよ」

瀬川兄妹と俊助をまえにおいて、あのふしぎな小男は、はじめて身分をあきらかにした。

「しかし、その刑事さんがなんだって、由美子さんのあとを尾行しているんですか」

俊助はまだふにおちない。

「ふむ、きみがふしんがるのもむりはない。じつは――」

と、木下刑事はひざをのりだすと、

「ちかごろ、北海道の警察から東京の警視庁にたいして、ひじょうに重大な報告をもたらしてきたのだ。というのはほかでもない。むこうで石狩の虎という名で知られている、ひじょうに兇悪な強盗犯人が、東京に潜入したらしい形勢があるというのだ。じつにおそろしいやつで、人殺しでも強盗でも、平気でズバズバとやってのけようという悪党なのだ。

警視庁でもすてておけない。ただちに手配して、さいきん、どうやらそいつではないかと思われるようなやつをひとり発見した。というのは、この石狩の虎というやつは、左足がなくって、木の義足をはめているものだから、それが目じるしなのだ。ところが、そいつが目をつけているらしいのが、ふしぎにも瀬川さん、あなたがたなんですよ」

「まあ！」

由美子は、思わずくちびるまでまっさおになった。

しかし、そんなおそろしい男が、どうして、こんなまずしい兄妹をつけねらっているのだろう。ぬすもうにもなに一つ持っていない、この貧乏な発明家をねらって、いったいどうしようというのだろう。

「さあ、そのてんです」

と、木下刑事。

「警視庁でもそのてんわけがわからないので、とにかくまちがいのないようにといって、このわしがひそかにきみたちを護衛していたわけなんだ。それがかえってきみたちのうたがいをまねくもとなんだが、きょうになって、やっと石狩の虎の目的というのがわかった。瀬川さん、これはじつにようならぬ事件ですぞ」

「よういならぬ事件というと？」

健一は病弱らしい目をしばたたきながら、不安そうにたずねると、

「じつはきのう、北海道の警察からあらためて報告がとどいたので、はじめてわかったのだが、石狩の虎がねらっているのは、ビーナスの星らしいのだ」

「ビーナスの星というのは？」

「わしにもよくわからないが、なんでもヨーロッパの大国の皇室に、宝物としてつたわっていた、時価、数百万もしようという、すばらしいダイアモンドだそうだ。ところが、そのダイアは皇帝みずから声楽家の鮎川里子におくられた。そしてさらに鮎川里子

から、甥にあたる瀬川健一に、遺産としてゆずられたようすがあるというのですよ。

つまり瀬川さん、石狩の虎がねらっているのは、あなたのご所持になっている、何百万円もするというダイアモンド、ビーナスの星らしいのですよ」

かがやく星

健一と由美子のふたりはぼうぜんとして、思わず顔を見あわせた。

「しかし、しかし刑事さん。ぼくはそんな高価なダイアをおくられたおぼえはありませんよ。それはきっとなにかのまちがいでしょう」

「さあ、そこだ」

と、刑事はひざをのりだして、

「鮎川里子さんも、きっと悪党がこのダイアをねらっていることを知っていられたので、途中うばいとられるきけんがあると思って、なにかのなかにかくして、あなたがたのところへ送ってこられた。ところが、その秘密をうちあけずに死んでしまわれたので、ダイアはまだだれにも知られずに、かくし場所にあるにちがいないと思うのです。そこで瀬川さん、あなたはなにか鮎川さんから、生前おくられたものがありませんか」

「そういえば、おばは死ぬすこしまえに、由美子のところへ、きれいなフランス人形を送ってよこしましたが」

「それだ！　その人形のなかにあるのだ！」

「あっ！」

それをきくと、ふいに健一が頭をかかえて、どうとその場にからだを投げだした。

「ぬすまれた！　知らなかった！　昨夜のくせものはわたしをしばりあげておいて、あのフランス人形を床柱にぶっつけ、こっぱみじんにしておいて、なにかさがしていました。ああ、あのとき、きっとダイアを見つけて持っていったにちがいありません」

ああ、なんという失望！　なんというらくたん！　知らぬこととはいいながら、数百万円もするダイアを所持しながら、みすみすそいつを悪党のためにうばい去られたそのくやしさ。それだけの金さえあれば、健一の研究も、なに不自由なくつづけることができたのに……。

「兄さん、兄さん、しっかりしてください」

「ああ、おれはもうだめだ。おばのせっかくの心づくしを無にしてしまった。おれはなんというばかだったろう。おれの研究も、もうおしまいだ！」

さすがの木下刑事も、暗然としてことばがでなかった。

この若き発明家の失望、苦悶のさまから、思わず目をそらすばかりであった。

そのときまで無言のまま、うしろにひかえていた俊助は、ふとひざをまえにのりだすと、

「由美子さん、これ、あなたのマフラーでしょう？」

「え？　ええ、そうですわ」

「今、むこうの土手のしたでひろったのです。まんなかからまっ二つにきられていますが、どうしたのですか」

由美子はそこで昨夜のできごとを手みじかに話した。すると、俊助はギロリと目を光らせ、

「なるほど、すると、もういっぽうのはしをお持ちですか」

「はあ、ここにございますわ」

由美子はもういっぽうのはしを出して、それを俊助にわたした。

「由美子さん、このマフラー、あなたがお編みになったのですか」

「いいえ、これ、おばが編んであたしに送ってくだすったの。そうそう、あのフランス人形といっしょに」

「そうですか、瀬川さん。由美子さん」

俊助はきっとひとみをすえて、

「ダイアはまだぬすまれてはいませんよ。ご安心なさい。ちゃんと無事にこの家にあるはずです」

「え、なんですって？」

健一も由美子も木下刑事も、思わず俊助の顔をふりあおいだ。

「よく考えてごらんなさい。昨夜、石狩の虎が、フランス人形のなかからダイアを見つけたのなら、あいつはなぜ、そのまま逃げてしまわなかったのでしょう。なぜ由美子さんの帰りを待ちうけていたのでしょう。

それはフランス人形のなかにダイアがなく、由美子さんがかけているマフラーのなかにあると考えたからです。

石狩の虎はこのマフラーをうばおうとしたが、由美子さんがはなさない。そこへ木下刑事がかけつけてくる。そこでやむなく半分切りとっていきました。ごらんなさい。このマフラーの房についた、丸いむすびめがみんなほぐしてあります。ではダイアはそのなかにあったでしょうか。いいや、ぼくはそうは思わない。ごらんなさい、このマフラーについた泥を——これはくやしまぎれに地面にたたきつけて、むちゃくちゃにふみにじった証拠で、つまりダイアがなかったからです。とすると、ダイアはもういっぽうのはしにあることになるじゃありませんか」

そういいながら俊助は、いま由美子がとりだしたマフラーのはしについた丸い房のむすびめを一つ一つていねいにほぐしていたが、そのうち四人のくちびるからは、いっせいに、

「あっ！」

と、いう感歎と歓喜のさけびがもれた。

ああ！　見よ。いましも俊助がほぐした赤い毛糸のむすびめから、コロリところがりでたのは、光輝燦然！　見るもまばゆい青色のダイア、それこそ全世界になりひびいたダイアモンドの女王、ビーナスの星だったのである。

それからまもなく、あの兇悪なかた足強盗の石狩の虎が、木下刑事にとらえられたことは、いうまでもあるまい。

健一と由美子の兄妹は、このダイアを売った莫大な金で、いまでは幸福にくらしている。そして、健一の発明が完成するのも、まもないことだろうといわれている。

花びらの秘密

恐ろしい幻灯

　真夜中ごろ、美絵子(みえこ)は、ふとベッドの中で目をさましました。ガターンと何かの倒れる音。

「まあ、何の音だろう。夢だったのかしら」

　その時。またもやガターンと物のぶつかる音——美絵子はハッとしてベッドの上に起きなおった。

　こんどこそ夢ではない。まさしく聞いたのである。しかも、その物音は隣室から聞こえてくるのだ。どろぼう？——美絵子は恐怖のあまり、全身の血が一時にサッとこおる思い。

　だれか来てくれればいい。おお、そうだ。だれかを呼ぼう。——美絵子はベルの方へ手をのばしかけたが、ふいにギョッとしたように、その手をひっこませてしまった。

　へやの中がみょうに明(あ)かるいと思ったら、カーテンでしきってある隣室から、一(ひと)すじの白い光が一文字(いちもんじ)にへやの中央をよこぎって、むこうの壁に、何やらえたいの知れない四角い映像を作っているのである。しかもその光の中には、虫のような黒いはん点がおどっているのだが、よくよく見ると、それが恐ろしい文字であることがわかった。

動くな、さわぐな、さわぐと命がないぞ

　美絵子はギョッとして、頭からスッポリ毛布をかぶってしまった。心(しん)ぞうが早(はや)がねのようにドキドキとうっている。体中にビッショリと滝のような汗。

　しばらくして美絵子はまた、ソッと毛布から頭を出して壁の上を見ると、あいかわらずあのぶきみな幻灯(げんとう)がうつっている。——たぶん、すりガラスの上に筆で書いたのであろう、ミミズみたいに頭もしっぽもない棒のような字である。

そのうち美絵子はふと、隅のほうに黒い指のあとがついているのを発見した。

たぶん、すりガラスの上にあの字をかくとき、うっかり墨でよごれた指でおさえたのを、小さい原板のことだから、気がつかずにいたにちがいない。それがいまこうして壁の上に拡大されると、まるで人の頭ほどもある大きさとなって、指のあとがハッキリと浮きだしているのである。

おや指であろう。コブラ（毒蛇の名）の頭のように先に開いた、みょうなかっこうの指で、指紋のうずが地図の山脈のように、うねうねしている。おまけにその指紋を横切って、ななめにガンがとんでいるような傷があるのまでハッキリ見えるのだ。

「このどろぼう、おや指にけがをしているのね」

その時、ふいにフッと幻灯が消えたと思うと、バターンと窓のしまる音、それから足早やに立ちさって行く足音。――どろぼうが帰ったのだと気がつくと、いつの間にやら、あかつきのほの白い光が窓のすきからさし込んで、近くを走るトラックのひびき。

美絵子はほっとしてベッドから起きあがると、カーテンのすきまからこわごわのぞいて見たが、そのとたん、キツネにつままれたような気がした。あれだけそうぞうしい物音をさせたのだから、さぞやあらされていることだろうと思ったへやの中が、意外にきちんと整とんしていたからである。

青メガネの先生

「美絵子、おまえ、おおかた夢でも見たのだろう」

おじいさまはニヤニヤ笑っていて、美絵子がどんなに口をとがらせて主張しても、とりあってくれないのである。

美絵子のおじいさまは、日露戦争にも出た有名な老将軍であるから、どろぼうなど、はじめから問題にしないのだ。

「夢じゃないわよ。おじいさま、ほんとうよ」

と、美絵子がどんなにいいはっても証拠がないのだ。

美絵子はいまいましくてしようがない。とにかく、警察へとどけておきましょうといっても、ささいなことに空さわぎするのが大きらいな老将軍は、笑ってとりあわないのだ。

美絵子には、お父さまもお母さまもなかった。

去年までは藤倉博士といって、保安庁につとめていられた、有名な学者のおじさまがあったのだけれども、これまた自動車の事故のために、思わぬご最後をとげられてしまった。

美絵子は何となく、不安でしようがなかったが、さてその晩のこと、美絵子が特別に教えていただいている婦人家庭教師の青木先生がいつものようにやってきた。

青木先生は十日ほど前から、このお屋敷へくることになった先生で、それまで美絵子のついていた先生がきゅうに病気になったので、かわりといってよこされた先生である。

まだ若い色の白い人だが、いつも青眼鏡をかけ、のどにほうたいをしているのでなんとなく病身らしい感じのする婦人だ。

美絵子は、勉強がすむと、ふと昨夜のどろぼうのことを先生に話した。すると先生はとてもびっくりしたようすで、

「まあ、どろぼうが入ったのですって? そして何かなくなったものがありましたか」

「いいえ、それが何もありませんの。だからわたし、いっそう気味が悪いんですよ」

先生はそれをきくと、いよいよおどろいて、

「それで、そのことを警察へおとどけになりまして?」

「いいえ、おじいさまったら、わたしが夢でも見たのだろうって、おとりあげにならないんですもの」

美絵子が不平そうにいうのをきくと、先生はなぜかほっとしたようすだったが、きゅうに顔をしかめると、いかにも苦しげに、

「アッいた、アッいたッ、た」

とうなりだしたから、こんどは美絵子のほうがびっくりした。

「まあ、先生、どうかなさいましたの?」

「なんだか、きゅうにおなかがいたくなって。……美絵子さん、たいへん失礼でございますけれど、どこかちょっと横にならせていただけません?」

「ええ、どうぞ。なんでしたら今夜はもう遅いのですから、とまっていらっしゃいましな」

「ああ、そうしていただければ、ありがたいですわ」

　というようなことから、その晩は青木先生がとまってゆくことになったのだけれど、なんともあやしいのはこの青眼鏡の家庭教師である。どろぼうが入ったときいて、あんなにびっくりしたり、そうかと思うときゅうにおなかがいたくなったり、いちいち合点のゆかぬことばかり。

　美絵子はしかし、そんなことはすこしも気がつかず、先生を客間へねかすと、自分はいつものベッドへもぐりこんだが、真夜中ごろになって、今夜もまた、ふと目をさましました。

　隣室にあたってまたも、みょうな音が聞こえるのである。

　美絵子はハッとして壁のほうを見たが、今夜はあの幻灯がうつっていない。まくらもとの電気スタンドをそっとつけると、そのひょうしに一枚の紙片が目についた。

動くな、さわぐな、さわぐと命がないぞ

昨夜と同じ文句である。

　美絵子はギョッとしたが、今夜は恐ろしさよりもくやしさのほうがいっぱいだった。あたりを見まわすとふと目についたのは、おじいさま愛用のパイプである。とっさのきてん、美絵子はそれをピストルのように構えると、いきなりカーテンを開いて、

「静かにおし。動くとうつよ！」

　といいながらパチッとスイッチをひねって、電気をつけた。

悪魔の妖術

　いや、どろぼうのおどろいたこと！

　ハトが豆鉄砲をくったような、という形容は、おおかたこういう場合に使うのであろう。ピアノの前につっ立ったまま、両手をあげて目をパチクリさせている。

　ふく面をしているのでよくはわからないが、小がらの、まだ若そうな男だ。ふしぎなことには、短かいパンツにシャツを着ているだけで、モジャモジャと毛ののびた頭には、帽子もかぶっていないのである。

「昨夜入ったのはお前でしょう。ずいぶんずうずうしいどろぼうね。今おじいさまを呼ぶから静かにしてらっしゃい。動くとうつよ！」

　どろぼうはチラとピストルのほうへ目をやったが、きゅうにその目を輝かした。美絵子の持っているピストルの正体を見やぶったのである。

　ピストルがパイプとわかってみれば、もう何も恐れることはないのだ。どろぼうはいきなり、美絵子のからだをつきとばすと、開いていたドアのすきから廊下へいちもくさん。しまった！　と思った美絵子は、大いそぎでベルを押しておいて、これまたどろぼうのあとを追ってやみの廊下へおどり出した。

　ところが、この時どろぼうはたいへんみょうなことをやったのである。外へ逃げるつもりなら、廊下を左へ行くべきはずなのに、反対の右のほうへ逃げ出したのだ。

　そちらにはおじいさまのおへやもあれば、ばあやや女中たちもいる。廊下を曲れば、客用の日本間があって、そこには家庭教師の青木先生がとまっていらっしゃるのだ。

　どろぼうの姿はいまその客間のほうへ消えた。

「どろぼうよ、どろぼうよ。みんな起きてちょうだい」

　美絵子の声に、まず第一に飛び出してきたのは老将軍。それにつづいて女中たちも、ねまきのままでふるえながら、バラバラと廊下のすみにあつまった。

「美絵子や、どうしたのだい、いったい」

「おじいさま、どろぼうよ。いまそこの廊下をまがって客間のほうへ逃げたのよ」

「よし、わしがつかまえてやる」

　そこで老将軍を先頭に立ててしらべてみたが、どろぼうの影も形も見えないのだ。

「まあ、どうしたのかしら。おかしいわね」

　美絵子が、ふしぎそうに首をかしげている時、青眼鏡をかけた青木先生が、オドオドと帯をしめながら客間からあらわれた。

「まあ、どうしたのでございますの」

「先生、またどろぼうが入りましたの。こちらへまいりませんでしたか」

「さあ、わたし、よくねていたものですから」

　先生はどろぼうときいてきゅうにガタガタふるえ出した。それから、みんなして家の中をしらべてみたけれど、どろぼうの姿はどこにも見当らぬ。第一、どろぼうが入ったようなあとすら見えないのだ。まるで悪魔のような妖術である。

美絵子はいまいましくなって、プリプリしながら、さっきのへやに帰ってきたが、きゅうに大きな声でおじいさまを呼ぶと、

「ほうらごらんなさい。おじいさま、夢でなかった証拠にどろぼうがこんなものを落してゆきましたわ」

と、そういいながら拾いあげたのは、きみょうな真鍮の板だった。長さ五センチ、幅半センチぐらいの、ちょうど菊のはなびらのようなかっこうをした金属板で、その上に、

R—8, L—15

とほりつけてある。

老将軍はそれをみているうちに、今までのおだやかな顔色はどこへやら、さっと顔色をかえたが夜が明けるのを待ちかねて、電話をかけたのは、宇津木俊策探偵事務所である。

宇津木探偵というのは近ごろ評判の高い名探偵で、老将軍は今まで二、三度事件をたのんで、その手腕をよく知っている。

電話をかけると、いまちょっと手をはなせない用件があるが、信頼のできる部下を、さっそくよこそうという返事。

待つ間もなく、緑川三平となのる探偵が、宇津木探偵事務所からだといってやってきた。

老将軍はひととおり昨夜からのいきさつを話して、やがておもむろにとり出したのは、例の真鍮の花びらである。

「実はこれを見て思い出したのだが、君もおおかた知っているだろう。昨年自動車の事故で死んだ藤倉博士。——あれはじつはわしの次男なんだがね」

「ああ、藤倉博士といいますと、あのロケット機PX号事件の——」

と緑川探偵はピクッとからだをふるわした。

そばできいていた美絵子も思わずハッと緊張する。ああ、去年なくなったおじさまと、このきみょうなどろぼう事件とのあいだに、いったいどんな関係があるのだろう。

ロケットＰＸ号

美絵子のおじさんの藤倉博士は、保安庁につとめていた有名な設計技師だったが、死ぬすこし前に、非常に優秀な性能をもつロケット機の設計を完成し、それをＰＸ号と命名した。

　ところが、そこへおこったのが、あの不幸な自動車の事故だ。博士の死後、政府の手によって博士の研究室は、くまなく捜索されたが、博士が完成したと信じられる設計図はどこからも発見されなかった。その結果、ひょっとすると博士は、欲に目がくらんで、その貴重な発明を、外国のスパイに売り渡したのではないかというような、いまわしい評判さえ立つにいたった。

「わしのせがれにかぎって、断じてそんなふらちなことのあろうはずがない。わしはあくまでもあれの潔白を信じるが、設計図のふん失したことも事実なのじゃ。ところでこの真鍮の花びらだが……」

　と老将軍は太いひげをふるわせながら、

「せがれが死んだ時に、あれがやっぱりこれと同じような真鍮の花びらをさいふの中に入れていたことを思い出したのだ。その時にはみょうなものを持っていると、別にたいして気にもとめなかったが、昨夜入ったどろぼうが同じようなものを持っているところをみると、これには何か、よういならぬ秘密があるらしい。君の力でそれを解決してもらいたいのだが、どうじゃろう」

「なるほど、よくわかりました」

　緑川探偵はなぜか、ギロリとするどい目を光らせ、じっとその真鍮の花びらを見ていたが、きゅうにからだを前にのりだすと、

「このＰＸ号事件については、われわれも政府の命令によってないない調査しているのですが、今までのところ、つぎのような事実がわかっているのです」

　そして、緑川探偵がおもむろに語りだしたところによると、

「藤倉博士がＰＸ号を完成したと知るや、世界じゅうからスパイが入りこんだのですが、その中で一ばんめぼしいやつはマドロス次郎という混血児と、蛭峯ドクトルと名のるこのふたりです。

このふたりはともに日本人でありながら、金のために、S国ならびにT国の手さきとなってはたらいているふらちなやつで、博士の手から設計図をうばおうと猛烈に競争していたのです。

　そこまではわかっているが、さてそれから先がわからない。はたして彼らのうちのどちらかが、まんまと設計図を手に入れたかどうか不明なんです。が、わたしの考えではたぶんまだ手に入れていないと思う。それならば設計図はどこにあるかというと、今あなたのお話を聞いているうちに、ふと考えついたのですが、博士はおそらくこういう悪人が、ひそかにねらっていることを知って秘密のかくし場所へ、その設計図をかくしておかれたのではないでしょうか。むろんそのうちには誰（だれ）か信頼のできる人間に、その場所を話すつもりでいられたでしょうが、そこへあの思いがけない不幸がおこって、博士は無言のまま死んでしまわれた。

　だから問題の設計図はいまだに、その秘密のかくし場所にあるとみるのが至当（しとう）であり、この真鍮の花びらはそれを開くかぎだと思うのですが、いかがでしょう」

　さすがは、名探偵である。その説明はいちいちすじ道が立っていて、一点の非のうちどころもない。

「なるほど、そうするとこのへやの中にそのかくし場所があることになるな」

「そうです。博士の死後、何かここへ持ってこられたものはありませんか」

「あっ、そうだわ」

　美絵子は思わずさけび声をあげた。

「このピアノがそうなのよ。おじさまはとてもピアノがおすきで、それはそれはこのピアノを大切にしていられたの。だからわたしこれをかたみにいただいて、おじさまと思って大切にしているのですわ」

「それだ！」

　緑川探偵は、おどりあがって、

「設計図は、きっとこのピアノの中にちがいない。が、ちょっとまってください。その前に昨夜のどろぼうのほうを解決しようじゃありませんか」

　家庭教師の青木先生は、オドオドとへやの中を見まわしながら、

「何かご用でございますか」

「ああ、あなたが青木先生ですか」

緑川探偵はニヤニヤ笑いながら、

「時に君は、いつ青木なんて改名したんだね」

「え？　なんでございますって？」

「いやさ、君はいつのまに男から女に生まれかわったのだね」

　というやいなや、緑川探偵の腕がサルのようにのびたかと思うと、こは意外、青木先生の頭のかみがスッポリぬけて、そこにあらわれたのはモジャモジャの地頭(じあたま)。意外とも意外、いままで女だとばかり思っていた家庭教師は男だったのだ。

　緑川探偵は逃げようとする青木先生――ではなかった、あやしい男の腕をとらえると、やにわに腰投(こしなげ)一番、みごとにきまって、相手がもんどりうってたおれるところをおさえつけて、すばやくその両腕をしばりあげた。

意外また意外

　美絵子はまだおどろきがとまらない。さすが物にどうぜぬ老将軍も目をパチクリさせている。探偵はふたりの顔を見くらべながら、得意そうに、

「これが先にいったマドロス次郎という外国のスパイですよ。混血児でしてね、女にばけるのがこいつの十八番なんです」

「まあ、それじゃ幻灯(げんとう)でわたしをおどかしたのも、やっぱりこの人だったかしら」

　美絵子はまるで夢心地(ゆめごこち)である。

「いや、それはおそらくこの男ではありますまい。わたしの思うのに、一晩中幻灯でお嬢さんをおどかしたのは蛭峯ドクトルのほうであろうと思う。

　次郎のほうは、家庭教師にばけて入りこんだものの、機会がなくてグズグズしているうちに、競争者の蛭峯ドクトルがしのびこんだ。

　それを聞いたものだからこのマドロス次郎のやつ、これはもう一刻もゆうよしていられぬとばかり、け病(びょう)をつかってとまりこみ、真夜中にそっとこのへやへしのびこんだのですよ。

　どうだい次郎公(こう)、そうじゃないかね」

　次郎はかんねんしたものか、無言のままうなずく。

「さあ、それで一つのほうはかたづいたが、あとは問題の設計図です。一昨夜しのびこんだ蛭峯ドクトルが発見していないとしたら、設計図はまだこのピ

アノの中にあるはずですよ」

「だって、その蛭峰ドクトルとやらが、あのときもっていってしまったのじゃないでしょうか」

「いや、わたしはそうは思いませんね。お嬢さんの話によると、蛭峯のやつ、大さわぎして、へや中をひっかきまわしていたそうじゃありませんか。それでみると、彼はこの真鍮（しんちゅう）の花びらを持っていなかったもので、でたらめにそこら中をこづきまわしていたにちがいありませんよ。


そんなことで藤倉博士のような偉い方が、一生（いっしょう）けんめいに作りあげたかくし場所がひらくはずがありませんからね。とにかく、いちおう調べてみましょう」


緑川探偵はさかんにピアノの上をなで廻（まわ）している。老将軍と美絵子は、そのようすを不安そうに見守っていたが、そのうちに美絵子は何を発見したのか、ハッと顔色をかえ、いまにも倒れそうになった。将軍はおどろいて、

「おや、美絵子、おまえどうしたのだね」

「なんだかきゅうに気分が悪くなって……」

「それはいけない。昨夜（ゆうべ）よくねなかったせいだろう。むこうに行って横になっておいで」

「ええ、そうしますわ」

と美絵子はすなおに出て行ったが、しばらくすると、ニコニコしながらもどって来た。

「おや、もう気分はなおったのかい」

「ええ、外へ出て新鮮な空気をすったら、すぐなおりましたの。ときにおじいさま、まだ秘密のかくし場所は見つかりません？」

「お嬢さん、いますぐですよ」

探偵はなおもピアノを入念にしらべていたが、ふいにうれしそうな声をあげた。

「あった、あった。藤倉さん、ここをごらんください」


探偵の指さすところを見れば、ピアノの背にキクの花の彫刻がしてあって、しかもその花びらの一つに、例の真鍮の花びらをはめてみると、ピッタリ合うのだ。

「これがかぎです。ところがこの花びらに、R―8、L―15とあるでしょう。このRは英語のRight（ライト）で、すなわち右、LはLeft（レフト）ですなわち左です。だから右へ八回、左へ十五回まわせという意味だろうと思

います」

そういいながら、緑川探偵がそのとおりまわすと、ふいにガターンと音がして、かくしドアが開いたかと思うと、スルスルと引出しがすべり出した。

「あった、あった。確かに設計図だ！」

「えっ、あったかね」

と、老将軍が思わず手を出そうとするのを、はらいのけた緑川探偵、

「いや、これは国の大秘密ですから、藤倉さんといえども見ることはゆるされません。ちょうどさいわい、わたしがこれから、政府の機密局へとどけてきましょう」

と、設計図をポケットにねじこむと、いそいで廊下のドアをひらいたが、そのとたん、緑川探偵はギョッとしてそこに立ちすくんでしまったのである。

意外とも意外、ドアの外にはふたりの警官を左右にしたがえた偉丈夫（いじょうふ）が、ピストル片手に仁王立（におうだ）ちにつっ立っているではないか。老将軍はあっとばかり驚いて、

「やあ、君は宇津木探偵じゃないか。これはいったいどうしたのだ。そこにいる緑川探偵というのは、君の部下じゃないのかい？」

宇津木探偵はニッコリ笑うと、

「お嬢さん、お電話ありがとうございました。すんでのことでこのスパイに大事な設計図をうばわれるところでしたよ。

おい、蛭峯ドクトル。こんどこそすべておわりだ。神妙（しんみょう）にするがいい」

緑川探偵――ではなかった、蛭峯ドクトルは、きゅうにガラリと調子をかえると、

「こいつはいけねえ。せっかく、うまうま探偵にばけこんで、まんまと設計図をぬすみとったと思ったのに、とんだところへ宇津木俊策め！　せっかくの仕事をだいなしにしやがった！」

「フフフ、ごたくをいわずに、さっさとその設計図をこちらへわたしたがよかろう」

「しようがねえ、ほら、わたすよ」

設計図を受けとった宇津木探偵、それを老将軍のほうへさし出して、

「藤倉さん、これはあなたの手から政府のほうへおおさめになって、藤倉博士の不名誉なうたがいをおはらしになったがよかろうと思います」

老将軍はあまりのことに目をパチクリさせている。むりもない。たった今まで探偵だと思っていたのが、これまた設計図をねらうスパイであろうとは！

「宇津木さん、こうなりゃ神妙にしますよ。しかし、一言ききたいことがあるんですがね。わしが探偵にばけてここにいるということが、どうしておまえさんにわかったのですかい？」

「それはね、お嬢さんがさきほど電話で知らせてくだすったのだ。しかしお嬢さんがどうしておまえの正体を看破されたのか、それはわたしもいま、おうかがいしたいと思っていたところだ」

「え、美絵子が……」

老将軍は目をまるくして、

「美絵子や、おまえ、どうしてそんなことがわかったのだね」

「何でもありませんの。おじいさま、これなのよ」

と、美絵子がぽっとほおをそめながら指さしたのは、黒くつやつやと光っているピアノのふたである。

「ほら、ここに指のあとがいっぱいついているでしょう。コブラの頭のようなかっこうをして、しかもガンが飛んでいるような傷のあとまで見えますわね。わたしこれを見たときハッとしたの。どうしてこの指のあとが、こんなところにあるかと思って、よくよく注意していると、これが探偵さんの指のあとではありませんか。あのときのまあ、わたしのおどろいたこと！

だって一昨夜、どろぼうのうつした幻灯の上に、これとおなじ指のあとをハッキリ見たんですもの。だからこの人、探偵とはまっかなうそ、一昨夜しのびこんだどろぼうにちがいないと思ったものだから、大いそぎで宇津木さんのところへお電話をかけたのですわ」

それを聞いたときの、老将軍のよろこびはどんなだったろう。

むりもない。このおさない少女の沈着と、冷静な観察のおかげで、重大な国の秘密がすくわれ、藤倉博士にかかる、いまわしいうたがいもはらすことができたのだもの。

美絵子はまもなく政府からあつい感謝のことばをおくられ、マドロス次郎と、蛭峯ドクトルのふたりのスパイは、ともに刑務所へ送られた。一石二鳥とは、まったくこのことだろう。

『蛍の光』事件

路上の虹

角の服部の大時計が八時をさして、夜の銀座はいまが人の出盛りだった。行きかう人の波も、ネオンの輝く宵の銀座を楽しむように流れていた。

その銀座へ、久しぶりに出て来た医学生、宇佐美慎介は、今しも四丁目から、数寄屋橋のほうへ帰りかけたがその時、何を見つけたのか、おやっとばかりに路傍に立止まった。行きかう人の足に蹴散らされもせずに、一つまみの南京玉が、さんぜんと歩道に散らばっている。

（はてな）

慎介はけげんそうにうしろを振り返って見る。

さっき四丁目の角を曲る時も、たしかに一つまみの南京玉が散乱しているのを見た。そして。――慎介は急足に数寄屋橋のほうへ歩いてみた、すると果たして、そこにも一つまみの南京玉が、まるで地上の虹のようにさんらんと輝いている。いや、そこばかりではない。見れば数寄屋橋から日比谷のほうまで、点々として美しい虹の尾をひいているのである。

だれが、なんのためにこんなまねをしたのかわからないが、まだあまり時間のたっていないことは、織るような雑沓にもかかわらず、大して踏み荒されていないのでもわかる。

（よし、こいつをひとつ尾けていってやれ）

慎介はにわかに好奇心をおぼえて、その虹のあとを追い出した。

考えて見ると、なんでもないことかも知れない。だれかがいたずらをやったのかも知れないし、また、何かのはずみに、南京玉の箱がこわれたのを、持主が気づかないでいるのかも知れない。しかし、どちらにしてもいいのだ。慎介はどうせ、その方角へかえる途すがらなのだから。

　ところが、日比谷の近くまできた時だ。慎介はとつぜん、はっとして前方に瞳をすえた。

　二メートルほど向うを手を組んでいくふたりの男女、男は年ころ二十四、五、あまり上等でない毛糸のジャンパーに、古ぼけた鳥打帽と、いかにもうさん臭い風体だのに、もうひとりはセーラー服も小ざっぱりと、後姿もかわいい少女、ところがこのふたりが明かるいショーウィンドーのまえまできた時だ。少女がふとセーラー服のポケットから、左手を出したかと思うと、その指先からばらばらと地上にばらまかれたのは、まぎれもない、いま慎介が後を追っているあの南京玉。

　慎介は思わずはっとして、ふたりの後姿を見直したが、すると気のせいか、少女がいかにもおどおどしているように見える。

　わかった、わかった、この少女はいま何か恐ろしい危難に直面しているのだ。しかも何か声を出すことの出来ぬわけのある彼女は、ひそかにこの南京玉によって、人の注意をひこうとしているのだ。

　慎介は思わずつかつかと足を早めたが、しかし待てよ、もしこれが思い違いだったら、とんでもない恥をかかねばならぬ。よしよし、これから先どんな事が起こるか、そこまで見とどけてからでもおそくはあるまい。そう考え直した慎介は、静かにふたりのあとを尾けていく。

　少女はあいかわらず、少しずつ南京玉をまいていく。見ると、ポケットから南京玉で編んだ大きな手提カバンがのぞいている。少女はポケットの中でその手提カバンをずたずたに引き裂いているのだ。しかしそういう事とは気づかぬ青年、交叉点をすたすたと横切ると、いやがる少女をむりやりに引きずりこんだは日比谷公園、やがて何か言い争いながら、とある小暗い木陰に立ちどまった。さすがににぎやかな丸ノ内も、そこまで来ると物すごいばかりシーンとしているのである。

　慎介は木の間づたいに、そっとふたりのほうへ近づいていったが、その時、聞こえて来たのは、怒りにふるえる少女の声。

「いや、そんな事あたしいやよ！」

　青年の声は聞こえなかった。

「いやだといったらあたしいや。そんな売国奴みたいなまね、あたしには出来ないわ」

少女ははげしく身をふるわせたが、すると青年がいきなりその肩に両手をかけた。

そこまで見ればもう容赦はできない。

「何をするか！」

と大喝一声。やにわに木陰からおどり出した。宇佐美慎介、青年のきき腕とると見るや、とっさに打った腰投げ一番、見事きまって相手は地上にはったが、すぐむくむくと起きあがると、あらためて慎介に躍りかかろうとするようすもない。しばらくじっとにらみあっていたが、

「早苗！　早苗！　ああ、もうだめだ！」

悲痛な声で叫ぶと見るや、ひらりと身をひるがえし、脱兎の如く逃げ出した。

電話の音楽

「君はあの男を知っているの？」

たずねたが返事はない。

おやと振り返ってみると、少女は樹の幹によりかかってぐったりとしている。手にさわって見ると氷のように冷たいのである。脳貧血を起こしたらしいのだ。

慎介はいきなり少女の体を抱きあげ、公園の外へ走り出すと、折よく通りかかった自動車を呼びとめ、すぐ、琴平町にある自分の下宿へ走らせた。

医学生である慎介はこういう場合の手当をよく心得ているのだ。下宿の一室に静かに寝かせ、足を温めたり、薬を口に注ぎ込んだりしてやると、少女は間もなくうっすらと眼を開いたが、親切な慎介のことばを聞くと、安心したものかまた昏々と深い眠りに落ちた。

それからおよそ一時間、大分気分もよくなったらしい。少女は、ぱっちりとつぶらの眼をひらいたが、あたりのようすを見ると、

「あら」

と叫んで起きようとする。慎介はそれをおさえるように、

「何も心配する事はないんだよ。ぼくは宇佐美慎介という学生だ。気分がよくなったら送っていってあげるから、もうしばらく横になっていたまえ、君の

名は早苗というのだろう」

「ええ」

と、いいかけて少女はおびえたらしく、

「あの人は――あの人は――」

「ああ、さっきの奴のことかね。大丈夫、どこかへ逃げちゃったよ」

少女はそれを聞くとほっとしたように、しかしなぜか涙ぐみながら、

「ありがとうございました」

と、ひくい声で礼をいった。

「君はあいつを知っているの。南京玉をまいていったのはだれかに助けてもらいたかったからなんだろう。なぜ、声を出さなかったの？」

少女は顔を紅らめ、何か言いかけたが、涙ぐんで口を閉じてしまった。何かしらよほど深い事情がありそうに見える。

「あの、いま何時ごろでしょう」

しばらくして少女がいった。

「いま、ちょうど九時半だよ」

「あら、あたしこんなにおそくなって……お父さまが心配していらっしゃるわ」

「ああ、それじゃさっそく送ってあげよう」

「あの、こちらに電話ありませんか」

「君の家に電話があるのかい。よしよし、ぼくがかけておいてあげよう、何番？」

「芝の一三二一番、緒方といいます。早苗すぐ帰りますって。お願いですから、さっきのこと言わないでね」

「よしよし、わかった」

委細承知の慎介は電話室へとび込むと、芝の一三二一番を呼び出した、すると向うのほうでかすかにあっという声が聞こえたきり、後はうんともすんとも返事をしないのである。

「もしもし、もしもし」

と、いくど呼んで見ても返事はなかった。それでいて電話はちゃんと接続されているのである。どうやら向うでは受話器をはずしたまま放ってあるらしく、妙にシーンとした気配が、慎介の耳に一まつの不安を感じさせた。

と、その時だ。電話を伝わって、ふとかすかな金属性の音楽が聞こえて来た。雨だれの音にも似た、ものうい、わびしい音楽の音、我にもなくじっと聞

き耳を立ててみると、それは『蛍の光』のメロディなのである。シーンと静まり返った中に聞こえる、その歌のひと節に、慎介はふとひき入れられるように耳をかたむけていたが、ふたたびはっと、思い出したように、

「もしもし、もしもし」

と、そのとたん『蛍の光』がにわかに中途で止まったかと思うと、ガシャンと物のたおれる音、電話口のすぐそばに、たしかに人がいるのだ。それでいて、なぜ、返事をしないのだろう。

「もしもし、もしもし」

やけになってどなりつける慎介の声に、早苗が不安そうに電話室へやってきた。

「どうかしましたの」

「ああ、すこし妙なんだよ」

慎介がそういった時、だれかが受話器をかけたらしく、ガシャーンとにぶい音をたてて、電話は切れてしまったのである。

博士邸の惨劇

「君のうち、芝のどのへん？」

「白金台町ですの。日吉坂のすぐ上です」

それから間もなく、自動車を走らせているふたりだった。

「君のおとうさん、何をする人なの？」

「おとうさま緒方謙蔵といいます。理化学研究所に出ていますの」

慎介は思わずあっと低い叫び声をあげた。

「すると君は緒方博士の令嬢ですか」

「ええ」

とうなずく早苗の横顔を見ながら、慎介はふいにむらむらと好奇心のたかまるのを感じる。かれがこのように見も知らぬ少女をいたわるのは、もとより一片の義侠心からでもあったが、ほかにもう一つ別の理由があったのだ。

さっき公園でちらと小耳にはさんだことば。

「あたし売国奴みたいなまねは出来ないわ」

売国奴とは時節柄、聞きずてならぬ言葉だった。

しかしわずか十四や十五の少女に、そんな大それたまねができるはずはないから、あるいは自分の聞きちがいではなかったかと思っていたが、今やはからずもその謎が解けたのだ。

　緒方博士が最近、ある強力な殺人光線を発明したという事は、今や世界にかくれもない事実、その発明が国家にとっていかに大切なものであるか、またそれだけに、外国のスパイが虎視眈々として博士の周囲に眼を光らせているだろう事も想像される。ひょっとするとさっきの怪青年も、早苗を使ってその発明を盗もうとしていたのではあるまいか。

　そう考えると慎介はいまさらのように、さっきの男を逃がしたのが残念でたまらない。と同時に、いまの電話のいきさつが不安の種となる。緒方博士に何か間違いが起こったのではあるまいか。

「ねえ、おとうさまどうかなすったのでしょうか」

　思いは同じ早苗も、不安に声をふるわせる。

「さあ、まさか。しかし君の家にはおとうさまのほかにだれもいないの」

「いいえ、爺やや女中のほかに桑原さんという助手の方が泊まっていらっしゃいます」

「そう、じゃ大丈夫だよ」

　自動車はまもなく白金台町に着いた。表通りで自動車から降り、暗い横町へはいると、時刻はすでに十時過ぎ、寒い冬の夜の事とて、どの家もシーンと寝静まっている。

「あの家がそうですの」

　早苗が向うを指さしたときだ、タタタタと大地を蹴ってこちらへ走って来る男、すれ違いざまその顔を見て、慎介ははっとおどろいた。

　さっき日比谷公園で見たあの青年なのだ。

「あら、兄さん！」

　早苗の声をきくと同時に、青年はくるりと身をひるがえして、見るみるうちに暗闇のなかへすがたを消した。相手もよほど驚いたらしいが、慎介もおどろいた。すると、あの青年は早苗の兄だったのか、それにしても合点のいかぬ節々、慎介が思わず早苗の顔を見直した時だ。

「どろぼう、どろぼう、人殺しだ！」と叫ぶ声。

「あら、桑原さんの声だわ」

　早苗は思わずまっさおになった。

さあいよいよただ事ではない。ふたりは夢中になって玄関へとび込んだ。博士の書斎は二階にある。靴を脱ぐ間ももどかしく、その書斎へとび込んだ早苗と慎介。

「あ、お嬢さん」

今しも卓上電話を取りあげて、いそがしく警察へ電話をかけていた桑原助手は、早苗の顔を見るより早く、

「先生が、先生が――」

と、声をふるわせる。見ると床の上には胡麻塩頭の老人が朱に染まって倒れているのだ。

「あっ、おとうさま！」

一声叫んで、早苗はそのまま気を失った。

慎介はつかつかと部屋の中へはいると、博士の脈をとって見たが、すでにこと切れている事は一目見てわかるのだ。無残にも緒方博士は、心臓を一突きえぐられて死んでいるのだった。

「お気の毒ですが、もうだめですね」

慎介はほっと溜息をついて立止まりかけたが、見れば博士の屍体の下に、何やら白い紙片が落ちている。慎介はそれを拾いあげると、何を思ったのかすばやくポケットに突込み、さて、あらためて部屋のなかを見廻した。

するとまず第一にかれの眼についたのは、部屋の一隅に立っている西洋の甲冑、それはまるで生けるが如く、壁ぎわに突立っているのである。その次にかれの眼についたのは卓上電話、電話がここにある以上、さっき慎介が耳にしたあの物音は、この部屋からきこえて来たのに違いない。

それにしてもあの『蛍の光』はどこから聞こえて来たのかしらと、卓上を見まわすと、あったあった、電話のすぐそばに四角い眼覚時計がおいてあった。

それは俗に歌時計といって、あらかじめ好きな時間に鳴るように合わせておけば、眼覚しのベルの代りに、時計の中のオルゴールがひとりでに鳴り出す仕掛けになっているのである。して見ると、さっきの『蛍の光』は、この歌時計のオルゴールが鳴る音だったらしい。

慎介はそう気がつくと、なぜか不審にたえぬ面持だった。

秘密の手紙

さてそれから後の大さわぎは、今更ここに述べるまでもあるまい。

緒方博士は殺害され、殺人光線の秘密は盗まれたのだ。博士はあの奇妙な甲冑の中に、秘密書類をかくしておいたのだが、調べてみると、その中から一番肝腎な書類が一枚ぬすまれているのである。それは半紙半分ぐらいの大きさに、計算だの図面だの薬品の名だのを、ぎっしりと書きこんだ、薄い紙で、人間でいえば心臓、扇でいえば要にあたる部分なのだ。

博士はその部分だけは、家人はおろか、助手の桑原にさえ見せないほど、大切にしていたのだが、その一番肝腎な、たった一枚の書類が盗まれてしまったのである。

しかもこの憎むべき極悪犯人が、博士の長男謙一郎であるらしいと聞くに至って、人々ががくぜんとして色を失ったのも無理はない。

緒方博士の長男、すなわち早苗の兄の謙一郎は、数年前、父とけんかして家をとび出してしまったが、その謙一郎があの晩、邸の周囲をうろついているのを見たのは、早苗と慎介のふたりだけではなく、桑原助手もそのひとりだった。

「わたしは妙な音に何気なく書斎へはいっていくと、先生は床の上に倒れており、謙一郎君が今しも窓から外へとび出そうとするところでした」

こういう桑原助手のことばに、謙一郎の行方は厳重に捜索された。

かくして三日、博士の葬式もすんで、わびしく静まりかえった緒方邸へ、ひょっこりとたずねて来たのはほかでもない宇佐美慎介。早苗は眼をまっかに泣きはらしていたが、慎介のすがたを見ると、それでも頼もしそうに微笑する。

「早苗さん、今日来たのはほかでもない。君にこの間のことを聞きたかったからです。なるほど、君にはいいにくいことかもわからないが、これは国家にとって由々しき大事ですよ」

早苗はそれを聞くと、おびえたような眼の色をしながらも、こっくりと素直にうなずいた。

「まず第一に、この間の日比谷の出来事だが、あの時、兄さんは君に何といってたの」

　早苗はそれを聞くと眼に涙をいっぱい浮かべ、

「あたし、あの時ぐうぜん四丁目の角で兄さんに会いましたの。久しぶりだったからあたしどんなに嬉しかったでしょう。ところが兄さんたら、あたしにいきなり秘密書類のことを聞くのです。そればかりか、もっとゆっくり話をしようと、あたしの手を引っぱってぐんぐんと日比谷へ連れていきます。あたしこわくて、こわくて、……」

「なるほど、それであの南京玉をまいていったのですね」

「ええ」

　と早苗はうなずきながら、

「うっかり声を出すと兄さんの悪事が知れてしまいます。だからだれかが怪しんで、後を尾けて来て、あたしたちの話のじゃまをしてくれればいいと思って」

「なるほど、それで公園の中で兄さんはどんな事をいいました」

「兄さんは、おとうさんにいって、あの秘密書類をどこかもっと確かなところへかくすようにするか、それとも、あたしにこっそりと盗んで、自分に渡してくれと言いますの。あたし、てっきり兄さんはお金にこまって、その秘密書類をだれかに売ろうとしているのだと思って、そんな売国奴みたいなまねは出来ないと申しましたの」

　慎介はそれを聞くと、しばらく黙って考えていたが、やがて、つと膝をすすめると、

「早苗さん、ぼくはあなたにあやまらねばならぬことがあるのです。というのは」

　と、ポケットから一枚の紙片を取出すと、

「ぼくはあの晩、先生の屍体のそばでこんな手紙を拾ったのを、今までかくしていたのです」

　早苗は不思議そうにその紙片に眼をやったが、たちまちはっとしたように、

「まあ、お兄さまの筆跡ですわね」

「そうです。兄さんから博士にあてて書いた手紙です。ぼくが読んであげましょう」

　お父さん。とつぜんお手紙を差上げてさぞおおどろきになる事でしょうが、ぼくは至急、だれにもないしょでお父さんにお眼にかかりたいのです。

お父さん、ぼくはいま非常に危険な立場にいます。悪者がぼくの命をねらっているのです。もしぼくがお父さんに会ったということがわかれば、きっと彼等はぼくを殺してしまうでしょう。だから、ぜったいにだれにも知られず、お父さんにお眼にかかりたいのです。

お父さん、家には歌時計がありましたね。あの『蛍の光』を歌う歌時計が。今夜九時半かっきりにあの歌時計が鳴るように仕掛けておいてくださいませんか。ぼくはその音を聞いたら、お父さんがこころよくこの不孝者に会ってくださるものと思い、ひそかにお父さんの書斎へしのんでいきます。

お父さん、お願いです。どうぞ、どうぞ、この不孝な子供にただ一目だけ会ってください。

不孝な謙一郎より

「まあ」

早苗は思わず眼を丸くした。

「するとあの晩、兄さんがここへ来たのは、お父さんとお約束がしてあったのね」

「そうです、ぼくは電話で、たしかに『蛍の光』が鳴っているのを聞きましたよ。だから先生も会われるつもりでいられたのでしょう。さてこの手紙から判断すると、兄さんは何か先生に話さなければならぬ事があった。それでこういう手紙を出されたのだが、その後ではからずも、銀座で君に会ったものだから、君の口からお父さんに話して貰おうとしたのだが、そこをぼくが邪魔したことになるんだね」

慎介はそういって、何か感慨ぶかげに考えていたが、ふいに決心の色をうかべると、

「早苗さん。ぼくは君にお願いがあるんだ。今夜ないしょで、お宅へぼくを泊めてくれませんか。いや、おどろくのは、もっともだが、ぼくにはちょっと考えるところがあるんです」

「ええ、いいわ。どうぞ」

何かしら、思うところありげな慎介のようすが頼もしく、早苗は即座にそう答えたのである。一たい慎介にはどういう考えがあるのかしら。

金色の怪物

どこかでチーンと一時が鳴った。

あの凶事のあった博士の書斎は、今しも漆の闇に包まれて、ゴーッと表を吹きあれる風の音も冷たいのである。

この闇の中にさっきから黙々としてうごめいているひとりの人物があった。いうまでもなくそれは宇佐美慎介、かれは宵から書斎の一隅なる、大きな書棚のうしろに身をかくして、息をころして何事かの起こるのを待ちかまえているのである。書斎の他の一隅には、あの不気味な甲冑が、金色の底光をたたえて、さながら生けるが如く、さすがの慎介もそれを見ると、背筋の冷たくなるようなこわさをかんじるのだった。

——とその時、廊下のほうにあたって、ことりとかすかな物音が聞こえたかと思うと、すうっと一陣の風が頬をなでる。だれかドアを開いてはいって来たのだ。

（来たな！）

慎介は思わずゴクリと息をのむ。しかし相手はそんな事とも気がつかず、ぬき足さし足、あの卓上電話のほうへ忍び寄ったが、と、その時、慎介はふいにしーんと血が凍るような気がした。見よ、いままで黙々と壁によりかかっていたあの金色の甲冑が、ふいにのっしのっしと歩き出したではないか。

「あ！」

慎介は思わず声を出して叫んだが、その時早く、甲冑の怪物が、毬の如く身をはずませたと見るや、曲者めがけて躍りかかったからたまらない。がらがらと物すごい響きを立てて二つの体が床のうえに転

がった。

　ああ、夢ではないか。あまり意外の出来事に慎介はぼうぜんとそこにたたずんでいたが、そこへ物音きいて駈けつけて来たのは早苗である。

「宇佐美さん、宇佐美さん、どうかなすって」

　慎介ははっと夢から覚めた。

「早苗さん、スイッチ、電気のスイッチ」

　パッと、スイッチがひねられる。と見れば、床の上には二つの体がごろごろと転がっているのだ。金色の甲冑が火の玉のようにきらめいたかと思うと、やがて相手を床のうえにたたきつけ、すっくと立上がった甲冑の怪物、顔にはめた黄金の仮面をとったが、早苗はその顔をひと目見るや、

「あ、お兄さま」

　と、まっさおになって絶叫した。

　いかさま甲冑の怪物は、実に早苗の兄謙一郎だったのだ。

　謙一郎は早苗と慎介の顔をみると、さびしげに笑ったが、やがて取出したのは一箇の笛、ビリビリとそれを吹き鳴らすと、やがて入乱れた足音と共に、書斎の中へはいって来たのは、数名の警官をしたがえた警察署長である。

「あっ」

　兄の大事とばかり、早苗はまっ蒼になったが、しかし謙一郎は案外平気だ。

「警官、そこに倒れているのが、父を殺した犯人なのです。そしてあの秘密書類を盗んだ極悪人なのです。そいつの体をしらべてください。書類を持っているにちがいありませんよ」

　署長はつかつかとその男のそばへよると、ぐいと体を抱き起こしたが、その顔を見たとたん、

「あっ、桑原さん！」

　と、早苗は思わず息をのんだ。

　いかにも、唇のはしから、たらたらと血を流し、まっ蒼な顔をして、ぐったりとうなだれているのは、助手の桑原だったのだ。

「それじゃあの、桑原さんが――、桑原さんが――」

「そうだよ、早苗」

　謙一郎はさもいとしげに早苗の手を取り、

「おまえは兄さんを誤解していたのだよ。いや誤解されても仕方のない、いままでの兄さんだったからね。それに、ぼくのやり方がすこし突飛だったから、

おまえが怪しんだのも無理はない」

　謙一郎は早苗と慎介を見くらべながら、

「宇佐美君、君の名は宇佐美君というのでしたね。どうかぼくの話を聞いてください。早苗、おまえも聞いておくれ」

　そういって謙一郎は、およそ次のような話をはじめたのである。

歌時計の秘密

　ふとした事から父博士にそむいて、家を飛び出した謙一郎は、それから数年、いうにいわれぬ、苦労をした。かれは幾度か父にあやまって家に帰ろうと思ったが、その度にむらむらとこみ上げて来るのは持ちまえの意地っぱり。

（何くそっ、今に出世して錦を飾って帰るのだ）

　そう思いなおすのだが、まだ年若いかれに、どうしてそんな出世のいとぐちがあろう。ある時は人夫にもなった。ある時は水夫にもなった。そうして転々とさまよい歩いているうちに、ある時ふと、ひとりの外人に救われた。

　はじめのうち謙一郎はその外人を親切な人とばかり思っていたが、しだいにわかって来たところでは、その外人こそは世にも恐ろしいスパイの一味なのだ。かれは謙一郎の素性を知っていた、さてこそ父の発明を盗ませようと自分の仲間に引き入れたのだ。

　しかし、謙一郎も日本人、どうしてそんな恐ろしいまねが出来ようか。かれはすぐにもその仲間から脱走しようと思った。しかし、時すでにおそく、かれの周囲には厳重な監視の網の目が張られているのだ。

「ぼくが知っているのはその外人だけでしたが、ほかにもずいぶんたくさんスパイがいるようす、中には日本人もいるらしいのです。しかも彼等はたくみに秘密の連絡を保っていて、ぼくにはなかなか尻尾がつかめない。警察へとも思ったが、しかしそうすれば、その外人だけはとらえても、ほかの一味を逃がす心配がある。もうすこし秘密を握ってから――」

　と、そう思ったが、気にかかるのは父の安危だ、といってうっかり父に近づこうものなら、たちまち裏切者として殺される。それがスパイ一味の掟なのだ。しかも父の周囲にはちゃんと一味の者が張りこんでいるようすさえある。

「そこでぼくはああいう手紙を書き、危険をおかしてでも一度父に会おうと思ったのです」

　ところがその手紙を投函して間もなく、はからずも銀座で妹にあった謙一郎は、これ幸いと万事を頼もうと思ったが、かえってそれが早苗の疑いを招くもととなり、おまけに慎介に、妨げられたので、やむなく、あれからただちにこの邸へ忍んで来たのである。

「ぼくは八時半ごろから、物陰にかくれてこの邸を見張っていました。その間に、なつかしい父が書斎の窓からじっと外を見ているすがたも見ました。父は自分に会ってくれるだろうか。それともかたくなな父は許してくれないかも知れない。そんな事を思いながら待っていると、間もなく合図の『蛍の光』の音が聞こえてきたのです」

　それを聞くと、謙一郎はただちに書斎の中へしのび込んだが、意外、父は殺されているではないか。謙一郎はそれを見ると、疑いが自分にかかるのをおそれて、すぐ逃げ出したが、しかし、事はあまりに重大である。こうなっては黙っているわけにはいかないので、途中から思い直して警察へとび込んだのである。

　警察でもこと重大と見て、謙一郎が自首して出た事は秘密にしておき、かえってかれを疑うように見せて、一方ひそかに真犯人を探していたのである。

「ところでここに不思議なのは、ぼくが見張っているあいだ、だれひとりこの邸へ出入りしたものはないのに、その間に父は殺されている。だから、てっきり邸の中にスパイの一味がいるに違いないと、そこで署長とも相談のうえ、ぼくがこの甲冑の中にかくれることになったのです」

　謙一郎の長話は終った。ああ、かれは売国奴ではなかったのだ。いやいや、もっとも英雄的な愛国者だったのだ。早苗はそれを聞くと、嬉しさに思わず涙をうかべて、

「兄さん、かんにんして。あたし兄さんを疑ったりなんかしてすみません」

「いやいや、おまえの疑うのも無理ではなかったのだ。ただ、残念なのは、ぼくがぐずぐずしていたばかりに、お父さんが、お父さんが――」

　と、謙一郎は思わず涙を飲んだが、その時、ふい

に署長の声が冷たくふたりをさえぎった。

「緒方君、こいつ書類を持っていないぜ」

謙一郎はそれを聞くと、はっと顔色をかえ、

「そんなはずはありません、あの晩からこいつは厳重に見張ってあったのですから、外へ持って出たり、人に渡すはずはありません」

と、自分でも桑原の体をしらべたが、やっぱり書類は見当らない。ああ、書類はすでに、他のスパイによって外国へ送られたのではなかろうか。

「はははは、ぼくがスパイだって。なにを証拠にそんな事をいうのだ。おい謙一郎君、君こそお父さんを殺し書類を奪ったのだろう」

証拠がないと見て、桑原は憎々しげに言う。

「ちくしょうっ」

謙一郎は拳をかためたが、肝腎の証拠がなくてはどうする事も出来ない。署長もおいおい、疑わしげな眼で謙一郎の顔を見直すのである。

「警官、いったいその書類というのは、どのくらいの大きさなんですか」

その時、ふいに横合から聞いたのは慎介だ。

「それはね、薄い紙に書いたもので、丸めれば耳の孔にでもはいるということだよ」

慎介は、それを聞くとにわかに面を輝かせた。

「わかりました。署長、ぼくがその書類の所在を知っています」

「なんだって！」

署長も、謙一郎も早苗も、さては桑原までが、思わずびっくりしたように叫んだ。

「そうです。いまその書類をお眼にかけます。しかし、そのまえにちょっとこの男と話をさせてください」

慎介はきっと桑原をにらみつけると、

「おい、桑原君、ぼくはあの晩の君の行動を手に取るように知っているぞ。君はまさか博士を殺すつもりはなかったのだ。ただあの書類を写しとればよかったのだ。ところが、その書類を写しているところへ、博士がひょっこりはいって来られたので、やむなく殺してしまった。ところがちょうどそこへ、この卓上電話のベルがけたたましく鳴り出したので、君は受話器を外しておいた。召使の者が起きて来てはこまると思ったからだろう。ところが、これが君の大失敗さ。おかげでぼくは非常に大事なことを耳

にする事が出来たのだからね」

　桑原は思わずどきりとした顔をした。慎介はこころよげににっこりと笑うと、

「君が先生を殺したのは九時半頃だったね。ところで君は知らなかったろうが、九時半になると、この歌時計が鳴るように、先生があらかじめ時間を合わせておかれたのだ。だから、君が先生を殺した時、急にその歌時計が鳴り出したので、君はなんとなく気味が悪くなり、そいつをなんとかして止めようとした。そのうちに君はふとすばらしい事を思いついたね」

　慎介は歌時計を取りあげると、底にはめてある板を取りはずす。と、中に見えるのは一面に突起のついた真鍮の円筒と、その円筒のそばにならんでいる無数の短冊型の金属板。

「ごらんなさい。これがオルゴールです。この水平についている円筒が廻転するにしたがって、表面についている突起が、薄い金属板を弾いて音を発する。その音がつづいて一つの曲になるのです。つまりこの金属板はピアノの鍵盤と同じ事で、指で叩くかわりに、この突起が次々とその鍵盤を弾いていくのです。だから、その歌を途中で止めようとするには、この円筒の廻転を止めなければなりません。ぼくはあの晩、歌時計が途中でハタと鳴りやんだのを、電話で聞いて不思議でたまらなかったのですが、今お話をきいているうちに、そのわけがわかりました。桑原君はその秘密書類を写そうとしたが、そこへ歌時計の音をきいて謙一郎君が表からはいって来る。その足音をきいた桑原君は一刻もぐずぐず出来ない。といって、博士が殺された以上、邸の者は厳重に捜索されるにちがいないから身につけているのは危険だ。そのまま逃げれば、疑いがかかる。そこでとっさのあいだに書類をまるめ、このオルゴールのあいだに突込んだのです。ほうらごらんなさい、ここに紙のようなものがはさまっていますよ」

　慎介がにこにこ笑いながら、その紙片を取り出すと同時に、邪魔物のなくなった円筒は再び廻転をはじめ、あの夜、中断された『蛍の光』が、今やしずかに室内へ流れ出したのである。

　その紙片が秘密書類だったことはいまさらいうまでもあるまい。桑原はいさぎよく罪に服し、その自白によって、スパイの一味は一網打尽に捕縛された

のだ。謙一郎も今では家に帰り、妹と共に静かに父のあとを弔(とむら)っている。

　そして、かれらのもっともよき友達として、宇佐美慎介はしばしばその家を訪れるのである。

片耳の男

雨中のかた耳男

ひどい夕立ちだった。甲州のほうからはい出してきた夕立雲が、みるみるうちに武蔵野の空いっぱいにひろがったとみるや、森も林も田も畑も、一瞬にして豪雨につつまれ、にわかにうす暗くなった野面を、サッといなずまがなでていく。ゴウゴウと天地をくつがえすような雷鳴——パチパチと大木がはぜるような物音は、どこか近くへ雷がおちたのかも知れない。

「おお、こいつはひどい」

なんのお宮だったか知らぬ。井之頭公園わきの、淋しい祠のうらがわへとびこんだ、医科学生の宇佐美慎介は、ぬれねずみの肩をすくめて、思わず天をふりあおいだ。三鷹にある友人の家へあそびにいったその帰りみち、まっすぐ本郷の下宿へ帰るつもりで、吉祥寺駅へいそいでいた途中なのである。

しまったな。こんなことなら友人にかさをかりてくればよかったと、いまさら、くやんでも追っつかない。小降りになるまで待っていようと、覚悟をきめた慎介が、ズブぬれになった洋服をはたいているところへ、またもや、ひとり、祠の中へとびこんできたものがある。その気配に慎介は、何気なくのぞいてみたが、とたんにギョッとしたように呼吸をのみこんだ。それも無理ではない。相手の風体というのが、世にも異様なのである。

赤いかみしもに赤い袴、頭にはおなじく赤いふさのついたトンガリ帽子をかぶって、おまけに顔には、みょうにおどけたお面をかぶっている。

なにしろ場合が場合だ。さすがの慎介もしばらく呆然として、口もきけなかったが、よくよく考えてみると、至極なんでもないことなのである。

この男はチンドン屋さんなのだ。ドンチャカ、ドンチャカと、かねとたいこをたたきながら、奇妙な足どりで流してあるく、街の人気もののチンドン屋さん、――そう気がつくと、なあんだと慎介は胸なでおろしたが、すぐまた、おや、とばかりに首をかしげた。相手はまだ慎介のいることに気づかないらしいが、どうもそのようすが変なのだ。だれかを待ちうけているらしく、むこうの森かげの道へ、しじゅう気をくばっているのはよいとして、

「ふふふ、幸いの夕立だ。じゃまするものはありゃしねえ。思いきってやっちまおう」

と、すご味をふくんだひとりごと、これが慎介の耳に入ったからたまらない。慎介はドキリとして、思わず身をちぢめた。幸いの夕立――邪魔するものはない――思いきってやっちまおう――どう考えたってあたりまえのことばではなかった。

いったい何をしようというのだろうと、慎介がじっとようすをうかがっているとも知らぬ、あやしいチンドン屋。その時ふいに、サッと身がまえをしなおしたから、オヤ？　と慎介がむこうを見ると、いましも雨にけぶった森かげの道を、いっさんにこちらへ走ってくるのは、意外にもまだ十四、五のかわいい少女。

少女はかさもささずにズブぬれのまま、祠をみるとまっしぐらに走りよって来たが、そのとたん、いきなり、さっとチンドン屋が、少女のまえに立ちはだかったのである。

少女は、あッ！　と二、三歩あとずさりをする。その肩をいきなり、むんずととらえた怪しいチンドン屋は、なにやらはや口でたずねている。あいにくの雨の音。それにたえまなしに鳴りわたる雷鳴。――ことばはききとれなかったが、少女の顔には、その時、みるみるはげしい恐怖の表情がひろがってきた。

「いやです。いやです、そんなこと、知りません！」

少女は相手をつきとばして逃げようとする。チンドン屋はまたそれにつかみかかって、いきなり少女のふところに手をねじこんだ。

「あれえ！　だれかきて！　泥棒！」

慎介もこれ以上、だまってはいられなかった。

「おのれ、なにをするか！」

大喝一声、おどり出した慎介の手が、チンドン屋の腰にかかったと見るや、腕におぼえのある柔道の奥の手、相手はつぶてのように大地のうえにはっていた。

「な、なにをしやがる」

「まだ、くるか」

くるりと起きなおったチンドン屋は、やにわに慎介めがけてとびついてきたが、その手がまだとどくかとどかぬうちに、彼のからだはまたもや、もんどりうって土をなめていた。

「どうだ、まだくる気か」

「ちくしょう！」

とうていかなわぬと見てとったか、起きなおったチンドン屋は、面の奥からすごい目で慎介をにらんでいたが、やがてくるりと踵をかえすと、おりからの大雷雨のなかを一目散に逃げていく。そのうしろすがたを見送っていた慎介は、その時ふと、みょうなことに気がついたのだ。

そのチンドン屋は、右の耳たぼが、嚙みきられたように半分なかったのである。

「どうしたの？　どこもけがはしなかった？」

慎介が少女のほうへむきなおると、ブルブルふるえていた少女は、ペコリとおじぎをして、

「ありがとうございました。おかげさまで……」

と、年にあわぬ、大人びたあいさつなのだ。まだ十三か四の、いたいけな年ごろだったが、どこか苦労にやつれて、考えぶかいようすである。

「君はいまの男を知っているの？」

「いいえ、ちっとも。——だしぬけにとびだしてきて、……ああ、こわかった」

と、まだ胸のどうきがおさまらぬようすだった。

「それにしても、君はなにかあんな男にねらわれるようなものを持っているの？」

「いいえ、あの、それは……」

少女はにわかに口ごもる。そのようすがなんとなく、わけがありそうだったが、慎介は強いては追究せず、

「ともかく気をつけたほうがいいね。君の家どちら？」

「はい、すぐむこうの——ほら、三軒ならんでいる、あの角の家ですの」

「ああ、そう。じゃ、ついでに送っていってあげよ

う。また、あいつが引き返してくるといけないからね」

「はい、ありがとうございます」

雨はどうやら小ぶりになっていた。ひとしきりあばれまわった雷も、だいぶ遠のいて、西のほうには、もう雲の切目(きれめ)さえ見えていた。慎介は少女と肩をならべてあるいていたが、思いだしたように、

「ねえ、君、僕はどこかで君を見たことがあるような気がするんだが、ちがっているかしら」

「はい、あの――」

と、少女はうれしそうに慎介を見あげ、

「あたし、誠林堂(せいりんどう)につとめているものですから」

「あ、そうか、そうだったの、道理で――」

と、慎介は思わず少女の顔を見なおした。

誠林堂というのは、本郷にある大きな本屋である。少女はそこの店員だったが、慎介がしじゅうその本屋へ行くので、少女はさっきからそれに気づいていたのだ。

「君はこんなところから、毎日本郷へかよっているの？　たいへんだねえ。家族は？」

「はい、兄さんとふたりきりなのです」

「そう、お父さんもお母さんもないの？　そしてなにをしているの？」

「ええ、あの、それは……」

と少女はいくらか口ごもったが、

「兄さんは少しかわっていますの。なんですか、あたしにはよくわかりませんけど、とてもたいせつな発明をするのだとかいって、いま夢中なんです。でも、からだが弱いものですし、それに、あたしたち貧乏なものですから……」

「ああ、なるほど、それで君がはたらいているんだね」

「ええ、五年ほどまえまでは、お金もたくさんあったんですけれど、いろいろふしあわせなことがつづいて、お父さんやお母さんはおなくなりになるし、お金はすっかりなくなるし……。いいえ、あたし、じぶんの貧乏はかまいませんけど、兄さんが思うように研究できないのが、なによりも残念なのです」

と、少女はしずんだ調子でいった。いろいろの苦労のせいだろう、まだ十三、四の少女とは思えないほど、しっかりしたところのあるのが、慎介には、かえっていじらしかった。

「感心だね、きみの名はなんていうの？」

「鮎沢由美子といいます。あ、ありがとうございました。ここがあたしの家ですわ」

少女が立ちどまったのは、ささやかな平家建てで、門のそばには鮎沢俊郎という表札がある。おそらくこれが兄の名だろう。

「あの、ちょっとおよりくださいません？　兄さんからもお礼を申しあげますから」

「いいんだよ、そんなこと……。じゃ失敬」

「あら、ちょっと待ってください。兄さん、兄さん」

由美子は格子をひらいてなかへとびこんだ。とたんに、

「あれえ！」

と、たまぎるようなさけび声。

慎介は二、三歩いきかけたが、その声におどろいて、ふりかえると、これまた思わず格子のなかへとびこんだが、そこで彼もドキリとした。

あまり広からぬ家のなかは、めちゃめちゃにかきまわされ、しかもそのなかに、由美子の兄俊郎とおぼしい、病身そうな青年が、さるぐつわをはめられ、高手小手にしばられているではないか。

由美子は、いそいでそのさるぐつわをといた。

「兄さん、兄さん、だれがこんなことをしたの？」

「チンドン屋だ。みょうな面をかぶったチンドン屋――」

「え？　チンドン屋ですって？」

「そうだ。そいつが、毎年、きょう、ぼくたちのところへ送ってくる、あのおとぎばなしの贈り物を横どりしようとやって来たのだ……」

と、いいかけて、ふと、そこにいる慎介のすがたを見ると、俊郎はなぜか、はっとことばをきった。

おとぎ話の贈物

その翌日のこと。――慎介はふしぎでたまらない。

あの奇怪なチンドン屋は、なんのために、由美子やその兄をおそったのだろう。あの貧乏な兄妹が、とくべつ、金目なものを持っていようとは思えない。由美子の兄の発明というのが、すでに完成しているのなら、その発明をねらっていると思えないこともないが、俊郎の話では、それはまだやっと眼鼻がつ

いたばかりで、ぬすまれるほど、完全なものにはなっていないというのである。

　そこで慎介は、ふと、俊郎の口走ったことばを思い出した。

　――毎年、きょう、僕たちのところへ送ってくる、あのおとぎばなしの贈り物を横どりしにきたのだ――

　俊郎はそんなことをいった。

　おとぎばなしの贈り物とはいったいなんだろう。毎年、きょう送ってくるといった。きのうは八月十七日だったが、すると毎年八月十七日には、なにか奇妙な贈り物が、あの兄妹のもとへ送りとどけられるのだろうか。そして、それをチンドン屋がねらっているのかしら。

　どちらにしても変な話だと、慎介はきょうは朝から、この問題にあたまをなやませている。

　きょうはさいわい日曜だから、下宿にとじこもって、さんざんに頭をひねっていると、思いがけなくそこへ、由美子がたずねて来たのである。

「あたし、きょうは思いきって、あなたにご相談申しあげたいと思ってまいりましたの。え、兄さんともよく相談したんですけれど、やっぱりあなたに、お力になっていただいたほうがいいだろうと申しますので」

　と、由美子はいかにも思いこんだ顔色だ。

「ほほう、どんなこと？　僕にできることなら、どんなことでもしてあげるよ」

「ありがとうございます。あたしの家には、それはそれはみょうなことがございますのよ」

　と、そこで由美子がうちあけた話というのは、だいたいつぎのとおりである。

　きのうもちょっといったとおり、由美子の家は、五、六年まえまでかなり財産家だった。

　由美子の父は海運業をやっていて、『北極星』という小さいながらも、一艘の運送船を持っていた。ところが今から五年まえ、父はその『北極星』に乗りこんで、千島のほうへいったが、そのかえりみち、恐しい暴風雨にあって、船もろとも海底のもくずと消えてしまった。

　それが五年まえの八月十七日のことである。これが不幸のはじめで、母はおどろきのあまり急死してしまった。おまけに、父はなにかしら大事業をたくらんでいたらしく、全財産をそれにつぎこんでいたので、父がなくなると、あとは一文ものこっていなかった。こうして、にわかに孤児となった兄妹は、貧乏のどん底へたたきこまれたのである。

ところが、それから後、毎年八月十七日になると、だれからともなく、差出人不明の贈り物が、この兄妹のもとへとどくのである。

ある時にはお金だったり、ある時は高価な宝石だったり、——兄妹には、てんで、贈り主の心あたりもなかったが、それが五年間つづいたので、兄妹はそれをいつとはなしに、おとぎばなしの贈り物といい、ちょうど父の命日にあたっているところから、だれか父としたしかった人が、かげながら、じぶんたちを見まもってくれるのだろうと考えていた。

「なるほど。すると、きのうが、そのふしぎな贈り物のくる日だったのだね」

「ええ」

「きましたか」

「ええ、きました」

「おお、そいつをあのチンドン屋が横どりしようとしたんだな。で、盗まれてしまったの」

「いいえ、じつは——」

と由美子は呼吸をのみ、

「きのうにかぎって家のほうへはこず、あたしのつとめ先、誠林堂へ送ってまいりましたの。あたし、それを持って帰るとちゅう、あのチンドン屋におそわれたのですわ。でも、あなたのおかげで、やっと助かりましたの」

「それはよかった。で、それはお金？」

「いいえ」

「宝石？」

「いいえ、ただ一通の手紙ですの。ごらんくださいまし。あたし、どうしてよいかわからず、それで、ご相談にまいりましたの」

と由美子は一通の手紙をとり出した。

——お嬢さま、

と、そのふしぎな手紙ははじまっているのだ。

——お嬢さま、

——お嬢さまは、この手紙をごらんになりしだい、雑司ガ谷の『七星荘』へおたずねなさい。

この手紙の主なるわたくしは、いま不治の病の床にあり、あしたをも知れぬ、からだなのですが、死ぬまえに、ぜひともお嬢さまのまえにざんげをし、かつまた、あなたがたご兄妹におゆずりいたしたいものがございます。

きょうは八月十七日です。それがどんな日であるか、お嬢さまが、よくごぞんじのはずです。けっしてけっして、悪いことにはなりませんから、かならずかならず来てください。お嬢さまおひとりで心ぼそかったら、お兄さまとごいっしょでもよろしく、もしまた、お兄さまのごつごうが悪ければ、だれか信用のできる人を、ひとりおつれになってもかまいません。ただし、その人は絶対に秘密がまもれる人であるうえに、警察とは関係のない人であるように願います。

――それではお嬢さま。

――これがいま、瀕死の床にあるわたくしの、ただ一つのたのみです。どうぞ、どうぞ来てください。この手紙を『七星荘』のおもてでお見せになれば、わたくしの腹心の部下なる老僕が、あなたをご案内してくれるでしょう。

『七星荘』主人より

鮎沢由美子さま

二伸、いい忘れましたが、片耳の男に気をつけてください。そいつはわたくしの生命をもねらっているのです。いや、わたくしの生命ばかりでなく、お嬢さんたちご兄妹の生命さえねらっているのです。かならずかならず、片耳の男を見たら、ご用心が肝要です。

あまり、じょうずでない筆蹟と文章だったが、その内容の奇怪さに、さすがの慎介も、思わずあいた口がふさがらなかった。

「片耳というのは、きのうのチンドン屋だね」

「ええ、そうですわ。だから、あたしこわくてたまりませんの。兄さんともよく相談したのですけれど、なにしろ、あのとおり病身で、とてもいけそうにありません。それであなたに……」

「よろしい、お供しましょう」

慎介はそこで決然というと、

「しかし、由美子さん、これをどう思う。八月十七日にみょうに縁のあるところを見れば、この事件は、なにか沈没した『北極星』と関係があるんじゃないかと思うね」

と、ズバリと図星をさすようにいいきったが、慎介のその想像は、みごとに的中したのだった。

それからまもなく、雑司ガ谷へおもむいた、慎介と由美子のふたり。たずねてみると、『七星荘』というのはすぐわかった。それは庭のひろい、りっぱなお屋敷だったが、どこか陰気な、さむざむとしたところがあるのが、由美子にも慎介にも感じられた。

「このお屋敷だね」

「ええ、『七星荘』とここに書いてありますわ」

慎介が呼びリンをおすと、出てきたのは、肩のあたりまで白髪をたれた、腰のまがった老僕だ。由美子を見ると眼に涙をうかべ、

「ああ、おそかったお嬢さま。おそうございました」

と声をふるわせていうのである。

「ええ、おそかったとは？　じいやさん、それではもはや、こちらのご主人は……」

と、慎介も思わず呼吸をはずませた。

「はい、どうぞこちらへおはいりなすって」

と、老僕に案内されて通った座敷には、年輩五十がらみの、由美子の見もしらぬ人の死顔が、ゆるやかな線香のけむりのなかに眠っていた。

「お嬢さま、よくごらんくださいまし。この方こそ、毎年八月十七日に、あなたさまご兄妹に贈り物をさしあげた、当のご主人でございます。きのうは、どんなにかあなたさまをお待ちでございましたでしょう。臨終のきわまで、いくどもいくども、お嬢さまの名をお呼びしていました」

と、老僕はいまさらのように涙にくれる。

「由美子さん、君、この人知っている？」

「いいえ、いっこう……」

「さようでございましょうとも、お嬢さまはごぞんじありますまい。でも名まえをいえば、あるいはご記憶かも存じません。この人の名は篠原伝三といって、沈没した『北極星』の一等運転士でございました」

聞くなり由美子と慎介は、はっと顔を見あわせたのである。

「じいやさん。その篠原氏がなんだって、毎年あんな奇妙な方法で、由美子さん兄妹に贈り物をしたのだね。また、ふたりに譲るものというのはなんだ

ね」

「はい、それでございます。旦那さまは昨夜、お嬢さまがお見えにならぬと知るや、わたくしにいっさいのざんげをなさいました。そして、わたくしの口から、お嬢さまに申しあげてくれとおっしゃって……」

と、そこで老僕の語った物語というのは、世にも恐ろしい話だった。

由美子の父が千島におもむいたには、ある重大な秘密の用件があったのだ。その秘密の用件というのは、千島にある砂金の採掘という大事業だった。しかも由美子の父はそれに成功して、莫大な砂金のふくろを手にいれ、意気揚々と『北極星』へ乗りこんだのだ。

ところがあの大暴風である。砂金をつんだ『北極星』は、由美子の父もろとも海底のもくずと消えたが、その時、『北極星』から無事に抜けだしたふたりの男がある。

それがここにいる篠原伝三と、もうひとり、火夫の山崎八郎という男。ふたりは汽船が沈む間ぎわにボートで逃れたのだが、しかも、行きがけの駄賃とばかり、砂金のふくろをしこたまボートのなかに積みこんでいた。こうしてボートはいく日か漂流していたが、そのうちに砂金をはさんで、ふたりはけんかをして、篠原はとうとう山崎を、海中へつき落してしまったのだ。

その後、篠原は無事に助かることができ、砂金のいくらかをさいて、ここに居をかまえたが、良心の苛責にたえられぬところから、毎年八月十七日、あの『北極星』の沈んだ日になると、由美子兄妹に秘密に贈り物をしていたのである。

ところが近ごろになって、恐ろしいことが起った。海へはいって死んだとばかり思っていた山崎が、生きていたばかりか、ついに篠原の居所をつきとめ、砂金の半分をよこせとせまる。しかし、今はすっかり悔悟した篠原は、この砂金は、とうぜん由美子兄妹のものになるのだから、断じて渡すことはならぬと、砂金をどこかへかくしてしまったのである。

「ちょっと待ってください。その山崎というのは、ひょっとすると、片耳のつぶれた男じゃありませんか」

「ええ、あ、そ、そうです」

老僕はなぜかギョッとしたように、頭に手をやったが、すぐことばをついで、

「で、今も申しましたように、旦那さまは、砂金をどこかへおかくしになったまま、そのあり場所をいわずに、とうとうお亡くなりになりましたので、……まことにお気の毒でございました」

慎介はふいににんまりと笑った。

「時に、じいやさん、この家はどうして『七星荘』という名がついているんだね」

「はい。それはお庭に、七つの天女の像がございます。その天女さまは、ひたいに星をいただいているので、きっと星の女神さまでしょう。旦那さまがわざわざおつくらせになったのですが、『七星荘』とはそれからおとりになったので……」

「よろしい、その庭を見せていただこう」

慎介は由美子といっしょに、じいやのあとについて庭へ出たが、なるほど、広い庭のあちこちに、七人の天女像が立っている。しばらくそのあいだを歩きまわっていた慎介、なにを思ったのか、目をかがやかせて由美子にむかうと、

「由美子さん。君、この七つの天女の位置について、なにか思いあたりはしないか。ほら、この天女の位置は、ちょうど、北斗七星と同じように、ひしゃくの柄を立てた形になっているんじゃないかな」

「まあ、そういえばそうね」

「ところで、小学校の国語読本にもあるが、北斗七星の下のはしにあたる二つの星をむすんで、その線を右へ延長して、二つの星の距離の約五倍の位置のところをさがすと、そこにいったい、なにがあると思う？」

「ああ、わかりました。北極星ですわ」

と由美子は思わずいきをはずませる。

「そう、そのとおり！　で、この二つの天女像をむすんで、その線の延長五倍のところに、ほら、あのさくらの木だ。あのさくらの根もとにこそ、汽船『北極星』から持ち出した砂金がうずめてあるんだ！」

いいも終わらず、ヒラリとうしろへふりかえった慎介。おりから、きっと身構えていた老僕におどりかかると、いきなりそれを大地に投げつけ、上からむんずと馬乗りになった。

「あ、宇佐美さま、なにをなさいますの」

「ははははは、由美子さん。君にはこいつの正体がわからなかったかね。ほら、この男こそ、きのうのチンドン屋、つまり山崎八郎、片耳の男さ」

と、肩までたれた頭髪に指をつっこみ、グイとそれをひっぱれば、あっ、かつらだった。かつらがスポンと抜けたと見るや、まごう方なき、くいちぎられたあの片耳！

「こいつはね。あの手紙のなかに砂金のありかが書いてありはしないかと、きのう、君や、君の兄さんをおそったが、まんまと失敗したので、ここへとってかえし、篠原を責め問うているうちに、とうとう相手が死んでしまったのだろう。それで、家中さがしてみたが、砂金のありかがわからないので、こんどは老僕に化けて、あなたのくるのを待っていたんですよ。ひょっとすると、篠原があなたに、手紙のなかでそのありかをうちあけていないかと思ってね。僕はさっき、こいつが、みょうに、右の耳のあたりを気にしているのを見て、すぐ正体を見やぶったんです。しかし、こいつもずいぶんばかなやつさ。船乗りをしていたくせに、北斗七星と北極星の秘密がわからなかったなんてね。はははは！」

慎介は、歯をくいしばってくやしがる悪党山崎を、しっかり取りおさえたまま、愉快そうに笑ったのである。

砂金ははたして、さくらの根もとにあった。

それはとうぜん、由美子の兄、俊郎のものであったから、今や彼は、なんの不自由もなく研究をつづけている。

そして、その研究の内容は秘密にされていたが、なんでも非常に大事なもので、今や完成も近いとか。

それを、なに人よりもよろこんでいるのは、いわずと知れた妹の由美子と、そして、新しき親友、宇佐美慎介のふたりなのである。

謎のルビー

町の広告人形

たそがれの色がしだいに深まってきた日比谷の夕まぐれ、おりからの会社の引け時をねらって、みちばたに奇妙な人形がたたずんでいた。

俗にいう広告人形。張子のなかに人がはいって、ビラくばりする街の宣伝屋さん。ダンダラ染の胴体に横っちょにかぶった三角帽、おどけた顔のおかしさに、人々はビラをうけとっていたが、おりからそこへ、公園をぬけてやってきたひとりの少女。手に花かごをさげているのは、一目で知れる花売娘、おおかた、銀座へ花めしませとあきないにいく途中だろう。

少女は、ふと夕やみのなかにたたずんでいる広告人形をみると、なぜかおびえたような目つきをしたが、やがてソワソワと近づくと、そのせつな、ふたりのあいだに、なにやら、す早く交換された。と、さっきから少女のあとを尾行していた男が、つかつかと二人のそばへよると、

「君、きみ、ちょっと待ちたまえ」

と、少女を呼んだ。すると少女の顔は、にわかに、さっとまっさおになったのである。

「あの、なにかご用でございますか」

と、ききかえすのもおろおろ声。

「用があるから呼びとめたのだ。わしは警察のものだが、おまえ、いま、何かこの男にわたしたね」

「あら、そ、そんなことございません」

少女はいよいよまっさおになった。

「うそをついてもだめだ。わしはこの目で見ていたんだ。どうもおかしいと思っていたよ。どこかで兄貴と通信しているにちがいないと、このあいだから

お前のあとを尾行していたんだが、化けも化けたり、広告人形とはおどろいた。おい、広告人形、その張子をぬいでみろ」

「なにかぼくにご用ですか」

張子のなかから答えたのは、意外にもおちつきはらった声だった。

「おや、こいつ、いやにおちついている。きさまはこの娘の兄の深尾史郎だろう」

「ぼくが？　その人の兄？　じょうだんでしょう」

「しらばくれるな。なんでもいいから、ぐずぐずいわずにその人形をぬぐんだ」

「はい、はい、しょうちしました」

広告人形の男は、ぶかっこうな人形のなかから、もぞもぞとはい出したが、その顔をみると刑事も少女もおどろきの目をみはった。

「や、や、こいつはちがったか」

「刑事さん、いかがです。疑いが晴れましたか」

意外にも、それは二十五、六の青年紳士。それにしても、このような紳士がビラくばりしているなんて妙な話だ。

「ふむ。わかった。さては、きさま、この娘の兄にたのまれて、かわりにやって来たんだな。なんでもいいから、いまうけ取った紙きれを見せろ」

「紙きれですって？　刑事さん、何かの間違いじゃありませんか。ぼくは何もこの人からうけとったおぼえはありませんがねえ」

「しらばくれるな。よしよし、それではここで身体検査をするがいいだろうな」

「身体検査ですって？」

青年が顔をしかめたのもむりはない。あたりには、はや、いっぱいの人だかりだった。

「困ると思えばすなおに出したらよかろう。第一、君のような人間が、なんだってチンドン屋みたいなまねをしているんだ」

「いや、それをいわれると面目ありません」

青年は人をくったように頭をかきながら、

「じつは、おもしろ半分につい――」

「おもしろ半分？　フフン、どうもあやしいやつだ」

刑事はむりやりに青年のからだをしらべたが、あやしい紙きれは見あたらなかった。

はてな？　と刑事は首をかしげながら、

「おい、君の名はなんというんだ」

「ぼくですか、ぼくは藤生俊太郎という者です」

「藤生俊太郎？　おお、ここに名刺がある」

青年の紙入からとり出した名刺を、ちらとながめた刑事は、急に、ぎょっとした面持で、

「藤生俊策？　おい、名刺には藤生俊策とあるが、君はこの人の何にあたるのだ」

「藤生俊策はぼくの父ですよ」

「えッ、すると君は藤生さんの令息ですか」

にわかにあらたまった刑事の態度に、少女はハッと青年の顔を見なおしたが、刑事はふと何か思いついたようすで、

「ああ、すると君ももしやこの事件に。——」

と、いいかけたその時だった。

少女が、あっとかすかな叫び声をあげたので、ふたりが向こうを見ると、ああ、なんということだ。夕やみの中をふらふらとこちらへ近づいてくるのは、青年のかぶっていたのと寸分ちがわぬ広告人形だった。わかった。少女はきっとあの広告人形とまちがえたのにちがいない。

「あ、あいつだ。あいつが本物なんだ」

刑事はふたりのことも忘れ、いきなりバラバラとその方へかけよっていったが、と、むこうでも気づいたのか、にわかにくるりと踵をかえすと、柳をかすめて一目散、つと公園のなかへとびこんだ。これを見た見物人も、わっとばかりに刑事のあとについていった。

日比谷の捕物

「そら、そっちへにげたぞ。噴水の方だ」

「あ、あっちだ、あっちだ、そら、逃げた」

暗い公園のなかは、わっわっと兎狩りのようなさわぎ。

さすがの広告人形もこれには弱って、しだいに公園の一隅へ追いつめられていったが、そのとき、彼の行手をさえぎったのは有名な野外音楽堂。広告人形は、つとそのかげへかくれた。追手のほうではしめたと思ったが、さすがに気味がわるい。用心しながら、おずおずと近づいて行くと、暗やみのなかからまたもや大きな頭をふりながらフラフラとあらわれた。

「そら、いたぞ」
三、四人おし重なっておどりかかると、これはまた意外、相手はたわいもなくへたばって、
「い、いったい、あっしをどうしようというんだ」

と、いう声はどうやら酒に酔っているらしい。刑事はいそいで張子人形をとりのけた。

すると、中からあらわれたのは、ひげもじゃの老ルンペンである。

「こら、きさまはなんだってにげるんだ」

「いいえ、べつに逃げやしません。いまそこのベンチに寝ていたところ、若い男がやってきて、しばらくこの人形をかわってくれ。そうすれば百円やるといって、百円札を一枚くれましたので――」

しまったと叫んだが、すでにおそかった。

刑事はまんまと一ぱいくわされたのだ。さわぎのあいだに、相手はすでに逃げてしまったと見え、そのへんには影も形もなかった。いやいや刑事がとりにがしたのは、その男ばかりではなく、気がついてもとの場所へ引きかえしてみると、花売娘も怪青年もすでにそのへんにはいなかった。

ちょうどそのころ、牛込は矢来町、藤生俊策と表札のかかげられた家のひと間で、いましもさしむかいで話しているのは、あの怪青年と花売娘のふたりである。

さて、この藤生俊太郎とは何者かというと、父は藤生俊策といって人に知られた名探偵。

その血をひいた俊太郎も、いつしか探偵事件に興味をおぼえ、おりあらば、父におとらぬ手柄をたてたいとねがっていたところだった。

「じつは、このあいだ、はからずも君が、あの広告人形と手紙を交換しているところを見たんだ。そのときの君のようすが尋常とは思えなかったので、それから毎日、君たちのようすをソッとうかがっていたのだが、きょうはとうとうあのような人形をこさえ、その中へ入って君の手紙をよこどりしようとしたが、いや、悪いことはできないね、刑事につかまって、まんまと化けの皮をひんむかれたのは大失敗、大失敗」

俊太郎はさも愉快そうに大声で笑った。

「そういうわけで、僕はけっして怪しいものじゃない。心配事があるなら打ちあけてくれないか。およばずながら力になることができるかも知れないから

ね」

　やさしくいわれて、いまは疑いも晴れたらしく、少女はポトリと涙をおとした。

「で、君の名はなんというの？」

「由美といいます、深尾由美です」

「そう、そしてあの広告人形は君の兄さんなんだね。兄さんはなんだって、あんな中にかくれているの？」

　首うなだれた由美の涙は、いよいよはげしくなるばかりで、すぐに返事も出なかった。

「そうそう、さっき君にもらった手紙があったね」

　俊太郎はそういうと、いったいどこにかくしてあったのか、刑事があんなに探しても発見できなかった紙きれをポケットからとり出したので、由美は思わず、まあと目をみはった。

「はははは、驚いた？　なに、こんなものかくすのわけないよ、ほらごらん」

　いいながら、俊太郎がスッポリと左の親指を抜いたので、由美はあっとまっさおになる。

「ははは、驚かなくてもいいよ。指はちゃんとついてるから安心したまえ、これはゴムのサックなんだが、指と同じかっこうをしているので、こうしてかぶせておくと、ちょっとわからないだろう。このサックのなかへかくしておいたのさ」

　事もなげにいいすてると、俊太郎はまるめた紙きれをひらいて読んだ。


——お兄さま、どうぞ警察へ自首してください。にげかくれすればするほど、疑いはましてきます。神さまは何もかもお見通しです。志摩さまのルビーを盗んだ泥棒も、波越さんを殺した悪者もいまにきっとつかまります。お兄さま、どうぞ、どうぞ、警察へ出て、ありのままをはなしてください。——

　俊太郎はそこまで読むとぎょっとして、

「あ、すると君の兄さんというのは、いま、世間でさわがれているルビー事件の——」

と思わず、由美の顔を見なおしたのである。

ルビー事件

　そのころ、世間でさわがれたルビー事件というのを、かんたんにお話ししておこう。

有名な実業家の志摩貞雄氏の夫人貞代が、母のかたみと大事にしているルビーの指環があった。時価、何百万円というすばらしい宝石だが、十日ほど前、このルビーが紛失してしまった。

その日、ルビーが指環からはずれたので、貞代夫人は修繕にやるつもりで、お部屋のたんすにのせておいた。ところが、一時間ほどのあいだになくなってしまったのである。

さあ屋敷じゅう大騒ぎ。部屋のなかはむろんのこと、お庭の池までさらってみたが、宝石はついに見あたらない。ひるまのことゆえ、外から泥棒が入ったとは思えぬ。といって、家のなかに盗みをするような、ふところえ者があろうとは思えない。

志摩氏は警察へとどけたらといったが、貞代夫人はもう一日待って見ましょうといって、その夜はすぎたが、翌朝になってもルビーは出てこない。

するとこのとき、志摩氏の秘書の日疋という男がこんなことをいった。

「奥様、きのう宝石のなくなったころ、波越さんがお見えになっておりましたね。波越さんにおたずねになりましては？」

波越というのは貞代夫人の従弟である。

「まあ。日疋さん。それじゃ、あの人がルビーを盗んだとでもおっしゃるの？」

「いやそうじゃありませんが、あのとき、お部屋のすぐ外のお池のそばにしゃがんでいられましたから、何かごぞんじかも知れぬと思いまして……」

「貞代や、日疋のいうのももっともだ。おまえ、ちょっと波越のところへ行ってみたら」

志摩氏もそばからいうので、貞代夫人は日疋と一しょに、大久保の従弟のところへ出向いて行った。

この波越恭助は、親類じゅうでも鼻つまみの変人で、三、四年まえ大学を出たきり、いまだに就職もせず、すばらしい発明をするのだと、自宅の実験室でわけのわからぬ薬品ばかりひねくりまわしている。そして金にこまると親類じゅうを無心にあるき、きのう志摩邸へ来たのも例によって、お金の無心だった。貞代夫人もたびたびのことなので、きのうはキッパリことわったが、ひょっとすると、その恭助が、こっそりルビーを持ち帰ったのではなかろうか。

貞代夫人は大久保の宅へつくと、荒々しく実験室のドアをあけた。いい忘れたが恭助は、召使もおかず一人暮しだった。

ところが、その実験室のドアをあけたせつな、夫人はあッと立ちすくんでしまったのだ。

なんという事だ。床の上には恭助が、ぐさりと胸をえぐられて死んでいるではないか。

しかも、そのそばには一人の青年が、血まみれの短刀を持ったまま、呆然と立っているのだ。

「あッ、深尾さん！」

貞代夫人は思わずそう叫んだが、この青年こそ誰あろう。由美の兄深尾史郎だった。

史郎は学生時代から恭助の親友で、今度の発明というのも二人の共同事業だったので、恭助の親類はみんな史郎にいい感情を持っていなかった。貞代夫人もその一人だった。

「まあ、深尾さん、あなたはなんというおそろしい人です」

というそばから日疋秘書も、

「深尾君、これはいったいどうしたのだ。君はなんだって恭助さんを殺したのだ」

とはげしいけんまくでつめよった。それを聞くと史郎はハッと夢からさめたように、

「ぼくじゃない、ぼくが来たときには、波越君はすでに誰かに殺されていたのだ」

と、しどろもどろに弁解したが、貞代夫人は頭からはねつけた。

「うそをおっしゃい。あなたの仕業にきまっていますわ。日疋さん、早く警官を呼んでちょうだい」

史郎もそれを聞くと、もうこれまでと思ったのか、いきなり二人を突きのけて、風のように外へとび出して行った。

「あれえ、だれか来てちょうだい、人殺しイ！」

貞代夫人の声に警官がかけつけて来たときには、史郎の姿はすでにそのへんにはなかった。

それきり史郎は家へもよらず、きょうまで消息がわからなかった。むろん、貞代夫人のルビーもいまだに発見されない。

「ええ、犯人は深尾史郎にきまっていますわ。恭助さんがルビーを持ちかえったのを見て、それがほしさに、あんなおそろしいことをしたのよ。ほんとににくらしい。あの男をつかまえて、ルビーを取りもどしてくだすったらお礼として五万円、いえ、十万

円さしあげますわ」

と、そのとき、貞代夫人は新聞記者に語ったとやら。

　由美はそこまで話すと、思わず涙をおとした。

「あたし、兄を信じています。お兄さまはそんなおそろしい人ではありません。二、三年前に、父が株に失敗して亡くなり、兄妹で叔母のところへ引きとられるようになってから、だれ一人、あたしたちの味方になってくれる人はありません。兄がせっかくまじめに研究しようとすれば、やれ友だちをだますの、だましてお金をつかわせるのと悪口をいわれ、あげくのはては、人殺しの汚名まできせられて……」

　由美はくやしげにわっとその場に泣き伏した。俊太郎はやさしくその肩をなでながら、

「いいよ、泣くのじゃない。これから僕が味方になってあげる。そして真犯人をとらえて、兄さんの疑いを晴らしてあげるからね」

「ほんとうに？」

「ほんとうだとも。だから、ぼくのきくことにハッキリ答えるんだよ。君はいつごろお兄さんが、広告人形に化けていることを知ったの？」

「五日ほどまえからですの。あの広告人形のくれたビラを見ると、お兄さまの筆蹟で、自分はここにいるから心配するなと書いてありましたの。あたしハッとしましたが、その日はなに気なくすまして、それからのち、まい日、そっと手紙のやりとりをしていましたの」

「なるほど。それでお兄さまはルビーのことを、なんともいっていなかった？」

「お兄さまはぜったいに知らぬといっていますわ」

「志摩夫人は恭助という人が、ルビーを持ちかえったのだろうといっているが、その人は盗みなんかする人なの？」

　由美はそれをきくと強く頭をふった。

「いいえ、いいえ、あの方にかぎって、そんな事はありませんわ。波越さんは兄と同じように、強く正しい方です。どんなにまちがったところで、そんな、そんな――」

「いや、よくわかった、その人がルビーを盗んで帰ったのでないとすれば、お兄さまがあの人を殺すわけもないね。由美さん、まあ安心していたまえ、この事件はきっと僕が引きうけたよ」

俊太郎は自信ありげに大きくうなずいて、キッパリといった。

ビンにうつる影

だが、そういいきったものの、俊太郎も何から手をつけてよいやらさっぱりわからなかった。

由美のことばによると、恭助は盗みをするような人間ではないというが、そうすれば彼が殺されたのは何ゆえであろう、ルビーのほかに、殺されるような原因があったろうか。

いやいや、これはやっぱりルビーのためだ。恭助はあの晩ルビーを持っていたにちがいない。しかし盗んだのでないとすれば？――ああ、わかった、恭助は、じぶんでも知らずにルビーを家へ持ちかえったのだ。ルビーを盗んだ犯人が、一時なにかの中へかくしておいたのを、恭助は知らずに持ちかえったのかも知れない。

そうだ、そうだと俊太郎は、われながらうまい考えに手をうって喜んだが、これから先は現場を見なければなんともいえぬと、翌日の夜おそく彼は、こっそりと大久保の実験室へ出向いて行ったのである。

恭助のすまいは、あれ以来、無住とみえて、まっくらだったが、裏木戸をおすと難なくひらいた。しめたとばかり俊太郎は、懐中電灯で足もとをてらしながら入っていった。

問題の実験室もすぐわかった。厚い壁、高い天井、厳重な二重窓――ガランとした陰気な部屋で、床にはまだ、恭助の血がこびりついているのではあるまいか。

やがて俊太郎は電気のスイッチをさぐりあてて、こころみにひねってみると、パッと灯がついた。

と、その時、にわかにはげしい羽ばたきと、かん高いキーキー声が聞えて来たかと思うと、得体の知れぬ怪物が、サーッと風をまいておどりかかって来たので、さすがの俊太郎も、思わずあっと叫んでうしろへとびのいた。が、よく見ると、それは一羽のオウムだった。

オウムは毛を逆立ててしばらく気違いのようにとび廻っていたが、あいにく、太い鎖でとまり木にしばりつけられているので、鎖の長さだけしかとぶことができないのだ。

俊太郎はほっと胸をなでおろした。しかしオウムがこうして生きている以上、毎日見廻る者があるにちがいない。ぐずぐずしてはいられないぞと俊太郎はいそがしくあたりを見まわす。

と、まず目についたのは、大きな仕事台、一列にならんだ試薬瓶、その他さまざまな機械器具が雑然とならんでいるわきに、大きな陶器の水盤がある。のぞいてみると、花でも活けてあったのか、丸い葉が二つ三つ浮いていた。

なんだろうと俊太郎はちょっと首をかしげたが、思いなおしてこんどは机のひきだしをひらいてみた。すると中からでてきたのは一冊の日記帳、俊太郎は胸をとどろかせて、人殺しのあった日のページをひらいて見たが、べつにかわったことも書いてなかった。

お昼すぎに志摩家へ行ったこと、夜、史郎が来たこと、帰りに由美へ花をみやげに持って帰ってもらったこと、ただそんなことが書いてあるばかりで何の手がかりにもならぬ。

俊太郎は失望してバッタリ日記帳を閉じた。だが、そのとたん、彼は全身の毛が一時にゾーッとそば立つような恐怖にうたれた。――仕事台の上にある、大きな試薬瓶の表面に、くっきりとうつっているのは一本の腕。

誰かが押入れの中にひそんでいたのだ。ソロソロとドアをひらいて、腕はしだいにのびてくる。腕から胸、胸から顔、瓶のうえにうつったゆがんだ映像は、くものように両手をひろげて、俊太郎のうしろからせまってくる。

くせ者がさっとおどりかかったのと、俊太郎が身をかがめたのと間髪をいれぬ瞬間、二つのからだはもんどりうって床にころげた。

とまり木にとまっていたオウムは、再びいきり立って、きちがいのように舞いくるう。床の上では、二つのからだが必死となってもみあっていたが、やがて俊太郎の力がまさっていたのか、馬乗りにねじふせていた。

相手はすでに観念したのか目を閉じ、歯をくいしばったまま、ぐったりしている。どんな兇悪な男かと思ったのに、これはまた意外、俊太郎と同じ年ごろの、いかにも善良そうな青年。いくらかおもやつれがして、ひげも少しのびていたが、見おぼえのある顔だ。

はてだれだろう、だれに似ているのかしらと、首をかしげた俊太郎のあたまに、さっとひらめいたのは由美の顔。

「あっ、君は深尾史郎君ですね」

叫ぶと同時に、俊太郎はさっととびのいた。

赤い露

その男ははたして由美の兄だった。

犯人は、いつか、悪いことをした現場へ舞いもどってくる。——そういうことばを信じた史郎は、親友を殺した男が、いつかこの実験室へやってきはしないかと、毎晩、あの押入(おしいれ)の中にしのんで待ちかまえていたのだ。

「深尾君、いいところで会ったね。ぼくは君の味方だよ。由美さんにたのまれて、真犯人をさがしていたところなんだ」

史郎はよろよろと床からおきあがると、ひしとばかりに両手で頭をかかえ、

「ああぼくはもうだめだ」

と、深いためいきをつく。

「だめ？　なにがだめなんだ」

「僕はね、君のすがたを見たとき、てっきり犯人だと思ってどんなに喜んだろう。しかしその喜びも水の泡(あわ)、犯人はとてもつかまらぬ。ぼくは——ぼくはもうだめだ」

「ばかな、犯人はかならず、ぼくがとらえて見せる。そして君の研究を完成させるのだ」

「ありがとう」

史郎は力なく首をふって、

「しかし、ぼくには金がない。今までは波越君が調達してくれたけど、こんなことになっては、だれが金を出すでしょう」

「深尾君、ぼくにまかせておきたまえ。かならず研究がつづけられるようにしてあげる」

俊太郎は力強く史郎の肩をゆすぶった。その時、ふと彼の注意をひいたのは、さっきからオウムがしきりにどなっている異様なことば。

「ハハハ、アカイツユ、ハハハ、アカイツユ」

まるであざ笑うような声音(こわね)なのだ。

「史郎君、アカイツユとはなんだろう」

「さあ、僕にもさっぱりわからない。やっこさん、近ごろしきりにあんなことをいっているんだ。そうそう、なんでも波越君が殺されたその翌日からだ。僕もちょっと妙に思っているんだ」

「なに？　波越君が殺された翌日からだって？」

ああ、そこになにか秘密があるのではあるまいか、アカイツユ――赤い露――？

「史郎君、赤い露とはルビーではないかしら」

「そうかも知れない。しかし、オウムがどうしてそれを知っているんだろう。波越君はルビーの紛失についてはなにも知らなかったはずだもの」

「いや、知っていたんだ。波越君は気がついたんだ。しかしなぜ、ルビーとおしえずに、赤い露とおしえたのだろう。ルビーが赤い露のように見えたというわけかしら」

その瞬間、彼はハッとしたようにとびあがると、つかつかと水盤のそばへよって、丸い葉っぱをすくいあげた。

「わかった史郎君、君は志摩家の電話番号を知らないかね」

幸い史郎が知っていたので、俊太郎はすぐさま実験室の電話をとりあげたが、そのようすがあまり異様なので、史郎は何事がおこったのかと、そばで目をパチクリさせている。

志摩家では秘書の日疋が電話口に出た。

「ああ、日疋さんですか。実はルビーのことについて、ちょっと、おたずねしたいことがあるんです」

「ルビーですって？　ルビーがみつかりましたか」

「いや、まだみつかりませんが、見つかりそうな気がするんです。で、おたずねというのは、お宅にすいれんの花が咲いていますか」

質問があまり突飛だったので、日疋秘書もびっくりしたらしい。

「すいれんなら池にいっぱい咲いていますよ」

「ありますか。しめた。で、その池とルビーのおいてあった部屋とどのくらいはなれていますか」

「なに、すぐそばです。窓のすぐ下が池ですよ」

「しめたッ、ありがとう」

俊太郎は勢よく電話を切った。史郎はびっくりしたように、

「いったい、すいれんがどうしたというんです」

「わからない？　ルビーを盗んだやつは、人がくる

ようすにあわてて、窓からそれをすいれんの花の中にかくしたんだ。ところが、ちょうどそこへ、恭助君が庭の方からやってきた。はてな、あの赤い露はなんだろう、そう思いながらそばへよって来たが、よくその正体を見定めないうちに、すいれんの花がすっぽりとすぼんでしまった。恭助君はまさかそれがルビーとは知らぬものだから、そのまま、赤い露をだいたすいれんの株をもって帰ったんだよ」

「あ、そうだ」

史郎もこうふんして叫ぶ。

「そういえば、あの日波越君は、志摩家から一株のすいれんを持って帰っていましたよ」

「そうでしょう、そうでしょう！」

俊太郎は有頂天になって、

「だからその夜、犯人がルビーを取り返しにきたんだ。恭助君は犯人と押問答をしているうちに、ハッとさっき見た赤い露を思い出したのだろう。そこで、ははは、赤い露、ははは、赤い露、だと相手を嘲弄するように笑ったんだ。その声がよほど印象的だったとみえて、オウムがすっかりおぼえてしまったんだ。さて、犯人は恭助君を殺して、すいれんの花を持ちさった。——」

「ちがうちがう、犯人はすいれんの花を持って行きはしなかった！」

ふいに史郎がさえぎったので、こんどは俊太郎がビックリした。

「え？　それはどうしてだい」

「だって、その時には、すいれんはすでにこの家にはなかったのだもの。君はさっき波越君の日記を読んでいたろう、あれになんと書いてあった？　由美へのみやげに花をことづけた——と。つまりあの晩、僕がそのすいれんをもらって帰ったんだよ」

「あっ！」

叫ぶと同時に、俊太郎と史郎のふたりは実験室からとび出していた。いうまでもなく、由美のもとへ。——すいれんのところへ。——

きらめく宝石

だが、そのころ、由美の家でもちょっと変なことが起っていた。

史郎の身を案じ、俊太郎の約束をおもい、由美がひとりで胸をいためているところへ、やって来たのは黒めがねの刑事。刑事は家じゅうかきまわしたあげく、庭の隅からすいれんをもちさったのだ。

由美はその時まで、すっかりこの花のことを忘れていたのである。

史郎が持ち帰ったときは、夜のこととて、ひっそりとはなびらを閉じているのを、由美はそのまま庭隅のかめの中へ活けておいた。ところがその翌日があのさわぎなのだ。すいれんどころの話ではない。由美はだからきょうまでのぞきもしなかったのに、それを刑事がさも大事そうに持ち帰ったのだから、びっくりしているところへ、ひと足ちがいに、血相かえてとびこんできたのは史郎と俊太郎。

「あら、お兄さん！」

「由美、すいれんは？　あのすいれんは？」

きくことばさえ史郎はもどかしそう、由美はいよいよおどろいて、

「まあ、お兄さま、あのすいれんがどうかしましたの？　たった今、刑事さんが持って行きましたけど」

「しまった！」

と叫んだ俊太郎と史郎のふたりは、はや表へとびだしている。由美もあわててそのあとからついて行った。

「お兄さん、いったい、これはどういうことなの？」

「由美さん、刑事がきたのはいつごろ？」

「たった今よ。あ、むこうへいくあの人よ」

由美の声が聞えたのか、怪しい男はさっと角をまがると、そこには一台の自動車、男はそれにとびのると、ハンドルをにぎっていちもくさん。

「しまった、しまった、とり逃がした」

俊太郎が地だんだ踏んでくやしがっている、ちょうどそのとき、天の助けか、通りかかったのは一台の空車。三人はそれにとびのると、疾風のごとく前の自動車を追っていく。

ギリギリと歯ぎしりをしたくなるような追跡なのだ。前方を見つめた史郎と俊太郎のひたいには、タラタラとたきのような汗。心臓が風船のように、ふくらんで、ハッハッとはげしい息づかい、由美は不審らしく、

「それじゃ、あれは刑事じゃなかったの？」

「むろんにせ刑事だよ。あいつこそ恭助君を殺した

犯人なのだ」

「それにしても、あいつはなに者だろう。どうして今夜まであのすいれんをとりにこなかったのだろう！」

「深尾君、ぼくもそれを考えていたんだが、ようやく謎がとけたよ」

　クッションのうえで、まりのようにからだをはずませながらも、俊太郎の物語。

「あいつは今夜まで気がつかなかったんだ。あいつはね、すいれんのなかへルビーをかくしたのじゃなく、あわてて窓から外へ投げ出したんだ。それがうまく花の上にのっかった。そんな事とは知らぬものだから、恭助君が知っていてルビーを持ち帰ったものと思いこみ、そして、その晩しのんでいったんだ。恭助君は相手が気づかないのを滑稽に思いながら、赤い露、赤い露といってからかったんだよ」

「しかし、今夜どうして気がついたのかしら」

「史郎君、さっきぼくがかけた電話へ出てきたのは日疋秘書だぜ」

「あっ、ではあいつが！」

「そうなのだ。ぼくがあまりしつっこくすいれんのことを聞くものだから、あいつは、はじめて気がついた。しかもあの男、恭助君を殺したあとで、日記を読んでいたのだから、君がすいれんを持って帰ったことをちゃんと知っていたんだ」

　史郎にも由美にもそれはあまりにも意外な発見だった。しかも俊太郎の推理には、一点のすきもない。ああ、志摩氏の秘書こそルビーを盗み、恭助を殺した兇悪無残な犯人だったのだ。

　二台の自動車は夜のやみをついて、弾丸のようにとんでいく。人も家も電柱も風のようにあとへあとへと消えていく。

　やがて前の自動車は、ハンドルを廻して急カーブを切った。と、そのとたん、大地をゆるがす轟然たる音響、パッとさくれつするすさまじい焔！　トラックと正面衝突したのである。

　思わず目をおおった三人は、すぐ気をとりなおして、自動車からとび降りると、路傍にたおれている日疋のからだを抱きおこした。見ればその手に、しっかりとにぎられているのはすいれんの花。

「由美さん、その花をひらいて見たまえ」

　由美はわななく指で、そっとはなびらをおしひらいた。

と、そのとたん、やわらかい芯につつまれていたルビーが、それこそ赤い露のように、はなびらをすべって、ツルリと由美の手のひらにこぼれ落ちたのである。――

志摩夫人は、約束どおり十万円のお礼を俊太郎にわたした。俊太郎はそれを由美ににぎらせながら、やさしくこうささやいたという。

「由美さん、これは君のものだよ。だってルビーを抱いていたすいれんは、恭助君からきみに贈られた花なんだから、……きみの兄さんの尊い研究には、どうしてもお金が必要なんだからね」

皇帝の燭台（未完作品）

難破船

ジャン、ジャン、ジャン。……

けたたましく鳴りひびく半鐘の音に、ふと目をさました進少年は、がばとばかりに、寝床の上に起きなおった。

台風は、さっきからみると、だいぶおさまったようだけれど、外は、まだかなりの雨と風。波の音ものすごい。しかも、それらの物音にまじって、耳をうつのは町でつきだす早鐘の音。沖から聞える汽笛のひびきが悲しげである。

「あっ、難破船だ」

進君は、がばと寝床からとび起きると、海に面した雨戸をひらいた。どっと吹きこむ風にのって、半鐘の音と汽笛のひびきがにわかに大きく耳をうつ。沖をみれば、すみをながしたような海の上に、三十度ほどかたむいた、汽船のりんかくが、ぼんやり見える。

早鐘の音にとびだした、村の人々が口々に、何かののしり、わめきながら、下の道を浜辺の方へ走っていく。

「こりゃ、たいへんだ」

進君は、いそいでへやへとってかえすと、電灯のスイッチをひねったが、停電とみえてひはつかない。進君はしかたなしに、くらやみのなかで身じたくをはじめたが、そのとき、階下でも、がやがやとさわぎはじめた。どうやら、おじさんや、おばさんも起きているらしい。

進君が新制中学の制服の上に、オーバーを着、頭巾をかぶっておりていくと、おじさんもロウソクの光をたよりに、ちゃんと身じたくができていた。

「おじさん、難波船でしょう」

「おお、進、おまえも起きてきたのか」

「まあ、進さん。あんたは、おうちにいたほうがいいよ。けがをするといけないから」

「いいえ、おばさん、だいじょうぶですよ。ぼくもいって、何かできることがあったら、お手伝いするんです」

「だって、あんたにまちがいがあると、東京のお兄さんに申しわけがないもの」

「だいじょうぶですッたら、おばさん、ぼくは、もう子供じゃありませんよ」

　二人が押問答をしているところへ、だれかがドンドン表の戸をたたいた。

「御子柴さん、御子柴さん、起きてください。難破船ですよう」

「よし、いまいくぞう」

　進君のおじさんは町長だから、こんなときには、何をおいても一ばんに、かけつけなければならないのだ。

「おじさん、ぼくもいっしょにつれていってください」

「よし、ついておいで」

　外はまだ、まっくらだったが、台風はもう通りすぎたあとらしく、さっきからみると、雨も風も、だいぶおさまっている。それでも、ときどきまっこうから、どっとばかりに吹きつける、なごりの突風とたたかいながら、浜までくると、そこは、まるで戦場のようだ。

　三カ所ばかり、たいたかがり火のあいだをぬうて、たいまつがとぶ。カンテラが右往左往する。みんな声をからして、口々に何かわめいている。

「おうい、ロープをよこせ。ロープを……」

「よし、きた。おういロープを投げるぞ」

「舟はどうした。どうして、こっちへかえってくるんだ」

「ダメだ、ダメだ。この波じゃ、とても汽船まで近よれやせん」

「あっ、そこにだれか流れついたぞ」

　そういう声が、風に吹きちらされて、とぎれとぎれに聞えてくる。半鐘の音はもうやんでいたけれど、沖の汽笛の音がもの悲しい。さっきからみると、沖の汽船は、よほどかたむきが大きくなっている。

浜からは、いくどか舟が出されたけれど、波にあふられて、みんな岸へふきもどされてくる。そのたびに進君は、歯ぎしりをして残念がった。

そのうちに、全身ズブぬれになった人が、一人一人、若者の肩につかまって、よろよろしながら、進君の前を通りすぎていった。みんな血の気（け）のない顔をしていたが、なかには血にそまっている人もある。みんな難船した人々なのだ。

聞けば、汽船からおろされた八（はっ）そうのボートのうち、半分までが、とちゅうでひっくりかえったのだという。それでも、生きて浜までたどりついた人はさいわいだった。岸まで流れついたときには、もう息のない人も少くなかったのだ。進君は、そういう人を見るたびに、手を合わせておがんだ。気の毒さに胸のなかが痛くなるようであった。

進君のおじさんは、戦場のような浜じゅうを走りまわって、いろいろ、さしずをあたえるのにいそがしかったが、そのうちに進君のそばへ帰ってくると、

「進、おまえにちょっと頼みがある」

「おじさん、なんですか。ぼくにできることなら、なんでもやらせてください」

「よし、それじゃ、おまえ、この浜を歩いていって、気の毒な人が、だれも気づかぬようなところへ、流れよっているかもしれぬから、それをこれから調べてみてくれ」

「おじさん、わかりました。じゃ、いってきます」

「おい、ちょっと待て。ここに懐中電灯がある。これを持っていけ」

「おじさん、ありがとう」

懐中電灯をうけとった進少年は、西へいこうか、東へいこうかと、ちょっと思案（しあん）の首をかしげたが、すぐに心をきめて、東の方へ走り出した。今日の潮の流れでは、東の浜へ打ちあげられる率のほうが多いと思ったからだが、あとから思えば、進君が、このとき、東の浜をえらんだことが、のちになって、あのような怪奇な冒険に足をふみいれる、第一歩とはなったのである。

黒い箱

さて、ここで、この浜辺についてちょっと説明しておこう。

ここは岡山県の南海岸、瀬戸内海の中ほどに、南へ長くつき出ている、ある半島の東海岸だが、附近に浅瀬や、暗礁が多くて、三年に一度か五年に一度、こういう大事がもちあがるのである。そこで人呼んで、この海岸のことを難船岬。

御子柴進少年のおうちは、東京にあり、学校も東京の中学だが、この難船岬にすんでいるおじさんが、小さいときから進少年をかわいがって、ちょっとでも休みがつづくと、自分のひざもとへよびたがるのである。ひとつには、おじさんに、子供のないせいもある。

そこで進君は、年末から新年へかけてのお休みを、また、おじさんのところへ遊びに来ていたが、そのお休みも、残り少くなったから、そろそろ東京へ帰ろうかといっているところへ、冬にはめずらしい台風がくるという気象通報。そこで、その台風をやりすごしてから、東京へ帰ろうと、一日二日出発をおくらせていたところへ、ぶつかったのが、この大椿事。そして、これこそ進君が、かずかずの冒険に足をふみ入れる、第一歩となったことは、前にもいったとおりである。

さて、話を前にもどして、懐中電灯で足もとをてらしながら、あちらの岩かげ、こちらの砂浜と、進君が遭難者をもとめて、ものの千メートルも来たときである。進君は、とつぜん、ギョッとしたように、波打ぎわに立ちどまった。どこかで、かすかなうめき声がする。

進君は、すかさず声のする方へ、懐中電灯の光をむけたが、見ると、そこに大きな岩がそびえている。うめき声は、どうやらその岩の向こうから聞えるらしい。進君は、小走りに走って、岩をまわって向こうへ出た。見ると、はたして岩の根もとに、男が一人たおれている。洋服が、ぐっしょり水にぬれているところをみると、遭難者であることは、まちがいがない。進君は、いそいでそばへかけよった。

「もしもし、しっかりしてください」

懐中電灯の光をむけると、それは二十四五才の、紳士ふうの青年だった。

「もしもし、しっかりしてください。もうだいじょうぶです。気をたしかに持ってください」

進君が声をかけると、その言葉が耳に入ったのか、青年紳士は、苦しげに目を開いて進君の顔を見なが

ら、

「ああ、君、水……水……」

「ああ水ですか。ちょっと待ってください。いますぐくんできます」

進君は岩の向こうに、きれいな小川が海にそそいでいることを知っている。そこで大急ぎで小川の水を、どっぷりと手ぬぐいにふくませて帰ってくると、それを青年紳士の口にあてがった。青年紳士は、うまそうに、その手ぬぐいをすっていたが、やがて、がっくりと首をたれる、

「ああ、……ありがとう……ぼくは、もうこれで死んでもいい……」

「な、なにをいってるんです。バカなことをいっちゃいけません。しっかりしてください。もし、しっかりしてください」

「いいや、ぼくは、もうダメだ。胸を撃たれて……ぼくは、もうダメだ」

「なんですって？　胸を撃たれたんですって？」

進君は、おどろいて青年紳士の胸のあたりへ、懐中電灯の光をむけたが、そのとたん、思わず、あっと息をのんだ。

ああ、なんということだ。青年紳士の胸のあたりが、血でまっかに染まっているではないか。

「ああ、あなた、こ、これはいったい、どうしたんです。撃たれたって、いったい、だれに撃たれたんです」

「あいつだ、あいつだ、義足の男……」

「義足の男ですって、そして、いつ撃たれたんです」

「汽船が暗礁に乗りあげたとき……あいつは……あいつは……どさくさまぎれにぼくを殺して、こ、このケースを盗もうとしたんだ」

見ると青年紳士は、小わきにしっかり、黒い皮のケースをだいている。

「ぼくは……ぼくは……これをかかえて、命がけで海へとびこんだ……こ、これを、あの人にわたすまでは、ぼくは……ぼくは……死んでも死ねない……」

「あなた、あなた、しっかりしてください。死ぬなんて、そんな……そんな……ああ、ちょっと待ってください。ぼく、だれか呼んできます」

進君が立とうとするのを、青年紳士は、いきなりうでをとってひきとめた。

「ああ、ちょっと待って……ぼくは……ぼくは……それまで持つかどうか、わからない。……それより君に頼みがある。さっきから、君のことばを聞いていたが、君は、このへんの人じゃなさそうだね」

「ええ、ぼくのうちは東京です。お休みで、こっちへ遊びにきていたんですが、二三日うちに、東京へ帰るつもりです」

　それをきくと青年紳士は、急に大きく目を開いた。

「き、君、そ、それはほんとうか」

「ほんとうです。だれがうそをいいましょう」

「ああ、ありがたい。……こ、これも天の助けだ。き、君、こ、これを。……」

　と、青年紳士は、むりやりに、かかえていた黒いケースを、進少年におしつけると、

「これを……これを……君にあずけておく。東京へ帰ったら、こ、これをオーロラ曲馬団の、ジミー松田という人に、きっとわたしてくれたまえ……」

「おじさん、しっかりしてください。そんなことをいったって、ぼく……」

「いいや、君よりほかに頼む人はない。お願いだ、聞いてくれ、……一生のお願いだ。君が聞いてくれないと、かわいい……かわいい、お嬢さんの運命にかかわるのだ。いいか、頼んだぞ。……気をつけたまえ。このケースをねらってるやつは、義足の男のほかにもたくさんいる。……ジミー松田にわたすまでは、ぜったいに……ぜったいに……君がそれを持ってることを、人にしゃべっちゃならんぞ。……とりわけ、とりわけ、義足の男に気をつけて……いいか、……ああ、ひき受けてくれるというんだな。……ありがとう、ありがとう……ぼくも、これで安心して死ねる」

　青年紳士は、そこまで語ると、がっくりと首をうなだれたのである。

義足の男

「もしもし、おじさん、しっかりしてください。もしもし……」

　進君は、すっかりとほうにくれてしまった。青年紳士にわたされた物を見ると、それは縦横ともに二十センチ、高さ四十センチくらいの、黒い、長方形の皮のケースで、何が入っているのか、手にとって

みると、ずっしりと重たかった。

「もしもし、おじさん、しっかりしてください。もしもし、おじさん……」

進君は、むちゅうになって、青年紳士の体をゆすぶったが、相手は、ぐったりと目をつむって返事もしない。ひょっとしたら、死んでしまったのではあるまいかと、あわてて胸へ手をやったが、心臓はまだとまっていない。かすかながらも鼓動をつづけている。胸の傷口をしらべてみると、どうやら出血もとまっていた。

進君は、急にぴょこんととびあがった。そうだ、だれかに、このことを知らせてこよう。手当が早ければ助かるかもしれぬ。向こうの浜には、お医者さんや、看護婦さんも来ているはずだ……。

進君は岩をまわって、五六歩かけ出したが、そこで、ふと足をとめた、あの黒い箱のことを思い出したからである。あの箱を、あそこへ残しておいてよいだろうか。いけない、いけない。だれかがやってきて、あの箱を持っていったらどうするのだ。あの人は、あのとおり、人事不省におちいっているのだから、だれが持っていってもわかりゃしない。それでは、あずけられた自分の責任がすまぬ。

進君は、いそいで青年紳士のまくらもとへとってかえすと、皮のケースをとりあげて、それをオーバーの下にかくすと、あらためて、岩のかげから、一もくさんに走りだした。

気がつくと、東の空がすこし白んで、あたりは、そろそろ明かるくなりかけている。沖を見ると、さっきの汽船が、半分以上沈んでいる。あの悲しげな汽笛の音も、もう聞えなくなっていた。

台風は、すでにすっかりおさまっていたが、まだ波のうねりは高く、白い波頭にのって、いろんなものが波打ちぎわにうちあげられてくる。それがいかにも難船さわぎのあとらしく、もののあわれをさそうのである。

そういう漂流物の間をぬうて、進君は一生けんめい波打ちぎわを走っていたが、すると、ものの五百メートルも来たときだった。

「おい、君、君」

かたわらの岩かげから、上半身をあらわした人が、だしぬけに、そういって呼びとめた。

「はい、何かご用ですか」

進君は、足をとめて相手のすがたを見なおした。そのひとは、ラッコかなんかの毛皮でつくった、ふちのない帽子をかむり、皮のジャンパーの上に、黒いオーバーをひっかけ、手にふといステッキをついている。そして、目が悪いとみえて、片目を黒い布でおおうているのである。

むろん、このへんの人ではない。ひょっとすると、この人も、難破船から、すくいあげられた一人ではあるまいか。それにしても、あんまりぬれていないところをみると、ボートでぶじに岸までたどりついたのかもしれぬ。進君が何気なくそんなことを考えていると、

「君、君、……君に、ちょっとたずねたいことがあるのだがね」

「はあ、おじさん、なんですか」

「君は向こうの方から来たようだが、あっちの方に、だれか流れついている者はないか」

「はあ……」

進君は、ちょっと返事につまって、相手の顔を見なおした。さっきの青年紳士のことを、いってよいか悪いか、ちょっととまどいしたのである。

「いや、じつはね、わたしのつれがひとり行くえ不明になっているので、さっきから、さがしまわっているのだ。海の底へ沈んだものならしかたがないが、浜へうちあげられているものなら、なんとかさがし出して、かいほうしてやりたいし、すでに命のないものなら、自分の手で葬ってやりたいのだ」

いかにも心配そうなようすを見ると、進君も、ついつりこまれて同情した。

「おじさん、おじさんのつれというのは、どういう人？」

「ふむ、二十五六の青年だがね……」

そこで片目の男は、ためらったのち、

「じつは、悪者に胸を撃たれて負傷しているのだ。それで、いっそう心配しているんだが……」

「ああ、おじさん、その人なら向こうにいるよ。向こうの岩かげにたおれているよ。それで、ぼくはいま、人を呼びにいくところなんだ」

「え？　向こうの岩かげ……」

「ああ、そう、ほら、向こうに大きな岩があるでしょう。あの岩の向こうがわ……」

「ああ、そう、ありがとう。それじゃ、さっそく、

いってみよう」

片目の男が、ギロリと片目を光らせたのには気がつかなかったが、その男が、やおら、小岩をまたいでこちらへ出てきたときには、進君は、思わず、あっとその場にたちすくんでしまったのである。いままで小岩でかくれていたので進君も気がつかなかったが、ああ、その男の左足は義足ではないか。

義足の男は、ギロリと進君をしりめに見ると、そのままステッキをついて走り出したが、ああ、その足の早いこと。ピョンピョンと、まるでとぶように走っていくのである。

進君は手に汗にぎって、うしろ姿を見送っていたが、やがて、その姿が岩かげへかくれたかと思うと、まもなくズドンと一発、岩の向こうからピストルの音。

進君は、それを聞くと、思わず浜のうえでとびあがり、それから一もくさんに、おじさんたちのいるほうへ走り出した。

「進や、どうしたんだ。だれもいやアせんじゃないか」

「進君、あんた、寝とぼけて夢でも見たのとちがうか。アッハッハ」

　それからまもなく、おじさんや、おまわりさんをひきつれて、さっきの岩かげまでひきかえしてきた進君は、まるでキツネにつままれたような顔色だった。そこには義足の男はもとよりのこと、あの重傷をおうて、人事不省におちいっていた、青年紳士の姿さえ見えない。

「いいえ、おじさん、そんなことはありません。たしかにここに、人がたおれていたんです。しかも、その人は胸をピストルで撃たれていたんです」

「しかし、そんなに重傷をおうて、身動きもできなかった男が、急に姿をかくすというのは、おかしいじゃないか。あんたが呼びにきてから、ほんのちょっとしか時間はたっていないのに……」

　おまわりさんは、あいかわらず、半信半疑の口ぶりである。

進君は、さっき聞いたピストルの音を思い出した。ひょっとすると、あの人は、義足の男に撃ち殺されて、どこかへ埋められてしまったのではないか。しかし、人を埋めるには、相当、時間がかかるはずである。ああ、ひょっとすると……進君は、とびあがって、波打ちぎわまでかけつけてみたが、海の上にも死体らしいものは、うかんでいなかった。

それに撃ち殺して、死体をしまつしたとすれば少しは血が流れていなければならぬはずだが、どこにも、そういうあとはなかった。あの青年紳士のワイシャツは、ぐっしょり血にぬれていたけれど、岸へたどりついたときには、出血は、あらかたとまっていたので、そのへんに血痕のなかったのもむりはない。

進君は、やっきとなって、そのへんを、さがしまわってみたけれど、どこにも、人が殺されたようなあともなく、また、血にそんだ負傷者が、流れよったことを証明するような、痕跡も残っていなかった。ただ、砂浜に点々として、おかしな義足のあとが残っていたけれど、それとても、義足の男がとおったというだけのことで、その男が人殺しをしたという証明にはならなかった。

けっきょく、ゆうべの騒ぎに昂奮した進君が、なにか思いちがいをしたのであろうと、おまわりさんは、さのみ問題にもせずにひきあげたが、ああ、それは、けっして夢でも、まぼろしでもなかったのだ。そのしょうこは、進君がオーバーの下に、かくし持っている皮のケースだ。

進君は、よっぽどそれを取り出して、おまわりさんに、説明しようかと思ったが、いや、待て、しばし、とひかえたのである。あの青年紳士は、

「それを君が持っていることを、ぜったいにひとに知られてはならぬ……」

と、そういったではないか。もし、あの青年紳士が死んだのなら、あの一言こそ遺言になったわけだ。死にゆく人の最後の言葉は、しっかり守ってあげねばならぬ。もし、まだ青年紳士が生きているとすれば、あの人の許しをうけるまでは、ぜったいに人にもらしてはならぬ。あの青年紳士が見も知らぬ、自分のような少年に、これを託すということは、よくよくのことでなければならぬ。きっと、あの人は、自分のことを、信頼できる少年だと思ったのであろ

う。もし、そうであるならば、自分は、その信頼にそむいてはならぬ。

そうだ、自分は、あの青年紳士に頼まれたとおり実行しよう。皮のケースをひと知れず、東京まで持ち帰って、オーロラ曲馬団の、ジミー松田という人に、手渡しするまではぜったいに、このことを人にしゃべるまい……。

もう、すっかり夜は明けていた。そして、昨夜とはうってかわった上天気になっていた。浜では、まだ悲しい救難作業がつづけられていたが、進君は、おじさんとわかれて、一人お家へ帰ってくると、二階へあがってオーバーの下から、黒いケースを取り出した。

前にもいったとおり、この箱は、縦横二十センチ、高さ四十センチばかりの長方形で、ぶどうの葉のようなかざりじょうがついていて、ピンとカギがかかっている。

進君は、好奇心にかられて、このケースをいじくりまわしているうちに、どういうはずみか、ガタンとフタが開いた。どうやらカギがくるっていたらしい。進君は、はっといきを飲んだ。そして、とっさに、さっきの青年紳士の言葉を思い出してみた。あの人は、中を見てはならぬとはいわなかった……。

進君はわななく指で、ケースを開いた。すると、中から出てきたのは桐の箱である。桐の箱にはべつにカギもかかっていなかった。進君がそっとフタをといてみると、中には、何やら黒いビロードの布でつつんだ物がある。

進君は、布ごとそれを取り出すと、ひざの上において、そっと布をめくってみたが、と、中から出てきたのは、目もまばゆきばかりの黄金の燭台、すなわちロウソク立だった。台の直径十五センチばかり、そのうえに、高さ三十センチ、直径八センチばかりの円筒形の柱がたっていて、その柱にはブドウのツルがからみついているが、なんと、そのブドウの実が、みんなムラサキダイヤではないか。

進君は、思わず息を飲んだ。燭台をもつ手がわなわなふるえた。ひたいには、ビッショリ汗がうかんできた。進君は、あわてて燭台を机の上においた。それからポケットからハンケチを出すと、ていねいにその燭台にぬぐいをかけた、なんべんも、なんべんも、ていねいにふいたが、そのうちに、進君は、なんともいえぬヘンなことに気がついたのである。

燭台の火ざらのところ、そこだけがなんの彫刻もなく、すべすべとしているのだが、そこに、くっきりと指紋がひとつついている。進君ははじめ、それを自分の指紋だと思い、なんべんもなんべんも、ハンケチで、ていねいにふいた。しかしいくらふいても指紋はとれぬ。進君は、ふしぎに思って、ちかぢかと目を近づけてみたが、そのとたん、世にも奇妙な思いに、あっと息をのんだのである。

その指紋は、黄金の地肌に、くっきりと焼きつけられているのであった。

ああ、いったい、これは何人(なにびと)の指紋なのか？　そして、この指紋のついた黄金燭台には、いったい、どのようななぞが秘められているのであろうか……。

救いを呼ぶ声

はからずも、見知らぬ青年紳士から、世にもみごとな黄金燭台を託された御子柴進少年は、まるで自分が、冒険小説の主人公かなんかになったように胸をとどろかせた。

それもそのはずだ。

その黄金燭台というのは、どう見ても、ありふれたものとは思われぬ。もし、この燭台が、しんのしんまで黄金だとしたら、時価何万円、いや、何十万円、何百万円するかわからぬしろものである。

おまけに、その燭台にちりばめられた、十数コのムラサキダイヤ！

御子柴進君のような少年にも、これが世にも貴重なものであるらしいことは、わかるのである。

しかも……、しかもである。この黄金燭台には、黄金とダイヤばかりの価値ではなく、もっとほかに、何か大きなねうちがあるらしいのだ。

あの青年紳士は、この燭台を御子柴進少年にあずけるとき、こんなことをいったではないか。

「お願いだ、聞いてくれ……。君が聞いてくれないと、かわいい、かわいい、お嬢さんの運命にかかわるのだ……」

してみると、この黄金燭台が、ぶじにオーロラ曲(きょく)馬団(ばだん)の、ジミー松田という人にとどけられないと、どこかのかわいいお嬢さんの体に、何か間違いがおこるのではあるまいか……。

それを考えると、御子柴進少年は、何かしら、重っ苦しい責任感で、胸もふさがる思いであった。もし、これがふつうの少年であったならば、こんな気味悪い事件から、いいかげんに手をひいたかもしれない。警察へとどけて出るか、それともおじさんに、うちあけるかして、自分はと中で、責任からのがれようとしたかもしれない。げんに御子柴少年も、何度そうしようかと、思い迷ったかしれないくらいである。

しかし、御子柴進少年は、勇気にとんだ、責任感の強い子どもであった。あのきずついた青年紳士の、一生けんめいの頼みを思うと、どうしても、頼まれたとおりにしてあげなければならぬと思いなおした。たとい、そこにどのような、危険や災難が横たわっていようとも……。

そう決心すると、御子柴進少年も、やっといくらか気が落ちついたが、それはさておき浜べでは、その日いちにち救難作業がつづけられていた。きのどくな遭難者の死体が、あとからあとからと波うちぎわにうちよせられて、浜いったい、目もあてられぬむごたらしいありさまだった。しかもなお、ゆくえ知れずになった人が、あと何十人かあるという。御子柴進少年は、そんなうわさをきくにつけ、キリキリと胸がいたむ思いであった。

夕方ごろ、おじさんがヘトヘトになって帰ってきた。

「たいへんな出来事だな。浜へ行って見い、きのどくでもう目もあてられんぞ」

「ほんにねえ。とんだことでございましたねえ。それでもう、あなたのご用はおすみになりましたの？」

おばさんがたずねると、おじさんは首を左右にふって、

「なかなか……。飯を食うてひと休したら、また出かけねばならん」

「まあ、またお出かけになるのでございますか。あんまりごむりをなすって、あとでおつかれが出ては困りますが……」

「そんなことをいってられるかい。遭難した人のことを考えてみなさい」

「それもそうですけれど」

「おじさん、また出かけるの、それじゃぼくもつれてってください」

進君が、そばから口をだすと、おじさんはわらって、

「いや、おまえこそうちにいたほうがいいぞ。今朝は早くからごくろうじゃった。さぞくたびれたろう」

「だいじょうぶですよ。ぐっすり寝ましたもの。ねえ、つれてってください」

「ふむ、そんなに言うなら、いっしょに来てもいいが……」

そんなことから進君は、晩ご飯がすんでひと休すると、また、おじさんについて浜べへ出ていった。浜べではあいかわらず、かがり火をどんどんたいて、近所の町々から応援にかけつけてきたおまわりさんが、ものものしいかっこうをして、右往左往している。

あらしは、すっかりおさまって、昨夜にかわる上天気、空には星くずが一めんに散らかって、海もおだやかにないでいる。その静けさが、かえって人々の胸に、ものかなしさをさそうのである。

進君は、十二時ごろまでそこにいて、なにかとおてつだいをしていたが、やがてそこへおじさんが、つかれきった顔をして近づいてきた。

「進や、もうそろそろひきあげよう。あとは交替の人に頼んでおいたから」

「ええ、帰りましょう」

進君もつかれていたので、すなおにおじさんの言葉にしたがうと、やりかけた仕事を、交替のひとに頼んでおいて、二人つれだって浜べをはなれかけたが、そこへ近づいて来たのは、今朝顔なじみになったおまわりさんだった。

「やあ、御子柴さん、お帰りですか」

「おや、清水さんですか、ごくろうさま。つかれたから、家へ帰ってひと休させてもらいます」

このおまわりさんは、清水さんというらしい。

「ああ、そうですか。私もいまかわりのものが来たから帰るところです。それではご一しょしましょう」

この浜べから町へ帰るには、広い松林をぬけねばならぬが、その松林は右手に見える丘の上までつづいており、丘の上には、荒れはてたほこらが一つ建っている。

進君とおじさん、おまわりさんの清水さんは、そ

のほこらをはるかかなたの星空の下に見ながら、広い松林の中を歩いていたが、そのときだった。

　進君がだしぬけに、ギョッとしたように足をとめた。

「あっ、おじさん、あれはなんでしょう」

「な、なんだ、進、ど、どうしたのじゃ」

「ほら、あの声……、誰かが丘の上で叫んでいますよ」

　進君の声に、おじさんと清水さんも立止まったが、なるほど聞える、聞える、丘のほうから人の叫び声……。しかも、どうやら救いを求めているらしいのに、三人は思わずギョッと顔を見合わせた。

証拠のてぬぐい

「おじさん、行ってみましょう。丘の上から誰かが救いを求めているんですよ」

「ふむ、しかし、どうしたんだろう。まさか遭難者が、丘の上へ流れつくというはずはないが……」

「とにかくいってみましょう。何かあるにちがいない」

　さすがは職業がらだけあって、清水さんがいちばんさきに走りだした。そのあとから進君とおじさんもついて行く。

　救いを求める声は、丘の上の、あのほこらのあたりから聞えてくるのである。しかし、どうしたわけか、その声は、少しも動くようすがなく、いつも同じところから聞えてくるのだ。ひょっとすると、その人は、身動きも、できないような重傷を受けているのではあるまいか。

　三人はまもなく、丘の斜面のだらだら坂までたどりついたが、そこまでくると、救いを求める声も、だいぶま近にせまってきた。なんとなく陰にこもったような声で、いうこともハッキリしない。叫び声ともうめき声ともつかぬ声である。

　清水さんを先頭に立てて、一同は丘の上までたどりつくと、そこで思わず立ちどまった。叫び声はあの古くちたほこらの中から聞えてくるのだ。

「誰だ、そこにいるのは？」

　清水さんが、身構えながら声をかけると、お堂の中からひときわ高く、うめき声とも、叫び声ともつかぬ声が聞えてきた。そして、ドンドン床板をたたくような音がする。

三人は、思わず顔を見合わせたが、やがて清水さんが勇気をふるって、懐中電灯を身構えながら、キツネ格子の前へ近づいて行った。進君とおじさんの二人も、気味悪そうにうしろからついて行く。

おんぼろになったキツネ格子は、清水さんが片手をかけると、がくんと、かたむくように外へ開いた。清水さんはさっと一歩うしろへさがると、中へ懐中電灯の光をむけたが、そのとたん、進君とおじさんは、思わずあっと息をのんだ。

ああ、見よ。ほこらの中には一人の男が、高手小手にしばられて、投げ出されているではないか。しかも、口には厳重にサルグツワをかまされている。さっきから、みょうにハッキリしない声だと思っていたのは、サルグツワのせいだったのだ。その人は、やっとサルグツワを半分はずして、必死になって救いを求めていたのだ。

「いったい、誰だ。き、君はこんなところで何をしているのだ」

「まあ、まあ、清水さん、そんなことをたずねる前に、早くいましめをといてあげにゃ……」

しんせつな進君のおじさんは、まずサルグツワからといてかかったが、そのとたん、びっくりしたような声をあげた。

「おや、まあ、あなたは小野先生じゃありませんか」

おじさんの声に、進君も清水さんも、その人の顔を見なおして、思わずあっと驚きの声をあげた。それもそのはず、その人は、町でもたった一人のお医者さんの小野先生ではないか。

「まあ、まあ、先生、こりゃあどうしなさった。いったい、誰がこんなひどいことしたんです」

清水さんも手つだって、急いでいましめをとくと、小野先生は息をはずませ、

「義足の男だ。義足の男にだまされた」

「えっ、義足の男ですって？」

進君がびっくりして聞きなおした。

「義足の男？」

清水さんとおじさんも、今朝の進君の話を思い出したのか、ハッと顔を見合わせ、

「先生、そ、そして、義足の男がどうしたというんです」

「うん、まあ、聞いてください。ひどいめにあいましたよ」

小野先生が、手足をこすりながら、いうところによると、こうである。

小野先生も今日一日、浜へ出て救難作業にとびまわっていた。いなかのことだから、たいていのお医者さんは、外科と内科の両方をやるので、便利だった。

ところが、日暮れごろになって小野先生も、いちど家へ帰ってこようと、たった一人で松林までさしかかったが、そこへひょっこり、松林のかげから現れたのが義足の男であった。

義足の男はていねいに、小野先生を呼びとめると、こちらにも一人けが人があるのだが、みてもらえないかというのであった。何しろおりがおりだから、小野先生もうたがわずに、その男にみちびかれるまま、このほこらまでやって来たが、みるとなるほどほこらの床に、若い男が一人たおれていた。

「それで、先生はそいつをみてやったのですか」

清水さんは、進君の顔を見ながら、早口でたずねた。

「ええ、みてやりましたよ」

「そして、そのけがというのは？」

「それがみょうなんですよ。私ゃ、テッキリ難船で、陸へうちあげられる際に、うちどころでも悪かったのだろうと思いましたが、よくよく見ると、ピストルで胸を射たれているのです」

「ピストルで……？　胸を……？」

清水さんとおじさんは、また、ギョッとしたように顔見合わせた。

「ええ、そう、私もそれでびっくりして、これはどうしたのか、義足の男をふりかえったが、するとどうでしょう。義足のやつ、私のうしろから、ピストルをつきつけているんです」

「なるほど、きょうかつですな。きょうかつでもって、あなたに手あてをさせようとしたんですな」

「そうです、そうです。」

「それで、先生。きずはどうでした」

進君が心配そうにたずねると、

「いや、きずは案外浅かったんです。弾がちょっとかすっただけで……ただ、そのあとがあの難船さわぎだから、だいぶまいってましたが、なあに、生命(いのち)

には別条はありません。」

「それで、先生は手あてをしてやったんですね」

「ええ、そう、何しろピストルがねらっているんですからな。ところがひどいやつもあればあるもんで、手あてが終ると義足の男、ごくろうさんとも言わずに、私をあのようにしばりあげ、ごていねいにサルグツワまでかませると、ゆうゆうと鼻歌かなんか歌いながら、けが人をかついで立ち去ったんですよ。ところがその前に、ちょっとみょうなことがあったんですが、ほら、サルグツワに使ったその手拭、あいつはそれを私の目の前にひろげると、この手拭には、御子柴進という名が書いているが、おまえそういう男を知らぬかと、私にたずねていましたよ」

　それを聞くと御子柴進少年はびっくりして、そばにあった手拭をとりあげたが、ああ、なんということだ、それは自分の手拭ではないか。そうだ、今朝、あの青年紳士を介抱するとき、その手拭に水をしたして、口の中へそそいでやったが、そのとき、それを岩の影へ忘れてきたのを、義足の男が拾いあげたにちがいない。

「先生、先生、それで先生は、ぼくのことを知っているといったのですか」

「いいや、知らんといった。聞いたこともない名じゃと答えたが、相手は鼻のさきでせせら笑って、なに、おまえさんがかくしたところで、どうせ町で聞けばわかることだと……」

　御子柴進少年は、それを聞くと背すじが寒くなるようなおそろしさを感じたのだ。ああ義足の男が自分をねらっている。ひょっとすると、義足の男は、自分が黄金の燭台を、あずかっていることに気がついたのではあるまいか……。

黒衣の婦人

　汽車はいま、東へ東へと走っている。

　ローカル線で岡山まで出て、そこから下関発東京行列車に乗りかえたとき、すでに日はとっぷりと暮れていたから、汽車はいま、まっくらな闇の中を、ひたすら東へ東へと走っているのである。

　進君は、おばさんの作ってくれたおべんとうを食べてしまうと、雑誌を開いてみたが、どうしてもそれに身が入らなかった。

思いは、ともすれば怪奇な冒険のほうへとんでゆく。そして、進君の目は、ともすれば網棚の上にある、ボストン・バッグのほうへひかれるのであった。そのボストン・バッグの中にこそ、あの黒い皮の箱がひめられているのだ。

それは、あの汽船の遭難事件があってから、一週間めのことであった。

進君は、台風が去りさえすれば、すぐにも東京へ出発するつもりであった。ところが、あのような怪奇な冒険にまきこまれ、しかも、義足の男が自分をねらっているらしいことがわかってみると、なんとなく、長いひとり旅が気づかわれて、つい、今日まで出発がのびたのであった。

おじさんや、清水巡査も心配して、何か義足の男にねらわれるようなおぼえがあるのかと、進君にむかってしつこくたずねた。しかし、それに対して進君は、なんと答えることができるだろう。進君はこの事件を、いっさい自分一人の胸にたたんでおこうと決心しているのだ。いきおい、かれの返事はあいまいで、にえきらなかった。

おじさんや清水さんは、なんとなくふにおちぬものをかんじながら、それでも、手をつくして義足の男のゆくえを探してくれた。しかし、ふしぎなことには、町の人で、義足の男を見たものは一人もなかった。

何しろ思いがけない遭難事件で、他国の人がたくさん町へいりこんできていたから、いちいち人の顔をおぼえていられなかったのはむりもないが、それにしても義足という、あんな大きな目印があるのに、どうしてそれが人々の目につかなかったのであろうか。義足の男ばかりではない。あの負傷した青年についても、誰一人知っているものはなかった。

してみるとあの二人は、小野先生の手あてをうけると、すぐその夜、闇にまぎれて町を立去ったのだろうか。それならば安心なのだが……。

しかし、進君はなんとなく安心ができなかった。清水さんは、町と言わず近傍と言わず、宿屋という宿屋を、かたっぱしから調べてみたが、義足の男はどこにもひそんでいないといった。それにもかかわらず進君は、おじさんのところにいるあいだじゅう、いつも誰かに監視されているような気がしてならなかった。進君が出発を、今日まで一日のばしにのばしてきたのはそのためである。

それにしても、義足の男とは何者か。また、あのピストルで射たれた青年紳士は……？　さらにまた、あの黄金の燭台と、ふかい関係があるらしい、かわいいお嬢さんとはどういう人か……。

進君の空想のツバサは、走り行く汽車の車輪のリズムにのって、つぎからつぎへとくりひろげられていったが、そのときだった。

「あの、ちょっと、これ、おあがりになりません？」

声をかけられて、はっと隣席をふりかえると、きれいな婦人がにこにこ笑いながら、進君のほうを見ていた。

進君はその婦人に見おぼえがあった。この婦人も岡山駅から、進君といっしょに乗りこんだのである。そして、ちょうどあいていたこの席へ、隣りあわせに席をしめることになったのであった。

その婦人は年頃三十くらいであった。黒っぽい旅行服に、黒っぽい外套を着て、黒っぽい帽子の下から、黒い紗ヴェールをたらしている。しかし、外套も、服も、靴も、みんなピカピカするようなぜいたくなもので、とても三等に乗るような婦人とは思えなかった。指にもキラキラ光る石のはまった指輪をはめている。

進君はさし出された、おいしそうなキャンデーの箱を見ると、ドギマギして、顔をあかくしながら、

「ああ、いや、ありがとうございます。でも、ぼく、キャンデーは好きじゃないので……」と、ことわった。

　進君はけっしてキャンデーがきらいなのではない。しかし、ちかごろ汽車のなかで、食べものをすすめられた人が、そのままねむってしまって、そのあいだに持物（もちもの）を盗まれるという話が、よく新聞に出ているので、進君は警戒しているのである。

　まさか相手を、そんな人間と疑ったわけではないが、おりがおりだから、万事気をつけたのがよいと思っているのである。

「まあ、キャンデーがおきらいなんですって。それじゃしかたがないわね、では、これはいかが？」

　婦人はりんごをひとつとり出した。そして器用な手つきで皮をむくと、まんなかからふたつに切って、その半分を進君のほうへさし出した。進君もまさかそれまできらいだとは言えなかった。そこでお礼を言ってその半分を受取（うけと）ると、相手はどうするだろう

と見ていたが、婦人は平気で残りの半分を食べてしまった。

進君もそれに安心して、もらった半分をムシャムシャ食べたが、ああ、そのとき、進君は知らなかったのだ。

婦人がリンゴをふたつに切るとき、すばやくナイフの片側に、何やらあやしい薬をぬったのを……そして、その薬をぬった側で切られた半分を、進君にすすめたのを……。

汽車はいま、まっくらな明石の海岸を走っている。進君は窓ガラスに顔をよせて、闇の中に白く光る、明石の海の波頭をながめていたが、するとふいになんともいえぬねむさにおそわれた。

進君はしばらく、おそいくる睡魔とたたかっていたが、そのうちにはっとあることに気がついた。ああ、さっき食べたリンゴの味……舌にのこった妙なホロ苦さ！

進君はギョッとして婦人のほうをふりかえった。婦人の目が、ヴェールの下でヘビのように光っている。

進君は何か叫ぼうとした。しかし、舌がもつれて声が出ない。進君はしばらく必死となってもがいていたが、やがてどうすることも出来ない睡魔のために、とうとう深い深い眠りの淵へひきずりこまれていった。ヴェールの婦人のヘビのような目が、あざけるように笑っているのを意識しながら……。

三等車は、ギッシリ客でつまっていたが、誰ひとり、この小さな出来ごとに気のついたものはなかったのである。

ボストン・バッグ

午後十時。

列車はいま、三の宮駅にすべりこもうとしている。

三の宮には、相当おりる人があるらしく、列車が神戸駅を出はずれたころより、車内はなんとなくざわめき立った。

身づくろいをなおす人、網だなから荷物をおろす人、あわてて手洗場へかけこむ人。……いかにも旅路のおわりらしい、あわただしい空気が、車内の一部をかきまわす。

御子柴進少年の、となりに席をしめていた、あの黒衣の怪婦人もそのひとりであった。

列車が三の宮駅へ近づくにつれて、その人も、なんとなくソワソワしながら、手まわりのものをまとめていたが、やがて、つと立上(たちあが)って、網だなのうえからおろしたのは、おお、なんということだ、進君のだいじなだいじなボストン・バッグではないか。しかも、そのボストン・バッグのなかにこそ、進君がいのちにかえても守ろうとしている、あの黒い皮のケースが入っているはずなのだ。

黒衣婦人は、しかし、すましたもので、まるでそれを、じぶんのもののようにブラさげている。三等車にはギッチリ人がつまっているが、誰ひとり、黒衣婦人のこの大胆なふるまいに気がついたものはない。かんじんの御子柴進少年は、リンゴにぬった怪しい薬のききめで、こんこんとしてねむりつづけているのである。

黒衣婦人はそれをみると、ニヤリとうすきみ悪い微笑をもらしたが、そのとき、列車はゴーゴーと、三の宮駅のプラット・フォームにすべりこんだ。

進君のボストン・バッグをブラさげた黒衣婦人は、あわてず、さわがず、ゆうゆうとして、ほかの乗客のうしろから、プラット・フォームへおりていく。

ああ、なんという大胆さ、なんという落ちつきはらった態度であろうか。それに身なりを見ても、貴婦人ともいうべき服装なのだから、誰ひとり、この婦人が他人に眠り薬をのませて、かっぱらいを働くような、悪いことをしようなどと、夢にも思いおよばなかったのも無理はない。

さて、黒衣婦人が三等車から、プラット・フォームにおり立ったころ、前方につながれた二等車から、ヨチヨチ出てきた男がある。

その男は、しばらくプラット・フォームのあちこちを見まわしていたが、やがて、黒衣婦人の姿に気がつくと、ふといステッキをふって合図をした。

黒衣婦人もそれに気がつくと、例のボストン・バッグをブラさげたまま、足早にプラット・フォームを走っていく。

婦人がそばへやってくると、

「どうだ、かおる、うまくいったか」

あたりをはばかる低い声ながら、どこか凄(すご)みのある調子だった。

「ええ、だいじょうぶ、これよ」

黒衣婦人の名前は、かおるというらしい。黒衣婦人はほこらしげに、片手にブラさげたボストン・バッグをふってみせる。

男はそれを見ると、ニヤリと薄(うす)きみ悪い微笑をうかべて、

「ふむ、それじゃ、そのなかに例のものがあるんだな」

「ええ、間違いなしよ、あたしうえから、そっとさわってみたんですもの」

「いや、お手柄(てがら)、お手柄、おれもこれで枕(まくら)を高くして寝られるというものだ」

男がまた、ニヤリと笑ったときである。けたたましい発車のベルがとどろきわたって、ゴトンゴトンと列車がうごき出した。それを見ると男はにわかにあわて出して、

「あっ、いけねえ。あいつに姿を見られちゃまずい。おい、早く出よう」

きょときょとするのを、黒衣婦人はあざけるように、

「だいじょうぶよ、あわてなくてもいいのよ。薬のききめで、あの子はぐっすり寝込んでいるわ。なかなか眼(め)がさめるものですか。ほら、ちょっと、あのとおりよ」

ちょうど、そのとき、進君の乗った三等車が、ふたりの眼前をとおりすぎたが、窓ガラスに顔をよせて、グッスリ寝込んだ進君のすがたを見ると、男はギロリと恐ろしい眼をひからせて、

「小僧め、ざまァ見ろ！」

ペッとプラット・フォームに唾(つば)を吐くと、そのまままくるりと身をひるがえして、改札口の方へ歩いて行く。黒衣婦人もボストン・バッグをブラさげたまま、あわててそのうしろからついていった。

ああ、それにしても、そのとき進君の眼がさめていて、ひと目でも、黒衣婦人とならんで立っている、男のすがたを見たならば、どのように驚いたことであろうか。

その男こそ、進君が何よりも恐れていた義足の男だったのだ。

ラッコかなんかの毛皮でつくった、ふちのない帽子をかむり、皮のジャムパーのうえに、黒いオーバアをひっかけ、手にふといステッキをにぎっている。そして目が悪いと見えて、片目を黒い布でおおうて

いるのである。

ああ、いつか浜辺で見かけた義足の男――あいつはやっぱり、進君のことをあきらめたのではなかったのだ。影が形にそうように、蛇がえものをねらうように、執念ぶかく進君のあとをつけまわしたあげく、とうとう、黒衣婦人の手によって、目ざす品をよこどりしたのだ。

進君を乗せた列車は、すでに三の宮駅を出はずれて、うるしの闇をぬいながら、一路、東へ東へと走っていく。

その列車のなかでは進君が、前後も知らずに眠りこけているのである。

ああ、こうして進君が、傷ついた青年紳士から、いのちにかけてあずかった、あの貴重な黄金の燭台は、まんまと義足の男によってうばい去られるのであろうか……。

白髪の怪老人

御子柴進少年はまだ眠っている。おそらく進君のねむりは、浜松から静岡あたりまでつづくことだろう。

だから、進君のことはしばらくおあずかりとしておいて、私たちはそのあいだにちょっと義足の男と、黒衣婦人のあとをつけてみることにしようではないか。

三の宮駅を出た義足の男と、黒衣婦人が、それから間もなくやって来たのは、神戸の山の手にある、古ぼけた洋館の地下室であった。その洋館というのは、空襲のときに焼けただれて、見るかげもなくなっていたのを、ちかごろ少し手をかけて、どうやらひとが住めるようになったのだが、そこへ出入りをするひとたちといえば、いずれを見ても、人相風態、怪しげな連中ばかりであった。

それもそのはず、この建物のあるじというのは、関西きってのスリの親分だとかいう話である。だから、そこへ出入りをする連中といえば、いずれも、スリか、かっぱらい、強盗と、世にも恐ろしい人間ばかり、なかには人殺しをへとも思わぬ鬼のような男さえいる。つまりこの建物は、悪者たちのクラブみたいになっているのだ。

さて、義足の男と黒衣婦人が、その建物の地下室

にある、酒場へおりていくと、

「おや、片目のだんな、おかえりなさい」

と、下品な愛想笑いをしながら出むかえたのは、くものようにいやらしい顔をした一寸法師である。ここでは誰も名前をよばず、アダ名で用を足すことになっているらしい。義足の男もここでは片目のだんなとよばれている。

「おお、一寸法師、どっか静かなへやがあったらかしてもらいたいのだが」

「へえへえ、ちょうどいいあんばいに、奥の赤いへやがあいております。どうぞ、こちらへおいでなすって」

一寸法師はいやしいもみ手をしながら、酒場をとおりぬけて案内する。

酒場には、人相の悪い連中がいっぱいいて、酒を飲んだり、ダミ声をあげて歌を歌ったりしていたが、義足の男はそこを通るとき、顔をそむけて、なるべく人目をさけるようにしていた。黒衣婦人も厚いヴェールを二重におろしている。

酒場の奥には、すりガラスのはまったドアがあって、そのドアの向うに便所があるのだが、便所のほかに、秘密の用談をするための、小さいへやが二つ三つある。

いま、一寸法師の案内で、義足の男と黒衣婦人が、ドアの奥へ消えていったとき、酒場の片すみのテーブルから、むっくりと頭をもたげ

た人物がある。

　そのひとは年頃五十がらみ、服もクツもボロボロで、顔中にムシャムシャとぶしょうひげをはやしているところは、どう見ても、宿なしの浮浪者としか見えないが、頭をみると、雪のようにまっ白で、それがなんとなく、みなりにそぐわず上品に見える。

　白髪の男はさっきから、酒に酔うて、いぎたなく、テーブルのうえでうたたねをしていたのだが、それがムックリ頭をもたげて、フラフラと立上ったから、そばにいた酔っぱらいが驚いたように声をかけた。

「おいおい、白髪のおじさん、どこへいくんだえ」
「おれ……おれ……小便をしてくる」
　白髪のおじいさんは寝ぼけたように口をもぐもぐさせながら、フラフラとしたチドリあしで、テーブルのあいだを縫うて、すりガラスのドアの奥へ消えていった。
　そのうしろ姿を見送って、ひとりの男が、さっきの酔っぱらいをふりかえった。

「おい、あのじじい、ついぞ見かけたことのねえ男だが、いったい、どういう野郎だい」

「あいつか、なァに、あいつなら心配はいらねえのよ。ちかごろどっからか流れて来て、元町で大道易者をしている男だ。天運堂なんとかいう人で、あれで、なかなかよくあたるという評判だ。だから、みいりもかなりあるらしいんだが、なんしろ酒ときたら目のねえほうで、もうかっただけみんな飲んでしまうのよ。だから、いつでもピイピイしてやァがるが、まァ、こちとらにとっちゃいいカモだァね」

「ふうん、そんならいいが、めったなやつはつれて来ねえほうがいいぜ」

「あっはっは、だいじょうぶってことよ。そこにぬかりのあるおれじゃァねえ。あんなお人好しのじじいに、なにができるものかよ。安心して、まあ、いっぱい飲みねえ」

だが、しかし、その男もひと目、ドアの奥の白髪の男の様子を見たら、いまの言葉を、取消さずにはいられなかったろう。

すりガラスのドアが、バターンとうしろへしまった瞬間、白髪の男の様子がかわった。あの寝ぼけたような顔色が、ぬぐわれたように消えてしまうと、全身が針金のように、ピーンと緊張する。ふたつの目が、烈々としてかがやきを増してくる。

白髪の男はすばやくあたりを見廻していたが、それも一瞬、どこかでドアのあく音がして、小きざみの足音がきこえてくると、ふたたびもとの酔っぱらいにもどって、フラフラとしたチドリ足。

足音のぬしはその姿を見つけたと見えて、つかつかとこっちへよって来た。

「誰だ、そこにいるのは……?」

「べ、便所はどちらだ。ヒッ、べ、便所は……じゃまくせえ、いっそここで……」

「なんだ、天運堂のおやじか」

近づいて来たのは一寸法師である。

「おいおい、そ、そんなところで小便をされてたまるものか。便所はこっちだよ。ええい、やっかいな、じじいだ。ほら、便所はここだ。朝までも、そこでゆっくり小便しねえ」

あっはっはと肩でわらって、一寸法師はまた奥へひきかえすと、いま出て来たへやとはちがったへやから、ひとりの男をひきずり出した。距離があるのでよくわからないが、まだ若い男のようである。

　一寸法師にひったてられて、その男が別の一間へ入っていくのをちらりと見たとき、白髪のおやじのまなざしが、また怪しくギロリと光ったのである。

　ああ、この白髪の怪じじいとは何者であろうか。

鉄仮面の男

　それから間もなく、一寸法師はふたたび便所のまえをとおりかかったが、そこで思わず、ギョッとしたように立ちすくんだ。

　便所のまえの物置から、足が二本、ニューッとのぞいているのである。

「だ、誰だ！　そこにいるのは？」

　声をかけたが返事はなかった。返事のかわりに雷のようないびきの声がきこえてくる。誰かが酔っぱらって、物置のなかで寝ているのだ。一寸法師はやっと安心したように、

「誰だい、そんなところで寝ているのは？」

　物置のなかをのぞいてみると、大の字になって寝ているのは、白髪の怪老人天運堂である。一寸法師はチェッとしたを鳴らした。

「この野郎、世話をやかせるやつだ。こら、起きろ、起きろ、そんなところに寝ているとかぜをひくぞ」

　踏んでもけっても、目をさませばこそ、雷のようないびきは、いよいよ高くなるばかり。

「この野郎、朝まで便所にいろといったら、いい気になってこんなところへ寝ちまやァがった。まあ、いいや、別に毒になるやつでもねえ。いたくば朝まで、ここにいるがいいのさ」

　両足をもって、うんとこさと物置のなかへ押しこむと、ガラガラと戸をしめて、そのまま大きな頭をふり立てながら、チョコチョコと表の酒場へ出ていった。

　それから、一分、二分……物置のなかからきこえていた、高いいびきの声が、急にはたとやんだかと思うと、音もなく物置の戸が、一寸、二寸とひらいていって、そこからのぞいたのは、例の天運堂である。

　しかし、その顔はもう酔っぱらってはいなかった。鋭いまなざしで、じっとあたりの様子をうかがっていたが、やがてソロソロ物置の戸をひらくと、ひらりと中からとび出した。そして、まるで忍者のよう

な足どりで、するすると廊下を奥へすすんでいくと、やがて、ピタリと立ちどまったのは、さっき一寸法師が、若い男をつれこんだへやである。

奇怪な天運堂は、そこの扉にピッタリ耳をつけ、しばらく中の様子をうかがっていたが、やがて何かうなずくと、そのへやのまえをとおりすぎ、ひとつ向うのへやへとびこんだ。

幸いそこはがらんとした、人のいないへやで電気も消えている。しかし、隣のへやとのさかいの壁に、丸くあいた空気抜きから、一条の光がさしこんで、天じょうに明るい円光をえがき出しているのである。

白髪の怪老人、天運堂はしばらく壁に耳をつけ、隣室の様子をうかがっていたが、やがてあたりを見回して、ふと目をつけたのは大きな木のあき箱である。

しめたとばかりに天運堂は目をかがやかせると、その木箱をかかえてきてそっと空気抜きのしたへおいた。そして、二三度木箱をゆすってみたが、思ったよりがんじょうに出来ているらしく、ゆすったくらいではミシリともいわない。

いよいよ、しめたとばかりに天運堂は、物音に気をつけながら、そっと木箱にはいあがり通風孔から隣のへやをのぞいたが、そのとたん、思わず大きく眼をみひらいたのである。

赤いへや——と、さっき一寸法師はいっていたが、なるほど、それはまっ赤なへやだった。壁のはり紙も天じょうも、さては床に敷いたじゅうたんから、隅に垂れたカーテンにいたるまで、それこそ血のしたたるような緋色なのである。

その赤いへやのなかに、いま三人の人物が坐っている。

ふたりはいうまでもなく、義足の男と黒衣婦人だったが、いまひとりの人物というのが、まことに奇妙な風態（ふうてい）をしているのであった。

その男は顔に鋼鉄の仮面をかぶせられているのである。その仮面には、ふたつの穴があいているから、鉄仮面の男も目は見えるらしい。それから、耳も解放されているから、相手のいうこともわかるのである。しかし、口をきくことは全然出来ないのである。

なぜならば、鉄仮面の口のところに仕掛けがあって、なにか鋭いバネのようなものが、しっかり舌の根をおさえているからである。

わかった、わかった、これは一種のさるぐつ

わなのである。泣いたり、わめいたり、助けを呼んだり出来ないように、鉄仮面をかぶせて、舌の根をおさえているのである。おまけにその仮面が顔をかくしているから、誰が見てもこの男の、正体を見やぶることはできないであろう。

ああ、なんという残酷なことであろう。なんという無慈悲なことであろう。

生きながら、鉄仮面をかぶせられた男は、まるで地獄のとらわれびとのようなものである。誰にじぶんの顔を見せて、自分が何者であるか、さとらせることも出来ないのである。誰に自分の身分姓名をうちあけて、助けを求めることも出来ないのである。

おまけにこの鉄仮面の男、両手にがんじょうな手錠さえはめられている。

通風孔から、この奇怪な光景をのぞいた白髪の天運堂は、あまりの恐ろしさ、あまりの残酷さに、思わずちりちりふるえあがらずにはいられなかったが、ちょうどそのとき義足の男が、何を思ったのか、たからかな声をあげて笑った。

「ああ、こりゃァおれが悪かった。いくら返事をしろの、白状をしろのといったところで、その鉄仮面をかぶっていちゃ、口をきくことはできなかったな。こいつはおれのしくじりだ。おい、かおる、ちょっと、そいつの鉄仮面をはずしてやれ」

ポケットから取り出して、ポンとテーブルのうえに投げ出したのは、小さな銀色のカギだった。

「はい……」

黒衣婦人もさすがに恐ろしそうにためらっていたが、それでも、義足の男にどなられるままに、そっとカギをとりあげると、鉄仮面のうしろにまわり、ピンと仮面のじょうをはずした。

と、その仮面の下から現れたのは、おお、なんと、それこそいつか、あの浜辺で、御子柴少年に、黒い皮のケースをことづけた青年ではないか。

おきのどくさま

「あっはっは、鮎沢圭介、気分はどうだね。これで少しははればれしたろう。どうだ、気つけ薬にいっぱいのまんか」

青年の名は、鮎沢圭介というらしい。

鮎沢青年は、憎しみにもえる目で、義足の男をにらみすえたきり、グラスのほうへは見向きもしなかった。

「あっはっは、何をにらむ。いくらにらんだところで、ビクともするようなおれじゃねえぞ。いらんのか、飲まんのか、きさまがのまなきゃ、おれが飲む」

義足の男はひといきに、グラスについだ酒を飲みほすと、いきなりからになったグラスを、床のうえにたたきつけた。

「やい、この青二才。下から出りゃァ、つけあがりゃァがって、いいかげんに白状しろ。きさま、美代子という小娘を、いったいどこにかくしやァがったのだ」

「知らぬ」

ただ一言、鮎沢青年の答えはさわやかである。

「知らぬ？」

義足の男は歯をバリバリと噛みならしながら、

「きさま、あくまでシラを切るつもりか。シラを切って押しとおすつもりか。よし押しとおせるものならとおして見ろ！」

義足の男はくやしそうに、義足の足をコトコト鳴らして、へやのなかを歩きまわっていたが、やがてヒョイと立ちどまると、顔いっぱいにせせら笑いをうかべて、

「しかし、鮎沢、きさまも相当な悪党だなァ。どこの馬の骨か、牛の骨かわからぬ小娘をひっぱって来て、このかたこそ、玉虫伯爵家の、正統のあとつぎ、美代子様でございと、ひと芝居打とうというのだから、いや、若いながらもすごいもンだ。おれなんざ、足もとへもおよぶところじゃねえぜ」

「あのかたはニセ物ではない。まことの美代子様なのだ」

鮎沢青年の声は、あいかわらずさわやかに落ちついている。

「いいや、ニセ物じゃ、ニセ物じゃ、ニセ物にきまっている！」

義足の男はまたせきこんで、

「まことの美代子は、イタリヤからかえりの汽船で、海へおちて死んだのだ」

「きさまがつきおとしたのか」

「なにを！」

「いや、きさまはあの汽船には乗っていなかった。

してみれば、美代子さまを突きおとしたのは、おじにあたる虎彦だったかも知れぬ。しかし、これ、悪人、よくきけよ。美代子さまは海へおちたが、天の助けで無事に漁船に助けられたのだ。そして首尾よくこの日本へ、送りかえされて来られたのだ。だからあの美代子さまこそは、玉虫老伯爵にとっては、正統のお孫さまにあたられるのだ」

ここで一言ことわっておくが、いまの日本に華族はない。したがって伯爵も公爵もあったものではないが、おそらくかれらのいっているのは、元伯爵のことであろう。しかし、ここにはかれらの対話を、そのまま書きしるしておくことにする。

義足の男はせせらわらって、

「なるほど、きさまの話がほんとうなら、あの小娘がまことの美代子かも知れぬ。しかし、玉虫老伯爵は、幼いときから一度も美代子をみたことがないのだ。きさまはなにをもって、あの娘を、玉虫老伯爵の孫だと証明するのだ」

「それは……それは……」

「あの黄金の燭台に、焼きつけられた指紋かえ。なるほど、あれがあれば、美代子の身許を証明することができるかも知れん。しかし、その燭台はいまどこにあるのだ。」

鮎沢青年はそれをきくとニッコリわらった。

「うん、その燭台なら、さる信頼できる人に頼んで、ひとあしさきに東京へ持っていってもらった」

「あっはっは、あの、御子柴進というガキか」

御子柴進という名前が、義足の男の口から出たとき、隣室で立ちぎいていた白髪の怪老人は、思わずうしろへひっくりかえるほども驚いた。どうやらこの怪老人は、御子柴少年を、知っているらしいのである。

「御子柴進……?」

鮎沢青年は、しかし、まだその名を知らぬらしく、ふしぎそうに眉をひそめる。

「そうよ、きさまがケースをことづけた、あのガキの名は御子柴進というのだ。ところで、あのガキが、いまでもケースを持っているかな。あっはっは、おい、かおる。例のやつを出してみせてやれ」

かおるがボストン・バッグをひらいて、黒い皮のケースを取り出したとき、鮎沢青年の総身の毛が、恐怖のためにさっと逆立った。

義足の男は小気味よげに、腹をかかえて笑いながら、

「あっはっは、あっはっは、なんだ、なんだ、その面ァ。……きさまが小僧にことづけた、黄金の燭台は、まんまとおれが横どりしたのよ。この燭台をぶっこわしてしまえば、いやいや、そんなことをするまでもねえ。燭台にやきつけられた指紋を、けずりとってしまいさえすりゃァ、美代子の身許を証明する、証拠はひとつもなくなるのだ。そうなりゃ、玉虫伯爵家の、あのばく大な財産は、みんな美代子のおじの虎彦様のものになるのだ。おい、かおる。ケースをひらいて、ひとつ、黄金の燭台をおがませてやれ」

かおるはケースをひらいて、なかから重たそうにビロードの布につつんだものを取出した。それからふるえる手で、ビロードの布をとりのけたが、そのとたん、三人は、思わずあっと大きく目をみはったのである。

ビロードの布の下から出て来たのは、あの目もまばゆいばかりの黄金燭台であったろうか。いな、いな、いな、そうではなかった。それは殺風景な一個の鉄亜鈴にすぎなかったのだ。しかも、その鉄亜鈴には一枚のはり紙がしてあり、そこには墨くろぐろとこんなことが書いてある。

義足の男にもの申す
おきのどくさま
御子柴　進より

ビンにうつる影

——義足の男にもの申す……おきのどくさま……。御子柴進より
義足の男の失敗を、あざわらうようなその文字は、隣室からのぞいている、白髪の怪老爺、天運堂にも、ハッキリ読みとられた。
天運堂は、びっくりしたように目をみはり、しばらく、その殺風景な鉄亜鈴と、義足の男を見くらべていたが、やがて、何事かをさとったのか、会心のえみをうかべると、
「やったな。進君、でかしたぞ」

と、いかにも愉快そうにつぶやくのである。

ああ、それにしても、この白髪の怪老爺とは何者か。かれは御子柴少年の名まえを知っているのみならず、いかにもなつかしそうに、その名をつぶやくのである。いったい、この怪老人と、御子柴進少年とのあいだには、どのような関係があるのだろうか。

それはさておき、こちらは義足の男と、鮎沢青年、それから黒衣婦人の三人だ。三人が三人とも、キツネにつままれたような顔をして、ポカンと、あの鉄亜鈴をながめていたが、やがて、いかにもおもしろそうにふきだしたのは、鮎沢青年。

「わっはっは！　わっはっは！　こいつはいい、こいつはすてきだ。黄金変じて、鉄となり、燭台変じて亜鈴と化すか。さすがはぼくの見こんだ少年だけあって、なかなか、あじをやりおったな。わっはっは！　わっはっは！」

鮎沢青年が、それみろとばかり、腹をかかえて笑いこけたから、義足の男の、さあ、おこったの、おこらないの、バリバリと奥歯をかみならしながら、

「ちくしょう！　あの小僧め！　こんど会ったら、首根っこをヘシ折るぞ」

と、オリの中の猛獣のように、へやの中を、いきつもどりつしていたが、やがて、

「かおる！」

と、つめたい声で呼ぶと、ピタリと足をとめたのは、黒衣婦人の前である。黒衣婦人はおびえたように、口に手をあて、一歩うしろへあとじさりした。

「ああ、あなた、ゆるして……。あたしはあなたを、バカにしようと思って、こんなものを持って来たのではないのです。黄金の燭台だとばかり思って……」

義足の男は、ギロリと片目を光らせ、

「おれをバカにするつもりじゃなかったと？　しかし、けっかにおいては、同じことじゃないか。きさまは、おれをばかにしたぞ。この青二才の面前で、おれに大恥をかかせたぞ。きさま、よくも、のめのめ、こんな鉄亜鈴など持って来たな」

「でも……それよりほかに、それらしいものはなかったんですもの。あたし、あの子の荷物は、みんな重さをしらべてみました。しかし、黄金燭台らしい重さのものは、ボストン・バッグよりほかになかったんです。これがそうでなかったとすると、あの子は、黄金燭台を持っていなかったとしか思えません

わ」

「あの子が持っていなかったとすると、黄金燭台はどうしたんだ」

「ひょっとすると、小包で、さきに送ってしまったのじゃないでしょうか」

「いいや、そんなはずはない。あいつが、おじの家にいるあいだ、おれはずっとあいつを監視していたのだ。あいつは郵便局へなど、いちどもいかなかったぞ」

「でも……、あの子自身でいかなくても、おじさんか、おばさんを頼んで、持って行ってもらったのかもしれません。ともかくあの子は、汽車の中へは、それらしいものは持ちこまなかったんですわ」

　黒衣婦人は、やっきとなって弁解する。

　御子柴少年が、あの黄金燭台を、どのように処分したにしろ、いまのこの場のなりゆきは、あきらかに、義足の男のまけなのだ。御子柴進少年に、まんまといっぱいくわされたのだ。義足の男は、じだんだふんで、くやしがりながら、

「おのれ、おのれ、おのれ、あのガキ。あの小せがれめ、どうしてくれよう！」

　と、鉄亜鈴のはり紙をひっぺがすと、ズタズタにひきさいて、床の上にたたきつけたが、空気抜きからのぞいていた白髪の怪老爺は、このとき、なんともいえぬほど、みょうなことに気づいたのである。

　前にもいったとおり、義足の男は、大きな片眼帯をかけている。そして、顔中はひげを生やしているので、ほんとの顔はほとんど見えない。ただ、鼻がいやにでかいのと、くちびるのあついのが目につくが、義足の男が、いかりにまかせて、床の上の紙くずをふみにじっているとき、どうしたはずみか、大きな鼻が、はんぶんもげて落ちそうになったのである。

「あっ！」

　と、声をたてそうになるのを、白髪の怪老爺はあわてて両手で口をおさえた。義足の男も大あわてで、くるりと顔をそむけると、いそいで鼻をつけなおす。さいわい、黒衣婦人も、鮎沢青年も、気がつかなかった。

　ああ、なんという奇怪さ、義足の男はパラフィンでつけ鼻をしているのだ。いやいや、鼻ばかりではない。いやに厚ぼったいあのくちびるも、やっぱり

なにかの細工ではあるまいか。そして、あの片眼帯や、無精（ぶしょう）ひげも、みんなほんとの顔をかくすための細工なのではあるまいか。しかも、この男は、なかまの黒衣婦人にすら、じぶんが変装していることを、かくそうとしているのだ。ああ、義足の男――、いったい、かれは何者か。

　白髪の怪老人は、あっけにとられて、その場のようすをながめていたが、こちらは義足の男である。あわてて鼻をつけなおすと、やっと安心したように、デスク（机）の上から、コップと水ビンをとりあげたが、そこで急に、大きく目をみはったのである。水ビンの上に、見なれぬ顔がうつっている。見れば、空気抜きからのぞいている、白髪の怪老爺の顔であった。義足の男は、おもわずそのほうへふりかえりそうになるのを、じっとこらえて、何かを考えている。白髪の怪老爺は、それに気がつかなかったのだ。

（未完）

黒衣の道化師（未完作品）

橋上の二少年

あと二、三日でクリスマスという、十二月下旬のこと、東京ではその冬になって、はじめて雪が降りました。朝の七時ごろから、白いものがちらほら落ちはじめたかと思うと、八時ごろにはほんとうの雪になり、十二時ごろにはからりと晴れた上天気になりましたがそれまでに三寸くらいもつもりました。

その雪のなかを、いましも白木屋のほうから、日本橋のうえへさしかかった二少年があります。ひとりは青柳勇といって、有名な青柳博士の息子さん。青柳博士といえば、たいへんなお金持ちですが、お金持ちとしてよりも、物理学者として有名で、なんでも世界で指折りの学者だということです。そういう偉い学者の息子さんだけあって、勇君もたいへん頭がよく、今年新制中学の三年生ですが、いくいくは、お父さんにおとらぬ学者になるだろうといわれています。

さてもうひとりの少年は、古川太一といって、勇君の親友です。太一君のお父さんというのは、青柳博士の助手をしており、一家そろって青柳家に同居しています。だから勇君と太一君とは、兄弟といってもおかしくないくらいの仲好しです。年は勇君より二つ下の、新制中学の一年生。

今日は学校のお休みを幸いに、ふたりそろって三越へ、クリスマスの贈物を買いにきたのですが、日本橋のうえまでくると、あまり美しい雪景色に、思わず足をとめました、

「勇さん、今年は雪がふるのが早いね」

「ほんとうだね。しかし、この雪のおかげで、今年のクリスマスは、いっそうクリスマスらしくなれる

よ」

「ほんとうにそうなればいいね。勇さんのお姉さんにとっては、今年がぼくたちといっしょに過せる最後のクリスマスなんだから、できるだけ楽しくお祝いしたいね」

「ほんとにぼくもそう思っているよ。お姉さんもお嫁にいけば、もうぼくたちといっしょに、クリスマスをお祝いすることも出来ないんだからね」

「うん、だからぼくも今年の贈物には、うんと心をこめたいと思っているんだよ。勇さんのお姉さんは、ぼくもよく可愛がっていただいたんだからね」

「ありがとう」

　二人は顔を見合せて、笑おうとしましたが、どういうものか笑うことができませんでした。何かしら不安な思いが胸もとにこみあげてきて、二人の顔をくもらせるのです。空はいよいよ晴れてきて、美しい金色の光が、白銀の世界をあたためます。

「それはそうと勇さん、お姉さんのお嫁入りといえば、あのことはどうなったの？」

「あのことって、なにさ」

　勇君はわざととぼけて見せた顔色です。

「ほら、黒衣の道化師のことだよ。このあいだあいつから変な手紙がきたというじゃないの。お姉さまのお嫁入りも、もうあと二週間にせまっているんだから、もっと厳重に、お屋敷をまもっていなければいけないと思うな」

　太一君は心配そうに眉をひそめます。

「ああ、あの黒衣の道化師のことかい。なあに、あれは誰かのいたずらだよ。あんなこと、いちいち心配するのは馬鹿らしいよ」

　そうはいうものの、勇君の顔色にも、やっぱり心配そうな色がうかんでいます。

「それそれ、そのゆだんがいけないのだよ。先生も平気ですましていらっしゃるが、あの黒衣の道化師というやつは、たいへんすばしっこい泥棒で、いままでなんべん、警察のひとたちが、馬鹿にされたかわからないんだって」

「なあに、いかに黒衣の道化師が、神出鬼没の怪盗でも、人間はやっぱり人間さ。そんなに恐れることはないよ」

「勇さんはそういうけど、ぼくはやっぱり心配だな。わざわざあんな手紙をよこしているんだもの、きっと何かやるにちがいないよ」

太一君はそう呟くと、いまにも怪盗、黒衣の道化師のながい手が、首のあたりへのびて来そうに、ゾクリと肩をすぼめました。

予告の怪盗

それにしても、黒衣の道化師とは何者か。この二少年をこんなに心配させている黒衣の道化師とはどういう人物か。そしてまたこの無邪気な二少年が、その人物と、いったいどのような関係があるのでしょうか。ここにはまず、そのことから書いていきましょう。

ああ、怪盗、黒衣の道化師！

誰でもその名をきいて、ふるえあがらぬ者はありません。神出鬼没とはまったくこの怪盗のことでした。日本中の警察が、やっきとなって、追っかけまわしている黒衣の道化師。

あるときは、真っ昼間、堂々とお金持ちの屋敷へ押入って、金や宝をうばうかと思えば、またあるときはホテルへしのびこみ、折から来朝中の、外国の音楽家から、立派な宝石を盗み去る。またあるときは、有名なお寺や神社へしのびいり、大切な国宝類をぬすんで逃げる。

今日東京にいるかと思えば、明日は大阪で仕事をしている。それッ、黒衣の道化師があらわれたと、大阪中に警察の手くばりがされたころには、早くも東京にまいもどって、涼しい顔で芝居を見ているという大胆さ。

誰ひとりこの怪盗の、ほんとの名前を知る者もなければ、誰ひとりこの男が、どこに住んでいるのか知りません。いやいや、それより第一、この男のほんとの姿を見たものは、いままでひとりもないのです。それというのが黒衣の道化師、いつも変装しているからです、あるときは上品な白髪の老紳士に化けているかと思うと、またあるときは、若い運転手に化けています。またあるときは、そばへよるのも気味悪い、乞食に化けて、まんまとお巡りさんの眼を、くらましたこともあるといいます。

それではどうして、そいつが黒衣の道化師だとわかったかというと、いつでも仕事をしていったあとへ、おどけた道化師の仮面をおいていくからです。

その仮面は、あるときはひょっとこだったり、あるときはピエロだったりしますが、いつもおどけたその仮面が警官たちをあざけるように、おき捨てられてあるのです。

さてこそ、人呼んで黒衣の道化師。

その道化師から、ちかごろ、勇君のお父さんの、青柳博士にむかって、つぎのような手紙が来たのです。

それは青柳博士の令嬢、つまり勇君のお姉さんにあたる富子さんが、ちかくお嫁入りするという記事が、新聞に出てから、二三日のちのことでした。

> 青柳博士よ
>
> 来春早々お嫁入りする、あなたの令嬢、富子さんに方々よりおくられたお祝物のことが今日の新聞に出ていたが、私はそれを読んでたいへん興味をおぼえました。わけても富子嬢が伯母君、白石夫人よりおくられた、ダイヤの首飾のことが強く自分の注意をひきました。こういう立派な首飾を、たかが十九や二十のお嬢さんに、持たせておくというのは、まことにもったいないことです。富子嬢としてもこういう立派な首飾をもっていては、心配で心配で、夜もおちおち眠れないことだろうと思います。それではあまり気の毒ですから、自分はこの心配の種をとりのぞけてあげようと決心しました。そこで来る二十四日、即ちクリスマスのまえの晩に、私はお宅へ首飾をいただきに参上するつもりであります。

と、以上のような人をくった文章のあとに、べったりおしてあるのが道化師の仮面です。

青柳博士はそれを読むと、フーンとうなりましたが捨ててもおけないのでそのことを、さっそく警視庁へとどけました。そのとどけをきいて驚いたのは警視総監をはじめとして、黒衣の道化師の事件を専門に、あつかっている等々力警部です。

怪盗、黒衣の道化師が、あらかじめ盗みに入る時と場所を、知らせてよこしたのはこれがはじめてではありません。いままでにも、たびたびあることでしたが、しかも黒衣の道化師は、いちどだってその約束を、たがえたことはありません。また、いちどだって失敗したこともないのです。

　いつどこそこへ盗みに入ると予告をすれば、たとえ警官たちが十重二十重と、ねらわれている家をとりかこんでいようとも、きっとどこからかやってきて、覘っているものを奪って逃げるのでした。そしてそのあとに、いつもきまって残っているのが、ひとを小馬鹿にしたような道化師の仮面です。

　いったい、どこから入ってどこから去るのかさっぱりわけがわかりません。まるで風のようでした。いや、風よりももっと悪いのです。何故といって、風は盗みをしないから。

　ああ、神出鬼没の黒衣の道化師、かれはいったい鬼か魔者か。

「なあに、黒衣の道化師だってただの人間だよ。どこからか入ってきて、どこからか出ていくのだ。ただ、誰もその出入口を知らないだけのことなのさ。黒衣の道化師だけが知ってる、秘密の出入口が、きっとどこかにある筈なのだ」

　勇君は以前から、かたくそう信じてうたがいませんでした。だからこのあいだから警察のひとびとが何もしないでただうろうろと屋敷のまわりをうろついているのが、まことにふがいないように思われてなりません。あんなにうろうろしているあいだに、秘密の抜孔でもさがせばよいのに……

「太一君、もうその話は止しましょう。それよりも早く三越へいって、買物をすまそうじゃないか」

　勇君がそういって歩きかけたときでした。

　白木屋のほうからけたたましい呼笛の音がきこえてきたかと思うと、何やら真っ赤なかたまりが、雪を蹴って、宙をとぶように走って来るのが見えました。

　見るとそれは赤い服を着たサンタクロース。

　勇君と太一少年は、それを見ると、何事が起ったのかと、思わずそこに足をとめました。

黒衣の婦人

　だが、それより少しまえのことでした。日本橋のうえに立っていたおまわりさんは、若い婦人に声をかけられました。

　その婦人というのは、頭から足のさきまで黒ずくめのみなりをした、上品な美人でしたが、おまわりさんはそのひとが、三越のほうからやってきて電車道を横切ろうとするところから見ていました。と、そのとき横合いからとび出してきたトラックが、あやうく婦人をはねとばしそうになりましたから、

「危い！」

と、そばへとんでいったおまわりさんは、やっとのことで婦人をかばうと、

「こら、気をつけんか、危いじゃないか」

と、トラックの運転手を叱りつけました。

「へえ、どうもすみません、雪でタイヤがすべったもんですから……」

「いかんじゃないか。今日のところは大目に見てやるが、以後、気をつけんといかんぞ」

「へえ、どうもすみません」

　トラックが立去ったあとで、おまわりさんに助けられて、安全な歩道へうつされた黒衣の婦人はしんから嬉しそうに、

「どうも有難うございました」

と、ていねいに礼をいいます。

「いや、なに、このへんは交通事故の多いところですから、注意せんといけませんな」

「ほんとうに。……十年ぶりに東京へかえってまいりましたら、まるで西も東もわからなくなってしまいまして……」

「はあ、十年ぶりで……それじゃ迷うのも無理はありませんな。何しろ日進月歩で、東京のかわりかたははげしいですね」

　おまわりさんは、まるで東京が、じぶんのものであるかのように自慢をします。

「ほんとうですわ。それに以前東京にいたといっても、まだ十五でしたものね。それから父が役所のつごうで、九州のほうへいったものですから、すっかり田舎者になってしまって……」

　この婦人は、あやういところを助けられたのが、よほど嬉しいと見えて聞きもしないことまでも、おまわりさんに話します。

「ときに、これからどちらのほうへ……」

「はあ、神田へまいろうと思いまして……神田へいくには、こちらへいけばよろしいんでしたわね」

　神田へいくとすると、まるで反対の方角へ来たわけです。おまわりさんはそのことを教えてやろうとしましたが、そのときでした。鋭い呼笛の音がきこ

えたのは。……

「やっ、呼笛が鳴っているぞ」

「あら、あら、なんですの」

「何か事件が起ったのです。ちょっと失礼」

「事件ですって？　まあ、どうしましょう。何かこわいことが起ったんです」

　婦人はおろおろしながら、まっさおになって、おまわりさんにしがみつきます。

「いや、あなたは何も心配することはありません。どっかそのへんに控えていて下さい」

「だって、だって、だって、あたしこわいわ。そうそう父もそう申していましたわ。東京というところは、生馬の眼をぬくというほど、油断のならぬところだからよくよく気をつけなければいけないと。ああ、あたし、こわいわ、こわいわ、どうしましょう」

　婦人はいまにも泣き出しそうな顔をして、いよいよ強く、おまわりさんにしがみついてきましたから、さすがのおまわりさんも、すっかりとほうに暮れました。

「弱ったな、どうも……いや、何もあなたに関係したことではありませんから、そんなにうろたえなくてもいいですよ。どこかで同僚が合図をしているんです。誰だか知らんが、ここを通すなという合図です」

「まあ、誰がここへ来るんですの。悪いやつが逃げて来るんですの、スリですか、泥棒ですか、それともあの、あそこへ来たのがそれではござ

いませんか。ああ怖い！」

　婦人は夢中になって、お巡りさんにしがみつきましたが、そのときでした。白木屋のほうから雪を蹴立ててとんで来たのが、真赤な衣裳のサンタクロース。それもひとりではありません。あとからもうひとり、同じようなサンタクロースが……

二人サンタクロース

「おや、なんだろう」

「サンタクロースの競走かしら」

三越のほうへいきかけた、勇君と太一少年も、足をとめてそのほうを見ています。

　真白な雪をけたてて、真赤なサンタクロースが、ふたりまで走ってくるのですから、誰しも不思議に思わずにはいられません。

　真赤な服に真赤なズボン、真赤な三角のトンガリ帽に大きな袋をしょったサンタクロース。白い眉から白い髯、何から何まで、すっかり同じ二人のサンタの爺さんが宙をとぶように走って来るのですから、日本橋の大通は、たちまちいっぱいのひとだかり。

「なんだ、なんだ、あれは……」

「なに、どこかの宣伝さ。クリスマス大売出しのマネキンだよ、きっと」

「そうかしら、おや、うしろから来るサンタクロー

スが、へんなことをいってるぜ」

なるほど、あとから来るサンタクロースの声をきけばその男を逃がすな、そいつをつかまえてくれというふうに、聞えなくもないのですが、何しろ、息を切らしているのだし、ヤジ馬がワイワイいいながらついてくるのでハッキリしたことは聞きとれません。

勇君と太一少年も、不思議そうな顔をして、ちかづいてくる二人のサンタクロースを見守っていましたが、そのうちにとうとう、さきに立ったサンタクロースが、日本橋のうえにさしかかりましたが、そのときには、あたりいっぱいのヤジ馬で、まえにもうしろにも動くことができなくなりました。

すると、さきに立ったサンタクロースは、つかつかとおまわりさんのそばへよって来て、

「ちょっとここを拝借します」

と、お辞儀をすると、あとふりかえって、

「みなさん、そこをのいて下さい。お手間はとらせません、すぐすみますから」

と、大声でどなったから、むらがるヤジ馬は、おやとばかりに顔を見合せています。

「おい、自動車、そこへとまってカメラはいいね。いまの追っかけの場面、うまくとったろうね。おお春山君、君はなにをボンヤリしているんだね。用意はいいかね」

「あら、すみません。はあ用意はできております」

と、まえへ進み出たのは、意外にもさっきの黒衣の婦人でした。

「よし、それじゃ、皆さん、ちょっとの間ですから……カメラ、用意！」

サンタクロースの叫びをきいて、むらがる人々もはじめてわけがわかりました。

「なんだ、映画をとるんだよ」

「そうだ、そうだ、どうも変だと思ったよ。きっと喜劇だね」

「いや、活劇だよ、探偵劇かも知れない」

「そうだ、そうだ、やっ、そこへ第二のサンタクロースがやってきたよ」

見物がそう叫んだとき、息せき切ってかけつけて来た第二のサンタクロース。第一のサンタクロースの姿を見ると、

「この野郎」

と、おどりかかりましたが、それをひらりとかわした第一のサンタクロース。

「うまい、うまい、その調子、おい、春山君、用意はいいね」

と、いいながら、第二のサンタクロースを、ものの見事に投げ倒しました。

おまわりさんは眼をまるくして、

「あんた、あの男を御存じかな」

「はあ、あのかた、わたしどもの会社の監督さんで役者もなさるんです。今日ここで、映画をとることになっていまして……」

「でも、あんたはさっき、九州から上京してきたばかりだといったようだが……」

「ほほほほほ、あれがあたしの役ですの。九州から上京した娘が、ここで悪者と格闘するという映画ですのよ。あたしちょっとけいこしてみたのですが、田舎娘に見えまして？」

「いや……ああ、これはこれは……」

「ほほほほほ、ごめんなさい。それではあたしの出番ですから」

雪のうえでは二人のサンタクロースが、組んずほぐれつ格闘している。スルスルとそのそばへよった黒衣の婦人、ポケットから大きなハンケチを取り出すといきなり第二のサンタクロースの眼かくしをしたから、

「こら、何をする！」

と、もがもがしながら、

「みんな、なにをしてるんだ。手をかしてこの男をつかまえんか。こいつは、こいつは……」

だが、そのとき、第一のサンタクロースが、やにわに口へハンケチを押しこんだから、あとは何をいっているのかわかりません。第一のサンタクロースは、ゲタゲタ笑いながら、背中の袋から、ふとい綱を取出しました。そしてまたたく間に、第二のサンタクロースに猿ぐつわをはめ、がんじがらめに縛りあげると、そのからだを、ポンと袋の中にほうりこんで、よいしょとばかりにかつぎあげたから、群集は思わずドッと笑いました。

それはそうでしょう。サンタクロースがサンタクロースを袋詰めにするのですから、こんなおかしなことはありません。

「それ、ごらん、やっぱりこれは喜劇だよ」

「うん、そうかも知れないね」

見物がワイワイいっているところへ、一台の自動車がやって来ました。サンタクロースは袋をかついだままそれに乗ると、

「春山君、早く来給え、つぎは浅草だが、日が短いから大急ぎ、大急ぎ」

と、黒衣婦人をせき立てて、そのままいずこともなく立去りました。呆気にとられた見物に、おどけた身振りで挨拶しながら。……

勇少年の覚悟

自動車が見えなくなると、見物人も一人去り、二人去り、日本橋のうえもようやく交通が復活しました。おまわりさんは狐につままれたような顔をしてブツブツいいながら、もとの場所へかえっていきます。

「勇さん、さあ、いこう」

「うん」

勇君はなんとなく、腑におちぬ顔をしています。

「勇さん、どうかしたの」

「太一君、いまのあれ、ほんとに映画をとっていたんだろうか」

「どうして？」

「だって、カメラがどこにも見えなかったじゃないか」

「カメラなら、きっとあの自動車のなかにかくしてあったんだよ」

「そうかしら。でも、映画をとるには、とても光線が大事なんだよ。せんに日比谷で映画をとってるところを見たが、助手みたいなひとが、いちいち俳優に光線をあてたよ。それにあとから来たサンタクロース、変なことをいってたが、あれもやっぱりお芝居かしら」

「そうだろう。ああしてお巡りさんが見てたんだもの、怪しいことはないと思うがなあ」

「そういえばそうだけど……ははは、ぼくは今日、よっぽどどうかしてるんだね」

勇君はなんとなく、気になる笑いかたをしましたが、そのときでした。またもや呼笛が聞えて来たかと思うと、向うのほうから息せき切ってやって来たのは三人のお巡りさん。

「おいおい、高橋君」

と、頭だったひとりが、橋のうえのお巡りさんに息はずませて声をかけました。

「どうした、さっきのサンタクロースは？」

「え、ああ、あの映画俳優ですか」

「映画俳優だって？　おい、君は何をいってるんだ。寝ぼけちゃいかん。さっきからあれほど呼笛を吹いているのがわからんのか」

「だって、だって……」

と、高橋巡査はヘドモドしながら、

「それじゃあれは、映画俳優では……」

「馬鹿なことをいっちゃいかん、それじゃ君は、あいつを取逃がしたんだな」

追っかけて来たお巡りさんは、じだんだふんでくやしがります。

「でも、でも……あいつ映画をとるんだといって……それに、きれいな女優がここに待っていて……」

「なに、女……？　ああ、黒ずくめのみなりをした女だろう。それじゃ高橋君、君はまんまと、いっぱいくわされたな」

「え、え、なんですって。それじゃあのサンタクロースは……ああ、サンタクロースは二人いましたよ。悪いやつはどっちなんですか」

「むろん、はじめに来たやつだ。あとから追っかけて来たのは、等々力警部殿だぞ」

「え、え、え！」

高橋巡査はあまりの驚きに、バネ仕掛けの人形みたいにとびあがりました。

「そ、そ、それはたいへん、それじゃ警部殿はしばられて、もうひとりのサンタクロースの、袋につめられていきましたよ」

「バ、バ、馬鹿！　キ、君はそれをぼんやり見ていたのか」

「だって、だって、映画をとってるんだとばかり思っていたもんですから。……しかし。部長どの、あいつはいったい何者です。あのサンタクロースは……？」

「君にはまだわからないのか。あれこそいま評判の黒衣の道化師だ。そして、女というのは道化師の妹だぞ」

それを聞いて高橋巡査は、ひっくりかえるほど驚きましたが、それよりもっと驚いたのは、勇君と太一少年。

ああ、それではあれが黒衣の道化師だったのか。それにしても、なんという抜目のないやつだろう、警部に追われて、絶体絶命というせとぎわに、思いついたのが映画の撮影、それでまんまと人々をあざむいたばかりか、逆に警部をとりこにしていったのです。

「太一君、やっぱり君のいうとおりだ。あいつはひととおりや、二通りの悪者ではなかったのだ。しかし……しかし、いまに見ていろ。向うが向うなら、こっちにもそれだけの覚悟があるぞ！」

勇君はそういって、きっと唇をかみました。

ああ、こうして紅顔の勇少年と神出鬼没の怪盗とのあいだに、手に汗握るような智慧くらべの幕が切っておとされようとしているのです。

（未完）

巻末資料

『真珠塔』(1954年版)まえがき

角川スニーカー文庫版解説　図子 慧

角川スニーカー文庫版解説　菅 浩江

『真珠塔』(一九五四年版)まえがき

はじめに

つぎの時代をせおって立つ少年に、なにがいちばん必要かといえば、それは飛躍する心である。

少年に飛躍する心があってこそ、世の中は進歩していくのだ。子供のくせに、いやにすくんでいるのは感心できない。もちろん、はめをはずしすぎ、周囲に迷惑をおよぼすことはいけないが少年はすべからく正しい夢を持ち、正しい夢の実現にむかって飛躍する心を持たねばならぬ。

そういう意味で探偵小説は、少年にとってもっとも適当な読物であると私は信じている。そこには子供のいちばんあこがれる奇抜(きばつ)な夢と、その夢をとく科学的な知識がいつも用意されている。そしてまた、何が正しくないかということも、説かれているはずである。

それにもかかわらず、とかく探偵小説といえば、世の父兄たちに、眉(まゆ)をひそめさせるのは、父兄たちの誤解もあろうが、またいっぽうに、それだけよくない探偵小説が、たくさん、今までにあったからだろう。

私が子供むきの探偵小説を書くばあい、いつもそれに気をつけている。子供にわるい感化をあたえはしないかと、私がいちばん気をつけるのはその点である。

「真珠塔(しんじゅとう)」を書くばあいもそうであった。

私はこれによって、少年たちに快(こころよ)いしげきをあたえ、そのしげきのなかから、飛躍する心をみちびこうと考えたが、そのしげきが強くなりすぎ、少年たちの心に、暗いかげや、いやなあとあじを残すことを、このうえもなく警戒した。

少年たちはこの「真珠塔」を読むことによって、きっと正しい夢や、飛躍する心をやしなっていくことができるだろうと信じる。

横溝正史

角川スニーカー文庫版解説

『怪人魔人仮面の怪盗』

図子慧

　今は死語同然になってしまったけれど、かつて少年小説なる文学の一ジャンルがありました。

　少年小説といっても、一字余計なあの美少年小説とは関係なく、明治から戦後しばらくにかけて、日本の少年少女たちの知的娯楽の中心であった、冒険活劇に満ちた健全な小説群のことである。

　もっとも、わたしのような邪な人間が読めば、妙に熱すぎる友情物語もないではないのだが、とにかく戦後、少年雑誌を媒体とした少年小説は漫画とテレビの台頭によって衰退しジャンル名としては消えた。

　わたしが小学生になったときには、少年むけの小説雑誌は、もうなかったと思う。大正から昭和にかけて、多くの少年小説の傑作を送りだした『少年倶楽部』（戦後は『少年クラブ』と改名）の休刊が一九六二年。その翌年、『鉄腕アトム』の放映がはじまった。

　しかし、少年小説の一部はなんとか生き残っていたのである。各家庭の物置や図書館の忘れられた棚に、そして、少年探偵物がまだ健在だった。ルパンにホームズ、日本物なら乱歩と横溝正史である。小学生だった私は、ボロボロの本を夢中になって読んだものだ。

　横溝正史のデビューは大正十年。十九歳のときである。デビュー作の『恐ろしき四月馬鹿』は今でも文庫として読むことができる。げに早熟の天才である。

　神戸で生まれ育ち、実家が薬種商で、自身、薬学専門学校を卒業した横溝正史は豊富な科学知識を持ち、時代の先を見越した感覚の持ち主だった。

　なんてことを書くと、あ、そうと簡単に読み飛ばされてしまいそうだが、七十年たっても、子どもが読んで面白いと感じる小説を書くのは、奇跡の才能なのである。

　横溝正史は、読みやすく平易な表現で探偵小説を書いた。読み手を誘いこむ語り口のうまさ、キャラクター造形の巧みさは、『青髪鬼』においても発揮されている。

かれの作品においては、どんな悪党でも、嫌悪感を抱かせない。悪党白蠟仮面にしても、なんだか嫌いになれないのである。とりわけ水責めのシーン（！）が、わたしのお気に入りである。少年探偵と水責めの地下室というのは、切っても切れない間柄だが、一緒に溺れそうになった間抜けな怪盗の話を読むのははじめてである。

妙にかわいいヤツだと思いませんでしたか、あなた。

閑話休題。

このあたりで、少年探偵物と怪盗について、おさらいをしておこう。

少年小説において、怪人奇人魔人に○○仮面は、そのころワープロがあったなら一発変換ができるほど少年小説で常用された単語であった。なぜ、そんなに使い回されたかというと、当り前のことだが、そういうタイトルをつけたものがよく売れたからである。

今も昔も大人むけの小説を書くより、ティーンむけの小説を書くほうが、「食える」確率が高いという状況は変わらなかったようだ。

探偵小説の場合は、そこに探偵小説というジャンルがまだ確立されてないという事情があった。当り前だが、明治以前の日本に探偵小説はなかったのである。作家も読者もいなかった。

輸入物である探偵小説をいかに日本社会に認知させ、作家を育てて、食えるだけの市場にするかは難しい問題だった。そのころ少年小説の世界では、一時期はやった海洋冒険小説が日本の敗戦とともに頭うちになっていた。新しい冒険の物語を求める少年読者のニーズに、都市型の探偵小説という新奇なジャンルはぴったりと合ったのである。

そして、怪人魔人○○仮面が活字世界で跋扈することになった。それまでの『秘境魔境』だの『熱帯海底魔』といった冒険怪奇物のかわりに、怪人が都市に出現したわけである。

横溝正史も『怪人魔人』『仮面の盗賊』、そしてこの御子柴少年のシリーズ『白蠟仮面』などを書いている。乱歩の怪人二十面相については紙面をさく必要もあるまい。映像の世界でも、多羅尾伴内や月光仮面が活躍していた。読者のほうも心得ていて、怪盗がだれかに変装して現われれば、すぐにピンとくる仕掛になっていた。

子どものころは、読み手にすぐわかることが登場人物たちに見抜けないことが不思議だったが、今は読者へのサービスだったことがわかる。

作家は、子どもがハラハラしながら読んでいることを想像しながら、文章を書いたのだ。さぞかし幸福な気分だったろう、と思う。

『青髪鬼』は、昭和二十八年、『少年クラブ』誌の一月号から十二月号にかけて連載された。連載時のタイトルは、『大宝窟』。翌年の四月、改題して偕成社より発刊となった。

御子柴少年と三津木俊助のコンビと、白蠟仮面が対決する探偵小僧シリーズの一作である。

両者はすでに顔なじみで、御子柴少年と白蠟仮面がガラス工場でばったり出会ったときなど、白蠟仮面は「ああ、きさまは探偵小僧だな」なんて声をかけたりしている。工場は隅田川をむこうにわたったところ、と描写されてるから、墨田区にでもあったのだろうか。

このシリーズには『白蠟仮面』『探偵小僧』などいくつかの作品がある。

『廃屋の少女』『バラの呪い』『真夜中の口笛』の三編は、いずれも少女を主人公とする作品である。初出誌は不明だが、どれも薬学学校出身の正史らしい科学知識が小味を効かせた好短編である。

熱気球を使った誘拐が刺激的な『廃屋の少女』、種あかしになるから詳しくは書かないが、ホームズ物の某作品をほうふつさせる『真夜中の口笛』。なかでも少女小説の定石を踏まえて、白眉なのは『バラの呪い』である。

全校生徒のあこがれ、バラとユリの花のような二人の美少女のうるわしい友情。突然、親友が謎の死をとげたあと、自らの死をも覚悟して約束を守りぬく主人公の姿は、吉屋信子の『花物語』の世界を思わせ、なやましく色っぽい。

ヒロインごときの楚々たる美少女たちが現実の女子校に実在していたかどうか、わたしは確信を持てないでいるのだが、『バラの呪い』に描かれたような少女らしさの概念が、少年小説が消えたころと時を同じくして消失したのはまちがいない。

女たちは閉じこもるのをやめ、古い女らしさの観念を説く物語を拒絶するようになった。同様に、子どもたちも、戦前と似たりよったりの冒険と活劇だけの物語に飽きて、離れていったのである。

少年小説は表舞台から消えた。しかし、少年小説の主人公たちは、いまだに生きのびているともいえるのではないか。漫画やファンタジーやＳＦや少女小説の中に。名前も顔もちがう御子柴少年や三津木俊助が今も元気に活躍している。白蠟仮面たちも不可欠な存在であろう。

子供たちが、もっと理不尽な現実の悪を認識する前に、その姿をチラリとだが、みせてくれるからだ。

資料として三一書房の『少年小説大系』七巻少年小説集を参考とさせていただきました。

初出誌につきましては、調べてくださった角川書店書籍第一編集部嶋田和雄様、他の方々に感謝いたします。

『青髪鬼』（一九九五年）所収

文中の「廃屋の少女」「バラの呪い」「真夜中の口笛」は、本選集では第五巻『白蠟仮面』に収録。

角川スニーカー文庫版解説

菅　浩江

　みなさんは昭和二十九年の初代「ゴジラ」を見たことがありますか？　志村喬・河内桃子・平田昭彦が出ていた白黒の映画です。この本に収録されている「真珠塔」も「獣人魔島」も、あの頃のお話です。「ゴジラ」の中に描かれている生活は落ち着いています。河内桃子はさっぱりした洋服を着て、小綺麗な日本家屋に住んでいました。その頃の日本はようやく敗戦から立ち直ろうとしていたそうです。朝鮮戦争の特需景気も手伝って、繁華街にはどぎつい色のネオンも甦っていました。グラマラスなボディの車がバックファイアを響かせて砂利道を走り、「茶色の小びん」という軽快なジャズが流行ったり、喜劇やミュージカルが華やかに上演されたりもしていました。

　けれどあの映画はまた戦争の尻尾を引きずってもいました。響き渡るサイレン、放射能に対する冷徹な描写などからそれがうかがえます。当時の資料写真を見ると、下町にはバラックが密集し、橋の上では傷痍軍人さんが蹲っています。映画の中でガイガーカウンターを突きつけられた女の子と同じの、ぼんやりした視線をカメラに捧げている戦災孤児たちのショットもあります。

　ジャズの浮き足立ったリズムで急速に復興していく原色の町がある一方、個人個人の力ではどうにもならなかった恐怖がいまだ胸の中に影を残す、そんな時代。シャンデリアが輝くお金持ちの邸宅から一歩出ると、辻の向こうにはトタン屋根が軒擦り合わせて固まっている、そんな時代。

　文明の光と原初の闇。両者の織り成す混沌とした世情。逞しさと悲哀とを兼ね備えた市井の人々。

　この本にあるような正体不明のおどろおどろした者たちが忍び寄るには、まことに好都合ではありませんか。

　さあ、初代「ゴジラ」の時代を思い描いて「真珠塔」を読んでみてください。

　電柱はまだ黒ずんだ木製です。街灯は三角錐の帽子を被った頼りない卵色の光です。その深夜の空を

〈いずこからいずこへともなく飛んでいくという、あの奇怪な金色の蝙蝠〉が、〈そのつばさから、鬼火のような青白い光りをはなって〉はらはら動いているのです。

隅田川も今のようにコンクリートの護岸で固められてはいなかったでしょう。自動車のヘッドライトなど、もちろん、滅多に流れてくるものではありません。土と水の香りが充満する闇の中、ねっとりした墨のようにも思える川面を切り裂いて〈流星のようにすべっていく、あやしのランチ〉があるのです。そしてランチの中には〈胸に金蝙蝠のしるしをつけた黒装束の男がのっていた。しかも、そのランチのうえには、数十ぴきの金色蝙蝠が、蛍のようにむらがり飛んでいた〉というのです。

射殺されたミュージカルスターのハンドバッグからは、血ぬられたようなまっ赤な封筒。仮装の紳士淑女でごったがえす夜会には、清らかに輝く真珠の塔。

「獣人魔島」においても、薄気味悪くも一種華やかに思える世界が展開されています。怪しい科学者の家から運び出される大きなトランク、長く無人島になっていたその名も骸骨島、絶壁で吠え猛る獣の影、黒いとんがり頭巾にしゃれこうべのマークの入った服を着込んだ男たち、油煙玉、パーティーの気球、万国旗、そして真珠の宝船。

この二篇で活躍するのは、中学を出てすぐに新聞社の給仕になった聡明で血気盛んな少年です。彼を「探偵小僧」と呼んで見守るのは憧れの敏腕記者。上品な言葉を使う可憐な少女も、囚われの身となる兄妹も登場します。

怪奇と耽美と浪漫とが混じりあったこのいわく言いがたい雰囲気は、残念ながら現代にはありません。都市はしらじらと明るいばかりで、コウモリの怪人も謎めく仮装舞踏会も似合いません。けれど、古き良き道具立てにぞくぞくうっとりする気持ちを懐古趣味の一言で片付けるにはあまりに惜しい気がします。事実、今の世の中なんてつまんない、と残念がることはないのです。横溝正史は「真珠塔」を次のような文章で書き起こしているのでした。

〈世の中が進歩するにしたがって、昔のようなばかばかしい、お化や幽霊の話は少なくなります。いまどきそんな話をしたら、子供にだってばかにされましょう。
しかし、それでは、この世からふしぎなことや怪しい事件が、まったくなくなったかというと決してそうではありません。人間が好奇心だの、恐怖心だのをうしなわないかぎり、この世から怪しい話や、ふしぎなうわさの種は、つきるということはないものです〉

初代「ゴジラ」の時代に書かれたこの冒頭部分は、現代にも響く言葉です。コンビニエンスストアが並び建ち夜の闇は薄っぺらくなってしまってはいますが、私たちが好奇心だの恐怖心だのを持ち続けている限り……そして、怪しいものと美しいものへの時代を超えた浪漫を感じ続ける限り……横溝正史の物語は新鮮な読書の歓びを私たちに与えてくれるのです。

現代にも色褪せない怪奇と耽美と浪漫。これはおとな向けの横溝作品にも共通する魅力です。戦前に書かれたおとなものの短篇はいっそうその傾向が濃厚です。戦後、海外ミステリ特にディクスン・カーに影響されてからは本格的な推理小説を多く発表しましたが、やはり全篇に漂う幻想怪奇趣味は薄れず、むしろ論理と妖しさが結び付いて互いが互いを磨きたてるかのような素晴らしさです。少年向けでも活躍した三人、敏腕記者三津木俊助、元警視庁捜査局長の由利麟太郎、あまりにも有名な私立探偵金田一耕助といった面々が、どんな幻想に立ち会いそれをどのように論理で解体していくのか、見逃せないところです。

おとな向けを読んでいくに従って、みなさんは横溝正史がこだわるさらなる道具に気が付くことと思います。たとえば蠟、たとえば美青年、たとえば人形、夜光虫に井戸、傷んだ肉体、呪われた血族といったものに。

彼がとりわけ執着していたのは蔵でした。着る者のいなくなった振袖や古い簞笥、用を終えた家財や草双紙の束がひっそりと眠る、暗くひんやりした蔵。明るい外界に囲まれて時間と闇を溜めるその空間こそ、現代における横溝作品そのものであるように思えてなりません。

ページを開くと、蔵の扉も軋んで開きます。内部は心地好く冷たく、怪しい話やふしぎなうわさの種がたくさん詰まっています。蔵の中から流れ出るのは、懐かしい香りを伴ううるわしき闇。過去の風俗を知らずとも、夜道が煌々（こうこう）と明るかろうとも、スレート屋根や断熱材にとりまかれて住んでいようとも、そのしっとりとした漆黒（しっこく）は時を超えてあなたの足元におどろおどろしく寄せてきてくれます。あなたが文明の光の中でも好奇心や恐怖心をうしなわない限り。

いえ、むしろ……現代社会が人工の光に溢（あふ）れているからこそ、横溝の蔵にたゆたう原初の美しい闇は、必ず、あなたの奥深くに潜（ひそ）む小暗（おぐら）いものに呼応するはずなのです。

『真珠島・獣人魔島』（一九九五年）所収

編者解説

日下三蔵

横溝正史の少年少女向けミステリをオリジナルのテキストで集大成する柏書房の《横溝正史少年小説コレクション》、第四巻の本書には、新日報社の花形記者・三津木俊助と探偵小僧の御子柴進少年が活躍する長篇三作に加えて、ノン・シリーズの短篇五作、中絶作品二作を収めた。

三津木俊助は由利先生シリーズでは、先生の助手としてワトソン的な立ち位置のキャラクターだが、単独で活躍する事件もあり、活劇シーンの多い少年ものでは、金田一耕助や由利先生よりも登場作品数が多い。

御子柴少年は戦前の『幽霊鉄仮面』登場時は「十四五歳の少年」、戦後の『夜光怪人』では十六歳で「この春、新制中学の三年生になったばかりの少年」と紹介されている（いずれも本シリーズ第三巻『夜光怪人』に収録）。

これが本巻の収録作品では、中学を卒業して新日報社に給仕として入社しており、三津木俊助とコンビで活躍することになるのである。江戸川乱歩の《少年探偵団》シリーズにおける明智小五郎と小林少年のような関係だが、やはり少年ものでは読者が感情移入できる同世代のキャラクターがいた方が都合がいいのだろう。

『青髪鬼』は大日本雄弁会講談社の児童向け月刊誌「少年クラブ」に一九五三（昭和二十八）年一月号から十二月号まで『大宝窟』のタイトルで連載され、五四年四月に偕成社から『青髪鬼』と改題して刊行された。

「読売新聞」に五二年十二月から五三年四月まで連載された三津木・御子柴ものの絵物語「探偵小僧」（論創ミステリ叢書『横溝正史探偵小説選V』所収）に続いて怪盗・白蠟仮面が登場する。五三年には芳文社の「野球少年」に『白蠟仮面』（本シリーズ第五巻『白蠟仮面』に収録予定）も連載しており、白蠟仮面を怪人二十面相のようなライバルキャラとして使っていくつもりだったのかもしれない。

連載期間の重なっている三作の作中での時系列が気になるところだが、乱歩の《少年探偵団》シリーズも、戦後は三〜五誌で並行して連載されていたので、リアルタイムの読者は「お馴染みの怪盗と探偵の物語」として、それぞれを楽しんでいたものと思われる。

五二年の一年間、「少年クラブ」に連載されていた『金色の魔術師』（本シリーズ第二巻『迷宮の扉』所収）の最終回（十二月号）掲載ページ末尾には、以下のような予告があった。

> 大熱狂の「金色の魔術師」のあとをつけて、横溝先生がお書きになる探偵小説！
> 大宝窟
> 少年名探偵の活躍に、事件は奇々怪々、すばらしいおもしろさです。
> 新年号をご期待ください。

「あとをつけて」は少々おかしいが、「あとをうけて」の意か。新年号予告大会のページには、山岡荘八の熱血小説「泣くな太陽」、久米元一の冒険小説「湖底の王冠」、角田喜久雄の時代小説「黒潮少年」、池田宣政（南洋一郎）の名作翻案「海の子ロマン」などと並んで「少年探偵が活躍する冒険探偵小説大宝窟」とあり、以下のような「作者のことば」が掲載されていた。

こんどの、小説の主人公、御子柴進君は、新聞社の小僧さんです。この新聞社の腕きき記者が、いきなり、なにものともしれぬ人物に殺されるところから、この小説ははじまります。おそわれた新聞記者のにぎっていた、くもの巣のような奇妙な暗号文は、なにを意味するでしょうか。世にかくれた大宝窟とは、いったいなにか。殺された新聞記者の復讐のために、少年ながらも敢然とたった御子柴君のまえに、いったいどのような秘密がくりひろげられていくのでしょうか。たのしみにしてお待ちください。

『青髪鬼』
偕成社（54年版）カバー

『青髪鬼』
偕成社（71年版）カバー

他に雑誌自体の次号予告には「新聞社に怪事件おこる。くものすの暗号をとく少年探偵！」とあり、「新年号に連載を書かれる先生がた」というグラビアページにも登場している。写真に添えられたキャプションは、「「大宝窟」の横溝正史先生」であった。

この作品の刊行履歴は、以下の通り。

青髪鬼　54年4月　偕成社
青髪鬼　55年3月　偕成社
青髪鬼　71年7月　偕成社（ジュニア探偵小説21）
大宝窟　76年5月　講談社（少年倶楽部文庫）
青髪鬼　81年9月　角川書店（角川文庫）
青髪鬼　95年12月　角川書店（角川スニーカー文庫）

偕成社からは、他に五七年版も出ている。偕成社版では「片耳の

『大宝窟』
少年倶楽部文庫カバー

『青髪鬼』
角川文庫カバー

青髪鬼
横溝正史
角川スニーカー文庫

『青髪鬼』
スニーカー文庫カバー

男」「廃屋の少女」「謎のルビー」の三篇、角川文庫版および角川スニーカー文庫版では「廃屋の少女」「バラの呪い」「真夜中の口笛」の三篇を、それぞれ併録。このうち、「片耳の男」と「謎のルビー」は本書に収録。「廃屋の少女」「バラの呪い」「真夜中の口笛」は第五巻『白蠟仮面』に収録予定である。また、角川文庫版で山村正夫による文章の改変が行われた。

本書には初刊本から伊勢田邦彦氏によるイラスト八葉を再録した。また、角川スニーカー文庫版の図子慧さんによる解説を、巻末資料として再録させていただいた。

初出誌ではクモのイラストの暗号解読説明の場面で五十音表が入っていたが、単行本では削られていたので、これを復活させた。

『真珠塔』は少年画報社の月刊マンガ誌「少年画報」の五三（昭和二十八）年一月号から十二月号まで十二回にわたって連載され、五四年四月にポプラ社から単行本として刊行された。

同誌の五二年十二月号まで連載された大下宇陀児『仮面紳士』の最終ページには「次号新年号からは、横溝正史先生作の「真珠塔」という、素晴らしい探偵小説がはじまります」とあり、それとは別に囲みの予告記事が掲載されていた。

バンザイ!!　新年号からの探偵小説はこれ!!
待望の横溝正史先生いよいよ登場です
新連載怪奇探偵小説　真珠塔

作者の言葉　深夜の町から突じょ聞こえるただならぬ悲鳴――東都新聞社では、探偵小僧というあだ名のあるほど、探偵小説のすきな御子柴進君が、何事ならんとかけつけたとき、疾風のように走りすぎた一台の自動車、何気なく中を見ると、のっている人は人か猿か、世にも異様な怪物だった……。と、いうところからこの小説ははじまります。果してこの怪物は何者か。その怪物をむこうにまわして、東都新聞の腕利き記者三津木俊助と、御子柴君が、いかなる活躍ぶりを見せるか、どうぞ、たのしみにしておまちください。

何故か予告では東都新聞社となっているが、本編は他の作品と同じく新日報社である。『真珠塔』は、戦前に「新少年」に連載（一九三八～三九年）された由利・三津木もののジュブナイル中篇「深夜の魔術師」（本シリーズ第三巻『夜光怪人』所収）を改作したものである。
この作品の刊行履歴は、以下の通り。

真珠塔　54年4月　ポプラ社
真珠塔・夜光怪人・怪獣男爵　55年1月　河出書房（日本少年少女名作全集14）
真珠塔・獣人魔島　76年2月　朝日ソノラマ（ソノラマ文庫）
真珠塔・獣人魔島　81年9月　角川書店（角川文庫）

真珠塔・獣人魔島　95年12月　角川書店（角川スニーカー文庫）

ポプラ社からは五六年版も出ている。ソノラマ文庫以降は『獣人魔島』との合本。この作品も、ソノラマ文庫版で山村正夫による文章の改変が行われた。

本書には初刊本から古賀亜十夫（こがあそお）氏によるイラスト九葉を再録した。また、ポプラ社五四年版に付された著者によるまえがき「はじめに」と、角川スニーカー文庫版の菅浩江（すがひろえ）さんによる解説を、巻末資料として再録させていただいた。

『真珠塔』
ポプラ社カバー

『真珠塔・獣人魔島』
ソノラマ文庫カバー

『日本少年少女名作全集14』
河出書房 函

『真珠塔・獣人魔島』
角川文庫カバー

『獣人魔島』
偕成社(55年版)カバー

『真珠塔・獣人魔島』
スニーカー文庫カバー

『獣人魔島』は秋田書店の月刊マンガ誌「少年少女冒険王」の五四（昭和二十九）年七月号から翌年六月号まで十二回にわたって連載され、五五年八月に偕成社から単行本として刊行された。

連載に先立つ六月号では「新連載怪奇探偵小説　獣人魔島」として、以下のような予告があった。

探偵の大すきな御子柴少年のまえにあらわれたのは、おお人か、けものか？　この怪人をあいてに、すごいかつやく！

この作品の刊行履歴は、以下の通り。

獣人魔島　55年8月　偕成社
獣人魔島　59年12月　偕成社
真珠塔・獣人魔島　76年2月　朝日ソノラマ（ソノラマ文庫）
真珠塔・獣人魔島　81年9月　角川書店（角川文庫）
真珠塔・獣人魔島　95年12月　角川書店（角川スニーカー文庫）

ソノラマ文庫以降は『真珠塔』との合本。偕成社版では「灯台島の怪」「鉄仮面王」「動かぬ時計」の三篇を併録。このうち、「灯台島の怪」は本シリーズ第二巻『迷宮の扉』、「鉄仮面王」は論創ミステリ叢書（そうしょ）『横溝正史探偵小説選Ⅱ』に、それぞれ収録。「動かぬ時計」は本シリーズ第五巻『白蠟仮面』に収録予定である。

本書には初刊本から岩田浩昌（いわたひろまさ）氏によるイラスト九葉を再録した。

短篇「ビーナスの星」は「ヴィーナスの星」のタイトルで大日本雄弁会講談社の少女向け月刊誌「少女倶楽部」三六（昭和十一）年十一月増刊号に発表され、奥川書房から四二年三月に刊行された一般向けの作品集『孔雀屏風』に「ヴィナスの星」と改題して収録された。

戦後、偕成社の少女向け月刊誌「少女サロン」五二年一月号に「ビーナスの星」として再録され、偕成社『白蠟仮面』（54年6月）に収録された。ソノラマ文庫版『仮面城』（76年9月）、角川文庫版『仮面城』（78年12月）にも収録。

本書には偕成社版『白蠟仮面』から深尾徹哉氏によるイラスト一葉を再録した。

短篇「花びらの秘密」は「真鍮の花瓣」のタイトルで「少女倶楽部」三六年六月号に発表。「少女サロン」五四年一月号に「花びらの秘密」として再録され、偕成社『白蠟仮面』（54年6月）に初めて収録された。ソノラマ文庫版『夜光怪人』（76年10月）、角川文庫版『夜光怪人』（78年12月）、角川スニーカー文庫版『夜光怪人』（95年12月）にも収録。

本書には初刊本から深尾徹哉氏によるイラスト一葉を再録した。なお、偕成社版『白蠟仮面』のみ、タイトル表記が「花ビラの秘密」となっている。

短篇「『蛍の光』事件」は「少女倶楽部」三八年二月増刊号に発表され、ポプラ社から五五年三月に刊行された『まぼろし曲馬団』に初めて収録された。ソノラマ文庫版『白蠟仮面』（77年1月）、角川文庫版『白蠟仮面』（81年9月）にも収録。

本書には初出誌から田代光氏によるイラスト二葉を再録した。

短篇「片耳の男」は「七人の天女」のタイトルで実業之日本社の少女向け月刊誌「少女の友」三九年

九月号に発表。「少女サロン」五〇年十二月号に「片耳の男」として再録され、偕成社『青髪鬼』（54年4月）に初めて収録された。以後、ポプラ社版『まぼろし曲馬団』には「七人の天女」、ソノラマ文庫版『迷宮の扉』（76年12月）と角川文庫版『迷宮の扉』（78年12月）には「片耳の男」として収録されている。

小学館の学年誌「小学六年生」七九年十一月号付録の小冊子「スター推理クイズコミック」で、ふぐただしによってマンガ化された。ふぐただしはふぐ正の名で白土三平の赤目プロで活躍した後、六八年に虫プロ商事のマンガ誌「ＣＯＭ」でデビュー。七二年から池上遼一のアシスタントを務めながら青林堂の「ガロ」などに作品を発表。七四年には「少年ジャンプ」の新人賞手塚賞の佳作に入選している。「スター推理クイズコミック」は他に室山まゆみ「あさりちゃん」の番外編「消えた宝石」、小室孝太郎によるコナン・ドイルのホームズもの「ブナ屋敷の秘密」のコミカライズなどが掲載されていた。

また、実業之日本社の小説誌「月刊ジェイ・ノベル」二〇一二年一月号では、自社の雑誌からの再録企画「心に響く百年の名作」コーナーに「七人の天女」のタイトルで再録された。

本書には初刊本から伊勢田邦彦氏によるイラスト一葉を再録した。

短篇「謎のルビー」は「謎の紅露」のタイトルで「少女倶楽部」三八年十月増刊号に発表。「謎のルビー」と改題して偕成社『青髪鬼』（54年4月）に初めて収録された。河出書房『日本少年少女名作全集14　真珠塔・夜光怪人・怪獣男爵』（55年1月）、ソノラマ文庫版『蠟面博士』（76年11月）、角川文庫版『蠟面博士』（78年6月）、角川スニーカー文庫版『蠟面博士』（95年12月）にも収録。

本書には初刊本から伊勢田邦彦氏によるイラスト一葉を再録した。

未完作品「皇帝の燭台」はロマンス社の少年向け月刊誌「少年世界」に一九五〇年（昭和二十五）一

月号から六月号まで連載されて中絶。二月号と五月号は休載しているので、掲載されたのは四回分である。本書には初出誌から梁川剛一氏によるイラスト五葉を再録した。

一月号では巻頭の一色グラビア「カメラ訪問　ぼくらの先生」のページにも登場。「皇帝の燭台」をお書きになる横溝正史先生、として、以下のようなキャプションが付されていた。

「探偵小説は、おもしろい読物であるが、ただ、それだけではない。犯人を探したり、色々な事件を考えたりするために、少年諸君に、正しい判断力や、推理力をやしなうことができるものだ……」と二月号の原稿をお書きになりながら、先生は、そうおっしゃった。二月号がほんとうに、待ちどおしいですね。

しかし、この連載は、著者の健康上の理由から途切れがちであった。二月号には、以下の「おことわり」がある。

「皇帝の燭台」が新年号に発表になると、ステキだ！　息もつけぬおもしろさだ！。と大評判でしたが、作者の横溝先生がご病気のため、ざんねんにも二月号は休載になってしまい、愛読者のみなさんに申しわけありません。そのかわり、三月号は、ますますおもしろいものがのりますからどうぞお待ちください。

「少年世界」
グラビアより

連載第二回（三月号）の冒頭にも、編集部からのコメントがある。

「皇帝の燭台」が、新年号に発表されると、たちまち愛読者の大評判になりました。二月号は、横溝先生がご病気のため、ざんねんながら一回休むことになりましたが、いよいよ今月号は、愛読者の皆さんのため、まだご病気中にもかかわらず、むりをしてご執筆くださいました。あつくお礼を申しあげましょう。

さて――一月号では――。

東京から、学校の休日中に、おじさんの家へ来ていた進少年は、ある暴風の朝、海岸にはいあがっていた難破船（なんぱせん）の遭難者から、世にも奇怪な黄金の燭台を、オーロラ曲馬団（きょくばだん）のある人に渡してくれと頼まれた。進少年は、目もさめるばかりの燭台を、ジッと見つめていたが、思わずアッと声をのんだ。おお、その燭台の火皿（ひざら）には、人間の指紋が焼きこまれたように、くっきりとついているではないか……。

第二回は「救いを呼ぶ声」からの章になっている。五月号の編集後記「愛読者諸君へ！＝編集室から＝」にも休載のお知らせがある。

◎「皇帝の燭台」は、どこへ行っても大評判ですが、横溝先生がご病気のため、五月号はどうしてものせることが出来ませんでした。先生も「愛読者のみなさんに、もうしわけがない。」とくりかえし、おっしゃっておりますのでお伝えします。一日も早く先生が、お元気になられるようお祈りしましょう。

（加藤記者）

休載をはさんだためか、連載第四回（六月号）の冒頭には、これまでのあらすじを編集部がまとめたものが付き、「ビンにうつる影」の章からが本編になっている。

だが、前述の通り、この第四回で連載は中絶してしまう。この回の最後のページに「＝「皇帝の燭台」について＝愛読者諸君へ」として囲み記事の休載告知がある。

> 横溝正史先生の「皇帝の燭台」が、新年号より発表されると、「すてきだ！」「皇帝の燭台は、どうなるのだろう。」「次号がまちどおしい！」と愛読者のたよりが、毎日山のように、編集室に殺到しています。
>
> 先生は、全国の愛読者をガッカリさせてはと、ずっと、ご病気をおして、お書きくださっておりました。が、ごむりもこれ以上出来なくなり、それにお医者さんのお言葉もあって、これからしばらくの間、ご休養されることになったのです。
>
> 「皇帝の燭台」が、来月号から、しばらく、のらなくなることは、ほんとうに残念ですが、先生がお元気になられて、ふたたびこの物語をつづけていただけるよう、一日も早くご全快のほど、心からお祈りしましょう。

横溝正史は持病の結核のため、頑健な方ではなかったが、この時期は体調が悪かったようだ。講談社「キング」の『犬神家の一族』は続いていたが、岩谷書店「宝石」に予告した長篇『まぼろし館』は、結局、連載されなかった。

「少年世界」は次の七月号で休刊となったため、「皇帝の燭台」は一年後の五一年に文京出版の児童向け月刊誌「少年少女譚海」に改めて連載された。刊行に際して『黄金の指紋』と改題。こちらは金田一耕助が活躍する作品になっており、本シリーズでは第一巻『怪獣男爵』に収められている。

未完作品「黒衣の道化師」は野球画報社の少年向け月刊誌「少年野球画報」五〇年四月創刊号に連載

第一回が掲載された。この雑誌は創刊号のみで休刊になったものと見られ、五月号以降の発行は確認されていない。

この作品は戦前の少年もの「変幻幽霊盗賊」（論創ミステリ叢書『横溝正史探偵小説選Ⅱ』所収）のトリックを再使用したもので、さらに『まぼろしの怪人』第一話「社長邸の怪事件」（本シリーズ第六巻『姿なき怪人』に収録予定）にも、ほぼ同じ形で流用されている。

なお、浜田知明氏の指摘によれば、このシチュエーションは、トマス・W・ハンシュー『四十面相クリークの事件簿』（論創海外ミステリ）に原型が見られるという。

本書には初出誌から川村秀治氏によるイラスト二葉を再録した。

本稿の執筆及び本シリーズの編集に当たっては、横溝正史の蔵書が寄贈された世田谷文学館に多大なご協力をいただきました。また、弥生美術館、黒田明氏、里見哲朗氏、西口明弘氏、少年画報社の三重遼河氏、秋田書店の伊藤純氏に貴重な資料や情報をご提供いただいた他、創元推理倶楽部分科会が発行した研究同人誌「定本　金田一耕助の世界《資料編》」の少年もの書誌を参考にさせていただきました。記して感謝いたします。

本選集の底本には初刊本を用い、旧字・旧かなのものは新字・新かなに改めました。なお、山村正夫氏編集・構成を経て初刊となった作品および単行本未収録作品については初出誌を底本としました。明らかな誤植と思われるものは改め、ルビは編集部にて適宜振ってあります。今日の人権意識に照らして不当・不適切と思われる語句・表現については、作品の時代的背景と価値とに鑑み、そのままとしました。また、挿画家の古賀亜十夫・川村秀治、両氏のご消息を突き止めることができませんでした。ご存じの方がいらっしゃれば、ご教示下さい。

横溝正史少年小説コレクション4

青髪鬼

二〇二一年十月五日　第一刷発行

著　者　横溝正史
編　者　日下三蔵
発行者　富澤凡子
発行所　柏書房株式会社
　東京都文京区本郷二‐一五‐一三（〒一一三‐〇〇三三）
　電話（〇三）三八三〇‐一八九一［営業］
　　（〇三）三八三〇‐一八九四［編集］
装　丁　芦澤泰偉＋五十嵐徹
装　画　深井国
組　版　株式会社キャップス
印　刷　壮光舎印刷株式会社
製　本　株式会社ブックアート

ISBN978-4-7601-5387-9